中國古典文學基本叢書

劉長卿詩編年箋注

上册

儲仲君撰

中華書局

圖書在版編目(CIP)數據

劉長卿詩編年箋注:全二册/儲仲君撰.—2版.—北京:中華書局,1996.7(2024.6重印)
(中國古典文學基本叢書)
ISBN 978-7-101-12763-8

Ⅰ.劉… Ⅱ.儲… Ⅲ.唐詩-注釋 Ⅳ.I222.742

中國版本圖書館CIP數據核字(2017)第202885號

責任編輯:孟念慈
責任印製:陳麗娜

中國古典文學基本叢書
劉長卿詩編年箋注
(全二册)
儲仲君 撰
*
中華書局出版發行
(北京市豐臺區太平橋西里38號 100073)
http://www.zhbc.com.cn
E-mail:zhbc@zhbc.com.cn
大廠回族自治縣彩虹印刷有限公司印刷
*
850×1168毫米 1/32 · 20⅜印張 · 4插頁 · 350千字
1996年7月第1版 2017年10月第2版
2024年6月第5次印刷
印數:9801-10800册 定價:88.00元

ISBN 978-7-101-12763-8

前言

近年來，唐人别集的整理和唐詩研究成績斐然，但《劉隨州集》尚未得到整理，不能不説是一憾。這本《劉長卿詩編年箋注》，希望能聊備一格。

劉長卿，字文房。籍貫有宣城、河間、彭城三説。但他從小生長在洛陽，自視爲洛陽人。

劉長卿的生卒年無確切記載。前人以《極玄集》所載「開元二十一年進士」爲據，把他看成是王維、李白的同齡人，故《全唐詩》編者置之於王、李之間。但他的詩風迥非盛唐，而純乎大曆。這種時間上的錯位，常常使人們感到困惑。現在，對他的詩文作了一番認真的排比研究之後，可以推定他生於開元十四年（七二六）前後〔一〕，卒於貞元六年（七九〇）。他的生年晚於王、李二十五年左右，晚於杜甫十四年左右，他們不是同一輩人。他的一生經歷了玄宗、肅宗、代宗、德宗四朝。玄宗天寶年間，他已經創作了相當數量的詩歌，其中不乏佳作，但真正形成自己的風格並爲時人所認可，則是安史亂後移居江南時的事，即所謂「以詩馳聲於上元、寶應間」〔二〕。他現存的詩作，絶大部分也都作於肅宗至德元年至德宗建中年間。因此，不論從詩風上看，還是從時代歸屬上看，劉長卿都是一位地道的「大曆詩人」。

劉長卿的經歷十分坎坷，起先是屢試不第，接着是兩遭貶謫，最後是晚歲失州。

劉長卿登第的時間，除《極玄集》「開元二十一年」説外，別無記載。但詩人天寶年間所作的詩篇，多次明言應試不第，可見此説不足爲據。現在還没有發現可以説明他天寶十五年前已經登第的材料。他的登第與入仕，很可能在同一年，即至德二年（七五七）。也就是説，他是在禮部侍郎兼江東採訪使李希言下進士及第，由江淮宣諭選補使崔渙遴選入仕的。天寶中劉長卿已頗著才名，甚至被舉子們公推爲「棚頭」〔三〕，這種屢試不第的狀況是十分難堪的，顯然會對他的心理和性格造成某種影響。至德二年，劉長卿釋褐長洲縣尉。三年正月，攝海鹽縣令。不久即因事下獄，議貶南巴，命至洪州待命。直至第六個年頭亦即廣德元年（七六三），才得以量移浙西某縣。短暫的初仕和長期的貶謫，這是劉長卿步入仕途後所遭到的第一次大的打擊。

大曆元年（七六六）或稍前，劉長卿秩滿赴京，隨即入轉運使府任職，充判官，兼殿中侍御史，作爲著名理財家劉晏的主要助手之一，投入了戰後王朝經濟復蘇的繁忙活動。由奉使淮西，到駐守淮南，再到分務鄂岳，他的足跡遍及大江南北和洞庭左右的數十州，充分顯示了他黽勉王事的本色，也由此得到了「有吏幹」的品評〔四〕。大曆八、九年間，就在他任鄂岳轉運留後、檢校祠部員外郎期間，遭到了鄂岳觀察使吳仲孺的誣陷，並因此而再貶睦州。多年的辛勞換來了再次的斥逐，這是劉長卿仕宦生活中又一次大的波折。

劉長卿離開鄂州後，歸至常州，在義興碧澗別墅暫住。大曆十一年（七七六）經按覆，於大曆十二年春抵達睦州貶所。州司馬是閒職，對劉長卿這樣勇於任事的人來説，無異於受罪。滯留睦州達四年之久，直到建中二年（七八一），才得以遷任隨州刺史。隨州雖是小州，但州刺史當專城之任，也足以使意氣消磨的劉長卿感到滿足了。但到任未久，隨州就爲奉命討伐梁崇義的淮西節度使李希烈所佔領。而隨着李希烈的背叛，自然也就陷於敵手。劉長卿爲之長期奮鬥而贏來的職位，就這樣莫名其妙地喪失了。面對這出乎意料的災難，他只能無可奈何地歎道：「何辭向物開秦鏡？卻使他人得楚弓！」〔五〕命運簡直跟他開了一個天大的玩笑。這時劉長卿已屆暮年，身心交疲，在杜亞淮南節度使幕寄身數年以後，就默默地去世了。

這就是劉長卿的一生。借用「一波三折」這句成語來概括他的仕宦生涯，倒覺可悲地貼切。

劉長卿是肅、代年間最重要的詩人之一。他不像另一位重要詩人韋應物那樣，以其獨樹一幟而引人注目。他是純正的大曆詩風的體現者，是大曆詩人「這一羣」的代表，是「詩至大曆而一變」的關鍵人物。

提起大曆詩風，人們首先想到的往往是留連山水，稱道隱逸，是應酬的風氣，狹窄的格局。其實這類印象中，頗有些值得深究的地方。即以劉長卿而論，他自然要受到時尚的影響，但他的坎壈的身世，他的「剛而犯上」〔六〕、不甘屈服的個性，他的積極用世、身體力行的精神，不能不在他的詩中留下深深的印記。因此，讀他的詩，我們常常可以感到詩人對命運的抗争，感到他的憤憤不平，感到他對國運民瘼的關切和憂慮。也許可以這樣説，正是這些構成了劉長卿詩的深層的基調。的確，他也喜歡吟詠風月，侈談隱逸，但仔細看去卻不難發現，有時這只是他發泄不滿的一種方式，有時則是他急於用世的一種掩飾，而當他真的被迫退居山林時，他所表現的却往往是對這種生活的厭倦。這樣説，並没有貶低風格恬淡的田園隱逸詩的意思。劉長卿在他心境平静時也寫過一些恬静的詩，但這在他的詩作中只佔很小一部分，並不是他的當行本色。可以説，劉長卿在他詩學觀念所界定的範圍内，以他自己的方式，表現了他的時代，表現了他自己以及同時代士人的心路歷程，因而成爲這一特定時代的歌手。

至德以後，劉長卿以他的主要精力致力於格律詩的創作。集中多近體，少古體。詩多佳句，但五七言律絶中也不乏通篇渾厚流轉之作。這當是時代的風會使然。他之自視爲「五言長城」且爲後人認可，自然也與此有關。但劉長卿的貢獻並不僅僅在五言，他的七言律同樣值得重視。高棅以劉長卿爲七律名家，王士禛則以爲「七律宜讀王右丞、李東川，尤宜熟玩劉文房諸作」〔七〕。這些話雖然着眼於他的創作成就，但也可以看出他在促成這種新興詩體趨於成熟的過程中曾作出重大的貢獻。

歷代的詩評家對劉長卿褒貶不一。貶者説他「思鋭才窄」〔八〕，褒者説他「子美之後，定當推爲巨擘。衆體皆工，不獨五言爲長城也」〔九〕。這種情況正説明了劉長卿詩的複雜性，因而更值得引起研究者們的重視。編纂這個集子，也正是希望爲此提供一些資料，以減少研究者的翻檢之勞。至於其中的錯誤和疏漏，自知在所難免，尚望讀者和專家多多指教。

一九九三年五月

注：

〔一〕詳見《奉餞郎中四兄罷餘杭太守承恩加侍御史充行軍司馬赴汝南行營》一詩題注。以下凡涉及生平繫年，均請參閱該年有關詩篇之題注。

〔二〕見《唐詩紀事》。

〔三〕見《封氏聞見記》。

〔四〕高仲武《中興間氣集》語。

〔五〕《避地江東留别淮南使院諸公》。

〔六〕高仲武《中興間氣集》語。

〔七〕《然鐙記聞》。

〔八〕高仲武《中興間氣集》語。

〔九〕盧文弨《劉隨州文集題辭》。

例　言

一、本集收詩五百又九首，文十一篇。所據爲明弘治十一年李君紀刊本《劉隨州文集》十一卷外集一卷。集中所載《將赴江南湖上别皇甫曾》、《哭陳使君》、《觀李湊所畫美人障子》絶句及外集所收均爲重出詩，已删，異文入校記。《送邵州判官往南》一首作皇甫冉詩附入。《全唐詩》及《全唐詩補遺》增收《代邊將有懷》、《喜晴》、《晚春歸山居題窗前竹》、《遊四窗》、《和中丞出使恩命過終南别業》、《岳陽樓》、《春望寄王涔陽》、《留辭》、《清明日青龍寺上方》等九首，雖有可疑，或竟可斷爲他人作，以此集流傳甚廣，影響頗深，故仍據以收録，另附考辨。其中《留辭》一首，爲李穆酬詩，故附於長卿原唱之後。

二、舊題長卿所作之詩文，今見尚有《文苑英華》之《宕子怨》，《吴都文粹》之《吴松江》，敦煌殘卷之《高興歌》（一作《酒賦》，又作《高興歌酒賦》），《全唐文》之《湘妃詩序》。按《宕子怨》實爲薛道衡之《昔昔鹽》，《英華辨證》辨之甚詳。《吴松江》爲張懷詩，《吴郡志》卷一八列此詩於長卿詩前，《吴都文粹》蓋涉此而誤。《高興歌》署「江州刺史劉長卿」，行跡詩風均與文房不類，蓋别一劉長卿也。按《姓纂》卷五，劉元遂之子亦名長卿，嘗仕爲工部員外，或即此人歟？《湘妃詩序》首見於《樂府詩集》，實爲郭茂倩所作解題。以上詩文均非文房作，且不載於《隨州集》及《全唐詩》，故此集亦不予收録。

三、集中頗多與他人互見重出詩。歸屬未詳者，注明重出情況。可推測其作者而無力證者，書作疑爲某某詩。可推斷其作者者，逕書作此爲某某詩。

四、《劉隨州文集》原附他人唱酬、寄贈之作十五首。今删去皇甫冉《宿洞靈觀》一首，以非寄劉之作，長卿亦無酬詩。另增皇甫冉、李嘉祐、張繼、錢起、包佶、司空曙、皇甫曾等人詩二十首。原有者注曰「原附」。新增者則僅注「附」字。

五、隨州集宋刊已無完帙存世。明弘治十一年李君紀刊本爲現存最早之完本。此本係據南宋書棚本繙雕，且爲後世諸本之祖，小有缺葉，尚稱完整，今即據以爲校勘底本。缺葉據明弘治十三年李士修刊本抄補；士修本亦缺者，據明銅活字本抄補。

六、北宋刊本《劉文房文集》十卷今存卷五至卷十，其前四卷爲詩，後一卷文。詩集編次與後世諸本迥異，異文則往往此勝於彼，洵爲佳本，惜已殘缺，今據以爲對勘本。用以對勘者尚有：李士修刊本、明正德湯鐵刊本、明銅活字本、清《全唐詩》本、清席啓寓刻《唐人百家詩》本、清盧文弨抄何焯校宋本、《四庫全書》本等，並以唐宋以來詩文總集參校（書目詳後）。

七、底本文字顯誤者，據他本改正，並出校記。底本缺字，據他本添補，亦出校記。偶有奪字，他本亦奪者，添補後加方括號〔　〕以爲標識。他本異文可資參證者，一一出校。異文顯爲誤字，則不出校，以免繁冗。校記列於篇末。

八、底本原有校記，唯較簡略，僅書作「一作某」。凡可考知原書者，皆改列書名。如無可考，則書作「底本注：一作某。」他本及《文苑英華》等總集之校記亦倣此例。

九、底本偶有題注，今仍其舊，以小字注於題下右側。

一〇、劉長卿詩集之編次，自南宋書棚本以來，除活字本外，皆先五絶，次五律，次五排、五古，次六、七言絶，次七律，次七古。四庫館臣嘗譏爲淆亂無序。今試按時間先後編次。凡可大致推定其作年者，稱編年詩。編年自以確繫某年爲佳，然集中詩往往僅可推斷作於某一期間，勉爲先後，難免疏失。今謹試爲區間編次。以大曆初爲例：首列元年所作，次列元年至二年間所作，又次列二年所作，又次列元年至三年間所作，又次列三年所作。如此類推。

一一、作年無考者，稱未編年詩。仍分體編次：先古詩，後律詩；先五言，後七言。歸屬未詳之重出詩及誤收詩置於未編年詩之末。另有斷句若干，置於最後。

一二、文十一篇，均按時間先後編次。

一三、詩文題後一般均加題注。題注偏重考察名物史實，探討詩文背景作年。引文加注書名、篇名及卷數。

一四、詩注重在引徵典實，詮注詞源。一事數用者，詳於初見。再見則略述其意，注明參見前文。其後一般不復加注，以免重複。習用之事，如五柳三徑、丘中林下、白鷗滄洲、霜臺柏署、謝客陶公之類，亦不一一加注。引文僅注書名、篇名，引詩則注作者、詩題。雜文十一篇，僅作題注及校記，不作文注。

一五、唐宋以來，評議長卿詩者代不乏人，或褒或貶，或是或非，間及考證、詮釋。今就聞見所及，擇要附於篇末。其總論劉詩者，則另行匯集，列爲附録。時賢評議，雖多精解，以文長不録。

校勘用書

《劉隨州文集》十一卷外集一卷（明弘治十一年李君紀刊本，簡稱底本）

《劉文房文集》十卷（北宋刊本，已殘，現存卷五至卷十，簡稱殘宋本）

《劉隨州文集》十一卷（明弘治十三年李士修刊本，簡稱李士修本）

《劉隨州詩集》十卷外集一卷（上海涵芬樓影印明正德十二年湯𣁽刊本，簡稱正德本）

《劉隨州集》十卷（明銅活字本，簡稱活字本）

《劉隨州詩集》五卷（揚州書局刊清《全唐詩》本）

《劉隨州詩集》十卷（清席啓寓刊《唐人百家詩》本，簡稱席刻本）

《劉隨州文集》十一卷（清盧文弨抄本，據何焯校宋本過録，録有何焯校語，文弨亦有案語，簡稱盧抄本）

《劉隨州文集》十一卷（清《四庫全書》本）

《劉隨州文集》一卷（清《全唐文》所收，中華書局據嘉慶原刊縮印本）

唐高仲武《中興間氣集》（《四部叢刊》本，涵芬樓據嘉興沈氏所藏明刊本影印）

唐姚合《極玄集》（《四庫全書》本）

唐韋莊《又玄集》（上海古籍出版社《唐人選唐詩》據日本享和三年江户刊本排印）
五代韋縠《才調集》（《四部叢刊》本，據述古堂影宋鈔本影印）
宋李昉等《文苑英華》（中華書局一九六六年影印本）
宋姚鉉《唐文粹》（《四部叢刊》本，據明嘉靖刊本影印）
宋孔延之《會稽掇英總集》（《四庫全書》本）
宋郭茂倩《樂府詩集》（《四部叢刊》本，據汲古閣本影印）
宋計有功《唐詩紀事》（《四部叢刊》本，據明嘉靖間錢唐洪氏刊本影印）
宋蒲積中《歲時雜詠》（《四庫全書》本）
宋洪邁《萬首唐人絶句》（《四庫全書》本）
宋董弅《嚴陵集》（《四庫全書》本）
宋孫紹遠《聲畫集》（《四庫全書》本）
宋李庚、林師蒧《天台前集》（《四庫全書》本）
宋趙師秀《衆妙集》（《四庫全書》本）
宋周弼《三體唐詩》（《四庫全書》本）
宋鄭虎臣《吴都文粹》（《四庫全書》本）
金元好問《唐詩鼓吹》（《四庫全書》本）

元方回《瀛奎律髓》(《四庫全書》本)
元楊士弘《唐音》(《四庫全書》本)
明高棅《唐詩品彙》(上海古籍出版社影印明汪宗尼校本)
明李攀龍《古今詩删》(《四庫全書》本)

目録

編年詩

未編年詩

文

附録

編年詩

雨中登沛縣樓贈表兄郭少府

《元和郡縣圖志》卷九「徐州沛縣」：「本秦舊縣，泗水郡理於此，蓋取沛澤爲縣名。」少府，周煇《清波雜志》：「古治百里之邑，令拊其俗，尉督其奸。故令曰明府，尉曰少府。」《嬾真子》：「令呼明府，故尉呼少府，以亞於縣令。」《新唐書・百官志》四下：上縣「尉二人，從九品上。」按高適有《淇上酬薛三據兼寄郭少府微》詩（《全唐詩》卷二一一），劉昚虛有《送韓平兼寄郭微》詩（《全唐詩》卷二五六），昚虛詩云：「余憶東州人，經年別來久。」未知是否此人。又按天寶初長卿嘗東遊梁宋徐泗等處（參見《對雨贈濟陰馬少府》詩題注），此詩云：「爲客頻改絃，辭家尚如昨。」當爲東遊時作。

楚澤秋更遠〔一〕，雲雷有時作。晚陂帶殘雨〔二〕，白水昏漠漠。佇立收煙氛，洸然靜寥廓①。
卷簾高樓上，萬里看日落。爲客頻改絃〔三〕，辭家尚如昨。故山今不見〔四〕，此鳥那可託②。
小邑務常閒，吾兄宦何薄。高標青雲器〔五〕，獨立滄江鶴。惠愛原上情，慇懃丘中諾〔六〕。
何當遂良願，歸卧青山郭。

〔一〕《史記・貨殖傳》：「自淮北，沛、陳、汝南、南郡，此西楚也。」故云楚澤。

〔二〕陂，池塘。《淮南子·説林》：「十頃之陂，可以灌四十頃。」

〔三〕改絃，《漢書·董仲舒傳》：「竊譬之琴瑟不調，甚者必解而更張之，乃可鼓也。」《宋書·樂志》：「琴瑟時未調，改絃當更張。」此猶云改弦易轍，喻遊蹤不定。

〔四〕故山，指故鄉、故居。謝靈運《初發石首城》詩：「故山日已遠，風波豈還時？」

〔五〕青雲器，謂才具出衆，可自致青雲。《史記·范睢傳》：「須賈頓首言死罪，曰：『賈不意君能自致於青雲之上。』」顔延之《五君詠·阮始平》：「仲容青雲器，實稟生民秀。」

〔六〕丘中，謂丘壑之中。《太平御覽》卷七九引《苻子》：「（黄帝）曰：『吾將釣於一壑，栖於一丘。』」謝靈運《齋中讀書》詩：「昔余遊京華，未嘗廢丘壑。」按此句謂郭少府允諾偕隱。

校記：

①寥廓，底本作「東郭」，此從《全唐詩》、盧文弨本。

②此，正德本注：「一作北。」

歸沛縣道中晚泊留侯城

《元和郡縣圖志》卷九「徐州沛縣」：「故留城在縣東南五十五里。高祖令張良自擇齊三萬户，良曰：『始臣起於下邳，與陛下會留。』乃封良爲留侯。」此詩當爲天寶初東遊豐沛時作。

訪古此城下，子房安在哉〔一〕。白雲去不反，危堞空崔嵬。伊昔楚漢時，頗聞經濟才〔二〕。運籌風塵下〔三〕，能使天地開。蔓草日已積，長松日已摧。功名滿青史，祠廟唯蒼苔〔四〕。

百里暮程遠，孤舟川上迴。進帆東風便，轉岸前山来。楚水澹相引①，沙鷗閒不猜〔五〕。扣舷從此去②，延首仍裴回。

〔一〕《漢書·張良傳》：「張良字子房，其先韓人也。」

〔二〕經濟，《文中子·禮樂》：「皆有經濟之道。」謂經邦濟世。

〔三〕《史記·留侯世家》：酈食其説漢王分封六國之後，「良曰：『誰爲陛下畫此計者？陛下事去矣。』漢王曰：『何哉？』張良對曰：『臣請籍前箸爲大王籌之。』」又：「漢六年正月封功臣，良未嘗有戰鬭功，高帝曰：『運籌策帷帳中，決勝千里外，子房功也。』」

〔四〕《太平寰宇記》卷一五「徐州沛縣」：「留城，在縣東南二里。……今有張良廟存焉。」按《元和郡縣圖志》作五十五里。詩云「百里暮程遠」，當以《郡縣志》爲正。

〔五〕《列子·黃帝》：「海上之人有好漚鳥者，每旦之海上，從漚鳥遊，漚鳥之至者百住而不止。其父曰：『吾聞漚鳥皆從汝遊，汝取來吾玩之。』明日至海上，漚鳥舞而不下也。」

唐汝詢《唐詩解》云：「此道經留城而發弔古之思。言子房去世已遠，城堞猶存。想其運籌帷幄，真一代名臣；今祠廟荒蕪，誰復有憐之者？我因風便來過，得尋遺跡，復不能久留，而扣舷以去，徒注目而惆悵耳。」君按：詩言子房功高天下，而祠廟唯餘蒼苔，豈若楚水澄澹，沙鷗無猜乎？然則扣舷而去可矣，何延首而徘徊邪？蓋猶未能忘情於功業也。

校記：

①澹，《唐詩品彙》作「遠」。

②扣舷，《唐文粹》作「扣船」。

出豐縣界寄韓明府

《元和郡縣圖志》卷九「徐州」：「豐縣，上。東南至州一百七十五里。本漢舊縣，屬沛郡。」「隋改屬徐州。」明府，唐人習稱縣令爲明府，參見《雨中登沛縣樓贈表兄郭少府》題注。詩當作於天寶初東遊時。

迴首古原上，未能辭舊鄉〔一〕。西風收暮雨，隱隱分芒碭〔二〕。賢友此爲邑①，令名滿徐方〔三〕。音容想在眼，暫若升琴堂〔四〕。疲馬顧春草，行人看夕陽。自非傳尺素〔五〕，誰爲論中腸〔六〕②。

〔一〕舊鄉，長卿之籍貫，《極玄集》、《直齋書録解題》謂爲宣城，《新唐書·藝文志》、《唐才子傳》謂爲河間，《元和姓纂四校記》卷五、《宋高僧傳·玄晏傳》謂爲彭城。按諸郡劉氏，皆出豐沛。《元和姓纂》卷五「劉」：「陶唐之後，在夏爲御龍氏，爲士氏，孫士會。其後也，又徙豐沛。」

〔二〕芒碭，《史記·高祖紀》：「秦始皇常曰：『東南有天子氣。』於是因東遊以厭之。高祖即自疑，亡匿，隱於芒碭山澤巖石之間。」《集解》：「徐廣曰：芒，今臨淮縣也。碭縣在梁。」《太平寰宇記》卷一四「單州碭山縣」：「碭，文石也。

以其山出文石，故以名縣。」按二句意謂雨收雲散，芒碭二山隱約可辨。

〔三〕徐方，《詩·大雅·常武》：「徐方既同，天子之功。四方既平，徐方來庭。」後以指徐州。《北史·任城王雲傳》：「除開府、徐州刺史。……性善撫接，深得徐方之心。」

〔四〕琴堂，《呂氏春秋·察賢》：「宓子賤治單父，彈鳴琴，身不下堂，而單父治。」

〔五〕尺素，蔡邕《飲馬長城窟行》：「客從遠方來，遺我雙鯉魚。呼兒烹鯉魚，中有尺素書。」

〔六〕中腸，梁武帝蕭衍《孝思賦》：「曉百碎於魏闕，夜萬斷於中腸。」

校記：

①爲邑，殘宋本作「分邑」。

②中腸，殘宋本作「衷腸」。

對雨贈濟陰馬少府考城蔣少府兼獻成武五兄南華二兄

按《太平寰宇記》卷二、卷十三、卷十四，濟陰、考城、成武、南華，唐時均爲曹州屬縣。曹州治濟陰，其地在今山東菏澤南。馬少府，李白有《憶襄陽舊遊贈濟陰馬少府巨》詩（《李太白全集》卷十），當即此人。詩云：「昔爲大堤客，曾上山公樓。開窗碧嶂滿，拂鏡滄江流。高冠佩雄劍，長揖韓荊州。此地別夫子，今來思舊遊。朱顏君未老，白髮我先秋。壯志恐蹉跎，功名若雲浮。歸心結遠夢，落日懸春愁。空思羊叔子，墮淚峴山頭（一本作何時共攜手，更醉峴山頭）。」按《册府元龜》卷九二九，開元二十二年至二十四年間，韓朝宗爲荆州刺史，兼判襄州刺史、山南道采訪使。時李白與馬巨嘗同遊襄陽。濟陰重逢，自當在天寶初李白再至梁宋時。是知馬巨天寶初見任濟陰尉，而長卿之東遊，亦當在天寶初。此詩作於歸途。

繁雲兼家思〔一〕，彌望連濟北〔二〕。日暮微雨中，州城帶秋色。蕭條主人靜〔三〕，落葉飛不息。鄉夢寒更頻，蟲聲夜相逼①。二賢縱横器〔四〕，久滯徒勞職。笑語和風騷，雍容事文墨〔五〕。吾兄卽時彦〔六〕，前路良未測。秋水百丈清〔七〕②，寒松一枝直〔八〕。此心欲引託，誰爲生羽翼〔九〕。且復頓歸鞍〔一〇〕，杯中雪胸臆〔一一〕。

〔一〕繁雲，張協《雜詩》：「翳翳結繁雲，森森散雨足。」

〔二〕濟北，按《太平寰宇記》卷一四「濟州」，濟州漢時爲濟北國，劉宋至隋爲濟北郡。

〔三〕蕭條，閒逸貌。《世説新語·品藻》：「明帝問周伯仁：『卿自謂何如庾元規？』對曰：『蕭條方外，亮不如臣；從容廊廟，臣不如亮。』」

〔四〕縱横器，按《史記》，蘇秦張儀倡爲合縱連横之説，而爲王者師，故以縱横器喻經世之材。

〔五〕雍容，《史記·司馬相如傳》：「相如之臨邛，從車騎，雍容閒雅甚都。」

〔六〕時彦，當時之賢俊、名流。《世説新語·文學》：「張憑舉孝廉，出都，負其才氣，謂必參時彦。」

〔七〕秋水，《晉書·阮籍傳贊》：「秋水揚波，春雲斂映。」按此句以阮籍喻五兄。

〔八〕《世説新語·容止》：「嵇叔夜之爲人也，巖巖若孤松之獨立。」按此句以嵇康喻二兄。

〔九〕羽翼，漢高祖《鴻鵠歌》：「鴻鵠高飛，一舉千里。羽翼已就，横絶四海。」

〔一〇〕頓，止息。《史記・王翦傳》：「荆人因隨之，三日三夜不頓舍。」
〔一一〕雪，洗滌之謂。《莊子・知北遊》：「澡雪而精神。」

《詩歸》鍾惺曰：「『蟲聲夜相逼』，止此便是極高妙之作；爲題中贈二少府及五兄二兄添出許多拖沓，以此知古人詩亦受應酬周旋之累。」譚元春曰：「『蕭條主人静，落葉飛不息』，後五字正見其静。『鄉夢寒更頻』，妙在寒字。」

校記：

①夜，殘宋本作「冷」。
②百丈，盧文弨本作「百尺」，引何焯校語云：「從嚴天池抄本。」

題冤句宋少府廳留别①

《元和郡縣圖志》卷一一「曹州冤句縣」：「本漢舊縣也。漢初屬梁國。景帝時，屬濟陰郡。開皇三年，罷郡，以縣屬曹州。」按《説郛》卷七四引《秦中歲時記》：「進士下第，當年七月復獻新文，求拔解，曰：『槐花黄，舉子忙。』」此詩云：「草色愁别時，槐花落行次」，當爲歸京應試。詩作於東遊歸來時。

宋侯人之秀，獨步南曹吏〔一〕。世上無此才，天生一公器〔二〕。尚甘黄綬屈〔三〕，未適青雲意。洞澈萬頃陂〔四〕，昂藏千里驥〔五〕。從宦聞苦節②，應物推高誼〔六〕。薄俸不自資，傾家共人費。顧予倦棲託，終日憂窮匱。開口卽有求，私心豈無愧。幸逢東道主〔七〕，因輟西征騎。對話堪息機，披文欲忘味〔八〕。壺觴招過客③，几案無留事。緑樹映層城，蒼苔覆閒地。一言重然諾〔九〕，累夕陪宴慰。何意秋風來，颯然動歸思〔一〇〕。留歡殊自愜，去念能爲累。、草色愁別時，槐花落行次。臨岐仍把手，此會良不易。他日瓊樹枝〔一一〕，相思勞夢寐。

〔一〕南曹，《唐會要》卷五八「吏部員外郎」：「判廢置一員，判南曹一員。南曹起於總章二年，司列少常伯李敬元奏置。」《舊唐書·職官志》二：「員外郎一人掌判南曹。」注：「曹在選曹之南，故謂之南曹。」

〔二〕公器，《莊子·天運》：「名，公器也，不可多取。」《舊唐書·張九齡傳》：「官爵者，天下之公器。」按此謂名爵所歸之人材。

〔三〕黄綬，《漢書·百官公卿表》：「縣令長皆秦官，掌治其縣。萬户以上爲令，秩千石至六百石。減萬户爲長，秩五百石至三百石。皆有丞、尉，秩四百石至二百石。」「比二百石以上，皆銅印黄綬。」唐承漢制，縣尉服黄綬。

〔四〕萬頃陂，化用漢郭太語。《後漢書·郭太傳》：「初，太始至南州，過袁奉高，不宿而去。從（黄）叔度，累日不去。或以問太，太曰：『奉高之器，譬之汎濫，雖清而易挹。叔度之器，汪汪若千頃之陂，澄之不清，撓之不濁，不可量也。』」

〔五〕昂藏，軒昂挺特貌。亦作昂昂。《青州先賢傳》：「京師號曰：陳仲舉，昂昂千里驥。」

〔六〕應物，適應事物變化。《莊子·知北遊》：「其用心不勞，其應物無方。」

〔七〕東道主，《左傳》僖三十年，燭之武説秦穆公曰：「若舍鄭以爲東道主，行李之往來，共其乏困，君亦無所害。」

〔八〕忘味，《論語·述而》：「子在齊聞韶，三月不知肉味。」庾信《賀新樂表》：「聘魯請觀，理當見其盛德；適齊忘味，定是知其盡美。」

〔九〕一諾，《史記·季布傳》：「楚人諺曰：『得黄金千斤，不如得季布一諾。』」

〔一〇〕颯，風聲。宋玉《風賦》：「楚襄王遊於蘭臺之宫，宋玉、景差侍，有風颯然而至。」

〔一一〕瓊樹枝，亦作瓊枝，玉樹之枝。以喻人之美好。舊題李陵《別詩》：「思得瓊樹枝，以解長渴飢。」

校記：

①廳，底本作「聽」，此從《全唐詩》本。盧文弨本引何焯校語：「今作廳。」

②從宦，殘宋本作「從官」。

③過客，殘宋本作「佳客」。

睢陽贈李司倉

《太平寰宇記》卷一二「宋州」：「宋州睢陽郡，理宋城縣，《禹貢》豫州之域，即高莘氏之子閼伯所居商邱，今州理是也。」「天寶元年改爲睢陽郡，乾元元年復爲宋州。」其地在睢水之陽，故以爲名。司倉，《新唐書·百官志》四：上州司倉參軍事一人，從七品下。按高適有《同李司倉宴睢陽東亭》詩（敦煌《唐詩選》殘卷），劉開揚《高適詩集編年箋注》云：「此與前宋州諸詩之悲感者不同，爲天寶二年與睢陽郡吏周旋時作，李司倉是否景參不可知。」又引長卿此詩云：「當爲同一人。」其說是。長卿詩亦當作於天寶初。

白露變時候〔一〕，蛩聲暮啾啾〔二〕。飄飄洛陽客〔三〕，惆悵梁園秋〔四〕。只爲乏生計〔五〕，爾來成遠遊〔六〕①。一身不家食，萬事從人求。且喜接餘論〔七〕，足堪資小留。寒城落日後，砧杵令人愁〔八〕。歸路歲時盡，長河朝夕流。非君深意顧②，誰復能相憂③。

〔一〕白露，《禮·月令》：孟秋之月，「涼風至，白露降，寒蟬鳴」。

〔二〕蛩，《詩·唐風·蟋蟀》：「蟋蟀在堂。」毛傳：「蟋蟀，蛩也。」

〔三〕飄飄，曹植《雜詩》：「轉蓬離本根，飄飄隨長風。」洛陽客，按長卿家居洛陽，故云。

〔四〕梁園，即梁苑，又稱兔園、修竹園。《太平寰宇記》卷一二「宋州宋城縣」：「脩竹園，在縣東南十里。《西京記》：梁孝王好宮室園苑之樂，作睢華宮，築兔園。」按睢陽梁地，故以梁園稱之。

〔五〕生計，謀生之計。《陳書·姚察傳》：「清潔自處，貲産每虚，或有勸營生計，笑而不答。」

〔六〕遠遊，《楚辭》有《遠遊》篇，有句云：「悲時局之迫阨兮，願輕舉而遠遊。」

〔七〕餘論，《晉書·儒林傳序》：「擯闕里之典經，習正始之餘論。」

〔八〕砧杵，擣衣石與棒槌。《子夜秋歌》：「佳人理寒服，萬結砧杵勞。」

《詩歸》譚元春評曰：「厚。」君按：此詩純寫胸臆，一腔愁緒，如睢水長流不竭，故譚評曰厚也。

校記：

①爾，盧文弨本引何焯校語：「今作再。」

②意顧，殘宋本作「惠顧」。

③殘宋本注：「一作誰復能相留。」

惠福寺與陳留諸官茶會得西字

《元和郡縣圖志》卷七「汴州陳留縣」：「本漢陳留郡陳留縣地。武帝置陳留郡，屬兖州。按留本鄭邑，後爲陳所并，故曰陳留。」縣治在今河南開封東。詩當爲東遊時作。

到此機事遣〔一〕，自嫌塵網迷〔二〕。因知萬法幻〔三〕，盡與浮雲齊。疎竹映高枕〔四〕，空花隨杖藜〔五〕。香飄諸天外〔六〕，日隱雙林西〔七〕。傲吏方見狎〔八〕①，真僧幸相攜〔九〕。能令歸客意，不復還東溪〔一〇〕。

〔一〕機事，機巧之事。《莊子・天地》：「有機械者必有機事，有機事者必有機心，機心存於胸中則純白不備。」

〔二〕塵網，喻人世間之種種束縛。東方朔《與友人書》：「不可使塵網名韁拘鎖。」陶淵明《歸田園居》：「誤落塵網中，一去三十年。」

〔三〕萬法，佛家語，泛指一切事理。《五燈會元》：「一心不生，萬法無咎。」

〔四〕高枕，《戰國策・齊策》：「三窟已就，君姑高枕爲樂矣。」

〔五〕空花，佛家語，謂意中虚幻之花。《圓覺經》：「如衆空花，滅於虚空，不可言説。」杖藜，《莊子・讓王》：「原憲華冠縱履，杖藜而應門。」陸德明注：「杖藜，以藜爲杖也。」

〔六〕諸天，《經律異相・三界諸天》謂欲界、色界、無色界三界共有三十二天，總謂之諸天。

〔七〕雙林，《洛陽伽藍記・城西法雲寺》：「摹寫真容，似丈六之見鹿苑；神光壯麗，若金剛之在雙林。」按佛經云，佛逝世於拘尸那國阿利羅拔提河邊娑羅雙樹間，雙林即雙樹。此處借指佛寺之樹木。

〔八〕傲吏，郭璞《遊仙詩》：「漆園有傲吏，萊氏有逸妻。」《史記·莊周傳》：「莊子者，蒙人也，名周。周嘗爲蒙漆園吏。」

〔九〕真僧，僧人之有道行者。宋之問《雨從箕山來》詩：「此時客精廬，幸蒙真僧顧。」

〔一〇〕東溪，唐人習以東溪謂隱所。如王績有《夜還東溪》詩，王昌齡有《東溪玩月》詩（一作王維），李頎有《裴尹東溪別業》詩，岑參有《宿東溪王屋李隱者》詩，耿湋有《夏日寄東溪隱者》詩，不一而足。東山、東皋、東溪、東籬，隱者之於東，似有殊好。

校　記：

①傲，殘宋本作「微」。

别陳留諸官①

與上詩同時。

戀此東道主，能令西上遲。徘徊暮郊别，惆悵秋風時。上國邈千里〔一〕，夷門難再期〔二〕。行人望落日，歸馬嘶空陂。不愧寶刀贈〔三〕，惟懷瓊樹枝。音塵儻未接〔四〕，夢寐徒相思。

〔一〕上國，《左傳》昭十四年：「楚子使然丹簡上國之兵於宗丘。」按此謂京師。

〔二〕夷門，《史記·信陵君傳》：「魏有隱士曰侯嬴，年七十，家貧，爲大梁夷門監者。」按陳留爲梁地。

〔三〕寶刀贈，《晉書・王祥傳附王覽》：「初，呂虔有佩刀，工相之，以爲必登三公，可服此刀。虔謂祥曰：『苟非其人，刀或爲害。卿有公輔之量，故以相與。』祥固辭，强之乃受。」後祥果登三公之位。孫逖《和崔司馬登稱心寺》詩：「嘗聞寶刀贈，今日奉瓊琚。」

〔四〕音塵，謂音信。舊題蔡琰《胡笳十八拍》：「故鄉隔兮音塵絶，哭無聲兮氣將咽。」

校記：

①官，《文苑英華》作「公」。

温湯客舍

《太平寰宇記》卷二七「雍州昭應縣」：「温泉，在驪山之西北。」「今按泉有三，其一所有皇堂石井，周武帝天和四年大冢宰宇文護所造。隋文帝列樹松柏。唐開元十年置温泉宮於驪山，至天寶六年，改爲華清宮，始移於岳南，又造長生殿以祠神，元帝歲常幸焉。」此詩當作於改名華清宮之前。又按詩云：「且喜禮闈秦鏡在，還將妍醜付春官。」非屢試不第之語，當作於應試之初。

冬狩温泉歲欲闌〔一〕，宮城佳氣晚宜看〔二〕。湯熏仗裏千旗暖〔三〕，雪照山邊萬井寒〔四〕。君門獻賦誰相達〔五〕，客舍無錢輒自安。且喜禮闈秦鏡在〔六〕，還將妍醜付春官〔七〕①。

〔一〕冬狩，冬日出獵。《左傳》隱五年：「春蒐、夏苗、秋獮、冬狩，皆於農隙以講事也。」後以言帝王冬日出巡。又，

《舊唐書·玄宗紀》：開元元年「冬十一月甲申，幸新豐之温湯。癸卯，講武於驪山。」此後每至歲暮，玄宗常幸温湯。

〔二〕佳氣，望氣者謂。帝王應天順人，所在之處有佳氣，亦卽天子氣。班固《白虎通·封禪》：「德至八方則祥風至，佳氣時喜。」《後漢書·光武帝紀》：「氣佳哉，鬱鬱葱葱然。」按此處兼指温泉蒸騰之氣。

〔三〕仗，謂儀衛。《新唐書·儀衛志》：「唐制，天子居曰衙，行曰駕，皆有衛有嚴，羽葆華蓋，旌旗罕畢，車馬之衆盛矣。」「凡朝會之仗，三衛番上，分爲五仗，號衙内五仗。」五仗謂供奉仗、親仗、勳仗、翊仗、散手仗。

〔四〕萬井，井，謂民居。《韓非子·八姦》：「使朝廷市井皆勸譽己。」《漢書·刑法志》：「一同百里，提封萬井。」

〔五〕《史記·司馬相如傳》：「居久之，蜀人楊得意爲狗監侍上，上讀《子虚賦》而善之曰：『朕獨不得與此人同時哉！』得意曰：『臣邑人司馬相如自言爲此賦。』上驚，乃召問相如。相如曰：『有是，然此乃諸侯之事，未足觀也。』」

〔六〕禮闈，謂禮部試進士之所。開元二十四年三月十二日詔：「自今已後，每年諸色舉人及齋郎等簡試，並於禮部集。既衆務煩雜，仍委侍郎專知。」按此前進士試由吏部考功員外郎主之，是年考功員外郎李昂性剛急，不容物，爲人所誚。由是廷議以省郎位輕，不足以臨多士，乃使禮部侍郎掌焉。秦鏡，謂明鏡。《西京雜記》三：「（咸陽宫）有方鏡，廣四尺，高五尺九寸，表裏洞明。人直來照之，影則倒見。以手捫心而來，則見腸胃五臟，歷然無礙。人有疾病在内，則掩心而照之，則知病之所在。又女子有邪心，則膽張心動。秦始皇常以照宫人，膽張心動者則殺之。」

〔七〕春官，按《新唐書·百官志》一，武后光宅元年改尚書省及諸司官名，嘗改禮部爲春官。

校記：

①還，殘宋本作「盡」。付，《文苑英華》、《唐詩品彙》作「赴」。

送孫鎣京監擢第歸蜀覲省①

《雲麓漫鈔》：「天寶六年，楊護榜試《罔兩賦》。」《文苑英華》卷九〇録孫鎣《罔兩賦》，是知鎣天寶六年（七四七）擢第，詩卽是年作。京監，《唐摭言》「兩監」：「按《實録》，西監，隋制；東監，龍朔元年所置。開元已前，進士不由兩監者，深以爲恥。」按西監卽西京國子監。又按鎣乾元中嘗任監察御史，見《舊唐書・肅宗紀》。

適賀一枝新〔一〕，旋驚萬里分。禮闈稱獨步〔二〕，太學許能文〔三〕。征馬望春草，行人看暮雲〔四〕。遥知倚門處〔五〕，江樹正氛氲〔六〕。

〔一〕一枝，《晉書・郤詵傳》：「累遷雍州刺史，武帝於東堂會送，問詵曰：『卿自以爲何如？』詵對曰：『臣舉賢良對策，爲天下第一，猶桂林之一枝，崑山之片玉。』」

〔二〕禮闈，禮部試進士之所。獨步，《後漢書・戴良傳》：「我若仲尼長東魯，大禹出西羌，獨步天下，誰與爲偶！」

〔三〕太學，漢武帝元朔五年，始立太學。《新唐書・選舉志》：「凡學六，皆隸於國子監。」

〔四〕暮雲，江淹《李都尉從軍詩》：「日暮浮雲滋，揮手淚如霰。」又《休上人怨別詩》：「日暮碧雲合，美人殊未來。」

〔五〕倚門，《戰國策・齊策》：「母曰：『女朝出而晚來，則吾倚門而望。』」

〔六〕氛氲，盛貌。謝惠連《雪賦》：「其爲狀也，散漫交錯，氛氲蕭索。」

校記：

①鋈，諸本作「瑩」。從《文苑英華》改。

夜宴洛陽程九主簿宅送楊三山人往天台尋智者禪師隱居

洛陽，河南府屬縣，赤，與河南縣同爲東都及府治所在。見《新唐書・地理志》二。主簿，《新唐書・百官志》：赤縣「主簿二人，從八品上」。楊三山人，按李白有《送楊山人歸嵩山詩》（《全唐詩》卷一七六），高適亦有《送楊山人歸嵩陽》詩（《全唐詩》卷二一三），當爲天寶四年前後二人同遊梁宋時作。長卿詩云：「本家關西族，別業嵩陽田。」楊三山人當即高、李贈詩者。又按李白有《送楊山人歸天台》詩（《全唐詩》卷一七五），詩云：「客有思天台，東行路超忽。濤落浙江水，沙明浦陽月。今遊方厭楚，昨夢先歸越。且盡秉燭歡，無辭凌晨發。」當作於天寶六至八載寓居金陵時。以此知楊山人之赴天台當在天寶七載（七四八）前後。天台，《太平寰宇記》卷九八「台州天台縣」：「天台山，在州西一百一十里。《臨海記》云：『天台山超然秀出，有八重，視之如一帆，高一萬八千丈，周迴二百里。』」智者禪師，即隋僧智顗。智顗字德安，俗姓陳。隋開皇十八年入天台，創爲天台宗。事迹具見《續高僧傳》卷一七。

東林問遣客〔一〕，何處棲幽偏〔二〕①。滿腹萬餘卷②，息機三十年〔三〕。志圖良已久〔四〕，鬢

髮空蒼然。調嘯寄疏曠〔五〕③，形骸如棄捐〔六〕④。本家關西族〔七〕，別業嵩陽田〔八〕。雲卧能獨往〔九〕，山棲幸周旋。垂竿不在魚〔一〇〕，賣藥不爲錢〔一一〕。藜杖閒倚望⑤，松花常醉眠〔一二〕。

〔一〕東林，廬山有東林寺，晉釋慧遠所居。《高僧傳·慧遠傳》：「沙門慧永居在西林，與慧遠同門舊好，遂要同上。永謂刺史桓伊曰：『遠公方當弘道，今徒屬已廣，而來者方多，貧道所棲褊狹，不足相處，如何？』桓乃爲遠復於山東更立房殿，即東林是也。」後亦以指避世之所。逋客，隱士。孔稚珪《北山移文》：「請迴俗士駕，爲君謝逋客。」

〔二〕幽偏，謂幽僻之所。

〔三〕息機，謂擺脱世務塵心。舊題李白《送賀監歸四明應制》詩：「久辭榮禄遂初衣，曾向長生説息機。」

〔四〕志圖，《齊書·高帝紀》：「爰自南區，志圖東夏。」按此謂立功立業之志向。

〔五〕嘯，《世説新語·棲逸》注引《魏氏春秋》：「(阮籍)嘗遊蘇門山，有隱者，莫知姓名，有竹實數斛，杵臼而已。籍聞而從之，談太古無爲之道，論五帝三王之義，蘇門先生翛然曾不眄之。籍乃嘐然長嘯，韻響寥亮，蘇門先生乃逌然而笑。籍既降，先生喟然高嘯，有如鳳音。」《封氏聞見記》卷五「長嘯」：「永泰中，大理評事孫廣著《嘯旨》一篇云：『其氣激於喉中而濁謂之言，激於舌端而清謂之嘯。言之濁可以通人事，達情理；嘯之清可以滅鬼神，致不死。』」

〔六〕形骸，《莊子·德充符》：「今子與我遊於形骸之内，而子索我於形骸之外，不亦過乎？」棄捐，《淮南子·覽冥》：「棄捐五帝之恩刑，推蹶三王之法籍。」

〔七〕關西楊氏，漢相楊震之後，世爲著姓。《後漢書·楊震傳》：「楊震字伯起，弘農華陰人也。」「震少好學，受歐陽《尚書》於太常桓郁，明經博覽，無不窮究。諸儒爲之語曰：關西孔子楊伯起。」

〔八〕嵩陽，嵩山之南。《元和郡縣圖志》卷五「河南府登封縣」：「嵩高山，在縣北八里，亦名方外山。」「東曰太室，西曰少室，嵩高總名，即中岳也。」

〔九〕雲卧，謝靈運《石門新營所住》詩：「躋險築幽居，披雲卧石門。」杜甫《龍門奉先寺》詩：「天闕象緯逼，雲卧衣裳冷。」

〔一〇〕垂竿，即垂釣。謝朓《始出尚書省》詩：「乘此終蕭散，垂竿得澗底。」不在魚，所謂「棲於一丘，釣於一壑」，意在山水隱逸也。

〔一一〕賣藥，《後漢書·韓康傳》：「常採藥名山，賣于長安市，口不二價，三十餘年。時有女子從康買藥，康守價不移。女子怒曰：『公是韓伯休耶？乃不二價乎？』康歎曰：『我本欲避名，今小女子皆知有我焉，何用藥爲？』乃遁入霸陵山中。」梁簡文帝《七勵》：「賣藥無藏名之老，河泗無洗耳之翁。」

〔一二〕松花，酒名。岑參《題井陘雙溪李道士所居》：「五粒松花酒，雙溪道士家。」

頃辭青谿隱，來訪赤縣仙〔一三〕⑥。南畝自甘賤〔一四〕，中朝誰愛賢〔一五〕⑦。仍空世諦法〔一六〕，遠結天台緣〔一七〕。魏闕從此去〔一八〕，滄洲知所便〔一九〕。主人瓊枝秀〔二〇〕，寵別瑤華篇〔二一〕。落日掃塵榻〔二二〕，春風吹客船⑧。此行頗自適，物外誰能牽〔二三〕。弄棹白蘋裏〔二四〕，掛帆飛鳥邊。落潮見孤嶼⑨，徹底觀澄漣〔二五〕⑩。雁過湖上月，猿聲峯際天。羣峯趨海嶠〔二六〕，千里黛色連〔二七〕⑪。遥倚赤城上〔二八〕，曈曈初日圓〔二九〕。

〔一三〕唐制，縣有赤、畿、望、緊、上、中、下七等，京師屬縣爲赤縣。洛陽爲東京屬縣。赤縣仙謂程九主簿。

〔一四〕南畝，《詩·豳風·七月》：「饁彼南畝。」後以指農田。

〔一五〕中朝，謂朝廷。

〔一六〕世諦，《涅槃經》：「世間人所知，名爲世諦。」

〔一七〕天台，謂天台宗，佛家宗派之一，智顗所創。

〔一八〕魏闕，《莊子·讓王》：「身在江海之上，心居乎魏闕之下。」又《淮南子》：「神遊魏闕之下。」高誘《注》：「魏闕，王者門外闕也，所以懸教民之書於象魏也。巍巍高大，故曰魏闕。」

〔一九〕滄洲，《湖廣通志》卷一〇「山川四」：「滄浪水，按易氏云：均州武當縣西北四十里水中有滄浪洲，又名滄浪水，蓋漢沔合流，即《禹貢》『又東爲滄浪』也。」按《孟子》載孺子歌云：「滄浪之水清兮，可以濯我纓；滄浪之水濁兮，可以濯我足。」《楚辭·漁父》又載爲漁父歌。故後人習以滄浪、滄洲謂隱者所居。

〔二〇〕瓊枝，見《題冤句宋少府廳留別》詩注。

〔二一〕瑶華，喻美好而珍貴。謝朓《郡内高齋閒望答吕法曹》詩：「惠而能好我，問以瑶華音。」

〔二二〕塵榻，《後漢書·徐穉傳》云：陳蕃少所接與，獨爲徐穉設一榻，來則下榻，去則懸之。此暗用其事。

〔二三〕物外，塵俗之外。《晉書·單道開傳》：「獨處茅茨，蕭然物外。」

〔二四〕白蘋，水草。柳惲《江南曲》：「汀洲採白蘋，日暖江南春。」

〔二五〕澄漣，水清而微波。徐瑗《華林北澗》詩：「貫九谷兮積靈芝，飛清濤兮潔澄漣。」

〔二六〕海嶠，近海多山之地。嶠，《釋名》：「山長而鋭曰嶠。」

〔二七〕黛色，青黑色，此謂山色。

〔二八〕赤城，孫綽《遊天台山賦》：「赤城霞起而建標。」《方輿勝覽》：「赤城山，在台州天台縣北六里，一名燒山，其上石壁皆如霞色，望之如雉堞然，故人以此名山。」《天台山志》：「赤城山，天台山之一小山也。石皆赤色，壁立如城。」

〔二九〕曈曈，日初出漸明貌。何遜《苦熱》詩：「曀曀風逾静，曈曈日漸旰。」

昔聞智公隱，此地常安禪〔三〇〕。千載已如夢，一燈今尚傳〔三一〕。雲龕閉遺影，石窟無人煙〔三二〕。古寺暗喬木，春崖鳴細泉。流塵既寂寞，緬想增嬋娟〔三三〕。山鳥怨庭樹，門人思步蓮〔三四〕。夷猶懷永路〔三五〕，悵望臨清川。漁人來夢裏，沙鷗飛眼前。獨遊豈易愜，羣動多相纏〔三六〕。羨爾五湖夜〔三七〕，往來閒扣舷⑫。

〔三〇〕安禪，猶言入定。《梁書・張纘傳》引《南征賦》：「今築室以安禪，邑無改於舊井。」

〔三一〕傳燈，佛家謂傳法爲傳燈，以燈可照暗故也。《宋高僧傳》卷七《志遠傳》：「一燈之後復燃一燈。」按智顗卒於隋開皇十七年（五九七），至天寶間不足二百年，「千載」極言其長。

〔三二〕「雲龕」二句，一句謂影堂，二句謂舊居。

〔三三〕嬋娟，美好貌。按此二句似謂智者遺影流塵委積，而追思往昔風姿，愈增向往。

〔三四〕步蓮，宋之問《奉和薦福寺應制》詩：「不改靈光殿，因開功德池。蓮生新步葉，桂長昔攀枝。」又元好問《台山雜詠》之八：「佛土休將人境比，誰家隨步得金蓮？」按《大寶積經》云：「不動如來，行住有千葉蓮花，自然承足。是花金色，世無可比。」

〔三五〕夷猶，遲疑不前貌。屈原《九歌・湘君》：「君不行兮夷猶，蹇誰留兮中洲？」

〔三六〕羣動，陶淵明《飲酒》：「日入羣動息，歸鳥趨林鳴。」按「獨遊」二句意謂己本欲從遊，以愜旅懷，唯爲俗務所牽，不克如願。

〔三七〕五湖，《江南通志》卷一二「山川二」：「太湖，在（蘇州）府西南三十餘里。《禹貢》謂之震澤，《周官》、《爾雅》謂之具區，《國語》、《史記》謂之五湖，其實一也。《越絶書》云：『太湖三萬六千頃。』《水經注》韋昭云：『方圓五百里，跨蘇、常及湖州三郡地，中有七十二山，居民環匝。』」又《太平寰宇記》卷九一「蘇州吴縣」：「太湖中有貢湖、遊湖、胥湖等名，是謂五湖。」

君按：詩言山人出身名門，經綸滿腹，而猶見棄於世，不得不放浪形骸，寄情山水，故有「中朝誰愛賢」之問。作「唯愛賢」，則全詩均無着落。時長卿蓋已屢試不第，故出此憤激之語，憫人適以自憫也。

校記：

①棲，盧文弨本作「尋」。

②腹，底本作「復」，據殘宋本改。

③嘯，盧文弨本作「笑」。

④骸，殘宋本作「體」。

⑤望，底本作「壁」，據殘宋本改。

⑥赤縣，殘宋本作「赤城」。

⑦誰，底本作「唯」，據殘宋本、《天台前集》改。

⑧吹，《天台前集》作「催」。

⑨潮，底本作「湖」，據殘宋本改。
⑩觀，殘宋本作「清」。
⑪色，底本作「相」，據殘宋本改。
⑫舷，底本作「船」，據殘宋本改。

送郭六侍從之武陵郡

《新唐書·地理志》四：「朗州武陵郡，下。」治所在今湖南常德。陶淵明《桃花源記》謂其地有桃花源。詩云：「洛陽遥想桃源隔，野水閒流春自碧。」爲洛陽送行之作。又云：「丈人别乘佐分憂，才子趨庭兼勝遊。」郭父時爲朗州别駕。《新唐書·百官志》四下：「天寶元年，改刺史曰太守。八載，諸郡廢别駕，下郡置長史一員。上元二年，諸州復置别駕。」武陵稱郡而尚置别駕，故疑此詩當作於天寶八載（七四九）前。

常愛武陵郡，羨君將遠尋。空憐世界迫〔一〕，孤負桃源心〔二〕。洛陽遥想桃源隔，野水閒流春自碧。花下常迷楚客船，洞中時見秦人宅。落日相看斗酒前，送君南望但依然。河梁馬首隨春草，江路猿聲愁暮天①。丈人别乘佐分憂〔三〕，才子趨庭兼勝遊〔四〕。澧浦荆門行可見〔五〕，知君詩興滿滄洲。

〔一〕世界，《楞嚴經》卷四：「何名爲衆生世界？世爲遷流，界爲方位。汝今當知，東、西、南、北、東南、西南、東北、西北、上、下爲界，過去、未來、現在爲世。」世界迫，謂塵世諸事纏繞。

〔二〕孤負，李陵《答蘇武書》：「功大罪心，不蒙明察，孤負陵心區區之意。」今作辜負。　桃源，謂桃花源。

〔三〕丈人，老人之稱。《論語・微子》「丈人曰：『四體不勤，五穀不分，孰爲夫子？』植其杖而耘。」按此謂郭六之父。

〔四〕趨庭，《論語・季氏》：「（子）嘗獨立，鯉趨庭而過。」鯉，孔子子伯魚。趨庭，從庭中俯身急走，以示敬。後因謂事父爲趨庭。

〔五〕澧浦，澧水之浦。澧水流經澧州，注洞庭。屈原《九歌》：「遺余佩兮澧浦。」荆門，山名。《水經注・江水》：「江水又東，歷荆門、虎牙之間。」

校記：

①愁，殘宋本作「悲」。

平蕃曲三首①

《舊唐書・玄宗紀》：天寶八載（七四九）六月，「隴右節度使哥舒翰攻吐蕃石堡城，拔之。」「閏月己丑，改石堡城爲神武軍。」詩當作於此時。

吹角報蕃營〔一〕②，迴軍欲洗兵〔二〕。已教清海外〔三〕③，自築漢家城。

〔一〕吹角，《通禮義纂》：「蚩尤與黄帝戰，帝命吹角作龍鳴以禦之。」

〔二〕洗兵，左思《魏都賦》：「洗兵海島，刷馬江洲。」吕向注：「謂戰勝將休兵，欲還師，乃洗刷兵馬於海島江洲也。」

〔三〕清海，按《太平寰宇記》卷一八五「吐蕃」：「清海、湟川，實邇漢邊。」今作青海。又按石堡城在青海東。

渺渺戍煙孤。茫茫寒草枯④。隴頭那用閉〔一〕，萬里不防胡。

〔一〕隴頭，《樂府詩集·隴頭解題》：「一曰隴頭水。《通典》曰：天水郡有大阪，名曰隴坻，亦曰隴山，即漢隴關也。《三秦記》曰：其坂九回，上者七日乃越。上有清水四注下，所謂隴頭水也。」按隴阪爲唐時抵禦吐蕃之屏障。

唐汝詢《唐詩解》：「上聯紀邊塞之清静，下聯見守備之堪撤。」

絶漠大軍還〔一〕，平沙獨戍閒。空留一片石，萬古在燕山〔二〕。

〔一〕絶漠，亦作絶幕，渡越沙漠。《史記·匈奴傳》：「大將軍出定襄，驃騎將軍出代，咸約絶幕擊匈奴。」

〔二〕《後漢書·竇憲傳》：竇憲、耿秉擊匈奴，匈奴「降者前後二十餘萬人。憲、秉遂登燕然山，去塞三千餘里，刻石勒功，紀漢威德，令班固作銘。」

唐汝詢《唐詩解》：「軍還之後，邊不煩戍，惟留漢將之勛於片石而已。」

校記：

①蕃，底本作「番」，據《全唐詩》改。

②蕃，底本作「番」。盧文弨本引何焯校語：「疑作翻。」文弨按語云：「弨未曉。」君按作「蕃」則羣疑皆釋。

③清，《全唐詩》作「青」。盧文弨本引何焯校語：「清當作青，宋亦誤。」是知書綳本正作清。按作清不誤。

④寒，《全唐詩》作「塞」。

落第贈楊侍御兼拜員外仍充安大夫判官赴范陽①

安大夫，當爲安禄山。安姓而嘗爲范陽節度使者僅此一人。按《舊唐書·安禄山傳》，禄山於天寶三載代裴寬爲范陽節度使，「六載，加大夫」。又按《舊唐書·玄宗紀》，天寶九載夏六月「乙卯，安禄山進封東平郡王」。詩稱安大夫，當作於天寶六載至九載（七四七——七五〇）間。侍御，《因話録》卷五「御史臺三院」：「二曰殿院，其僚曰殿中侍御史，衆呼爲侍御。」「三曰察院，其僚曰監察御史，衆呼亦曰侍御。」判官，節度使屬官，見《新唐書·百官志》四下。范陽，《太平寰宇記》卷六九「幽州范陽郡」：「天寶元年改爲范陽郡，都范陽、上谷、嬀州、密雲、歸德、漁陽、順義、歸化八郡。乾元元年，復爲幽州。」治薊縣，其地在今北京市南。

職副旌旄重〔一〕，才兼識量通〔二〕。使車遥肅物〔三〕，邊策遠和戎〔四〕。擲地金聲著〔五〕，從軍寶劍雄。官成稽古力〔六〕②，名達濟時功〔七〕。肅穆烏臺上〔八〕，雍容粉署中〔九〕。含香初待漏〔一〇〕，持簡舊生風〔一一〕。

〔一〕旌旄，同旌麾，帥旗也。《三國志·魏·夏侯淵傳》：「大破遂軍，得其旌麾。」

〔二〕識量，見識與度量。《晉書·裴楷傳》：「楷明悟有識量，弱冠知名，尤精《老》、《易》。」

〔三〕使車，《戰國策·楚策》：「（楚王）乃遣使車百乘，獻雞駭之犀，夜光之璧於秦王。」此處謂出使。肅物，整肅綱紀，令姦邪慴服之謂。

〔四〕邊策，謂安邊之策。《漢書·趙充國傳》：「選擇良吏知其俗者拊循和輯，此全師保勝安邊之册（策）。」和戎，謂與外族結好。鮑照《擬古》之二：「晚節從世務，乘障遠和戎。」按范陽與奚、契丹相鄰，故云。

〔五〕擲地，《世説新語·文學》：「孫興公作《天台賦》成，以示范榮期云：『卿試擲地，要作金石聲。』」

〔六〕稽古，謂研習古事。《後漢書·桓榮傳》：「榮大會諸生，陳其車馬印綬，曰：『今日所蒙，稽古之力也。』」

〔七〕濟時，謂匡時濟世。《國語·周語》：「寬所以保本也，肅所以濟時也，宣所以教施也，惠所以和民也。」

〔八〕烏臺，即御史臺。《漢書·朱博傳》：「是時御史府吏舍百餘區井水皆竭，又其府中列柏樹，常有野烏數千棲宿其上，晨去暮來，號曰朝夕烏。」後因稱御史臺爲烏臺。

〔九〕粉署，即尚書省。漢代尚書省以胡粉塗壁，畫古賢人，故後世稱爲粉署。

〔一〇〕含香，《漢官儀》：「侍中刁存，年老口臭，帝賜雞舌香使含之。」「尚書郎含雞舌香，伏奏事。」待漏，百官早朝，先集於宫外等待，稱待漏。漏，宫漏，古之計時器。元和以後設待漏院。《東觀漢紀·樊梵傳》：「每當直事，常晨駐馬待漏。」

〔一一〕簡，手版。生風，風謂威嚴之風。《漢書·趙廣漢傳》：「見事風生，無所回避。」按《新唐書·百官志》三：「監察御史「掌分察百寮，巡按州縣，獄訟、軍戎、祭祀、營作、太府出納皆隸焉；知朝堂左右廂及百司綱目。」又按上句謂初兼員外，下句謂舊爲御史。

黠吏偏驚隼〔一二〕，貪夫輒避驄〔一三〕。且知榮已隔③，誰謂道仍同。念舊追連茹〔一四〕，謀生任轉蓬〔一五〕。泣連三獻玉〔一六〕，瘡懼再傷弓〔一七〕。戀土函關外〔一八〕，瞻塵灞水東〔一九〕④。他時書一札⑤，猶冀問途窮〔二〇〕。

〔一二〕《新唐書・百官志》三：御史「察黠吏豪宗兼并縱暴，貧弱冤苦不能自申者」。隼，猛禽。御史發姦擿伏，故以猛禽喻之。

〔一三〕避驄，《後漢書・桓典傳》：「拜侍御史。是時宦官秉權，典執政無所回避。常乘驄馬，京師畏憚，爲之語曰：『行行且止，避驄馬御史。』」

〔一四〕連茹，《易・泰》：「拔茅茹以其彙，征吉。」注：「茹，相牽引之貌也。」

〔一五〕轉蓬，曹植《雜詩》：「轉蓬離本根，飄飄隨長風。」

〔一六〕三獻玉，《韓非子・和氏》「楚人和氏得玉璞楚山中，奉而獻之厲王。厲王使玉人相之。玉人曰：『石也。』王以和爲誑，而刖其左足。及厲王薨，武王即位，和又奉其璞而獻之武王。武王使玉人相之。又曰：『石也。』王以和爲誑，而刖其右足。武王薨，文王即位，和乃抱其璞，而哭於楚山之下。三日三夜，泣盡而繼之以血。……王乃使玉人理其璞，而得寶焉，遂命曰和氏之璧。」

〔一七〕再傷弓，《戰國策・楚策》：「更羸與魏王處京臺之下，仰見飛鳥，更羸謂魏王曰：『臣爲君引弓虛發而射鳥。』……有間雁從東方來，更羸以虛發而下之。魏王曰：『然則射可至此乎？』更羸曰：『此孽也……故瘡未息而驚心未去也，聞弦音烈而高飛，故瘡隕也。』」

〔一八〕函關，函谷關。秦關在今河南靈寶縣南，漢關在今河南新安縣東北。長卿祖業在洛陽，故云。

〔一九〕灞水，《元和郡縣圖志》卷一「京兆府萬年縣」：「霸（灞）水在縣東二十里。霸（灞）橋，隋開皇三年造。」按灞橋爲唐人送別之所，故云。

〔二〇〕途窮，《世說新語・棲逸》注引《魏氏春秋》：「阮籍常率意獨駕，不由徑路，車跡所窮，輒痛哭而反。」

校記：

①楊侍御，殘宋本無「楊」字。
②力，《文苑英華》作「道」。
③榮，殘宋本作「策」。
④塵，殘宋本作「雲」。
⑤書一札，《文苑英華》作「一書札」。

送薛據宰涉縣 自永樂主簿陟狀，尋復還受此官

薛據，河東人。《舊唐書》附見卷一四六《薛播傳》。官終水部郎中。《唐會要》卷七六「制科舉」：「（天寶）六載，風雅古調科薛璩（據）及第。」又《封氏聞見記》卷三「銓曹」：「開元中，河東薛據自恃才名，於吏部參選，請授萬年縣録事。吏曹不敢注，以諮執政。將許之矣。諸流外共見宰相訴云：『醞署丞等三官，皆流外之職，已被士人奪却。惟有赤縣録事是某等清要，今又欲被進士欲奪，則某等一色之人無措手足矣。』於是遂罷。」據之授永樂主簿，當在天寶六載制科及第後。秩滿遷涉縣令，已在天寶九載（七五〇）前後。涉縣，唐屬潞州上黨郡，今河北省涉縣。永樂，唐屬蒲州，今山西省永樂縣。主簿，《新唐書·百官志》四下：畿縣「主簿一人，正九品上」。

故人河山秀，獨立風神異〔一〕。人許白眉長〔二〕，天資青雲器〔三〕。雄辭變文名，高價喧時議〔四〕。下筆盈萬言〔五〕，皆合古人意①。

〔一〕獨立，謂超羣。《漢書·孝武李夫人傳》：「延年侍上起舞，歌曰：『北方有佳人，絶世而獨立。』」風神，風姿神采。《晉書·裴秀傳》：「（裴）楷風神高邁，容儀俊爽。」

〔二〕白眉，《三國志·蜀·馬良傳》：「馬良字季常，襄陽宜城人。兄弟五人，並有才名。鄉里爲之諺曰：『馬氏五常，白眉最良。』良眉中有白毛，故以稱之。」後以白眉稱兄弟中才行尤爲特出者。按《舊唐書·薛播傳》云：「初，播伯父元曖終於隰城丞，其妻濟南林氏，丹陽太守洋之妹，有母儀令德，博涉五經，善屬文，所爲篇章，時人多諷詠之。元曖卒後，其子彦輔、彦國、彦偉、彦雲及播兄據、摠並早孤幼，悉爲林氏所訓導，以至成立，咸致文學之名。開元、天寶中二十年間，彦輔、據等七人並舉進士，連中科名，衣冠榮之。」

〔三〕青雲器，謂有坐致青雲之才具。參見《雨中登沛縣樓贈表兄郭少府》注〔五〕。

〔四〕「雄辭」二句，按薛據詩才力雄健，天寶中已負盛名。高適《淇上酬薛三據兼寄郭少府微》詩云：「故交負靈奇，逸氣抱謇諤。隱軫經濟具，縱横建安作。」殷璠《河嶽英靈集》卷中云：「據爲人骨鯁有氣魄，其文亦爾。」「至如『寒風吟長林，白日原上没』，又『孟冬時晷短，日盡西南天』，可謂曠代之佳句。」據「變文名」句，似時人已視據作爲新體，然已無史料可徵。高價，《後漢書·邊讓傳》：「若復隨輩而進，非所以章瓌偉之高價，昭知人之絶明也。」

〔五〕下筆，《三國志·魏·陳思王植傳》：「言出爲論，下筆成章。」

一從負能名，數載猶卑位。寶劍誠可用②，烹鮮是虚棄〔六〕③。昔聞在河上〔七〕，高卧自無事〔八〕。几案終日閒〔九〕，蒲鞭使人畏〔一〇〕。

〔六〕烹鮮，《老子》：「治大國若烹小鮮。」河上公注：「鮮，魚。烹小鮮，不去腸，不去鱗，不敢撓，恐其靡也。治國煩則下亂。」

〔七〕謂在永樂。《太平寰宇記》卷四六「蒲州永樂縣」：「黄河，在縣南二里。」
〔八〕高卧，高枕而卧，謂安閒無事。《晉書・陶潛傳》：「夏日虚閒，高卧北窗之下。」
〔九〕言無爲而治。
〔一〇〕蒲鞭，以蒲草爲鞭。《後漢書・劉寬傳》：「遷南陽太守，歷典三郡，温仁多恕。」「吏人有過，但以蒲鞭罰之，示辱而已，終不加苦。」

頃因歲月滿〔一一〕，方謝風塵吏〔一二〕。頌德有輿人〔一三〕，薦賢逢八使〔一四〕。棲鸞往已屈〔一五〕，馴翟今可嗣〔一六〕④。此道如不移，雲霄坐應致〔一七〕。

〔一一〕謂秩滿。
〔一二〕風塵吏，簿、尉爲縣佐吏，奔走風塵，勞碌辛苦，故云。
〔一三〕輿人，謂衆人。《國語・楚》：「近臣諫，遠臣謗，輿人誦，以自詰也。」
〔一四〕八使，《漢書・張綱傳》：「漢安元年，選遣八使，狥行風俗。」蔡邕《陳政要七事疏》：「五年，制書議遣八使。」後以八使指巡行州縣、澄清紀綱、薦舉賢能之使節。
〔一五〕棲鸞，《後漢書・仇香傳》：「枳棘非鸞鳳所棲，百里豈大賢之路！」
〔一六〕馴翟，馴順之鳥雀。翟，卽雉。《南史・劉遵傳》：「弘道下邑，未申善政，而能使人結去思。野多馴翟，此亦威鳳一羽，足以驗其五德。」謂恩及鳥獸，何況人乎！
〔一七〕猶言坐致青雲。

縣前漳水緑〔一八〕，郭外晉山翠〔一九〕。日得謝客遊〔二〇〕，時堪陶令醉〔二一〕。前期今尚遠，握手空宴慰⑤。驛路疏柳長，春城百花媚。裴回白日隱〔二二〕，暝色含天地⑥。一鳥向灞陵〔二三〕，孤雲送行騎。

〔一八〕《太平寰宇記》卷四五「潞州涉縣」：「清漳水，一名涉河，在縣南一里，西自黎城縣界流入。」

〔一九〕《太平寰宇記》「潞州涉縣」：「崇山在縣東南七十里。」「庚姑山在縣西北八十里。」均爲太行山餘脈，故云晉山。

〔二〇〕謝客，即謝靈運。鍾嶸《詩品》：「錢塘杜明師，夜夢東南有人來入其館。是夕謝靈運生于會稽。旬日而謝玄亡，家以子孫難得，送靈運於杜治養之。十五方還都，故名客兒。」

〔二一〕陶淵明好飲酒，嘗爲彭澤令。此以喻薛據。

〔二二〕裴回，同徘徊。

〔二三〕灞陵，《史記·李將軍傳》作霸陵。宋敏求《長安志》卷一一「萬年縣」：「霸陵故城在縣東北二十五里，霸水之東。《十三州志》曰：『霸陵，秦襄王所築芷陽也。』漢文帝更名霸陵。」灞水流經其地，有灞橋，唐時爲送別之所。

夫君多述作〔二四〕，而我常諷味。賴有瓊瑤資⑦，能寬別離思〔二五〕。槐陰覆堂殿，苔色上階砌。鳥倦自歸飛，雲閒獨容裔〔二六〕。既將慕幽絕，兼欲看定慧〔二七〕。遇物忘世緣〔二八〕，還家懶生計。無生妄已息〔二九〕，有妄心可制。心鏡常虛明〔三〇〕，時人自淪翳〔三一〕。

〔二四〕述作，《論語·述而》：「述而不作，信而好古，竊比我於老彭。」曹丕《與吳質書》：「德璉常斐然有述作之意，其才學足以著書，美志不遂，良可痛心。」

〔二五〕「賴有」二句意謂：幸有詩作在手，時時諷詠，如對故人，可使別情稍得寬解。瓊瑤，《北史·文苑傳序》：「雕琢瓊瑶，刻削杞梓。」

〔二六〕陶淵明《歸去來辭》：「雲無心以出岫，鳥倦飛而知還。」容滴，起伏貌。亦作容裔。

〔二七〕按二句意謂己已倦於應舉，將尋訪名山勝寺，兼參禪理矣。定慧，佛家語。《無量壽經》下：「定力慧力，多聞之力。」《五燈會元》：「神會禪師問六祖：『先定後慧？先慧後定？定慧後初何生爲正？』祖曰：『常生清浄心，定中而有慧；于境上無心，慧中而有定。』」

〔二八〕世緣，佛家稱人世間事爲世緣。

〔二九〕無生，佛家謂世間萬物無生無滅。妄，虚妄。《楞嚴經》：「從妄見生。」「妄見生滅。」

〔三〇〕心鏡，《圓覺經》：「慧目肅清，照耀心鏡。」

〔三一〕按此數句謂世事無非虚妄，參透此理，則心鏡虚明，世人之擾攘，徒自尋煩惱耳。淪翳，湮没蒙蔽。

校記：

①合，殘宋本作「含」。

②誠，盧文弨本作「成」，校語：「從嚴抄。」

③是虚棄，盧文弨本作「虚是棄」，校語：「從嚴抄。」

④翟，諸本作「雀」，此從殘宋本。

⑤慰，盧文弨本校語：「近本會。」

⑥含，殘宋本作「合」。

⑦資，殘宋本作「姿」。

小鳥篇上裴尹

裴尹，長卿居洛，裴尹當爲河南尹。《金石萃編》卷八六《嵩陽觀至德感應頌》，天寶三載立，署「太中大夫河南尹河南水陸運使上柱國賜紫金魚袋兼東京留守判留司尚書省事臣裴迥題額」。《新唐書·地理志》二「河南府」：「龍門山東抵天津，有伊水石堰。天寶十載，尹裴迥置。」是知裴迥之尹河南，爲時甚久。此詩所獻，蓋即迥也。又蕭穎士《庭莎賦序》（《全唐文》卷三二一）云：「（天寶十載），求參河南府軍事，府尹裴公以予浮名，枉顧遇焉。」又知裴迥善接文士。長卿詩云：「歲月蹉跎飛不進，羽毛顦顇何人問？」當爲天寶後期所作。

藩籬小鳥何其微，翩翩日夕空此飛〔一〕。只緣六翮不自致〔二〕，長似孤雲無所依〔三〕。西城黯黯斜暉落，衆鳥紛紛皆有託。獨立雖輕燕雀羣〔四〕，孤飛還懼鷹鸇搏〔五〕。自憐天上青雲路，弔影徘徊獨愁暮〔六〕。銜花縱有報恩時〔七〕①，擇木誰容托身處〔八〕。

〔一〕翩翩，飛翔輕疾貌。《詩·小雅·四牡》：「翩翩者鵻，載飛載下。」
〔二〕六翮，健羽。《韓詩外傳》六：「夫鴻鵠一舉千里，所恃者六翮耳。」
〔三〕孤雲，陶淵明《詠貧士》詩：「萬族皆有託，孤雲獨無依。」
〔四〕燕雀，《史記·陳涉世家》：「嗟乎，燕雀安知鴻鵠之志哉！」
〔五〕鷹鸇，《左傳》文十八年：「見無禮於其君者誅之，如鷹鸇之逐鳥雀也。」

〔六〕弔影，形影相弔，言其孤獨。

〔七〕銜花，崔顥《孟門行》：「黄雀銜黄花，翩翩傍簷隙。本擬報君恩，如何反彈射？」《續齊諧記》：「弘農楊寶，性慈愛。年九歲，至華陰山，見一黄雀爲鴟梟所搏，墮於樹下，傷瘢甚多，宛轉復爲螻蟻所困。寶懷之以歸，置諸梁上。夜聞啼聲甚切，親自照視，爲蚊所嚙，乃移置巾箱中，啖以黄花。逮十餘日，毛羽成，飛翔朝去暮來，宿巾箱中，如此積年。忽與羣雀俱來，哀鳴遶堂，數日乃去。是夕，寶三更讀書，有黄衣童子曰：『我王母使者，昔使蓬萊，爲鴟梟所搏，蒙君之仁愛見救，今當受使南海。』别以四玉環與之曰：『令君子孫潔白，且從登三公，事如此環矣。』寶之孝大聞天下，名位日隆。子震，震生秉，秉生彪，四世三公。」按《唐詩品彙》銜花作銜環，似以意改之。《續齊諧記》云「啖以黄花」，故崔、劉二詩均云「銜花」，非無據也。

〔八〕擇木，鳥擇木而居，喻士擇主而事。《左傳》哀十一年：「鳥則擇木，木豈能擇鳥？」

歲月蹉跎飛不進〔九〕，羽毛顦顇何人問〔一〇〕。遶樹空隨烏鵲驚〔一一〕，巢林只有鷦鷯分〔一二〕。主人庭中蔭喬木〔一三〕，愛此清陰欲棲宿。少年挾彈遥相猜，遂使驚飛往復迴。不辭奮翼向君去，惟怕金丸隨後来〔一四〕。

〔九〕蹉跎，指失時，歲月流失。阮籍《詠懷》詩：「娱樂未終極，白日忽蹉跎。」

〔一〇〕顦顇，同憔悴。《淮南子·主術》：「今人主急兹無用之功，百姓黎民顦顇於天下。」

〔一一〕曹操《短歌行》：「月明星稀，烏鵲南飛。繞樹三匝，何枝可依？」

〔一二〕《莊子·逍遥遊》：「鷦鷯巢於深林，不過一枝。」

〔一三〕喬木，《詩·小雅·伐木》：「出於幽谷，遷於喬木。」

〔一四〕《韓詩外傳》一〇：「黄雀方欲食螳蜋，不知童子挾彈丸在下，迎而欲彈之。」又，《西京雜記》：「韓嫣好彈，常以金爲丸。」

賀裳《載酒園詩話》又編：「《小鳥篇》，彷彿崔司勳《孟門行》之流。崔詩首尾皆比，中間露出正意，此則全篇是比。『銜花縱有報恩時，擇木難（誰）容託身處』，亦從『本擬報君恩，如何反彈射』脱胎。但崔猶有望幸之思，故不勝據鞍顧眄之態；此畏禍之意深，並不暇爲逝梁敝笱之歎。然亦有露氣骨處，如『獨立雖輕燕雀羣』，終亦不放倒地步。」

校記：

①銜花，《唐詩品彙》作「銜環」。

客舍喜鄭三見寄①

鄭三，高適有《留別鄭三韋九兼洛下諸公》詩（《全唐詩》卷二一三），詩云：「此時亦得辭漁樵，青袍裹身荷聖朝。犂牛釣竿不復見，縣令邑吏來相邀。」當作於天寶八載就任封丘尉途經洛陽時，是知鄭三時任洛陽或河南令。長卿詩云：「十年未稱平生意，好得辛勤謾讀書。」當作於天寶後期。

客舍逢君未换衣②，閉門愁見桃花飛。遥想故園今已爾，家人應念行人歸。寂寞垂楊映深曲〔一〕，長安日暮靈臺宿〔二〕。窮巷無人鳥雀閒，空庭新雨莓苔緑〔三〕。此中分與故交疏③，何幸仍迴長者車〔四〕。十年未稱平生意，好得辛勤謾讀書〔五〕。

〔一〕深曲，謂深隱偏僻之所。

〔二〕靈臺，《詩·大雅·靈臺》：「經始靈臺，經之營之。」《箋》：「文王作邑於豐，立靈臺。」《釋文》：「靈臺在始平鄠縣。」按《三輔黄圖》載漢靈臺在長安西北，爲觀測天象之所。

〔三〕陶淵明《歸田園居》之二：「野外罕人事，窮巷寡輪鞅。」又，謝靈運《齋中讀書》詩：「虚館絶諍訟，空庭來鳥雀。」

〔四〕《史記·陳丞相世家》：「家乃負郭窮巷，以弊席爲門，然門外多有長者車轍。」

〔五〕《南史·沈攸之傳》：「（攸之）嘗歎曰：『早知窮達有命，恨不十年讀書！』」謾，通漫。

唐汝詢《唐詩解》：「此因鄭三遺詩而敘己客況以答之也。鄭嘗訪劉於客舍，故言秋仲逢君而經春暮不忍見花之飛者，懷人切也。想故園風景亦似此，而室家應念我矣，我乃寄居於垂楊深曲之中，此固長安之靈臺也。其地窮陋，所聞者鳥雀，所見者莓苔，其分與君疎遠矣，安得復迴長者之車乎？蓋期鄭再訪而不可必也。因言古人以不得讀十年書爲恨，今我失意，反得勉力於學，是離索之一幸也。」君按：詩云「客舍逢君未换衣」，「何幸仍迴長者車」，題中「見寄」蓋「見訪」之誤，唐解未免於鑿。

校　記：

①寄，《全唐詩》本注：「一作訪。」

②换，《唐詩品彙》作「授」。

③此，《全唐詩》本作「北」。

客舍贈別韋九建赴任河南韋十七造赴任鄭縣便覲省①

《元和姓纂》卷二「京兆諸房韋氏」："「主客郎中韋弼，生建、迢、造。」獨孤及《鄭縣劉少府兄宅月夜登臺宴集序》（《全唐文》卷三八七）云："「夏五月，小暑至矣，吾兄方幙夜天，掃月榭，有酒如乳，酹我乎城隅。」「其誰同之？有若功曹隴西李華，參軍滎陽鄭洵、瑯琊王休、河東裴晛，鄭尉京兆韋造，皆卿材也。」獨孤及《江寧酬鄭縣劉少府兄贈別作》詩（《全唐詩》卷二四七）云："「往年脱縫掖，接武仕關西。結綬腰章並，趨階手板齊。」可證及序當作於天寶十三年釋褐任華陰尉時（鄭縣、華陰均爲華州屬縣）。是知韋造天寶十三年猶在鄭縣尉任，長卿詩當作於此前數年間。韋建，《全唐文》卷三七五韋建小傳云："「建字士經，天寶中爲河南令。」李華《三賢論》（《全唐文》卷三一七）云："「京兆韋建士經，中明外純。」《唐會要》卷六七："貞元五年，「以前太子詹事韋建爲祕書監致仕」。按前引高適詩，天寶八載韋九（建）已爲邑吏，此時赴任河南，或已遷河南令。

與子頗疇昔〔一〕，常時仰英髦〔二〕。弟兄盡公器〔三〕，詩賦凌風騷。頃者遊上國，獨能光選曹〔四〕。香名冠二陸〔五〕，精鑒逢山濤〔六〕。且副倚門望〔七〕②，莫辭趨府勞〔八〕。

〔一〕疇昔，往昔。《禮·檀弓》："「予疇昔之夜，夢坐奠於兩楹之間。」此謂疇昔頗有交誼。

〔二〕英髦，英俊之士。《文選》劉峻《辨命論》："「昔之玉質金相，英髦秀達，皆擯斥於當年，韞奇才而莫用。」

〔三〕公器，《舊唐書·張九齡傳》："「官爵者，天下之公器。」此謂公卿之器。

〔四〕選曹，謂吏部。《新唐書・百官志》「吏部」：「掌文選、勳封、考課之政。以三銓之法官天下之材，以身、言、書、判，德行、才用、勞效較其優劣而定其留放，爲之注擬。」

〔五〕二陸，陸機、陸雲。《晉書・陸機傳》：「至太康末，與弟雲俱入洛，造太常張華。華素重其名，如舊相識，曰：『伐吴之役，利獲二俊。』」

〔六〕《晉書・山濤傳》：「出爲冀州刺史，加寧遠將軍。冀州俗薄，無相推轂，濤甄拔隱屈，搜訪賢才，旌命三十餘人，皆顯名當時。」後仕至吏部尚書。

〔七〕倚門，見前《送孫瑩京監擢第歸蜀覲省》詩注。

〔八〕趨府，趨走府中，謹事上司之謂。

桃花照綵服〔九〕，草色連青袍。征馬臨素滻〔一〇〕，離人傾濁醪。華山微雨霽〔一一〕，祠上殘雲高〔一二〕。而我倦棲屑〔一三〕，別君良鬱陶〔一四〕。春風亦未已，旅思空滔滔。拙分甘棄置，窮居長蓬蒿。人生未鵾化〔一五〕，物議如鴻毛〔一六〕③。迢遞兩鄉別，殷勤一寶刀〔一七〕。清琴有古調，更向何人操。

〔九〕《唐會要》卷三一「章服品第」：「三品已上服紫，四品五品已上服緋，六品七品以緑，八品九品以青。」又，高宗上元元年八月二十一日勅：「文武三品以上服紫，金玉帶十三銙。四品服深緋，金帶十一銙。五品服淺緋，金帶十銙。六品服深緑，七品服淺緑，並銀帶九銙。八品服深青，九品服淺青，並鍮石帶九銙。」官服施綵，故稱綵服。

〔一〇〕素滻，《太平寰宇記》卷二五「雍州萬年縣」：「滻水，荆溪、狗枷二水之下流也。」《史記・司馬相如傳》注：「滻水亦出藍田谷，北至霸陵入灞。」

〔二〕華山，《太平寰宇記》卷二九「華州華陰縣」：「太華山，在縣南八里。」「按《名山記》：華岳有三峰，直上數千仞，基廣而峰峻疊秀，迄於嶺表，有如削成。」

〔三〕祠上，《華山志》：「巨靈，九元祖也。漢武帝觀仙掌於縣內，特立巨靈祠。」又按《太平寰宇記》云，華山有南北二廟，「南廟是華北君祠，今有北君靈臺。」

〔三〕棲屑，往來奔波。《北史・裴安祖傳》：「有人勸其仕進，安祖曰：『高尚之事，非敢庶幾，但京師遼遠，實憚於棲屑耳。』」

〔四〕鬱陶，《書・五子之歌》：「鬱陶乎予心，顏厚有忸怩。」《傳》：「鬱陶，哀思也。」《疏》：「鬱陶，精神憤結積聚之意。」

〔五〕鵾化，按即鯤化。《莊子・逍遥遊》：「北冥有魚，其名爲鯤。鯤之大，不知其幾千里也。化而爲鳥，其名爲鵬。鵬之背，不知其幾千里也；怒而飛，其翼若垂天之雲。」

〔六〕物議，衆議。《南齊書・王儉傳》：「少有宰相之志，物議咸相推許。」此謂物議輕之如鴻毛也。

〔七〕謂以寶刀殷勤相贈。贈刀事見《別陳留諸官》詩注。

校記：

①詩題《文苑英華》無「赴」字。便覲省，《全唐詩》作「就便覲省」。

②副，《文苑英華》作「赴」。

③識，《文苑英華》作「意」。

早春贈別趙居士還江左時長卿下第歸嵩陽舊居

江左，即江東。嵩陽，嵩山之陽。《河南通志》卷七「山川」：「嵩山，在河南登封縣北十里，是謂中嶽，東曰太室，西曰少室，嵩其總名。」詩云：「累幸忝賓薦，末路逢沙汰。」時已屢試不第，當作於天寶後期。

見君風塵裏，意出風塵外〔一〕。自有滄洲期〔二〕，含情十餘載。深居鳳城曲〔三〕①，日預龍華會〔四〕。果得僧家緣②，能遺俗人態。一身今已適〔五〕，萬物知何愛〔六〕。悟法電已空〔七〕，看心水無礙〔八〕。且將窮妙理，兼欲尋勝概〔九〕③。何獨謝客遊〔一〇〕，當爲遠公輩〔一一〕。

〔一〕風塵，喻世俗之擾攘。郭璞《遊仙詩》：「高蹈風塵外，長揖謝夷齊。」

〔二〕滄洲，謂隱士所居。《南史·袁粲傳》：「粲負才尚氣，愛好虛遠，嘗作五言詩曰：『訪跡雖中宇，循寄乃滄洲。』」參見《夜宴洛陽程九主簿宅》詩注。

〔三〕鳳城，《列仙傳》：「蕭史者，秦穆公時人，善吹簫，穆公女弄玉好之，公妻焉。弄玉日就蕭史學簫作鳳鳴，感鳳來止，一旦，夫妻同隨鳳飛去。」後因稱長安爲鳳城。

〔四〕龍華會，《荊楚歲時記》：「荊楚以四月八日諸寺各設會，香湯浴佛，共作龍華會，以爲彌勒下生之徵也。」按此謂與僧人相聚。

〔五〕適，順遂之謂。《世説新語・識鑒》引張翰語：「人生貴得適意耳，何能羈宦數千里以邀名爵！」

〔六〕愛，吝嗇。《孟子・梁惠王》：「百姓皆以王爲愛也。」

〔七〕法，梵語達摩，意譯爲法，泛指宇宙之本原、規則。《大乘義章》一〇：「法義不同，泛釋有二：一、自體名法，如成實説，所謂一切善惡無記三聚法等；二、軌則名法，辨彰行儀，能爲心軌，故名爲法。」電已空，謂人生短暫，如電光石火。

〔八〕看心，猶云觀心。《十不二門指要鈔》：「蓋一切教行，皆以觀心爲要。」李白《贈宣州靈源寺仲濬公》：「觀心同水月，解領得明珠。」

〔九〕勝概，謂佳山水。

〔一〇〕謝客，謝靈運。見《送薛據宰涉縣》詩注。

〔一一〕遠公，晉僧慧遠，居廬山，浄土宗尊爲初祖。二句意謂此行非止遊歷，當如慧遠之精究妙諦也。

放舟馳楚郭，負杖辭秦塞。目送南飛雲，令人想吴會〔一二〕。遥思舊遊處，髣髴疑相對。夜火金陵城〔一三〕，春煙石頭瀨〔一四〕。滄波極天末〔一五〕，萬里明如帶。一片孤客帆，飄然向青靄④。楚天合江氣⑤，雲色常霮䨴〔一六〕⑥。隱見湖中山，相連數州内。君行意可得，全與時人背。歸路隨楓林，還鄉念蓴菜〔一七〕。

〔一二〕吴會，謂吴郡、會稽。

〔一三〕金陵，《太平寰宇記》卷八九「昇州」引《金陵圖經》云：「昔楚威王見此有王氣，因埋金以鎮之，故曰金陵。」其地在今江蘇南京。

〔一四〕石頭，《江南通志》卷一一「山川」：「石頭山，在府西二里，石城門内。《丹陽記》云：『石頭因山爲城，因江爲池，謂之石首城，又名石城山。後漢建安十七年城石頭。』」

〔一五〕天末，天邊。張衡《東京賦》：「眇天末以遠期，規萬世而大摹。」

〔一六〕霮䨴，王延壽《魯靈光殿賦》：「歇欻幽藹，雲覆霮䨴，洞杳冥兮。」吕延濟《注》：「霮䨴，繁雲貌。」

〔一七〕蓴菜，亦作蒓菜，生河流湖泊中，莖葉可作羹，味美。《晉書·張翰傳》云：翰因見秋風起，乃思吴中蓴羹、鱸魚膾，遂命駕而歸。

顧予尚羈束，何幸承眄睞〔一八〕。素願徒自勤〔一九〕，清機本難逮〔二〇〕。累幸忝賓薦〔二一〕，末路逢沙汰〔二二〕。濩落名不成〔二三〕⑦，徘徊意空大。逢時雖貴達⑧，守道甘易退。逆旅鄉夢頻〔二四〕，春風客心碎。別君日已遠，離念無明晦。予亦返柴荆〔二五〕，山田事耕耒。

〔一八〕眄睞，謂眷顧。任昉《大司馬記室牋》：「咳唾爲恩，眄睞成飾。」

〔一九〕素願，猶夙願。《晉書·隱逸·宋纖傳》：「今當命終，乞如素願。遂不食而卒。」

〔二〇〕清機，謂宇宙變化之精義。《莊子·至樂》：「萬物皆出於機，皆入於機。」曹攄《思友人》詩：「精義測神奥，清機發妙理。」

〔二一〕賓薦，《唐大詔令集》：武德四年七月丁卯，詔曰：「奇才異行，隨狀薦舉。」《新唐書·選舉志》：「每歲仲冬，州、縣、館、監舉其成者送之尚書省；而舉選不繇館、學者，謂之鄉貢，皆懷牒自列于州縣。試已，長吏以鄉飲酒禮，會屬僚，設賓主，陳俎豆，備管弦，牲用少牢，歌《鹿鳴》之詩，因與耆艾叙長少焉。」待以賓禮，故又謂之賓薦。

〔二二〕末路，《戰國策·秦策》五：「詩云：行百里者半於九十，此言末路之難。」沙汰，淘汰。《三國志·吴·朱據傳》：「選曹尚書暨艷，疾貪汙在位，欲沙汰之。」

〔二三〕濩落，失意貌。杜甫《自京赴奉先詠懷五百字》：「居然成濩落，白首甘契闊。」

〔二四〕逆旅，客館。《莊子・山木》：「陽子之宋，宿於逆旅。」

〔二五〕柴荆，柴門。謝靈運《初去郡》詩：「恭承古人意，促裝返柴荆。」

校記：

①曲，《唐詩品彙》作「北」。

②得，《文苑英華》作「有」。

③欲，《全唐詩》注：「一作亦。」

④青，《文苑英華》作「殘」。

⑤合，殘宋本、《文苑英華》作「含」。

⑥⿱雨匿䨴，殘宋本、《文苑英華》作「霮䨴」。

⑦濩落，底本作「濩洛」，此從殘宋本、《文苑英華》。

⑧雖，《全唐詩》注：「一作難。」

贈别于羣投筆赴安西①

安西，《唐會要》卷七三「安西都護府」：「貞觀十四年九月二十二日，侯君集平高昌國，於西州置安西都護府，治交河城（在今新疆吐魯番西）。」顯慶二年，「移安西都護府於龜茲國（在今新疆庫車）」。《新唐書・方鎮表》四：至德二年，「更安西曰鎮西」。按天寶六載至十四載，高仙芝、封常清相繼爲安西節度，盛辟僚佐，士人多赴之。于羣之赴安西，蓋亦在此時也。

風流一才子，經史仍滿腹。心鏡萬象生〔一〕②，文鋒衆人服。頃遊靈臺下〔二〕，頻棄荊山玉〔三〕。蹭蹬空數年〔四〕，裴回冀微禄。朅来投筆硯〔五〕③，長揖謝親族④。且欲圖變通〔六〕⑤，安能守拘束。本持鄉曲譽〔七〕，肯料泥塗辱〔八〕。誰謂命迍邅〔九〕，還令計反覆⑥。

〔一〕心鏡，《晉書・王湛等傳論》：「混暗識於心鏡，開險路於情田。」按佛家謂心明如鏡，映照萬物。

〔二〕靈臺，《詩・大雅・靈臺》：「經始靈臺，經之營之。」借指京師。

〔三〕荊山玉，即和氏璧，見前《落第贈楊侍御》詩注。

〔四〕蹭蹬，喻困頓失意。木華《海賦》：「蹭蹬窮波，陸死鹽田。」

〔五〕朅來，猶言去來。司馬相如《大人賦》：「回車朅來兮，絶道不周。」投筆硯，《後漢書・班超傳》：「家貧，常爲官傭書以供養。久勞苦，嘗輟業投筆歎曰：『大丈夫無他志略，猶當效傅介子、張騫立功異域，以取封侯，安能久事筆硯間乎？』」

〔六〕變通，《易・繫辭》下：「變通者，趣時者也。」謂不拘常規。

〔七〕鄉曲，指家鄉鄰里。司馬遷《報任安書》：「僕少負不羈之行，長無鄉曲之譽。」

〔八〕泥塗辱，《左傳》襄三十年：「以晉國之多虞，不能由吾子，使吾子辱在泥塗久矣。」

〔九〕迍邅，曲折不順。蔡邕《述行賦》：「塗迍邅兮蹇連，潦汙滯而爲災。」

西戎今未弭〔一〇〕⑦，胡騎屯山谷。坐恃龍豹韜〔一一〕，全輕蜂蠆毒〔一二〕。拂衣從此去，擁傳一何速〔一三〕。元帥許提攜，他人佇瞻矚。出門寡儔侶，矧乃無僮僕。黠虜時相逢，黄沙暮愁宿。蕭條遠回首，萬里如在目。漢境天西窮，胡山海邊緑。想聞羌笛處，淚盡關山曲〔一四〕。地闊鳥飛遲，風寒馬毛縮。邊愁殊浩蕩⑧，離思空斷續。塞上歸限賒⑨，尊前別期促。知君志不小，一舉凌鴻鵠〔一五〕。且願樂從軍，功名在殊俗⑩。

〔一〇〕西戎：《詩·小雅·出車》：「赫赫南仲，薄伐西戎。」按天寶中，吐蕃屢入寇，西戎蓋謂吐蕃。

〔一一〕龍豹韜：古兵書有《六韜》，龍韜、豹韜皆篇名。此處指高超之韜略。庾信《從駕觀講武》詩：「豹略推全勝，龍韜揖所長。」

〔一二〕蜂蠆：《左傳》僖二十二年：「君其無謂邾小，蠭蠆有毒，而況國乎？」《疏》：「蠆，毒蟲也。」

〔一三〕傳：謂驛站車馬。《左傳》成五年：「晉侯以傳召伯宗。」

〔一四〕關山曲：漢樂府横吹曲有《關山月》，見《從軍六首》注。

〔一五〕劉邦《鴻鵠歌》：「鴻鵠高飛，一舉千里。」

校　記：

①于羣，底本注云：「一作韋羣。」

②生，殘宋本作「全」。

③堨，殘宋本、《文苑英華》作「未」。

④謝，殘宋本、《文苑英華》作「辭」。

⑤圖，《文苑英華》作「從」。

⑥計，《文苑英華》作「身」。
⑦弭，《文苑英華》注：「一作殄。」
⑧殊，底本作「如」，此從殘宋本。
⑨殘宋本作「塞下恨歸賒」。
⑩在，底本作「正」，此從殘宋本。

送裴四判官赴河西軍試

判官，按《新唐書・百官志》四下，天下兵馬元帥、節度使、觀察使、團練使均有判官。河西軍，《新唐書・方鎮表》：景雲元年，「置河西諸軍州節度支度營田督察九姓部落、赤水軍兵馬大使，領涼、甘、肅、伊、瓜、沙、西七州，治涼州。副使治甘州，領都知河西兵馬使。」又按《唐方鎮年表》卷八，天寶六載至十一載河西節度使爲安思順，十二載至十四載爲哥舒翰。《新唐書・地理志》三：「天寶盜起，中國用兵，而河西、隴右不守，陷於吐蕃。」此詩當作於亂前。

吏道豈易愜〔一〕，如君誰與儔。逢時將騁驥〔二〕，臨事無全牛〔三〕。鮑叔幸相知〔四〕，田蘇頗同遊〔五〕。英資挺孤秀〔六〕，清論含九流〔七〕①。出塞復持節〔八〕②，辭家擁鳴騶。憲臺貴公舉〔九〕，幕府資良籌。武士佇明試，皇華難久留〔一〇〕。陽關望天盡〔一一〕，洮水令人愁〔一二〕。萬里看一鳥，曠然煙霞收。晚花對古戍，春雪寒邊州③。道路雖暫隔④，音塵仍可求〔一三〕⑤。他時相望處，明月西南樓〔一四〕。

〔一〕愜，快意。王充《論衡・藝增》：「故譽人不增其美，則聞者不快其意；毀人不益其惡，則聽者不愜其心。」

〔二〕騁驥，乘駿馬馳騁。驥，千里馬。劉向《九歎》：「乘騏騁驥，舒吾情兮。」

〔三〕無全牛，謂熟諳其事。《莊子・養生主》：「（庖丁曰）：『始臣之解牛之時，所見無非牛者；三年之後，未嘗見全牛也。』」

〔四〕鮑叔，鮑叔牙，春秋時齊人。與管仲交，後薦管仲佐桓公，卒成霸業。管仲嘗曰：「生我者父母，知我者鮑叔也。」具見《史記・管晏列傳》。

〔五〕田蘇，春秋時人。《左傳》襄七年：「韓無忌請立起曰：『與田蘇遊而曰好仁。』」

〔六〕「英資」句：班固《薦謝夷吾表》：「謝夷吾出自東州，厥土塗泥，而英資挺特，奇偉秀出。」

〔七〕九流，《漢書・叙傳》：「劉向司籍，九流以別。」按九流謂儒、道、陰陽、法、名、墨、縱横、雜、農諸家。《南史・袁粲傳》：「九流百氏之言，雕龍談天之藝，皆沈識其大歸。」

〔八〕簡，手版。

〔九〕憲臺，《通典》：「唐御史臺，龍朔二年改爲憲臺。」按裴四判官或兼臺職，故云。

〔一〇〕皇華，《詩・小雅・皇皇者華》，《詩序》以爲君遣使臣之作，故後人以稱使臣。杜甫《寄韋有夏郎中》：「萬里皇華使，爲僚記腐儒。」

〔一一〕陽關，《元和郡縣圖志》卷四〇「沙州壽昌縣」：「陽關在縣西六里。以居玉門關之南，故曰陽關。」

〔一二〕洮水，《元和郡縣圖志》卷三九「洮州臨潭縣」：「洮水出縣西南强臺山，卽《禹貢》西傾山也。」

〔一三〕音塵，音訊。謝靈運《鄰里相送方山》詩：「各勉日新志，音塵慰寂蔑。」

〔一四〕曹植《七哀詩》：「明月照高樓，流光正徘徊。上有愁思婦，悲歎有餘哀。」

校記：

①九流，底本作「古流」，此從殘宋本、《唐詩品彙》。

②復，底本作「佐」，此從殘宋本。

③寒，底本作「含」，此從殘宋本、《唐詩品彙》。

④雖，底本作「難」，此從殘宋本、《唐詩品彙》。

⑤仍，底本作「那」，此從《文苑英華》。

送南特進赴歸行營

特進，《新唐書·百官志》一：「凡文散階二十九」，「正二品曰特進」。此詩送歸西北，當作於天寶中。唯不知南特進爲何人，特進是否即其人姓名。

聞道軍書至〔一〕，揚鞭不問家。虜雲連白草〔二〕，漢月到黃沙。汗馬河源飲〔三〕，燒羌隴坻遮〔四〕。翩翩新結束〔五〕，去逐李輕車〔六〕。

〔一〕軍書，軍事文書。《木蘭詩》：「軍書十二卷，卷卷有爺名。」

〔二〕白草，《漢書·西域傳》：「鄯善國出玉，多蒹葭、檉柳、梧桐、白草。」

〔三〕汗馬，此處謂乘馬急馳，馬奔久即汗出。《韓非子·五蠹》：「棄私家之事，而必汗馬之勞。」河源，《漢書·西域傳》云河二源，一出于闐，一出葱嶺。此極言其西行之遠。

〔四〕燒羌，燒當羌，漢時西羌部族名。《後漢書・明帝紀》：「中元元年，燒當羌寇隴西。」隴坻，即隴阪，隴山。遮，遏止、阻擋。《史記・白起傳》：「發年十五以上悉詣長平，遮絶趙救及糧食。」

〔五〕翩翩，言風采飄逸。《史記・平原君傳贊》：「平原君，翩翩濁世之佳公子也。」結束，裝束。褚翔《雁門太守行》：「便聞雁門戍，結束事戎車。」

〔六〕李輕車，《漢書・李廣傳》：「初，廣與從弟李蔡俱爲郎，事文帝。景帝時蔡積功至二千石。武帝元朔中爲輕車將軍。」輕車，《周禮・春官・車僕》注：「所用馳敵致師之車也。」按詩意，長卿似以指李廣。

李侍御河北使回至東京相訪

河北，《新唐書・地理志》三：「河北道，蓋古幽、冀二州之境。」「爲州二十九，都護府一，縣百七十四。」東京，即東都洛陽。《新唐書・地理志》二：「天寶元年曰東京。」「肅宗元年復爲東都。」詩稱東京，當作於天寶中。李侍御是否嘉祐不可知。

故人南臺秀〔一〕，夙擅中朝美〔二〕。擁傳從北来〔三〕，飛霜日千里〔四〕。貧居幸相訪，顧我柴門裏。卻訝繡衣人〔五〕，仍交布衣士〔六〕。王程遽爾迫，別戀從此始。濁酒未暇斟，清文頗垂示。回瞻驄馬速〔七〕，但見行塵起。日暮汀洲寒〔八〕，春風渡流水。草色官道邊，桃花御溝裏。天涯一鳥夕，惆悵知何已。

〔一〕南臺，《通典》「職官・御史臺」：「梁及後魏、北齊，或謂之南臺。」

〔二〕中朝，漢時朝官有中朝、外朝之分。此處意指京官。

〔三〕傳，驛傳，驛站車馬。驛站車馬更相傳遞，故稱傳。杜審言《和李大夫嗣真奉使存撫河東》：「擁傳咸翹首，稱觴競比肩。」

〔四〕飛霜，霜謂霜威。《晉書・索綝傳》：「霜威一振，玉石俱摧。」

〔五〕繡衣，《漢書・武帝紀》：天漢二年，「泰山、琅邪羣盜徐勃等阻山攻城，道路不通，遣直指使者暴勝之等衣繡衣，杖斧，分部逐捕，刺史、郡守以下皆伏誅。」後以繡衣謂御史。

〔六〕布衣，庶人，無官職者。《戰國策・趙策》：「天下之卿相人臣，乃至布衣之士，莫不高賢大王之行義。」

〔七〕驄馬，謂御史乘騎。見《落第贈楊侍御》詩注。

〔八〕汀洲，水中小洲。《九歌・湘夫人》：「搴汀洲兮杜若，將以遺兮遠者。」

春過裴虬郊園 時裴不在，因以寄之。

裴虬，字深源，河東人。天寶中永嘉尉。大曆四、五年間爲道州刺史。仕終諫議大夫（見《新唐書・代宗紀》、《新唐書・宰相世系表》「洗馬裴氏」、韓愈《裴復墓誌》、《杜詩詳注》《送裴二虬尉永嘉》詩注）。按長卿大曆六年秋至道州，時裴虬已去職。且此詩春日作，非作於道州甚明。此郊園蓋爲裴虬長安近郊之别業。詩云：「長嘯高臺上，南風冀爾聞。」時虬或已在永嘉。

郊原春欲暮，桃杏落紛紛。何處隨芳草，留家寄白雲。聽鶯情念友〔一〕，看竹恨無君〔二〕。
長嘯高臺上，南風冀爾聞。

〔一〕「聽鶯」句，《詩・小雅・伐木》：「嚶其鳴矣，求其友聲。」

〔二〕「看竹」句，《晉書·王徽之傳》：「時吴中一士大夫家有好竹，（徽之）欲觀之，便出坐輿造竹下，諷嘯良久。主人灑掃請坐，徽之不顧。將出，主人閉門。徽之便以此賞之，盡歡而去。」陸時雍《詩鏡》：「看竹句佳，較『看竹何須問主人』更簡要。」按「到門不敢題凡鳥，看竹何須問主人」，乃王維詩句。

和中丞出使恩命過終南别業

按皇甫冉有《和中丞奉使承恩還終南舊居》詩（《全唐詩》卷八八二「補遺一」），二詩均爲五言六韻，當爲同時所作。中丞之上均未著姓，此例頗爲罕見。冉詩云：「祇召趨宣室，沈冥在一論。」當作於天寶中未第時。又按二人詩意，此人權勢煊赫，恩遇優渥，且有拜相之望，當非常人也。按天寶中張倚、楊慎矜、王鉷、楊釗等均嘗爲御史中丞，而可當詩意者，唯王、楊二人。二人均誅死，不著其姓，或以此之故歟？此詩本集失載，見《文苑英華》卷二九六。

不過林園久，多因寵遇偏。故山長寂寂，春草過年年。花待朝衣間①，雲迎驛騎連。松蘿深舊閣，樵牧散閒田。拜闕貪摇珮，看琴懶更弦②。君恩催早入，已夢傅巖邊〔一〕。

〔一〕《史記·殷紀》：「武丁夜夢，得聖人名曰説，以夢所見，視羣臣百吏，皆非也。於是迺使百工營求之野，得説於傅險中。是時説爲胥靡，築於傅險。見於武丁，武丁曰：『是也。』得而與之語，果聖人，舉以爲相，殷國大治。」傅險，《索隱》：「舊本作險，亦作巖也。」

校記：

①問，疑爲「問」之訛。

②更，《文苑英華》注：「集作著。」

和中丞奉使承恩還終南舊居〔附〕

皇甫冉

軒車尋舊隱，賓從滿郊園。蕭散煙霞興，殷勤故老言。謝公山不改〔一〕，陶令菊猶存〔二〕。苔蘚侵垂釣，松篁長閉門。風霜清吏事，江海諭君恩。祇召趨宣室〔三〕，沈冥在一論。

〔一〕謝公，謝安，嘗隱東山。見《晉書·謝安傳》。

〔二〕陶令，陶淵明嘗爲彭澤令，後棄官歸田。其《飲酒》詩之五云：「採菊東籬下，悠然見南山。」

〔三〕宣室，漢未央宮有宣室殿，文帝嘗於此見賈誼，問鬼神事。見《史記·賈生傳》。

上陽宮望幸

《兩京城坊考》卷五：東都上陽宮「在禁苑之東，東接皇城之西南隅，南臨雒水」。「大帝末年，常居此宮聽政。初，大帝登雒水高岸，有臨眺之美，詔（韋）機於其所營上陽宮。」按玄宗開元中常幸東都，開元二十四年歸京後即不復至。詩云「玉輦西巡久未還」，「千門空對舊河山」，當作於開元末或天寶中。

玉輦西巡久未還〔一〕，春光猶入上陽間。萬木長承新雨露〔二〕，千門空對舊河山〔三〕。深花寂寂宮城閉，細草青青御路閑。獨見彩雲飛不盡〔四〕，只應來去候龍顔〔五〕。

〔一〕玉輦，天子乘輿。潘岳《藉田賦》：「天子乃御玉輦，蔭華蓋。」《注》：「玉輦，大輦也。」

〔二〕雨露，《禮記·祭義》：「雨露既濡。」喻恩澤。

〔三〕千門，班固《西都賦》：「張千門而立萬户，順陰陽以開闔。」言宮殿衆多。

〔四〕彩雲，喻帝王之瑞。《史記·高祖紀》：「高祖即自疑，亡匿，隱於芒碭山澤巖石之間。吕后與人俱求，常得之。高祖怪問之，吕后曰：『季所居，上常有雲氣，故從往常得。』」《正義》：「顔師古曰：京房《易·兆候》云：何以知賢人隱四方？常有大雲，五色具而不雨，其下有賢人隱矣。故吕后望雲氣而得之。」

〔五〕龍顔，《史記·高祖紀》：「高祖爲人隆準而龍顔。」

唐汝詢《唐詩解》：「此東京遭亂，明皇幸蜀，宮殿空虛而作是詩也。言鑾輿未返，禁苑經春，草木皆沾新天子之恩澤矣，所不改者，惟門外之河山耳。今觀空宮之中，寂寥如此，豈復有望幸之臣乎？獨綵雲去來，猶若候天子之還也。其黍離麥秀之悲，可勝道哉！」君按：唐汝詢以西巡爲幸蜀，故作種種牽合之説，未思西至長安亦西巡也。如汝詢所云，則詩人於新天子有不臣之心，豈非罪不容誅乎？

龍門八詠

清《一統志》卷二〇五「山川」：「闕塞山，在洛陽縣南。一名伊闕山，亦名龍門山。《水經注》：『昔大禹疏以通水，兩山相對，望之若闕，伊水歷其間北流，故謂之伊闕，春秋之闕塞也。』《括地志》：『伊闕在洛陽南十九里。』」詩當爲早年居洛時作。

闕　口①

秋山日摇落〔一〕②，秋水急波瀾。獨見魚龍氣〔二〕，長令煙雨寒。誰窮造化力〔三〕，空向兩崖看。

〔一〕摇落，宋玉《九辯》：「悲哉秋之爲氣也，草木摇落而變衰。」
〔二〕魚龍，《樂動聲儀》：「風雨感魚龍，仁義動君子。」宋之問《松江懷古》詩：「欋發魚龍氣，舟銜鴻雁羣。」
〔三〕造化，謂自然之創造化育。杜甫《望嶽》詩：「造化鍾神秀，陰陽割昏曉。」

校　記

①底本無題，據活字本、《全唐詩》增。盧文弨本校語：「只《全唐詩》録有此二字，疑妄增。」
②日，《唐文粹》作「向」。

水東渡

山葉傍崖赤，千峰秋色多。夜泉發清響，寒渚生微波。稍見沙上月①，歸人争渡河。

校　記：

①沙上月，殘宋本、《唐文粹》作「沙月上」。

福公塔

寂寞對伊水，經行長未還〔一〕。東流自朝暮，千載空雲山。唯見白鷗鳥〔二〕①，無心洲渚間〔三〕。

〔一〕經行，《法華經》：「佛子住此地，則是佛受用。常在於其中，經行及坐卧。」唐釋義浄《南海寄歸内法傳》：「五天之地，道俗多作經行。直去直來，唯遵一路。隨行隨性，勿居鬧處。一則痊痾，一則銷食。」

〔二〕鷗鳥，《南越志》：「江鷗一名海鷗，在漲海中，隨潮上下，常以三月風至，乃還洲渚。」

〔三〕無心，《宗鏡録》：「莫與心爲伴，無心心自安；若將心作伴，動即被心謾。」

唐汝詢《唐詩解》：「按福公不知何時人，嘗建塔以臨伊水而經行其間，今塔既寂寞，人竟不還，山水依然，世變非一，獨鷗鳥無心，當不知人事之代謝耳。」君按：塔當爲福公葬處。

校　記：

①唯，底本作「誰」，此從《唐詩品彙》。

遠公龕

松路向精舍〔一〕①，花龕歸老僧〔二〕。閒雲隨錫杖②，落日低金繩〔三〕。入夜翠微裏〔四〕，千峯明一燈。

〔一〕精舍，指佛寺。《晉書·考武帝紀》：「帝初奉佛法，立精舍於殿内，引諸沙門以居之。」

〔二〕花龕，沈佺期《紹隆寺》詩：「香界縈北渚，花龕隱南巒。」

〔三〕金繩，《法華經》：「世界名離垢，清浄無瑕穢，以琉璃爲地，金繩界其道。」

〔四〕翠微，左思《蜀都賦》：「鬱葢蒕以翠微，崛巍巍以峩峩。」《注》：「翠微，山氣之輕縹也。」

陸鎣《問花樓詩話》：「『入夜翠微裏，千峰明一燈。』此豈畫手所能到耶？」

校　記：

①精舍，《唐詩品彙》作「清寺」。

②隨，《唐文粹》作「揚」。

石　樓

隱隱見花閣①，隔河映青林。水田秋雁下，山寺夜鐘深②。寂寞羣動息〔一〕，風泉清道心〔二〕。

〔一〕羣動，禽獸魚蟲等種種有生命之物。陶淵明《飲酒》：「日入羣動息，歸鳥趨林鳴。」

〔二〕道心，《荀子·解蔽》：「人心之危，道心之微。」按此謂悟道之心。

校記：

①花，《唐詩品彙》作「危」。

②深，《唐文粹》作「聲」。

下山

誰識往來意，孤雲長自閒。風寒未渡水，日暮更看山。木落衆峯出，龍宮蒼翠間〔一〕。

〔一〕龍宮，謂佛寺。《法華經》：「文殊師利坐千葉蓮花，從大海娑竭羅龍宮自然湧出。」按唐時龍門山崖間多佛寺。韋應物《龍門遊眺》詩云：「精舍遶層阿，千龕鄰峭壁。」

水西渡①

伊水摇鏡光，纖鱗如不隔。千龕道傍古，一鳥沙上白。何事還山雲②，能留向城客。

校記：

①《全唐詩》注：「一作西渡水。」

②《全唐詩》注：「還，一作閒。雲，一作寒。」

渡水

日暮下山來，千山暮鐘發。不知波上棹，還弄山中月。伊水連白雲，東南遠明滅。

王士禛等《師友詩傳録》：「五言六句，古齊、梁間多用之。唐人劉文房《龍門八詠》，亦善此體，然幾於半律矣。特以其參用仄韻，故亦仍爲古體。大約中聯用對句，前後作起結，平韻仄韻，皆可用也。」

關門望華山

關，潼關。杜佑《通典》：「華州華陰縣有潼關，《左傳》所謂桃林塞也。本名衝關，河自龍門南流，冲激華山東，故以爲名。」《雍録》：「潼關在華州華陰縣東北三十九里。自華而虢，自虢而陝，自陝而河南，中間千餘里地，古嘗立關塞者凡三所：由長安東一百八十里，出華州華陰縣外，則唐潼關也；自潼關東二百里，至陝州靈寶縣，則秦函谷關也；自靈寶縣三百餘里，至河南府新安縣，則漢函谷關也。」又《太平寰宇記》卷二九「華州華陰縣」：「潼關，有潼水焉。按《三輔記》云：關因水得名。」華山，《初學記》：「華山，五岳之西岳也。」《華山記》：「山頂有池，生千葉蓮花，服之羽化，因名華山。」按長卿由洛陽赴京應試，往來均需經潼關，詩當作於天寶中。

客路瞻太華〔一〕，三峯高際天〔二〕。夏雲亘百里，合沓遥相連〔三〕。雷雨飛半腹，太陽在其巔。翠微關上近，瀑布林梢懸。愛此衆容秀①，能令西望偏。徘徊忘暝色，泱漭成陰煙〔四〕。曾是朝百靈，亦聞會羣仙〔五〕。瓊漿豈易挹〔六〕，毛女非空傳〔七〕。髣髴仍佇想，幽期如眼前〔八〕。金天有清廟〔九〕②，松柏隱蒼然③。

〔一〕太華，華山一名太華山，以其西有少華山。慎蒙《名山記》：「雲臺峯在太華山東北。」

〔二〕三峯，《太平寰宇記》：「按《名山記》：華岳有三峯，直上數千仞，基廣而峯峻疊秀，迄於嶺表，有如削成。今博山香爐，形實象之。」《華山記》：「太華山削成而四方，直上至頂，列爲三峯，其西爲蓮花峯，峯之石竅隆不一，皆如蓮葉倒垂，故名是峯曰蓮花。其南曰落雁峯，上多松檜，故亦名松檜峯。白帝宫在其間，俯眺三秦，曠莽無際，黄河如一縷水，繚繞岳下。其東峯曰朝陽峯，峯之左脇中有一峯，狀甚秀異，如爲東峯所抱者，曰玉女峯，乃東峯之支峯也。世之談三峯者，數玉女而不數朝陽，非矣。」

〔三〕合沓，重疊貌。謝朓《敬亭山》詩：「兹山亘百里，合沓與雲齊。」

〔四〕泱漭，昏暗不明貌。謝朓《京路夜發》詩：「曉星正寥落，晨光復泱漭。」

〔五〕會仙，《太平廣記》卷三引《漢武内傳》云：帝登華山延靈之臺，以俟王母雲駕。「到夜二更之後，忽見西南如白雲起，鬱然直來，逕趨宫廷。須臾轉近，聞雲中簫鼓之聲，人馬之響。半食頃，王母至也，縣投殿前，有似鳥集，或駕龍虎，或乘白麟，或乘白鶴，或乘軒車，或乘天馬，羣仙數千，光耀庭宇」。

〔六〕瓊漿，玉漿。《太平廣記》卷五九引《集仙録》：「明星玉女者，居華山，服玉漿，白日昇天。」郭璞《山海經注》：「太華山上有明星玉女，持玉漿，得上服之，即成仙。道險僻不通。」

〔七〕毛女，《太平廣記》卷五九引《列仙傳》：「毛女，在華陰山中。山客獵師，世世見之。形體生毛，自言秦始皇宮人也。秦亡，流亡入山，道士教食松葉，身輕如此。至西漢時，已百七十餘年矣。」

〔八〕幽期，謂會仙之期。謝靈運《撰征賦》：「石幽期而知賢，張揣景而示信。」按石謂黃石公，張謂張良。

〔九〕金天，玄宗時華山進號金天王。玄宗《西嶽太華山碑序》：「亦命州將，四時告虔。加視王秩，進號金天。」清廟，謂華嶽廟。《寶刻叢編》卷一〇著録：「《唐華嶽廟碑》，唐玄宗御製御書。」

校記：

①容，底本作「客」，從殘宋本改。

②清，底本作「青」，從殘宋本改。

③隱蒼然，殘宋本作「蒼蒼然」。

硤石遇雨宴前主簿從兄子英宅

硤石，《太平寰宇記》卷六「陝州硤石縣」：本漢陝縣地，「隋初改名爲硤石縣」。長卿往來京洛，硤石爲必經之所。詩當作於天寶中。

縣城蒼翠裏，客路兩崖開〔一〕。硤石雲漠漠〔二〕，東風吹雨來。吾兄此爲吏，薄宦知無媒〔三〕。方寸抱秦鏡〔四〕，聲名傳楚材〔五〕。折腰五斗間〔六〕①，僶俛隨塵埃〔七〕。秩滿少餘俸，家貧仍散財。誰言次東道，暫預傾金罍〔八〕。雖欲少留此，其如歸限催。

〔一〕按硤石縣治所在硤石塢，其地在崤山中。《太平寰宇記》：「二陵，在縣東北四十五里。《春秋》云：崤有二陵焉。南陵，夏后皐之墓；北陵，文王避風雨之所。」「兩山相嶔，文王避風雨古道猶存。」

〔二〕硤石，謂縣境之硤石山。《太平寰宇記》：「硤石水，縣東二十里。水出土嶺，西經硤石山。」

〔三〕無媒，《詩・衛風・氓》：「匪我愆期，子無良媒。」後以指官場中有力汲引之人。宋之問《酬李丹徒》：「以余慚拙宦，期子遇良媒。」

〔四〕方寸，指心。《三國志・蜀・諸葛亮傳》：「亮與徐庶並從，爲曹公所追破，獲庶母。庶辭先主而指其心曰：『本欲與將軍共圖王霸之業者，以此方寸之地也。今已失老母，方寸亂矣，無益於事，請從此別。』」秦鏡，見前《温湯客舍》詩注。

〔五〕楚材，《左傳》襄二十六年：「雖楚有材，晉實用之。」

〔六〕折腰，《晉書・陶潛傳》：「（潛嘆曰）：『吾不能爲五斗米折腰向鄉里小人！』」

〔七〕僶俛，勤奮。賈誼《新書・勸學》：「然則舜僶俛而加志，我儃僈而弗省耳。」

〔八〕金罍，《詩・周南・卷耳》：「我姑酌彼金罍，維以不永懷。」疏：「《韓詩》說：金罍，大夫器也。天子以玉，諸侯大夫皆以金，士以梓。」後泛指酒盞。

校記：

①斗，殘宋本作「年」。

送姨弟之南郡①

南郡，秦郡名，即唐之江陵。治所在今湖北沙市。詩云已西上灞陵，應試時事也。當作於天寶中。

一展慰久濶〔一〕，寸心仍未伸〔二〕。別時兩童稚，及此俱成人。那堪適會面，遽已悲分首〔三〕②。客路向楚雲，河橋對衰柳。送君匹馬別河橋，汝南山郭寒蕭條〔四〕。今我單車復西上，朗陵灞陵轉惆悵〔五〕③。何處共傷離別心，明月亭亭兩相向〔六〕④。

〔一〕展，相見。駱賓王《西京守歲》詩：「耿耿他鄉夕，無由展舊親。」闊，久別，遠離。《詩·邶風·擊鼓》：「於嗟闊兮，不我活兮。」

〔二〕寸心，何遜《學古詩》：「寸心空延佇，對面何由卽。」

〔三〕分首，分離。沈約《襄陽白銅鞮》詩：「分首桃林岸，送別峴山頭。」

〔四〕汝南，蔡州汝南郡，治所在今河南汝南。

〔五〕灞陵，在長安東。朗陵，漢縣名，唐爲郎山縣，屬汝南郡。境内有朗陵山。

〔六〕亭亭，曹丕《雜詩》：「西北有浮雲，亭亭如車蓋。」《注》：「亭亭，迥遠無依之貌。」按四句意謂，弟南行而己西上，計己抵灞陵，弟當亦已行至朗陵，此時身處兩地，唯有對月相思耳。

校記：

①底本題作「送姨子弟往南郊」，此從殘宋本。

②首，《唐詩品彙》作「手」。

③朗陵，底本作「郎去」，《四庫全書》本作「遥望」，此從殘宋本。

④相向，底本作「鄉望」，從殘宋本。

送史九赴任寧陵兼呈單父史八時監察五兄初入臺

寧陵、單父均爲宋州睢陽郡屬縣。詩云：「春隨千里道，河帶萬家城。」非戰亂後睢陽景象，當作於天寶中。史九，岑仲勉《唐人行第録》「史五」條云：「蓋史五、史八、史九爲昆仲，史八已任單父令，史九則方上寧陵令也。中唐史氏仕宦者少，如史五兄弟三人聯翩入仕，尤其罕覯。考《元和姓纂》史姓『生弘寧寂容寧寂生備容冀王傅』一段，文顯舛誤，余嘗擬作兩種句讀法（《四校記》五五四頁），但均未妥。今觀劉詩昆仲三人，人數同《姓纂》。備以穆宗初爲刺史，其父輩可與長卿時代相當，頗疑兩寧字之一衍文，餘一則寧陵令之奪。惟三人名均不傳，無可取證，是爲憾耳。」據此，《姓纂》文似應讀作「生弘、寂、容；弘，寧陵令；寂生備；容，冀王傅。」謹録以備考。

趨府弟聯兄〔一〕，看君此去榮。春隨千里道，河帶萬家城〔二〕。繡服棠花映，青袍草色迎〔三〕。梁園修竹在〔四〕，持贈結交情。

〔一〕趨府，趨走府中，謹事州官之謂。

〔二〕河，指汴河。《太平寰宇記》卷一二「宋州宋城縣」：「汴河，在縣北四十五里，自寧陵縣界流入，東出虞城界。」「漢梁孝王廣睢陽城七十里，開汴河，後汴水經州城内。」

〔三〕繡服，謂御史所服。青袍，九品所服。

〔四〕修竹園，《太平寰宇記》卷一二「宋州宋城縣」：「修竹園，在縣東南十里。《西京記》：『梁孝王好宫室園苑之樂，作睢華宮，築兔園，中有白靈山、落猿巖、栖龍岫，又有鴈池，池中有鶴洲鳧渚。」《水經》云：「睢水東南過竹圃。」」

送勤照和尚往睢陽赴太守請

按天寶元年改州爲郡，乾元元年復舊。此詩郡稱睢陽，牧稱太守，當作於天寶中。睢陽郡即宋州，已見前注。勤照，皇甫冉廣德、永泰中參王縉幕，有《奉和待勤照上人不至》詩（《全唐詩》卷二五〇）。

燃燈傳七祖〔一〕①，杖錫爲諸侯〔二〕。來去雲無意②，東西水自流。青山春滿目，白月夜隨舟③。知到梁園下〔三〕，蒼生賴此遊〔四〕④。

〔一〕七祖，佛家宗派稱教義之創始、傳承者爲祖。禪宗以達摩、慧可、僧璨、道信、弘忍、慧能、神會爲七祖。傳燈，見前《夜宴洛陽程九主簿宅》詩注。

〔二〕錫，即禪杖，振時錫錫作聲，故名錫杖。諸侯，謂睢陽太守。牧守主一方之政，故稱爲諸侯。

〔三〕梁園，漢梁孝王所築，在睢陽。

〔四〕蒼生，百姓。《晉書·謝安傳》：「安石不肯出，將如蒼生何！」

校記：

①燃燈，殘宋本作「燈燈」。

②來去，殘宋本、《唐詩品彙》作「去住」。

③白月，底本作「白日」，據殘宋本改。

④賴，殘宋本作「眷」。

送賈三北遊①

詩云：「把袂相看衣共緇，窮愁只是惜良時。」時未仕，當作於天寶中。

賈生未達猶窘迫，身馳匹馬邯鄲陌〔一〕。片雲郊外遥送人，斗酒城邊暮留客。顧予他日仰時髦〔二〕，不堪此別相思勞。雨色新添漳水緑〔三〕，夕陽遠照蘇門高〔四〕。把袂相看衣共緇〔五〕，窮愁只是惜良時。亦知到處逢下榻〔六〕，莫滯秋風西上時〔七〕。

〔一〕邯鄲，《太平寰宇記》卷五八「洺州」：「秦兼天下，是爲邯鄲郡地。」又「洺州肥鄉縣」：「邯鄲，故名栢公城，在縣西北十里。」

〔二〕時髦，《後漢書·順帝紀贊》：「孝順初立，時髦允集。」《注》：「《爾雅》曰：髦，俊也。」

〔三〕漳水，《太平寰宇記》卷五八「洺州永年縣」：「《風土記》云：南易水本名漳水，源出三門山，西自肥鄉縣界流入。」又「洺州肥鄉縣」：「濁漳水，上源即清漳也。西自相州成安縣界流入。」

〔四〕蘇門，《世説新語·棲逸》注引《魏氏春秋》：「（阮籍）嘗游蘇門山，有隱者，莫知姓名，有竹實數斛，杵臼而已。」按蘇門山又名蘇嶺、百門山，在今河南省輝縣西北。

〔五〕緇，黑色。按此句意謂彼此均未釋褐。

〔六〕下榻，《後漢書·徐穉傳》：「（陳蕃）在郡，不接賓客，唯穉來特設一榻，去則懸之。」

〔七〕謂西上應試。

校記：

①賈三，殘宋本作「賈二」。

嚴陵釣臺送李康成赴江東使

《後漢書・嚴光傳》：「嚴光，字子陵，一名遵，會稽餘姚人也。少有高名，與光武同遊學。及光武即位，光乃變姓名，隱身不見。」「除爲諫議大夫，不屈，乃耕於富春山，後人名其釣處爲嚴陵瀨焉。」《後漢書》李賢注引顧野王《輿地志》：「桐廬縣南，有嚴子陵漁釣處。今山邊有石，上平，可坐十人，臨水，名爲嚴陵釣壇也。」清《一統志》：「釣臺，在嚴州府城東五十里。東西二臺，各高數百丈，漢嚴子陵垂釣處。」李康成，《全唐詩》卷二〇三小傳云：「李康成，天寶中，與李、杜同時。其赴使江東，劉長卿有詩送之。」按詩題疑有奪字。此詩當作於天寶中。

潺湲子陵瀨〔一〕，髣髴如在目。七里人已非〔二〕，千年水空緑。新安江上孤帆遠〔三〕，應逐楓林萬餘轉〔四〕①。古臺落日共蕭條②，寒水無波更清淺。臺上漁竿不復持，卻令猿鳥向人悲〔五〕。灘聲山翠至今在，遲爾行舟晚泊時〔六〕。

〔一〕潺湲，水流貌。《九歌・湘夫人》：「觀流水兮潺湲。」子陵瀨，薛方山《浙江通志》：「富春山，在嚴州桐廬縣西三十五里，一名嚴陵山，清麗奇絶，號錦峰繡嶺。前臨大江，乃漢嚴子陵釣處也，人稱爲嚴陵瀨。」

〔二〕七里，清《浙江通志》卷一九引《嚴陵志》：「七里灘，在縣西四十五里，與嚴陵瀨相接。兩山夾峙，水駛如箭。諺曰：『有風七里，無風七十里。』蓋舟行艱於牽挽，惟視風以爲遲速。」《避暑録話》：「嚴陵七里瀨，兩山聳起壁立，連亘七里。」「七里之間皆灘瀨，今因沈約詩，誤爲一名，非是。」

〔三〕新安江，薛方山《浙江通志》：「新安江，一名清溪，出徽州，自歙經淳安縣界至嚴州府城南，合婺港，東入浙江。」按釣臺即在新安江邊，七里瀨即江中淺灘。

〔四〕江行山間，隨山宛轉曲折，故云萬轉。李穆溯新安江訪長卿於睦州，長卿酬詩亦云：「孤舟相訪至天涯，萬轉雲山路更賒。」

〔五〕謝靈運《七里瀨》詩：「一瞬即七里，箭馳猶是難。檣邊走翠嵐，枕底失風湍。但訝猿鳥定，不知霜月寒。前賢竟何益？此地誤垂竿！」按謝詩謂山高水急，非垂釣之所。然前賢垂釣，意不在魚。長卿詩則謂子陵高風，已不可睹，猿啼鳥鳴，祇足增悲。

〔六〕二句意謂：灘聲山翠，猶似昔日，先賢遺韻，仍在於斯。此則足以令君留連不前矣。遲，《荀子・修身》：「遲彼止而待我。」《注》：「遲，待也。」

校記：

①萬餘，《唐詩品彙》作「千萬」。

②共，殘宋本、《文苑英華》作「自」。

送杜位江左覲省往新安江①

當爲早年之作。

去帆楚天外，望遠愁復積。想見新安江，扁舟一行客。清流數千丈，底下看白石。色混元氣深〔一〕，波連洞庭碧〔二〕。鳴根去未已〔三〕，前路行可覿。猿鳥悲啾啾，杉松雨聲夕。送君東赴歸寧期，新安江水遠相隨。見説江中孤嶼在，此行應賦謝公詩〔四〕。

〔一〕元氣，《法苑珠林》：「元氣無形，匈匈蒙蒙，偃者爲地，伏者爲天。」

〔二〕洞庭，《水經注》：「洞庭湖廣員五百餘里，日月若出没於其中。」又《楚辭注》：「吴中太湖，一名洞庭，而巴陵之洞庭，亦謂之太湖。」

〔三〕鳴根，潘岳《西征賦》：「鳴根厲響。」《注》：「以長木扣舷爲聲。」李白《送殷淑》：「惜别耐取醉，鳴根且長謡。」

〔四〕按謝靈運有《登江中孤嶼》詩，有云：「亂流趨孤嶼，孤嶼媚中川。雲日相輝映，空水共澄鮮。」

校　記：

①江左，底本作「江佐」，以意徑改。

送元八遊汝南

元八，長卿另有《使迴次柳楊過元八所居》詩，大曆四年任轉運使判官駐揚州時所作。又按靈一有《於潛道中呈元八處士》詩（《全唐詩》卷八〇九），皇甫冉有《送元晟歸潛山所居》詩（《全唐詩》卷二〇五）。潛山即在於潛。《太平寰宇記》卷九三「杭州於潛縣」引《吴録地理》云：「縣西替山，蓋因山以立名。舊替字無水，至隋加水。」又引闞駰《十三州志》：「替，讀爲潛。」元八或即元晟。皎然有《對陸迅飲天目山茶因寄元居士晟》詩（《全唐詩》卷八一八），天目山亦在於潛縣境。長卿詩云：

「迢遞朗陵道，悵望都門夕。向别伊水南，行看楚雲隔。」爲洛陽送别之作，當作於天寶中。汝南，《新唐書・地理志》二：「蔡州汝南郡，緊。」

元生實奇邁〔一〕，幸此論疇昔。刀筆素推高〔二〕，鋒鋩久無敵。縱横濟時意〔三〕，跌宕過人蹟〔四〕。破産供酒錢，盈門皆食客。田園頃失計，資用深相迫。生事誠可憂〔五〕，嚴裝遠何適。世情薄恩義，俗態輕窮厄。四海金雖多，其如向人惜。

〔一〕邁，超越凡俗之謂。《三國志・魏・高堂隆傳》：「三王可邁，五帝可越。」《世説新語・賞譽》：「王平子邁世有儁才，少所推服。」

〔二〕刀筆，謂文章。《淮南子・泰族》：「然商鞅之法亡秦，察於刀筆之迹，而不知治亂之本也。」

〔三〕縱横，由「合縱連横」化出，經營天下之意。

〔四〕跌宕，狂放不拘於禮法。《三國志・蜀・簡雍傳》：「性簡傲跌宕，在先主座席，猶箕踞傾倚，威儀不肅，自縱適。」

〔五〕生事，營生之事。《北史・馮偉傳》：「閉門不出將三十年，不問生事，不交賓客。」

迢遞朗陵道〔六〕①，悵望都門夕。向别伊水南〔七〕，行看楚雲隔〔八〕。繁蟬動高柳，疋馬嘶平澤。潢潦今正深〔九〕，陂湖未澄碧。人生不得已，自可甘形役〔一〇〕。勿復尊前酒，離居剩悽戚。

〔六〕朗陵，漢縣名，唐爲郎山縣。《太平寰宇記》卷一一「蔡州郎山縣」：「隋開皇三年自郎陵故城移安昌縣於今所，屬豫州。十六年，仍改安昌又爲郎山縣。」「朗陵山，一名大郎山，在縣北三十里。」

〔七〕伊水，《太平寰宇記》卷三「河南府河南縣」：「伊水在縣東南十八里。」

〔八〕楚雲，按汝南郡戰國時嘗爲楚地。

〔九〕潢潦，積水。左思《南都賦》：「朝雲不興，而潢潦獨臻。」

〔一〇〕形役，爲形骸所拘束，多指爲功名利禄所束縛。陶淵明《歸去來兮辭》：「既自以心爲形役，奚惆悵而獨悲？」

校記：

①迢遞，殘宋本作「迢迢」。

洛陽主簿叔知和驛承恩赴選伏辭一首

《新唐書·百官志》四下：京縣「主簿二人，從八品上。」和驛，當爲洛陽館驛，其地未詳。又，《新唐書·選舉志》下：「凡選有文武，文選吏部主之，武選兵部主之，皆爲三銓，尚書、侍郎分主之。」「凡擇人之法有四：一曰身，體貌豐偉；二曰言，言辭辯正；三曰書，楷法遒美；四曰判，文理優長。四事皆可取，則先德行；德均以才，才均以勞。得者爲留，不得者爲放。」按詩中情事，時長卿家居洛陽，詩當作於天寶中。

仲父王佐材〔一〕，屈身仇香位〔二〕。一從理京劇〔三〕，萬事皆容易。則知無不可，通變有餘地〔四〕。器宇溟渤寬〔五〕①，文鋒鏌鎁利〔六〕。憧憧洛陽道〔七〕，日夕皇華使〔八〕。三載部郵亭〔九〕②，一心奉王事〔一〇〕。功成良可録，道在知無愧。天府留香名〔一一〕，銓闈就明試〔一二〕。

〔一〕王佐材，《漢書・董仲舒傳》："劉向稱董仲舒有王佐之材，雖伊吕無以加。"

〔二〕《後漢書・循吏・仇覽傳》："仇覽字季智，一名香，陳留考城人也。少爲書生，淳默鄉里，無知者。年四十，選召補吏，選爲蒲亭長。勸人生業，爲制科令，至於果菜爲限，雞豕有數。"按知驛與古之亭長職責相似。

〔三〕京劇，謂京縣之繁劇。

〔四〕《易・繫辭下》："窮則變，變則通，通則久。"

〔五〕溟渤，溟海、渤海。鮑照《代陸平原君子有所思行》："築山擬蓬壺，穿池類溟渤。"

〔六〕鏌鋣，古寶劍名。按《吴地記》云："干將爲吴王闔閭鑄劍，鑄汁不下，其妻莫邪投入鑪中，以祭鑪神，鐵汁遂下，成二劍，雄名干將，雌名莫邪。"《莊子・庚桑楚》："兵莫憯於志，鏌鋣爲利。"

〔七〕憧憧，往來不絶貌。《易・咸》："憧憧往來，朋從爾思。"

〔八〕皇華，使人之謂。謝靈運《撰征賦序》："皇華愧於先雅，靡鹽顧於征人。"按《詩・小雅》有《皇皇者華》篇，《詩序》謂爲君遣使臣之作。

〔九〕郵亭，驛傳古稱郵亭。

〔一〇〕按以上四句意謂和驛地處京洛要道，朝臣往來不絶，而仲父悉心從事，諸事皆理。

〔一一〕天府，當謂天官之府，即吏部。

〔一二〕銓闈，吏部司銓選，故稱銓部，亦稱銓闈。

賦詩皆舊交③，攀轍多新吏〔一三〕④。綵服辭高堂〔一四〕，青袍擁征騎。此行季春月，時物正鮮媚。官柳陰相連，桃花色如醉。長安想在目，前路遥髣髴。落日看華山，關門逼青翠〔一五〕。行瞻稍已隔⑤，結戀能無慰。誰念樽酒間，徘徊竹林意〔一六〕。

〔一三〕攀轍，《後漢書·侯霸傳》：霸「爲淮平大尹，政理有能名。」「更始元年，遣使徵霸，百姓老弱相攜號哭，遮使者車，或當道而卧，皆曰：『願乞侯君復留期年。』」又，《白孔六帖》七七：侯霸被徵，「百姓攀轅卧轍不許去」。

〔一四〕高堂，謂父母。陳子昂《宿空舲峽青樹村浦》詩：「委別高堂愛，窺覦明主恩。」綵服、青袍，見《客舍贈別韋九建》詩注。

〔一五〕華山、關門，見《關門望華山》詩注。

〔一六〕《晉書·阮咸傳》：「咸字仲容。父熙，武都太守。咸任達不拘，與叔父籍爲竹林之遊，當世禮法者譏其所爲。」

校記：

①溟渤，殘宋本作溟漲。

②部郵亭，底本作出江亭，此從殘宋本。

③交，底本作友，從殘宋本。

④轍，殘宋本作軌。

⑤瞻，《全唐詩》作襜。

潁川留別司倉李萬

《新唐書·地理志》二：「許州潁川郡，望。」《太平寰宇記》卷七「許州許昌郡」：「天寶元年改爲潁（潁）川郡，乾元元年復爲許州。」治所在今河南許昌。詩稱郡名，當作於天寶中。李萬，《新唐書·宰相世系表》八，安邑令李虚己有子名萬，與李華爲從兄弟。按皇甫冉有《同李萬晚望南嶽寺懷普門上人》詩（《全唐詩》卷二五〇），上元年間作於常州義興，疑即此人。司倉，上州有司倉參軍事一人，從七品下。

故人早負干將器〔一〕，誰言未展平生意〔二〕。想君疇昔高步時〔三〕，肯料如今折腰事①。且知投刃皆若虚〔四〕，日揮案牘常有餘。槐暗公庭趨小吏②，荷香陂水膾鱸魚〔五〕。客裏相逢款話深③，如何岐路剩霑襟。白雲西上催歸念，潁水東流是別心〔六〕。落日征驂隨去塵〔七〕，含情揮手背城闉〔八〕。已恨良時空此別，不堪秋草更愁人④。

〔一〕干將，寶劍名，春秋時干將爲吴王鑄二劍，雄曰干將，雌曰莫邪。按此謂懷抱利器。《後漢書·虞詡傳》：「鄧騭以詡爲朝歌長，故舊皆弔，詡笑曰：『不遇槃根錯節，何以別利器乎？』」

〔二〕誰言，豈料。

〔三〕高步，昂首闊步，得意貌。《晉書·郤詵傳論》：「郤詵等並韞價州里，褎然應召，對揚天門，高步雲衢。」

〔四〕「投刃」句：《莊子·養生主》：「（庖丁曰：）今臣之刀十九年矣，所解數千牛矣，而刀刃若新發於硎。彼節者有間，而刀刃者無厚，以無厚入有間，恢恢乎其於遊刃必有餘地矣。」

〔五〕鱸魚膾，按《世説新語·識鑒》，晉張翰在洛，思吴中菰菜羹、鱸魚膾，因辭官投袂而歸。後人因以指佳肴。

〔六〕潁水，《太平寰宇記》卷七「許州長社縣」：「潁水在縣西南三十里。《地理志》：陽乾山，潁水所出，東至下蔡入淮。」

〔七〕征驂，謂馬車。《詩・小雅・采菽》：「載驂載駟，君子所屆。」驂，一車三馬。駟，一車四馬。

〔八〕城闉，鮑照《行藥至城東橋》詩：「嚴車臨迴陌，延瞰歷城闉。」《注》：「毛萇《詩傳》曰：闉，城曲也。」

校　記：

①肯，《文苑英華》作「豈」。

②庭，《四庫全書》本作「門」。

③話，《文苑英華》注：「一作語。」

④更，《文苑英華》作「傷」。

灞東晚晴簡同行薛棄朱訓

灞東，《太平寰宇記》卷二五「雍州萬年縣」：「灞水，東去縣二十一里。」「霸岸，在通化門東三十里。秦襄王葬於坂，謂之壩上。其城即秦穆公所築。漢爲縣，在東北二十三里霸水東。」朱訓，《新唐書・宰相世系表》四下：朱冽，子訓。薛棄，未詳。詩當爲天寶中自長安東歸時作。

客心豁初霽〔一〕，霽色暝玄灞〔二〕。西向看夕陽，曈曈映桑柘〔三〕。二賢誠逸足〔四〕，千里陪征駕。古樹枳道旁〔五〕，人煙杜陵下〔六〕。伊余在羈束〔七〕①，且復隨造化〔八〕。好道當有心〔九〕②，營生苦無暇〔一〇〕。高賢幸茲偶，英達窮王霸〔一一〕。迢遞歸客程③，裴回主人夜。一薰知異質〔一二〕，片玉難齊價〔一三〕④。同結丘中緣〔一四〕，塵埃自茲謝〔一五〕。

〔一〕豁，開朗貌。郭璞《江賦》：「豁若天開。」

〔二〕玄灞，灞水色深，故稱玄灞。潘岳《西征賦》：「南有玄灞素滻，湯井温谷。」

〔三〕曈曈，日光照耀貌。

〔四〕逸足，謂才能出衆。傅毅《舞賦》：「良駿逸足，蹌捍凌越。」

〔五〕枳道，《長安志》卷一一「萬年縣」：「軹道在通化門東北十六里，漢元年秦王子嬰素車白馬降沛公處。蘇林曰：『枳道，亭名，在長安東十三里。』師古曰：『枳音軹。軹道亭在霸成觀西四里。』」

〔六〕杜陵，《長安志》卷一一「萬年縣」：「宣帝杜陵在縣東南一十五里。」

〔七〕羈束，《後漢書·張升傳》注：「不羈謂超絶等倫，不可羈束也。」

〔八〕造化，《莊子·大宗師》：「今一以天地爲大鑪，以造化爲大冶。」

〔九〕好道，《莊子·養生主》：「庖丁釋刀對曰：『臣之所好者道也，進乎技矣。』」

〔一〇〕營生，《初學記》卷一八引王隱《晉書》：「石崇百道營生，積財如山。」

〔一一〕王霸，謂王霸之業。以德行仁政者爲王，以力假仁而治者爲霸。《世説新語·品藻》：龐統謂顧邵曰：「論王霸餘策，覽倚伏之要害，吾似有一日之長。」

〔一二〕薰，香草。《左傳》僖四年：「一薰一蕕，十年尚猶有臭。」

〔一三〕《晉書·郤詵傳》云：詵舉賢良對策第一，自謂「桂林之一枝，崑山之片玉。」

〔一四〕丘中，丘壑之中。嵇康《卜疑集》：「思丘中之隱士，樂川上之執竿。」

〔一五〕塵埃，指世俗之污垢。《楚辭·漁父》：「安能以皓皓之白而蒙世俗之塵埃乎？」

校記：

①余，殘宋本作「子」。

②當，殘宋本作「常」。

③歸客程，底本作「客王程」，此從殘宋本。

④難，底本作「誰」，此從殘宋本。

長門怨①

《樂府詩集》卷四二「長門怨」：「《樂府解題》曰：『《長門怨》者，爲陳皇后作也。后退居長門宫，愁悶悲思。聞司馬相如工文章，奉黄金百斤，令爲解愁之辭。相如爲作《長門賦》。帝見而傷之，復得親幸。後人因其賦而爲《長門怨》也。』」按宫怨、閨怨爲開元、天寶中常見題材，此詩當爲長卿早年作。

何事長門閉，珠簾只自垂。月移深殿早，春向後宫遲。蕙草生閒地，梨花發舊枝。芳菲似恩幸②，看著被風吹③。

賀裳《載酒園詩話》：「末句尖警動人，却開後來猥謔之習，雖樂府中不忌。入樂府則俊，入律詩則佻。」

校　記：

①殘宋本無「怨」字。

②似，底本作「自」，據殘宋本、《文苑英華》改。

③著，殘宋本作「卻」。

昭陽曲

當爲天寶中作。昭陽，漢宮名，成帝時趙飛燕居之。

昨夜承恩宿未央〔一〕，羅衣猶帶御衣香①。芙蓉帳小雲屏暗〔二〕，楊柳風多水殿涼〔三〕。

〔一〕未央，漢宮殿名。

〔二〕雲屏，雲母屏風。張協《七命》：「雲屏爛汗，瓊壁青葱。」

〔三〕水殿，《述異記》：「漢武帝寶鼎二年，立豫章宮於昆明池中，作豫章水殿。」

胡應麟《詩藪》：「樂府也。然音響自是唐人，與五言絶稍異。」唐汝詢《唐詩解》：「此爲飛燕之詞，以言楊妃之求媚夫？昨夜承恩，寵非疏也。然一獨寢，便覺雲屏水殿之冷落，其意必專房而後已，蓋即香山『春從春遊夜專夜』之意。」冒春榮《葚原説詩》：「涵泳。」

校　記：

①御衣，《唐詩品彙》作御爐。

王昭君歌

吴兢《樂府古題要解》卷上：「《琴操》載：昭君，齊國王穰女。端正閑麗，未嘗窺看門户。穰以其有異于人，求之者皆不與。年十七，獻之元帝。元帝以地遠不之幸，以備後宫。積五六年，帝每遊後宫，昭君常恐不出。後單于遣使朝賀，帝宴之，盡召後宫，昭君乃盛飾而至。帝問：『欲以一女賜單于，誰能行者？』昭君乃越席請往。時單于使在旁，帝驚恨不及。昭君至匈奴，單于大悦，以爲漢與我厚，縱酒作樂。遣使者報漢，送白璧一雙，駿馬十匹，胡地珠寶之類。昭君恨帝始不見遇，乃作怨思之歌。」此詩亦當爲早年所作。

自矜嬌豔色①，不顧丹青人〔一〕。那知粉繪能相負，卻使容華翻誤身〔二〕。上馬辭君嫁驕虜②，玉顏對人啼不語〔三〕。北風雁急浮雲秋③，萬里獨見黄河流。纖腰不復漢宫寵〔四〕，雙蛾長向胡天愁〔五〕④。琵琶弦中苦調多〔六〕⑤，蕭蕭羌笛聲相和。誰憐一曲傳樂府〔七〕，能使千秋傷綺羅〔八〕。

〔一〕《西京雜記》卷二：「元帝後宫既多，不得常見，乃使畫工圖形，案圖召幸之。諸宫人皆賂畫工，多者十萬，少者亦不減五萬，獨王嫱不肯，遂不得見。後匈奴入朝，求美人爲閼氏，於是上案圖，以昭君行。及去召見，貌爲後宫第一。善應對，舉止閑雅。帝悔之，而名籍已定，帝重信於外國，故不復更人。」丹青，繪畫所用顔色。《晉書·顧愷之傳》：「尤善丹青，圖寫特妙。」

〔二〕容華，容貌。曹植《雜詩》：「南國有佳人，容華若桃李。」

〔三〕玉顔，謂女子面目姣好，光潔如玉。宋玉《神女賦》：「貌豐盈以莊姝兮，苞温潤之玉顔。」

〔四〕纖腰，張衡《觀舞賦》：「搦纖腰以互折，嬛傾倚兮低昂。」

〔五〕雙蛾，女子雙眉。徐陵《玉臺新詠序》：「南都石黛，最發雙蛾。」

〔六〕琵琶，《宋書・樂志》一：「傅玄《琵琶賦》曰：『漢遣烏孫公主嫁昆彌，念其行道思慕，故使工人裁箏、筑，爲馬上之樂，欲從方俗語，故曰琵琶，取其易傳於外國也。』《風俗通》云：『以手琵琶，因以爲名。』」

〔七〕樂府琴曲有《昭君怨》，相傳卽昭君所作。

〔八〕綺羅，謂美人。

范晞文《對床夜語》五：「劉長卿《王昭君歌》反覆包蓄，得古風體。」喬億《大曆詩略》：「文房古體概乏氣骨，就中歌行情調極佳，然無復崔顥、王昌齡古致矣。」又謂三、四句「跌宕有情」，末二句「收得足，放得遠」。

校　記：

①嬌，殘宋本、《唐文粹》作「妖」。

②虜，《唐音》作「主」。

③雲，《全唐詩》本注：「一作清。」

④胡，《唐音》作「霜」。

⑤苦，殘宋本作「古」。

銅雀臺

一作王建詩，題同（《全唐詩》卷二九八）。按此詩《唐文粹》、《唐音》均作長卿詩，詩風亦與王建不類，當爲長卿早作。銅雀臺，《三國志·魏·武帝紀》：建安十五年，「冬，作銅爵臺。」《藝文類聚》卷六二引陸翽《鄴中記》云，臺高十丈，殿屋一百二十間，樓頂置大銅雀，舒翼若飛，故名。故址在今河北臨漳縣西南。又按樂府古題有《銅雀臺》，亦作《銅雀妓》。《樂府詩集》卷三一載張正見《銅雀臺序》，謂曹操遺命諸子，葬鄴之西崗，諸妾及伎人皆著銅雀臺，臺上置床帳，每月朔望向帳前作伎。葛立方《韻語陽秋》卷一九云：「魏武陰賊險狠，盜有神器，實竊英雄之名，而臨死之日，乃遺令諸子不忘於葬骨之地，又使伎人着銅雀臺上，以歌舞其魂，亦可謂愚矣。」

嬌愛更何日，高臺空數層。含啼映雙袖，不忍看西陵〔一〕。漳河東流無復來〔二〕，百花輦路爲蒼苔①。清樓月夜長寂寞②，碧雲日暮空徘徊〔三〕。君不見鄴中萬事非昔時〔四〕，古人不在今人悲③。春風不逐君王去，草色年年舊宫路。宫中歌舞已浮雲，空指行人往來處。

〔一〕西陵，曹操寢園所在。《太平寰宇記》卷五五「相州安陽縣」：「銅雀臺，魏武帝所造，遺令『施繐帳，朝晡宫人歌吹，望吾西陵。』」羅隱《銅雀臺》云：「强歌强舞竟難勝，花落花開淚滿繒。祇合當年伴君死，免教憔悴望西陵。」意同。

〔二〕漳河，《太平寰宇記》卷五五「相州鄴縣」：「濁漳水，在縣東界。有永樂浦，浦西五里俗謂紫陌河，此即俗巫爲河伯娶婦處。」又：「長明溝，《水經》云：魏武引漳水入銅雀臺下，伏流入城，謂之長明溝。」

〔三〕江淹《休上人怨别》詩：「日暮碧雲合，佳人殊未來。」

〔四〕鄴，《太平寰宇記》卷五五「相州」：「相州鄴郡，今理安陽縣。」「建安十七年，册命操爲魏公，居鄴。黄初二年，以廣平、陽平、魏三郡爲三魏，長安、譙、許、鄴、洛陽爲五都。」

毛先舒《詩辯坻》：「文房《銅雀臺》前四句，可作五言一絶。衍作長調，不覺繁縟，便是此君高處。」喬億《大曆詩略》：「不必沉至，盡題之精義。而結體疏澹，令人把玩不置。」沈德潛《唐詩别裁》：「不必嘲笑老瞞，淡淡寫去，自存詩品。」

校　記：

①爲，《唐文粹》作「唯」。

②清，殘宋本、《唐文粹》、《唐音》作「青」。

③不，殘宋本、《唐文粹》作「何」。

月下聽砧

砧，擣衣石。李白《子夜吴歌》：「長安一片月，萬户擣衣聲。長風吹不盡，總是玉關情。」長卿詩云「腸斷盧龍戍」，當爲天寶中作。

夜静掩寒城，清砧發何處。聲聲擣秋月，腸斷盧龍戍〔一〕。未得寄征人①，愁霜復愁露。

〔一〕盧龍，《太平寰宇記》卷七〇「平州盧龍縣」：「盧龍道，《魏志》曰：曹公北征烏桓田疇，自盧龍道引軍出盧龍塞，塹山堙谷五百餘里，經白檀，歷平罡，登白狼，望柳城，即此道也。一謂之盧龍塞。今在郡城西北二百里。」按開元末東北邊境多戰事，故以盧龍爲言。

校記：

①得，底本注：「一作有。」

觀李湊所畫美人障子

《歷代名畫記》卷九：「李湊，林甫之姪也。初爲廣陵倉曹，天寶中貶明州象山縣尉，年二十八。尤工綺羅人物，爲時驚絶。本師閻令，但筆跡疎散，言其媚態則盡美矣。」按此詩載本集卷五。卷八又取後四句爲七絶，今删之。詩當爲天寶中作。

愛爾含天姿，丹青有殊智。無間已得象〔一〕，象外更生意。西子不可見〔二〕，千載無重還。空令浣沙態①，猶在含毫間。一笑豈易得，雙蛾如有情。窗風不舉袖，但覺羅衣輕。華堂翠幕春風來，内閣金屏曙色開。此中一見亂人目②，只疑行到雲陽臺③。

〔一〕無間，《淮南子·原道》：「出於無有，入於無間。」

〔二〕西子，《孟子·離婁下》：「西子蒙不潔，則人皆掩鼻而過之。」注：「西子，古之好女西施也。」西施，或作先施。

本越國苧蘿村浣紗女，爲范蠡獻於吴王夫差，卒滅吴國。事見《吴越春秋》、《越絶書》。

校記：

①令，殘宋本作「憐」。

②目，《全唐詩》注：「一作眼。」又，亂人目，殘宋本作「亂行人」。

③行到雲陽臺，《萬首唐人絶句》作「行雲到陽臺」。

少年行

按此詩聲調，當爲天寶前作。

射飛誇侍獵〔一〕，行樂愛聯鑣〔二〕。薦枕青蛾豔〔三〕，鳴鞭白馬驕。曲房珠翠合〔四〕，深巷管弦調。日晚春風裏，衣香滿路飄。

〔一〕侍獵，謂侍從君王出獵。

〔二〕聯鑣，猶云聯騎。鑣，馬嚼鐵，亦以指乘騎。鮑照《擬青青陵上栢》：「飛鑣出荆路，鶩服入秦川。」

〔三〕薦枕，王勃《雜曲》：「若向陽臺薦枕，何啻得勝朝雲。」青蛾，江淹《水上神女賦》：「青蛾羞豔，素女慙光。」

〔四〕曲房，枚乘《七發》：「往來游醼，縱恣於曲房隱間之中。」珠翠，婦女飾物，亦以指婦女。傅毅《舞賦》：「珠翠的皪而炤燿兮，華袿飛髾而雜纖羅。」

方回《瀛奎律髓》：「此詩似非長卿所作。中四句太豔而淺，末句頗可採。此題于其後不無少貶乃佳。」

從軍六首

按《樂府詩集》王僧虔《技録》，平調七曲，其六曰《從軍行》。《解題》曰：「《從軍行》，皆軍旅辛苦之辭。」詩寫東北邊事，當爲天寶中作。

迴看虜騎合①，城下漢兵稀。白刃兩相向〔一〕，黄雲愁不飛〔二〕。手中無尺鐵，徒欲穿重圍〔三〕②。

〔一〕白刃，司馬相如《喻巴蜀檄》：「觸白刃而冒流矢。」

〔二〕黄雲，江淹《古别離》：「遠與君别者，乃至雁門關。黄雲蔽千里，遊子何時還？」

〔三〕《漢書·李陵傳》：「且陵提兵卒不滿五千，深輮戎馬之地，抑數萬之師，虜救死扶傷不暇，悉舉引弓之民共攻圍之，轉鬭千里，矢盡道窮，士張空拳，冒白刃，北首争死敵，得人之死力，雖古名將不過也。身雖陷敗，然其所摧敗，亦足暴於天下。」又李陵《與蘇武書》：「兵盡矢窮，人無尺鐵，猶復徒首奮呼，争爲先登。」

唐汝詢《唐詩解》：「此言軍士力戰也。虜衆我寡而戰不解，黄雲爲之不流，精感天地矣。至于兵矢俱盡而猶無還心，其真奮不顧身者乎！」賀裳《載酒園詩話》：「崔國輔《從軍行》曰：『塞北胡霜下，營州索兵救。夜裏偷道行，將軍馬亦瘦。刀光照塞月，陣色明如晝。傳聞賊滿山，已共前鋒鬥。』一段踴躍之氣，勃勃言下。劉長卿『回首虜騎合』（一首，不具引），亦妙于作不了語。其摹寫悍勇，則神彩更在崔上。」

目極雁門道〔一〕，青青邊草春。一身事征戰，匹馬同辛勤③。末路成白首〔二〕，功歸天下人。

〔一〕雁門，《太平寰宇記》卷四九「代州雁門郡」：「按《河東記》云：代、句注在州西北三十五里，雁門縣界西陘山也。初，趙簡子殺代王而取其地，至趙武靈王破林胡、樓煩，築長城，自代傍陰山下至高闕爲塞，而置雲中、雁門、代郡。」按其地形勢險要，歷代爲征戰之所。

〔二〕末路，謝靈運《酬從弟惠連》詩：「末路值令弟，開顔披心胸。」《注》：「衰老始得逢令弟，開解我心胸也。」

《詩歸》鍾惺評曰：「悲慨語寬寬説來，尤妙。」

倚劍白日暮〔一〕，望歸登戍樓④。北風吹羌笛，此夜關山愁〔二〕。迴首不無意，滹河空自流〔三〕。

〔一〕倚劍，江淹《鮑參軍昭戎行》：「息徒税征駕，倚劍臨八荒。」

〔二〕漢樂府横吹曲有《關山月》，多寫士卒久戍不歸、與家人互傷離别之情。見《樂府詩集·關山月》解題。

〔三〕滹河，即滹沱河。源出代州繁峙縣，流經代州、忻州，至河北注入滏陽河。見《水經注》。

黄沙一萬里，白首無人憐。報國劍已折，歸鄉身幸全。單于古臺下〔一〕，邊色寒蒼然。

〔一〕單于臺，《漢書·武帝紀》：元封元年，「出長城，北登單于臺」。《資治通鑑》注引杜佑云：臺在雲州雲中縣（今山西大同）西北百餘里。

落日更蕭條，北風動枯草⑤。將軍追虜騎，夜失陰山道〔一〕。戰敗仍樹勳，韓彭但空老〔二〕。

〔一〕陰山，河套以北、大漠以南諸山，古時統稱陰山。《史記・秦始皇紀》三十三年：「自榆中並河以東，屬之陰山。」失道，迷路。《史記・李廣傳》：「軍亡導而失道，後期。」

〔二〕韓彭，韓信、彭越，興漢時均有赫奕戰功，《漢書》有傳。按玄宗時屢有邊將掩其敗狀，反以捷聞者。天寶十載鮮于仲通擊南詔，大敗，士卒死者六萬人。「楊國忠掩其敗狀，仍叙其戰功」（《通鑑》）。長卿此詩蓋有所諷，唯不知所指確爲何事。

草枯秋塞上⑥，望見漁陽郭〔一〕。胡馬嘶一聲，漢兵雙淚落。誰爲吮瘡者〔二〕⑦，此事今人薄。

〔一〕漁陽，《太平寰宇記》卷七〇「薊州漁陽郡」：「今理漁陽縣。《禹貢》冀州之域，星分尾宿三度，春秋至戰國俱屬燕。秦于此置漁陽郡，二漢因之。」又引《隋圖經》云：「漁陽有北平故城，即漢李將軍李廣爲郡守，出獵，遇草中石，謂是伏虎，引弓射之，即是此處。」

〔二〕吮瘡，《史記・吴起傳》：「卒有病疽者，起爲吮之。卒母聞而哭之。人曰：『子卒也，而將軍自吮其疽，何哭爲？』母曰：『非然也。往年吴公吮其父，其父戰不旋踵，遂死於敵。吴公今又吮其子，妾不知其死所矣。』」

《詩歸》譚元春曰：「寫得落落然，不厭其直。」葉矯然《龍性堂詩話》續集：「唐人征戍語凄酸入骨，各極其妙。如『胡馬嘶一聲，漢兵雙淚落』，『百戰苦不歸，刀頭怨秋月』……等語，讀之真如霜笳曉角，悲哀欲絶。」

校　記：

①看，殘宋本作「首」。

②穿，《唐詩品彙》、《全唐詩》作「突」。重圍，《文苑英華》作「長圍」。

③辛勤，殘宋本、《文苑英華》作「苦辛」。

④望歸，殘宋本、《唐詩品彙》作「望鄉」。

⑤動，《唐詩品彙》作「捲」。

⑥**草枯**，底本作「秋草」，此據殘宋本、《文苑英華》。

⑦**瘡**，《文苑英華》作「癰」。

疲兵篇

按此詩聲調作意與高適《燕歌行》類，蓋一時風會使然。當爲早年所作。

驕虜乘秋下薊門〔一〕，陰山日夕煙塵昏〔二〕。三軍疲馬力已盡〔三〕，百戰兵殘功未論①。陣雲泱漭屯塞北〔四〕，羽書紛紛來不息〔五〕。孤城望處增斷腸②，折劍看時可霑臆。元戎日夕且歌舞〔六〕③，不念關山久辛苦。自矜倚劍氣凌雲〔七〕，卻笑聞笳淚如雨〔八〕。

〔一〕《漢書·李陵傳》：「方秋，匈奴馬肥，未可與戰。」按秋日草盛馬肥，胡人多以此時入侵。薊門，《太平寰宇記》卷六九「幽州薊縣」：「薊城，《郡國志》云：薊城南北九里，東西七里，開十門。慕容儁鑄銅爲馬，因名銅馬門。」按其地當南北要衝，故曰薊門。盧藏用《貽平昔舊遊》詩：「負劍登薊門，孤遊入燕市。」

〔二〕陰山，見《從軍六首》注。煙塵，《胡笳十八拍》：「煙塵蔽野兮胡虜盛。」

〔三〕三軍，《左傳》襄十四年：「周爲六軍，諸侯之大者，三軍可也。」後泛指大軍。《荀子・賦》：「城郭以固，三軍以强。」

〔四〕泱漭，廣袤貌。司馬相如《上林賦》：「徑乎桂林之中，過乎泱漭之野。」

〔五〕羽書，《後漢書・西羌傳論》：「燒陵園，剽城市，傷敗踵係，羽書日聞。」《注》：「羽書即檄書也。《魏武奏事》曰『邊有警急，插羽以示急』也。」

〔六〕元戎，主帥。《周書・齊煬王憲傳》：「吾以不武，任總元戎，受命安邊，路指幽冀。」

〔七〕倚劍，宋玉《大言賦》：「長劍耿耿倚天外。」

〔八〕笳，胡笳。《晉書・劉琨傳》：「中夜奏胡笳，賊流涕歔欷，有懷土之切。」按此謂士卒聞笳思歸，而元戎不知體恤。

萬里飄飖空此身，十年征戰老胡塵。赤心報國無片賞，白首還家有幾人。朔風蕭蕭動枯草〔九〕④，旌旗獵獵榆關道〔一〇〕。漢月何曾照客心〔一一〕，胡笳只解催人老。軍前仍欲破重圍，閨裏猶應愁未歸。小婦十年啼夜織，行人九月憶寒衣⑤。飲馬滹河晚更清〔一二〕⑥，行吹羌笛遠歸營。只恨漢家多苦戰，徒遺金鏃滿長城⑦。

〔九〕蕭蕭，《古詩十九首》：「白楊多悲風，蕭蕭愁煞人。」

〔一〇〕獵獵，風聲。鮑照《潯陽還都道中》詩：「鱗鱗夕雲起，獵獵晚風道。」榆關，于志寧《崔敦禮碑》：「建節榆關，塵清柳室。」故址在今河北山海關。

〔二〕漢月，梁簡文帝《明君詞》：「秋簷照漢月，愁帳入胡風。」

〔三〕滹河，即滹沱河，見《從軍六首》注。

校　記：

①兵殘，底本作「殘兵」，《文苑英華》作「殘軀」，此從殘宋本。

②增，《文苑英華》作「曾」。

③且，《唐詩品彙》作「但」。

④枯，《唐詩品彙》作「秋」。

⑤月，《唐詩品彙》作「日」。

⑥河，《文苑英華》注：「集作沱。」

⑦遺金鏃，殘宋本、《文苑英華》作「令遺鏃」。

代邊將有懷

按此詩本集不載。《文苑英華》作長卿詩，《全唐詩》亦予收録。詩當作於天寶中，説同前。

少年辭魏闕〔一〕，白首向沙場〔二〕。瘦馬戀秋草，征人思故鄉。暮笳吹塞月，曉甲帶胡霜。自到雲中郡〔三〕，于今百戰强。

〔一〕魏闕，指朝廷。參見《夜宴洛陽程九主簿宅》詩注。

〔二〕沙場，應璩《與滿公琰書》：「沙場夷敞，清風肅穆。」後多指戰場。王昌齡《塞上曲》：「從來幽并客，皆向沙場老。」

〔三〕雲中郡，戰國趙地，秦、漢因之，東漢廢。唐天寶初改雲州，治雲中縣，其地在今山西大同。

金陵西泊舟臨江樓

金陵，見《早春送趙居士還江左》詩注。臨江樓，謝靈運《遊名山志》：「從臨江樓步路南上二里餘，左望湖中，右傍長江。」按李白有《金陵城西樓月下吟》詩（《李太白全集》卷七），詩云：「解道澄江静如練，令人長憶謝玄暉。」亦臨江，或即此樓。長卿詩云：「異鄉共如此，孤帆難久遊。」非亂後流寓江南之語，當作於亂前。按天寶十四載十二月丙戌禄山於靈昌郡渡河，次年春，長卿已在京口賦詩云：「家人想何在？庭草爲誰碧？」則非攜家避地者。故疑亂前長卿已遊歷至此，適逢亂作，只得暫寓京口。如此則此詩當作於天寶十四載（七五五）秋冬之際；以下數詩亦同，故暫繫於此。

蕭條金陵郭，舊是帝王州〔一〕。日暮望鄉處，雲邊江樹秋。楚雲不可託，楚水只堪愁。行客千萬里，滄波朝暮流。迢迢洛陽夢，獨卧清川樓。異鄉共如此，孤帆難久遊。

〔一〕帝王州，《太平寰宇記》卷九〇「昇州」：「諸葛亮使於吴，亮謂大帝曰：『鍾山龍盤，石城虎踞，真帝王所都也。』」按孫吴、東晉及南朝均曾定都於此。

棲霞寺東峰尋南齊明徵君故居

《方輿勝覽》卷一四：「棲霞寺，在攝山。齊明僧紹故宅也。」清《一統志》卷七四「古蹟」：「明僧紹宅，在上元縣東攝山。《輿地紀勝》：『齊永明七年，僧紹捨宅為寺。』」《江南通志》卷一一「山川」：「攝山，在府東北四十五里。山多藥草，可以攝生，因名。」《南史》云：齊明僧紹居此山，後捨宅為棲霞寺。齊時隨石大小，鑿佛象千餘，名千佛嶺。右為天開巖，有白乳泉、白鹿泉，又有般若堂、明月臺、宴坐石，高下相望，勝處極多。」明僧紹，字承烈，平原鬲人。宋元嘉中再舉秀才、明經。隱居不仕，卒于家。事蹟具見《南齊書·高逸傳》。齊高帝嘗屢加徵召，故稱徵君。此詩當作於遊歷金陵時。

山人今不見，山鳥自相從。長嘯辭明主①，終身卧此峰。泉源通石徑，澗户掩塵容〔一〕。古墓依寒草②，前朝寄老松。片雲生斷壁③，萬壑遍疏鐘。惆悵空歸去④，猶疑林下逢。

〔一〕澗户，孔稚珪《北山移文》：「澗户摧絶無與歸，石逕荒凉徒延佇。」又，塵容，「抗俗狀而走塵容。」

范晞文《對床夜語》：「『風定花猶落，鳥鳴山更幽。』前輩謂上句置静意於動中，下句置動意於静中，是猶作意爲之也。劉長卿『片雲生斷壁，萬壑徧疏鐘』，其體與前同，然初無所覺，咀嚼既久，乃得其意。」唐汝詢《唐詩解》：「此慕徵君高隱而想見其人，然其人不可見，所見者山鳥耳。吾想齊主加禮徵君，徵君非不長笑而思之，然卒没身此峰而不出，非決於隱者耶？今歷覽山間之景，已悵然覺其遠去矣，庶幾精靈不滅，或可遇之林下耳。蓋言愛慕之無已也。」

校　記：

①嘯，《唐詩品彙》作「笑」。辭，《唐詩品彙》作「思」。
②底本誤作「古暮生寒單」，據《唐詩品彙》改。
③斷，《唐詩品彙》作「半」。
④空歸，《唐詩品彙》作「長空」。

宿北山於禪寺

北山，即鍾山。又名蔣山、紫金山。《元和郡縣圖志》卷二五「昇州上元縣」：「鍾山在縣東北十八里。按《輿地志》，古金陵山也。邑縣之名，皆由此而立。」《太平寰宇記》卷九〇「昇州上元縣」：蔣山，「自梁以前，山立寺十七所，即現在者一十三。」余賓碩《金陵覽古》：「《名山記》云：東南名山，衡、廬、茅、蔣。或曰：齊周顒隱於此，孔德璋作《北山移文》譏之，又謂之北山。」詩當作於遊歷金陵時。

上方鳴夕磬〔一〕，林下一僧還。密行傳人少〔二〕，禪心對虎閒〔三〕。青松臨古路，白日滿寒山②。舊識窗前桂，經霜更待攀〔四〕③。

〔一〕上方，此謂高處。杜甫《山寺》詩：「上方重閣晚，百里見纖毫。」

〔二〕按佛教有真言宗，又稱密宗，以《大日經》、《金剛頂經》爲據，傳語密、身密、意密三密之法。

〔三〕《法苑珠林》：「晉沙門于法蘭，高陽人也。嘗夜坐禪，虎入其室，因蹲床前，蘭以手摩其頭，虎奮耳而伏，數日乃去。」

〔四〕攀桂，《楚辭・招隱士》：「桂樹叢生兮山之幽，偃蹇連蜷兮枝相繚。山氣巃嵸兮石嵯峨，谿谷嶃巖兮水曾波。猨狖羣嘯兮虎豹嗥，攀援桂枝兮聊淹留。」後因以攀桂爲隱士之徵。李白《聞丹丘子於城北山營石門幽居》詩：「方從桂樹隱，不羨桃花源。」

校記：

①底本作「宿北山禪寺蘭若」。按禪寺、蘭若意重，據《文苑英華》、《唐詩品彙》改。

②白日，《全唐詩》本作「白月」。

③待，《全唐詩》本注：「一作得。」

秋夜北山精舍觀體如師梵

精舍，謂佛寺。梵，僧人作法事時之歌詠讚歎。《楞嚴經》：「梵唄詠歌，自然敷奏。」當與上詩作於同時。

焚香奏仙唄〔一〕，向夕遍空山。清切兼秋遠，威儀對月閒〔二〕。靜分巖響答，散逐海潮還。

幸得風吹去，隨人到世間①。

〔一〕唄，《高僧傳·經師論》：「天竺方俗，凡是歌詠法言，皆稱爲唄。」

〔二〕威儀，《詩·邶風·柏舟》：「威儀棣棣，不可選也。」按佛家以行、住、坐、卧爲四威儀。《法華經》：「又見具戒，威儀無缺。」此處當指儀容。

校　記：

①世間，底本作此間。此從《文苑英華》、活字本。

京口懷洛陽舊居兼寄廣陵二三知己①

京口，《元和郡縣圖志》卷二五「潤州」：「建安十四年，孫權自吴理丹徒，號曰京城。」「城前浦口，即是京口。」《太平寰宇記》卷八九「潤州」：「《爾雅》云：『絶高爲京。』其城因山爲壘，緣江爲境，因謂之京口。」廣陵，《太平寰宇記》卷一二三「揚州」：「天寶元年，改爲廣陵郡，依舊大都督府。乾元元年，復爲揚州。」詩云：「故園胡塵飛，遠山楚雲隔。家人想何在，庭草爲誰碧。」當作於亂後。按《舊唐書·玄宗紀》，天寶十四載十二月「丁酉，禄山陷東京，殺留守李憕、中丞盧奕、判官蔣清」。詩蓋作於天寶十五載（七五六）春。

川闊悲無梁〔一〕，藹然滄波夕〔二〕。天涯一飛鳥，日暮南徐客〔三〕。氣混京口雲②，潮吞海門石〔四〕。孤帆候風進，夜色帶江白。一水阻佳期〔五〕，相望空脈脈〔六〕③。那堪歲芳盡，更使春夢積〔七〕④。故園胡塵飛⑤，遠山楚雲隔⑥。家人想何在⑦，庭草爲誰碧。惆悵空傷情⑧，滄浪有遺跡〔八〕⑨。嚴陵七里灘〔九〕，攜手同所適。

〔一〕川，《書·禹貢》：「奠高山大川。」此謂大江。

〔二〕藹，同靄。靄然，雲氣迷濛貌。

〔三〕南徐，謂京口。劉宋於此僑置南徐州，齊梁以後並因之。

〔四〕海門，清《一統志》卷九〇「山川」：「（焦山）旁有海門二山。王西樵曰：『海門山，一名松寥。』」鮑天鍾《丹徒縣志》：「焦山之餘支東出，分峙於鯨波彌淼中，曰海門山，唐詩稱松寥，稱夷山，即此。」王昌齡《宿京江口期劉眘虚不至》詩：「霜天起長望，殘月生海門。」

〔五〕佳期，歡會之期。《九歌·湘夫人》：「登白薠兮騁望，與佳期兮夕張。」

〔六〕脈脈，《古詩十九首》：「盈盈一水間，脈脈不得語。」

〔七〕春夢，沈佺期《春閨》詩：「但愁離上國，春夢失陽關。」

〔八〕滄浪，謂隱者所處。參見《夜宴洛陽程九主簿宅》詩注。

〔九〕嚴陵灘，東漢高士嚴子陵隱處。參見《嚴陵釣臺送李康成赴江東使》詩注。

校記：

①二三，《文苑英華》作「一二」。

②混，盧文弨本作「溷」。

③脈脈，《唐詩品彙》作「默默」。

④使，底本誤作「便」，從殘宋本改。

⑤園，底本作「國」，此從殘宋本。
⑥遠山，殘宋本作「異鄉」，《文苑英華》作「故山」。
⑦家人，殘宋本作「佳人」。
⑧傷情，《文苑英華》作「往復」，《唐詩品彙》作「含情」。
⑨遺跡，底本作「餘跡」，此從殘宋本。

曲阿對月別岑況徐說

曲阿，《元和郡縣圖志》卷二五「潤州」：「丹陽縣，本舊雲陽縣地。秦時望氣者云有王氣，故鑿之以敗其勢，截其直道，使之阿曲，故曰曲阿。」岑況，《新唐書·宰相世系表》二中「岑氏」：「況，湖州別駕。」徐說，未詳。詩云「函谷復煙塵」，時亂軍已至潼關。《舊唐書·玄宗紀》：天寶十五載春正月「乙丑，賊將安慶緒犯潼關，哥舒翰擊退之」。詩即作於天寶十五載（七五六）春。

金陵已蕪沒〔一〕，函谷復煙塵〔二〕。猶見南朝月，還隨上國人〔三〕。白雲心自遠，滄海意相親〔四〕。何事須成別，汀洲欲暮春。

〔一〕蕪沒，荒蕪。沈約《愍衰草賦》：「園庭漸蕪沒，霜露日霑衣。」

〔二〕函谷，《元和郡縣圖志》卷六「陝州靈寶縣」：「函谷故城在縣南十里。秦函谷關城，漢弘農縣也。《西征記》曰：『函谷關城，路在谷中，深險如函，故以爲名。』」「隗囂將王元說囂曰『請以一丸泥東封函谷關』，即此也。」此謂潼關。

〔三〕上國，《左傳》昭二十七年：「（吴子）使延州來季子聘於上國。」服虔曰：「上國，中國也。」蓋以吴辟在東南，地勢卑下，中國在其上流，故謂中國爲上國也。」按二句意謂：永嘉東渡，記憶猶新，不意此事復見於今。

〔四〕滄海，《十洲記》：「滄海島在北海中，地方三千里，去岸二十一萬里。海四面繞島，各廣五千里，水皆蒼色，仙人謂之滄海也。」

旅次丹陽郡遇康侍御宣慰召募兼别岑單父

丹陽郡，天寶元年，改潤州爲丹陽郡，乾元元年復爲潤州。此詩作於天寶十五載（七五六）春，故稱郡。岑單父，即岑況。聞一多《岑嘉州繫年考證》云：「劉長卿有《曲阿對月别岑況徐説》詩，又有《旅次丹陽郡遇康侍御宣慰召募兼别岑單父》詩。以公《梁園歌送河南王説判官》原注『時家兄宰單父』，及《送楚丘麴少府赴官》詩『單父聞相近，家書爲早傳』之句證之，此岑單父即公兄況無疑也。」其説是。此詩云「故人亦滄洲，少别堪傷魂」，謂況既去職，而已亦未仕也。

客心暮千里①，回首煙花繁〔一〕。楚水渡歸夢，春江連故園②。羈人懷上國，驕虜窺中原。胡馬暫爲害，漢臣多負恩〔二〕。羽書晝夜飛〔三〕，海内風塵昏③。雙鬢日已白，孤舟心可論④。繡衣從北來〔四〕⑤，汗馬宣王言。憂憤激忠勇，悲歡動黎元〔五〕⑥。南徐争赴難〔六〕，發卒如雲屯〔七〕。倚劍看太白〔八〕，洗兵臨海門〔九〕。故人亦滄洲〔一〇〕，少别堪傷魂。積翠下京口，歸潮落山根〔一一〕。如何天外帆，又此波上樽〔一二〕⑦。空使憶君處，鶯聲催淚痕〔一三〕。

〔一〕二句意謂時當盛春而益增鄉思。煙花，李白《黄鶴樓送孟浩然之廣陵》：「煙花三月下揚州。」

〔二〕安禄山發兵南寇，守臣降者甚衆。《通鑑》天寶十五載冬十月，「所過州縣，望風瓦解，守令或開門出迎，或棄城竄匿，或爲所擒戮，無敢拒之者。」

〔三〕羽書，緊急軍書。

〔四〕繡衣，御史所服，此謂康侍御。

〔五〕黎元，即黎民。《漢書·谷永傳》：「使天下黎元咸安家樂業。」

〔六〕南徐，即潤州。

〔七〕雲屯，《後漢書·南匈奴傳》：「控弦抗戈，覘望風塵，雲屯鳥散，更相馳突。」

〔八〕太白，《史記·天官書》：「察日行以處位太白。」《索隱》引《韓詩》：「太白辰出東方曰啓明，昏見西方爲長庚。」《漢書·鄒陽傳》：「衛先生爲秦畫長平之事，太白蝕昴，而昭王疑之。」古人以太白主殺伐。

〔九〕洗兵，《説苑》：「武王伐紂，風霾而乘以大雨，散宜生曰：『此妖也。』武王曰：『非也，天洗兵也。』」魏武帝《兵要》：「大將將行，雨濡衣冠，謂之洗兵。」海門，山名，在潤州。

〔一〇〕滄洲，陸雲《泰伯碑》：「滄洲遁跡，箕山辭位。」

〔一一〕山根，庾信《明月山銘》：「風生石洞，雲出山根。」

〔一二〕二句意謂：如何同在天涯，而又須離别？樽謂餞别之酒。

〔一三〕鶯聲，《詩·小雅·伐木》：「嚶其鳴矣，求其友聲。」此謂聞鳥鳴而益思友人。

校　記：

①暮，諸本均作「募」，唯《文苑英華》注云：「一作暮。」按此詩首章謂己，作募蓋涉題而誤，今從《英華》注。

②春江，殘宋本作「江春」。
③海内，殘宋本作「塞内」。
④可，底本作「且」，此從殘宋本、《文苑英華》。
⑤北，底本作「此」。此處從殘宋本、《文苑英華》。
⑥動，殘宋本、《文苑英華》作「被」。
⑦又，《文苑英華》作「入」。

泛曲阿後湖簡同遊諸公

後湖，《太平寰宇記》卷九八「潤州丹陽縣」：「後湖，亦名練湖，在縣北一百二十步。」《江南通志》卷一三「山川」：「練湖，在丹陽縣北，即古曲阿後湖。」「周四十里，納丹徒、長山、高驪諸山之水，凡七十一流，匯而爲湖。唐時居民築堤湖中爲田，遂分上下二湖。」又清《一統志》卷九〇「山川」：「後湖，俗名開家湖。」按獨孤及有《雨晴後陪王員外泛後湖得溪字》詩（《全唐詩》卷二四六）。長卿詩云：「渡口微月進，林西殘雨收。」亦在雨後，當爲同時所作。同遊諸公，蓋即獨孤及、王員外等人也。詩當作於天寶十五載（七五六）春。

元氣浮積水〔一〕，沈沈深不流①。春風萬頃緑，映帶至徐州〔二〕②。爲客難適意〔三〕，逢君方暫遊。夤緣白蘋際〔四〕，日暮滄浪舟③。渡口微月進，林西殘雨收。水雲去仍濕，沙鶴鳴相留④。且習子陵隱〔五〕，能忘生事憂〔六〕。此中深有意，非爲釣魚鈎。

〔一〕元氣，《漢書·律曆志》上：「太極元氣，函三爲一。」

〔二〕徐州，按潤州亦稱南徐州。

〔三〕適意，愉快自得貌。《世説新語·識鑒》引張翰語：「人生貴得適意耳。」

〔四〕夤緣，言舟行徐緩。孟浩然《峴潭作》：「石潭傍隈隩，沙岸曉夤緣。」

〔五〕子陵，嚴光字子陵，隱於富春山，其地有嚴陵釣臺。按清《一統志》卷九〇「山川」，丹陽縣亦有釣魚臺，在「縣東四十里桃花澗上」。

〔六〕生事，營生之事。《華陽國志》：「（德陽縣）土地易爲生事。」

校記：

①沈沈，殘宋本作「澄澄」。

②至徐州，活字本作「南徐州」。

③舟，殘宋本作「洲」。

④鶴，殘宋本作「鷗」。

題曲阿三味王佛殿前孤石①

寓居潤州時作，與上詩同時。

孤石自何處，對之疑舊遊②。氛氲峴首夕〔一〕，蒼翠剡中秋〔二〕③。迥出羣峰當殿前④，雪山靈鷲慚貞堅〔三〕。一片孤雲長不去⑤，莓苔古色空蒼然。

〔一〕氛氳，山靄瀰漫貌。岑參《高冠谷口招鄭鄠》詩：「衣裳與枕席，山靄碧氛氳。」峴山，《太平寰宇記》卷一四五「襄州襄陽縣」：「峴山，在縣十里。羊祜嘗與鄒湛等共登峴山。」亦稱峴首，孟浩然《送王昌齡之嶺南》詩：「峴首羊公愛，長沙賈誼愁。」按湖州烏程縣亦有峴山。《太平寰宇記》卷九四：「峴山，在縣南五里，本名顯山。」「山下有唐相李適之石酒罇。」

〔二〕按《太平寰宇記》卷九六「越州剡縣」，縣境有桐柏、太白、天姥諸山，林木葱蘢，千岩競秀。記引《後吴録》云：「剡縣有天姥山。傳云登者聞天姥歌謡之響。謝靈運詩云：『暝投剡山中，明登天姥岑。高高入雲霓，遠奇何可尋！』即此也。」

〔三〕雪山，《後漢書・班超傳注》：「西域有白山，通歲有雪，亦名雪山。」靈鷲，古印度山名，梵名耆闍崛，釋迦講《法華經》、《無量壽經》於此。

校　記：

①《文苑英華》題作「孤石」。
②疑，殘宋本、《文苑英華》作「如」。
③蒼，殘宋本作「青」。
④羣，《文苑英華》作「奇」。
⑤孤，殘宋本作「夏」。

登松江驛樓北望故園

松江，《吴地記》：「松江一名松陵，又名笠澤。」《三才圖會》：「吴松江，《禹貢》三江之一也，一名松陵江。其源自吴江長橋東流至尹山，北流至甫里，東北流至澱山。」「松江洩太湖之水，杭嘉湖與蘇松常同其利害者也。」至德元年（七五六）秋作。

淚盡江樓北望歸，田園已陷百重圍。平蕪萬里無人去〔一〕①，落日千山空鳥飛。孤舟漾漾寒潮小，極浦蒼蒼遠樹微〔二〕。白鷗漁父徒相待，未掃欃槍懶息機〔三〕。

〔一〕平蕪，平野而草叢生。江淹《郊外望秋答殷博士》詩：「白露掩江皋，青滿平地蕪。」

〔二〕極浦，水邊爲浦。極謂目光所能及處。何遜《和劉諮議守風》詩：「蒼蒼極浦潮，杳杳長洲夕。」

〔三〕欃槍，《爾雅·釋天》：「彗星爲欃槍。」司馬相如《大人賦》：「攬欃槍以爲旌兮，靡屈虹而爲綢。」此喻逆胡之亂。息機，舊題李白《送賀監歸四明應制》詩：「久辭榮禄遂初衣，曾向長生説息機。」二句意謂寇亂未平，無意歸隱。按江東採訪使、禮部侍郎李希言知至德二載江東貢舉，長卿之赴蘇州，蓋爲應舉之故，故作是語。

校記：

①無，殘宋本、《文苑英華》作「何」。

吴中聞潼關失守因奉寄淮南蕭判官①

《通鑑》：至德元載（按天寶十五載七月改元至德）六月辛卯，禄山將崔乾祐「進攻潼關，克之」。吴中，謂蘇州吴郡。淮南蕭判官，謂淮南節度使判官，疑爲蕭穎士。穎士《與崔中書圓書》（《全唐文》卷三二三）云：「某自中州隔越，流播漢陰，遂至江左，淮南節度使召掌書記，兼補此官。」「先奉七月十五日敕，盛王當牧淮海，累遣迎候，尚仍在蜀。」按《舊唐書·玄宗紀》：天寶十五載秋七月丁卯，詔「盛王琦廣陵郡大都督，統江南東路、淮南、河南等路節度大使」。可證是年七月前後穎士已在揚州。唯穎士仕爲掌書記，而詩稱判官，或倉卒中僅知其任爲幕僚而泛稱之歟？詩當作於至德元載（七五六）秋。

一雁飛吴天〔一〕②，羈人傷暮律〔二〕。松江風嫋嫋〔三〕，波上片帆疾。木落姑蘇臺〔四〕，霜收洞庭橘〔五〕。蕭條長洲外〔六〕，唯見寒山出。胡馬嘶秦雲〔七〕，漢兵亂相失。關中因竊據〔八〕，天下共憂慄〔九〕。

〔一〕一雁，庾信《哀江南賦》：「李陵之雙鳧永去，蘇武之一雁空飛。」

〔二〕暮律，《書·舜典》：「聲依永，律和聲。」《注》：「律，和氣之管，以銅爲之。」《吕氏春秋》以十二律合十二月。李嶠《槐》詩：「暮律移寒火，春宫長舊栽。」按二句謂見早雁而傷時序之推移。

〔三〕松江，詳上詩注。嫋嫋，微風吹拂貌。《九歌·湘夫人》：「嫋嫋兮秋風，洞庭波兮木葉下。」

〔四〕姑蘇臺，朱長文《吴郡圖經續記》中：「姑蘇山，在吴縣西三十五里，連横山之北，或曰姑胥，或曰姑餘，其實一也。傳言闔閭作姑蘇臺，一日夫差也。蓋此臺始基於闔閭，而新作於夫差也。以全吴之力，聚材五年而後成，高可望三百里，雖楚章華未足比也。」

〔五〕洞庭，按蘇州吳縣南太湖中有洞庭東西二山。《吳郡圖經續記》中：「震澤有七十二山，唯洞庭最巨耳。樂天嘗泛舟洞庭，著於篇什。」按洞庭產橘，又見於韋應物《答鄭騎曹青橘絶句》：「書後欲題三百顆，洞庭須待滿林霜。」

〔六〕長洲，《太平寰宇記》卷九一「蘇州長洲縣」：「長洲苑，在縣西南七十里。孟康曰：以江水洲爲苑也。」

〔七〕秦雲，謂關中。仲子陵《洞庭獻新橘賦》：「背楚塞以西走，望秦雲而北征。」

〔八〕竊據，《新唐書·哥舒翰傳》：「禄山雖竊據河朔，不得人心。」

〔九〕憂慄，猶憂懼。謝靈運《擬鄴中集》詩：「窮年迫憂慄。」

南楚有瓊枝〔一〇〕，相思怨瑶瑟〔一一〕。一身寄滄洲，萬里看白日〔一二〕。赴敵甘負戈〔一三〕，論兵勇投筆〔一四〕。臨風但攘臂〔一五〕，擇木將委質〔一六〕。不如歸遠山③，雲卧飯松栗〔一七〕④。

〔一〇〕南楚，謂淮南。《太平寰宇記》：「漢封元王交於彭城，是爲東楚。又封厲王胥於廣陵，是謂南楚。」瓊枝，猶言玉人，喻人之美好。此處指蕭判官。

〔一一〕怨瑶瑟，《黄帝書》：「泰帝使素女鼓瑟而悲，帝禁不止，故破其瑟爲二十五弦。」瑶瑟，謂飾以玉者。

〔一二〕白日，宋玉《神女賦序》：「其始來也，耀乎若白日初出照屋梁。」日，常以喻君。《禮·昏儀》：「故天子之與后，猶日之與月。」

〔一三〕負戈，陸機《從軍行》：「朝食不免胄，夕息常負戈。」《隋書·孫萬壽傳》引萬壽詩：「如何載筆士，翻作負戈人。」

〔一四〕投筆，用班超投筆從戎事，見《贈別于羣投筆赴安西》詩注。

〔一五〕攘臂，捋衣出臂。《史記·蘇秦傳》：「於是韓王勃然作色，攘臂瞋目，按劍，仰天太息曰：『寡人雖不肖，必不能事秦。」」

〔一六〕擇木，《左傳》哀十一年：「鳥則擇木，木豈能擇鳥？」喻擇主。委質，《史記·仲尼弟子傳》：「子路後儒服委質。」《索引》引服虔《左傳》注：「古者始事，必先書其名於策，然後爲臣，示必死節於其君也。」

〔一七〕雲卧，李白《春歸桃花巖》詩：「雲卧三十年，好閒復愛仙。」

校記：

①失守，《文苑英華》作「失利」。

②一，《文苑英華》作「早」。

③如，《文苑英華》作「爾」。遠，殘宋本、《文苑英華》作「剡」。

④卧，殘宋本、《文苑英華》作「門」。

雜詠八首 上禮部李侍郎

至德元年（七五六）秋，長卿由京口赴蘇州，逗留有日，次年春即釋褐長洲縣尉。其《至德三年春正月時謬蒙差攝海鹽令聞王師收二京因書事寄上浙西節度李侍郎中丞行營五十韻》云：「昔忝登龍首，能傷困驥鳴。艱難悲伏劍，提握喜懸衡。巴曲誰堪聽，秦臺自有情。遂令辭短褐，仍欲請長纓。」長卿由江淮宣慰選補使崔渙遴選入仕，則詩中所云，當指登第。是年舉選路絶，故命禮部侍郎、江東採訪使李希言掌江東貢舉。《雜詠八首》所上之李侍郎，蓋即李希言。詩爲投卷而作。

幽琴

月色滿軒白〔一〕，琴聲宜夜闌〔二〕。飀飀青絲上〔三〕①，靜聽松風寒〔四〕。古調雖自愛，今人多不彈。向君投此曲，所貴知音難〔五〕。

〔一〕軒，左思《魏都賦》：「周軒中天，丹墀臨猋。」李善注：「軒，長廊之有窗也。」

〔二〕夜闌，夜深。舊題蔡琰《胡笳十八拍》：「更深夜闌兮，夢汝來斯。」

〔三〕飀飀，風聲。左思《吴都賦》：「與風颻颺，颮瀏飀飀。」

〔四〕松風，古琴曲有《風入松》。《樂府詩集》卷六〇《琴曲歌辭・風入松歌》題注：「《琴曲》曰：《風入松》，晉嵇康所作也。」

〔五〕知音，《列子・湯問》：「伯牙善鼓琴，鍾子期善聽。伯牙鼓琴，志在高山，鍾子期曰：『善哉，峨峨兮若泰山。』志在流水，鍾子期曰：『善哉，洋洋兮若江河。』鍾子期死，伯牙終身不復鼓琴。」曹丕《與吴質書》：「昔伯牙絶絃於鍾期，仲尼覆醢於子路，愍知音之難遇，惜門人之莫逮也。」

校記：

①《唐詩品彙》作「泠泠七絃上」。

晚桃

四月深澗底，桃花方欲然。寧知地勢下，遂使春風偏①。此意頗堪惜，無言誰爲傳〔一〕。

過時君未賞，空媚幽林前②。

〔一〕「此意」二句，謂地勢低下，春風遲至，而芳意不改，終將怒放，惜無人爲之言傳耳。

校記：

①春，殘宋本作「東」。

②前，殘宋本作「泉」。

疲馬

玄黄一疲馬〔一〕，筋力盡胡塵。驤首北風夕〔二〕，徘徊鳴向人。誰憐棄置久，卻与駑駘親〔三〕。猶戀長城外，青青寒草春〔四〕①。

〔一〕玄黄，《詩·周南·卷耳》：「陟彼高岡，我馬玄黄。」《爾雅·釋詁》：玄黄，「病也」。

〔二〕驤首，昂首。鄒陽《上書吴王》：「臣聞蛟龍驤首奮翼，則浮雲出流，霧雨咸集。」北風，《古詩十九首·行行重行行》：「胡馬依北風，越鳥巢南枝。」

〔三〕駑駘，劣馬。宋玉《九辯》：「卻騏驥而不乘兮，策駑駘而取路。」

〔四〕青青，古詩《飲馬長城窟行》：「青青河邊草，綿綿思遠道。」

校記：

①寒，盧文弨本校語：「疑作塞。」

春鏡

寶鏡凌曙開①，含虚凈如水②。獨懸秦臺上〔一〕，萬象清光裏〔二〕。豈慮高鑒偏，但防流塵委〔三〕。不知娉婷色〔四〕，回照今何似。

〔一〕「獨懸」句，秦宫有明鏡，可照人忠奸善惡、五臟六腑，世稱秦鏡。參見《送孫鎣京監擢第歸蜀覲省》詩注。獨懸秦臺，即暗謂明鏡。

〔二〕萬象，謝靈運《從遊京口北固應詔》詩：「皇心美陽澤，萬象咸光昭。」

〔三〕委，累積。揚雄《甘泉賦》：「瑞穰穰兮委如山。」

〔四〕娉婷，美好貌。辛延年《羽林郎》：「不意金吾子，娉婷過吾廬。」

校記：

①曙，殘宋本作「樹」。

②虚，盧文弨本校語：「近本作暉，不通。」

古劍

龍泉閉古匣〔一〕，苔蘚淪此地。何意久藏鋒，翻令世人棄。鐵衣今正澀〔二〕，寶刃猶可試①。儻遇拂拭恩〔三〕，應知剸犀利〔四〕。

〔一〕龍泉，寶劍名。《晉書・張華傳》云：華命豐城令雷焕於獄屋地基下掘地四丈餘，得一石函，中有雙劍，一曰龍泉，一曰太阿。
〔二〕鐵衣，謂鐵銹。
〔三〕拂拭，除去塵垢。劉向《新序・雜事》：「於是乃拂拭短褐，自詣宣王願一見。」
〔四〕剸，讀若團，割也。《淮南子・修務》：「雖水斷龍舟，陸剸犀甲，莫之服帶。」

校記：

①刃，盧文弨本校語：「近本作刀，不通。」

舊井

舊井依舊城，寒水深洞徹〔一〕。下看百餘尺①，一鏡光不滅〔二〕。素綆久未垂〔三〕，清涼尚含潔。豈能無汲引〔四〕，長訝君恩絶〔五〕。

〔一〕洞徹，透明。《太平御覽》卷七〇一引《漢武舊事》：「其上扉屏風，悉以白琉璃作之，光冶洞澈（徹）也。」
〔二〕句謂井水光潔如鏡。
〔三〕綆，汲水繩。《左傳》襄九年：「具綆缶，備水器。」
〔四〕汲引，喻援引。《漢書・楚元王傳》：「昔孔子與顏淵、子貢更相稱譽，不爲朋黨；禹、稷與皋陶傳相汲引，不爲比周。」
〔五〕班婕妤《怨歌行》：「棄捐篋笥中，恩情中道絶。」

校記：

①尺，殘宋本作「丈」。

白鷺

亭亭常獨立〔一〕，川上時延頸。秋水寒白毛，夕陽弔孤影〔二〕。幽姿閒自媚〔三〕，逸翮思一騁①。如有長風吹〔四〕，青雲在俄頃〔五〕。

〔一〕亭亭，修長獨立貌。陶淵明《讀山海經》詩：「亭亭凌風桂，八幹共成林。」

〔二〕弔影，言孤獨。曹植《責躬表》：「形影相弔，五情愧赧。」

〔三〕幽姿，謝靈運《登池上樓》詩：「潛虯媚幽姿，飛鴻響遠音。」

〔四〕長風，《宋書·宗慤傳》：「問其志，慤曰：『願乘長風，破萬里浪。』」

〔五〕青雲，指高空。《楚辭·遠遊》：「涉青雲以汎濫兮，忽臨眺夫舊鄉。」後世以平步青雲喻仕途通達。

校記：

①思一騁，殘宋本作「當一逞」。

寒釭〔一〕

向夕燈稍進，空堂彌寂寞。光寒對愁人，時復一花落〔二〕。但恐明見累，何愁暗難托。

戀君秋夜永，無使蘭膏薄〔三〕。

〔一〕釭，燈。王融《幔》詩：「蘭釭當夜明。」
〔二〕花，謂燈花。
〔三〕蘭膏，謂燈油。《楚辭·招魂》：「蘭膏明燭，華容備些。」

聽彈琴

按此詩與《雜詠八首·幽琴》中二聯略同。前詩或由此詩足成。

泠泠七絲上〔一〕①，靜聽松風寒。古調雖自愛，今人多不彈。

〔一〕泠泠，水聲，亦以狀聲音之清脆。陸機《文賦》：「文徽徽以溢目，音泠泠而盈耳。」

校記：
①絲，《唐音》作「弦」。

入百丈澗見桃花晚開①

按此詩與《雜詠八首·晚桃》中二聯略同。百丈澗，《太平寰宇記》卷四六「蒲州猗氏縣」：渠猪水一名「百丈澗，源出縣北中條山」。未知是否此處。

百丈深澗裏，過時花欲妍。應緣地勢下，遂使春風偏。

校記：

①澗，殘宋本作「磵」。

遊南園偶見在陰牆下葵因以成詠

按此詩用意與《雜詠八首》同，蓋亦作於同時。

此地常無日，青青獨在陰。太陽偏不及〔一〕，非是未傾心〔二〕。

〔一〕太陽，《説文》：「日，實也，太陽之精不虧。」

〔二〕傾心，謂心向往之。《後漢書・袁紹傳》：「紹愛士養名，既累世台司，賓客所歸，加傾心折節，莫不争赴其庭。」

送史判官奏事之靈武兼寄巴西親故

按《舊唐書・肅宗紀》，天寶十五載七月甲子，「上即皇帝位於靈武」。《元和郡縣圖志》卷四「關内道靈州」：「靈武縣，上，東南至州十八里，本漢富平縣之地。」治所在今寧夏回族自治州青銅峽北。史判官，殆爲淮南節度使府判官。此詩作於至德元載（七五六）秋。

中州日紛梗〔一〕，天地何時泰〔二〕。獨有西歸心，遥懸夕陽外。故人奉章奏，此去論利害〔三〕。陽雁南渡江〔四〕，征驂去相背〔五〕。因君欲寄遠，何處問親愛。空使滄洲人〔六〕，相思減衣帶〔七〕。

〔一〕中州，指中原。《三國志・吴・全琮傳》：「是時中州人士避難而南，依琮居者以百數。」

〔二〕泰，安泰，太平。《易・泰》：「天地交，泰。」《易・象》：「泰，小往大來吉亨，天地交而萬物通也。」又《易・説卦》：「履而泰，然後安。」

〔三〕利害，《韓非子・初見秦》：「秦之號令賞罰，地形利害，天下莫若也。」此謂利害得失。

〔四〕陽雁，隨陽雁。虞世南《奉和幸江都應詔》：「冬律初飛管，陽雁正銜蘆。」

〔五〕征驂，謂馬車。驂，駕車馬也。王勃《桑泉別少府序》：「高林静而霜鳥飛，長路曉而征驂動。」

〔六〕滄洲人，謂閒居之人。參見《旅次丹陽郡遇康侍御宣慰召募兼别岑單父》詩注。

〔七〕《古詩十九首》：「行行重行行，與君生别離。」「相去日已遠，衣帶日已緩。」

君按：「獨有西歸心，遥懸夕陽外」，可謂奇句。夕陽外，足見朝廷距己之遠。句寓戀闕之意，且藴無限感慨，頗耐咀嚼。

冬夜宿揚州開元寺烈公房送李侍御之江東

《江南通志》卷四六「寺觀」：「開元寺，在（揚州）府城東五十里，唐時建。」按詩意，當作於至德元載（七五六）冬。時劉長卿仍寓居潤州，與揚州僅一江之隔。

遷客投百越〔一〕，窮陰淮海凝〔二〕。中原馳困獸〔三〕，萬里棲飢鷹。寂寂蓮宇下〔四〕①，愛君心自弘。空堂來霜氣，永夜清明燈。發後望煙水，相思勞寢興。暮帆背楚郭〔五〕，江色浮金陵。此去爾何恨，近名予未能〔六〕。爐峰若便道〔七〕，爲訪東林僧〔八〕。

〔一〕百越，《史記・李斯傳》：「非地不廣，又北逐胡貉，南定百越，以見秦之彊。」浙、閩、贛、粵之間，均可稱百越。

〔二〕窮陰，嚴冬稱窮陰。《舞鶴賦》：「窮陰殺節，急景凋年。」此處指冬日陰雲密布。淮海，《書・禹貢》：「淮海惟揚州。」

〔三〕困獸，《左傳》定四年：「困獸猶鬭，況人乎？」

〔四〕蓮宇，即佛寺。

〔五〕楚郭，揚州嘗爲楚地，故云。

〔六〕近名，《莊子・養生主》：「爲善無近名，爲惡無近刑。」

〔七〕爐峰，慧遠《廬山記》：「東南有香爐山，孤峰秀起，遊氣籠其上，則氤氳若香煙；白雲映其外，則炳然與衆峰殊別。」

〔八〕東林，廬山東林寺，晉慧遠所居。參見《夜宴洛陽程九主簿宅》詩注。

校　記：

①蓮宇，底本作「連宇」，此從殘宋本。

瓜洲驛奉餞張侍御公拜膳部郎中郤復憲臺充賀蘭大夫留後使之嶺南時侍御先在淮南幕府①

瓜洲，《方輿勝覽》卷四四「揚州」：「瓜洲渡，在江都縣南四十里江濱。昔爲瓜洲村，蓋揚子江中之沙磧也。沙漸漲出，其狀如瓜，接連揚子江口，民居其上。唐爲鎮。」張侍御，名未詳。膳部郎中，《新唐書·百官志》一：禮部有「膳部郎中、員外郎各一人，掌陵廟之牲豆酒膳」。按此當爲檢校虛銜，非實職。憲臺，即御史臺。賀蘭大夫，當爲賀蘭進明。《唐會要》卷七八：「至德二載正月，賀蘭進明除嶺南五府經略使兼節度使，自此始有節度之號。」《舊唐書·房琯傳》：「會北海太守賀蘭進明自河南至，詔授南海太守，攝御史大夫，充嶺南節度使。中謝，肅宗謂之曰：『朕處分房琯與卿正大夫，何謂攝也？』進明對曰：『琯與臣有隙。』上以爲然。」「上由是惡琯，詔以進明爲河南節度，兼御史大夫。」據此則賀蘭進明未赴嶺南任，或因此而以張侍御充留後先赴歟？詩云：「國憐朝市易，人怨虎狼殘。天地龍初見，風塵虜未殫。」正與當時局勢相符。「梅花分路遠，揚子上潮寬」，時當早春。以此知詩作於至德二載（七五七）春。

太華高標峻〔一〕，青陽淑氣盤〔二〕。屬辭傾渤澥〔三〕，稱價掩琅玕〔四〕②。楊葉頻推中〔五〕，芸香早拜官〔六〕。後來慚轍跡〔七〕，先達仰門闌〔八〕。佐劇勞黃綬〔九〕，提綱疾素餐〔一〇〕。風生趨府步〔一一〕，草偃觸邪冠〔一二〕③。骨鯁知難屈〔一三〕，鋒鋩豈易干〔一四〕。佇將調玉鉉〔一五〕，翻自落金丸〔一六〕。異議那容直，專權本畏彈。寸心寧有負，三黜竟無端〔一七〕。

〔一〕太華，即西嶽華山。《太平寰宇記》卷二九「華州華陰縣」：「太華山在縣南八里。《山海經》云：『太華之山削成而四方，其高五千仞，廣十里，鳥獸莫居。』」高標，高聳之標識。孫綽《天台山賦》：「赤城霞起而建標。」左思《蜀都賦》：「羲和假道於峻阪，陽烏迴翼乎高標。」

〔二〕青陽，《爾雅・釋天》：「春爲青陽。」注：「氣清而温陽。」淑氣，春日温暖之氣。唐太宗《春日玄武門宴羣臣》：「韶光開令序，淑氣動芳年。」

〔三〕屬辭，謂寫作文章詩賦。《禮・經解》：「屬辭比事，《春秋》教也。」渤澥，即渤海。司馬相如《子虛賦》：「浮渤澥，遊孟諸。」

〔四〕琅玕，《急就篇》注：「琅玕，火齊珠也。」

〔五〕楊葉頻中，《史記・周紀》：「楚有養由基者，善射者也。去柳葉百步而射之，百發而百中之。」柳葉，《漢書・枚乘傳》枚乘上書作楊葉。按此謂射策頻中。

〔六〕芸香，可用以驅除蠹魚，書室常貯之。故唐時祕書省亦稱芸閣。按此謂張侍御釋褐祕書省校書郎。

〔七〕後來，謂後進。《史記・汲黯傳》：「陛下用羣臣如積薪耳，後來者居上。」轍跡，劉伶《酒德頌》：「行無轍跡，止無室廬。」

〔八〕先達，前輩。《後漢書・朱暉傳》：「(張堪)欲以妻子托朱生。暉以堪先達，舉手未敢對。」門闌，門框。王充《論衡・亂龍》：「斬桃爲人，立之户側。畫虎之形，著之門闌。」

〔九〕劇，謂繁劇之地。黄綬，簿、尉所服。此謂張嘗爲某縣佐吏。

〔一〇〕提綱，《韓非子・外儲説》右下：「善張網者，引其綱，不一一攝萬目而後得。」素餐，《詩・魏風・伐檀》：「彼君子兮，不素餐兮。」又《漢書・朱雲傳》：「今朝廷大臣，上不能匡主，下亡以益民，皆尸位素餐，孔子所謂『鄙夫不可以事君，苟患失之，亡所不至』者也。」

〔一一〕趨府，趨走府中，謹事上司之謂。

〔一二〕觸邪冠，指獬豸冠，古時御史所服。《後漢書·輿服志》：「獬豸神羊，能別曲直，楚王嘗獲之，故以爲冠。」

〔一三〕骨鯁，喻正直。《史記·陳丞相世家》：「彼項王骨鯁之臣，亞父、鍾離眜、龍且、周殷之屬，不過數人耳。」

〔一四〕鋒鋩，同鋒芒。蔡邕《勸學》：「木以繩直，金以淬剛，必須砥礪，就其鋒鋩。」

〔一五〕玉鉉，《易·鼎》：「上九，鼎玉鉉，大吉無不利。象曰：玉鉉在上，剛柔節也。」按鉉在鼎高處，後以喻大臣。《三國志·魏·王朗傳》引文帝詔：「朕求賢於君而未得，君乃翻然稱疾，非徒不得賢，更開失賢之路，增玉鉉之傾。」

〔一六〕金丸，《西京雜記》四：「韓嫣好彈，常以金爲丸。」參見《小鳥篇》注。按此謂爲人中傷。

〔一七〕三黜，《論語·微子》：「柳下惠爲士師，三黜。人曰：『子未可以去乎？』曰：『直道而事人，焉往而不三黜？』」

適喜鴻私降〔一八〕，旋驚羽檄攢。國憐朝市易〔一九〕，人怨虎狼殘〔二〇〕。天地龍初見〔二一〕，風塵虜未殫〔二二〕。隨川歸少海〔二三〕④，就日背長安〔二四〕。副相榮分寄〔二五〕，輸忠義不刊〔二六〕。擊胡馳汗馬，遷蜀扈鳴鑾〔二七〕。月罷名卿署〔二八〕，星懸上將壇〔二九〕。三軍摇旆出，百越畫圖觀〔三〇〕。茅茹能相引〔三一〕，泥沙肯再蟠〔三二〕⑤。兼榮知任重，交辟許才難〔三三〕。勁直隨臺柏〔三四〕，芳香動省蘭〔三五〕。璧從全趙去〔三六〕，鵬自北溟摶〔三七〕。星象銜新寵〔三八〕，風霜帶舊寒。是非生倚伏〔三九〕，榮辱繫悲歡。

〔一八〕鴻私，皇恩。鴻，大也。私，恩也。杜審言《和李大夫嗣真奉使存撫河東》詩：「雨霈鴻私滌，風行睿旨宣。」

〔一九〕朝市，朝廷、市肆。《史記·張儀傳》：「臣聞争名者於朝，争利者於市。」又《左傳》襄十九年：「婦人無刑，雖有刑，不在朝市。」

〔二〇〕虎狼，喻亂軍。《漢書·鄒陽傳》：「夫以區區之濟北，而與諸侯争强，是以羔犢之弱而扞虎狼敵也。」

〔二一〕龍見，《漢書·郊祀志》：「上幸甘泉，郊泰畤，其夏黄龍見新豐。」又《南史·宋文帝紀》：「景平初，有黑龍現西方，五色雲隨之。」按此謂肅宗即位。

〔二二〕殫，盡。《孫子·作戰》：「力屈財殫。」

〔二三〕少海，渤海亦稱少海。《韓非子·外儲説》左上：「齊景公遊少海。」後以大海喻皇帝，以少海喻太子。常袞《代宗讓皇太子表》：「取法於地，視少海之朝宗。」時皇太子初即位於靈武，而玄宗尚在蜀。

〔二四〕日，以喻君主。時肅宗不在京師，故云「背長安」。

〔二五〕御史大夫稱副相，而張侍御爲賀蘭大夫之留後，故云分寄副相之榮。

〔二六〕不刊，揚雄《答劉歆書》：「是懸諸日月，不刊之書也。」

〔二七〕鳴鑾，班固《西都賦》：「大路鳴鑾，容與徘徊。」注：「《周禮》曰：巾車掌玉輅，凡馭輅儀以鑾和爲節。鄭玄曰：鑾在衡，和在軾，皆以金鈴也。」按此指玄宗幸蜀。

〔二八〕月卿，《書·洪範》：「卿士惟月，師尹惟日。」唐人因稱中朝貴官爲月卿。高適《送柴司户充劉卿判官之嶺外》詩：「月卿臨幕府，星使出詞曹。」按張侍御以膳部郎中充嶺南節度留後，故云罷署。

〔二九〕「星懸」句，《隋書·天文志》：「天將軍十二星，在婁北，主武兵。中央大星，天之大將也。」又《史記·淮陰侯傳》：「(蕭)何曰：『王素慢無禮，今拜大將，如呼小兒耳。此乃信所以去也。王必欲拜之，擇良日，齋戒，設壇場，具禮乃可耳。』王許之。」按節度留後亦將兵，故云。

〔三〇〕百越，嶺南亦爲百越之地。參見《冬夜宿揚州開元寺烈公房送李侍御之江東》詩注。

〔三一〕茅茹，《易·泰》：「拔茅茹，以其彙，征吉。」注：「茅之爲物，拔其根而相牽引者也。茹，相牽引之貌也。」

〔三二〕泥沙，按此以龍蛇爲喻。《易・繫辭》：「龍蛇之蟄，以存身也。」後以喻隱士。《漢書・揚雄傳》：「君子得時則大行，不得時則龍蛇。」劉峻《東陽金華山棲志》：「鳥居山上，層巢木末；魚居淵下，窟穴泥沙。」

〔三三〕交辟，數處同時徵召之謂。《舊唐書・薛登傳》：「漢世求士，必觀其行，故士有自修爲閭里推舉，然後府寺交辟。」

〔三四〕臺柏，漢御史臺多植柏樹，故又稱柏臺，事見《漢書・朱博傳》。

〔三五〕省蘭，唐高宗龍朔二年嘗改秘書省爲蘭臺，故秘書省又稱蘭省。

〔三六〕秦昭王遺趙王書，願以十五城易和氏之璧。藺相如奉璧往，後竟完璧歸趙。事見《史記・藺相如傳》。按此謂負有重任。

〔三七〕《莊子・逍遥遊》：「北冥有魚，其名爲鯤。鯤之大，不知其幾千里也；化而爲鳥，其名爲鵬。」「鵬之徙於南冥也，水擊三千里，摶扶摇而上者九萬里。」意謂自此鵬程萬里。

〔三八〕星象，王融《永明十一年策秀才文》：「惟王建國，惟典命官，上叶星象，下符川嶽。」

〔三九〕是非，《莊子・盜跖》：「摇脣鼓舌，擅生是非。」倚伏，《老子》：「禍兮福所倚，福兮禍所伏。」

疇昔偏殊眄〔四〇〕，屯蒙獨永歎〔四一〕。不才成擁腫〔四二〕，失計似邯鄲〔四三〕。江國傷移律〔四四〕，家山憶考槃〔四五〕。一爲鷗鳥誤〔四六〕，三見露華團〔四七〕。回首青雲裏，應憐濁水間⑥。愧將生事托，羞向鬢毛看。知己傷愆素〔四八〕，他人自好丹〔四九〕。鄉春連楚越，旅宿寄風湍。世路東流水，滄江一釣竿。松聲伯禹穴〔五〇〕，草色子陵灘〔五一〕。

〔四〇〕殊眄，另眼相看。《南史・王儉傳》：「儉請間，言於帝曰：『以公今日地位，欲北面居人臣可乎？』帝正色裁之。儉因又曰：『儉蒙公殊眄，所以吐所難吐，何賜拒之深！』」

〔四一〕屯蒙，《易》二卦名，此謂艱難。

〔四二〕不才，《左傳》成三年：「臣不才，不勝其任。」又《莊子·山木》：「明日弟子問於莊子曰：『昨日山中之木以不材得終其天年，今主人之雁以不材死，先生將何處？』」擁腫，《莊子·逍遥遊》：「吾有大樹，人謂之樗，其大本擁腫而不中繩墨，其小枝卷曲而不中規矩。」

〔四三〕「失計」句，《莊子·秋水》：「且子獨不聞壽陵餘子之學行於邯鄲與？未得國能，又失其故行矣，直匍匐而歸耳。」

〔四四〕移律，《禮·月令》：「律中大蔟。」注：「律，候氣之管，以銅爲之。」《吕氏春秋》以十二律應十二月。移律者，時序推移之謂。

〔四五〕考槃，《詩·衛風·考槃序》：「《考槃》，刺莊公也。不能繼先公之業，使賢者退而窮處。」後以指隱者窮處之所。

〔四六〕鷗鳥誤，謂置身滄洲。

〔四七〕露華，即露水。王儉《春夕》詩：「露華方照歲，雲彩復經春。」

〔四八〕愆素，《左傳》宣十一年：「不愆於素。」《注》：「不過素所慮之期也。」句謂知己傷己之逾期不第。

〔四九〕丹，紅色。江淹《雜體詩序》：「世之諸賢，各滯所迷，莫不論甘而忌辛，好丹而非素。」句謂固守素志，不爲時論所左右。

〔五〇〕禹穴，《太平寰宇記》卷九六「越州會稽縣」：「禹穴，《漢書·司馬遷傳》云：『上會稽，探禹穴。』又有禹井。」又《會稽掇英總集》卷八：「禹廟在會稽東南十餘里，稽山之下。禹嘗會東南諸侯計功於此，後因葬焉。少康立祠於陵所。今有禹墳，窆石猶存。」

〔五一〕子陵灘，在睦州桐廬縣。參見《嚴陵釣臺送李康成赴江東使》詩注。按四句意謂：世事如此，不若垂釣滄江，聽禹穴之松風，觀嚴陵之灘色也。

度嶺情何遽〔五二〕，臨流興未闌〔五三〕。梅花分路遠，揚子上潮寬〔五四〕。夢想懷依倚〔五五〕，煙波限渺漫〔五六〕。且愁無去雁，寧冀少回鸞〔五七〕⑦。極浦春帆迥⑧，空郊晚騎單。獨憐南渡月〔五八〕，今夕送歸鞍。

〔五二〕度嶺，嶺謂五嶺。宋之問《度大庾嶺》詩：「度嶺方辭國，停軺一望家。」

〔五三〕臨流，陶淵明《歸去來辭》：「登東皋以舒嘯，臨清流而賦詩。」

〔五四〕揚子，江流至揚州，稱揚子江，以揚子津得名。

〔五五〕依倚，依靠。馮衍《與婦弟書》：「依倚鄭令，如居天上。」

〔五六〕渺漫，遼闊貌。《宋書·夷蠻傳》：「扶南國遣使奉表云：『雲布雨潤，四海流通，萬國交會。長江渺漫，清净深廣，有生咸資。』」

〔五七〕回鸞，猶云回馬。

〔五八〕南渡，晉元帝渡江，建都建業，是爲南渡。暗喻禄山亂時士人避地江左。

校記：

①殘宋本「郎中」下有「兼」字。

②掩，底本作「扶」，從殘宋本改。

③草，底本作「竿」，《全唐詩》作「筆」，此從殘宋本。
④川，殘宋本作「山」。
⑤肯，殘宋本作「豈」。
⑥閒，底本作「瀾」，此從殘宋本。
⑦少，殘宋本作「枉」。
⑧迴，殘宋本作「過」。

送從兄昱罷官後之淮西①

劉昱，《新唐書·宰相世系表》一上「曹州南華劉氏」：「昱字士明，大理司直。」李頎有《送劉昱》詩（《全唐詩》卷一三三）。按長卿詩意，劉昱蓋參淮南幕府，去職後歸淮西者。淮西，《新唐書·方鎮表》二：「至德元載，「置淮南西道節度使，領義陽、弋陽、潁川、滎陽、汝南五郡，治潁川郡。」詩爲揚、潤送行之作，時兩京已陷，當作於至德二載（七五七）春。

何事浮溟渤〔一〕，元戎棄鏌鋣〔二〕。漁竿吾道在，鷗鳥世情賒。玄髮他鄉換，滄洲此路遐。泝沿隨桂檝〔三〕，醒醉任松華〔四〕。離別誰堪道？艱危更可嗟。兵鋒搖海内，王命隔天涯。鐘漏移長樂〔五〕，衣冠接永嘉〔六〕。還當拂氛祲〔七〕，那復卧雲霞〔八〕②。溪路漫岡轉，夕陽歸鳥斜。萬艘江縣郭，一樹海人家。揮袂看朱紱〔九〕③，揚帆指白沙〔一〇〕。春風獨迴首，愁思極如麻④。

〔一〕溟渤，謂大海。

〔二〕鏌鎁，亦作莫邪，劍名。《莊子·大宗師》：「大冶鑄金，金踊躍曰：我必且爲鏌鎁。」

〔三〕泝，同溯，逆水而上。沿，順流而下。桂檝，猶桂櫂。屈原《九歌·湘君》：「桂櫂兮蘭枻，斲冰兮積雪。」又王勃《上劉右相書》：「荷裳桂楫，拂衣於東海之東；菌閣松楹，高枕於北山之北。」

〔四〕松華，松花酒。《能改齋漫録·事實》：「唐《原化記》：有老人訪崔希真，希真飲以松花酒。老人云：『花澀無味。』以一丸藥投之，酒味頓美。」

〔五〕長樂，漢宮名。《長安志》卷三「長樂宮」：「《漢書》曰：高帝五年，都長安，九月，治長樂宮。」鐘漏，宮中計時之器。

〔六〕永嘉，晉懷帝年號。時衣冠南渡。

〔七〕氛祲，凶險不祥之氣。《晉書·阮孚傳》：「皇澤遐被，賊寇斂迹，氛祲既澄，日月自朗。」

〔八〕卧雲霞，猶言雲卧，謂隱居。

〔九〕朱紱，《文選》曹植《求自試表》：「是以上慚玄冕，俯愧朱紱。」注引《蒼頡篇》曰：「紱，綬也。」

〔一〇〕白沙，清《一統志》卷九六「揚州府·山川」：「白沙洲，在儀徵縣南，濱江，地多白沙，唐白沙鎮以此名。」

校記：

①底本題作「奉送從兄罷官之淮南」。按詩爲揚、潤送行之作，作淮南顯誤。此從殘宋本。

②雲，殘宋本作「煙」。

③朱，底本誤作「未」，據殘宋本改。

④極，殘宋本注云：「一作劇。」

送嚴維尉諸暨嚴即越州人

嚴維，《新唐書・藝文志》云：「字正文，越州人。」《唐才子傳・嚴維傳》：「至德二年，江淮選補使、侍郎崔渙下以詞藻宏麗，進士及第。」諸暨，越州屬縣。按《舊唐書・崔渙傳》（卷一〇八）云：「時未復兩京，舉選路絶，詔渙充江淮宣諭選補使，以收遺逸。」同書《肅宗紀》：至德元載十一月，「詔宰相崔渙巡撫江南，補授官吏。」崔渙至江南，當已在次年春。按劉長卿《祭崔相公（渙）文》（《全唐文》卷三四六）云：「長卿昔忝初秩，公之一顧，謬厠當時之選，敢忘國士之遇。」是知長卿之尉長洲，亦爲崔渙補授。此詩當爲至德二年（七五七）春就任長洲縣尉前後作。嚴維有留別之作，題作《留別鄒紹（先）劉長卿》。

愛爾文章遠，還家印綬榮。退公兼色養〔一〕，臨下帶鄉情。喬木映官舍，春山宜縣城。應憐釣臺石，閒卻爲浮名〔二〕。

〔一〕色養，《論語・爲政》：「子夏問孝，子曰：『色難。』」《注》：「包（咸）曰：『色難者，謂承順父母顔色乃爲難。』」後因謂孝順父母爲色養。《世説新語・德行》：「王長豫爲人謹順，事親盡色養之孝。」

〔二〕浮名，謝靈運《初去郡》詩：「伊余秉微尚，拙訥謝浮名。」按前此嚴維閒居山陰。維與子陵同姓，故用釣臺之典。

留別鄒紹(先)劉長卿〔原附〕

嚴維

按鄒紹下奪「先」字。鄒紹先，象先之弟，嘗爲河南轉運判官。

中年從一尉，自笑此身非。道在甘微禄，時難恥息機〔一〕。晨趨本郡府，晝掩故山扉。待見干戈畢，何妨更採薇〔二〕。

〔一〕息機，謂忘情世事。參見《登松江驛樓北望故園》詩注。

〔二〕採薇，謂隱居。《史記·伯夷傳》：「武王已平殷亂，天下宗周，而伯夷、叔齊恥之，義不食周粟，隱於首陽山，採薇而食之。」

別嚴士元①

嚴士元，馮翊人，嚴損之之子，嚴武之從兄弟也。穆員《國子司業嚴公墓誌》(《文苑英華》卷九四四)：「天寶中，士元以門子經行擢宏文生，調參江陵府軍事。時所奉之主永王璘，陰有吴濞東南之亂，致公賓友之禮。公迫其將兆而未發也，以智勇免之，受命南國。」史載永王璘於至德元年十二月「擅領舟師下廣陵」，士元之受命南國，途出蘇州，當在至德二年春。此後士元即赴京任大理司直、歷京兆府户曹參軍、殿中侍御史、虞部員外郎，拜河南令，不復再至蘇州矣。時長卿初仕長洲縣尉，故有「青袍今已誤儒生」之語。一作李嘉祐詩，誤。

春風倚棹闔閭城〔一〕②，水國春寒陰復晴③。細雨溼衣看不見④，閒花落地聽無聲。日斜江上孤帆影，草緑湖南萬里情〔二〕⑤。東道若逢相識問〔三〕⑥，青袍今已誤儒生〔四〕⑦。

〔一〕闔閭城，謂蘇州。《吴郡圖經續記》上：「吴自泰伯以來，所都謂之吴城，在梅里平墟，乃今無錫縣境。及闔閭立，乃徙都，即今之州城是也。」

〔二〕湖，謂太湖，在州城南五十里。參見《夜宴洛陽程九主簿宅》詩注。

〔三〕東道，《左傳》僖三十年：「若舍鄭以爲東道主，行李之往來，共其乏困，君亦無所困。」

〔四〕青袍，《唐會要》卷三一「章服品第」：「八品九品以青。」上縣縣尉從九品上，例服青。

王壽昌《小清華園詩談》以爲此詩「清和純粹，可誦而可法」。余成教《石園詩話》：「細雨」一聯，「佳句也」。唐汝詢《唐詩解》：「長卿爲監察御史，爲吴仲孺所誣，奏貶播（按當作潘）州南巴尉，道經闔閭城，因别嚴士元，賦此自歎。言泊舟於此，而當春寒乍雨乍晴之時，於是因所見以爲比。細雨沾衣，初不見，久而自濕，正猶譖言漸漬，人不覺也。朝廷輕棄賢才，則如閒花之落而不以爲意，故我無罪而被放也。今既飄零於江上，而又送此孤帆，對此芳草，離情萬里，愈難堪矣。此時嚴蓋東行，故言相識問我，當云爲青袍所誤耳。」汪師韓《詩學纂聞》亦同此説：「是詩應是赴睦州時，道過闔閭城，因有别嚴之作。其言『細雨濕衣看不見』者，以比浸潤之譖；『閒花落地聽無聲』者，閒官之挫折，無足輕重，不足聳人聽聞。此於六義爲比。第六句『草緑湖南萬里情』，乃追憶湖南時事。末句『青袍今已誤儒生』，其爲遷謫後詩無疑矣。」沈德潛《唐詩别裁》則云：「三四衹分寫陰晴之景，注釋家謂比讒言之漸漬，朝廷之棄賢，初無此意。」君按：此詩狀水鄉初春乍陰乍晴之奇，得其神髓，故余成教擊節稱賞。而長卿初仕之喜悅，亦溢於字裏行間。「青袍今已誤儒生」者，終於入仕之謂也。拘拘於字面，難免失之膠柱鼓瑟。

校　記：

①殘宋本作「吴中贈別嚴士元」。《文苑英華》作「送嚴員外」。《唐詩品彙》作「贈別嚴士元」。又，《中興間氣集》誤作「送郎士元」。

②闔閭，《文苑英華》作「閶闔」。又，春，《衆妙集》作「東」。

③春寒，《中興間氣集》作「春深」。又，底本注：「一作殘雲。」又，《文苑英華》注：此句一作「水閣天寒陰復晴。」

④看，《文苑英華》注：「一作人。」

⑤湖，《文苑英華》注：「一作江。」情，《中興間氣集》、《衆妙集》作「程」。

⑥東道，《文苑英華》作「君去」。

⑦已，底本作「日」。殘宋本、《三體唐詩》、《衆妙集》、《唐音》均作「已」，據改。儒生，殘宋本注：「一作書生。」

廨中見桃花南枝已開北枝未發因寄杜副端

副端，《新唐書・百官志》三：「侍御史六人，從六品下。」「久次者一人知雜事，謂之雜端。」「分京城諸司及諸州爲東、西，次一人知西推、贓贖、三司受事，號副端。」詩稱廨中，當在就職以後。至德三載桃花開時長卿已以事繫獄，是知此詩作於至德二載（七五七）春。

何意同根本，開花每後時。應緣去日遠，獨自發春遲。結實應難望〔一〕①，無言恨豈知。年光不可待，空羨向南枝。

校　記：

①應，底本作「恩」，《全唐詩》注：「一作應。」望，底本作「忘」，《文苑英華》注：「集作望。」今從二注。

〔一〕花晚開，不易結實，喻己之入仕已晚，顯宦難期。

喜李翰至便適越①

《新唐書·文藝傳》下：「翰擢進士第，調衛尉。天寶末，房琯、韋陟俱薦爲史官，宰相不肯擬。」「累遷左補闕、翰林學士。大曆中，病免，客陽翟，卒。」詩云：「南浮滄海上，萬里到吴臺。」蘇州作。或以爲吴臺爲揚州之吴明徹臺。按獨孤及《送蔣員外奏事畢還揚州序》（《全唐文》卷三八七）云：「其來也，吴楚之衆君子，酒而詩之，而薛水部弁、李司直翰雙爲之序，以冠篇首。」及序作於大曆二年，李翰已在淮南幕，且已累遷大理司直，而長卿則大曆三年始至揚州任職，非揚州作也甚明。細按此詩尾聯，入仕之喜悦可見，蓋至德二年（七五六）初仕時作也。

南浮滄海上，萬里到吴臺。久别長相憶，孤舟何處来。春風催客醉，江月向人開。羨爾無羈束，沙鷗獨不猜②。

校　記：

①底本作「喜李翰自越至」，此據殘宋本。

②獨，《四庫全書》本作「猶」。

送李判官之潤州行營

至德中，江淮召募士卒（參見《旅次丹陽郡遇康侍御宣慰召募兼別岑單父》詩、蕭穎士《與崔中書圓書》），於諸重鎮置行營，詩當作於此際。李判官，皇甫冉有《酬李判官梨嶺見寄》詩（《全唐詩》卷二五〇），崔峒有《書懷寄楊郭李王判官》詩（《全唐詩》卷二九四），均指淮南節度使幕府判官，或即此人。

萬里辭家事鼓鼙〔一〕，金陵驛路楚雲西①。江春不肯留歸客②，草色青青送馬蹄〔二〕。

〔一〕鼓鼙，《禮·樂記》：「鼓鼙之聲讙，讙以立動，動以進衆。君子聽鼓鼙之聲，則思將帥之臣。」

〔二〕「草色」句，《飲馬長城窟行》：「青青河邊草，綿綿思遠道。」

陸時雍《詩鏡》：「『草色青青送馬蹄』，一語已足。『江春不肯留行客』，此是賸語。」

校　記：

①西，殘宋本作「低」。

②歸，《唐詩品彙》作「行」。

過横山顧山人草堂

《方輿勝覽》卷二「平江府」：「横山，在吴縣西南十里，據湖山之中。」《江南通志》卷一二「蘇州府·山川」：「横山，在府西南十一里，姑蘇山東。《隋書·十道志》云：『四面皆横，故名。』一名踞湖，以其背臨太湖，若箕踞也。」「周圍甚廣，環以佛刹，如薦福、楞伽、寶華、堯峰之類，有五塢芳桂，飛泉修竹，丹霞白雲也。」按海鹽縣亦有横山，唯長卿至德三年春正月攝海鹽令，爲時頗暫，而此詩所寫係盛春景象，當爲至德二年（七五七）春蘇州所作。顧山人是否顧況不可知。

祇見山相掩，誰言路尚通。人來千嶂外，犬吠百花中。細草香飄雨①，垂楊閒卧風②。卻尋樵徑去，惆悵緑溪東。

余成教《石園詩話》：「『人來千嶂外，犬吠百花中』，佳句也。」陸時雍《詩鏡》：「五六韻甚。」

校記：

①飄，殘宋本、《文苑英華》作「帶」。

②卧，底本、殘宋本、《文苑英華》均作「自」，此據《全唐詩》。

明月灣尋賀九不遇①

《方輿勝覽》卷二「平江府・太湖」引蘇子美舜卿記：「又泛明月灣。南望一山，上摩蒼煙，舟人指云：『此所謂縹緲峯也。』」白居易有《夜泛陽塢入明月灣卽事寄崔湖州》詩（《全唐詩》卷四四七）。又《吴都文粹》五載皮日休《明月灣》詩，注云：「在太湖洞庭山下。」詩云：「曉景澹無際，孤舟恣迴環。試問最幽處，號爲明月灣。」賀九，《唐人行第録》以爲卽賀朝。詩寫春景，當作於至德二載（七五七）任長洲尉時。

楚水日夜緑，傍江春草滋②。青青遥滿目，萬里傷心歸③。故人川上復何之，明月灣南空所思。故人不在明月在，誰見孤舟來去時。

校　記：

①底本作二首，今從《全唐詩》作一首。
②滋，殘宋本作「深」。
③心歸，殘宋本作「歸心」。

送崔處士先適越

處士，《漢書・異姓諸侯王表》一：「秦既稱帝，患周之敗，以爲起於處士橫議。」《注》：「處士謂不官於朝而居家者也。」詩云：「徒羨扁舟客，微官事不同。」入仕後作，當在至德二載（七五七）。

山陰好雲物〔一〕，此去又春風。越鳥聞花裏，曹娥想鏡中〔二〕。小江潮易滿〔三〕，萬井水皆通〔四〕。徒羨扁舟客〔五〕，微官事不同。

〔一〕「山陰」句，《太平寰宇記》卷九六「越州山陰縣」：「王羲之云：『每行山陰道上，如鏡中遊。』王子敬見潭壑澄澈，清流瀉注，乃云『山川之美，應接不暇』。」雲物，《後漢書·章帝紀》：「三年春正月己酉，宗祀明堂。禮畢，登靈臺，望雲物。」此處謂景物。

〔二〕曹娥，《太平寰宇記》卷九六「越州上虞縣」：「夏侯曾《先地志》云：餘姚縣有孝女曹娥，父泝濤溺死，娥年十四，號痛入水，因抱父屍出而死。縣令度尚使外生邯鄲子禮爲碑文。後蔡邕過碑讀之，乃題八字，曰『黄絹幼婦外孫齏臼』。此碑今在上虞縣水濱。」按蔡邕所題，意謂絶妙好辭也。鏡中，按越州山陰又有鏡湖。《方輿勝覽》卷六「紹興府」：「鏡湖，在州南二里。」《輿地志》曰：「南湖在城南百許步，東西二十里，南北數里。縈帶郊郭，連屬峰岫，百水翠巖，互相映發，若鑑若圖。」

〔三〕小江，《浙江通志》卷一五「山川七」：「東小江，萬曆《紹興府志》：在府城東南九十里，亦名小舜江。西爲會稽，東爲上虞。其源出浦陽江，東北流入曹娥江。」

〔四〕萬井，陳子昂《謝賜冬衣表》：「三軍叶慶，萬井相歡。」

〔五〕扁舟，《史記·貨殖傳》：「范蠡既雪會稽之恥，乃乘扁舟，浮於江湖。」

陸時雍《詩鏡》云：「越鳥」一聯，「句入異想」。

餞別王十一南遊

蘇州送行之作，當作於任長洲尉時。

望君煙水闊，揮手淚霑巾。飛鳥没何處，青山空向人。長江一帆遠，落日五湖春〔一〕。誰見汀洲上，相思愁白蘋〔二〕。

〔一〕五湖，即太湖。《太平寰宇記》卷九一「蘇州吴縣」：「太湖中有貢湖、遊湖、胥湖等名，是謂五湖。一云周五百里，曰五湖。」

〔二〕「汀洲」二句，出柳惲《江南曲》：「汀洲採白蘋，日落江南春。洞庭有歸客，瀟湘逢故人。故人何不返？春華復應晚。不道新知樂，且言行路遠。」

奉餞郎中四兄罷餘杭太守承恩加侍御史充行軍司馬赴汝南行營

郎中四兄，當爲劉晏。《舊唐書·劉晏傳》：「累授夏縣令，有能名。歷殿中侍御史，遷度支郎中，杭、隴、華三州刺史，尋遷河南尹。」劉晏行四。李頎有《送劉四》（《全唐詩》卷一三二）、《送劉四赴夏縣》（《全唐詩》卷一三三）等詩，後詩云：「一朝出宰河汾間，明府下車人吏閒。」爲晏赴夏縣令任時所作。長卿詩題所稱行第官歷均與劉晏合。《新唐書·劉晏傳》（卷一四九）：「晏至吴郡而璘反，乃與採訪使李希言謀拒之。希言假晏守餘杭，會戰不利，走依晏。」按《舊唐書·肅宗紀》，永王璘「擅領舟師下廣陵」在至德元載十二月，次年二月兵敗。又同年八月，「以黄門侍郎崔涣爲餘杭太守、江東采訪防禦使」。晏之赴汝南，當在至德二載（七五七）。詩爲劉晏途經蘇州時作。

星使三江上〔一〕，天波萬里通〔二〕。權分金節重〔三〕，恩借鐵冠雄〔四〕。梅吹前軍發〔五〕，棠陰舊府空〔六〕。殘春錦障外〔七〕①，初日羽旗東〔八〕。岸柳遮浮鷁〔九〕，江花隔避驄〔一〇〕。離心在何處，芳草滿吴宫〔一一〕。

〔一〕星使，謂使者。《後漢書·李郃傳》：「和帝分遣使者，皆微服單行，各至州縣，觀採風謡。使者二人，當到益部，投郃候舍。時夏夕露坐，郃因仰觀，問曰：『二君發京師時，寧知朝廷有二使耶？』二使默然驚相視曰：『不聞也。』郃指星示云：『有二使星向益州分野，故知之耳。』」三江，《太平寰宇記》卷九一「蘇州吴縣」：「《禹貢》三江，吴郡南松江、錢塘江、浦陽江是也。《禹貢》曰：『三江既入，震澤底定。』」

〔二〕天波，恩波，喻君主恩澤。陸機《讓平原内史表》：「塵洗天波，謗絶衆口。」駱賓王《疇昔篇》：「忽聞驛使發關東，傳道天波萬里通。」

〔三〕金節，節謂使臣之符節。梁簡文帝《九日侍皇太子樂遊苑》詩：「露點金節，電沉玉璣。」按《新唐書·百官志》四下：「行軍司馬，掌弼戎政。居則習蒐狩，有役則申戰守之法，器械、糧糒、軍籍、賜予皆專焉。」劉晏赴汝南任行軍司馬，故云。

〔四〕鐵冠，即法冠，獬豸冠，執法者服之。以鐵爲柱，置於冠上。《唐六典》：「御史大事則鐵冠朱衣以彈之。」按劉晏時加侍御史。

〔五〕梅吹，漢樂府横吹曲有《梅花落》。梅吹謂軍中奏樂。沈佺期《古詩》：「柏壇飛五將，梅吹動三軍。」

〔六〕棠陰，《史記·燕世家》：「召公巡行鄉邑，有棠樹，決獄政事其下，自侯伯至庶人，各得其所，無失職者。召公卒，而民人思召公之政，懷棠樹，不敢伐，歌詠之，作《甘棠》之詩。」

〔七〕錦障，錦步障。《晉書·石崇傳》：「(王)愷作紫絲布步障四十里，崇作錦步障五十里以敵之。」

〔八〕羽旗，宋玉《高唐賦》：「偈兮若駕駟馬，建羽旗。」

〔九〕浮鷁，謂船。陸機《櫂歌行》：「龍舟浮鷁首，羽旂乘藻葩。」

〔一〇〕避驄，驄指御史乘騎。參見《李侍御河北使迴至東京相訪》詩注。

〔一一〕吴宫，借指蘇州。

校記：

①殘，殘宋本作「殊」。

陪元侍御遊支硎山寺①

元侍御，《舊唐書·元載傳》：「肅宗即位，急於軍務，諸道廉使隨才擢用。時載避地江左，蘇州刺史、江東採訪使李希言表載爲副，拜祠部員外郎，遷洪州刺史。」至德後幕僚多帶臺省官銜，時元載當兼臺官，故稱侍御。按元載上元二年始遷户部侍郎，題作侍御是。又按元載於至德二載冬遷豫章太守，遊支硎山當在至德二載（七五七）秋。支硎山，《太平寰宇記》卷九一「蘇州吴縣」：「支硎，晉高士支道林遁跡憩遊其上，故有此名。」《吴地記》：「支硎山在吴縣西十五里。」「山中有寺，號曰報恩，梁武帝置。」

支公去已久〔一〕，寂寞龍華會〔二〕。古木閉空山，蒼然暮相對。林巒非一狀，水石有餘態。

密竹藏晦明，羣峯爭向背。峯峯帶落日，步步入青靄〔三〕。香氣空翠中〔四〕，猿聲暮雲外。留連南臺客〔五〕，想象西方内〔六〕。因逐谿水還，觀心兩無礙〔七〕。

〔一〕支公，支遁，字道林。本姓關氏，晉陳留人。家世事佛，二十五出家，深於道行，世稱支公。詳《高僧傳》卷四《支遁傳》。

〔二〕龍華會，《荆楚歲時記》：「荆楚以四月八日諸寺各設會，香湯浴佛，共作龍華會，以爲彌勒下生之徵也。」

〔三〕靄，雲氣。鮑照《登大雷岸與妹書》：「左右青靄，表裏紫霄。」

〔四〕空翠，謝靈運《過白岸亭》詩：「空翠難强名，漁鈎易爲曲。」王維《闕題》：「山路元無雨，空翠濕人衣。」

〔五〕南臺，謂御史臺。見《李侍御河北使回》詩注。

〔六〕西方，《中説》：「或問佛，子曰：『聖人也。』曰：『其教何如？』曰：『西方之教也。』」

〔七〕觀心，《十不二門指要鈔》：「蓋一切教行，皆以觀心爲要。」

陸時雍《詩鏡》評曰：「語色蒼翠。」

校　記：

①侍御，殘宋本作「侍郎」。

長沙桓王墓下别李紓張南史①

長沙桓王，《三國志·孫策傳》：「（孫）權稱尊號，追謚策曰長沙桓王。」按孫策墓在蘇州。《吴地記》「盤門」：「東北二里有後漢破虜將軍孫堅墳，又有討虜將軍孫策墳。」李紓，《舊唐書・李紓傳》：「李紓字仲舒，禮部侍郎希言之子。少有文學。天寶末，拜祕書省校書郎。」後仕至兵部、禮部侍郎。張南史，《新唐書・藝文志》四：「字季直，幽州人。以試參軍。避亂，居揚州揚子。再召之，未赴，卒。」按長卿廣德中自江西歸至蘇州時，南史已移居揚子，此詩當作於至德中。

長沙千載後〔一〕②，春草獨萋萋〔二〕。流水朝將暮③，行人東復西。碑苔幾字滅④，山木萬株齊。佇立傷今古⑤，相看惜解攜〔三〕。

〔一〕長沙，謂長沙桓王孫策。

〔二〕萋萋，謝靈運《悲哉行》：「萋萋春草生，王孫遊有情。」

〔三〕解攜，分手之謂。

校　記：

①《極玄集》作「長沙桓王墓下書事別張南史」。

②後，《衆妙集》作「下」。

③將，《極玄集》、《衆妙集》作「還」。《文苑英華》作「空」。

④碑苔，《衆妙集》作「苔碑」。

⑤佇立傷今古，《極玄集》、《衆妙集》、《唐詩品彙》均作「唯有年芳在」。《文苑英華》「唯有」誤作「未有」。今古，底本作「今日」，據《文苑英華》注及《全唐詩》改。

登吴古城歌

按《太平寰宇記》卷九二「常州無錫縣」有太伯城，「西去縣四十里，平地高五丈。《輿地志》云：『吴築城梅里平墟。』即此。自太伯以下，至王僚，二十三君。公子光刺王僚，即此。城内有太伯宅井及堂基見在。」公子光即吴王闔閭。闔閭始移都姑蘇，其城即唐時蘇州州城。長卿所登，蓋梅里之故城也。詩當作於至德二載（七五七）任長洲尉時。

登古城兮思古人，感賢達兮同埃塵。望平原兮寄遠目，歎姑蘇兮聚麋鹿〔一〕。黄池高會事未終，滄海横流人蕩覆〔二〕。伍員殺身誰不冤，竟看墓樹如所言〔三〕。越王嘗膽安可敵〔四〕，遠取石田何所益〔五〕。一朝空謝會稽人，萬古猶傷甬東客〔六〕。黍離離兮城坡陀〔七〕，牛羊踐兮牧豎歌。野無人兮秋草緑，園爲墟兮古木多。白楊蕭蕭悲故柯〔八〕，黄雀啾啾争晚禾。荒阡斷兮誰重過，孤舟逝兮愁若何。天寒日暮江楓落〔九〕，葉去辭風水自波。

〔一〕《史記·淮南王安傳》：「臣聞子胥諫吴王，吴王不用，乃曰：『臣今見麋鹿游姑蘇之臺也。』」

〔二〕「黄池」二句，《史記·吴太伯世家》：「十四年春，吴王北會諸侯於黄池，欲霸中國，以全周室。」黄池，《集解》：「杜預曰：陳留封邱縣南有黄亭，近濟水。」又，《越王勾踐世家》：「明年春，吴王北會諸侯於黄池，吴國精兵從王，惟獨老弱與太子留守。勾踐復問范蠡，蠡曰：『可矣。』乃發習流二千，教士四萬人，君子六千人，諸御千人，伐吴。吴師敗，遂殺太子。」

〔三〕《史記・伍子胥傳》："（王）乃使使賜伍子胥屬鏤之劍，曰：『子以此死！』伍子胥仰天歎曰：『嗟乎，讒臣嚭爲亂矣，王乃反誅我！我令若父霸，自若未立時，諸公子争立，我以死争之於先王，幾不得立；若既得立，欲分吴國予我，我顧不敢望也，然今若聽諛臣言，以殺長者！』乃告其舍人曰：『必樹吾墓上以梓，令可以爲器，而抉吾眼縣吴東門之上，以觀越寇之入滅吴也。』乃自剄死。吴王聞之大怒，乃取子胥尸，盛以鴟夷革，浮之江中。吴人憐之，爲立祠於江上。"

〔四〕《史記・越王勾踐世家》："吴既赦越，越王勾踐反國，乃苦身焦思，置膽於坐，坐卧皆嘗膽，飲食亦嘗膽也。曰：『女忘會稽之恥邪？』"又《伍子胥傳》："伍子胥諫曰：『越王爲人能辛苦，今王不滅，後必悔之。』吴王不聽。"

〔五〕石田，《史記・伍子胥傳》："子胥諫曰：『夫越腹心之病，今信其浮辭詐僞而貪齊。破齊，譬猶石田，無所用之。』"

〔六〕甬東，《史記・越王勾踐世家》："吴王使公孫雄肉袒膝行而前，請成於越王曰：『孤臣夫差，敢布腹心，異日嘗得罪於會稽，夫差不敢逆命，得與君王成以歸。今君王舉玉趾而誅孤臣，孤臣惟命是聽，意者亦欲如會稽之赦孤臣之罪乎？』……勾踐憐之，乃使人謂吴王曰：『吾置王甬東，君百家。』吴王謝曰：『吾老矣，不能事君王。』遂自殺，乃蔽其面，曰：『吾無面目以見子胥也。』"《集解》："杜預曰：甬東，會稽勾章縣東海中洲也。"

〔七〕黍離，曹植《情詩》："遊子歎黍離，處者悲式微。"按《詩・王風》有《黍離》篇，《詩序》謂爲慨歎周亡之作。坡陀，同陂陀，梁元帝《玄覽賦》："城逶迤而中斷，陼陂陀而半留。"

〔八〕《古詩十九首》："驅車上東門，遥望郭北墓，白楊何蕭蕭，松柏夾廣路。"

〔九〕江楓，《楚辭・招魂》："湛湛江水兮上有楓。"

陸時雍《詩鏡》："語多輕俊。"

同諸公登樓

按皇甫冉有《與諸公同登無錫北樓》詩(《全唐詩》卷二四九),至德二載任無錫尉時作。冉詩云「風霜征雁早,江海旅人閒」,長卿詩云「千家同霽色,一雁報寒聲」,均寫早秋;冉詩云「仲宣何所賦,祇歎在荆蠻」,長卿詩云「北望無鄉信,東遊滯客行」,均寫羈情。二詩似爲同時所作。

秋草行將暮,登樓客思驚。千家同霽色,一雁報寒聲。北望無鄉信,東遊滯客行。今君佩銅墨〔一〕,還有越鄉情〔二〕。

〔一〕銅墨:《唐大詔令集》天寶十三載《吏部引見縣令敕》:「朕稽古全哲,寤寐全才,委之詮衡,慎擇銅墨。」按漢制,凡吏秩比二千石以上,皆銀印青綬。六百石以上,皆銅印黑綬。二百石以上,皆銅印黄綬。縣令秩千石至六百石,當銅印黑綬。後即以銅墨稱縣令。

〔二〕越鄉情:《史記·陳軫傳》:「越人莊舄仕楚執珪,有頃而病。楚王曰:『舄,故越之鄙細人也,今仕楚執珪,富貴矣,亦思越不?』中謝對曰:『凡人之思故,在其病也。彼思越則越聲,不思越則楚聲。』使人往聽之,猶尚越聲也。」二句意謂:君今貴爲縣令,尚有思鄉之情,況他人乎?蓋登樓諸公中,爲首者爲無錫縣令也。

送李侍御貶鄱陽 此公近由此州使回①

李侍御,當爲李嘉祐。嘉祐《至七里灘作》(《全唐詩》卷二〇六)云:「遷客投于越(按應作干越），臨江淚滿衣。」「萬木迎秋序，千峰駐晚暉。」是知其謫鄱陽時在秋日，與長卿此詩所寫時序相同。又按嘉祐有《入睦州分水路憶劉長卿》詩（《全唐詩》卷二〇六），詩云：「吳洲不可到，刷鬢爲思君。」可證長卿時在蘇州。按乾元元年秋（至德三年二月丁未改元乾元）長卿已去職離蘇，嘉祐之貶當在至德二載（七五七）秋。鄱陽，饒州鄱陽郡屬縣。

迴車仍昨日，謫去已秋風。干越知何處〔一〕，雲山只向東。暮天江色裏，田鶴稻花中②。卻見鄱陽吏，猶應舊馬驄③。

〔一〕干越，《太平寰宇記》卷一〇七「饒州餘干縣」：「干越亭，《越絶書》云：『餘，大越故界。』即謂平（干）越也。在縣東南三十步，屹然孤挺，古之遊者多留題章句焉。」

校記：

①近由，殘宋本作「方由」。

②田，殘宋本作「早」。

③舊馬驄，殘宋本作「識舊驄」。

入睦州分水路憶劉長卿（原附）

李嘉祐

睦州新定郡，宋更名嚴州。按《嚴州圖經》，新安江、東陽江於睦州建德縣南合流，是爲浙江。嘉祐謫鄱陽，當溯新安江而上。

北闕忭明主〔一〕，南方隨白雲。沿迴灘草色〔二〕，應接海鷗羣。建德潮已盡〔三〕，新安江又分。回看嚴子瀨，朗詠謝安文〔四〕。雨過碧山暮，猿吟秋日曛。吴洲不可到，刷鬢爲思君〔五〕。

〔一〕北闕，《漢書·高帝紀》：「至長安，蕭何治未央宫，立東闕、北闕、前殿、武庫、太倉。」注：「未央殿雖南嚮，而尚書奏事，謁見之徒，皆詣北闕。」後以指朝廷。

〔二〕沿迴，沿，順流而下；迴，逆流而上。按《太平寰宇記》卷九五「睦州桐廬縣」：「桐溪，一名紫溪，水木泉石相映，自桐溪至於潛，有九十六瀨，第二即嚴陵瀨也。」故云處處灘草。

〔三〕建德，睦州屬縣，州治所在。

〔四〕謝安，字安石。少有重名，屢辟不就。寓居會稽，與王羲之、許詢、支遁遊處，「出則漁弋山水，入則言詠屬文，無處世意。」事跡具見《晉書》本傳。

〔五〕刷鬢，陶淵明《閒情賦》：「願在髮而爲澤，刷玄鬢於頽肩。」

賈侍御自會稽使迴篇什盈卷兼蒙見寄一首與余有挂冠之期因書數事率成十韻①

賈侍御，名未詳。長卿另有《送賈侍御克復後入京》詩，當爲同一人。會稽，越州屬縣。詩云：

「上國悲蕪梗，中原動鼓鼙。」當在祿山亂初。而據「挂冠之期」云云，則長卿時已任職。是知此詩當作於至德二載（七五七）秋。

江上逢星使〔一〕，南來自會稽。驚年一葉落〔二〕，按俗五花嘶〔三〕。上國悲蕪梗〔四〕，中原動鼓鼙。報恩看鐵劍②，銜命出金閨〔五〕。風物催歸緒，雲峰發詠題。天長百越外，潮上小江西〔六〕。鳥道通閩嶺，山光落剡溪〔七〕。暮帆千里思，秋夜一猿啼。柏署榮新寵〔八〕③，桃源憶故蹊〔九〕。若爲能去此④，行復草萋萋。

〔一〕星使，朝廷使者。參見《奉餞郎中四兄罷餘杭太守承恩加侍御史充行軍司馬赴汝南行營》詩注。

〔二〕一葉，《淮南子·説山》：「以小明大，見一落葉，而知歲之將暮；睹瓶中之冰，而知天下之寒。」

〔三〕按俗，巡行風俗之謂。五花，謂五花馬。李白《相逢行》：「朝騎五花馬，謁帝出銀臺。」

〔四〕蕪梗，荒蕪阻塞。《晉書·宗室傳論》：「王室多難，中原蕪梗。」

〔五〕金閨，金馬門亦稱金閨。閨，宫廷門之小者。《後漢書·馬援傳》：「孝武皇帝時，善相馬者東門京，鑄作銅馬法獻之，有詔立馬於魯班門外，則更名魯班門曰金馬門。」後遂以金馬、金閨指官署。謝朓《始出尚書省》詩：「既通金閨籍，復酌瓊筵醴。」

〔六〕小江，越州水名。

〔七〕剡溪，《太平寰宇記》卷九六「越州剡縣」：「剡溪，在縣南一百五十步。一源出台州天台縣，一源出婺州武義縣。即王子猷雪夜訪戴逵之所也。」

〔八〕柏署，漢御史臺植柏，故亦稱柏臺、柏署。

〔九〕桃源，桃花源。參見《送郭六侍從之武陵郡》詩注。

校　記：

①侍御，底本作「侍郎」，據《文苑英華》改。又，底本無「見」字，據殘宋本、《文苑英華》補。

②看，《文苑英華》作「有」。

③署，底本作「樹」；寵，底本作「攏」，均據殘宋本及《文苑英華》改。

④若爲能去此，底本作「若能爲休去」，此據殘宋本及《文苑英華》。

過鄔三湖上書齋

鄔三，卽鄔載。《唐記紀事》卷二七：「（載）天寶十三年楊浚侍郎下登第。」錢起《送鄔三落第還鄉》詩（《全唐詩》卷二三六）云：「雲帆春水將何適？日愛東南暮山碧。關中新月對離尊，江上殘花送歸客。」送歸東南。長卿詩亦云：「何事東南客，忘機一釣竿。」其湖上書齋似卽在太湖附近。詩又云：「見君能浪跡，予亦厭微官。」時長卿已仕，詩當作於至德二載（七五七）。

何事東南客①，忘機一釣竿〔一〕。酒香開甕老，湖色對門寒。向郭青山送，臨池白鳥看〔二〕。見君能浪跡〔三〕，予亦厭微官。

〔一〕忘機，謂忘情世事。儲光羲《雜詩》：「達士志寥廓，所在能忘機。」

〔二〕白鳥，謂鷗鳥。沈約《休沐寄懷》詩：「紫籜開緑篠，白鳥映青疇。」

〔三〕浪跡，行踪不定。戴逵《栖林賦》：「浪迹潁湄，棲景箕岑。」

校記：

①東南，殘宋本作「東林」。

奉餞元侍郎加豫章採訪兼賜章服① 時初州亦初停節度

元侍郎，當爲元載。侍郎應作侍御。上元二年，元載始遷戶部侍郎。賈至有《授元載豫章防禦使制》（《全唐文》卷三六七）：「守職方員外郎元載，識度明允，幹能貞固，懷龍泉之利器，抱鴻羽之榮姿。彌綸典章，能練南宮故事；精詳政理，嘗聞五府交辟。豫章重鎮，襟帶江湖。戈干始寧，安人是切。俾爾藩守，緝熙厥政。可豫章太守。」按《舊唐書·肅宗紀》，至德二載十月收復兩京，十一月，「河南、河東諸郡縣始平。」制文云「戈干始寧」，當在此後。《元和郡縣志》卷二八「信州」：「乾元元年，租庸使、洪州刺史元載奏置。」元載赴任，當在乾元元年（七五八）春。

任重兼烏府〔一〕，時平偃豹韜〔二〕。澄清湘水變〔三〕，分別楚山高。花對彤襜發〔四〕，霜和白雪操〔五〕。黃金裝舊馬〔六〕，青草換新袍〔七〕。嶺暗猿啼月，江寒鷺映濤。豫章生宇下〔八〕，無使翳蓬蒿。

〔一〕烏府，《漢書·朱博傳》：「（御史）府中列柏樹，常有野烏數千棲宿其上，晨去暮來，號曰朝夕烏。」後因稱御史府爲烏府。

〔二〕豹韜，《淮南子·精神》：「故通許由之意，《金縢》、《豹韜》廢矣。」豹韜，古兵書篇名。

〔三〕湘水，湘水貫穿湖南，北注入洞庭。《太平寰宇記》卷一一四「潭州長沙郡」：「(漢)景帝二年，封唐姬之子發於長沙，號曰定王。長沙國領縣十三，後益以豫章、南海、武陵、桂陽、岳陽五郡。」故長卿詩時稱江西諸水亦爲湘水。

〔四〕彤襜，襜，車帷，字亦作幨；彤，朱紅色。沈佺期《夏日梁王席送張歧州》：「翠帟當郊敞，彤襜向野披。」

〔五〕白雪，琴曲名，相傳爲春秋時晉師曠所作。又，宋玉《對楚王問》：「其爲陽春白雪，國中屬而和者不過數十人。」

〔六〕驄馬，《後漢書·桓典傳》謂典爲侍御史，常乘驄馬，京師權貴畏憚。按此謂元載仍兼御史。

〔七〕「新袍」句，《唐會要》卷三一「章服品第」：「六品七品以緑。」侍御史從六品下，當服緑。

〔八〕豫章，《左傳》哀十六年：「扶豫章殺人而後死。」《注》：「豫章，大木。」《南史·王儉傳》：「幼篤學，手不釋卷。丹陽尹袁粲聞其名，及見之，曰：『宰相之門也，栝柏豫章雖小，已有棟樑氣矣。』」又《漢官儀》：「豫章郡樹生庭中，故以名郡。」

陸時雍《詩鏡》：「語語精琢。」

校記：

①侍郎，當作「侍御」，説見題注。

送賈侍御克復後入京①

史載至德二載十月官軍收復兩京，「克復」即謂此。賈侍御至德二載秋自會稽使回，長卿有詩。此詩春日作，當在至德三載（七五八）春。

對酒心不樂，見君動行舟。回看暮帆隱②，獨向空江愁。晴雲淡初夜③，春塘深慢流。温顔風霜霽〔一〕④，喜氣煙塵收⑤。馳馹數千里〔二〕，朝天十二樓〔三〕。因之報親愛⑥，白髮生滄洲⑦。

〔一〕温顔，和顔悦色。《漢書・韓王信傳》：「爲人寬和自守，以温顔遜辭承接上下，無所失意。」

〔二〕馳馹，馹，驛傳也。《北史・酈道元傳》：「詔道元持節兼黄門侍郎，馳馹與大都督李崇籌宜置立裁減去留。」

〔三〕十二樓，吴均《雍臺》：「雍臺十二樓，樓樓鬱相望。」借指京師。

校　記：

①底本注：「一作江南送賈侍御入京。」

②回，《唐詩品彙》作「西」。

③雲，殘宋本作「雪」。

④霜，殘宋本作「塵」。

⑤喜，《唐詩品彙》作「素」。

⑥之，底本作「云」，此從殘宋本。親，殘宋本作「恩」。

⑦生，《唐詩品彙》作「在」。

海鹽官舍早春

海鹽，《新唐書·地理志》五「蘇州吴郡」：「海鹽，緊。貞觀元年省，景雲二年復置。」至德三載正月，長卿攝海鹽令，詩即此時作。

小邑滄洲吏，新年白首翁。一官如遠客，萬事極飄蓬。柳色孤城裏，鶯聲細雨中。羈心早已亂，何事更春風。

西庭夜宴喜評事兄拜命①

劉評事，李華有《祭劉評事兄文》（《全唐文》卷三二一）：「維乾元二年歲次己亥六月己未朔三日丁酉，趙郡李華祭於劉三兄之靈」，「豈人無福，而兄夭年？浙東幕府，喪此一賢。」岑仲勉《唐人行第録》謂爲劉晛。或即此人。《新唐書·百官志》三，大理寺設評事八人，從八品下。詩云：「猶是南州吏，江城又一春。」當作於至德三年（七五八）春。

猶是南州吏，江城又一春。隔簾湖上月，對酒眼中人〔一〕。棘寺初銜命〔二〕，梅仙已誤身〔三〕。無心羨榮禄，唯待卻垂綸〔四〕。

〔一〕眼中人，猶言青眼相加之人。杜甫《短歌行》：「青眼高歌望吾子，眼中之人吾老矣。」

〔二〕棘寺，大理寺。《北齊書・邢邵傳》：「槐宮棘寺，顯麗於中。」按古代聽訟於棘木下，故稱大理寺爲棘寺。

〔三〕梅仙，梅福，字子真，漢九江壽春人。嘗爲南昌縣尉。後隱去，爲吴市門卒，不知所終。或云已仙去。事具《漢書》本傳。又按《吴郡圖經續記》上「坊市」云：「昔梅福棄官易名姓，爲吴門市卒，今此有西市門，殆其所隱乎？」按上句謂評事，此句自謂。

〔四〕垂綸，垂釣。嵇康《兄秀才公穆入軍贈詩》：「流磻平皋，垂綸長川。」

校記：

①拜命，底本作「拜會」，此從《文苑英華》。據「棘寺」句，當以「拜命」爲是。

送路少府使東京便應制舉①時梁宋初失守

按《舊唐書・肅宗紀》，至德二載十月，尹子奇陷睢陽，張巡、許遠等被害。同月，廣平王收復東京。路少府既奉使東京，當在此後。又按皇甫冉有《送錢塘路少府赴制舉》詩（《全唐詩》卷二四九），詩云：「公車待詔赴長安，客裏新正阻舊歡。」爲皇甫冉奉使越州，於至德三年（七五八）春正月歸無錫，途經杭州時作。長卿詩當作於同時。

故人西奉使，胡騎正紛紛②。舊國無來信，春江獨送君。五言凌白雪〔一〕，六翮向青雲〔二〕。誰念滄洲吏③，忘機鷗鳥群④。

〔一〕白雪，陽春白雪，所謂曲高和寡者。

〔二〕六翮，健羽。

校記：

①《中興間氣集》作「送駱三少府西山應制」。

②此二句《中興間氣集》作「汀洲芳草緑，日暮更芬芬」。

③吏，底本注：「一作史。」

④二句《中興間氣集》作「自是無機者，沙鷗已可群」。又，七句《唐詩紀事》作「空自無機事」。

送錢塘路少府赴制舉〔附〕

皇甫冉

公車待詔赴長安〔一〕，客裏新正阻舊歡。遲日未能銷野雪，晴花偏自犯江寒。東溟道路通秦塞，北闕威儀識漢官。共許郤詵工射策，恩榮請向一枝看〔二〕。

〔一〕公車，《史記·東方朔傳》：「朔初入長安，至公車上書，凡用三千奏牘。」按公車爲漢官署名。後因稱舉子赴試爲公車待詔。

〔二〕郤詵，晉人。舉賢良對策第一，自謂「猶崑山之片玉，桂林之一枝」。

至德三年春正月時謬蒙差攝海鹽令聞王師收復二京因書事寄上浙西節度李侍郎中丞行營五十韻①

《舊唐書・肅宗紀》：至德二載九月「癸卯，廣平王收西京」。十月「壬戌，廣平王入東京」。「癸亥，上自鳳翔還京」。「丁卯，入長安」。海鹽，蘇州吴郡屬縣。今屬浙江。李侍郎，當爲李希言。《通鑑》至德元載十二月，「吴郡太守兼江南東路採訪使李希言平牒璘，詰其擅引兵東下之意」。又，《會稽掇英總集・唐太守題名》：「李希言，乾元元年自禮部侍郎兼蘇州刺史授。」是知至德元載至三載春，希言在蘇州任。中丞，《新唐書・百官志》三「御史臺」：「中丞二人，正四品下。」按此爲希言所兼臺官。

天上胡星孛〔一〕，人間反氣横②。風塵生汗馬〔二〕③，河洛縱長鯨〔三〕。本謂才非據④，誰知禍已萌〔四〕⑤。食參將可待〔五〕，誅錯輒為名〔六〕。萬里兵鋒接，三時羽檄驚〔七〕。負恩殊鳥獸〔八〕，流毒遍黎氓〔九〕。朝市成蕪没〔一〇〕，干戈起戰爭〔一一〕。人心懸反覆〔一二〕⑥，天道暫虛盈〔一三〕。

〔一〕胡星，《史記・天官書》：「昴曰髦頭，胡星也，爲白衣會。」《正義》：「昴七星爲髦頭，胡星，亦爲獄事。」「六星明與大星等，大水且至，其兵大起；摇動若跳躍者，胡兵大起；一星不見，皆兵之憂也。」

〔二〕汗馬，謂騎馬馳驅。《北史・宇文貴傳》：「男兒當提劍汗馬，以取封侯。」

〔三〕長鯨，左思《吴都賦》：「長鯨吞航，修鯢吐浪。」按逆胡首陷河洛。《舊唐書・安禄山傳》：「天下承平日久，人不知兵，聞其兵起，朝廷震驚。」「禄山令嚴肅，得士死力，無不一當百，遇之必敗。十二月，渡河至陳留郡，河南節度張介然城陷死之，傳首河北。」「官軍之降者夾道，命交相斫焉，死者六七千人，遂入陳留郡。太守郭納初阻戰，至是出降。至滎陽，太守崔無詖拒戰，城陷死之。」「東京留守李憕、中丞盧奕、採訪使判官蔣清燒絶河陽橋。祿山怒，率軍大至。封常清自苑西隤牆使伐樹塞路而奔。祿山入東京，殺李憕、盧奕、蔣清。」

〔四〕按《舊唐書·張九齡傳》：「時范陽節度使張守珪以裨將安祿山討奚、契丹敗衄，執送京師，請行朝典。九齡奏劾曰：『穰苴出軍，必誅莊賈；孫武教戰，亦斬宮嬪。守珪軍令必行，祿山不宜免死。』上特赦之。九齡奏曰：『祿山狼子野心，面有逆相，臣請因罪戮之，冀絶後患。』上曰：『卿勿以王夷甫知石勒故事，誤害忠良。』遂放歸藩。」

〔五〕食參，未詳。按《左傳》昭元年：「遷實沈於大夏，主參，唐人是因，故參爲唐星。」二句或謂誅錯爲名，而實爲篡唐也。

〔六〕誅錯，《史記·鼂錯傳》：「吴楚七國果反，以誅錯爲名。」按《通鑑》，天寶十四年十月，「祿山出薊城南，大閲誓衆，以討楊國忠爲名，牓軍中曰：『有異議扇動軍人者，斬及三族！』於是引兵而南。」

〔七〕三時，《左傳》桓六年：「務其三時，修其五教。」按此謂竟日。高適《燕歌行》：「殺氣三時作陣雲，寒聲一夜傳刁斗。」羽檄，軍書。參見《疲兵篇》注。

〔八〕謂祿山負恩，禽獸不若。按《通鑑》至德元載：「（顔）杲卿至洛陽，祿山數之曰：『汝自范陽户曹，我奏汝爲判官，不數年超至太守，何負於汝而反邪？』杲卿瞋目駡曰：『汝本營州牧羊羯奴，天子擢汝爲三道節度使，恩幸無比，何負於汝而反？』」

〔九〕流毒，《六韜》：「太公曰：『紂流毒諸侯，欺侮群臣，失百姓之心。』」黎氓，百姓。顔之推《觀我生賦》：「何黎氓之匪昔？徒山川之猶曩。」《舊唐書·肅宗紀》至德二年十一月壬申制文：「安祿山夷羯賤類，粗立邊功，遂肆凶殘，變起倉卒，而毒流四海，涂炭萬靈。」

〔一〇〕朝市，朝廷、市肆。蕪没，沈約《愍衰草賦》：「園庭漸蕪没，霜露日沾衣。」此處謂毁廢。

〔一一〕干戈，《史記·五帝紀》：「軒轅乃用干戈，以征不享。」
〔一二〕按此謂人情恂懼，懸於局勢之變化。
〔一三〕天道，《荀子·天論》：「天有常道矣，地有常數矣。」王充《論衡·亂龍》：「鯨魚死，彗星出，天道自然，非人事也。」虛盈亦用其偏義，謂天道暫虛也。

略地侵中土〔一四〕，傳烽到上京〔一五〕。王師陷魑魅〔一六〕，帝座逼欃槍〔一七〕。渭水嘶胡馬〔一八〕，秦山泣漢兵。關原馳萬騎，煙火亂千甍〔一九〕。鳳駕瞻西幸〔二〇〕，龍樓議北征〔二一〕⑦。自將行破竹〔二二〕，誰學去吹笙〔二三〕。白日重輪慶〔二四〕，玄穹再造榮〔二五〕。鬼神潛釋憤〔二六〕⑧，夷狄遠輸誠〔二七〕。海内戎衣卷，關中賊壘平。山川隨轉戰，草木助横行〔二八〕⑨。區宇神功立〔二九〕，謳歌帝業成〔三〇〕⑩。

〔一四〕略地，奪取敵方土地。《漢書·張耳陳餘傳》：「范陽令使蒯通見武信君曰：『聽臣之計，可不攻而降城，不戰而略地，傳檄而千里定，可乎？』」中土，中原。《三國志·蜀·姜維傳》：「以伯約比中土名士，公休、太初不能勝也。」
〔一五〕傳烽，傳遞烽煙。《史記·魏公子傳》：「公子與魏王博，而北境傳舉烽，言趙寇至，且入界。」上京，謂長安。《漢書·敘傳》：「皇十紀而鴻漸兮，有羽儀於上京。」
〔一六〕魑魅，《左傳》文十八年：「投諸四裔，以禦魑魅。」注：「魑魅，山林異氣所生，爲人害者。」
〔一七〕帝座，星名。《晉書·天文志》：「帝座一星在天市中，光而潤，則天子吉。」欃槍，星名。謝瞻《張子房》詩：「鴻門消薄蝕，垓下殞欃槍。」參見《登松江驛樓北望故園》詩注。

〔一八〕渭水，源出甘肅渭源縣鳥鼠山，横貫關中平原，至潼關入河。按二句謂關中失陷。

〔一九〕甍，《左傳》襄二八年：「猶援廟桷，動於甍。」注：「甍，屋棟。」

〔二〇〕鳳駕，謂帝王車駕。何遜《爲西豐侯九日侍宴樂遊苑》詩：「鸞和馳八襲，鳳駕啓千群。」句謂玄宗幸蜀。

〔二一〕龍樓，《漢書·成帝紀》：「元帝卽位，帝爲太子，壯好詩書，寬博謹慎。初居桂宮，上嘗急召，太子出龍樓門，不敢絶馳道。」後以龍樓指太子。

〔二二〕破竹，《晉書·杜預傳》：「今兵威已振，譬如破竹，數節之後，皆迎刃而解，無復著手處也。」

〔二三〕吹笙，《列仙傳》：「王子喬者，周靈王太子也。好吹笙作鳳凰鳴，遊伊洛之間，道士浮丘公接以上嵩山。」

〔二四〕重輪，《隋書·音樂志》：「煙雲同五色，日月並重輪。」句謂玄宗、肅宗同時。

〔二五〕玄穹，謂天。張華《壯士篇》：「高冠拂玄穹。」

〔二六〕疑謂鬼神助戰。《安禄山事蹟》：「潼關之戰，我軍既敗，賊將崔乾祐領白旗，引左右馳突。又見黄旗軍數隊，潛謂是賊，不敢逼。須臾，見與乾祐鬥。黄旗軍不勝，退而又戰者不一。俄不知所在。後昭陵奏，是日靈宫前石人馬汗流。」

〔二七〕夷狄，謂迴紇。輪誠，《北齊書·楊愔傳》：「輪誠魏室。」

〔二八〕横行，謂縱横馳驅，所向無阻。《史記·季布傳》：「願得十萬衆，横行匈奴中。」

〔二九〕區宇，疆土境域。張衡《東京賦》：「區宇乂寧，思和求中。」

〔三〇〕帝業，班彪《王命論》：「此高神之大略，所以成帝業也。」句謂肅宗續成大業。

天回萬象慶〔三一〕⑪，龍見五雲迎〔三二〕。小苑春猶在〔三三〕，長安日更明。星辰歸正位⑫，雷雨發殘生〔三四〕。文物登前古〔三五〕⑬，簫韶下太清〔三六〕。未央新柳色，長樂舊鐘聲〔三七〕。八使推邦彥〔三八〕，中司案國程〔三九〕。蒼生屬伊吕〔四〇〕，明主仗韓彭〔四一〕⑭。凶醜將除蔓〔四二〕，姦豪已負荆〔四三〕。世危看柱石〔四四〕，時難識忠貞〔四五〕。薄伐徵貔虎〔四六〕，長驅擁旆旌〔四七〕。吴山依重鎮〔四八〕，江月帶行營。金石懸詞律〔四九〕，煙雲動筆精〔五〇〕。運籌初減竈〔五一〕⑮，調鼎未和羹〔五二〕。北虜傳初解，東人望已傾〔五三〕。池塘催謝客〔五四〕，花木待春卿〔五五〕。

〔三一〕萬象，謝靈運《從遊京口北固應詔》詩：「皇心美陽澤，萬象咸光昭。」

〔三二〕見，讀若現。龍見，帝王之瑞。五雲，五色彩雲。《宋書·王曇首傳》：「景平中，有龍見西方，半天騰上，蔭五彩雲，京都遠近聚觀。」

〔三三〕小苑，謂天子園苑。《漢書·蕭望之傳》：「望之以射策甲科爲郎，署小苑東門候。」《南史·齊武帝諸子傳》：「文惠太子，武帝長子也。以晉明帝爲太子時立西池，乃啓武帝，引前例，求於東田起小苑，上許之。」

〔三四〕「雷雨」句，《易·解》：「天地解而雷雨作，雷雨作而百果草木皆甲拆。」

〔三五〕文物，謂禮樂典章之類。《晉書·輿服志》：「赤眉之亂，文物無遺。」又，《舊唐書·肅宗紀》至德二載十一月制：「我國家出震乘乾，立極開統。謳歌曆數，啓聖千齡。文物聲名，握圖六葉。」

〔三六〕簫韶，《書·益稷》：「簫韶九成，鳳皇來儀。」《傳》：「韶，舜樂名。言簫見細器之備。」太清，謂天空。劉向《九歎·遠遊》：「譬若王僑之乘雲兮，載赤霄而淩太清。」

〔三七〕未央、長樂，均漢宮名。意謂長安宮城景色依舊，且氣象一新。

〔三八〕八使，《後漢書·張綱傳》：「漢安元年，選遣八使，狥行風俗。」邦彥，國家之傑出人材。《詩·鄭風·羔裘》：「彼其之子，邦之彥兮。」陸機《吴趨行》：「邦彥應運興，粲若春林葩。」按李希言時爲江東採訪使，故云。

〔三九〕中司，即御史中丞。是爲希言所兼臺官。

〔四〇〕蒼生，百姓。《晉書·謝安傳》：「諸人每相與言：『安石不肯出，將如蒼生何！』」伊吕，伊尹、吕望。《漢書·董仲舒傳》：「劉向稱董仲舒有王佐之材，雖伊吕無以加。」

〔四一〕韓彭，韓信、彭越，與漢功臣。祖君彦《爲李密與袁子幹書》：「理追寇鄧之名，當慕韓彭之氣。」按以上四句意謂希言文如伊吕，武若韓彭。

〔四二〕凶醜，《後漢書·袁紹傳》：「虎叱羣司，奮擊凶醜。」蔓，枝蔓，謂凶醜餘黨。按《舊唐書·肅宗紀》，時安禄山之子慶緒與其黨「奔河北」。

〔四三〕負荆，《史記·廉頗藺相如傳》：「廉頗聞之，肉袒負荆，因賓客至藺相如門謝罪。」姦豪，謂禄山將領。《舊唐書·肅宗紀》：至德二載十二月「己丑，賊將僞范陽節度使史思明以其兵衆八萬之籍，與僞河東節度使高秀巖并表送降」。

〔四四〕柱石，《漢書·霍光傳》：「延年曰：『將軍爲國柱石，審此人不可，何不建白太后，更選賢而立之？』」

〔四五〕「時難」句，按永王璘亂時，希言嘗發兵拒之。參見《奉餞郎中四兄》詩注。

〔四六〕薄伐，征伐。薄，發語詞。《詩·小雅·出車》：「赫赫南仲，薄伐西戎。」貔虎，喻勇士。《後漢書·光武紀贊》：「尋邑百萬，貔虎爲羣。」按此謂召募士卒。

〔四七〕旆旌，旗幟。《詩·小雅·車攻》：「蕭蕭馬鳴，悠悠旆旌。」

〔四八〕吴山，按《太平寰宇記》，杭州錢塘縣有吴山。此處當謂吴地諸山。

〔四九〕詞律，猶云詩律。李嶠《夏晚九成宫呈同僚》：「枚藻清詞律，鄒譚耀辯鋒。」金石，《禮·樂記》：「金石絲竹，樂之器也。」

〔五〇〕筆精，江淹《別賦》：「淵雲之墨妙，嚴樂之筆精。」

〔五一〕減竈，庾信《岐州刺史慕容公神道碑》：「運長擊短，後實先聲。增壘威敵，減竈潛兵。」《史記·孫子傳》：「使齊軍入魏地爲十萬竈，明日爲五萬竈，又明日爲三萬竈。龐涓行三日，大喜曰：『我固知齊軍怯入吾地，三日士卒亡者過半矣。』乃棄其步軍，與其輕鋭倍日并行逐之。」卒敗死。

〔五二〕和羹，《書·説命》：「若作和羹，爾惟鹽梅。」後以調鼎喻宰相之職。孟浩然《送辛大之鄂》詩：「未逢調鼎用，徒有濟川心。」按此謂希言有拜相之望。

〔五三〕東人，《詩·小雅·大東》：「東人之子，職勞不來。西人之子，粲粲衣服。」此謂江東百姓。

〔五四〕「池溏」句，謝靈運《登池上樓》詩：「池塘生春草，園柳變鳴禽。」《南史·謝惠連傳》：「惠連十歲能屬文，族兄靈運嘉賞之云：『每有篇章，對惠連輒得佳句。』嘗於永嘉西塘思詩，竟日不就，忽夢見惠連，便得『池塘生春草』之句，大以爲工。」

〔五五〕春卿，禮部爲春官，故稱禮侍爲春卿。

昔忝登龍首〔五六〕⑯，能傷困驥鳴〔五七〕。艱難悲伏劍〔五八〕⑰，提握喜懸衡〔五九〕。巴曲誰堪聽〔六〇〕，秦臺自有情〔六一〕。遂令辭短褐〔六二〕，仍欲請長纓〔六三〕。久客田園廢，初官印綬輕。榛蕪上國路，苔蘚北山楹〔六四〕。懶慢羞趨府，驅馳憶退耕〔六五〕。榴花無暇醉〔六六〕，蓬髮帶愁縈〔六七〕。地僻方言異〔六八〕，身微俗慮并⑱。家憐雙鯉斷〔六九〕，才愧小鱗烹〔七〇〕⑲。滄海今猶滯，青陽歲又更〔七一〕。洲香生杜若〔七二〕，谿煖戲鴛鶄〔七三〕⑳。煙水宜春候㉑，褰帷值晚晴〔七四〕㉒。潮聲來萬井，山色映孤城。旅夢親喬木〔七五〕，歸心亂早鶯。倘無知己在，今已訪蓬瀛〔七六〕。

〔五六〕登龍，《後漢書・李膺傳》：「膺獨持風裁，以聲名自高，士有被其容接者，名爲登龍門。」《注》：「以魚爲喻也。龍門，河水所下之口，在今絳州龍門縣。辛氏《三秦記》曰：『河津一名龍門，水險不通，魚鼈之屬莫能上，江海大魚薄集龍門下數千，不得上，上則爲龍也。』」按《封氏聞見記・貢舉》：「故當代以進士登科爲登龍門，解褐多拜清緊，十數年間，擬迹廟堂。」此云登龍首，當指登科而言。至德二年李希言以禮部侍郎知江東貢舉，嚴維、顧況均於是年登第。

〔五七〕困驥，《戰國策・楚策》：「夫驥之齒至矣，服鹽車而上太行，蹄申膝折，尾湛胕潰，漉汁灑地，白汗交流，中阪遷延，負轅不能上。伯樂遭之，下車攀而哭之，解紵衣以冪之。驥於是俛而噴，仰而鳴，聲達於天，若出金石聲者，何也？彼見伯樂之知己也。」

〔五八〕伏劍，李陵《答蘇武書》：「足下昔以單車之使，適萬乘之虜，遭時不遇，至於伏劍不顧，流離辛苦。」

〔五九〕提握，猶言提攜。高適《上李右相》詩：「吹噓成羽翼，提握動芳馨。」懸衡，鄒陽《獄中上梁王書》：「臣聞秦倚曲臺之宫，懸衡天下，劃地而人不犯。」庾信《柳遐墓誌銘》：「帝子出藩，懸衡高選。」

〔六〇〕巴曲，宋玉《對楚王問》：「客有歌於郢中者，其始曰下里巴人，國中屬而和者數千人。」

〔六一〕秦臺，曲臺懸衡，見前注。

〔六二〕短褐，《舊唐書・車服志》：「士服短褐，庶人以白。」

〔六三〕請纓，《漢書・終軍傳》：「軍自請願受長纓，必羈南越王而致之闕下。」

〔六四〕北山，即鍾山。按《太平寰宇記》卷九〇，山在昇州上元縣南十五里，周圍六十里。晉尚書謝尚、齊中書侍郎周顒等均嘗隱居於此。二句意謂，故鄉既路絶，隱所亦荒蕪。

〔六五〕驅馳，謂奔走王事。王充《論衡》：「材能之士，隨世驅馳。」

〔六六〕榴花，酒名。王褒《長安有狹邪行》：「塗歌楊柳曲，巷飲榴花樽。」

〔六七〕蓬髮，謂鬢髮蓬鬆，無心修飾。庾信《謝賚巾啓》：「蓬鬢鬆颭，哀容耆朽。」

〔六八〕地僻，按海鹽東南臨杭州灣，已僻在海隅。方言，地方語言。王維《早入滎陽界》：「因人見風俗，入境聞方言。」按漢揚雄著有《方言》。

〔六九〕雙鯉，《後漢書·列女傳》：「姜詩事母至孝，妻奉順尤篤。姑嗜魚鱠，又不能獨食，夫婦常力作供鱠，呼鄰母共之。舍側忽有湧泉，味如江水，每旦輒出雙鯉魚，常以供二母之膳。」

〔七〇〕小鱗，猶言小鮮。《老子》：「治大國若烹小鮮。」後以烹鮮喻治理之才。

〔七一〕青陽，《爾雅·釋天》：「春爲青陽。」二句謂己猶滯海隅，而又歷一年。

〔七二〕杜若，香草。《九歌·湘君》：「采芳洲兮杜若，將以遺兮下女。」

〔七三〕鵁鶄，水鳥。司馬相如《上林賦》：「鵁鶄䴉目。」

〔七四〕褰，撩起。《詩·鄭風》有《褰裳》。

〔七五〕喬木，《詩·小雅·伐木》：「出自幽谷，遷於喬木。」顏延之《還至梁城作》：「故國多喬木，空城凝寒雲。」

〔七六〕蓬瀛，海中仙山。《史記·封禪書》：「自威、宣、燕昭，使人入海求蓬萊、方丈、瀛洲。此三神山者，其傳在勃海中。」《抱朴子·對俗》：「或委華駟而轡蛟龍，或棄神州而宅蓬瀛。」

校　記：

①底本作「收二京」，「復」字據殘宋本增。

②人間，底本注：「一作東山。」

③汗，殘宋本作「害」。

④謂，底本注：「一作爲。」

⑤知，殘宋本作「防」。

⑥反覆，底本注：「一作覆載。」

⑦議，底本注：「一作向。」

⑧釋，殘宋本作「蓄」。

⑨助，底本作「困」，此從殘宋本。

⑩歌，底本注：「一作謡。」

⑪慶，殘宋本作「變」。

⑫位，底本注：「一作路。」

⑬前，殘宋本作「千」。

⑭仗，底本注：「一作伏。」

⑮初，殘宋本作「應」。

⑯首，殘宋本作「者」。

⑰伏，殘宋本作「仗」。

⑱慮，殘宋本作「累」。

⑲才愧，殘宋本作「治國」。

⑳煖，底本注：「一作遠。」

㉑水，殘宋本作「霽」，底本注：「一作雪。」

㉒幃，底本作「闕」，此從殘宋本。

非所留繫寄張十四①

按獨孤及《送長洲劉少府貶南巴使牒留洪州序》(《全唐文》卷三八七)云：「曩子之尉於是邦也，傲其跡而峻其政，能使綱不紊，吏不欺。夫跡傲則合不苟，政峻則物忤。故績未書也，而謗及之，臧倉之徒得騁其媒孽，子於是竟謫爲南巴尉。」長卿之下獄即在任長洲尉攝海鹽令時，時在乾元元年(至德三載二月改元乾元)。《新唐書・百官志》四：縣尉「分判衆曹，收率課調」。此詩云：「治長空得罪，夷甫豈言錢。」當爲瓜田李下，易生是非之故。

不見君來久，冤深意未傳。治長空得罪〔一〕，夷甫豈言錢〔二〕②。直道天何在〔三〕，愁容鏡亦憐。因書欲自訴，無淚可潸然〔四〕。

〔一〕治長，公冶長。《論語・公冶長》：「子謂公冶長，『可妻也。雖在縲紲之中，非其罪也』。以其子妻之。」注：「長之爲人無所考，而夫子稱其可妻，其必有以取之矣。又言其人雖嘗陷於縲紲之中，而非其罪，則固無害於可妻也。」

〔二〕夷甫，晉王衍字夷甫。《世說新語・規箴》：「王夷甫雅尚玄遠，常嫉其婦貪濁，口未嘗言錢事。婦欲試之，令婢以錢遶牀不得行。夷甫晨起，見錢閡行，呼婢曰：『舉卻阿堵物！』」

〔三〕直道，《論語・衛靈公》：「斯民也，三代之所以直道而行也。」

〔四〕潸然，淚流貌。《漢書・中山靖王勝傳》：「紛驚逢羅，潸然出涕。」

校　記：

①非所，《全唐詩》作「罪所」。

②豈，殘宋本作「不」。

非所留幽繫寄上韋使君①

詩云：「誤因微禄滯南昌」，用漢梅福嘗爲南昌尉事，喻己之爲長洲尉也。韋使君，謂當時之蘇州刺史。《通鑑》：乾元元年二月「甲辰，置浙江西道節度使，領蘇、潤等十州，以昇州刺史韋黄裳爲之」。按是年春正月，蘇州刺史尚爲江東採訪使李希言所兼。二月，改江東採訪爲浙西節度，由昇州刺史領之，則希言之移使越州，當在此月，蘇刺則另由韋姓者代之。頗疑此人爲韋之晉。長卿《餘干夜宴奉餞前蘇州韋使君新除婺州作》云：「幸容棲託分，猶戀舊棠陰。」似即指此時而言。又按此詩明刊本題作「非所上御史惟則」，岑仲勉《讀全唐詩札記》云：「疑奪其姓。」按天寶中有史惟則者，嘗爲殿中侍御史，工八分書，與韓擇木、蔡有隣、李潮齊名。然長卿與之無交遊之跡可考。

誤因微禄滯南昌〔一〕，幽繫圜扉晝夜長〔二〕。黄鶴翅垂同燕雀〔三〕，青松心在任風霜〔四〕。斗間誰與看冤氣〔五〕，盆下無由見太陽〔六〕。賢達不能同感激〔七〕，更於何處問蒼蒼〔八〕②。

〔一〕《漢書·梅福傳》：「爲郡文學，補南昌尉。」「至元始中，王莽顓政，福一朝棄妻子，去九江，至今傳以爲仙。其後人有見福於會稽者，變名姓爲吴市門卒云。」

〔二〕圜扉，監獄古稱圜土，故稱獄户爲圜扉。

〔三〕黄鶴，《史記·陳涉世家》：「燕雀安知鴻鵠之志哉！」《説文解字》段注：「鵠，黄鵠也。」又《莊子·庚桑楚》：「越鷄不能伏鵠卵。」《釋文》：「鵠，本亦作鶴，同。」

〔四〕「青松」句，《論語·子罕》：「歲寒，然後知松柏之後彫也。」

〔五〕斗間氣，《晉書·張華傳》云：華見斗牛之間，常有紫氣，以問豫章人雷焕，焕曰：「寶劍之精，上徹於天耳。」

〔六〕覆盆，《抱朴子·辨問》：「三光不照覆盆之内也。」

〔七〕賢達，賢能而通達者。《後漢書·黄憲傳》：「太守王龔在郡禮進賢達，卒不能屈憲。」感激，因感動而激發。諸葛亮《出師表》：「由是感激，遂許先帝以驅馳。」

〔八〕蒼蒼，《莊子·逍遥遊》：「天之蒼蒼，其色正邪？」後以指天。舊題蔡琰《胡笳十八拍》：「泣血仰頭兮訴蒼蒼，何生我兮獨罹此殃？」

校記：

①底本作「非所上御史惟則」，此從殘宋本。又，非所，《全唐詩》作「罪所」。

②於，底本注：「一作令。」

非所留繫每晚聞長洲軍笛聲①

與上詩同時。

白日浮雲閉不開，黄沙誰問冶長猜〔一〕。只憐横笛關山月〔二〕，知是愁人夜夜來②。

〔一〕黃沙，《晉書・職官志》：「泰始四年，置黃沙獄。」冶長，即公冶長，參見前詩注。

〔二〕關山月，漢樂府橫吹曲名，多寫士卒久戍不歸及思念家人之情。

校　記：

①非所，《全唐詩》作「罪所」。

②是，底本作「處」，此從殘宋本。

獄中見壁畫佛

與上詩同時。

不謂銜冤處，而能窺大悲〔一〕。獨棲叢棘下〔二〕，還見雨花時〔三〕。地狹青蓮小〔四〕，城高白日遲。幸親方便力〔五〕，猶畏毒龍欺〔六〕。

〔一〕大悲，《涅槃經》：「三世諸世尊，大悲爲根本。」此處指佛象。

〔二〕叢棘，《易・坎》：「係用徽纆，置於叢棘。」《疏》：「謂囚執之處，以棘叢而禁之也。」

〔三〕雨花，《法華經》：「時諸梵天王雨衆天花，香風時來，吹去萎者，更雨新者。」又，《楞嚴經》：「即時天雨百寶蓮花，青黃赤白，間錯粉糅。」

〔四〕青蓮，《大般若經》：「世尊眼相修廣，譬如青蓮花葉，甚可愛樂。」又，《維摩詰經》：「目淨修廣如青蓮。」僧肇《注》：「天竺有青蓮花，其葉修而廣，青白分明，有大人目相，故以爲喻也。」唐太宗《戰陣處立寺詔》：「法鼓所振，變炎火於青蓮；清梵所聞，易苦海於甘露。」亦以指佛象、蓮座。

〔五〕方便，佛教語，指因人施教，使之領悟佛之真義。《維摩詰經》：「摩詰以無量方便，饒益衆生。」方便力，指佛力。

〔六〕毒龍，《涅槃經》：「但我住處，有一毒龍，其性暴急，恐相危害。」《後漢書·西域傳論》注引釋法顯《遊天竺記》：「葱嶺冬夏有雪。有毒龍，若犯之，則風雨晦冥，飛砂揚礫。過此難者，萬無一全也。」

葛立方《韻語陽秋》：「劉長卿在獄中，非有所記訴也，而作詩云：『斗間誰與看冤氣？盆下無由見太陽！』一詩云：『壯志已憐成白首，餘生猶待發青春。』一詩云：『冶長空得罪，夷甫不言錢。』又有《獄中見畫佛》詩，豈性之所嗜，則縲絏之苦不能易雕章繪句之樂歟？」

獄中聞收東京有赦

乾元元年（七五八）作。《舊唐書·肅宗紀》：至德二載冬十月「壬戌，廣平王入東京，陳兵天津橋南，士庶歡呼路側。」至德三載二月「丁未，御明鳳門，大赦天下，改至德三載爲乾元元年。」

傳聞闕下降絲綸〔一〕，爲報關東滅虜塵。壯志已憐成白首，餘生猶待發青春〔二〕。風霜何事偏傷物，天地無情亦愛人。持法不須張密網〔三〕，恩波自解惜枯鱗〔四〕①。

〔一〕闕下，指朝廷。《史記·鄒陽傳》：「則士伏死堀穴巖藪之中耳，安肯盡忠信而趨闕下哉！」絲綸，《禮記·緇衣》：「王言如絲，其出如綸。」疏：「王言初出微細如絲，及其出行於外，言更漸大如綸也。」後以指帝王詔書。

〔二〕青春，《楚辭·大招》：「青春受謝，白日昭只。」注：「青，東方春位，其色青也。」

〔三〕張網，《史記·殷紀》：「湯出，見野張網四面，祝曰：『自天下四方，皆入吾網。』湯曰：『嘻，盡之矣！』乃去其三面，祝曰：『欲左，左；欲右，右；不用命，乃入吾網。』諸侯聞之曰：『湯德至矣，及禽獸。』」

〔四〕恩波，喻皇恩。阮咸《謝狀》：「調鼎之功未施於毫髮，登俎之美已浹於恩波。」枯鱗，猶言枯魚。《莊子·外物》：「周昨來，有中道而呼者，周顧視車轍中，有鮒魚焉。周問之曰：『鮒魚來，子何爲者邪？』對曰：『我東海之波臣也，君豈有斗升之水而活我哉？』周曰：『諾。我且南遊吳越之王，激西江之水而迎子，可乎？』鮒魚忿然作色曰：『吾失我常與，我無所處。吾得斗升之水然活耳，君乃言此，曾不如早索我於枯魚之肆！』」借，《漢書·朱雲傳》：「少時通輕俠，借客報仇。」《注》：「借，助也。」

校　記：

①借，《全唐詩》作「惜」。

會赦後酬主簿所問

《新唐書·百官志》四：上縣「主簿一人，正九品下。」按此人當爲長洲縣簿。詩作於乾元元年（七五八）遇赦出獄後。

江南海北長相憶，淺水深山獨掩扉。重見太平身已老①，桃源久住不能歸。

校　記：

①身，《全唐詩》注：「一作人。」

罷攝官後將還舊居留辭李侍御①

按侍御當爲侍郎之誤。詩中所云，非江東採訪使不足以當之也。李侍郎卽李希言。詩云：「去緣焚玉石，來爲採葑菲。」其罷攝官，在「績未書也，而謗及之」後。詩之作或在入獄前，或在遇赦後。

江海今爲客，風波失所依〔一〕。白雲心已負，黄綬計仍非。累辱羣公薦，頻霑一尉微。去緣焚玉石〔二〕，來爲採葑菲〔三〕。州縣名何在，漁樵事不遲②。故山桃李月，初服薜蘿衣〔四〕。熊軾分朝寄〔五〕，龍韜解賊圍〔六〕。風謡傳吏體〔七〕，雲物助兵威〔八〕。白雪飄辭律〔九〕，青春發禮闈。引軍横吹動，援翰捷書揮。草映翻營緑③，花臨樹羽飛④。全吴爭轉戰，狂虜怯知機〔一〇〕。

〔一〕李陵《别詩》：「風波一失所，各在天一隅。」

〔二〕焚玉石，《書・胤征》：「火炎崑岡，玉石俱焚。」

〔三〕葑菲，均菜名。《詩・邶風・谷風》：「采葑采菲，無以下體。」

〔四〕薜蘿衣，隱者之服。《九歌・山鬼》：「若有人兮山之阿，被薜荔兮帶女蘿。」孟浩然《送友人之京》：「雲山從此别，淚濕薜蘿衣。」

〔五〕熊軾，《後漢書・輿服志》：「公、列侯安車，朱斑輪，倚鹿較，伏熊軾。」後以指地方長官。

〔六〕龍韜，古兵書有《六韜》，其一曰龍韜。
〔七〕風謡，《後漢書・羊續傳》：「觀歷縣邑，採問風謡。」吏體，居官之風範。《漢書・景帝紀》：「夫吏者民之師也，車駕衣服宜稱。」「亡吏體者，二千石上其官屬。」此處似兼指治績。
〔八〕雲物，天象雲氣之色。《晉書・天文志》：「觀雲物，察符瑞，候災變。」
〔九〕白雪、辭律，參見《至德三年春正月聞王師收復二京》詩注。
〔一〇〕機，機兆。《素問・離合真邪論》注：「機者，動之微，言貴知其微也。」

憶昨趨金節〔一一〕，經時廢玉徽〔一二〕⑤。俗流應不厭，静者或相識〔一三〕。世難慵干謁，時閑喜放歸。潘郎悲白髮〔一四〕，謝客愛清輝。樗散材因棄〔一五〕，交親迹已稀。獨愁看五柳〔一六〕，無事掩雙扉。世累悲行路⑥，生涯向釣磯。榜憐溪水碧〔一七〕⑦，家羨渚田肥〔一八〕。旅食傷飄梗〔一九〕，巖棲憶采薇〔二〇〕。悠然獨歸去，回首望旌旗。

〔一一〕金節，節，使臣所持符節。
〔一二〕玉徽，徽，用以繫弦。《尚書故實》：「蜀中雷氏斲琴，常自品第，上者以玉徽，次者以寶徽，又次者以金螺蚌徽。」亦以指琴。岑參《秋夕聽羅山人彈三峽流泉》：「衫袖拂玉徽，爲彈三峽泉。」
〔一三〕静者，謂隱士。孟浩然《符公蘭若》詩：「所居最幽絶，所住皆静者。」
〔一四〕潘郎，指潘岳。潘岳《秋興賦序》：「晉十有四年，余春秋三十有二，始見二毛。」
〔一五〕樗散，《莊子・逍遥遊》：「吾有大樹，人謂之樗，其大本擁腫而不中繩墨，其小枝卷曲而不中規矩。立之塗，匠者不顧。」

〔一六〕五柳，陶淵明《五柳先生傳》：「先生不知何許人，不詳姓氏，宅邊有五柳樹，因以爲號焉。」

〔一七〕榜，船槳。《九章·涉江》：「乘舲船余上沅兮，齊吴榜以擊汰。」

〔一八〕渚田，水田。

〔一九〕旅食，沿途寄食。曹丕《與吴質書》：「馳騁北場，旅食南館。」飄梗，《戰國策·齊策》：「今者臣來，過於淄上，有土偶人與桃梗相與語。桃梗謂土偶人曰：『子西岸之土也，挻子以爲人，至歲八月，降雨下，淄水至，則汝殘矣。』土偶曰：『不然。吾西岸之土也，土則復其西岸耳。今子東國之桃梗也，刻削子以爲人，降雨下，淄水至，流子而去，則子漂漂者將何如耳！』」

〔二〇〕采薇，伯夷、叔齊隱於首陽山，采薇而食。見《史記·伯夷傳》。

校　記：

①侍御，當爲「侍郎」之誤，説見題注。
②不遲，底本作「亦違」，此從殘宋本。
③翻，殘宋本作「番」。
④樹，底本作「檄」，此從殘宋本。
⑤經，底本作「臨」，此從殘宋本。
⑥悲，底本作「多」，此從殘宋本。
⑦憐，底本作「連」，此從殘宋本。

送李二十四移家之江州

《新唐書・地理志》五：「江州潯陽郡，上。本九江郡，天寶元年更名。」詩稱江州，當在乾元元年復郡爲州之後。詩云：「九江春草緑，千里暮潮歸。」當爲揚、潤送行之作。故疑作於乾元元年春歸至潤州後。

煙塵猶滿目〔一〕①，歧路易霑衣②。逋客多南渡〔二〕③，征鴻自北飛④。九江春草緑〔三〕⑤，千里暮潮歸〔四〕。别後難相訪⑥，全家隱釣磯⑦。

〔一〕煙塵，喻戰事。高適《燕歌行》：「漢家煙塵在東北。」

〔二〕逋客，《北山移文》：「爲君謝逋客。」逋，逃也。

〔三〕九江，《太平寰宇記》卷一一一「江州德化縣」：「九江，《尚書》注云：『江於此分爲九道。』《潯陽記》云：『九江在潯陽，去州五里，名曰馬江，是大禹所疏治。』」

〔四〕意謂潮歸而人不歸。按唐時江潮可至九江。張繼《奉寄皇甫補闕》詩云：「京口情人别久，揚州估客來疏。潮至潯陽回去，相思無處通書。」

校記：

①猶，底本注：「一作遥。」

②易，《唐詩品彙》作「亦」。

③逋，《唐詩品彙》作「遷」。

④征，底本注：「一作春。」
⑤底本注：「一作東林古寺静。」
⑥難，《唐詩品彙》作「誰」。
⑦底本注：二句「一作羨爾全家隱，爐峰對掩扉。」

送許拾遺還京

許拾遺，陶敏《唐人行第録正補》以爲許登，其説是。賈至《授韋少遊祠部員外郎等制》云：「守右監門衛胄曹參軍許登，……可右拾遺。」按賈至至德中爲中書舍人，登之遷拾遺，亦當爲至德中事。岑參有《送許拾遺恩歸江寧拜親》詩（《全唐詩》卷一九八）。杜甫有《送許八拾遺歸江寧覲省》詩（《杜詩詳注》卷六）。二詩同時作。錢謙益箋云：「參集有《送許子擢第歸江寧拜親》詩，在天寶元年告賜靈符、上加尊號之日。此云許八拾遺，蓋擢第後十餘年官拾遺，又得省覲也。」乾元元年六月，杜甫即出爲華州司功參軍，故《杜詩詳注》繫此詩於乾元元年春。長卿詩作於許登歸朝時，詩云「卿月在南徐」，潤州作，以此知長卿遇赦去職後，嘗歸潤州。

萬里辭三殿〔一〕，金陵到舊居。文星出西掖〔二〕，卿月在南徐〔三〕。故里驚朝服，高堂捧詔書。暫容乘駟馬，誰許戀鱸魚〔四〕。

〔一〕三殿，杜甫《送翰林張學士南海勒碑》詩：「詔從三殿去，碑到百蠻開。」仇《注》：「麟德殿也，一殿而有三面，故曰三殿。」

〔二〕文星，即文昌星。《晉書·成公綏傳》：「帝星正坐於紫宮，輔臣列位於文昌。」杜甫《送李大夫赴廣州》詩：「北風隨爽氣，南斗避文星。」西掖，應劭《漢官儀》：「左右曹受尚書事。前世文士以中書在右，因謂中書爲右曹，亦稱西掖。」按許登當爲右拾遺，屬中書省，故云。

〔三〕卿月，《書·洪範》：「王省惟歲，卿士惟月，師尹惟日。」《傳》：「卿士各有所掌，如月之有别。」南徐，即潤州。

〔四〕鱸魚，按晉張翰見秋風起而思蓴羹鱸魚鱠，遂棄官還鄉。事見《晉書》本傳及《世説新語》。

奉陪使君西庭送淮西魏判官得山字

按《新唐書·方鎮表》，至德元載，置淮南西道節度使，領義陽、弋陽、潁川、滎陽、汝南五郡，治潁川郡。乾元元年廢而復置，領申、光、壽、安、沔、蘄、黄七州，治壽州。上元二年徙治安州。大曆八年徙治蔡州。此詩云：「遥知用兵處，多在八公山。」當作於治壽州時。

羽檄催歸恨，春風醉别顔。能邀五馬送〔一〕，自逐一星還〔二〕。破竹從軍樂〔三〕，看花聽訟閒。遥知用兵處，多在八公山〔四〕。

〔一〕五馬，謂使君。《陌上桑》：「使君從南來，五馬立踟躕。」

〔二〕一星，謂使星。參見《奉餞郎中四兄》詩注。

〔三〕破竹，《晉書·杜預傳》：「今兵威以振，譬如破竹，數節之後，皆迎刃而解。」

〔四〕八公山，《太平寰宇記》卷一二九「壽州壽春縣」：「八公山，一名肥陵山，在縣北四里。昔淮南王與八公登山，埋金於此，白日昇天。餘藥在器，雞犬舐之皆仙。其處石皆陷，人馬之迹猶在，故山以八公爲名。」《晉書·苻堅載記》：「堅與苻融登城而望王師，見部陣整齊，將士精鋭，又北望八公山上草木，皆類人形，顧謂融曰：『此亦勍敵也，何謂少乎？』憮然有懼色。」

奉和李大夫同吕評事太行苦熱行兼寄院中諸公仍呈王員外

獨孤及有《奉和李大夫同吕評事太行苦熱行兼寄院中諸公》詩（《全唐詩》卷二四六）。李大夫，當爲李峘。《舊唐書·李峘傳》：「乾元初，兼御史大夫，持節都統淮南、江南、江西節度、宣慰、觀察、處置等使。」據梁肅《獨孤公行狀》（《全唐文》卷五二二），及於上元初入李峘幕府，爲掌書記。而及詩云：「況有阮元瑜，翩翩秉書札。起予歌赤坂，永好踰白雪。誰念剖竹人，無因執羈紲。」則此時尚未入幕。乾元二年劉長卿已謫往江西，故知二人和詩當作於乾元元年。王員外，名不詳。獨孤及有《雨晴後陪王員外泛後湖得溪字》詩（《全唐詩》卷二四六），劉長卿亦有《泛曲阿後湖簡同遊諸公》詩（見前），當即此人。吕評事，疑爲吕渭：吕渭嘗爲評事，見顔真卿《湖州烏程縣杼山妙喜寺碑銘》（《全唐文》卷三三九）。又按曹操《苦寒行》云：「北上太行山，艱哉何崔嵬。」吕評事原唱當仿此而反其意。

迢遞太行路①，自古稱險惡〔一〕。千騎嚴欲前②，羣峰望如削。火雲從中出〔二〕③，仰視飛鳥落〔三〕。汗馬卧高原，危旌倚長薄〔四〕。清風何不至④，赤日何煎鑠⑤。石枯山木燋⑥，鱗窮水泉涸。九重今旰食〔五〕，萬里傳明略。諸將候軒車，元凶愁鼎鑊〔六〕。何勞短兵接〔七〕，自有長纓縛〔八〕。通越事豈難〔九〕，渡瀘功未博〔一〇〕。朝辭羊腸阪〔一一〕，夕望貝丘郭〔一二〕。漳水斜繞營〔一三〕，恒山遥入幕〔一四〕⑦。

〔一〕《史記·酈食其傳》：「今已據敖倉之粟，塞成皋之險，守白馬之津，杜太行之阪，距蜚狐之口，天下後服者先亡矣。」

〔二〕火雲，盧思道《納涼賦》：「火雲赫而四舉。」

〔三〕《後漢書·馬援傳》：「仰視飛鳶，跕跕墮水中。」

〔四〕長薄，陸機《挽歌》：「按轡遵長薄。」李周翰注：「草木叢生曰薄。」

〔五〕九重，屈原《天問》：「圜則九重，孰營度之？」此以天喻君主。旰食，《左傳》昭二十年：「（伍）奢聞員不來，曰：『楚君大夫其旰食乎？』」《注》：「將有吴憂，不得早食。」

〔六〕鼎鑊，用以烹人。《漢書·酈食其傳贊》：「酈生自匿監門，待主然後出，猶不免鼎鑊。」

〔七〕短兵接，《九歌·國殤》：「操吴戈兮被犀甲，車錯轂兮短兵接。」

〔八〕長纓，《漢書·終軍傳》：「南越與漢和親，迺遣軍使南越，説其王，欲令入朝，比内諸侯。軍自請願受長纓，必羈南越王而致之闕下。軍遂往説越王，越王聽許，請舉國内屬。天子大説。」

〔九〕通越，《後漢書·馬援傳》：援率兵擊越，「緣海而進，隨山刊道千餘里」，成功而返。

〔一〇〕渡瀘，《三國志·諸葛亮傳》：「五月渡瀘，深入不毛。」

〔一一〕羊腸阪，《太平寰宇記》卷四五「潞州壺關縣」：「羊腸阪在縣東一百六里。」近處有曹公壘，「曹公攻高幹所築。」曹操《苦寒行》：「羊腸坂詰屈，車輪爲之摧。」

〔一二〕貝丘，《左傳》莊八年：「齊侯游於姑棼，遂田於貝丘。」《水經注》：「博昌縣，近繩水，有地名貝丘，在齊西北四十里。」

〔一三〕漳水，《史記・高祖紀》：十年，趙相陳豨反代地，「上自東往擊之，至邯鄲，上喜曰：『豨不南據邯鄲而阻漳水，吾知其無能爲也。』」按漳水源出太行，流入河北。

〔一四〕恒山，《書・禹貢》：「太行恒山，至於碣石，入於海。」

永懷姑蘇下〔一五〕，遥寄建安作〔一六〕。白雪和難成〔一七〕，滄波意空託。陳琳書記好〔一八〕⑧，王粲從軍樂〔一九〕。早晚歸漢廷，隨公上麟閣〔二〇〕⑨。

〔一五〕姑蘇，謂蘇州。《太平寰宇記》卷九一「蘇州吴縣」：「姑蘇山，一名姑胥山，縣西三十五里，連横山之北。《越絶書》云：『吴地胥門外有九曲路，闔閭造以遊姑胥之臺，望湖中，窺百姓。』」

〔一六〕建安作，《宋書・謝靈運傳論》：「至於建安，曹氏基命。三祖陳王，咸蓄盛藻。甫乃以情緯文，以文被質。」高適《淇上酬薛三據》詩：「隱軫經濟具，縱横建安作。」

〔一七〕白雪，宋玉《對楚王問》：「其爲《陽春白雪》，國中屬而和者不過數人而已。」

〔一八〕陳琳，《三國志・王粲傳》：「廣陵陳琳字孔璋，陳留阮瑀字元瑜」，「太祖並以琳、瑀爲司空軍謀祭酒，管記室。」「軍國書檄，多琳、瑀所作也。」按此以喻吕評事。

〔一九〕王粲，《三國志・王粲傳》：「粲字仲宣，山陽高平人也。」「建安二十一年，從征吴。」按此當謂王員外。

〔二〇〕麟閣，《漢書・蘇武傳》：甘露三年，「上思股肱之美，迺圖畫其人於麒麟閣，法其形貌，署其官爵姓名。」

校記：

①迢遞，《文苑英華》作「迢迢」。

②嚴，《文苑英華》、《全唐詩》作「儼」。
③出，《文苑英華》作「起」。
④何，《全唐詩》作「竟」。
⑤何煎鑠，《全唐詩》作「方煎鑠」。
⑥祐，《文苑英華》作「露」。
⑦恒，底本作「常」，當因所據之南宋本避欽宗諱故，今據《文苑英華》改。
⑧好，盧文弨本作「悦」，何校云：「悦字疑。」《四庫全書》本作「説」。
⑨公，《全唐詩》注：「一作君。」

奉和李大夫同呂評事太行苦熱行兼寄院中諸公〔附〕

獨孤及

此詩據《全唐詩》卷二四六過録。

驅馬上太行，修途亘遼碣〔一〕。王程無留駕，日昃未遑歇。請問此何時，恢台朱明月〔二〕。長蛇稽天討〔三〕，上將方北伐。明主命使臣，皇華得時傑〔四〕。已忘羊腸險，豈憚溼風熱①。

〔一〕遼碣，遼河、碣石山。唐太宗《遼城望月》詩：「玄菟月初明，澄輝照遼碣。」亘，連接。班固《西都賦》：「北彌明光而亘長樂。」

〔二〕恢台，宋玉《九辯》：「收恢台之孟夏兮，然欿傺而沈藏。」《楚辭補注》引黄魯直：「恢，大也。台，即胎也。言夏氣大而育物。」朱明，《爾雅·釋天》：「夏爲朱明。」《注》：「氣赤而光明。」

〔三〕長蛇，《左傳》定四年：「申包胥如秦乞師：『吴爲封豕長蛇，以荐食上國，虐始於楚。』」

〔四〕皇華，《詩·小雅》有《皇皇者華》篇，《詩序》謂爲君遣使臣之作。

搖策汗滂滄②，登岸思紆結。炎雲如煙火，磎谷將恐竭。晝景絶可畏〔五〕，涼飈何由發。山長飛鳥墮，目極行車絶。趙魏方傚擾〔六〕，安危俟明哲。歸路豈不懷，飲冰有苦節〔七〕。會同傳檄至〔八〕，疑議立談決。況有阮元瑜〔九〕，翩翩秉書札。起予歌赤坂〔一〇〕，永好踰白雪。誰念剖竹人，無因執羈紲〔一一〕。

〔五〕絶，讀若細。《楚辭·大招》：「北有寒山，逴龍絶只。」《注》：「絶，赤色無草木貌。」

〔六〕「趙魏」句，按太行戰國末嘗爲趙國地。魏安釐王二十年，秦昭王破趙長平軍，進圍邯鄲。趙求救於魏，魏王持兩端，賴信陵君竊符將兵救趙。事見《史記·信陵君傳》。傚擾，擾亂。

〔七〕飲冰，《莊子·人間世》：「今吾朝受命而夕飲冰，我其内熱與？」後以喻惶恐憂心。宋之問《送姚侍御出使江東》詩：「飲冰朝受命，衣錦晝還鄉。」

〔八〕會同，《詩·小雅·車攻》：「赤芾金舄，會同有繹。」《傳》：「時見曰會，殷見曰同。繹，陳也。」後泛指朝會。

〔九〕阮元瑜，阮瑀字元瑜。見上詩注。

〔一〇〕赤坂，《漢書·西域傳》：「又歷大頭痛、小頭痛之山，赤土身熱之坂，令人身熱無色，頭痛嘔吐，驢畜盡然。」鮑照《苦熱行》：「赤坂横西阻。」

〔二〕按此謂己無緣入幕。時獨孤及丁憂居喪。

校　記：

①溼，一作「温」。

②滄，一作「沱」。

寄萬州崔使君令欽

崔令欽，《全唐文》卷三九六《小傳》云：「令欽，開元時官著作佐郎，歷左金吾衛倉曹參軍，肅宗朝遷倉部郎中。」李華《潤州天鄉寺故大德雲禪師碑》（《全唐文》卷三二〇）：「乾元初，奏請天下一十五寺，長講戒律，天鄉即其一焉。爾後率同心願善繕理，禮部員外郎崔令欽常爲丹徒，宗仰不怠。」令欽當由丹徒令遷萬州刺史，秩滿，始歸朝爲倉中。按《新唐書·地理志》四，山南東道「萬州南浦郡，下。」郎中不當出刺下州也。自乾元元年至肅宗崩，首尾不足五年。計其升遷之序，由丹徒令擢萬州刺史，當在乾元元年。長卿詩云：「時艱方用武，儒者任浮沉。」與乾元初情事亦合。

時艱方用武，儒者任浮沉。摇落秋江暮，憐君巴峽深〔一〕。丘門多白首〔二〕①，蜀郡滿青襟〔三〕。自解書生詠，愁猿莫夜吟。

〔一〕巴峽，三峽古亦稱巴峽。萬州（治所在今四川省萬縣）在三峽西。

〔二〕丘門，仲尼門下，謂儒生。

〔三〕青襟，同青衿。《詩·鄭風·子衿》：「青青子衿，悠悠我心。」《毛傳》：「青衿，青領也，學子之所服。」

校記：

①丘，底本作「立」，據殘宋本改。

禪智寺上方懷演和尚寺即和尚所創①

演和尚，崔峒有《宿禪智寺上方演大師院》詩（《全唐詩》卷二九四）。崔峒乾元、上元中在揚州，當爲同一人。長卿另有《登東海龍興寺高頂望海簡演公》詩。此詩云：「飛錫今何在？蒼生待發蒙。白雲翻送客，庭樹自辭風。」秋日造訪，未遇。又云：「捨筏追開士，迴舟狎釣翁。平生江海意，惟共白鷗同。」似已去職。故疑長卿乾元元年（七五八）歸潤州後，秋冬之際嘗至揚州。禪智寺，《太平寰宇記》卷一二三「揚州江都縣」：「蜀岡，《圖經》云：『今枕禪智寺，即隋之故宮。』」《嘉靖惟揚志》卷三八：「上方禪智寺，在縣東大儀鄉，一名竹西寺。隋大業年間建，洪武十三年僧道清重建。蜀井在內。本隋故宮，唐羅隱詩『野樹連天水接空，幾年行樂舊隋宮』是也。」按長卿詩云：「買園隋苑下，持鉢楚城中。」謂寺爲演和尚所創。

絶巘東林寺〔一〕，高僧惠遠公〔二〕②。買園隋苑下〔三〕，持鉢楚城中〔四〕③。斗極千燈近〔五〕，煙波萬井通〔六〕。遠山低月殿，寒木露花宮〔七〕。紺宇焚香凈〔八〕④，滄洲罷霧空〔九〕⑤。

雁來秋色裏，曙起早潮東。飛錫今何在〔一〇〕，蒼生待發蒙〔一一〕。白雲翻送客⑥，庭樹自辭風⑦。捨筏追開士〔一二〕，迴舟狎釣翁。平生江海意，惟共白鷗同。

〔一〕絶巘，巘，山峯。絶巘謂極高峻之山峯。張協《七命》：「於是登絶巘，遡長風。」東林寺，在廬山，慧遠所居。此以喻禪智寺。

〔二〕惠遠，即慧遠，東晉雁門樓煩人。太元九年入廬山，在山中三十餘年。浄土宗尊爲初祖。此以喻演和尚。

〔三〕隋苑，見題注。

〔四〕持鉢句，謂化緣。孫逖《送新羅法師還國》詩：「持鉢何年至？傳燈是日歸。」楚城，按揚州等地嘗爲楚地。

〔五〕斗極，北斗、南極。《孝經援神契》：「德及于天，則斗極明，日月光，甘露降。」千燈，《南史·梁武帝紀》：「沙門智泉，鐵鈎掛體，以然千燈，一日一夜，端坐不動。」此謂寺中燈燭之盛。

〔六〕萬井，見《送崔處士先適越》詩注。按上句言寺之高，應「絶巘」。此句言地鄰州城，應「隋苑」、「楚城」。

〔七〕花宮，謂佛殿。李頎《宿瑩公房聞梵》：「花宮仙梵遠微微，月隱高城宮漏稀。」

〔八〕紺宇，謂佛寺。王勃《益州德陽縣善寂寺碑》：「朱軒夕朗，似遊明月之宮；紺宇晨融，若對流霞之闕。」

〔九〕罷霧，霧靄消散。賀知章《採蓮樂府》：「稽山罷霧鬱嵯峨，鏡水無風也自波。」

〔一〇〕飛錫，錫謂禪杖。孫綽《天台山賦》：「應真飛錫而凌虚。」

〔一一〕發蒙，《漢書·汲黯傳》：「淮南王憚黯，曰：『黯好直諫，守節死義，至説公孫弘等如發蒙耳。』」《注》：「如發去物上之蒙。」

〔一二〕筏，連綴竹木以浮水之具。捨筏登陸，猶云改弦易轍也。開士，謂高僧。

校記：

①演和尚，殘宋本作「演和上人」。
②惠遠，底本作「會遠」，據殘宋本、《文苑英華》改。
③持，殘宋本作「捧」。
④焚，《文苑英華》作「燒」。
⑤罷，底本作「擺」，此從《文苑英華》。
⑥翻，《文苑英華》作「飛」。
⑦庭樹，《文苑英華》作「黄葉」。

送王員外歸朝

王員外，名未詳。至德中在潤州，與獨孤及、劉長卿等人遊。長卿有《泛曲阿後湖簡同遊諸公》詩，獨孤及有《雨晴後陪王員外泛後湖》詩。又，長卿之《奉和李大夫同吕評事太行苦熱行兼寄院中諸公仍呈王員外》詩作於乾元元年，王員外之歸朝當在乾元二年春。長卿初貶江西亦在是年也。

往來無盡日①，離别要逢春。海内罹多事〔一〕，天涯見近臣。芳時萬里客，鄉路獨歸人。魏闕心常在，隨君亦向秦。

〔一〕多事，《史記·秦始皇紀》：「天下多事，吏勿能紀。」此謂禄山之亂。

校記：

①盡日，底本作「盡目」，盧文弨本按語：「目字疑。」「今本作日。」今從之。

奉餞鄭中丞罷浙西節度還京

鄭中丞，當爲鄭炅之。顧況《蘇州乾元寺碑》（《全唐文》卷五三〇）：「僧法詢與和合衆法藏造乾元寺者，晉高士戴逵子禺之宅也。乾元初，節度使鄭炅之奏立，觀察李涵、李道昌皆有力。」獨孤及《唐故河南府法曹參軍張公墓表》（《全唐文》卷三九三）：「有唐逸士吴郡張從師」，「乾元初拜監察御史。御史中丞鄭炅之擁旄濟江，辟爲從事。」據此知鄭炅之嘗爲浙西節度使，兼御史中丞。又按《舊唐書·肅宗紀》：乾元元年十二月「甲辰，以昇州刺史韋黄裳爲蘇州刺史、浙西節度使」。炅之爲韋黄裳所代，當已至乾元二年春。長卿詩卽作於春日。是知乾元二年（七五九）春，長卿在蘇州。

天上移將星，元戎罷龍節〔一〕。三軍含怨慕〔二〕，横吹聲斷絶。五馬嘶城隅，萬人卧車轍〔三〕。滄洲浮雲暮，杳杳去帆發〔四〕。回首不問家，歸心遥向闕。煙波限吴楚，日夕事淮越。弔影失所依〔五〕，側身隨下列〔六〕。孤蓬飛不定，長劍光未滅〔七〕。緑綺爲誰彈〔八〕，緑芳堪自擷①。悵然江南春，獨此湖上月。千里懷去思，百憂變華髮〔九〕。頌聲滿江海，今古流不竭。

〔一〕龍節，《周禮・掌節》：「凡邦國之使節，山國用虎節，土國用人節，澤國用龍節，皆金也。」

〔二〕怨慕，怨恨思慕。陸機《贈從兄車騎》詩：「感彼歸塗艱，使我怨慕深。」

〔三〕卧轍：《後漢書・侯霸傳》：「更始元年，遣使徵霸，百姓老弱相攜號哭，遮使者車，或當道而卧，皆曰：『願乞侯君復留期年。』」

〔四〕杳杳，幽遠貌。劉向《九歎・遠逝》：「日杳杳以西頽兮，路長遠而窘迫。」

〔五〕弔影，言孤獨。謝朓《拜中軍記室辭隋王牋》：「輕舟反溯，弔影獨留。」

〔六〕側身，言戒慎局促。《後漢書・馬援傳》引《與隗囂書》：「更欲低頭與小兒曹共槽櫪而食，併局側身於怨家之朝乎？」

〔七〕長劍，《大言賦》：「長劍耿耿倚天外。」

〔八〕緑綺，傅玄《琴賦序》：「楚莊王有鳴琴曰繞梁，司馬相如有琴曰緑綺，蔡邕有琴曰焦尾，皆名器也。」

〔九〕百憂，任昉《答到建安餉杖》詩：「獻君千里笑，紓我百憂嚬。」華髮，花白髮。《墨子・修身》：「華髮隳顛而猶弗舍者，其唯聖人乎？」

校記：

①堪自，殘宋本作「自堪」。

謫官後卻歸故村將過虎丘悵然有作①

按獨孤及《送長洲劉少府貶南巴使牒留洪州序》云：「會同譴有叩閽者，天子命憲府雜鞫，且廷辨其濫，故有後命，俾除館豫章，俟條奏也。」虎丘，《太平寰宇記》卷九一「蘇州吴縣」：「虎丘山，在縣西北九里。《吴越春秋》：『闔閭葬於國西北，積壤爲丘，撻土爲墳，臨湖以葬。三日，金精上揚，爲白虎據墳，故曰虎丘山。』」按詩意，長卿爲長洲尉時，嘗有故居在虎丘。

萬事依然在，無如歲月何。邑人憐白髮，庭樹長新柯。故老相逢少，同官不見多。唯餘舊山路〔一〕，惆悵枉帆過。

〔一〕舊山，謂故居。謝靈運《過始寧墅》詩：「剖竹守滄海，掛帆過舊山。」

校記：

①村，活字本、席啓寓本作「林」，又，盧文弨本校語：「今本林。」

送裴郎中貶吉州

《新唐書·地理志》五「江南西道」：「吉州廬陵郡，上。」治所在今江西吉安。按詩意，裴郎中嘗陷賊中，因此而貶。《通鑑》至德二載十一月，諸陷賊官「以六等定罪，重者刑之於市，次賜自盡，次重杖一百，次三等流、貶。」又《舊唐書·肅宗紀》：乾元元年二月「丁未，御明鳳門，大赦天下」。「陷賊官先推鞫者，例減罪一等」。又按時長卿已議貶南巴，牒留洪州，則此詩當作於乾元二年（七五九）。

亂軍交白刃，一騎出黄塵。漢節同歸闕〔一〕，江帆共逐臣。猿愁岐路晚，梅作異方春。知己鄧侯在〔二〕，應憐脱粟人〔三〕。

〔一〕漢節，《漢書·張騫傳》：「匈奴留騫十餘歲，予妻有子，然騫持漢節不失。」王褒《贈周處士》詩：「猶持漢使節，尚服楚臣冠。」

〔二〕酇侯，《史記·蕭相國世家》：「漢五年，既殺項羽，定天下，論功行封。羣臣爭功，歲餘功不決。高祖以蕭何功最盛，封爲酇侯。」

〔三〕脱粟，《史記·平津侯傳》：「弘爲人意忌，外寬内深。食一肉脱粟之飯。故人所善，賓客仰衣食，弘奉禄皆以給之，家無所餘。」《注》：「脱粟，纔脱穀而已。」二句意謂宰相當念及共食脱粟飯之人。裴郎中蓋與時相有舊。

《唐音》張震注引詩評曰：「送别之詩，只此足矣。」

重送裴郎中貶吉州

與上詩同時。

猿啼客散暮江頭，人自傷心水自流。同作逐臣君更遠〔一〕，青山萬里一孤舟。

〔一〕按吉州猶在洪州之南。

赴南巴書情寄故人

《新唐書·地理志》七上「潘州南潘郡」：縣三：「南巴，下。本隸高州，武德五年置，永徽元年來屬。」《太平寰宇記》卷一六一「高州茂名縣」：「廢潘州，本南潘郡，治茂名縣。秦屬象郡，二漢屬合浦郡。」按南巴後併入茂名縣。其地瀕海，在今廣東省電白縣東。此詩行前作，時在乾元二年（七五九）春。

南過三湘去〔一〕，巴人此路偏。謫居秋瘴裏〔二〕，歸處夕陽邊。直道天何在，愁容鏡亦憐。裁書欲誰訴，無淚可潸然①。

〔一〕三湘，《太平寰宇記》以湘潭、湘鄉、湘源爲三湘。《湘中記》：「湘水至清，深五六丈，下見底了了，石子如樗蒲，白沙如雪霜，赤岸如朝霞。湖嶺之間，湘水貫之。凡水皆會焉，無出湘之右者。與瀟水合則曰瀟湘，與蒸水合則曰蒸湘，與沅水合則曰沅湘，故謂之三湘。」

〔二〕秋瘴，瘴，山林間濕熱蒸發致人疾病之氣，秋日爲盛。張九齡《夏日奉使南海》詩：「秋瘴寧我毒？夏水胡不夷？」

校　記：

①按後四句與《非所留繫寄張十四》同，唯「裁詩欲誰訴」，前詩作「因詩欲自訴」。

佚　題①〔附〕　　包佶

按此詩《全唐詩》失收，童養年《全唐詩續補遺》卷四據《萬首唐人絶句補》卷二七録入，據以過録。按詩意，當作於長卿初貶南巴時。獨孤及《送長洲劉少府貶南巴使牒留洪州序》（《全唐文》卷三八七）云：「但春水方生，孤舟鳥逝，青山芳草，奈遠别何！同乎道者，盍偕賦詩，以貺吾子。」佶詩當即其一。

一片孤帆無四鄰，北風吹過五湖濱。相看盡是江南客，獨有君爲嶺外人。

校記：

①原題作《嶺下卧疾寄劉長卿員外》，按此爲大曆十二年貶官時寄劉之作。當爲詩題已佚，涉此誤加。

聽笛歌 留别鄭協律

協律，《新唐書·百官志》三：太常寺有「協律郎二人，正八品上，掌和律吕」。長卿另有《逢郴州使因寄鄭協律》詩，知此人嘗謫郴州。此詩當爲乾元二年（七五九）春吴中留别之作。

舊遊憐我長沙謫〔一〕，載酒沙頭送遷客。天涯望月自霑衣，江上何人復吹笛。横笛能令孤客愁，渌波淡淡如不流。商聲寥亮羽聲苦〔二〕，江天寂歷江楓秋〔三〕。静聽關山聞一叫〔四〕，三湘月色悲猿嘯。又吹楊柳激繁音〔五〕，千里春色傷人心〔六〕。隨風飄向何處落，唯見曲盡平湖深。明發與君離别後〔七〕，馬上一聲堪白首〔八〕。

〔一〕長沙謫，《史記·賈誼傳》：「天子議以爲賈生任公卿之位，絳、灌、東陽侯、馮敬之屬盡害之，乃短賈生曰：『雒陽之人，年少初學，專欲擅權，紛亂諸事。』於是天子後亦疏之，不用其議，乃以賈生爲長沙王太傅。」

〔二〕商聲，《荀子·王制》「商歌」注：「商，哀思之音。」阮籍《詠懷》之十：「素質遊商聲，淒愴傷我心。」羽聲，《戰國策·燕策》：「復爲慷慨羽聲。」《説文》：「羽，北方水音也。」

〔三〕寂歷，寂静。江淹《雜體詩·王徵君微》：「寂歷百草晦，欻吸鵾雞悲。」

〔四〕關山，樂府横吹曲有《關山月》。
〔五〕楊柳，樂府横吹曲有《折楊柳》。
〔六〕宋玉《九辯》：「目極千里兮傷春心。」
〔七〕明發，明晨。《詩集傳》：「將旦而光明開發也。」
〔八〕馬上，陳後主《昭君怨》：「只餘馬上曲，猶作舊時聲。」

范晞文《對床夜語》：「『横笛能留孤客愁，渌波淡淡如不流。商聲寥亮羽聲苦，江天寂歷江楓秋。』如此等作，尤不可以五言掩其美。」陸時雍《詩鏡》：「歷落如語。」唐汝詢《唐詩解》：「按文房嘗貶南巴尉，協律祖之，因聞笛而歌以留别也。言君飲我以酒，而當月明之夜，望之足以霑衣，況又聞此笛聲乎？愈添孤客之愁也。且其聲始發，水爲之不流；尋則調諧商羽，而秋聲爲之凛烈也。於是關山奏而哀猿鳴，楊柳激而春色動，曲之入神如此！吾不知聲之所爲，惟見曲盡而湖深者，若有以收其響也。以揮觴之際，聞之已不勝悲，況别後於馬上聽之乎？是足令人白首矣。」喬億《大歷詩略》：「音韻悲涼，尤妙於短歌。中寫得繁會叢雜，如聞入破。」

留題李明府霅溪水堂

霅溪，《太平寰宇記》卷九四「湖州烏程縣」：「霅溪，在縣東南一里，凡四水合爲一溪。」「顧長生《三吴土地》云：『有霅溪，水至深。昔徐陵《孝義碑》云：清霅瀰瀰，深窮地根。按字書云：霅者，四水激射之聲也。」」皎然有《烏程李明府水堂同盧使君幼平送奘上人遊五臺》詩（《全唐詩》卷八一九），所指亦爲此堂。此詩當爲長卿初貶南巴途出湖州時作。

寥寥此堂上①，幽意復誰論②。落日無王事〔一〕，青山在縣門。雲峰向高枕③，漁釣入前軒。晚竹疏簾影④，春苔雙履痕⑤。荷香隨坐卧，湖色映晨昏。虛牖閒生白〔二〕，鳴琴静對言。暮禽飛上下，春水帶清渾⑥。遠岸誰家柳，孤煙何處村⑦。謫居投瘴癘，離思過湘沅〔三〕。從此扁舟去〔四〕，誰堪江浦猿。

〔一〕王事，公務。《詩・小雅・北山》：「王事鞅掌。」

〔二〕虛白，《莊子・人間世》：「虛室生白，吉祥止止。」江總《借劉太常説文》詩：「幽居服藥餌，山意生虛白。」

〔三〕湘沅，湘水、沅水。南巴猶在湘沅之外，故云。

〔四〕扁舟，《吳越春秋》：「范蠡乃乘扁舟，出三江，入五湖，人莫知其所適。」

《詩歸》鍾惺曰：「文房五言妙手，樸中帶峭，便開中晚諸路。至排律深老博大，其氣骨則漸向上去矣。」唐汝詢《唐詩解》：「此美明府政治之清逸。蓋文房謫宦南巴，道經霅而有是作也。言此堂幽意頗多，難以具述。正以地連山水，政託鳴琴，故花竹幽琴，互相旋繞，村煙岸柳，極目蒼然，官舍之幽至矣。我乃舍此而就瘴癘之居，既喞思而過湘沅矣，又豈堪此江上猿聲乎？」喬億《大曆詩略》：「此詩蓋深羨李在官閒逸，日領溪堂勝景。遷客過此，殆不可爲懷矣。」

校記：

①寥寥，底本注：「一作寂寂。」
②復誰論，《文苑英華》、《唐詩品彙》作「獨難論」。
③峰，盧文弨本校語：「近本作帆，似得之。」
④晚竹，《文苑英華》、《唐詩品彙》作「竹動」。
⑤春苔，《文苑英華》、《唐詩品彙》作「苔生」。
⑥水，《唐詩品彙》作「草」。又，盧文弨本校語：「嚴抄水一作草。」
⑦孤，《文苑英華》作「流」。

尋常山南溪道人隱居①

常山，《元和郡縣圖志》卷二六「衢州」：「常山縣，上，東至州八十里。」「咸亨五年，於今縣東置常山縣，因縣南有常山爲名。廣德二年，本道使薛兼訓奏移此於舊縣西四十里，即今縣是也。」按李翱《來南録》（《全唐文》卷六三八）云：二月「丙申，七里灘至睦州」。「辛丑，至衢州」。三月「丙戌，去衢州。戊子，自常山上嶺至玉山。庚寅，至信州」。「丙申，上於（干）越亭。己亥，直渡擔石湖。辛丑，至洪州」。長卿自江左赴洪州，所取亦爲此途，故得行經常山。詩即作於貶謫途中。道人，即僧人。《智度論》：「得道者名曰道人。」故尾聯云：「溪花與禪意，相對亦忘言。」作道士者誤。

一路經行處〔一〕，莓苔見履痕②。白雲依靜者③，春草閉閒門④。過雨看松色，隨山到水源。

溪花與禪意，相對亦忘言〔二〕。

〔一〕經行，《法華經》：「經行林中，勤求佛道。」《釋氏要覽》：「經行慈恩。」《解》：「西域地濕，疊磚爲道，于中往來，如布之經，故曰經行。」

〔二〕忘言，心領神會之謂。《莊子·外物》：「言者所以在意，得意而忘言。」陶淵明《飲酒》：「此中有真意，欲辯已忘言。」

陸時雍《詩鏡》：「幽色滿抱。」唐汝詢《唐詩解》：「觀苔間履痕，而知經行者稀。觀停雲幽草，而知所居之僻。過雨看松，新而且潔。隨山尋源，趣不外求。惟其深悟禪意，故對花而忘言也。」喬億《大曆詩略》：「一片清機。起言自見經行履痕，則一路無人踪也。三四寫南溪隱居，而道人之風標在望。五六抱首句。結處拈花微喻，不沾身説法，尤超。」王壽昌《小清華園詩談》：「結句貴有味外之味，絃外之音。」「隨州之『溪花與禪意，相對亦忘言。』是也。」

校　記：

①底本作「尋南溪常山道人隱居」，此從《文苑英華》。

②莓，底本注：「一作蒼。」

③者，《全唐詩》作「渚」。盧文弨本校語：「者，近本作渚，不通。」

④春，《全唐詩》注：「一作芳。」

負謫後登干越亭作①

《太平寰宇記》卷一〇七「饒州餘干縣」:「干越亭,《越絶書》云:『餘,大越故界。』即謂干越也。在縣東南三十步,屹然孤挺,古之遊者,多留題章句焉。」《唐詩品彙》引楊文公《説苑》云:「咸平初,罷處州,赴闕,道經餘干,登干越亭。前瞰琵琶洲,後枕思禪寺,林麓森鬱,天下之絶境。古今留題者百餘篇,而劉此篇絶唱也。」

天南愁望絶②,亭上柳條新。落日獨歸鳥,孤舟何處人。生涯投越徼〔一〕③,世業陷胡塵④。杳杳鍾陵暮〔二〕,悠悠鄱水春〔三〕⑤。秦臺悲白首〔四〕⑥,楚澤怨青蘋〔五〕⑦。草色迷征路⑧,鶯聲傷逐臣⑨。獨醒空取笑〔六〕⑩,直道不容身〔七〕。得罪風霜苦,全生天地仁。青山數行淚,滄海一窮鱗〔八〕。牢落機心盡〔九〕⑪,惟憐鷗鳥親⑫。

〔一〕越徼,謂百越南界。潘州南巴縣在古百越之南鄙。徼,邊界。《史記·司馬相如傳》:「南至牂柯爲徼。」

〔二〕鍾陵,洪州别稱。《太平寰宇記》卷一〇六「洪州豫章郡」:武德四年,「分豫章置鍾陵縣」。又,「南昌縣」:「唐寶應元年六月,改爲鍾陵縣,因山爲名。」

〔三〕鄱水,一名鄱江。《太平寰宇記》卷一〇七「饒州鄱陽縣」:鄱江水,「經郡城南,東過都昌縣,入彭蠡湖」。

〔四〕秦臺,鄒陽書云:「秦倚曲臺之宫,懸衡天下,而得其平。」見《至德三年春聞王師收復二京》詩注。按獨孤及《送長洲劉少府貶南巴使牒留洪州序》云:「會同譴有叩閽者,天子命憲府雜鞫,且廷辨其濫,故有後命,俾除館豫章，俟條奏也。」然則秦臺當謂御史臺也。

〔五〕楚澤，《史記・屈原傳》：「屈原至於江濱，被髮行吟澤畔，顏色憔悴，形容枯槁。」青蘋，宋玉《風賦》：「夫風生於地，起於青蘋之末。」

〔六〕獨醒，《史記・屈原傳》：「漁父見而問之曰：『子非三閭大夫歟？何故而至此？』屈原曰：『舉世混濁而我獨清，衆人皆醉而我獨醒，是以見放。』」

〔七〕直道，見《非所留繫寄張十四》詩注。

〔八〕滄海，言其大，鱗而云窮，謂茫然失措，未知所適也。

〔九〕牢落，無所依託貌。陸機《文賦》：「心牢落而無偶，意徘徊而不能揥。」機心，謂留意世務之心。《莊子・天地》：「機心存於胸中則純白不備。」

高仲武《中興間氣集》：「其『得罪風霜苦，全生天地仁』，可謂傷而不怨，亦足以發揮風雅矣。」方回《瀛奎律髓》：「此詩所賦四聯可賞，而『得罪風霜苦，全生天地仁』尤佳。長卿詩謂之五言長城，世稱劉隨州。然不及老杜處，以時有偏枯。」喬億《大曆詩略》：「十韻中聲淚俱下。文房詩之深悲極怨，無逾於此者，真絶唱也。」沈德潛《唐詩別裁》：「『落日獨歸鳥，孤舟何處人？』言鳥歸故處，人滯孤舟。作感興語看，愈有味。」

校記：

①《中興間氣集》、《瀛奎律髓》作「謫至干越亭作」，《文苑英華》作「題干越亭」。又，底本注：「又作十六句。」無「秦臺悲白首」以下四句。

②天南，《全唐詩》注：「一作南天。」
③越，《中興間氣集》、《文苑英華》作「嶺」。
④胡，《中興間氣集》、《文苑英華》作「邊」。
⑤二句《中興間氣集》作「江入千峯暮，花迎百越春」。又，《文苑英華》「花迎」作「花連」。
⑥悲，《中興間氣集》、《文苑英華》作「憐」。
⑦澤，《中興間氣集》、《文苑英華》作「水」。
⑧迷，《中興間氣集》、《文苑英華》作「無」。
⑨傷，《中興間氣集》、《文苑英華》作「傍」。
⑩空取笑，《中興間氣集》、《瀛奎律髓》、《唐詩品彙》作「翻引笑」，《文苑英華》作「翻取笑」。
⑪此句《文苑英華》作「流落誰相識」。
⑫惟憐，《中興間氣集》作「空憐」，《文苑英華》作「空將」，《瀛奎律髓》作「惟應」。鷗鳥，《文苑英華》作「鷗鷺」。

同姜濬題裴式微餘干東齋①

餘干，饒州屬縣。裴式微，《新唐書·宰相世系表》一上「西眷裴」：「式微，大理司直。」詩春日作，當在乾元二年（七五九）春初貶時。

世事終成夢，生涯欲半過②。白雲心已矣〔一〕，滄海意如何。藜杖全吾道〔二〕，榴花養太和〔三〕。春風騎馬醉，江月釣魚歌。散帙看蟲蠹，開門見雀羅〔四〕③。遠山終日在，芳草傍人多。吏體莊生傲〔五〕，方言楚俗譌。屈平君莫弔〔六〕，腸斷洞庭波④。

〔一〕白雲心，學道之心。《莊子・天地》：「華封人曰：乘彼白雲，至於帝鄉。」

〔二〕藜杖，以藜爲杖。《韓詩外傳》：「原憲楮冠藜杖而應門，正冠則纓絶，振襟則肘見，納履則踵決。」意謂窮居安貧。

〔三〕榴花，謂酒。李嶠《甘露殿侍宴》詩：「御筵陳桂醑，天酒酌榴花。」太和，元氣。《易・乾》：「各正性命，保合太和，乃利貞。」嵇康《答難養生論》：「以太和爲至樂，則榮華不足顧也；以恬澹爲至味，則酒色不足欽也。」

〔四〕雀羅，捕雀之網。《史記・汲鄭列傳》：「始翟公爲廷尉，賓客闐門；及廢，門外可設雀羅。」

〔五〕《莊子・漁父》：「萬乘之主，千乘之君，見夫子未嘗不分庭伉禮，夫子猶有倨傲之容。」按莊周嘗爲漆園吏。

〔六〕《史記・屈賈列傳》：「自屈原沈汨羅後百有餘年，漢有賈生，爲長沙王太傅，過湘水，投書以弔屈原。」

校　記：

①《新撰類林抄》作「同姜氾水題裴司馬東齋」。

②二句《新撰類林抄》作「不記鄱陽郡，俱因謫官過。」

③門，《衆妙集》作「關」。又，此二句《新撰類林抄》作「步履侵苔癬，頃冠拂薜蘿」。

④《新撰類林抄》無「吏體」二句，「屈平」二句作「莫學靈均恨，愁竟楚水波」。

將赴南巴至餘干別李十二①

李十二，或曰即李白。李白乾元元年流夜郎，二年途中遇赦放回，或嘗至餘干。唯殘宋本作李十，疑别是一人也。此詩當作於乾元二年（七五九）。

江上花催問禮人〔一〕，鄱陽鶯報越鄉春。誰憐此别悲歡異，萬里青山送逐臣。

〔一〕問禮，《史記·老子傳》：「孔子適周，將問禮于老子。老子曰：『良賈深藏若虚，君子盛德，容貌若愚。』」

校記：

①李十二，殘宋本作「李十」。

赴南中題褚少府湖上亭子①

乾元二年（七五九）初貶時作。褚少府或爲鄱陽尉。南中蓋南巴之訛。一作李嘉祐詩，誤。

種田東郭傍春陂〔一〕，萬事無情把釣絲②。緑竹放侵行徑裏③，青山常對卷簾時。紛紛花落門空閉④，寂寂鶯啼日更遲。從此别君千萬里，白雲流水憶佳期〔二〕。

〔一〕「種田」句，《史記·蘇秦傳》：「且使我有雒陽負郭田二頃，吾豈能佩六國相印乎？」陂，池沼。《淮南子·説林》：「十頃之陂，可以灌四十頃。」

〔二〕佳期，相見之期。《九歌·湘夫人》：「登白薠兮騁望，與佳期兮夕張。」

校記：

①亭子，《文苑英華》作「林亭」。

②情把，底本注：「一作如弄。」

③裏，底本注：「一作斷。」

④落，《文苑英華》作「發」。

貶南巴至鄱陽題李嘉祐江亭①

鄱陽，饒州屬縣，州治所在。其地在餘干縣北。李嘉祐至德二年貶鄱陽令，長卿有《送李侍御貶鄱陽》詩。乾元二年（七五九），嘉祐現在任。

巴嶠南行遠〔一〕②，長江萬里隨。不才甘謫去〔二〕，流水亦何之③。地遠明君棄④，天高酷吏欺。青山獨往路，芳草未歸時。流落還相見，悲懽話所思。猜嫌傷薏苡〔三〕⑤，愁暮向江蘺〔四〕⑥。柳色迎高塢，荷衣照下帷〔五〕⑦。水雲初起重，暮鳥遠來遲。白首看長劍〔六〕⑧，滄洲寄釣絲⑨。沙鷗驚小吏，湖月上高枝⑩。稚子能吴語，新文怨楚辭〔七〕。憐君不得意，川谷自逶迤〔八〕⑪。

〔一〕嶠，《後漢書·鄭弘傳》：「弘奏開零陵、桂陽嶠道。」《注》：「嶠，嶺也。」

〔二〕不才，《左傳》成三年：「臣不才，不勝其任。」

〔三〕「猜嫌」句，《後漢書·馬援傳》：「南土薏苡實大，援欲以爲種，軍還，載之一車。時人以爲南土珍怪，權貴皆望之。及卒後，有上書譖之者，以爲前所載還，皆明珠文犀。帝益怒。」

〔四〕江蘺，香草。屈原《離騷》：「扈江蘺與辟芷兮，紉秋蘭以爲佩。」

〔五〕荷衣，隱者之服。孔稚圭《北山移文》：「焚芰製而裂荷衣，抗塵容而走俗狀。」

〔六〕長劍，《漢書・蓋寬饒傳》：「冠大冠，帶長劍，躬案行士卒廬室。」

〔七〕按嘉祐集中有《江上曲》、《夜聞江南人家賽神因題即事》等詩。後詩云：「逐客臨江空自悲，月明流水無已時。聽此迎神送神曲，攜觴欲弔屈原祠。」「新文怨楚辭」者，蓋謂此等作也。

〔八〕逶迤，亦作逶蛇，曲折宛轉。《淮南子・泰族》：「河以逶蛇故能遠，山以陵遲故能高。」

《詩歸》鍾惺曰：「『地遠明君棄，天高酷吏欺』，哀憤之音。」又曰：「調悲氣厚，不厚不悲。」

校記：

①《唐詩品彙》、《全唐詩》貶上有「初」字。又，底本注：「又作二十句。」

②此句《文苑英華》作「南出巴人嶠」。

③之，《文苑英華》作「知」。

④底本注：「一作瘴近餘生怯。」

⑤嫌，《文苑英華》作「讒」。

⑥蘺，底本作「籬」，《文苑英華》作「離」，均無義，徑改之。

⑦《文苑英華》無此一聯。

③白首，《文苑英華》作「淚盡」。

⑨滄洲，《文苑英華》作「心閒」。寄，《文苑英華》注：「集作倚。」又，「水雲」一聯，《文苑英華》移至此聯後。

⑩《文苑英華》無此二句。

⑪底本注：「一作容髮老南枝。」《文苑英華》作「客鬢老南枝」。

至饒州尋陶十七不在寄贈

乾元二年（七五九）初貶時作。

謫宦投東道〔一〕，逢君已北轅〔二〕。孤蓬向何處，五柳不開門〔三〕。去國空迴首，懷賢欲訴冤。梅枝横嶺嶠〔四〕①，竹路過湘源〔五〕。月下高秋雁，天南獨夜猿。離心與流水，萬里共朝昏。

〔一〕東道，謂東道主人。

〔二〕北轅，《申鑒·雜言》：「適楚而北轅者，曰：『吾馬良，用多，御善。』此三者益侈，其去楚亦遠矣。」二句意謂南轅北轍，未得相值。

〔三〕孤蓬自謂，五柳謂陶。

〔四〕按大庾嶺亦名梅嶺。

〔五〕按湘水流經道州、永州等處，地多斑竹，相傳爲二妃淚痕所漬。

校　記：

①横，《唐詩品彙》作「看」。

將赴嶺外留題蕭寺遠公院寺即梁朝蕭内史創

《梁書・蕭穎達傳》：「俄復爲侍中、衛尉卿，出爲信威將軍、豫章内史。」蕭寺即穎達洪州舊宅。

詩當作於乾元二年（七五九）。

竹房遥閉上方幽〔一〕，苔徑蒼蒼訪昔遊〔二〕①。内史舊山空日暮〔三〕，南朝古木向人秋。天香月色同僧室〔四〕②，葉落猿啼傍客舟③。此去播遷明主意〔五〕，白雲何事欲相留④。

〔一〕上方，方丈、住持所居。此謂遠公院。

〔二〕昔遊，曹丕《與吴質書》：「追思昔遊，猶在心目。」此謂古人所遊。

〔三〕舊山，故居。謝靈運《過始寧墅》詩：「剖竹守滄海，掛帆過舊山。」

〔四〕天香，謂桂子飄香。庾信《浮圖詩》：「天香下桂殿，仙梵入伊笙。」宋之問《靈隱寺》詩：「桂子月中落，天香雲外飄。」

〔五〕播遷，流離遷徙。《列子・湯問》：「於是岱輿、員嶠二山，流於北極，沉於大海，仙聖之播遷者巨億計。」

趙臣瑗《山滿樓箋注唐人七言律》：「天香月色，真是僧家清絶況味；葉落猿啼，真是客子苦極情懷。」唐汝詢《唐詩解》：「院在山頂竹間，最爲幽絶，此吾昔嘗遊覽者也。山空暮，孰知内史之舊居？木方秋，猶識南朝之故物。且天香月色，同一僧房；落葉啼猿，偏傷客況；今日之遊，良非昔矣。然我嶺外之行，出自上意，白雲何事而相留夫？亦憐我之非罪耶？」方東樹《昭昧詹言》：「此貶潘州時也。起先點僧院。三四切響，還蕭寺。五六寫此處景，入已將作別赴嶺外。收留題入化。因内史想南朝，因南朝即其木亦古，所謂興在象外也。」

校　記：

①苔徑，《文苑英華》作「苔蘚」。

②月，底本注：「一作夜。」同，《文苑英華》注：「一作空。」

③傍，《文苑英華》作「訪」，注：「集作送。」

④欲，《文苑英華》作「苦」。

送李校書適越謁杜中丞①

校書，《新唐書·百官志》二「祕書省」：校書郎「掌讎校典籍，刊正文章」。杜中丞，當爲杜鴻漸。獨孤及《豫章冠蓋盛集記》（《全唐文》卷三八九）云：「歲次辛丑春正月，東諸侯之師有事於淮西」，「於是户部尚書兼御史大夫李公峘至自廣陵，越州刺史兼御史中丞杜公鴻漸至自會稽」。辛丑歲爲上元二年（七六一）。據嚴耕望《唐僕尚丞郎表》，是年春，杜鴻漸即由浙東觀察使入遷爲户部侍郎。長卿詩云：「搖落行人去，雲山向越多。」作於秋日，當在上元元年（七六〇）。

江風處處盡，旦暮水空波。搖落行人去，雲山向越多②。陳蕃懸榻待〔一〕，謝客枉帆過。相見耶溪路〔二〕，逶迤入薜蘿〔三〕。

〔一〕懸榻，漢陳蕃守豫章，少所接與，特爲徐穉設一榻，去則懸之。事見《後漢書·徐穉傳》。

〔二〕耶溪，即若耶溪。《太平寰宇記》卷九六「越州會稽縣」：「若耶溪在縣東南二十八里。」「《郡國志》云：歐冶子鑄劍處有孤潭而深青，有孤石聳出潭上，有大櫟樹。客兒與弟惠連作詩連句，刻于樹上。唐吏部侍郎徐浩遊之云：『曾子不居勝母之閭，吾豈遊若耶之溪！』遂改爲五雲之溪。」

〔三〕薜蘿，薜荔、女蘿。

校記：

①校書，殘宋本作「祕書」。

②越，殘宋本作「楚」。

哭陳歙州①

按《太平寰宇記》卷一〇四「歙州新安郡」，歙州治歙縣（今安徽歙縣），與饒州同屬江南西道，「西北至饒州三百七十五里。」按李嘉祐有《傷歙州陳二使君》詩（《全唐詩》卷二〇七），與此詩同爲秋日作。上元中，嘉祐、長卿同在饒州。寶應元年（七六二）春，嘉祐即赴任江陰令。二人詩當作於上元元年（七六〇）或二年。又按長卿集中另有《哭陳使君》一首，實爲一詩，今删之，以異文入注。

千秋萬古葬平原②，素業清風及子孫〔一〕③。旅櫬歸程傷道路〔二〕，舉家行哭向田園。空山寂寂開新壠④，喬木蒼蒼掩舊門⑤。儒行公才竟何在〔三〕⑥，獨憐棠樹一枝存〔四〕⑦。

〔一〕素業，清素之業。《顔氏家訓·勉學》：「有志尚者，遂能磨礪，以就素業。」清風，阮籍《詠懷》：「休哉上世事，萬載垂清風。」

〔二〕旅櫬，謂客寄他鄉之棺木。《左傳》襄二年：「穆姜使擇美檟，以自爲櫬。」《疏》：「櫬，親身棺也。」

〔三〕儒行，《禮記·儒行》《注》：「名曰儒行者，以其記有道德者所行也。儒之言擾也，和也，言能安人，能服人也。」

〔四〕棠樹，《詩·召南·甘棠》：「蔽芾甘棠，勿翦勿伐，召伯所茇。」《注》：「召伯循行南國，以布文王之政，或舍甘棠之下。其後人思其德，故愛其樹而不忍傷也。」

校　記：

①陳，《文苑英華》作「李」。又，詩題一作「哭陳使君」。

②葬，一作「共」。

③素業，一作「惟有」。

④壠，《文苑英華》作「塚」。又，此句一作「寒山摇落空殘壠」。

⑤此句一作「故里疏蕪獨掩門」。

⑥在，《文苑英華》作「處」。竟何在，一作「更何用」。

⑦此句一作「故將修短問乾坤」。

傷歙州陳二使君〔附〕

李嘉祐

據《全唐詩》卷二〇七過録。

憐君辭滿卧滄洲，一旦云亡萬事休。慈母斷腸妻獨泣，寒雲慘色水空流。江村故老長懷

惠，山路孤猿亦共愁。寂寞荒墳近漁浦，野松孤月即千秋。

奉陪鄭中丞自宣州解印與諸姪宴餘干後溪①

鄭中丞，當爲鄭炅之。炅之前任浙西節度，即兼御史中丞，長卿有《奉餞鄭中丞罷浙西節度還京》詩。上元元年，炅之爲宣歙節度使。《通鑑》上元元年十二月，「(劉)展遣其將傅子昂、宗犀攻宣州，宣歙節度使鄭炅之棄城走。」《舊唐書・肅宗紀》：上元二年正月「辛卯，温州刺史季廣琛爲宣州刺史，充浙江西道節度使」。據長卿詩，知鄭炅之兵敗後即退居餘干。又按崔祐甫《廣喪朋友議》(《全唐文》卷四〇九)云：「忽憶永泰中於穆鄂州寧會客席，與故湖南觀察韋大夫之晉同宴，適值有發遠書者，知鄭郴州炅知，罷歙州濬，或以疾而殁，或遇戕於盜。」炅知當即炅之。又知鄭炅之坐貶郴州刺史，卒於永泰元年。長卿此詩當作於上元二年(七六一)春夏。

跡遠親魚鳥〔一〕②，功成厭鼓鼙③。林中阮生集〔二〕④，池上謝公題〔三〕。户牖垂藤合，藩籬插槿齊⑤。夕陽山向背，春草水東西⑥。度雨諸峯出，看花幾路迷⑦。何勞問秦漢，更入武陵溪〔四〕⑧。

〔一〕跡遠，遠離市朝之謂。

〔二〕阮生，《晉書・阮咸傳》：「咸任達不拘，與叔父籍爲竹林之遊，當世禮法者譏其所爲。」

〔三〕謝靈運有《登池上樓》詩，「池塘生春草，園柳變鳴禽」一聯，爲世所稱。按上句謂諸姪，此句謂中丞。

〔四〕陶淵明《桃花源記》謂：武陵漁人，緣溪行，得桃花源，其中之人「不知有漢，無論魏晉」云。

陸時雍《詩鏡》：「夕陽二語，簡練得佳。」

校　記：

①《中興間氣集》作「陪鄭中丞林園宴」。

②跡遠，《中興間氣集》作「心遠」。又，底本注：「一作意愜。」

③厭，《文苑英華》作「怨」。

④阮生集，《中興間氣集》作「阮家醉」，《唐詩品彙》作「阮氏集」。

⑤二句《中興間氣集》作「門徑蒼苔合，窗陰緑篠低」。又，底本注：「一作深巷行人少，閒門卧柳低。」

⑥春草，《中興間氣集》作「秋草」。

⑦二句《文苑英華》作「看竹誰家好，尋花幾路迷」。又，看花句，底本注：「一作高原幾處迷。」

⑧末四句《中興間氣集》作「舊架懸藤老，疏籬插槿齊。風煙不可到，誰羨武陵溪」。又，底本注：「風煙一作風塵。」

赴宣州使院夜宴寂上人房留辭前蘇州韋使君①

《新唐書·方鎮表》五：上元二年，「浙江西道觀察使徙治宣州，罷領昇州。」前蘇州韋使君，當爲韋之晉。獨孤及《豫章冠蓋盛集記》：「歲次辛丑春正月」，「蘇州刺史韋公之晉至自吴」。辛丑歲即上元二年。按《通鑑》，上元元年十二月，劉展陷蘇州，以其將楊持璧爲蘇州刺史。故豫章會後，之晉亦暫寓餘干，而於次年即寶應元年四月改任婺州。又按《舊唐書·肅宗紀》，上元二年春二月

「戊寅，李光弼率河陽之軍五萬，與史思明之衆戰於北邙，官軍敗績。光弼、僕固懷恩走保聞喜，魚朝恩、衛伯玉走保陜州，河陽、懷州共陷賊，京師戒嚴」。詩云「臨危欲負戈」者，蓋謂此也。詩當作於上元二年（七六一）夏秋之際。寂上人，戎昱有《寂上人禪房》詩（《全唐詩》卷二七〇），貞元中任職江西時作，當爲餘干僧人。

白雲乖始願，滄海有微波。戀舊常趨府②，臨危欲負戈〔一〕。春歸花殿暗，秋傍竹房多③。耐可機心息，其如羽檄何。

〔一〕負戈，意謂從軍。杜弢《遺應詹書》：「厠列義徒，負戈前驅，迎皇輿於閶闔，掃長蛇於荒裔。」

校記：

①底本無「房」字，據殘宋本及《文苑英華》增。

②常，底本作「爭」，此據殘宋本及《文苑英華》。

③秋，殘宋本、《文苑英華》作「寒」。

送侯中丞流康州

上元二年（七六一）作。侯中丞，侯令儀。《通鑑》上元二年六月，「江淮都統李峘畏失守之罪，歸咎於浙西節度使侯令儀。丙子，令儀坐除名，長流康州。」劉展亂時，李峘、宣歙節度使鄭炅之等均退走江西，侯令儀當亦在此。詩即作於江西。康州，《元和郡縣圖志》卷三四「嶺南道·康州」：「漢武帝平南越，置蒼梧郡，今州即蒼梧郡之端溪縣也。」其地在今廣東省德慶縣。

長江極目帶楓林〔一〕，匹馬孤雲不可尋。遷播共知臣道枉〔二〕，猜讒卻爲主恩深。轅門畫角三軍思〔三〕，驛路青山萬里心。北闕九重誰許屈〔四〕，獨看湘水淚霑襟〔五〕。

〔一〕「長江」句，《楚辭·招魂》：「湛湛江水兮上有楓。」

〔二〕遷播，遷徙播越。此謂長流。

〔三〕轅門，《史記·項羽本紀》：「項羽召見諸侯將，入轅門，無不膝行而前，莫敢仰視。」《集解》：「軍行以車爲陳，轅相向爲門，故曰轅門。」三軍，《左傳》襄十四年：「成國不過半天子之軍，周爲六軍，諸侯之大旨，三軍可也。」此泛指軍旅。

〔四〕九重，宋玉《九辯》：「豈不鬱陶而思君兮，君之門以九重。」《注》：「君門深邃，不可至也。」

〔五〕「湘水」句，按賈誼謫長沙，臨湘水。此暗用其事。

敕恩重推使牒追赴蘇州次前溪館作①

《太平寰宇記》卷九四「湖州武康縣」：「前溪，在縣西一百步。前溪者，古永安縣前之溪也。今德清縣有後溪也。邑人晉充家於此溪。樂府有《前溪曲》，則充之所製。」《浙江通志》卷一二「山川」：「前溪，弘治《湖州府志》：在武康縣南，出銅峴山，東流四十九里至武康縣前千秋橋，名前溪，一名餘英溪。按《餘英志》云：春夏之交，夾岸花開，落英滿溪故也。」李嘉祐有《題前溪館》詩（《全唐詩》卷二〇七），詩云：「兩年謫宦在江西，舉目雲山要自迷。今日始知風土異，潯陽南去鷓鴣啼。」嘉祐謫鄱陽令，其間曾歸江東，所取之道與長卿同。

漸入雲峰裏，愁看驛路閒。亂鴉投落日，疲馬向空山。且喜憐非罪〔一〕，何心戀末班〔二〕。天南一萬里，誰料得生還。

〔一〕非罪，陳琳《討曹操檄》：「故太尉楊彪，典歷三司，享國極位，操因緣睚眦，被以非罪。」

〔二〕末班，按長卿原任長洲縣尉，上縣尉從九品上，品位低微，故云末班。

校　記：

①敕恩，《全唐詩》作「恩敕」。

自江西歸至舊任官舍贈袁贊府①時經劉展平後

上元二年（七六一）秋作。《舊唐書·肅宗紀》：上元二年春正月「乙卯，平盧軍兵馬使田神功生擒劉展，揚、潤平。」是年秋，劉長卿以重推故歸至長洲。贊府，《容齋隨筆》：「唐人稱縣丞爲贊府。」袁贊府蓋爲長洲縣丞。

卻見同官喜復悲②，此生何幸有歸期③。空庭客至逢摇落④，舊邑人稀經亂離〔一〕⑤。湘路來過迴雁處〔二〕⑥，江城卧聽擣衣時⑦。南方風土勞君問⑧，賈誼長沙豈不知⑨。

〔一〕亂離，按《通鑑》，上元元年十二月，劉展部將張景超嘗進據蘇州。

〔二〕迴雁處，《太平寰宇記》卷一一四「潭州湘潭縣」：「迴雁峰，衡山之南峰也，雁到此不過而迴。」按長卿議貶南巴，命至洪州待進止，未嘗至衡湘。詩題即明言歸自江西。此所謂詩人之辭也。

校記：

①敦煌殘卷伯三八一二作「得遇入京」。
②此句敦煌卷作「萬里南來喜復悲」。
③此生，敦煌卷作「生涯」。
④客至逢摇落，敦煌卷作「葉散風摇落」。
⑤稀，敦煌卷、《文苑英華》作「疏」。
⑥此句敦煌卷作「巴路千山秋水在」。
⑦此句敦煌卷作「江花獨樹夕陽微」。
⑧此句敦煌卷作「爲君一話此中事」。
⑨此句敦煌卷作「白首長沙知不知」。

重推後卻赴嶺外待進止寄元侍郎

元侍郎，即元載。《通鑑》：上元二年建子月戊子，御史中丞元載爲户部侍郎，充勾當度支、鑄錢、鹽鐵兼江淮轉運等使。」寶應元年三月戊申，「以載同平章事」。詩當作於上元二年十一月至次年，即寶應元年三月之間。赴嶺外待進止，實爲仍赴洪州。

卻訪巴人路〔一〕，難期國士恩〔二〕。白雲從出岫〔三〕，黄葉已辭根。大造功何薄〔四〕，長年氣尚寃。空令數行淚，來往落湘沅〔五〕①。

〔一〕巴人路，謂赴南巴之路。

〔二〕國士，一國中傑出之士。《史記・豫讓傳》：「豫讓曰：『臣事范、中行氏，范、中行氏皆衆人遇我，我故衆人報之。至於智伯，國士遇我，我故國士報之。』」

〔三〕雲出岫，陶淵明《歸去來辭》：「雲無心以出岫，鳥倦飛而知還。」

〔四〕大造，《梁書・馬仙琕傳》：「蒙大造之恩，未獲上報。」此處謂造化。

〔五〕湘沅，湘水、沅水。

校記：

①底本奪「湘」字，據《全唐詩》補。

卻赴南邑留别蘇臺知己

按南邑當爲南巴之訛。蘇臺，卽姑蘇臺，在蘇州吴縣，已見前注。按明刊《劉隨州集》此詩後附皇甫冉《歸陽羨兼送劉八長卿》詩，蘇臺知己蓋謂皇甫冉等人。又按皇甫冉至德、乾元中爲無錫尉，劉展亂時，避亂居陽羨。冉詩云：「武陵招我隱，歲晚閉柴扉。」卽指此而言。二人詩均當作於上元二年（七六一）冬。

又過梅嶺上〔一〕，歲歲北枝寒〔二〕①。落日孤舟去，青山萬里看。猿聲湘水静，草色洞庭寬。

已料生涯事，唯應把釣竿。

〔一〕梅嶺，《史記・東越傳》：「（上）令諸校屯豫章梅嶺待命。」按即大庾嶺。

〔二〕北枝寒，南枝已發，北枝猶寒，喻己未霑恩澤。

校記：

①北，底本作「此」。盧文弨本校語：「此疑北，今本北。」

歸陽羨兼送劉八長卿〔原附〕

皇甫冉

湖上孤帆別，江南謫宦歸。前程愁更遠，臨水淚霑衣。雲夢春山遍〔一〕，瀟湘過客稀〔二〕。武陵招我隱〔三〕，歲晚閉柴扉。

〔一〕雲夢，《周禮・夏官・職方氏》：「正南曰荆州，其山鎮曰衡山，其澤藪曰雲夢。」

〔二〕瀟湘，《水經注》：「瀟者，水清深也。」瀟湘謂清湘。《湘中記》：「湘川清照五六丈，下見底。石如樗蒲矢，五色鮮明，白沙如霜雪，赤崖如朝霞，是納瀟湘之名矣。」按二句均泛指湖南。

〔三〕武陵，桃花源所在。

赴江西湖上贈皇甫曾之宣州①

皇甫曾，皇甫冉之弟。曾字孝若，天寶十二載進士，歷殿中侍御史，終陽翟令。《新唐書》附見《文藝・蕭穎士傳》。宣州宣城郡，治宣城（今安徽宣城）。此詩當爲上元二年（七六一）冬重赴江西時作。按集中又有《將赴江南湖上别皇甫曾》一首，實爲一詩，今删之，異文入注。

莫恨扁舟去②，川途我更遥③。東西潮渺渺，離别雨蕭蕭。流水通春谷，青山過板橋。天涯有來客④，遲爾訪漁樵⑤。

校　記：

①一作「將赴江南湖上别皇甫曾」。
②此句一作「此去君何恨」。
③川途，一作「南行」。
④此句一作「潯陽如枉棹」。
⑤此句一作「千里有歸潮」。

送宇文遷明府赴洪州張觀察追攝豐城令時長卿亦在此州

按獨孤及有《送宇文協律赴江西序》（《全唐文》卷三八七），序云：「復周正之年，天子以潤州刺史張公休爲豫章太守。豫章之人，既庶且富，部從事縣大夫缺而不補，先以檄徵協律於會稽，時人皆賀豫章之得賢，協律之遭遇君子。」史載上元二年（七六一）九月去年號，以建子月爲歲首，故序稱「復周正之年」。詩、序均當作於此年。按詩意，時長卿尚在江東，以己亦將赴洪州，故云「不復遠爲心」也。豐城，洪州屬縣，今江西豐城。

送君不復遠爲心，余亦扁舟湘水陰。路逐山光何處盡，春隨草色向南深。陳蕃待客應懸榻〔一〕，宓賤之官獨抱琴〔二〕。儻見主人論謫宦，爾來空有白頭吟〔三〕①。

〔一〕「陳蕃」句，《後漢書·徐穉傳》：「（陳）蕃在郡，不接賓客，唯穉來特設一榻，去則懸之。」

〔二〕「宓賤」句，《韓詩外傳》：「（宓）子賤治單父，彈鳴琴，身不下堂而單父治。」

〔三〕白頭吟，《西京雜記》：「司馬相如將聘茂陵人女爲妾，卓文君作《白頭吟》以自絶，相如乃止。」

校記：

①吟，盧文弨本校語：「新字出韻，今本作吟，當從之。」

夕次擔石湖夢洛陽親故

擔石湖，《太平寰宇記》卷一〇六「洪州」：「擔石湖在州東北，水路屈曲二百六十里。其湖水中有兩石山，有孔，如人寄擔狀。古老云：壯士擔此二石置湖中，因以爲名。」又按前引李翱《來南録》，擔石湖在餘干、豫章間。乾元二年（七五九）秋，長卿在洪州。此詩亦秋日作，當作於上元元年（七六〇）或此後二年間。

天涯望不盡①，日暮愁獨去。萬里雲海空，孤帆向何處。寄身煙波裏，頗得湖山趣。江氣和楚雲〔一〕，秋聲亂楓樹〔二〕。如何異鄉縣，日復懷親故。遥與洛陽人，相逢夢中路。不堪明月裏，更值清秋暮〔三〕。倚棹對滄波，歸心共誰語。

〔一〕楚雲，《晉書・天文志》：「楚雲如日，韓雲如布，周雲如輪，宋雲如車，魯雲如馬，衛雲如行人。」

〔二〕亂楓樹，孟浩然《渡揚子江》詩：「更聞楓葉亂，淅瀝度秋聲。」

〔三〕清秋，殷仲文《南州九井》詩：「獨有清秋日，能使高興盡。」

校　記：

①盡，《唐詩品彙》作「極」。

登餘干古縣城①

《太平寰宇記》卷一〇七「饒州餘干縣」：「白雲亭，在縣西南八十步，旁對干越亭而峙焉。跨古城之危，瞰長江之深，隨州刺史劉長卿題詩曰：『孤城上與白雲齊』，因以白雲爲號。」按上元元年（七六〇）至寶應元年（七六二），長卿來往於鄱陽、餘干等處，詩當作於此時。

孤城上與白雲齊②，萬古荒涼楚水西③。官舍已空秋草緑④，女牆猶在夜烏啼〔一〕。平江渺渺來人遠⑤，落日亭亭向客低〔二〕。沙鳥不知陵谷變〔三〕⑥，朝飛暮去弋陽溪〔四〕⑦。

〔一〕女牆，《釋名・釋宫室》：「城上垣曰睥睨，亦曰女牆，言其卑小，比於城，若女子之於丈夫也。」

〔二〕亭亭，曹丕《雜詩》：「西北有浮雲，亭亭如車蓋。」《注》：「亭亭，迥遠無依之貌。」

〔三〕陵谷，《詩・小雅・十月之交》：「高岸爲谷，深谷爲陵。」《晉書・杜預傳》：「預好爲後世名，常言『高岸爲谷，深谷爲陵』，刻石爲二碑，紀其勳績，一沉萬山之下，一立峴山之上。曰：『焉知此後不爲陵谷乎？』」

〔四〕弋陽溪，《餘干縣志》：「弋陽溪在縣西。」

唐汝詢《唐詩解》：「此歎古城之蕪没也。首言城之高，次言城之廢，頷聯言邑之荒蕪，項聯見景之蕭索，末言城既空而無人，獨飛鳥無心往來其間耳。」喬億《大曆詩略》：「詩格渾逸。」方東樹《昭昧詹言》：「情有餘，味不盡，所謂興在象外也。言外句句有登城人在，句句有作詩人在，所以稱爲作者。」

校記：

①古縣城，《才調集》作「古城」。
②上與白雲，底本注：一作「迢遞楚雲」。
③荒涼，《才調集》、《唐詩品彙》作「蕭條」。
④緑，《唐音》、《唐詩品彙》作「没」。
⑤來，《唐音》、《唐詩品彙》作「迷」。遠，底本注：「一作夕。」
⑥沙，《唐詩品彙》作「飛」。
⑦飛，《才調集》作「來」；底本注：「一作還。」去，底本注：「一作往。」

餘干旅舍

作於上元元年（七六〇）或此後二年間。

搖落暮天迥〔一〕，青楓霜葉稀。孤城向水閉①，獨鳥背人飛。渡口月初上，鄰家漁未歸。鄉心正欲絶，何處擣寒衣。

〔一〕搖落，曹丕《燕歌行》：「草木搖落露爲霜。」《舊唐書・韓臯傳》：「秋者天將搖落肅殺，其歲之晏乎？」

劉攽《中山詩話》：「劉長卿《餘干旅舍》云：（引全詩）。張籍《宿江上館》云：『楚驛南渡口，夜深來客稀。月明見潮上，江静覺鷗飛。旅宿今已遠，此行殊未歸。離家久無信，又聽擣砧衣。』兩詩偶似次韻，皆奇作也。」都穆《南濠詩話》、潘德輿《養一齋詩話》亦均及此，意同。吴喬《圍爐詩話》：「前六句敍盡寂寥之景，結以情收，亦『吹笛關山』之體。」

校　記：

①閉，《又玄集》作「闊」。

秋杪江亭有作①

與上詩同時。

寂寞江亭下，江楓秋氣斑〔一〕②。世情何處澹，湘水向人閒。寒渚一孤雁，夕陽千萬山③。扁舟如落葉④，此去未知還⑤。

〔一〕斑，雜色。屈原《離騷》：「紛總總其離合兮，斑陸離其上下。」此謂楓葉色彩斑爛。

校記：

①底本注：「一作秋杪干越亭。」

②二句底本注：「一作日暮更愁遠，天涯殊未還。」

③夕陽，底本注：「一作秋江。」

④如，底本注：「一作將。」

⑤此句底本注：「一作俱在洞庭間。」

登思禪寺上方題修竹茂松①

獨孤及有《題思禪寺上方》詩（《全唐詩》卷二四六），詩云：「眇眇干越路，茫茫春草青。」《唐詩品彙》引楊文公《說苑》云：干越亭「前瞰琵琶州，後枕思禪寺」。長卿詩秋日作，當在上元元年（七六〇）或此後二年間。

上方幽且暮〔一〕②，臺殿隱蒙籠③。遠磬秋山裏④，清猿古木中⑤。衆溪連竹路⑥，諸嶺共松風。儻許棲林下，甘成白首翁。

〔一〕上方，住持居處。參見《將赴嶺外留題蕭寺遠公院》詩注。

校記：

①《極玄集》作「登思禪寺上方」。《文苑英華》作「登思禪寺題上方」。《衆妙集》作「題思禪寺上方」。

②此句《極玄集》、《文苑英華》作「西峯上方處」。又，且暮，《衆妙集》作「旦暮」。

③殿，《文苑英華》作「榭」。蒙籠，《極玄集》、《文苑英華》、《衆妙集》均作「朦朧」。

④遠，《極玄集》作「晚」。

⑤清，《文苑英華》作「青」。

⑥竹路，《極玄集》作「竹徑」。又，衆溪，《衆妙集》作「一溪」。

自鄱陽還道中寄褚徵君①

徵君，謂不就朝廷徵聘之士。《後漢書·黄憲傳》：「天下號曰徵君。」此詩謫居江西時作，當在上元元年（七六〇）或此後二年間。

南風日夜起，萬里孤帆漾。元氣連洞庭〔一〕，夕陽落波上。故人煙水隔，復此遥相望。江信久寂寥②，楚雲獨惆悵。愛君清川口，弄月時棹唱〔二〕。白首無子孫，一生自疏曠。

〔一〕元氣，《漢書·律曆志》：「太極元氣，函三爲一。」《三五曆紀》：「未有天地之時，混沌如鷄子。溟涬鴻濛滋分，歲起攝提，元氣啓肇。」又，《法苑珠林》引《河圖》曰：「元氣無形，洶洶蒙蒙，偃者爲地，伏者爲天。」

〔二〕棹唱，猶云棹歌。庾肩吾《山池應令詩》：「逆湍流棹唱，帶谷聚笳聲。」

校記：

①道中，《文苑英華》作「中道」。

②寥，《唐詩品彙》作「寞」。

歸弋陽山居留別盧邵二侍御

弋陽，《太平寰宇記》卷一〇七「信州弋陽縣」：「本餘干縣地，屬豫章郡。」「以地居弋江之北爲名。」又按《餘干志》云：縣境有弋陽溪。此弋陽山居頗難確指所在。詩當作於謫居江西時，在上元二年（七六一）或寶應元年（七六二）。

渺渺歸何處，沿流附客船。久依鄱水住〔一〕①，頻税越人田。偶俗機偏少〔二〕，安閒性所便。祗應君少慣，又欲寄林泉〔三〕。

〔一〕鄱水，又稱鄱江，匯浮梁、樂平、餘干、鄱陽諸縣之水，流經郡城，經都昌縣入彭蠡湖。見《太平寰宇記》卷一〇七「饒州鄱陽縣」。

〔二〕偶俗，《後漢書·吴良傳》：「良每處大議，輒據經典，不希旨，不偶俗以邀時譽。」此處謂與塵寰中人交往。

〔三〕林泉，《北史·韋夐傳》：「所居之宅，枕帶林泉，蕭然自逸。」

校記：

①鄱水，《四庫全書》本作「湘水」。

尋龍井楊老

龍井，清《一統志》卷三一一「饒州府·山川」：「龍井，在餘干縣東南八十里。歲旱，汲水禱之，輒有應焉。」此詩當爲居江西時作。

柴門草舍絶風塵〔一〕，空谷耕田學子真〔二〕。泉咽恐勞經隴底〔三〕①，山深不覺有秦人〔四〕。手栽松樹蒼蒼老，身卧桃園寂寂春②。唯有胡麻當鷄黍〔五〕，白雲來往未嫌貧。

〔一〕風塵，《世説新語·賞譽》：「王戎云：『太尉神姿高徹，如瑶林瓊樹，自然是風塵外物。』」

〔二〕子真，《高士傳》：「鄭樸，字子真，谷口人也。修道静默，世服其清高。成帝時，大將軍王鳳以禮聘之，遂不屈。揚雄盛稱其德，曰：『谷口鄭子真，耕於巖石之下，名振京師。』」揚雄語見《法言·問神》。

〔三〕「泉咽」句，《隴頭歌》：「隴頭流水，鳴聲幽咽。遥望秦川，肝腸斷絶。」

〔四〕「山深」句，陶淵明《桃花源記》：「村中聞有此人，咸來問訊。自云先世避秦時亂，率妻子邑人來此絶境，不復出焉，遂與外人間隔。問今是何世，乃不知有漢，無論魏、晉。」

〔五〕胡麻，又名芝麻。相傳漢張騫得其種於西域，故名。鷄黍，《論語·微子》：「止子路宿，殺鷄爲黍而食之。」

校記：

①恐，《文苑英華》作「豈」。底，《文苑英華》作「地」；又，《全唐詩》注：「一作客，又作坻。」

②園，《文苑英華》作「源」。

山鸜鵒歌

鸜鵒，亦作鴝鵒，俗稱八哥。《春秋》昭二十五年：「有鸜鵒來巢。」詩云：「江南逐臣悲放逐，倚樹聽之心斷續。」作於謫居江西時。《全唐詩》注：「一作韋應物詩。」按韋詩題作《寶觀主白鸜鵒歌》，與此詩全異。

山鷓鴣，長在此山吟古木。嘲哳相呼響空谷〔一〕，哀鳴萬變如成曲。江南逐臣悲放逐，倚樹聽之心斷續。巴人峽裏自聞猿〔二〕，燕客水頭空擊筑〔三〕。山鷓鴣，一生不及雙黄鵠〔四〕。朝去秋田啄殘粟，暮入寒林嘯群族。鳴相逐，啄殘粟，食不足。青雲杳杳無力飛，白露蒼蒼抱枝宿。不知何事守空山，萬壑千峯自愁獨。

〔一〕嘲哳，亦作嘲嚌，嘈雜聲。潘岳《籍田賦》：「簫管嘲嚌以啾嘈兮，鼓鞞硡隱以砰磕。」此處指鳥鳴聲。

〔二〕「巴峽」句，《水經注·江水》：「巴東三峽巫峽長，猿啼三聲沾衣裳。」

〔三〕「燕客」句，《史記·荆軻傳》：「太子及賓客知其事者皆白衣冠以送之，至易水之上。既祖取道，高漸離擊筑，荆軻和而歌之，爲變徵之聲，士皆垂淚涕泣。」

〔四〕雙黄鵠，曹丕《見挽船士與妻别作》：「願爲雙黄鵠，比翼戲清池。」

戲贈干越尼子歌

謫居江西時作。

鄱陽女子年十五，家本秦人今在楚。厭向春江空浣沙①，龍宫落髮披袈裟〔一〕。五年持戒長一食，至今猶自顔如花。亭亭獨立青蓮下〔二〕，忍草禪枝繞精舍〔三〕。自用黄金買地居，能嫌碧玉隨人嫁〔四〕。北客相逢疑姓秦，鉛花抛卻仍青春。一花一竹如有意，不語不笑能留人②。黄鸝欲棲白日暮，天香未散經行處〔五〕③。卻對香爐閒誦經，春泉漱玉寒泠泠。雲房寂寂夜鐘後④，吴音清切令人聽〔六〕。人聽吴音歌一曲⑤，杳然如在諸天宿〔七〕。誰堪世事更相牽⑥，惆悵回船江水淥。

〔一〕龍宮，謂佛寺。《法華經》：「文殊師利坐千葉蓮花，從大海娑竭羅龍宮自然湧出。」袈裟，梵語，謂僧衣。

〔二〕青蓮，謂佛象。參見《獄中見壁畫佛》詩注。

〔三〕忍草，即忍辱草。梁簡文帝《相宮寺碑》：「雪山忍辱之草，天宮陀樹之花。」宋之問《遊法華寺》詩：「晨行蹋忍草，夜誦得靈花。」禪枝，指佛寺樹木之枝條。孟浩然《晚泊廬山聞故人在東林寺以詩寄之》：「石鏡山精怯，禪枝怖鴿棲。」精舍，修煉之所，謂佛寺、尼庵。

〔四〕碧玉，孫綽《情人碧玉歌》：「碧玉小家女，不敢攀貴德。」後以稱小家之女。

〔五〕天香，庾信《奉和同泰寺浮屠》詩：「天香下桂殿，仙梵入伊笙。」經行，參見《尋常山南溪道士隱居》詩注。

〔六〕吴音，《宋書・顧琛傳》：「（琛）吴音不變。」按此當指江南語音。

〔七〕諸天，佛家有三界諸天之説，參見《惠福寺與陳留諸官茶會》詩注。

校記：

①空，殘宋本作「寒」。

②語，殘宋本作「言」。

③散，《唐詩品彙》作「盡」。

④後，《唐詩品彙》作「發」。

⑤人聽吴音，殘宋本作「有時吴香」。
⑥更，《唐詩品彙》作「又」，殘宋本作「仍」。

和靈一上人新泉①

靈一，俗姓吴，廣陵人。獨孤及《一公塔銘》：「既辨惑，徙居餘杭宜豐寺。」「宜豐寺地臨高隅，初無井泉，公之戾止，有靈泉呀然而涌。」按乾元元年靈一尚在越州雲門寺，徙居餘杭，當爲乾元二年或上元中事。長卿上元二年冬歸江西，或嘗取道杭州，詩即此時作。又按《塔銘》，次年亦即寶應元年冬十月，靈一即已卒世。

東林一泉出〔一〕，復與遠公期。石淺寒流處②，山空夜落時③。夢閒聞細響④，慮澹對清漪⑤。動静皆無意⑥，唯應達者知⑦。

〔一〕東林，廬山東林寺，晉高僧慧遠所居。此指宜豐寺。

校　記：

①《文苑英華》作「一公新泉」。
②此句《文苑英華》作「淺石春流處」。
③夜，《文苑英華》作「暮」。又，底本注：二句「一作淺澗春流處，空山夜月時」。
④聞，《文苑英華》作「歸」。

⑤對，底本注：「一作向。」
⑥無意，底本注：「一作如此。」
⑦達者，《文苑英華》作「道者」。

一公新泉①〔附〕

嚴維

據《全唐詩》卷二六三過録。異文另行録入校記。

山下新泉出，泠泠北去源〔一〕②。落地纔有響，噴石未成痕③。獨映孤松色，殊分衆鳥喧。唯當清夜月④，觀此啓禪門⑤。

〔一〕泠泠，水聲。陸機《招隱詩》：「山溜何泠泠，飛泉漱鳴玉。」

校　記：

①一作「題靈一上人院新泉」。
②北去，一作「比法」。
③噴，一作「漬」，又作「濺」。
④夜月，一作「月夜」。
⑤啓，一作「定」。

題王少府堯山隱處簡陸鄱陽

《太平寰宇記》卷一〇七「饒州鄱陽縣」：「堯山在縣西，路三十里。《鄱陽記》云：『堯山，堯九年大水，人居避水，因以名。或遇大水，此不没，時人云此山浮。』」《江西通志》卷一一「山川五」引《郡縣釋名》云：「初州以堯山爲號，又以地衍饒，遂加食爲饒。」陸鄱陽，按李嘉祐《承恩量移宰江邑臨鄱江悵然之作》（《全唐詩》卷二〇七）云：「四年謫宦滯江城，未厭門前鄱水清。」嘉祐至德二年謫鄱陽令，上元二年秩滿，量移江陰，故知陸令當爲嘉祐後任。詩春日作，當在寶應元年（七六二）。

故人滄洲吏〔一〕，深與世情薄〔二〕。解印二十年，委身在丘壑〔三〕。買田楚山下〔四〕，妻子自耕鑿〔五〕。群動心有營〔六〕，孤雲本無著〔七〕①。因收谿上釣，遂接林中酌。對酒春日長，山村杏花落。陸生鄱陽令，獨步建安作〔八〕②。早晚休此官，隨君永棲託。

〔一〕滄洲，《南史·張充傳》：「飛竿釣渚，濯足滄洲。」滄洲吏，謂身雖作吏而心存滄洲。謝朓《之宣城郡出新林浦向板橋》詩：「既歡懷禄情，復協滄洲趣。」意近。

〔二〕世情，陸機《文賦》：「練世情之常尤，識前修之所淑。」《纏子》：「董無心曰：『無心，鄙人也，不識世情。』」

〔三〕丘壑，《太平御覽》卷七九引《苻子》：「（黄帝）謂容成子曰：『吾將釣於一壑，棲於一丘。』」

〔四〕楚山，《水經注》：「楚水出上洛縣西南，昔四皓隱於楚山，即此山也。」此謂歸隱之處。

〔五〕耕鑿，《擊壤歌》：「日出而作，日入而息，鑿井而飲，耕田而食，帝力於我何有哉！」又《後漢書·逸民·龐公傳》：「（公）因釋耕於壠上，而妻子耘於前。」

〔六〕群動，陶淵明《飲酒》：「日入群動息，歸鳥趨林鳴。」

〔七〕孤雲，陶淵明《詠貧士》：「萬族各有託，孤雲獨無依。」

〔八〕獨步，《晉書・王坦之傳》：「江東獨步王文度。」按坦之字文度。建安作，《文心雕龍・時序》：「自獻帝播遷，文學蓬轉，建安之末，區宇方輯。魏武以相王之尊，雅愛詩章；文帝以副君之重，妙善辭賦；陳思以公子之豪，下筆琳瑯；並體貌英逸，故俊才雲蒸。」「觀其時文，雅好慷慨，良由世積亂離，風衰俗怨，並志深而筆長，故梗概而多氣也。」

唐汝詢《唐詩解》：「此述少府隱居兼美陸生同調也。」

校記：

①本，殘宋本、《唐詩品彙》作「意」。

②建安，底本作「建溪」，據殘宋本、《唐詩品彙》改。

餘干夜宴奉餞前蘇州韋使君新除婺州作

韋使君，謂韋之晉，見《赴宣州使院夜宴寂上人房留辭前蘇州韋使君》題注。長卿另有《首夏干越亭奉餞韋卿使君公赴婺州序》，序云：「今年春王正月，皇帝居紫宸正殿，擇東南諸侯，以我公爲少光禄，自姑蘇行春於東陽，愛人也。頃公之在吴，值欃槍構戾，南犯斗牛，波動滄海，塵飛金陵。公夷險一心，忠勇增氣，四面皆敵，姑蘇獨静。」婺州，《新唐書・地理志》五：「婺州東陽郡，上。」治所在今浙江金華。詩與序均作於寶應元年（七六二）。

復拜東陽郡，遥馳北闕心①。行春五馬急〔一〕，向夜一猿深。山過康郎近〔二〕，星看婺女臨〔三〕。幸容棲託分，猶戀舊棠陰〔四〕。

〔一〕行春，太守春日行縣，課督農桑，察問風俗，謂之行春。謝承《後漢書·鄭弘傳》：「鄭弘爲臨淮太守，行春，有兩白鹿隨車夾轂而行。」

〔二〕康郎，清《一統志》卷三一「饒州府」：「康郎山在餘干縣西北鄱陽湖中。相傳有康姓居此，故名。」

〔三〕婺女，星名，二十八宿之一。《太平寰宇記》卷九七「婺州」：「（隋開皇）十三年，又於此郡舊處復置婺州，蓋取其地於天文婺女之分以爲州名焉。」

〔四〕棠陰，召公折獄於棠樹之下，人被其惠。參見《哭陳歙州》詩注。

校記：

①馳，《瀛奎律髓》作「瞻」。

送度支留後若侍御之歙州便赴信州省覲①

若侍御，岑仲勉《唐集質疑》疑爲賀若侍御之奪，其説是。按獨孤及有《送賀若員外巡按畢歸朝廷序》（《全唐文》卷三八七），序云：「今年春，上以富人侯爲丞相」，「謂尚書吏部郎賀公貞明直躬，特達公器，才足以茂功蔵事，政足以宏道救物，故俾繡衣持斧，巡撫江介，分王命也。」「夫其由家以及於國，資事親以事君，甘旨之未遑，勤於王家；奔走之不暇，以顯親身；斯真能奉慈訓不廢陳力，將君命不違色養，忠孝之大者，又人子人臣之所難及也。」「其始至也，問謡俗，省疾苦，命司書示年數之上下，削郡縣之版圖，且爲之實其多與寡，以差等井賦焉。」侍親，均賦，與長卿詩意若合符契，當爲一人也。「繡衣持斧」，卽亦兼臺官，故長卿詩稱侍御。又按此人當爲賀若察。常袞《授賀若察給事中制》（《全唐文》卷四一〇）云：「中散大夫行尚書吏部郎中賀若察……可給事中。」獨孤及《吏部郎中廳壁記》（《全唐文》卷三八九）云：「歲在乙巳，河南賀若公用貞幹諒直，實莅厥位。往歲公爲員外郎也，東曹朗然如得水鏡；治餘杭也，吳人熙熙若逢陽春；今也來斯，八法在手，操割成務，彌綸舊章，悉如初政。」是知賀若察歸朝後嘗出爲杭州刺史，入爲吏部郎中，遷給事中。及序云「以富人侯爲丞相」者，謂以户部侍郎元載爲相。史載元載入相在寶應元年（七六二）三月。長卿詩云：「卽山榆莢變，降雨稻花殘。」作於此年夏秋。歙州，《新唐書·地理志》五：「歙州新安郡，上。」治所在今安徽歙縣。信州，《新唐書·地理志》五：「信州，上。乾元元年折饒州之弋陽，衢州之常山、玉山及建、撫之地置。」治所在今江西上饒。

國用憂錢榖〔一〕，朝推此任難。卽山榆莢變〔二〕，降雨稻花殘。林巒朝登嶺，江喧夜過灘。遥知驄馬色，應待倚門看。

〔一〕國用，《周禮·太宰》：「以九貢致邦國之用。」

〔二〕榆莢，《漢書·食貨志》：「爲錢重難用，更鑄榆莢錢。」《北史·高道穆傳》：「今錢徒有五銖之名，而無二銖之實，薄甚榆莢，置之水上，殆欲不沉。」按此謂卽山鑄錢，錢愈惡薄。《新唐書·食貨志》四：「肅宗乾元元年，經費不給，鑄錢使第五琦鑄乾元重寶錢，徑一寸，每緡重十斤，與開元通寶參用，以一當十，亦號『乾元十當錢』。」「法既屢易，物價騰踊，米斗錢至七千，餓死者滿道。」

校記：

①送，活字本作「奉送」。

過白鶴觀尋岑秀才不遇

《方輿勝覽》卷一七「南康軍」：「白鶴觀，在城西北二十里，今名爲承天觀。《觀記》云：『廬山峯巒之奇秀，巖穴之怪邃，林泉之豐美，爲江南第一，此觀復爲廬山第一。』」包佶有《宿廬山贈白鶴觀劉尊師》詩（《全唐詩》卷二〇五）。按長卿《祭蕭相公文》云：「維某年月日，殿中侍御史劉長卿，謹以清酌庶羞之奠，敬祭於故江州刺史相國蕭公之靈。」署銜殿中侍御史，當作於大曆初以轉運使判官奉使淮西時。祭文云：「長卿自奉周旋，於今五年。才微顧重，跡近位懸。」以此又知長卿實應中歸至江西後，嘗遊江州。岑秀才所居，疑即廬山白鶴觀。

不知方外客〔一〕，何事鎖空房。應向桃源裏，教他喚阮郎〔二〕①。

〔一〕方外，世俗之外。《莊子·大宗師》：「子桑户、孟子反、子琴張三人相與友。子桑户死，孔子聞之，使子貢往侍事焉。或編歌，或鼓琴，相和而歌。子貢反，以告孔子曰：『彼何人者邪？』孔子曰：『彼遊方之外者也，而丘遊方之内者也。内外不相及，而丘使女往弔之，丘則陋矣！』」

〔二〕《浙江通志》卷一六「山川·天台縣」：「桃源洞，《名勝志》：『在縣西北二十里，一名劉阮洞。』《續齊諧記》：『漢永平中，有劉晨、阮肇入山採藥，迷道，得桃實食之，覺身輕，行數里，至溪滸，有二女方笄，笑迎以歸。留半載，謝去，至家，子孫已七世矣。』」

校　記：

①他，盧文弨本校語：「人，宋作他。」

過鄭山人所居①

按長卿另有《送鄭十二還廬山別業》詩，《文苑英華》題作《送鄭山人》，當爲同一人，故疑此詩亦作於遊江州時。

寂寂孤鶯啼杏園〔一〕，寥寥一犬吠桃源②。落花芳草無尋處，萬壑千峰獨閉門③。

〔一〕杏園，《神仙傳》：「董奉居山不種田，爲人治疾，亦不取錢，重病瘉者使種杏五株，輕者一株，號董仙杏林。」按《送鄭十二還廬山別業》詩有「忘機賣藥罷，無語杖藜還」等語。

唐汝詢《唐詩解》：「上聯尋訪而見景之幽，下聯到門而見居之僻，山深而猶閉門，其好靜可知。」喬億《大曆詩略》：「只寫景而山人身分自出。」

校　記：

①所居，《中興間氣集》作「幽居」。

②二句《中興間氣集》作「白首深藏谷口村，春山犬吠武陵原。」又，首句《新撰類林抄》作「一逕人尋谷口村」。

③二句《新撰類林抄》作「青苔滿地無行處，深咲桃花獨閉門」。

初聞貶謫續喜量移登干越亭贈鄭校書①

按代宗《卽位赦文》(《全唐文》卷四九)云：「其四月十五日已後諸色流貶者，與量移近處。」詩云：「冤氣初逢渙汗收。」當作於聞赦之後。《舊唐書·代宗紀》：寶應元年五月「丁酉，御丹鳳樓，大赦。」則此詩當作於寶應元年(七六二)夏。

青青草色滿江洲，萬里傷心水自流。越鳥豈知南國遠〔一〕②，江花獨向北人愁。生涯已逐滄浪去〔二〕③，冤氣初逢渙汗收〔三〕。何事還邀遷客醉④，春風日夜待歸舟。

〔一〕越鳥，《古詩十九首》：「胡馬依北風，越鳥巢南枝。」

〔二〕滄浪，《書·禹貢》：「嶓冢導漾，東流爲漢，又東爲滄浪之水。」按此謂流水。

〔三〕渙汗，《漢書·劉向傳》：「渙汗其大號。」《注》：「言王者渙然大發號令，如汗之出也。」

校記：

①底本注：一本無「初聞貶謫續喜」六字。

②豈，底本注：「一作不。」國，底本注：「一作樹。」

③逐，底本注：「一作許。」去，底本注：「一作老。」

④遷，底本注：「一作羈。」

送盧侍御赴河北

按頷聯，時河北已平。《通鑑》廣德元年春正月，「（史）朝義窮蹙，縊于林中，（李）懷仙取其首以獻。」詩又云「謫居爲别倍傷情」，則此時長卿尚在江西。去歲赦文云左降官得與量移，此時尚未付諸實行也。盧侍御，長卿另有《歸弋陽山居留别盧邵二侍御》詩，蓋爲江西相識。

謫居爲别倍傷情，何事從戎獨遠行〔一〕。千里按圖收故地〔二〕，三軍罷戰及春耕〔三〕。江天渺渺鴻初去，漳水悠悠草欲生〔四〕。莫學仲連逃海上，田單空愧取聊城〔五〕。

〔一〕從戎，謂入節鎮幕府。《通鑑》：廣德元年春正月「癸亥，以史朝義降將薛嵩爲相、衛、邢、洺、貝、磁六州節度使，田承嗣爲魏、博、德、滄、瀛五州都防禦使，李懷仙仍故地爲幽州、盧龍節度使」。按漳水句，盧侍御所入似爲相衛幕。

〔二〕圖，輿圖。《周禮·夏官·職方氏》：「職方氏掌天下之圖。」《注》：「如今司空輿地圖也。」

〔三〕「三軍」句，謂士卒解甲歸鄉，猶及春播。

〔四〕漳水，源出太行山，東北流經相、洺、邢、冀等州。

〔五〕「田單」句，《史記·魯仲連傳》：「齊田單攻聊城歲餘，士卒多死而聊城不下。魯連乃爲書，約之矢以射城中，遺燕將。」「燕將見魯連書，泣三日，猶豫不能自決。欲歸燕，已有隙，恐誅；欲降齊，所殺虜於齊甚衆，恐已降而後見辱。喟然歎曰：『與人刃我，寧自刃！』乃自殺。聊城亂，田單遂屠聊城。歸而言魯連，欲爵之。魯連逃隱於海上，曰：『吾與富貴而詘於人，寧貧賤而輕世肆志焉！』」

晚次苦竹館卻憶干越舊遊

按詩意，當作於量移途中。廣德元年夏秋，長卿已有江左詩（詳下），則量移當爲廣德元年（七六三）中事。苦竹館，李嶠有《早發苦竹館》詩。按清《一統志》卷三一一「饒州府」有「苦竹坑水，在浮梁縣東北，源出祁門縣赭公嶺，西南流，五十里入縣界，又十五里至淩村港口，入小北港。」《江西通志》卷六「城池・浮梁縣」：「一西陸大路自縣西門五十五里至界牌鋪本府鄱陽縣交界；一北陸大路自縣北門一百一十里至苦竹坑江南徽州府祁門縣交界。」則苦竹坑地處饒州北通浙西之陸路要道，蓋即苦竹館所在也。又按廣德元年夏秋浙東州縣陷於袁晁，長卿取道宣州等地北歸，蓋爲此故。

匹馬風塵色，千峰旦暮時。遙看落日盡，獨向遠山遲。故驛花臨道，荒村竹映籬。誰憐卻迴首，步步戀南枝。

北歸次秋浦界清溪館

秋浦，《太平寰宇記》卷一〇五「池州」：「（隋開皇）十九年，於廢石城置秋浦縣，屬宣城郡。」「唐武德四年，猷州總管左難當奏於秋浦別置池州，以秋浦屬宣州。」清溪，《江南通志》卷一六「山川」：

「清溪在府東北。《九域志》云：池州貴池縣有清溪鎮，其水源有二，一源出西南之涔溪，與棠溪、峽川之水交于白洋，匯于江祖潭，是爲上清溪；一源出縣南太樸山，注于白沙河」，「是爲下清溪」。按唐時由饒州赴江東，可取道宣州，舟行經新安江而下。按詩意，此詩當爲量移東歸時作。

萬里猿啼斷①，孤村客暫依②。雁過彭蠡暮〔一〕③，人向宛陵稀〔二〕。舊路青山在，餘生白首歸〔三〕。漸知行近北，不見鷓鴣飛〔四〕。

〔一〕彭蠡，即鄱陽湖。《書·禹貢》：「彭蠡既豬，陽鳥攸居。」

〔二〕宛陵，《太平寰宇記》卷一〇三「宣州宣城縣」：「漢爲宛陵縣。」

〔三〕餘生，謝靈運《君子有所思行》：「餘生不歡娛，何以竟暮歸？」

〔四〕鷓鴣，崔豹《古今注》：「南山有鳥，名鷓鴣，自呼其名，常向日而飛。畏霜露，早晚希出。」《本草綱目·禽》：「鷓鴣性畏霜露，夜棲以木葉蔽身，多對啼，今俗謂其鳴曰行不得也哥哥。」又按李嘉祐《題前溪館》云：「今日始知風土異，潯陽南去鷓鴣啼。」

方回《瀛奎律髓》：「末句最新。此公詩淡而有味，但時不偶或有一苦句。」喬億《大曆詩略》：「風格蒼然，不減孟六。」

校　記：

①萬里，《文苑英華》、《唐詩品彙》作「萬嶺」。又，此句《才調集》作「萬古啼猿後」。

②此句《才調集》作「孤城落日依」。

③此句《才調集》作「雁迴初日暮」。

送朱山人越州賊退後歸山陰别業①

朱山人，當爲朱放。放字長通，襄陽人，一説南陽人。安史亂後隱居江左。貞元初徵拜拾遺。《唐才子傳》卷五有傳。按《舊唐書·代宗紀》：寶應二年三月「丁未，袁傪破袁晁之衆於浙東」。朱山人别業，《浙江通志》卷四五引《萬曆紹興府志》云：「在山陰縣南。」詩爲浙西送行之作。

越州初罷戰②，江上送歸橈。南渡無來客③，西陵自落潮〔一〕。空城垂故柳④，舊業廢春苗⑤。閭里相逢少〔二〕⑥，鶯花共寂寥。

〔一〕西陵，浙江渡口。《三國志·孫權傳》：「黄武元年，改夺陵爲西陵。」參見《西陵寄一上人》詩注。

〔二〕閭里，猶鄰里。《史記·袁盎傳》：「盎病免居家，與閭里浮沉，相隨行，鬭鷄走狗。」

校記：

①《中興間氣集》亦無「放」字。《文苑英華》作「越州賊退後送朱放之山陰别業」。

②州，《中興間氣集》、《文苑英華》作「中」。

③客，《全唐詩》注：「一作信。」

④故，《文苑英華》作「細」。

⑤業，《全唐詩》注：「一作井。」

⑥相逢少，《中興間氣集》作「誰相見」，《文苑英華》作「稀相見」，又注云：「一作誰相問。」

奉送賀若郎中賊退後之杭州

與上詩同時。賀若郎中，當爲賀若察，參見《送若侍御之歙州》詩題注。蓋賀若察巡按江介歸朝後，即外放爲杭州刺史也。

江上初收戰馬塵，鶯聲柳色待行春〔一〕。雙旌誰道來何暮〔二〕①，萬井如今有幾人。

〔一〕行春，州郡牧守行縣謂之行春。參見《餘干夜宴奉餞前蘇州韋使君》詩注。

〔二〕雙旌，《新唐書·百官志》四：節度使、觀察使「辭日，賜雙旌雙節。」

校記：

①雙旌，活字本作「旌旗」。

和袁郎中破賊後軍行過剡中山水謹上太尉①即李光弼

袁郎中，即袁傪。寶應二年（七六三）三月，袁傪破袁晁之衆於越州，已見前詩注。剡中山水，按越州剡縣境内有天姥、沃洲、桐柏、太白等山，又有剡溪、臨溪，歷來視爲遊覽勝景。《太平寰宇記》卷九六「越州剡縣」：「謝靈運詩云：『暝投剡山中，明登天姥岑。高高入雲霓，遠奇何可尋！』即此也。」白居易《沃洲山禪院記》（《全唐文》卷六九六）云：「東南山水，越爲首，剡爲面，沃洲天姥爲眉目。」

剡路除荆棘〔一〕，王師罷鼓鼙。農歸滄海畔，圍解赤城西〔二〕。赦罪春陽發〔三〕，收兵太白低〔四〕。遠峯來馬首，横笛入猿啼。蘭渚催新幄〔五〕，桃源識故蹊〔六〕。已聞開閤待〔七〕，誰許卧東溪。

〔一〕除荆棘，《後漢書·馮異傳》："異朝京師，帝謂公卿曰：『是吾起兵時主簿也，爲吾披荆棘，定關中。』"

〔二〕赤城，《太平寰宇記》卷九八「台州天台縣」：「赤城山在縣北六里。」「《述異記》云：『赤城山一峯特高，可三百丈，丹壁爍日。』」

〔三〕「赦罪」句，按《國史補》卷上云：「袁傪之破袁晁，擒其僞公卿數十人，州縣大具桎梏，謂必生致闕下。傪曰：『此惡百姓，何足煩人！』乃各遣笞臀而釋之。」

〔四〕太白，星名，主兵。《史記·天官書》：「（太白）當出不出，未當入而入，天下偃兵；兵在外，入。」

〔五〕蘭渚，《太平寰宇記》卷九六引《輿地志》：「山陰郭西有蘭渚，渚有蘭亭，王羲之所謂曲水之勝境，製序於此。」新幄，盧照鄰《芳樹》詩：「結翠成新幄，開紅滿故枝。」《三禮圖》：「在上曰帟，四旁及上曰帷，上下四旁悉周曰幄。」

〔六〕桃源，《幽明記》云：剡縣人劉晨、阮肇入天台採藥，誤入桃源仙境。參見《過白鶴觀尋岑秀才不遇》詩注。按天台桃源與武陵桃花源名同，有以此指彼之意。故蹊，舊識之路。謝靈運《登石門最高頂》詩：「來人忘新術，去子惑故蹊。」

〔七〕開閤，亦作開閣。漢公孫弘爲相，開東閣以延賓，具見《漢書》本傳。按此謂李光弼。

喬億《大曆詩略》：「開門見山，李從一、皇甫茂政發端皆不及。」

和袁郎中破賊後經剡中山水〔附〕

皇甫冉

據《全唐詩》卷二五〇過録，異文入校記。

武庫分帷幄〔一〕，儒衣事鼓鼙〔二〕。兵連越徼外〔三〕，寇盡海門西〔四〕。節比全疏勒〔五〕，功當雪會稽〔六〕。旌旗迴剡嶺，士馬濯耶溪〔七〕①。受律梅初發〔八〕，班師草未齊〔九〕。行看佩金印〔一〇〕②，豈得訪丹梯〔一一〕。

校記：

①剡，底本作「劉」，據《全唐詩》改。

〔一〕武庫，《晉書·杜預傳》：「朝野稱美，號曰『杜武庫』，言其無所不有也。」帷幄，《史記·留侯世家》：「運籌帷幄之中，決勝千里之外。」

〔二〕儒衣，《後漢書·桓榮傳》：「榮被服儒衣，温恭有蘊藉。」按袁傪登天寶十二載進士第。

〔三〕徼，邊界。《史記·司馬相如傳》：「南至牂柯爲徼。」

〔四〕海門，《輟耕録》：「浙江之口有兩山焉，其南曰龕山，其北曰赭山，蓋峙於江海之會，謂之海門。」

〔五〕全疏勒，《後漢書·班超傳》云：超後間道至疏勒，遣使劫縛僞王龜兹人兜題，立其故王兄子忠爲王，國人大悦。按此謂袁傪懸軍深入，竟立奇功。

〔六〕雪會稽，勾踐用范蠡之謀，雪會稽之恥，具見《史記·越王勾踐世家》。

〔七〕耶溪，即若耶溪。參見《送李校書適越》詩注。

〔八〕受律，猶言受命。《易·師》：「師出以律。」
〔九〕班師，還師。《書·大禹謨》：「班師振旅。」
〔一〇〕金印，《漢書·百官公卿表》：「相國、丞相皆秦官，金印紫綬。」
〔一一〕丹梯，謝朓《敬亭山》詩：「要欲追奇趣，即此陵丹梯。」句謂尋幽覓勝，歸隱山林。

校　記：

①濯，一作「躍」。耶，一作「靈」。
②金，一作「侯」。

和袁郎中破賊後經剡縣山水上太尉〔附〕

李嘉祐

據《全唐詩》卷二〇七過録。

受律仙郎貴〔一〕，長驅下會稽〔二〕。鳴笳山月曉，摇旆野雲低。翦寇人皆賀，迴軍馬自嘶。地閒春草緑，城静夜烏啼。破竹清閩嶺〔三〕，看花入剡溪。元戎催獻捷〔四〕，莫道事攀躋。

〔一〕仙郎，謂尚書省諸司郎官。王維《重酬苑郎中》：「仙郎有意憐同舍，丞相無私斷掃門。」
〔二〕長驅，《戰國策·燕策》：「樂毅輕兵鋭卒，長驅至齊。」
〔三〕破竹，《晉書·杜預傳》：「今兵威已振，譬如破竹，數節之後，皆迎刃而解，無復著手處也。」
〔四〕獻捷，《舊唐書·職官志》：「凡大將出征，皆告廟授鉞，辭齊太公廟訖，不宿于家。凱旋之日，皆使郊勞，有司先獻捷于太廟，又告齊太公廟。」

送友人西上

此詩送人歸長安。詩云：「想見函關路，行人去亦稀。」應在亂平之初。自天寶十四載亂起，至廣德元年（七六三）克平，首尾九年。詩云「十年經轉戰」，當爲約言之。

羈心不自解，有別會霑衣。春草連天積，五陵遠客歸〔一〕。十年經轉戰，幾處更芳菲①。想見函關路，行人去亦稀。

〔一〕五陵，謂長安。班固《西都賦》：「南望杜霸，北眺五陵。」按漢高帝長陵，惠帝安陵，景帝陽陵，武帝茂陵，昭帝平陵，均在長安北，稱五陵。

校　記：

①更，底本作「便」，《全唐詩》注云：「一作更。」更字義勝，今從之。

送李摯赴延陵

延陵，《元和郡縣圖志》卷二五「潤州」：「延陵縣，緊。東至州百里。晉太康二年，分曲阿之延陵鄉置延陵縣，蓋因季子以立名也。」詩云：「向水彈琴静，看山採菊遲。」李摯當爲赴延陵令任。按李華《復練塘頌》（《全唐文》卷三一四），永泰元年（七六五）延陵令爲李令從。李摯爲令，當在廣德初。詩又云：「旦暮華陽洞，雲峰若有期。」後果踐約同遊茅山，有《自紫陽觀至華陽洞宿侯尊師草堂簡同遊李延陵》詩，作於春日。以廣德二年同遊茅山計，此詩當作於廣德元年（七六三）。

清風季子邑〔一〕，想見下車時〔二〕。向水彈琴静〔三〕，看山採菊遲〔四〕。明君加印綬，廉使託惸嫠〔五〕①。旦暮華陽洞〔六〕，雲峰若有期。

〔一〕季子，《左傳》襄三一年：「延州來季子，其果立乎？」按即季札，吴王壽夢之季子。壽夢欲傳以位，辭不受。封於延陵，故稱延陵季子。

〔二〕下車，《禮樂記》：「武王克殷反商，未及下車而封黄帝之後於薊。」後以下車指到任之初。

〔三〕宓子賤宰單父，彈鳴琴而單父治。參見《送宇文遷明府赴洪州》詩注。

〔四〕陶淵明《飲酒》詩：「採菊東籬下，悠然見南山。」

〔五〕廉使，採訪、觀察、節度使之謂。惸嫠，無兄弟者是爲惸。《周禮·秋官·大司寇》：「凡遠近惸、獨、老、幼之欲有復於上，而其長弗達者，立於肺石。」嫠，謂寡婦。《左傳》昭十九年：「莒有婦人，莒子殺其夫，已爲嫠婦。」

〔六〕華陽洞，《太平寰宇記》卷八九「潤州丹徒縣」：「句曲山，一名茅山，在縣西南三十里。」「《南徐州記》云：『洞天三十六所，句曲爲第八。金壇華陽之洞，茅盈之祖曰濛先，於此清身厲行，自許帝鄉。』

校　記：

①嫠，底本作「婺」，當因形近而訛。

送李端公赴東都

江左送行之作。詩云：「軒轅征戰後，江海別離長。」應在史朝義授首後不久。當作於廣德中。

軒轅征戰後〔一〕，江海别離長。遠客歸何處，平蕪滿故鄉。夕陽帆杳杳，舊里樹蒼蒼。惆悵蓬山下〔二〕，瓊枝不可忘〔三〕。

〔一〕軒轅，即黄帝。以居於軒轅之丘，故名。黄帝戰勝炎帝於阪泉，戰勝蚩尤於涿鹿，諸侯尊爲天子。見《史記·五帝紀》。

〔二〕蓬山，《史記·封禪書》：「自威、宣、燕昭使人入海求蓬萊、方丈、瀛洲，此三神山者，其傳在勃海中。」按此處借指帝鄉。

〔三〕瓊枝，喻人之美好，指李端公。參見《題冤句宋少府廳留别》詩注。

同諸公袁郎中宴筵喜加章服

袁郎中，即袁傪。詩云：「寒笳發後殿，秋草送西歸。」當作於廣德元年（七六三）秋。

手詔來筵上，腰金向粉闈〔一〕。勳名傳舊閣〔二〕，蹈舞著新衣〔三〕。白社同遊在〔四〕①，滄洲此會稀。寒笳發後殿，秋草送西歸。世難常摧敵，時閒已息機。魯連功可讓〔五〕，千載一相揮②。

〔一〕《唐會要》卷三一「章服品第」：上元元年八月二十一日勅：「文武三品已上服紫，金玉帶十三銙。四品服深緋，金帶十一銙。五品服淺緋，金帶十銙。六品服深緑，七品服淺緑，並銀帶九銙。」粉闈，謂尚書省。漢代尚書省以粉塗壁，故稱粉闈或粉署。

〔二〕舊閣，唐人習稱麒麟閣爲舊閣。岑參《送虞校書赴虞卿丞》詩：「殘書厭科斗，舊閣别麒麟。」按《漢書·蘇武傳》：「上思股肱之美，迺圖畫其人於麒麟閣。」又按《舊唐書·太宗紀》：「十七年二月戊申，圖功臣于凌烟閣。」《杜陽雜編》亦云：「代宗廣德元年，郭子儀克復京師，上還宫闕，圖功臣於凌烟閣。」

〔三〕蹈舞，跪拜之儀。《新唐書·杜審言傳》：「後武后召審言，將用之，問曰：『卿喜否？』審言蹈舞謝。」

〔四〕白社，《晉書·董京傳》：「至洛陽，被髮而行，逍遥吟詠，常宿白社中，時乞於市。」《太平寰宇記》卷三「河南府洛陽縣」：「白社里，在故城建春門東，即董威輦舊居之地。」

〔五〕魯連，即魯仲連，戰國齊人，嘗爲趙卻秦師，爲齊下聊城，功成不居，逃歸海上。見《史記》本傳。

校記：

①社，底本誤作杜，據《全唐詩》改。

②揮，《文苑英華》作「輝」。

送袁郎中破賊北歸〔附〕第七句缺

皇甫冉

據《全唐詩》卷二五〇過録。異文入校記。

優詔親賢時獨稀〔一〕，中途紫紱换征衣〔二〕①。黄香省闥登朝去〔三〕，楊僕樓船振旅歸〔四〕。萬里長聞隨戰角，十年不得掩郊扉。□□□□□□□，但將詞賦奉恩輝。

〔一〕優詔，優容或褒獎之詔書。《後漢書·光武十王傳》：「（東平王蒼）上疏歸職，帝優詔不聽。」

〔二〕紫紱，卽紫綬。《漢書·輿服志》：「丞相金印紫綬。」按此指新賜章服。

〔三〕黄香，《後漢書·黄香傳》：香字文彊，江夏安陸人。性至孝，博學經典，究精道術。拜尚書郎，仕至尚書令。

〔四〕楊僕，《史記·南越傳》：「元鼎五年，討南越，「主爵都尉楊僕爲樓船將軍，出豫章，下横浦。」「元鼎六年冬，樓船將軍將精卒，先陷尋陝，破石門。」

校　記：

①紱，一作「綬」。

送嚴侍御充東畿觀察判官

詩云：「洛陽征戰後，君去問凋殘。」作於廣德元年洛陽收復後。按《新唐書·方鎮表》，至德元載，置東畿觀察使，領懷、鄭、汝、陝四州，廣德二年罷。此詩秋冬作，當在廣德元年（七六三）。

洛陽征戰後①，君去問凋殘。雲月臨南至②，風霜向北寒③。故園經亂久④，古木隔林看⑤。誰訪江城客，年年守一官。

校　記：

①征，《文苑英華》作「争」。

②月，《文苑英華》作「日」。

③風霜，活字本作「霜風」。

④久，《文苑英華》作「失」。

⑤此句《文苑英華》作「古道近鄉看」。又，隔林，活字本作「隔鄰」。

送陸羽之茅山寄李延陵

李延陵，當爲延陵令李摯。陸羽，字鴻漸，竟陵人。著《茶經》三卷，後人奉爲茶仙。陸羽《陸文學自傳》（《全唐文》卷四三三）云：「洎至德初，秦人渡江，子（予）亦渡江。」「上元初，結廬於苕溪之濱，閉關讀書，不雜非類。」按寶應中湖州爲袁晁所陷，陸羽當亦避地浙西，故廣德元年（七六三）秋冬有擇地茅山之舉。茅山，見《送李摯赴延陵》詩注。

延陵衰草遍，有路問茅山。雞犬驅將去〔一〕，煙霞擬不還。新家彭澤縣〔二〕，舊國穆陵關〔三〕。處處逃名姓，無名亦是閒。

〔一〕「雞犬」句，《論衡·道虛》：「（淮南）王遂得道，舉家升天，畜産皆仙，犬吠於天上，雞鳴於雲中。」

〔二〕「新家」句，按陶淵明嘗爲彭澤令，此以喻延陵令李摯。

〔三〕「舊國」句，穆陵關，亦作木陵關，在光州光山縣南，見《太平寰宇記》卷一二七。按光州、復州均爲戰國時楚國腹地，陸羽本復州竟陵人，故云。

奉送盧員外之饒州

按李嘉祐有《送盧員外之饒州》詩。劉、李二詩均及饒州風情，當爲盧侍御有問，而二人均曾謫居饒州，故共答如此。長卿廣德元年（七六三）始歸江東，嘉祐則永泰元年（七六五）已赴京師，二人詩同作於吴中，當在廣德元年或二年。

天書萬里至〔一〕，旌旆上江飛。日向鄱陽近，應看吴岫微。暮帆何處落？潮水背人歸。風土無勞問〔二〕，南枝黄葉稀。

〔一〕天書，謂朝命。庾信《桐葉封虞讚》：「帝刻桐葉，天書掌文。」

〔二〕風土，《後漢書·班超傳》：「班超遣掾甘英窮臨西海而還，莫不備其風土，傳其珍怪焉。」

送盧員外往饒州〔附〕

李嘉祐

據《全唐詩》卷二〇六過録。

爲郎復典郡〔一〕，錦帳映朱輪〔二〕。露冕隨龍節〔三〕，停橈得水人〔四〕。早霜蘆葉變，寒雨石榴新。莫怪諳風土，三年作逐臣〔五〕。

〔一〕典郡，謂任爲州郡長官。《漢書·云敞傳》：「唐林言敞可典郡，擢爲魯郡大尹。」

〔二〕朱輪，《後漢書·劉向傳》：「王氏一姓，乘朱輪華轂者二十三人。」錦帳，謂車帷。

〔三〕露冕，《華陽國志》：「郭賀字喬卿，爲荆州刺史，有殊政。明帝到南陽巡狩，賜三公服，敕行部去襜露冕，使百姓見之，以彰有德。」龍節，《周禮·掌節》：「澤國用龍節。」
〔四〕水人，《國語·越語》：「陸人居陸，水人居水。」得水人，謂得當地人之心。
〔五〕按此用賈誼事。李嘉祐至德二載謫鄱陽，上元二年量移江陰，首尾五年。

松江獨宿

松江，亦稱笠澤。源出太湖，經蘇州東流入黄浦江。參見《登松江驛樓北望故園》詩注。詩云：「一官成白首，萬里寄滄洲。」謂入仕多年，未離一尉。當作於廣德中歸至江東後。按此詩又作周賀詩，題作《秋宿洞庭》（《全唐詩》卷五〇三），誤。

洞庭初下葉〔一〕，孤客不勝愁①。明月天涯夜，青山江上秋。一官成白首，萬里寄滄洲。久被浮名繫，能無愧海鷗。

〔一〕「洞庭」句，梁元帝《秋興賦》：「洞庭之葉初下，塞外之草前衰。」按太湖亦名洞庭。左思《吴都賦》：「指包山而爲期，集洞庭而淹留。」《注》：「王逸曰：太湖在秣陵東，湖中有包山，山中有如石室，俗謂洞庭。」駱賓王《久客臨海有懷》詩：「草溼姑蘇夕，葉下洞庭秋。」

校　記：

①孤，殘宋本、《文苑英華》作「南」。勝，殘宋本作「成」。

秋夜雨中諸公過靈光寺所居

靈光寺，《宋高僧傳》卷一六有《唐吴郡嘉禾靈光寺法相傳》。又卷三〇《唐洪州開元寺棲隱傳》云：「嘉禾靈光寺釋寶安，俗姓夏，姑蘇常熟人也。」按嘉禾即嘉興。《元和郡縣圖志》卷二五「蘇州」：「嘉興縣，望，北至州百四十七里。本春秋時長水縣，秦爲由拳縣，漢因之。吴時有嘉禾生，改名禾興縣，後以孫皓父名，改爲嘉興縣也。」又按長卿寶應二年量移江左，所任仍當爲縣尉。集中有嘉興詩數首，而此詩又云：「不能捐斗粟，終日愧瑶琴。」頗疑所任乃嘉興尉也。此詩當作於廣德中。

晤語青蓮舍〔一〕，重門閉夕陰①。向人寒燭静，帶雨夜鐘沈②。流水從他事，孤雲任此心。不能捐斗粟〔二〕，終日愧瑶琴〔三〕。

〔一〕青蓮舍，謂佛寺。

〔二〕斗粟，謂薄俸。

〔三〕瑶琴，鮑照《擬古》詩：「明鏡塵匣中，瑶琴生網羅。」

校　記：

①門，殘宋本作「關」。

②沈，殘宋本、《文苑英華》、《唐詩品彙》作「深」。

送盧判官南湖

《方輿勝覽》卷三「嘉興府」：「南湖，在嘉興，又名鴛鴦湖。按《南湖草堂記》：『檇李，澤國也。東南皆陂湖，而南湖尤大，其故履百有二頃。』」詩任職江南時作，當在廣德中。

漾舟仍載酒〔一〕，愧爾意相寬。草色南湖緑，松聲小署寒。水禽前後起①，花嶼往來看〔二〕。已作滄洲調，無心戀一官。

〔一〕載酒，《漢書·揚雄傳》：「家素貧，嗜酒，時有好事者，載酒肴從遊學。」

〔二〕嶼，水中洲，有山爲嶼。左思《吴都賦》：「島嶼綿邈，洲渚馮隆。」

校記：

①起，底本注：「一作出。」

南湖送徐二十七西上

南湖，在嘉興，見上詩注。徐二十七，未知是否徐説。此詩嘉興作，當與上詩同時。

家在横塘曲〔一〕，那能萬里違。門臨秋水掩，帆帶夕陽飛。傲俗宜紗帽〔二〕，干時倚布衣。獨將湖上月，相逐去還歸。

〔一〕横塘，《宋史·河渠志》：「古人治水之法，縱有浦，横有塘。」

〔二〕紗帽，謂居閒便服。《唐會要》卷三一「冠」：「（武德）後紗帽漸廢，貴賤用之。」《宋史·苻昭壽傳》：「昭壽貴家子，常紗帽素氅衣，偃息後圃，不理戎務。」

送王端公入奏上都

端公，《因話録》卷五：「御史臺三院：一曰臺院，其僚曰侍御史，衆呼爲端公。」詩云：「途經百戰後，客過二陵稀。」當作於亂平之初。按李嘉祐《送王端入朝》詩（《全唐詩》卷二〇六）亦云：「人稀傍河處，槐暗入關時。」所送蓋爲一人而題奪公字。嘉祐於永泰元年（七六五）江陰令秩滿後即赴京，則王端公之赴京，當爲廣德中事。

舊國無家訪，臨歧亦羨歸。途經百戰後，客過二陵稀〔一〕。秋草通征騎，寒城背落暉。行當蒙顧問，吴楚歲頻饑。

〔一〕二陵，《左傳》僖三二年：「晉人禦師必於殽。殽有二陵焉：其南陵，夏后皋之墓也；其北陵，文王之所避風雨也。」殽，即崤山，在今河南、陝西間。

陸時雍《詩鏡》：「通字佳，正於通字見阻。」喬億《大曆詩略》：「大曆詩結語多作虚步，如此切實者絶少。」沈德潛《唐詩别裁》：「望其救時，不是尋常應酬。」

早春

詩云：「豈堪江海畔，爲客十年來！」長卿天寶十四載（七五五）到江左，至廣德二年（七六四）恰符十年之數。

微雨夜來歇，江南春色迴。本驚時不住，還恐老相催。人好千場醉，花無百日開。豈堪江海畔，爲客十年來。

自紫陽觀至華陽洞宿侯尊師草堂簡同遊李延陵①

《江南通志》卷一一「山川」：「華陽洞，在句容縣茅山。《泉洞記》云：『洞内東西四十五里，南北三十五里。四郭上下皆石，空懸百七十丈。陰路所適，七塗九原，四方交通，五門闔闢，小徑阡陌不計也。飛鳥交横，風雲蓊郁，原阜壠堰，草木水澤，與外無異，所謂第八洞天以此。』又清《一統志》卷九〇「鎮江府」：「按《真誥》云：第八洞天宫，名曰金壇華陽之天，東北門在紫陽館東北五里，今呼爲良常北洞是也。」李延陵，當爲延陵令李摯。廣德元年李摯赴任延陵，長卿有詩贈行，且曰：「旦暮華陽洞，雲峯若有期。」按永泰元年李摯爲李令從所代，二人同遊茅山，當在廣德二年（七六四）。又按《全唐詩》卷七七〇此詩復出，署李延陵作，誤。

石門媚煙景〔一〕②，句曲盤江甸〔二〕③。南向佳氣濃〔三〕，數峯遥隱見④。漸臨華陽口，雲路入葱蒨〔四〕⑤。七曜懸洞宫〔五〕⑥，五雲抱仙殿〔六〕⑦。銀函竟誰發〔七〕，金液徒堪薦〔八〕。千載空桃花⑧，秦人深不見〔九〕。東溪喜相遇，貞白如會面〔一〇〕。青鳥來去間〔一一〕，紅霞朝夕變。一從换仙骨〔一二〕⑨，萬里乘飛電〔一三〕。蘿月延步虚〔一四〕，松花醉閒宴。幽人即長往，茂宰應交戰〔一五〕。明發歸琴堂〔一六〕，知君懶爲縣。

〔一〕煙景，春日美景。江淹《惜晚春》詩：「煙景抱空意，蘅杜綴幽心。」

〔二〕茅山一名句曲山。參見《送李摯赴延陵令》詩注。江甸，江邊。《宋書·蕭思話傳》：「仗順沿流，席卷江甸。」

〔三〕佳氣，《後漢書·光武帝紀》：「氣佳哉，鬱鬱葱葱然。」杜審言《詠終南山》詩：「半嶺通佳氣，中峰繞瑞煙。」

〔四〕葱蒨，青翠茂盛貌。顔延之《雜體詩》：「青林結冥濛，丹巘被葱蒨。」

〔五〕七曜，日、月及水、火、木、金、土五星謂之七曜。又按北斗七星亦稱七曜。

〔六〕五雲，《周禮·春官·保章氏》：「以五雲之物，辨吉凶、水旱、降豐荒之祲象。」按此謂五色瑞雲。

〔七〕銀函，銀盒。《神仙傳》：「陰長生裂黄素寫丹經一通，封以白銀之函，置蜀綏山。」

〔八〕金液，《列仙傳》：「馬明生從安期生受金液神丹方，乃於華陰山合金液。不樂升天，但服半劑，爲地仙。」

〔九〕「秦人」句，秦人隱桃花源中，不知有漢，無論魏晉。見陶淵明《桃花源記》。

〔一〇〕貞白，即陶弘景，齊、梁間人，隱居茅山，自號華陽真逸。《南史·陶弘景傳》：「大同二年卒，時年八十五。詔贈大中大夫，謚曰貞白先生。」

〔一一〕青鳥，王母使者。《漢武故事》：「七月七日，忽見有青鳥從西來。上問東方朔。朔對曰：『西王母暮必降尊像。』」

〔一二〕換仙骨，《列仙傳》：「王可交棹漁舟入江，見一花舫漾於中流，有道士七人，一道士引可交上舫，與酒喫，瀉之不出。道士曰：『酒之靈物，若得入口，當換其骨。』」

〔一三〕飛電，潘岳《螢火賦》：「熲若飛電之宵逝，彗似移星之雲流。」

〔一四〕步虛，平步虛空之謂。《樂府詩集》卷七八引《樂府解題》：「步虛詞，道家曲也，備言衆仙縹緲輕舉之美。」

〔一五〕茂宰，縣令之美稱，唐人習用。李嘉祐《寄裴明府》：「題詩招茂宰，思爾欲辭官。」交戰，郭璞《日有黑氣疏》：「伏讀聖詔，歡懼交戰。」此處謂是出是處之心矛盾於胸中。

〔一六〕琴堂，用宓子賤事，喻縣令居處。李白《贈從孫義興宰銘》詩：「退食無外事，琴堂向山開。」

校記：

①延陵，底本作「延年」，此從殘宋本、《文苑英華》。
②門，底本注：「一作林。」
③江甸，殘宋本作「歌甸」。
④數峯，《文苑英華》作「峰峰」。
⑤雲路，《唐詩品彙》作「微路」。
⑥宮，《唐詩品彙》作「門」。
⑦仙，殘宋本、《文苑英華》作「山」。
⑧空桃花，《文苑英華》作「桃花春」。
⑨換，《文苑英華》作「化」。

毘陵送鄒紹先赴河南充判官①

毘陵，即常州。鄒紹先，《元和姓纂》卷五「鄒」：「開元中有象先、紹先、彦先。」按皇甫冉有《送鄒判官赴河南》詩（《全唐詩》卷二五〇），同時作。皇甫冉廣德二年赴京，劉長卿廣德元年歸來，而長卿詩云：「芳年臨水怨，瓜步上潮過。」當作於廣德二年（七六四）春。

王事相逢少〔一〕，雲山奈別何。芳年臨水怨〔二〕，瓜步上潮過〔三〕。客路方經楚，鄉心共渡河。凋殘春草在，離亂故城多。罷戰逢時泰，輕徭佇俗和〔四〕。東西此分手，惆悵恨煙波。

〔一〕王事，公事。《詩·小雅·北山》：「或棲遲偃仰，或王事鞅掌。」

〔二〕芳年，梁簡文帝《上巳侍宴》詩：「芳年留帝賞，應物動天襟。」

〔三〕瓜步，鎮名，在今江蘇省六合縣東南。《舊唐書·張延賞傳》：「瓜步舟艫津湊，而遥繫江南；延賞請度屬揚州，自是行無稽壅。」

〔四〕輕徭，孫逖《大赦制》：「比者成童之歲，即掛輕徭，既冠之年，便當正役。」

校記：

①底本作「鄒結先」，「結」爲「紹」字之訛。《全唐詩》注：「結，一作紹。」按作「紹」是。

送鄒判官赴河南〔附〕

按《隨州集》亦收此詩，題作《送邵州判官往南》。「邵州判官」不可通，「往南」亦與詩意相悖。此詩當爲皇甫冉作。今據《全唐詩》卷二五〇過録，劉集異文入校記。

看君發原隰〔一〕，四牡去皇皇〔二〕①。始罷滄江吏②，還隨粉署郎〔三〕。海沂軍未息〔四〕，河畔歲仍荒③。征税人全少，榛蕪虜近亡。所行知宋遠〔五〕④，相隔歎淮長⑤。早晚裁書寄，銀鈎佇八行〔六〕。

〔一〕原隰，《國語·周語》：「猶其原隰之有衍沃也。」《注》：「廣平曰原，下濕曰隰。」

〔二〕四牡，駟馬。《詩·小雅·采薇》：「駕彼四牡，四牡騤騤。」皇皇，美盛貌。《詩·大雅·假樂》：「穆穆皇皇，宜君宜王。」

〔三〕粉署，尚書省又稱粉署、粉闈。參見《同諸公袁郎中宴筵喜加章服》詩注。

〔四〕海沂，海州、沂州。《新唐書·地理志》二「河南道」：「海州東海郡，上。」治所在今江蘇省連雲港。「沂州琅玡郡，上。」治所在今山東省臨沂縣。

〔五〕宋，宋州睢陽郡，春秋時爲宋國地。

〔六〕銀鈎，《晉書·索靖傳》：「蓋草書之爲狀也，婉若銀鉤，漂若驚鸞。」八行，謂書信。舊時信箋頁八行。

校記：

①去，劉集誤作「志」。

②吏，劉集作「令」。
③河畔，劉集作「河兖」。
④此句劉集作「新知行宋遠」。
⑤此句劉集作「相望隔淮長」。

送鄒判官往陳留①〔附〕

張繼

按張繼此詩所敍與上二詩同，且均爲五言六韻，當爲同時所作。今據《全唐詩》卷二四二過録，異文入校記。

齊宋傷心地②，頻年此用兵。女停襄邑杼〔一〕，農廢汶陽耕〔二〕。國使乘軺去〔三〕③，諸侯擁節迎④。深仁荷君子⑤，薄賦恤黎甿。火燎原猶熱，波摇海未平⑥。應將否泰理〔四〕，一問魯諸生。

〔一〕襄邑，《太平寰宇記》卷二「開封府襄邑縣」：「春秋時宋襄斥地也，宋襄公葬焉，故曰襄陵。今墓在縣西北隅。秦始皇以來斥縣卑濕，遂移縣於襄陵，改爲襄邑縣。」按襄邑縣唐屬宋州。
〔二〕汶陽，春秋時魯地。《左傳》成三年：「齊人歸我汶陽之田。」其地在今山東省西南，唐屬河南道。
〔三〕軺，使者所乘之車。
〔四〕否泰，均爲《易》卦名。否，天地不交，閉塞不通之象。泰，上下交通之象。

校記：

①一作「洪州送郄紹充河南租庸判官。」按洪州當爲後人妄增，以《新唐書・藝文志》云張繼嘗「分掌財賦於洪州」故也。
②此句一作「齊魯分巡地」。
③國使，一作「使者」。
④諸侯，一作「諸藩」。
⑤荷，一作「佐」，又作「賴」。
⑥波，一作「風」。

奉送裴員外赴上都

詩云「人看五馬來」，知此人爲刺史。按皇甫冉有《送處州裴使君赴京》詩（《全唐詩》卷二五〇），詩云：「秋草連秦塞，孤帆落漢陽。」長卿詩亦云：「獨過潯陽去」，「離心秋草緑」，時令與所取之路徑均同，疑即此人也。按肅宗寶應元年改稱西京爲上都，此詩當作於廣德中。

彤襜江上遠〔一〕，詔書萬里催。獨過潯陽去，空憐潮信迴。離心秋草緑，揮手暮帆開。想見秦城路，人看五馬來。

〔一〕襜，帷也。參見《奉餞郎中四兄》詩注。

送李録事兄歸襄鄧

此詩作於亂平之後。「十年多難」，自天寶十四載亂起計，應在廣德二年（七六四）前後。據《新唐書·百官志》，兩都、都督府、都護府、諸州及京縣均設録事。李録事，名未詳。襄鄧，謂襄州、鄧州一帶，屬山南東道。

十年多難與君同，幾處移家逐轉蓬〔一〕。白首相逢征戰後，青春已過亂離中〔二〕。行人杳杳看西月〔三〕，歸馬蕭蕭向北風〔四〕。漢水楚雲千萬里〔五〕，天涯此别恨無窮。

〔一〕轉蓬，曹植《雜詩》：「轉蓬離本根，飄飖隨長風。」

〔二〕青春，潘尼《贈陸機出爲吴王郎中令》：「予涉素秋，子登青春。」注：「素秋，喻老；青春，喻少也。」

〔三〕杳杳，深遠貌。劉向《九嘆·遠逝》：「日杳杳以西頹兮，路長遠而窘迫。」

〔四〕蕭蕭，馬鳴聲。《詩·小雅·車攻》：「蕭蕭馬鳴，悠悠旆旌。」向北風，《古詩十九首》：「越鳥巢南枝，胡馬向北風。」

〔五〕「漢水」句，漢水流經襄、鄧，江左古爲東楚，故以喻千里之隔。

喬億《大曆詩略》：「三四情事黯然。」方東樹《昭昧詹言》：「凡題有根源者，須先尋取。此詩起四句在題前。五六始入『歸』字。收句結『送』字，又切襄陽。三四圓警精美，氣味沈厚，故可取。文房言近而意皆深，耐人吟詠。」

送鄭司直歸上都①

司直，《新唐書·百官三》「大理寺」：「司直六人，從六品上；評事八人，從八品下。掌出使推按。」此詩當作於永泰元年（七六五）前後。

歲歲逢離別，蹉跎江海濱。宦遊成楚老〔一〕②，鄉思逐秦人〔二〕。馬首歸何日，鶯啼又一春。因君報情舊③，閒慢欲垂綸。

〔一〕楚老，漢代徐州之隱士。此處謂己滯留楚地，漸漸向老。

〔二〕秦人，關中本爲秦地，因稱關中人爲秦人，此指鄭司直。

校記

①歸，盧文弨本校語：「今作赴。」

②楚，底本誤作「禁」，據《全唐詩》改。

③因，盧文弨本校語：「近本誤同，不通。」

哭魏兼遂公及孀妻幼子，與僮數人，相次亡歿，葬於丹陽①。

按皇甫冉有《太常魏博士遠出賊庭江外相逢因敍其事》詩（《全唐詩》卷二四九），而此詩亦云：「獨行依窮巷，全身出亂軍」，行跡相類，未知是否同人。永泰元年（七六五）前後，長卿嘗數至揚、潤，詩當作於途經丹陽時。

古今俱此去②，倏短竟誰分〔一〕。樽酒空如在，絃琴肯重聞③。一門同逝水〔二〕，萬事共浮雲。舊館何人宅，空山遠客墳。艱危貧且共④，少小秀而文。獨行依窮巷〔三〕，全身出亂軍⑤。歲時長寂寞，煙月自氛氳⑥。壠樹隨人古，山門對日曛。汎舟悲向子〔四〕⑦，留劍贈徐君〔五〕。來去雲陽路〔六〕，傷心江水濆。

〔一〕倏短，謂壽命之長短。王羲之《蘭亭集序》：「況倏短隨化，終期於盡。」

〔二〕逝水，王褒《尉遲綱墓碑》：「逝水詎停？光陰不借。」

〔三〕獨行，謂志節高尚，不隨俗浮沉。《漢書・武帝紀》：「舉獨行之君子，徵詣行在所。」窮巷，《韓詩外傳》：「大儒雖隱居窮巷，無置錐之地，而王公不能與爭名矣。」

〔四〕向子，即向秀。秀與嵇康、吕安善，康、安誅，秀作《思舊賦》以悲之。事具《晉書・向秀傳》。

〔五〕留劍，《史記・吴太伯世家》：「季札之初使，北過徐君。徐君好季札劍，季札心知之，爲使上國，未獻。還至徐，徐君已死，於是乃解其寶劍，繫之徐君墓樹而去。」

〔六〕雲陽，丹陽古稱雲陽。

校記：

①《文苑英華》注作「與家僮數人，相次逝没，葬丹陽。」

②此去，《文苑英華》注：「集作有此。」

③肯，《文苑英華》作「豈」。

④共，《文苑英華》作「病」。
⑤軍，底本作「斤」，此從《文苑英華》。
⑥氛，《全唐詩》注：「一作氤。」
⑦向子，底本誤作「向予」，從《文苑英華》改。

送皇甫曾赴上都

按皇甫曾有《送湯中丞和蕃》詩（《全唐詩》卷二一〇）。《舊唐書・吐蕃傳》：「永泰二年二月，命大理少卿兼御史中丞楊濟修好于吐蕃。」湯爲楊之訛，所送即楊濟。是知皇甫曾之赴京，當在永泰元年（七六五）或此前。

東遊久與故人違，西去荒凉舊路微。秋草不生三徑處〔一〕，行人獨向五陵歸〔二〕。離心日遠如流水，迴首川長共落暉。楚客豈勞傷此別，滄江欲暮自霑衣。

〔一〕三徑，陶淵明《歸去來辭》：「三徑就荒，松菊猶存。」
〔二〕五陵，漢高祖長陵、惠帝安陵、景帝陽陵、武帝茂陵、昭帝平陵，稱五陵。其地在長安北，後人多借指長安。

盧文弨抄本《劉隨州集》引何焯評語：「句句翻新。」又云：「第五自謂東遊未已。」喬億《大曆詩略》：「腹聯極用意，却看似不用意。與有深分人作別，實有此況味。」

送皇甫曾赴上都①

當與上詩同時。

帝鄉何處是？岐路空垂泣。楚客愁暮多②，川程帶潮急③。潮歸人不歸，獨向空塘立④。

陸時雍《詩鏡》：「川程帶潮急，語趣佳。」沈德潛《唐詩别裁》：「工於用短。」

校記：

①底本作「送丘爲赴上都」，此據《文苑英華》。按長卿集中不乏重送之作，此詩蓋亦一例也，故時令與上詩同，情韻亦相似。

②客，底本作「思」，此從《文苑英華》。愁暮，《唐詩品彙》作「暮愁」。

③程，《文苑英華》作「長」。

④空，《文苑英華》作「迴」。

送〔王〕處士歸州因寄林山人①

吴中送行之作，當作於廣德、永泰中。

陵陽不可見〔一〕，獨往復如何。舊邑雲山裏，扁舟來去過。鳥聲春谷静②，草色太湖多。

儻宿荆溪夜〔二〕，相思漁者歌。

〔一〕陵陽，《太平寰宇記》卷一〇三「宣州涇縣」：「陵陽山，在縣西南一百三十里。《列仙傳》云：『陵陽子明釣白龍，放之。後五年，龍來迎子明，上丹陽陵陽山。一百餘年，乃得仙去。』山高一百餘丈。又有子安者，仙人也，來就子明。二十年，一旦忽死，葬山下，常有黄鶴栖其冢樹上，鳴聲呼『子安子安。』」

〔二〕荆溪，《太平寰宇記》卷九二「常州宜興縣」：「荆溪在縣南二十步。《漢志》云：中江首受蕪湖，東至陽羨入海，即此溪也。」按處士蓋由吴中赴宣州，取道太湖而先至義興，故云「儻宿荆溪」也。

校記：

①盧文弨本按語：「似脱一字：宣。」按盧説是，當作歸宣州。又按處士上亦脱其姓，據《永樂大典》補。

②谷，盧文弨本按語：「當作穀。」

送蔣侍御入秦

蔣侍御，按賈至有《送蔣十九丈奏事畢正拜殿中歸淮南幕府序》（《全唐文》卷三六八）：「天子以淮海多虞，黎人未乂，命舊相崔公董之。公以封略所覆，澄清是因，辟柱史蔣公佐之。如翰貫風，以石投水。於兹五稔，方隅克定。」崔公卽崔圓。圓以上元二年（七六一）鎮揚州，五稔，則爲永泰元年（七六五）。蔣某拜殿中，與長卿詩稱侍御合。又按獨孤及有《送蔣員外奏事畢歸揚州序》（《全唐文》卷三八七）：「揚州牧趙國崔公，以其部從事侍御史吴興蔣晁如京師，條奏官府之廢置，歲月之要會。」「既將命，趙公拜左僕射，蔣侯加尚書郎之位。」崔圓於大曆二年拜僕射，故知蔣晁大曆二年嘗再至京師。長卿所送之蔣侍御，蓋即晁也。詩當作於永泰元年蔣晁首次赴京時。

朝見及芳菲，恩榮出紫微〔一〕。晚光臨仗奏〔二〕，春色共西歸。楚客移家老，秦人訪舊稀。因君鄉里去，爲掃故園扉。

〔一〕紫微，按《新唐書·百官志》二，開元元年嘗改中書省爲紫微省。
〔二〕仗，謂儀衛。

時平後送范倫歸汝州①

范倫，《舊唐書·范傳正傳》："父倫，户部員外郎，與郡人李華敦交友之契。"李華《杭州開元寺新塔碑》（《全唐文》卷三一八）："廣德二年三月，西塔壞。凶荒之後，人願莫展。太常卿兼杭州刺史張公伯儀，忠簡帝心，威静吴越。駐車跪禮，徘徊感歎。乃捨清白之俸，爲君爲親，修而復之。兵部員外郎兼侍御史范公倫，人之珪璋，國之俊彦"，"戒香扶其永誓，道力護其成功。"是知永泰元年（按即廣德三年）三月范倫尚在杭州。詩當作於是年或次年。汝州，按《新唐書·地理志》二，唐屬都畿道。

昨聞戰罷圖麟閣〔一〕，破虜收兵卷戎幕〔二〕。滄海初看漢月明②，紫微已見胡星落〔三〕。憶昔扁舟此南渡，荆棘煙塵滿歸路。與君攜手姑蘇臺〔四〕，望鄉一日登幾迴。白雲飛鳥去寂寞，吴山楚岫空崔嵬③。事往時平還舊丘〔五〕，青青春草近家愁。洛陽舉目今誰在，潁水無情應自流〔六〕。吴苑西人去欲稀〔七〕，留連一日空知非〔八〕④。江潭歲盡愁不盡，鴻雁春歸身未歸⑤。萬里遥懸帝鄉憶⑥，五年空帶風塵色。卻到長安逢故人，不道姓名應不識。

〔一〕麟閣，即麒麟閣，漢代圖畫功臣之所。參見《奉和李大夫同吕評事太行苦熱行》詩注。

〔二〕戎幕，軍府。李嶠《爲婁師德謝賜雜綵表》：「雖鑿門之志，必掃妖凶；而受鉞之功，未宣戎幕。」此處指軍府之帳幕。

〔三〕紫微，《史記・天官書》：「中宫天極星，其一明者，太乙常居也。」《索隱》：「《春秋合誠圖》云：『紫微，大帝室，太乙之精也。』」《正義》：「泰乙，天帝之别名也。」又，胡星，「昴曰髦頭，胡星也，爲白衣會。」

〔四〕姑蘇臺，在蘇州吴縣。一説吴王闔閭所造，一説吴王夫差爲西施所造。

〔五〕舊丘，屈原《哀郢》：「鳥飛返故鄉兮，狐死必首丘。」後人因謂故居爲舊丘。

〔六〕潁水，源出河南府登封縣西南，流經許、陳、潁等州入淮。參見清《一統志》卷二〇五「河南府」。

〔七〕吴苑，按吴有長洲苑。《太平寰宇記》卷九一「蘇州長洲縣」：「長洲苑在縣西南七十里。孟康曰：『以江水洲爲苑也。』」《漢書・枚乘傳》注引服虔語：「長洲苑即吴苑。」

〔八〕留連，梁元帝《歌》：「人生行樂爾，何處不留連！」

校記：

①汝州，底本作「安州」，此從殘宋本。按詩云「洛陽舉目今誰在？潁水無情應自流」，當爲歸至洛陽附近之汝州，而非遠在淮西之安州也。

②海，殘宋本作「波」。

③空，殘宋本作「同」。

④日，殘宋本作「歲」。
⑤身，殘宋本作「人」。
⑥遥，殘宋本作「猶」。

時平後春日思歸

與上詩同時。據首句，長卿所任仍爲縣尉也。

一尉何曾及布衣〔一〕，時平卻憶卧柴扉〔二〕。故園柳色催南客，春水桃花待北歸。

〔一〕布衣，庶人之服。及，比得上。
〔二〕柴扉，范雲《贈張徐州謖》詩：「還聞稚子説，有客欵柴扉。」

清明後登城眺望

詩意和平，尾聯有求歸長安之意，疑作於永泰元年（七六五）前後。

風景清明後，雲山睥睨前〔一〕。百花如舊日，萬井出新煙。草色無空地，江流合遠天。長安在何處①，遥指夕陽邊。

〔一〕睥睨，城上矮牆。《初學記》卷二四引王筠《和新渝侯巡城》詩：「罘罳分曉色，睥睨生秋霧。」

校　記：

①在何處，《全唐詩》注：「一作何處是。」

送馬秀才移家京洛便赴舉

秀才，按《新唐書·選舉志》，唐初有秀才科，高宗永徽二年停。後以秀才稱舉子。馬秀才當爲避地揚、潤，而於時平後歸京應舉者。長卿另有《送馬秀才落第歸江南》詩，作於大曆二年，此詩當作於廣德元年（七六三）至大曆元年（七六六）間。

自從爲楚客，不復掃荆扉。劍共丹誠在〔一〕，書隨白髮歸。舊遊經亂盡①，後進識君稀。空把相如賦，何人薦禮闈〔二〕。

〔一〕丹誠，猶丹心。《梁書·孔休源傳》：「臣以庸鄙，曲荷恩遇，方揣丹誠，效其一割。」

〔二〕「空把」二句，《史記·司馬相如傳》：「蜀人楊得意爲狗監侍上，上讀《子虛賦》而善之曰：『朕獨不得與此人同時哉！』得意曰：『臣邑人司馬相如自言爲此賦。』上驚，乃召問相如。相如曰：『有是。然此乃諸侯之事，未足觀也。請爲天子游獵賦。』」禮闈，謂禮部。開元二十三年後，以禮部侍郎掌貢舉。

校記：

①盡，底本作「静」，此從殘宋本、《文苑英華》。

送崔昇歸上都

崔昇，《新唐書·宰相世系表》：奉天令崔鯨，子昇，監察御史。此詩歸至江東後作，當在廣德元年（七六三）至大曆元年（七六六）間。

舊寺尋遺緒〔一〕，歸心逐去塵。早鶯何處客，古木幾家人。白髮經多難，滄洲欲暮春。臨期數行淚①，爲爾一霑巾。

〔一〕遺緒，猶言遺踪。江淹《傷愛子賦》：「視往端而擗摽，覩遺緒而苦辛。」

校記：

①期，盧文弨本校語：「期，疑作歧。」

送行軍張司馬罷使適越①

詩作於時平後，而長卿在吴，當在廣德元年（七六三）至大曆元年（七六六）間。

時危身赴敵②，事往任浮沉〔一〕。末路三江去〔二〕③，當時百戰心④。春風吴苑緑〔三〕⑤，古木剡山深。千里滄波上⑥，孤舟不可尋⑦。

〔一〕浮沉，《史記·游俠傳》：「豈若卑論儕俗，與世浮沈，而取榮名哉！」

〔二〕末路，臨老之謂，參見《從軍六首》注。三江，《吴越春秋》以浙江、浦陽江、剡江（溪）爲三江。

〔三〕吴苑，蘇州長洲苑一名吴苑。

胡應麟《詩藪》：「(大曆)妙境往往有不減盛唐者。」「劉文房『東風吴草緑，古木剡山深』……色相清空，中唐獨步。」

校　記：

①適越，底本作「迴越」，此據殘宋本、《文苑英華》。又，《中興間氣集》作「送張繼司直適越」，《唐詩紀事》作「送張匱司直歸越中」。

②赴敵，《中興間氣集》作「適越」。

③末路，《中興間氣集》、《唐詩紀事》作「萬里」，殘宋本作「來路」。

④當時，《中興間氣集》作「孤舟」，《唐詩紀事》作「孤城」。

⑤苑，《中興間氣集》作「渚」，《唐詩紀事》作「草」。

⑥此句《中興間氣集》作「明月滄洲路」，又明月，《唐詩紀事》作「明日」。

⑦孤舟，《中興間氣集》、《唐詩紀事》作「歸雲」。

寄李侍御

江南作，當在永泰元年(七六五)前後。按詩意，長卿與之交誼甚密，疑爲李嘉祐。至德二載嘉祐謫鄱陽，長卿有《送李侍御謫鄱陽》詩。寶應元年嘉祐就任江陰令，永泰元年秩滿赴京，此詩或作於大曆元年。

舊國人未歸，芳洲草還碧①。年年湖上亭②，悵望江南客。驄馬入關西③，白雲獨何適。相思煙水外，唯有心不隔。

校　記：

①芳，《文苑英華》注：「集作滄。」

②亭，《文苑英華》作「春」。

③入關西，《文苑英華》作「西入關」。

送李補闕之上都

李補闕，即李紓。《舊唐書·李紓傳》：「大曆初，吏部侍郎李季卿薦爲左補闕，累遷司封員外郎、知制誥，改中書舍人。」《寶刻叢編》卷四「壽安縣」有《唐東都留守李澄碑》，署「唐中書舍人李紓撰」，碑以「大曆四年立」。計其升遷之序，大曆初當爲大曆元年。又按獨孤及《唐故正議大夫右散騎常侍贈禮部尚書李公墓誌銘》（《全唐文》卷三九一）云：「歲在丁未，七月丁卯，有唐故右散騎常侍李季卿薨。」「（公）由祕書少監爲吏部侍郎，復兼御史大夫，慰撫山東淮南。明年勞旋，典選如故。」丁未歲爲大曆二年，時季卿已遷常侍。典選薦李紓，自在此前。補闕，《新唐書·百官志》二：中書省、門下省各有補闕六人，「從七品上」，「掌供奉諷諫，大事廷議，小則上封事」。按長卿詩云「獨歸西掖去」，李紓所任當爲右補闕。

獨歸西掖去〔一〕，難接後塵遊〔二〕。向日三千里〔三〕，朝天十二樓〔四〕。路看新柳夕，家對舊山秋。惆悵離心遠，滄江空自流。

〔一〕西掖，《漢官儀》：「左右曹受尚書事。前世文士以中書在右，因謂中書爲右曹，亦稱西掖。」

〔二〕後塵，張協《七命》：「余雖不敏，請尋後塵。」杜甫《戲爲六絶句》：「恐與齊梁作後塵。」

〔三〕三千里，《太平寰宇記》卷九一「蘇州」：「西北至長安三千三十里。」

〔四〕十二樓，黄帝時造五城十二樓以候神人，見《漢書·郊祀志》。後以指長安。吴均《雍臺》：「雍臺十二樓，樓樓鬱相望。」

經漂母墓

《水經注·淮水》：「淮水又東逕淮陰縣故城北。城東有兩冢，西者即漂母冢也。周迴數百步，高十餘丈。昔漂母食信於淮陰，信王下邳，蓋投金增陵以報母矣。東一陵即信母冢也。」清《一統志》「江蘇淮安府」云：「漂母墓在清河縣（按即淮陰）東。」按長卿南來時爲沿江而下，北歸時始經淮陰，故疑此詩作於北歸時。又按長卿大曆元年春尚在江東，有詩送李補闕紓北上，大曆二年春夏則已有京中詩，其北歸長安，蓋即在大曆二年夏也。詩云：「渚蘋行客薦，山木杜鵑愁。」青蘋夏日始花，杜鵑亦爲夏候鳥，時令正合。

昔賢懷一飯〔一〕，兹事已千秋。古墓樵人識，前朝楚水流。渚蘋行客薦〔二〕，山木杜鵑愁〔三〕。春草茫茫緑①，王孫舊此遊〔四〕。

〔一〕昔賢，謂韓信。《史記·淮陰侯傳》：「信釣於城下，諸母漂，有一母見信飢，飯信，竟漂數十日。」「漢五年正月，徙齊王信爲楚王，都下邳。信至國，召所從食漂母，賜千金。」又，《史記·范睢傳》：「一飯之德必償。」

〔二〕渚蘋，蘋生水渚，故云。杜甫《湘夫人祠》詩：「晚泊登汀樹，微馨借渚蘋。」

〔三〕杜鵑，又名子規，杜宇。杜宇本古蜀帝，自以德薄，亡去，化爲杜鵑，啼聲悲愁。見《華陽國志》。

〔四〕「春草」二句，《楚辭·招隱士》：「王孫遊兮不歸，春草生兮萋萋。」又，《史記·淮陰侯傳》：「母怒曰：『大丈夫不能自食，吾哀王孫而進食，豈望報乎！』」《索隱》：「劉德曰：秦末多失國，言王孫公子，尊之也。」

方回《瀛奎律髓》：「長卿意深不露，第四句蓋謂楚亡漢亡，唯有流水耳。一漂母之墓，樵人猶能識之，亦以其有一飯之德於時耳。」陸時雍《詩鏡》：「三四啞韻，未見其佳。五律貴響亮精工，七律貴深沈藴藉。」唐汝詢《唐詩解》：「此弔古而思漂母之賢也。言淮陰懷漂母之一飯，其事已千秋矣，樵人猶能識其墓。漢王忌信而收其國，宜長享天下也，然前朝惡在乎？惟餘楚水之流耳。是漢主不如漂母之憐才也。今其墓間，行客採蘋以薦，杜宇繞水而愁；薦者思母之賢，愁者寫信之怨也。吾想茫茫荒草之處，卽王孫舊遊地耳。何千載難其人，豈世無淮陰耶？抑無漂母識之耶？」喬億《大曆詩略》：「意境超然，此題絕唱。析而論之：五六平按題位；前半敘事，以唱歎出之，極頓挫抑揚之妙；結亦具有遠神。」吴喬《圍爐詩話》：「言外有遠神。」

校記：

①茫茫，《瀛奎律髓》作「綿綿」。

北歸入至德州界偶逢洛陽鄰家李光宰

大曆元年（七六六）歸京時作。德州，《元和郡縣圖志》卷一七「河北道」：「後魏文帝於今州置安德郡。隋開皇三年，改爲德州。」又「八到」：「西南至東都一千七百九十里。」李光宰，《新唐書·宰相世系表》二上「趙郡李氏東祖房」：光宰，雲陽主簿旭之子。

生涯心事已蹉跎〔一〕，舊路依然此重過。近北始知黄葉落，向南空見白雲多。炎州日日人將老〔二〕，寒渚年年水自波。華髮相逢俱若是〔三〕，故園秋草復如何。

〔一〕生涯，《莊子·養生主》：「吾生也有涯，而知也無涯。」蹉跎，阮籍《詠懷》：「娱樂未終極，白日忽蹉跎。」

〔二〕炎州，《十洲記》：「炎州在南海中，地方二千里，去北岸九萬里。」此謂南國炎熱之地。何承天《臨高臺》詩：「馳迅風，遊炎州。」

〔三〕華髮，花白髮。《墨子·修身》：「華髮隳顛而猶弗舍者，其唯聖人乎？」

金人瑞《貫華堂選批唐才子詩》：「舊路依然者，昔日從此來，今日從此去。昔來何所求而來？今去何所得而去？于是趁筆一與分南分北，言今日自此而北，一路盡是衰敗；昔日自此而南，一場總是虚空也。」

送青苗鄭判官歸江西

《舊唐書·代宗紀》：大曆元年五月，「議於天下地畝青苗上量配税錢，命御史府差使徵之，以充百官俸料」。詩當作於大曆元年或二年（七六七）。

三苗餘古地〔一〕，五稼滿秋田〔二〕。來問周公税〔三〕①，歸輸漢俸錢。江城寒背日，湓水暮連天〔四〕。南楚凋殘後〔五〕，疲民賴爾憐②。

〔一〕三苗，《史記·五帝紀》：「三苗在江淮、荆州。」《正義》：「吴起云：『三苗之國，左洞庭而右彭蠡。』」

〔二〕五稼，《宋書·禮志》：「四時和，五稼成，麟鳳翔集。」以統稱穀物。

〔三〕公税，《詩·魏風·園有桃》《箋》曰：「魏君薄公税，省國用，不取於民。」

〔四〕湓水，《太平寰宇記》卷一一一「江州德化縣」：「湓浦，按《郡國志》云：有人此處洗銅盆，忽水暴漲，乃失盆，遂投水取之，即見一龍啣盆奪之而去，故曰盆水。又云源出青盆山，因以爲名。」

〔五〕南楚，《史記·貨殖傳》：「衡山、九江、江南、豫章、長沙，此南楚也。」

校　記：

①公，殘宋本作「官」。

②賴，殘宋本作「爲」。

故女道士婉儀太原郭氏挽歌詞二首

婉儀,《新唐書·百官志》二「内官」:「淑儀、德儀、賢儀、順儀、婉儀、方儀,各一人,正二品。掌教九御四德,率其屬以贊后禮。」此爲京中詩,當作於大曆元年或二年(七六七)。

作範宮闈睦〔一〕,歸真道藝超〔二〕①。馭風仙路遠,背日帝宮遥②。鸞殿空留處〔三〕,霓裳已罷朝〔四〕。淮王哀不盡〔五〕,松柏但蕭蕭〔六〕。

〔一〕作範,範謂楷模。《後漢書·周舉傳》:「昭忠厲俗,作範後昆。」宫闈,宫中后妃所居之處。《晉書·后妃傳論》:「陰教洽于宫闈,淑譽勝於區域。」

〔二〕歸真,《戰國策·齊策》:「斶知足矣,歸真反璞,則終身不辱也。」按此謂入道。

〔三〕鸞殿,指后妃居所。沈佺期《王昭君》詩:「非君惜鸞殿,非妾妬蛾眉。」

〔四〕霓裳,以霓爲裳,謂宫中盛妝。曹植《樂府》:「披我丹霞衣,襲我素霓裳。」

〔五〕「淮王」句,按《漢書·淮南厲王傳》,厲王幼失母,悲不自勝。蓋婉儀有子,其時尚幼也。史載代宗二十子,其十七子不詳母氏所出。大曆九年,諸子封王,「皇子勝衣者盡加王爵,不出閤。」

〔六〕蕭蕭,《古詩十九首》:「白楊多悲風,蕭蕭愁殺人。」

宫禁恩長隔③,神仙道已分。人間驚早露〔一〕,天上失朝雲〔二〕。逝水年無限,佳城日易曛〔三〕。簫聲將薤曲〔四〕④,哀斷不堪聞。

〔一〕早露，員半千《青城令達奚思敬碑》：「早露先霜，不登爵秩。」驚早露，謂殞身。

〔二〕朝雲，宋玉《高唐賦》：「楚襄王與宋玉遊於雲夢之臺，望高唐之觀，其上獨有雲氣。王問曰：『此何氣也？』對曰：『所謂朝雲者也。昔者先王嘗遊高唐，夢見一婦人曰：『妾在巫山之陽，高丘之阻，旦爲朝雲，暮爲行雨，朝朝暮暮，陽臺之下。』故爲立廟，號曰朝雲。」

〔三〕佳城，《史記·夏侯嬰傳》《索隱》引《博物志》：「公卿送嬰葬，至東都門外，馬不行，踣地悲鳴，得石椁，有銘曰：『佳城鬱鬱，三千年見白日，吁嗟滕公居此室。』乃葬之。」

〔四〕薤曲，崔豹《古今注·音樂》：「薤露、蒿里，並喪歌也。出田横門人。横自殺，門人傷之，爲之悲歌，言人命如薤上之露，易晞滅也。亦謂人死魂魄歸乎蒿里，故有二章。」

校記：

①道藝，《文苑英華》作「藝業」。

②日，殘宋本作「月」。宫，《文苑英華》作「居」。

③恩，殘宋本作「思」。

④將，《文苑英華》作「浮」。

故郭婉儀挽歌〔附〕　司空曙

此詩據《全唐詩》卷二九二過録。

一日辭秦鏡〔一〕，千秋别漢宫。豈惟泉路掩〔二〕，長使月輪空。苦色凝朝露〔三〕，悲聲切暝風。婉儀餘舊德，仍載禮經中。

〔一〕秦鏡，猶云明鏡、寶鏡。餘見《温湯客舍》詩注。

〔二〕泉路，駱賓王《樂大夫挽詞》之五：「忽見泉臺路，猶疑水鏡懸。」

〔三〕朝露，《漢書·蘇武傳》：「李陵謂武曰：『人生如朝露，何久自苦如此！』」

送河南元判官赴河南句當青苗稅充百官俸錢①

詩春日作，當在大曆二年（七六七）。

春草長河曲，離心共渺然。方收漢官俸②，獨向汶陽田〔一〕。烏雀空城在，榛蕪舊路遷③。山東征戰苦，幾處有人煙。

〔一〕汶陽田，見《送鄆判官往陳留》詩注。

校記：

①底本「句」字空格，注云御名，此據殘宋本增。又，底本無「青」字，亦據殘宋本增。

②官，底本作「家」，此從殘宋本。

③遷，底本作「還」，此從殘宋本。

奉和杜相公新移長興宅呈元相公

杜相公，杜鴻漸。《舊唐書·杜鴻漸傳》：「鴻漸晚年樂於退靜，私第在長興里，館宇華靡，賓僚宴集。鴻漸悠然賦詩曰：『常願追禪理，安能挹化源。』朝士多屬和之。」按《舊唐書·代宗紀》，杜鴻漸於大曆元年二月赴劍南，二年六月還朝，四年十一月卒。二年秋長卿已奉使淮西，故知賦詩事在大曆二年（七六七）夏秋。元相公，即元載。

間氣生賢宰〔一〕①，同心奉至尊〔二〕。功高開北第〔三〕，機靜灌中園〔四〕。入並蟬冠影〔五〕，歸分騎士喧。窗聞漢宫漏〔六〕，家識杜陵原〔七〕②。獻替常焚槀〔八〕，優閒獨對萱〔九〕③。花香逐荀令〔一〇〕，草色對王孫〔一一〕。有地先開閤〔一二〕，何人不掃門〔一三〕。江湖難自退，明主託元元〔一四〕。

〔一〕間氣，五行家謂爲「不苞一行之氣」，非常氣可比，得之則生爲臣。《春秋演孔圖》：「正氣爲帝，間氣爲臣，宫商爲姓，秀氣爲人。」

〔二〕至尊，皇上。賈誼《過秦論》：「履至尊而制六合，執棰柎以鞭笞天下。」《漢書·禮樂志》：「舞人無樂者，將至至尊之前不敢以樂也。」

〔三〕開第，由君主恩賜而新建宅第。《史記·騶奭傳》：「騶奭者，頗采騶衍之術以紀文，齊王嘉之，命曰：『列大夫，爲開第康莊之衢。』」

〔四〕灌園，《高士傳》：「陳仲子者，齊人也。楚王聞其賢，欲以爲相，遣使聘仲子。遂逃去，爲人灌園。」

〔五〕蟬冠，《後漢書·輿服志》：「武冠，一曰武弁大冠，諸武官冠之。侍中、中常侍加黄金璫，附蟬爲文，貂尾爲飾謂之趙惠文冠。」《宋史·輿服志》：「貂蟬冠，一名籠巾，織籐漆之，形正方，如平巾幘。飾以銀，前有銀花，上綴玳瑁蟬，左右爲三小蟬，銜玉鼻，左插貂尾。三公、親王侍祠，大朝會，則加于進賢冠而服之。」

〔六〕漏，《説文》：「漏，以銅受水，刻節，晝夜百刻。」

〔七〕杜陵，《漢書·地理志》注：「古杜伯國，漢宣帝葬此，因曰杜陵，在長安南五十里。」

〔八〕獻替，《左傳》昭二十年：「君所謂可，而有否焉，臣獻其否，以成其可；君所謂否，而有可焉，臣獻其可，以去其否。是以政平而民不干。」《後漢書·胡廣傳》：「臣聞君以兼覽博照爲德，臣以獻可替否爲忠。」焚藁，猶云焚草。《宋書·謝弘微傳》：「（弘微）每有獻替及論時事，必手書焚草，人莫之知。」又《舊唐書·高士廉傳》：「士廉有奏議，輒焚藁。」

〔九〕萱，一名忘憂草。嵇康《養生論》：「合歡蠲忿，萱草忘憂，愚智所共知也。」

〔一〇〕荀彧嘗爲中書令，人稱荀令君。《三國志·荀彧傳》注引《晉陽秋》：「（荀）顗字景倩，幼爲姊夫陳群所異。博學洽聞，意思慎密。司馬宣王見顗，奇之曰：『荀令君之子也。』」《襄陽記》：「荀令君至人家坐，幙三日香氣不歇。」

〔一一〕「草色」句，《楚辭·招隱士》：「王孫遊兮不歸，春草生兮萋萋。」

〔一二〕開閤，《漢書·公孫弘傳》：「數年至宰相，封侯。於是起客館，開東閤以延賢人，與參謀議。」

〔一三〕掃門，《史記·齊悼惠王世家》：「魏勃欲求見齊相國曹參，無以自通，乃常獨早夜掃齊相舍人門外。舍人怪之，伺之得勃。」

〔一四〕元元，百姓。《戰國策·秦策》：「制海内，子元元。」

校記：

①氣，底本作「世」，此據《文苑英華》。

②原，底本作「源」，此從《文苑英華》、《唐詩品彙》。

③優，《唐詩品彙》作「清」。

奉和杜相公移長興宅奉呈元相公〔附〕　錢起

據《全唐詩》卷二三八過録。

守貴常思儉，平津此意深〔一〕。能卑丞相宅，何謝故人心。種蕙初抽帶，移篁不改陰。院梅朝助鼎〔二〕，池鳳夕歸林〔三〕。覺路經中得〔四〕，滄洲夢裏尋。道高仍濟代〔五〕，恩重豈投簪〔六〕。報國誰知己，推賢共作霖〔七〕。興來文雅振，清韻擲雙金〔八〕。

〔一〕平津，《漢書·公孫弘傳》：「以高成之平津鄉，户六百五十，封丞相弘爲平津侯。」後以平津稱宰相。

〔二〕「院梅」句，《書·説命》：「若作和羹，爾惟鹽梅。」後因以調鼎喻宰相之職。

〔三〕「池鳳」句，魏晉南北朝設中書省於禁苑，稱鳳凰池。范雲《古意贈王中書》詩：「攝官青瑣闥，遥望鳳凰池。」按《新唐書·宰相表》：廣德二年四月甲午，「鴻漸爲中書侍郎」。

〔四〕覺路，佛家語。王勃《福會寺碑》：「排四門而獨往，共極邦緣；摯十地而遐征，同趨覺路。」

〔五〕濟代，張説《姚文貞公碑》：「讓功辭邑，禮也；濟代全名，智也。」

〔六〕投簪，謂退隱。摯虞《徵士胡昭贊》：「投簪卷帶，韜聲匿迹。」左思《招隱詩》：「躊躇足力煩，聊欲投吾簪。」

〔七〕作霖，《書·説命》：「若歲大旱，用汝作霖雨。」

〔八〕孫綽《天台賦》成，謂人曰：「卿試擲地，當作金石聲。」見《晉書·孫綽傳》。

奉和杜相公長興新宅即事呈元相公〔附〕　李嘉祐

據《全唐詩》卷二〇七過録。

意有空門樂〔一〕，居無甲第奢〔二〕。經過容法侣〔三〕，雕飾讓侯家。隱樹重簷肅，開園一逕斜。據梧聽好鳥，行藥寄名花〔四〕。夢蝶留清簟〔五〕，垂貂坐絳紗〔六〕。當山不掩户，映日自傾茶。雅望歸安石〔七〕，深知在叔牙〔八〕。還成吉甫頌〔九〕，贈答比瑶華〔一〇〕。

〔一〕空門，《大智度論》：「空門者，生空法空。」佛家以空爲入道之門，故稱空門。後以泛指佛家。

〔二〕甲第，《史記·武帝紀》：「賜列侯甲第。」《注》：「有甲乙次第，故云第。」

〔三〕法侣，猶言僧侣。《洛陽伽藍記·城南景明寺》：「名僧德衆，負錫爲群，信徒法侣，持花成藪。」

〔四〕行藥，服藥後漫步以散發藥力，稱行藥。《魏書·邢巒傳》：「高祖因行藥至司空府南，見巒宅。」

〔五〕夢蝶，《莊子·齊物論》：「昔者莊周夢爲胡蝶，栩栩然胡蝶也。」

〔六〕垂貂，《晉書·輿服志》「武冠」：「侍中、常侍則加金鐺，附蟬爲飾，插以貂毛，黄金爲竿。」絳紗，《後漢書·馬融傳》：「融常坐高堂，施絳紗帳，前授生徒，後列女樂。」

〔七〕謝安字安石，晉陽夏人。少有重名，累辟不起。後爲尚書僕射。太元八年，遣姪玄等破苻堅於肥水，以總統功，拜太保。事見《晉書·謝安傳》。

〔八〕叔牙，即鮑叔。春秋時齊人。與管仲交，薦管仲於桓公，卒成霸業。管仲曰：「生我者父母，知我者鮑子也。」見《史記·管仲傳》。

〔九〕《詩·大雅·嵩高》：「吉甫作頌，穆如清風。」

〔一〇〕瑶華，喻詩章之美好。江淹《郡内高齋閑望答吕法曹》詩：「惠而能好我，問以瑶華音。」

奉和杜相公移入長興宅奉呈諸宰執〔附〕

皇甫曾

據《全唐詩》卷二一〇過録。異文入校記。

欲向幽偏適，還從絶地移〔一〕。秦官鼎食貴〔二〕，堯世土階卑〔三〕。戟户槐陰滿〔四〕，書窗竹葉垂。才分午夜漏，遥隔萬年枝〔五〕。北闕深恩在，東林遠夢知。日斜門掩映，山遠樹參差。論道齊鸞翼〔六〕①，題詩憶鳳池〔七〕。從公亦何幸，長與珮聲隨。

〔一〕絶地，郭璞《橐駝贊》：「迅鶩沙流，顯功絶地。」按杜鴻漸時由劍南西川歸來。

〔二〕鼎食，張衡《西京賦》：「擊鐘鼎食，連騎相過，東京王侯，壯何能加！」

〔三〕土階，《史記·太史公自序》：「（堯舜）堂高三尺，土階三等，茅茨不翦，采椽不刮。」

〔四〕戟户，宰相門列棨戟，故云。

〔五〕萬年枝，禁中多植冬青樹，稱萬年枝。謝朓《直中書省》詩：「風動萬年枝，日華承露掌。」

〔六〕鸞翼，王逸《楚辭章句序》：「虬龍鸞鳳，以記君子。」齊鸞翼，同心輔政之謂。

〔七〕鳳池，謂中書省。按元載時以中書侍郎同中書門下平章事，故云。

校記：

①鸞，一作「鴛」。

送徐大夫赴廣州

徐大夫，當爲徐浩。《舊唐書·徐浩傳》：「代宗徵拜中書舍人、集賢殿學士。尋遷工部侍郎、嶺南節度觀察使、兼御史大夫。又爲吏部侍郎、集賢殿學士。」《舊唐書·代宗紀》：大曆二年夏四月「癸酉，以工部侍郎徐浩爲廣州刺史、嶺南節度觀察使。」詩云：「畫角知秋氣，樓船逐暮潮。」當作於大曆二年（七六七）夏秋之際。

上將壇場拜〔一〕，南荒羽檄招〔二〕①。遠人來百越〔三〕，元老事三朝〔四〕。霧繞龍川暗〔五〕②，山連象郡遥〔六〕③。路分江淼淼，軍動馬蕭蕭④。畫角知秋氣〔七〕，樓船逐暮潮〔八〕⑤。當令輸貢賦〔九〕⑥，不使外夷驕。

〔一〕壇場，《史記·淮陰侯傳》：「王必欲拜之，擇良日，齋戒，設壇場，具禮乃可耳。」

〔二〕南荒，謂嶺南。《舊唐書·李襲志傳》：「襲志守桂二十八年，政尚清省，南荒便之。」

〔三〕百越，賈誼《過秦論》：「南取百越之地，以爲桂林、象郡。」杜佑《通典》：「自嶺以南，是百越之地。自交趾至會稽，七八千里，百越雜處，各有種姓，古謂之雕題林邑。」

〔四〕元老，《詩·小雅·采芑》：「方叔元老，克壯其猷。」三朝，按《舊唐書·徐浩傳》，浩玄宗時已仕至憲部郎中，歷肅宗朝，至代宗朝，故云三朝。

〔五〕龍川，《史記·南越尉佗傳》：「佗秦時用爲南海龍川令。」《廣州記》：「龍川本博羅之東鄉，有龍穿地而出，即穴流泉，因以爲號。」

〔六〕象郡，《史記·秦始皇紀》：「三十三年，略取陸梁地，爲桂林、象郡。」按象郡治所在今廣西崇左縣境。

〔七〕晝角，梁簡文帝《和湘東王折楊柳》：「城高短簫發，林空晝角悲。」

〔八〕樓船，《史記·平準書》：「是時，越欲與漢用船戰逐，乃大修昆明池，列觀環之，治樓船，高十餘丈，旗幟加其上，甚壯。」

〔九〕貢賦，下之所供曰貢，上之所取曰賦。《書·禹貢》：「厥賦貞，作十有三載乃同，厥貢漆絲，厥篚織文。」

校　記：

①荒，殘宋本作「方」。

②川，底本作「山」，此從殘宋本、《文苑英華》。

③郡，殘宋本作「嶺」。

④動，殘宋本、《文苑英華》作「發」。

⑤船，底本作「舡」，此從《文苑英華》。

⑥賦，《文苑英華》作「職」。

送徐大夫赴南海〔附〕　皇甫曾

據《全唐詩》卷二一〇過録。

舊國當分閫〔一〕，天涯荅聖私〔二〕。大軍傳羽檄，老將拜旌旗。位重登壇後，恩深弄印時〔三〕。何年諫獵賦〔四〕，今日飲泉詩〔五〕。海内求民瘼〔六〕，城隅見島夷〔七〕。由來黃霸去〔八〕，自有上台期〔九〕。

〔一〕分閫，閫，門檻，借指國門。《史記・馮唐傳》：「閫以内者，寡人制之；閫以外者，將軍制之。」《南史・宋太祖、文帝紀論》：「内清外晏，四海謐如，而授將遣師，事乖分閫。」

〔二〕聖私，猶言聖恩。江淹《劉文學楨感懷》：「謬蒙聖主私，託身文墨職。」

〔三〕弄印，《漢書・周昌傳》：「高祖持御史大夫印弄之曰：『誰可爲御史大夫者？』熟視（趙）堯曰：『無以易堯。』」蘇頲《授尹思貞御史制》：「宜承弄印之榮，式允登車之志。」

〔四〕諫獵，《漢書・司馬相如傳》：「嘗從上至長楊獵，是時天子方好自逐壄獸，相如因上疏諫。」

〔五〕飲泉詩，《晉書・吴隱之傳》：「爲廣州刺史。未至州二十里，地名石門，有水曰貪泉，飲者懷無厭之欲。隱之至泉所，酌而飲之，賦詩曰：『試使夷齊飲，終當不易心。』清操愈厲。」

〔六〕求民瘼，民瘼謂民間疾苦。《南史・循吏傳》：「梁武踐皇極，躬覽庶事，日仄聽政，求瘼恤隱。」《舊唐書・陳子昂傳》：「子昂言：九道出大使，巡按天下，申黜陟，求人（民）瘼，臣謂計有未盡也。」

〔七〕島夷，《北史敍傳》：南北分隔，南書謂北爲索虜，北書指南爲島夷。」或作鳥夷。《漢書・地理志》：「鳥夷弁服。」顔師古《注》：「東南之夷，善捕鳥者也。」

〔八〕黃霸，字次公，漢宣帝時人。爲潁川太守，治行稱最。霸嘗遭貶黜，然終由御史大夫而拜相。事見《漢書・循吏傳》。

〔九〕上台，謂位至三公。《晉書・天文志》：「三台六星，兩兩而居，起文昌，列抵太微。一曰天柱，三公之位也。在人曰三公，在天曰三台，主開德宣符也。」

新息道中作

《元和郡縣圖志》卷九「蔡州」：「新息縣，上，西北至州二百里。本息侯國，爲楚所滅。漢以爲新息縣，屬汝南郡。」大曆二年（七六七）作於奉使淮西途中。

蕭條獨向汝南行，客路多逢漢騎營①。古木蒼蒼離亂後，幾家同住一孤城。

校記：

①騎，殘宋本作將。

奉使申州傷經陷没

《新唐書・地理志》五「淮南道」：「申州義陽郡，中。」「縣三：義陽、鍾山、羅山。」《舊唐書・肅宗紀》：上元二年二月「戊寅，李光弼率河陽之軍五萬，與史思明之衆戰於北邙，官軍敗績。」《舊唐書・李光弼傳》：「史朝義乘邙山之勝，寇申、光等十三州，自領精騎圍李岑於宋州。」詩作於大曆二年（七六七）奉使淮西時。

舉目傷蕪没，何年此戰争。歸人失舊里，老將守孤城。廢戍山煙出，荒田野火行。獨憐瀕水上〔一〕，時亂亦能清〔二〕。

〔一〕淝水，《水經注·淮水》：「淝水又東，逕七井岡南，又東北注於淮。」按淝水源出桐柏山支脈，橫貫中州，至羅山縣入淮。

〔二〕河清，李康《運命論》：「黄河清而聖人生。」《宋史·樂志》：「貞觀十四年，景雲現，河水清，張文收作《景雲河清歌》。」

穆陵關北逢人歸漁陽

《元和郡縣圖志》卷二七「黄州麻城縣」：「穆陵關，西至白沙關八十里，在州北二百里，至光州一百四十九里，在縣西北一百里。」漁陽，《新唐書·地理志》三：薊州漁陽郡，「開元十八年析幽州置。」治所在今河北薊縣。此詩爲大曆二年（七六七）奉使淮西，巡行光、黄等州時作。

逢君穆陵路，匹馬向桑乾〔一〕。楚國蒼山古，幽州白日寒〔二〕。城池百戰後〔三〕，耆舊幾家殘〔四〕①。處處蓬蒿遍〔五〕，歸人掩淚看②。

〔一〕桑乾，《太平寰宇記》卷六九「幽州薊縣」：「桑乾水自西北平昌縣界來，南流經府西，又東流經府南，又東南與高梁河合。」「又《水經》云：「桑乾水東與洗馬溝水合。」」

〔二〕幽州，《太平寰宇記》卷六九「幽州范陽郡」：「《釋名》曰：幽州在北，幽昧之地，故曰幽。《晉地道記》云：幽州因幽都以爲名。《山海經》有幽都之山。」「天寶元年，改爲范陽郡，都范陽、上谷、嬀州、密雲、歸德、漁陽、順義、歸化八郡。乾元元年復爲幽州。」治所在今北京附近。

〔三〕城池，《漢書·蒯通傳》：「嬰城固守，皆爲金城湯池，不可攻也。」庾信《徵調曲》：「開信義以爲苑囿，立道德以爲城池。」

〔四〕耆舊，故老。《漢書·蕭育傳》：「上以育耆舊名臣，乃以三公使車載育入殿中受策。」又《晉書·石勒載記》：「勒令武鄉耆舊赴襄國，既至，勒親與鄉老齒坐歡飲，語及平生。」

〔五〕蓬蒿，《禮·月令》：「猋風暴雨總至，藜莠蓬蒿並興。」《三輔決録》：「（張仲蔚）隱身不仕，所居蓬蒿没人。」

王世貞《藝苑卮言》：「劉隨州五言長城，如『幽州白日寒』語，不可多得。」《詩歸》鍾惺曰：「壯語平調。」唐汝詢《唐詩解》：「此傷禄山之亂也。意謂禄山構亂，神州陸沉，而漁陽爲甚。今逢君於此，觀楚國唯蒼山爲舊物，則知從桑乾而向幽州，殆白日無人行矣。百戰之後，世家摧殘，蓬蒿遍野，歸人能無揮涕乎？」喬億《大曆詩略》：「句句沉着。白日寒三字寫出爾時幽州景，乃竟爲千古名言。」吴喬《圍爐詩話》：「言外有遠神。」

校　記：

①家，《文苑英華》作「人」。

②歸，《文苑英華》作「野」。

安州道中經溠水有懷

《新唐書·地理志》五：安州安陸郡，屬淮南道。治所在今湖北安陸。境内有溠水，以其名與關中溠水同，故有此作。時長卿奉使淮西。

征途逢溠水，忽似到秦川。借問朝天處，猶看落日邊〔一〕。映沙晴漾漾〔二〕，出澗夜濺濺〔三〕。欲寄西歸恨，微波不可傳。

〔一〕日邊，喻京師。《世說新語·排調》：荀隱字鳴鶴，潁川人，自稱「日下荀鳴鶴」。

〔二〕漾漾，水混動貌。宋之問《宿雲門寺》詩：「漾漾潭際月，飄飄杉上風。」

〔三〕濺濺，水聲。《木蘭詩》：「不聞爺孃喚女聲，但聞黃河流水鳴濺濺。」

步登夏口古城作

《方輿勝覽》卷二八「鄂州」：「夏口，一名魯口，似指夏水之口。然何尚之云：夏口在荆江之中，正對沔口，浦大容舫，於事爲便。而章懷太子注東漢，亦謂夏口戍在今鄂州，故唐史皆指鄂州爲夏口。本在江北，自孫權取對岸夏口之名以名之，而江北之名始晦。」詩云：「微明漢水極，搖落楚人稀。」所登蓋江北之古城也。所寫蕭條景況，亦與奉使淮西諸作同，而與鄂岳之作異，當作於奉使淮西行至沔州時。《太平寰宇記》卷一三一「漢陽軍」：「本故沔州也。」「《三國志》云：魏初定荆州，屯沔陽縣，以爲重鎮。初使文聘爲江夏太守，繼屯沔口，吴大帝屢攻不克。在吴亦爲重鎮，使陸遜屯之。故《輿地志》云：『曾山臨江，盤基數十里，山下有城，即吴江夏太守所理之地。』」古城蓋謂此也。

平蕪連古堞，遠客此沾衣。高樹朝光上〔一〕①，空城秋氣歸。微明漢水極〔二〕，搖落楚人稀。但見荒郊外，寒鴉暮暮飛。

〔一〕朝光，晨光。鮑照《代邊居行》：「遇樂便作樂，莫使候朝光。」

〔二〕漢水，《元和郡縣圖志》卷二七「沔州漢陽縣」：「漢水一名沔水，西自汉川縣界流入漢陽，縣因此水爲名。」

校　記：

①朝，底本注：「一作潮。」

夏口送屈突司直使湖南

詩云：「共悲來夏口，何事更南征？」當爲二人同使淮西，而屈突又奉新命。詩作於新春，已至大曆三年（七六八）。司直，《新唐書·百官志》三：大理寺有司直六人，從六品上，掌「出使推按」。又詹事府有司直二人，正七品上，掌「糾劾官僚及率府之兵」。屈突司直疑即屈突陝，長卿另有《酬屈突陝》詩。

共悲來夏口①，何事更南征。霧露行人少，瀟湘春草生〔一〕。鶯啼何處夢，猿嘯若爲聲。風月新年好，悠悠遠客情。

〔一〕瀟湘，瀟水出九疑山，北流至零陵入湘水，稱瀟湘。此處泛指湖南。

校　記：

①悲，《全唐詩》注：「一作愁。」

中國古典文學基本叢書

劉長卿詩編年箋注

下册

儲仲君 撰

中華書局

初至洞庭懷灞陵別業

洞庭，《元和郡縣圖志》卷二七：「洞庭湖，在岳州巴陵縣西南一里五十步，周迴三百六十里。」灞陵，《雍録》卷七「霸水雜名」：「凡霸城、芷陽、霸上、霸頭、霸西、霸北、霸陵縣，相去皆不踰三二十里，地皆在白鹿原上，以其霸水自原而來，故皆繫霸爲名也。」按其地在長安東。又按長卿天寶中赴京應試，皆寓居客舍，有《客舍喜鄭三見寄》、《客舍贈別韋九建》等詩可證，未聞有別業在灞陵。此後唯大曆元年嘗再次赴京，二年秋即奉使淮西，故疑此行嘗南至洞庭也。詩蓋大曆三年（七六八）春作。

長安邈千里，日夕望雙闕〔一〕。已是洞庭人，猶看灞陵月①。誰堪去鄉意〔二〕，親戚想天末〔三〕。昨夜夢中歸，煙波覺來闊。江皋見芳草〔四〕，孤客心欲絶。豈訝青春來〔五〕，但傷經時別〔六〕。長天不可望，鳥與浮雲没〔七〕。

〔一〕雙闕，《古詩》：「兩宫遥相望，雙闕百餘尺。」《漢書·高帝紀》：「蕭何治未央宫，立東闕、北闕。」後以雙闕指朝廷。

〔二〕去鄉，鮑照《代結客少年場行》：「去鄉三十載，復得還舊丘。」

〔三〕親戚，《孟子·公孫丑》：「寡助之至，親戚畔之；多助之至，天下順之。」按此謂家人。

〔四〕江皋，江邊。賈山《至言》：「江皋河瀕，雖有惡種，無不猥大。」

〔五〕青春，《楚辭·大招》：「青春受謝，白日昭只。」《注》：「青，東方春位，其色青也。」

〔六〕經時，歷時已久之謂。《古詩》：「此物何足貴，但感别經時。」

〔七〕「長天」二句，謂遥望長天，唯見還雲歸鳥，冉冉以去，徒增懷鄉之思。

楊慎《升菴詩話》：「劉文房詩：『已是洞庭人，猶看灞陵月』，孟東野詩：『長安日下影，又落江湖中』，語意相似，皆寓戀闕之意，然總不若王仲宣云：『南登灞陵岸，回首望長安』，涵蓄蘊籍，自然不可及也。」周珽《唐詩選脈會通評林》：「首言戀闕，次言懷鄉，次言感時，俱説得爽朗，結二句深沉，有不盡思致。」賀裳《載酒園詩話》：「『已是洞庭人，猶看灞陵月。誰堪去鄉意，親戚想天末？』俱非盛唐後語言。」唐汝詢《唐詩解》：「按文房爲轉運使吴仲孺誣奏之，貶南巴尉。此被謫而懷土也。言我戀闕未已，忽居洞庭。江湖有異，月色不殊，能無感也？今舊居日遠，親戚日疏，惟籍魂夢以往來，況又覩此江皋之春草，能不愈傷離别乎？於是目極長天，而見没雲之鳥，若曰恨不能乘此而飛去耳。」沈德潛《唐詩别裁》亦云：「此貶官巴蜀尉時有懷故鄉也。」君按：唐解不無可取，唯云貶官時作則誤，沈説尤誤，蓋未暇考索長卿行事，想當然而言之也。

校　記

①看，底本作「有」，此從《唐詩品彙》。

使次安陸寄友人

大曆三年（七六八）奉使淮西時作。安陸，《元和郡縣圖志》卷二一，七「安州」：「安陸縣，本漢舊縣，屬江夏郡。隋改屬安州。其城三重，西枕溳水。」

新年草色遠萋萋①，久客將歸失路蹊〔一〕②。暮雨不知溳口處〔二〕③，春風只到穆陵西〔三〕。孤城盡日空花落，三户無人自鳥啼〔四〕④。君在江南相憶否，門前五柳幾枝低〔五〕。

〔一〕失路，屈原《九章・惜誦》：「欲横奔而失路兮，堅志而不忍。」

〔二〕溳口，《太平寰宇記》卷一三二「安州安陸縣」：「溳水，古清發水。《左傳》：吴敗楚于柏舉，從之及清發是也。南流注于沔，謂溳口。」

〔三〕穆陵，穆陵關。見《穆陵關北逢人歸漁陽》詩注。

〔四〕三户，《史記・項羽本紀》：「楚雖三户，亡秦必楚也。」

〔五〕五柳，陶淵明有《五柳先生傳》，後以指隱士所居。

方東樹《昭昧詹言》：「起二句點叙時令行歷，所謂詩柄也。三四寫地與景。五六切安陸景與事。六句皆自述，收點寄友，一絲不漏。」又引姚（薑塢）先生語曰：「肅代之際，江淮間有劉展、袁晁之亂。木陵以東，光、黄、舒、廬，蓋苦兵擾，不識春和矣。其西則差安靖，故有第四句。」君按：頷聯「孤城盡日空花落，三户無人自鳥啼」，即承四句而來，蓋謂春風不至安陸也。安州北接申州，嘗受亂軍騷擾，穆陵以東諸州，則未波及；劉展、袁晁，亦未至此；著一西字，用韻故也。

校記：

①草色，底本誤「早已」，據《唐音》、《唐詩品彙》改。

②失，《唐詩品彙》作「問」。

③湏，底本作「須」，據《唐音》、《唐詩品彙》改。

④自，《唐音》、《四庫全書》本作「但」。

過桃花夫人廟 卽息夫人

《左傳》昭十一年：「楚子滅息，以息嬀歸，生堵敖及成王焉。未言。楚子問之，對曰：『吾一婦人而事二夫，縱弗能死，其又奚言？』」《元和郡縣圖志》卷九「蔡州」：「新息縣，本息侯國，爲楚所滅，漢以爲新息縣。」「新息故城在縣西南十里。」《太平寰宇記》卷一一「蔡州新息縣」則曰：「古息城在縣北三十里。息侯廟在縣西南十里。」按羅隱《息夫人廟》詩（《全唐詩》卷六六三）云：「百雉摧殘連野青，廟門猶見昔朝廷。一生雖抱楚王恨，千載終爲息地靈。」是息夫人廟卽在古息城。長卿詩當爲大曆三年（七六八）歸經新息時作。

寂寞應千歲①，桃花想一枝。路人看古木，江月向空祠。雲雨飛何處〔一〕，山川是舊時。獨憐春草色，猶似憶佳期〔二〕。

〔一〕雲雨，宋玉《高唐賦》：「旦爲朝雲，暮爲行雨。朝朝暮暮，陽臺之下。」

〔二〕佳期，歡會之期。

校　記：

①歲，《文苑英華》注：「集作載。」

使還至菱陂驛渡淠水作①

淠水，《太平寰宇記》卷一三二「信陽軍信陽縣」：「淠水，南至（自）隨州隨縣界流入。《注水經》云：淠水一帶，三川亂流，北注，經賢首山西。」詩爲大曆三年（七六八）奉使歸來時作。

清川已再涉，疲馬共西還。何事行人倦，終年流水閒。孤煙飛廣澤〔一〕②，一鳥響空山③。愁入雲峰裏，蒼蒼閉古關。

〔一〕廣澤，水草叢雜之地稱澤。王粲《從軍詩》：「萑蒲竟廣澤，葭葦夾長流。」

校　記：

①至，殘宋本作「自」。陂，《全唐詩》注：「一作波。一作坡。」

②飛，殘宋本、《文苑英華》作「出」。

③響，底本作「向」，此從殘宋本、《文苑英華》。

送馬秀才落第歸江南

按前有《送馬秀才移家京洛便赴舉》詩。蓋應試未第，重歸江南也。詩作於洛陽，當在大曆三年（七六八）春。

南客懷歸鄉夢頻，東門悵别柳條新〔一〕。殷懃斗酒城陰暮，蕩漾孤舟楚水春。湘竹舊斑思帝子〔二〕，江蘺初緑怨騷人〔三〕。憐君此去未得意，陌上愁看淚滿巾。

〔一〕東門，《太平寰宇記》卷三「河南府洛陽縣」：「上東門，洛陽東畫門也。」「《晉書》：十二門，東面最北曰東上門，後又改爲東陽門，卽阮籍詩『步出上東門』也。」按此門爲唐人送别之所。

〔二〕斑竹，《博物志》：「堯之二女，舜之二妃，曰湘夫人。舜崩，二妃啼，以淚揮竹，竹盡斑。」

〔三〕江蘺，香草。屈原《離騷》：「扈江蘺與薜芷兮，紉秋蘭以爲佩。」又：「覽椒蘭其若兹兮，又況揭車與江蘺。」

送孫逸歸廬山得帆字

按逸下疑奪人字。送歸廬山而云東歸，當爲京洛之作。孫逸人，名未詳。錢起有《天門谷題孫逸人石壁》詩（《全唐詩》卷二三六）。

鑪峯絶頂楚雲銜〔一〕，楚客東歸棲此巖。彭蠡湖邊香橘柚〔二〕，潯陽郭外暗楓杉〔三〕。青山不斷三湘道〔四〕，飛鳥空隨萬里帆。常愛此中多勝事，新詩他日佇開緘。

〔一〕鑪峰，《太平寰宇記》卷一一一「江州德化縣」：「廬山在縣南，高二千三百六十丈，周迴二百五十里。其山九疊，川亦九派。」「香爐峰在山西北，其峯尖圓，雲煙聚散，如博山香爐之狀。孟浩然詩云：『掛席數千里，名山都未逢。泊舟潯陽郡，始見香爐峰。』」

〔二〕彭蠡湖，即鄱陽湖。

〔三〕潯陽，江州一名潯陽郡。

〔四〕三湘，瀟湘、資湘、沅湘稱三湘；沅水、湘水、江水亦稱三湘，見王應麟《小學紺珠·地理類·三湘五渚》。按《太平寰宇記》卷一一四「潭州」，漢景帝二年，長沙國益以豫章、南海、武陵、桂陽、岳陽五郡，故唐人視豫章、鄱陽亦爲湘地。

送沈少府之任淮南

京洛詩，春季作。疑作於大曆二年或三年（七六八）。

惜君滯南楚〔一〕，枳棘徒棲鳳〔二〕。獨與千里帆，春風遠相送。此行山水好，時物亦應衆〔三〕。一鳥飛長淮，百花滿雲夢〔四〕。相期丹霄路〔五〕，遥聽清風頌〔六〕。勿爲州縣卑①，時來自爲用。

〔一〕南楚，淮南古爲南楚。參見《送青苗鄭判官歸江西》詩注。

〔二〕枳棘，枳木棘木，皆多刺。《後漢書·仇香傳》：「枳棘非鸞鳳所棲，百里非大賢之路。」

〔三〕時物，花草樹木之類。《晉書·樂志》：「三月之辰，名爲辰，辰者震也，謂時物盡震動而長也。」

〔四〕雲夢，《周禮・夏官・職方氏》：「正南曰荆州，其山鎮曰衡山，其澤藪曰雲夢。」

〔五〕丹霄，梁武帝《十喻詩》：「青城接丹霄，金樓帶紫煙。」按此謂朝廷。

〔六〕清風頌，《詩・大雅・嵩高》：「吉甫作誦，穆如清風。」

校記：

①勿爲，盧文弨本按語：「弨疑勿謂。」

送裴二十端公使嶺南

京洛詩。按杜甫有《湘江宴餞裴二端公赴道州》詩，裴二端公爲裴虬。《杜詩詳注》引鶴注：「此當是四年夏作，若五年，公已去潭而至衡矣。」朱注：「浯溪館唐賢題名：河東裴虬，字深源，大曆四年爲著作郎，兼侍御史、道州刺史。」頗疑詩題衍十字，所送即裴二端公虬。長卿與裴虬善，早即有《過裴虬郊園》詩。意者大曆三年（七六八）裴虬使往嶺南，三年十二月道州刺史崔渙卒，始以虬爲道州也。故暫繫於此，以俟考證。

蒼梧萬里路〔一〕，空見白雲來。遠國知何在，憐君去未迴。桂林無葉落〔二〕①，梅嶺自花開。陸賈千年後〔三〕，誰看朝漢臺〔四〕。

〔一〕蒼梧，《漢書・武帝紀》：「元鼎六年，征西南夷，平之，遂定越地以爲南海、蒼梧、鬱林、合浦、交阯、九真、日南、珠厓、儋耳郡。」此處指嶺南。

〔二〕桂林，秦郡名，治所在今廣西桂林。

〔三〕陸賈使南越，「卒拜尉他爲越王，令稱臣，奉漢約。」見《史記·陸賈傳》。

〔四〕朝漢臺，《水經注》：「尉佗因岡作臺，北面朝漢，朔望升拜，名曰朝臺。」《太平寰宇記》卷一五七「廣州南海縣」：「《南越志》云：朝臺下有趙佗故城。」

校記：

①葉落，底本作「落葉」，此從《全唐詩》。

送袁明府之任

京洛詩。當作於大曆二年或三年（七六八）。按頸聯，袁明府似爲淮西某縣縣令。

既有親人術〔一〕，還逢試吏年〔二〕。蓬蒿千里閉，村樹幾家全。雪覆淮南道，春生潁谷煙〔三〕。何時當莅政〔四〕①，相府待聞天〔五〕。

〔一〕親人，《南史·循吏傳》：「長吏之職，號曰親人，至于道德齊禮，移風易俗，未有不由之矣。」

〔二〕試吏，吏部詮選。張九齡《爲王尚書謝加門下三品表》：「臣昔緣試吏，際會登朝，遂得入拜尚書，比王之喉舌，出鎮方伯，爲王之爪牙。」

〔三〕潁谷，《水經注》：「潁水有三源。奇發石水出陽乾山之潁谷，春秋潁考叔爲其封人。」

〔四〕莅，同蒞，臨也。莅政，猶言到職任政。

〔五〕聞天，《詩·小雅·鶴鳴》：「鶴鳴于九皐，聲聞于天。」此喻奏知君王。

校記：

①莅，底本作「位」，殘宋本作「報」，此據《全唐詩》。

送韋贊善使嶺南①

京洛詩。當作於大曆二、三年（七六七、七六八）間。贊善，《新唐書·百官志》四：東宮官設左右贊善大夫各五人，「正五品上。掌傳令，諷過失，贊禮儀，以經教授諸郡王。」

欲逐樓船將〔一〕②，方安卉服夷〔二〕。炎洲經瘴遠，春水上瀧遲〔三〕。歲貢隨重譯，年芳偏四時。番禺靜無事〔四〕，空詠飲泉詩〔五〕。

〔一〕樓船將，《漢書·兩粵傳》：「元鼎五年秋，衛尉路博德爲伏波將軍，出桂陽，下湟水；主爵都尉楊僕爲樓船將軍，出豫章，下橫浦」，「咸會番禺」。

〔二〕卉服，《書·禹貢》：「島夷卉服。」《拾遺記》：「盧扶國結草爲衣，是謂卉服。」

〔三〕瀧，瀧水，北江支流。《水經注·溱水》：「武溪水又南入重山。山名藍豪，廣圓五百里，悉曲江縣界，崖峻險阻，巖嶺干天，交柯雲蔚，霾天晦景，謂之瀧中；懸湍迴注，崩浪震山，名之瀧水。」

〔四〕番禺，《太平寰宇記》卷一五七「廣州」：「廣州南海郡，今理南海縣，古南越之分。」「南海縣，元二十三鄉，本漢番禺縣。」「番禺山，在縣東二百五十步。《山海經》云：『桂林八樹，在賁禺東。』《注》云：『賁禺即番禺也。八桂成林，言其盛且大。』」

〔五〕吴隱之酌貪泉而詠詩，清操愈厲。見《送徐大夫赴南海》詩注。

校記：

①使嶺南，殘宋本作赴嶺南幕府。

②逐，底本注：「一作報。」船，底本作「舡」，此從殘宋本。

送荀八過山陰舊任兼寄剡中諸官①

京洛詩，當作於大曆二、三年（七六七、七六八）間。

訪舊山陰縣〔一〕，扁舟到海涯。故林嗟滿歲〔二〕，春草憶佳期。晚景千峯亂，晴江一鳥遲。桂香留客處，楓暗泊舟時。舊石曹娥篆〔三〕，空山夏禹祠〔四〕②。剡溪多隱吏〔五〕，君去道相思③。

〔一〕山陰，越州屬縣，在今浙江紹興。

〔二〕故林，以喻故居。李端《送郭補闕》詩：「馬影愁斜日，鶯聲怨故林。」滿歲，謂任職秩滿。《漢書·韓延壽傳》：「延壽入守左馮翊，滿歲，稱職爲真。」

〔三〕曹娥碑，在越州上虞縣。參見《送崔處士先適越》詩注。

〔四〕《太平寰宇記》卷九六「越州會稽縣」：「禹穴，《漢書·司馬遷傳》云：『上會稽，探禹穴。』又有禹井。」又：「禹廟，側有石船長一丈，云禹所乘也。」

〔五〕剡溪，《太平寰宇記》卷九六「越州剡縣」：「剡溪，在縣南一百五十步。一源出台州天台縣，一源出婺州武義縣。卽王子猷雪夜訪戴逵之所也。亦名戴溪。」隱吏，身雖從官而心存淡泊，唐人謂爲隱吏。王維《酬賀四贈葛巾之作》：「嘉此幽棲物，能齊隱吏心。」

校　記：

①舊任，底本作「舊縣」，《文苑英華》作「訪舊」，注云：「集作舊任。」今從之。

②夏禹，《文苑英華》作「禹帝」。

③此句《文苑英華》作「君爲道長思」。

赴楚州次白田途中阻淺問張南史①

《新唐書·地理志》五：「楚州淮陰郡，緊。本江都郡之山陽、安宜縣地，臧君相據之，號東楚州。武德四年，君相降，因之。八年更名。」白田，安宜縣（後改名寶應）地名。《江南通志》卷二七「關津」：「白田渡，在寶應縣南門外。」李嘉祐有《白田西憶楚州使君弟》詩（《全唐詩》卷二〇七）。張南史，見《長沙桓王墓下別李紓張南史》詩注。南史大曆初寓居揚州揚子，見《唐才子傳·張南史傳》。按皇甫冉大曆三年奉使江表，有詩寄長卿云：「故人多在楚雲東」（見下附皇甫冉詩題注），故知大曆三年（七六八）秋長卿已在揚州任所；其使淮西，當爲二年秋至三年春事也。此詩當爲初駐揚州奉使楚州時作。

楚城今近遠，積靄寒塘暮。水淺舟且遲，淮潮至何處②。

校　記：

①白田，諸本作「自田」，當爲形近而訛，今逕改。又，次白田，活字本作「次途中」。

②至，《唐音》作「在」。

使往淮路壽州寄劉長卿〔附〕

皇甫冉

獨孤及《唐故左補闕安定皇甫公（冉）集序》（《全唐文》卷三八八）云：「大曆二年遷左拾遺，轉右補闕。奉使江表，因省家至丹陽。朝廷虚三署郎位以待君之復，不幸短命，年方五十四而殁。」大曆三年七月，皇甫冉尚在洛陽，有《送王相公（縉）赴幽州》詩（《全唐詩》卷二五〇）。四年春，已在潤州，有《送盧郎中使君（幼平）赴京》詩（同上）。是知冉之奉使江表，即在大曆三年（七六八）深秋。長卿酬詩已佚。此詩據《全唐詩》卷二五〇過録。

榛草荒蕪村落空，驅馳卒歲亦何功。蒹葭曙色蒼蒼遠，蟋蟀秋聲處處同。鄉路遥知淮浦外，故人多在楚雲東。日夕煙波那可道，壽陽西去水無窮。

過前安宜張明府郊居①

《新唐書·地理志》五「楚州淮陰郡」：「寶應，望。本安宜。武德四年以縣置倉州，七年州廢，來屬。上元三年以獲定國寶更名。」作於大曆三年（七六八）使楚州時。

寂寥東郭外②，白首一先生。解印孤琴在③，移家五柳成④。夕陽臨水釣，春雨向田耕。

終日空林下，何人識此情。

陸時雍《詩鏡》：「三四意致夷猶，絶似王維語氣。」君按三句暗用宓賤事，意在稱頌此前治績。有此一句，波瀾平添，已非泛泛稱道隱逸矣。

校　記：

①《極玄集》作「過張明府別業」。
②寂寥，《極玄集》、《衆妙集》作「寥寥」。
③解印，《極玄集》、《衆妙集》作「考滿」。
④移家，《極玄集》、《衆妙集》作「家移」。

登東海龍興寺高頂望海簡演公

《新唐書·地理志》二「河南道」：「海州東海郡，上。」治所在今江蘇連雲港。演公，長卿另有《禪智寺上方懷演和尚》詩（見前），當即其人。按轉運使劉晏所領，含都畿、河南、淮南、江南等地，故長卿雖駐淮南，而需南巡浙東，北至海州也。疑此詩即作於是時。

胸山壓海口〔一〕，永望開禪宮〔二〕。元氣遠相合，太陽生其中。豁然萬里餘，獨爲百川雄〔三〕。白波走雷電，黑霧藏魚龍。變化非一狀，晴明分衆容。煙開秦帝橋〔四〕，隱隱横殘虹。蓬島如在眼〔五〕，羽人那可逢〔六〕。偶聞真僧言，甚與静者同①。幽意頗相愜，賞心殊未窮。花間午時梵，雲外春山鐘。誰念遽成别，自憐歸所從。他時相憶處，惆悵西南峯②。

〔一〕朐山，《太平寰宇記》卷二二「海州朐山縣」：「朐山在縣南二里。按《舊經》云：秦始皇東巡至朐山界。此時已有朐山名。」清《一統志》卷一〇五「山川」：「朐山，在州南四里，秦置朐縣以此。」又引《明統志》：「上有雙峯如削，俗名馬耳峰。傍有龍潭，水極清冽。」

〔二〕永望，猶言長望。禪宫，佛寺，此謂龍興寺。

〔三〕百川，《淮南子·氾論》：「百川異源，而皆歸於海。」

〔四〕秦帝橋，《藝文類聚》引《三齊略記》：「秦始皇作石橋，欲過海觀日出處。於時有神人能驅石下海，城陽十一山，石盡起立，嶷嶷東傾，狀似相隨而去云。石去不速，神人輒鞭之，盡流血，石莫不悉赤，至今猶爾。」沈佺期《瀛洲南樓》詩：「北際燕王館，南連秦帝橋。」

〔五〕蓬島，即蓬萊。《史記·封禪書》：「自威、宣、燕昭，使人入海，求蓬萊、方丈、瀛洲，此三神山者，其傳在勃海中。去人不遠，患且至，則船風引而去。蓋嘗有至者，諸僊人及不死之藥皆在焉。其物禽獸皆白，而黄金、白銀爲宫闕。未至，望之如雲。及到，三神山反居水下。臨之，風輒引去，終莫能至云。」

〔六〕羽人，屈原《遠遊》：「仍羽人於丹丘兮，留不死之舊鄉。」《拾遺記》：「（昭王）晝而假寐，忽夢白雲蓊蔚而起，有人衣服並皆毛羽，因名羽人，夢中與語，問以上仙之術。」

周珽《唐詩選脈會通評林》：「『太陽生其中』，曹瞞樂府語，翻出白波、黑霧二句怪語，實壯。」唐汝詢《唐詩解》：「此登高望海惜别離也。山臨海而建寺其巔，開宫而望，則海中之景歷歷在目，信奇觀矣。因思秦皇嘗作橋渡海，今見殘虹而想其跡；羽人所居蓬山，今山或可覩，難逢其人；然仙者無他，惟靜以致之耳。時真僧之言如此。今我意頗自得，賞亦未遍，鍾梵皆情所好也。奈世務羈束，不得不別演公而去，惟心不能忘，異日當望此山峰而惆悵也。」喬億《大曆詩略》謂白波二句，「下句尤勝」，而「花間午時梵」二句，「忽復幽秀」。

校　記：

①甚，《唐詩品彙》作「其」。

②惆悵，殘宋本作「悵望」。

宿懷仁縣南湖寄東海荀處士①

按《新唐書·地理志》二，懷仁、東海，均海州屬縣。當與上詩同時。

向夕斂微雨，晴開湖上天。離人正惆悵，新月愁嬋娟〔一〕。佇立白沙曲，相思滄海邊。浮雲自來去，此意誰能傳。一水不相見〔二〕，千峯隨客船。寒塘起孤雁，夜色分鹽田。時復一延首②，憶君如眼前。

〔一〕嬋娟，美好貌。阮籍《詠懷》：「庭木誰能近，秋月復嬋娟。」

〔二〕「一水」句，《古詩十九首》：「盈盈一水間，脈脈不得語。」

校　記：

①苟，《全唐詩》作「荀」。
②延，《唐詩品彙》作「迴」。

同郭參謀詠崔僕射淮南節度使廳前竹①

崔僕射乃崔圓。《舊唐書·崔圓傳》：「從肅宗還京，以功拜中書令，封趙國公，賜實封五百户。」「拜揚州大都督府長史、淮南節度觀察使，加檢校右僕射、兼御史大夫，轉檢校左僕射知省事。大曆三年六月薨，年六十四。」此詩作於崔圓卒後，當在大曆三年（七六八）秋冬之際。郭參謀，崔峒有《書懷寄楊郭李王判官》詩（《全唐詩》卷二九四），詩云：「李郭應時望，王楊入幕頻。從容丞相府，知憶故園春。」丞相謂崔圓。郭參謀或即其人。

昔種梁王苑〔一〕，今移漢將壇②。蒙籠低冕過③，青翠捲簾看④。得地移根遠〔二〕，經霜抱節難〔三〕。開花成鳳實〔四〕⑤，嫩筍長魚竿。藹藹軍容静〔五〕⑥，蕭蕭郡宇寬。細音和角暮⑦，疏影上門寒。湘浦何年變〔六〕⑧，山陽幾處殘〔七〕⑨。不知軒屏側⑩，歲晚對袁安〔八〕⑪。

〔一〕梁王苑，《水經注》：「睢水又東南流，歷於竹圃。……世人言梁王竹園也。」又，枚乘《梁王菟園賦》：「修竹檀欒夾池水。」

〔二〕「得地」句，喻崔圓以舊相出爲淮南節度。

〔三〕「經霜」句，喻崔圓始迎玄宗於蜀郡，復從肅宗於靈武。

〔四〕鳳食，《魏書·彭城王勰傳》：「高祖與侍臣升金鏞城，顧見堂後梧桐、竹，曰：『鳳凰非梧桐不棲，非竹實不食，今梧竹並茂，詎能降鳳乎？』」

〔五〕藹藹，盛貌。《詩·大雅·卷阿》：「藹藹王多吉士。」

〔六〕「湘浦」句，舜崩，二妃揮淚，湘浦之竹盡斑。按此喻崔圓之卒。

〔七〕「山陽」句，謂笛聲。笛爲竹製。向秀《思舊賦序》：「逝將西邁，經其舊廬。于時日薄虞泉，寒冰凄然。鄰人有吹笛者，發聲寥亮。追想曩昔遊宴之好，感音而歎。」山陽，嵇康、吕安舊廬所在，唐時爲淮南道楚州屬縣。

〔八〕袁安，字邵公，東漢汝南汝陽人。洛陽令舉爲孝廉。永平中拜楚郡太守。見《後漢書》本傳。又，《汝南先賢傳》：「時大雪丈餘，洛陽令自出案行，見人家皆除雪出，有乞食者。至袁安門，無有行路，謂已死，令人除雪入户，見安僵卧，問何以不出？安曰：『大雪人皆餓，不宜干人。』令以爲賢，舉孝廉也。」此以喻郭參謀清貧有操持。

校　記：

①《中興間氣集》作「題崔公庭竹」。《文苑英華》、《唐詩品彙》作「同郭參謀題崔令公廳前竹」。

②二句《文苑英華》、《唐詩紀事》作「不學媚清瀾，能依上將壇。」

③蒙籠，《中興間氣集》、《唐詩紀事》作「朦朧」。

④青翠，《唐詩紀事》作「青蒨」。

⑤開花，《中興間氣集》作「紉花」，《文苑英華》作「閑花」。

⑥藹藹,《文苑英華》作「肅肅」。
⑦暮,《中興間氣集》作「響」。
⑧此句《文苑英華》、《唐詩紀事》作「阮巷何人在」。
⑨山陽,《文苑英華》、《唐詩紀事》作「梁園」。
⑩不知,《文苑英華》、《唐詩紀事》作「空餘」。
⑪對袁安,《中興間氣集》、《唐詩紀事》作「對任安」,《文苑英華》作「伴任安」。

送劉萱之道州謁崔大夫

崔大夫,乃崔涣。《舊唐書・崔涣傳》:「遷御史大夫,加税地青苗錢物使。時以此錢充給京百官料,涣爲屬吏希中,以下估爲使料,上估爲百官料。其時爲皇城副留守張清發之,詔下有司訊鞫,涣無詞以對,坐是貶道州刺史。大曆三年十二月壬寅,以疾終。」《舊唐書・代宗紀》:大曆三年八月,「貶崔涣爲道州刺史」。此詩作於春日,當在大曆四年(七六九)春。時崔涣雖卒,然凶聞尚未至江左也。

沅水悠悠湘水春〔一〕,臨岐南望一沾巾①。信陵門下三千客〔二〕,君到長沙見幾人〔三〕。

〔一〕沅水,源出貴州都勻縣雲霧山,經湖南黔陽、沅陵、桃源、漢壽等縣,注入洞庭湖。見《水經注・沅水》。湘水,見前。

〔二〕《史記・信陵君傳》:「公子(信陵君)爲人仁而下士,士無賢不肖,皆謙而禮交之,不敢以其富貴驕士,士以此方數千里争往歸之，致食客三千人。」

〔三〕長沙，賈誼貶所，以指崔渙貶所道州。

校　記：

①南望，《唐詩品彙》作一望。

上巳日越中與鮑侍御泛舟耶溪①

大曆四年（七六九）春作於越州。鮑侍御爲鮑防，時爲越州刺史、浙東觀察使薛兼訓從事，所兼臺省官爲監察御史或殿中侍御史，故稱侍御。按鮑防大曆五年赴京，此前有《中元日鮑端公宅遇吴天師聯句》詩（《全唐詩》卷七八九），防與吴筠、嚴維、丘丹、吕渭等人同作，則在越州時嘗遷侍御史。又按皇甫冉《送陸鴻漸赴越》詩序云：「尚書郎鮑侯，知子愛子者。」（《全唐詩》卷二五〇）侍御史從六品下，尚書郎从六品上，則防嘗再遷爲尚書郎。長卿此詩，尚稱侍御，而大曆三年春長卿尚在東都，故知此詩當作於大曆四年。

蘭橈縵轉傍汀沙〔一〕②，應接雲峰到若耶〔二〕③。舊浦滿來移渡口④，垂楊深處有人家。永和春色千年在〔三〕，曲水鄉心萬里賒〔四〕。君見漁船時借問，前洲幾路入煙花〔五〕⑤。

〔一〕蘭橈，梁簡文帝《採蓮曲》：「桂楫蘭橈浮碧水，江花玉面兩相似。」橈，船槳。縵，通慢。

〔二〕若耶，若耶溪，在會稽縣東南二十八里。見《和袁郎中破賊後經剡中山水》詩注。

〔三〕永和，晉穆帝年號。《晉書·王羲之傳》：「嘗與同志宴集於會稽山陰之蘭亭，羲之自爲之序以申其志曰：『永和九年，歲在癸丑，暮春之初，會於會稽山陰之蘭亭，修禊事也。羣賢畢至，少長咸集。』」永和九年为公元三五三年。

〔四〕曲水，《太平寰宇記》卷九六「越州山陰縣」：「蘭亭在縣西南二十七里。《輿地志》云：山陰郭西有蘭渚，渚有蘭亭，王羲之所謂曲水之勝境，製序于此。」

〔五〕漁船，陶淵明《桃花源記》謂武陵一漁人嘗偶入桃花源中，此用其事。

余成教《石園詩話》謂「舊浦」一聯：「佳句也。」

校記：

①侍御，底本作「侍郎」，此從《文苑英華》。又，耶溪，《文苑英華》作「若耶溪」。

②縵，《文苑英華》、《唐詩品彙》作「萬」，《會稽掇英總集》作「漫」。又，汀沙，《文苑英華》注：「集作汀葭。」

③接，《文苑英華》注：「集作隔。」

④滿，《文苑英華》、《唐詩品彙》作「遠」。

⑤前洲，底本注：「一作桃源。」花，《全唐詩》注：「一作霞。」

過隱空和尚故居①

獨孤及《一公塔銘》（《全唐文》卷三九〇）：「初舍於會稽之南懸溜寺焉，與禪宗之達者釋隱空、虔印、静虚相與討十二部經第一義諦之旨。」是知隱空爲越州僧。此詩當爲大曆四年（七六九）奉使越州時作。

自從飛錫去〔一〕，人到沃洲稀〔二〕。林下期何在〔三〕，山中春獨歸。踏花尋舊徑，映竹掩空扉。寥落東峯上，猶堪静者依。

〔一〕飛錫，謂雲遊。孫綽《遊天台山賦》：「王喬控鶴以冲天，應真飛錫而凌虚。」

〔二〕沃洲，《太平寰宇記》卷九六「越州剡縣」：「沃州在縣東七十二里。」白居易《沃洲山禪院記》：「沃洲山在剡縣南三十里。禪院在沃洲山之陽，天姥岑之陰。南對天台，而華頂、赤城列焉。北對四明，而金庭、石鼓介焉。西北有支遁嶺，而養馬坡、放鶴峯次焉。東南有石橋溪，溪出天台石橋，因名焉。其餘卑巖小泉，如子孫之從父祖者，不可勝數。東南山水，越爲首，剡爲面，沃洲、天姥爲眉目。」

〔三〕林下，林謂山林。《世説新語・賢媛》：「王夫人神情散朗，故有林下風氣；顧家婦清心玉映，自是閨房之秀。」

校記：

①《極玄集》作「過隱公故房」。

會稽王處士草堂壁畫衡霍諸山

《方輿勝覽》卷二三「潭州」：「南嶽，一名衡山，在衡山縣西三十里，晉因山以名郡。《湘中記》：『度應斗衡，位值離宮，故曰衡山。』又名霍山。《爾雅疏》：『泰與岱，衡與霍，皆一山有二名。』《南嶽記》：『衡山者，朱陵之靈臺，太虚之寶洞，上承翼軫，鈐總萬物，故名衡山。下踞離宮，統攝火師，故號南嶽。赤帝館其嶺，祝融宅其陽。逮於軒轅，以潛、霍二山副焉。』《長沙志》：『軒翔聳拔，九千餘丈，尊卑差次，七十二峰，岩洞溪澗，泉石之勝，交錯於中。又有數十洞、十五岩、三十八泉、二十五溪、九池、九潭、六源、八橋、九井、三穿、三漏，此最著者。七十二峰，最大者五：祝融、紫蓋、雲密、石廩、天柱，而祝融爲最高。』」《太平寰宇記》卷一一九「壽州六安縣」：「霍山，其一名曰衡山，一名天柱山，在縣五里。《爾雅》：『霍山爲南岳。』注云：『即天柱也。』漢武帝以衡南遼遠纖晦，封霍山爲南岳，故祭其神於此。今其土俗皆呼爲南岳太山。《黄庭内經》曰：霍山下有洞房二百里，司命君之府也。有西北、東南二門。其中有五香芝，飛華、金餅之寶，神蟾、靈瓜，食之者長年。隋開皇九年，以江南衡山爲南岳，廢霍山爲名山也。」詩當作於大曆四年（七六九）使越時。

粉壁衡霍近①，羣峯如可攀②。能令堂上客，見盡湖南山③。青翠數千仞④，飛來方丈間。歸雲無處滅，去鳥何時還。勝事日相對〔一〕，主人常獨閒。稍看林壑晚⑤，佳氣生重關〔二〕⑥。

〔一〕勝事，《南史·竟陵王子良傳》：「子良少有清問，禮才好士，善立勝事。」王維《終南别業》詩：「興來每獨往，勝事空自知。」

〔二〕佳氣，杜審言《詠終南山》：「半嶺通佳氣，中峰繞瑞煙。」

《詩歸》鍾惺曰：「音響稍似古，然作律看更妙。」

校記：

①粉壁，殘宋本、《聲畫集》作「愛此」。

②羣峯，殘宋本、《聲畫集》作「卷簾」。
③湖，殘宋本、《聲畫集》作「湘」。
④數千仞，殘宋本、《聲畫集》作「千萬狀」。
⑤此句殘宋本、《聲畫集》作「青陰滿四壁」。
⑥殘宋本、《聲畫集》下有「頗與宿心會，看看慰愁顏」二句。

發越州赴潤州使院留別鮑侍御①

鮑侍御，即鮑防。詩爲使回時作。

對水看山别離，孤舟日暮行遲。江南江北春草，獨向金陵去時。

唐汝詢《唐詩解》：「右丞六言，悉作偶語，此獨徹首尾不對。詞非足寶，體自可傳。」

校　記：

①《才調集》無「發越州」三字。

使回赴蘇州道中作

大曆四年（七六九）自越州歸來時作。

春風何事遠相催，路盡天涯始卻回。萬里無人空楚水，孤帆送客到魚臺〔一〕①。

〔一〕魚臺，或蘇臺之脱誤。又按《吴郡圖經續記·往蹟》：「魚城，在吴縣西横山下，遺址尚存，蓋吴王控越之地。」其地有射臺。

校　記：

①到魚臺，殘宋本作「釣魚臺」。

家園瓜熟是故蕭相公所遺瓜種悽然感舊因賦此詩

蕭相公，當爲蕭華。長卿有《祭蕭相公文》，所叙仕歷行迹均與蕭華合。祭文作於大曆二年奉使淮西時，此詩當作於安家揚州後，亦即大曆四年（七六九）夏秋。

事去人亡跡自留，黄花緑蔕不勝愁。誰能更向青門外，秋草茫茫覓故侯〔一〕。

〔一〕故侯《史記·蕭相國世家》：「召平者，故秦東陵侯。秦破，爲布衣，貧，種瓜於長安城東。瓜美，故世俗謂之東陵瓜。」又《長安志》卷五「東出北頭三門」：「第三門曰霸城門，外郭門曰青門，亦曰清城門。門外出好瓜。昔廣陵人邵平爲秦東陵侯，秦亡棄仕，於青門外種瓜。」

奉使新安自桐廬縣經嚴陵釣臺宿七里灘下寄使院諸公

《太平寰宇記》卷一〇四「歙州」：「歙州新安郡，今治歙縣。」又按睦州古亦稱新安，以晉太康元年嘗立新安郡於此。《元和郡縣圖志》卷二五「睦州桐廬縣」：「浙江在縣南一百四十步。」「嚴子陵釣臺在縣西三十里。浙江北岸是也。」《太平寰宇記》卷九六「睦州建德縣」：「七里灘，即富春渚是也。」餘見《嚴陵釣臺送李康成赴江東使》詩注。大曆四年（七六九）春，長卿有越州之行，奉使新安，當在此年秋。

悠然釣臺下，懷古時一望。江水自潺湲，行人獨惆悵。新安從此始①，桂檝方蕩漾。回轉百里間②，青山千萬狀。連崖去不斷，對嶺遥相向。夾岸黛色愁③，沈沈緑波上。夕陽留古木，水鳥拂寒浪。月下扣舷聲④，煙中採菱唱〔一〕。猶憐負羈束，未暇依清曠〔二〕。牽役徒自勞〔三〕，近名非所尚〔四〕⑤。何時故山裏，卻醉松花釀。回首唯白雲，孤舟復誰訪。

〔一〕採菱，王融《採菱曲》：「荆姬採菱曲，越女江南謳。」

〔二〕清曠，《後漢書・仲長統傳》：「帝以爲優遊偃仰，可以自娱，欲卜居清曠，以樂其志。」

〔三〕牽役，爲公務所牽。徐陵《答族人梁東海太守長孺書》：「牽役承閒，但有衰頓。」

〔四〕近名，《莊子・養生主》：「爲善無近名。」

校　記：

①此，《文苑英華》作「兹」。

②百里，《文苑英華》注：「一作里閭。」

③愁，殘宋本、《文苑英華》作「秋」。

④舷，底本作「船」，此從殘宋本、《文苑英華》。
⑤尚，底本作「向」，此從殘宋本、《文苑英華》。

使還七里瀨上逢薛承規赴江西貶官①

《新唐書·宰相世系表》三下「薛氏西祖房」有承規、承矩，爲祠部郎中薛繪子。又按薛黃童子亦名承規。長卿另有《送薛承矩秩滿北遊》詩，與承規兄弟善，當爲繪子。此詩爲大曆四年（七六九）秋使回時作。

遷客歸人醉晚寒，孤舟暫泊子陵灘。憐君更去三千里，落日青山江上看。

校記：

①瀨，盧文弨本案語：「今本灘。」又，活字本無官字。

使迴次柳楊過元八所居①

柳楊，長江渡口。竇常《故祕監丹陽郡公延陵包公挽歌詞》（《全唐詩》卷二七一）：「那堪歸葬日，哭渡柳楊津。」元八，疑爲元晟，參見《送元八遊汝南》詩注。此詩當作於大曆四年（七六九）秋。

君家楊柳渡，來往落帆過。緑竹經寒在，青山欲暮多。薜蘿誠可戀〔一〕，婚嫁復如何〔二〕②。無奈閒門外，漁翁夜夜歌。

〔一〕薜蘿，喻隱士之服。《晉書·謝安傳論》：「褫薜蘿而襲朱組，去衡泌而踐丹墀。」

〔二〕婚嫁，《後漢書·逸民傳》：「向長字子平，隱居不仕。男女娶嫁既畢，勅斷家事勿相關，於是遂肆志遊五嶽名山。」

校記：

①柳楊，《全唐詩》誤「楊柳」。

②婚嫁，底本作「婚家」，此從活字本、《全唐詩》。

秋夜肅公房喜普門上人自陽羨山至

肅公，《宋僧傳》卷五《唐錢塘天竺寺法詵傳》：法詵大曆十三年卒，「及終，吴興皎然爲碑，邗城肅公爲頌，合揚其美哉。」是知肅公爲揚州僧，詩當作於揚州。普門，梁肅《送鑒虚上人還越序》（《全唐文》卷五一八）：「東南高僧有普門、元浩，予甚深之友也。」皇甫冉、嚴維、劉長卿均與之有交。當爲皇甫冉、劉長卿相繼歸至揚、潤，故普門前來造訪。此詩當作於大曆三、四年間。

山棲久不見〔一〕，林下偶同遊。早晚來香積〔二〕，何人住沃洲〔三〕。寒禽驚後夜〔四〕①，古木帶高秋。卻入千峯去，孤雲不可留。

〔一〕山棲，崔駰《達旨》：「君子通變，各審所優，故士或掩目而淵潛，或盥耳而山棲。」

〔二〕香積，《維摩詰經》：「維摩居士遣八菩薩往衆香國禮佛，言願得世尊所食之餘。于是香積如來以衆香鉢盛飯與之。」又《陝西通志》：「香積寺在長安縣神禾原上。」按此喻肅公所居。

〔三〕沃洲，沃洲山在越州剡縣，見《過隱空和尚故居》詩注。此以喻普門所居之陽羨山。

〔四〕後夜，佛家語。《遺教經》：「汝等比丘，晝則勤心，修習善法，無令失時。初夜後夜，亦勿有廢。中夜誦經，以自消息。」

校　記：

①後夜，底本注：「一作獨夜，一作後晚。」

石梁湖寄陸兼①

石梁湖，或云在開封府臨潁縣北。按詩云「相思楚天闊」，「江皋緑芳歇」，其地似當在江淮一帶。《江南通志》卷一四「山川四」：「石梁溪，在高郵州西北，發源天長縣，入新開湖。」又，「樊梁湖，在高郵州西北五十里，自天長石梁河流入州界，瀦而爲湖。」唐人或稱此石梁河所瀦之水爲石梁湖也。如此則詩當作於駐揚州時。陸兼，疑即《題王少府堯山隱處簡陸鄱陽》詩中之陸鄱陽。長卿寶應年中與之作別，至大曆四年前後，已近十年，故詩云「滄波十年別」。

故人千里道，滄波十年別②。夜上明月樓〔一〕，相思楚天闊。瀟瀟清秋暮③，嫋嫋涼風發。湖色淡不流，沙鷗遠還滅④。煙波日已遠，音問日已絶⑤。歲晏空含情，江皋緑芳歇。

〔一〕曹植《怨詩行》：「明月照高樓，流光正徘徊。上有愁思婦，悲歎有餘哀。」

陸時雍《詩鏡》：「長卿五古輕描淡寫。」陸鎣《問花樓詩話》：「『湖色淡不流，沙鷗遠還滅』，此豈畫手所能到耶？」

校記：

①底本奪「寄」字，據《唐詩品彙》、《四庫全書》本加。兼，《唐詩品彙》作「蕪」。又，《全唐詩》作「石梁湖有寄」。

②滄波，残宋本作「滄浪」。十年，《全唐詩》作「一年」。

③瀟瀟，《唐詩品彙》作「蕭蕭」。

④還，残宋本作「雖」。

⑤音問，《唐詩品彙》作「音信」。

秋日登吴公臺上寺遠眺寺即陳將吴明徹戰場①

《太平寰宇記》卷一二三「揚州江都縣」：「吴公臺，在縣西北四里，將軍沈慶之攻竟陵王誕所築弩臺也。後陳將吴明徹圍北齊東廣州刺史敬子猷，增築之，以射城内，號吴公臺。」清《一統志》卷九七「扬州府・古跡」：「吴公臺在甘泉縣西北四里，一名鷄臺。」「《舊志》：唐武德元年，江都守陳稜，葬煬帝於江都宫西吴公臺下，即此。」此詩當爲駐揚州時作，時在大曆三、四年間。

古臺摇落後，秋入望鄉心②。野寺來人少③，雲峯隔水深④。夕陽依舊壘，寒磬滿空林。惆悵南朝事⑤，長江獨至今。

《詩歸》鍾惺曰：「獨至今三字極深，悲感不覺。」喬億《大曆詩略》：「空明蕭瑟，長慶諸公無此境地。」吴喬《圍爐詩話》：「言外有遠神。」

校　記：

①《文苑英華》、《唐詩品彙》「寺」字以下入注。又，戰場，《文苑英華》作「戰地」。又，秋日，底本誤「今日」。

②入，底本作「日」，此從《文苑英華》、《衆妙集》。

③來人，《文苑英華》、《衆妙集》同，《全唐詩》作「人來」。

④隔水，《文苑英華》、《衆妙集》同，《全唐詩》作「水隔」。

⑤南朝，《衆妙集》作「前朝」。

瓜洲道中送李端公南渡後歸揚州道中寄①

任職揚州時作，在大曆三年（七六八）至五年間。

片帆何處去，匹馬獨歸遲。惆悵江南北，青山欲暮時②。

校　記：

①《唐詩品彙》作「瓜州送李端公」。

②時，底本作「歸」，此從活字本《全唐詩》。

春草宮懷古

《嘉靖惟揚志》卷七「遺跡」：「歸雁宮、回流宮、九里宮、松林宮、楓林宮、大雷宮、小雷宮、春草宫」，「皆隋煬帝建，劉長卿、鮮于侁俱有詩。」詩蓋駐揚州時作。

君王不可見，芳草舊宫春。猶帶羅裙色，青青向楚人。

唐汝詢《唐詩解》：「春草名宫，宫廢而草自春。然他無可似，獨羅裙之色，彷彿當年，猶足興慨。」

登揚州西靈寺塔①

此詩爲任職揚州時作，當在大曆三年（七六八）至五年間。按李白有《秋月登揚州西靈塔》詩，王琦注引《太平廣記》：「揚州西靈塔，中國之尤峻特者。唐武宗末拆寺之前一年，天火焚塔俱盡。白雨如瀉，旁有草堂，一無所損。」《宋高僧傳》卷一九有《唐揚州西靈塔寺懷信傳》。

北塔凌空虛〔一〕②，雄觀壓川澤③。亭亭楚雲外，千里看不隔。遥對黄金臺〔二〕，浮輝亂相射。盤梯接元氣④，半壁棲夜魄〔三〕⑤。稍登諸劫盡〔四〕⑥，若騁排霄翮〔五〕⑦。向是滄洲人⑧，已爲青雲客〔六〕。雨飛千拱霽，日在萬家夕⑨。鳥處高卻低，天涯遠如迫。江流入空翠〔七〕⑩，海嶠現微碧⑪。向暮期下來，誰堪復行役〔八〕。

〔一〕空虛，《列子·黄帝》：「乘空如履實，寢虛若處床。」

〔二〕黄金臺，葛立方《韻語陽秋》六引《上谷郡圖經》云：「黄金臺在易水東南十八里。燕昭王置千金於臺上，以延天下士，遂因以爲名。」李白《古風》：「燕昭延郭隗，遂築黄金臺。」按郭隗事見《戰國策·燕策》，未言築臺。《史記》則僅云築宫以居之。

〔三〕半壁，李白《夢遊天姥吟留别》：「半壁見海日，空中聞天雞。」魄，月初生。《書·康誥》：「惟三月哉生魄。」

〔四〕諸劫，蔡希寂《登福先寺上方然公禪室》詩：「步登諸劫盡，忽造浮雲端。」劫，梵語，佛經謂天地一生一滅爲一劫。

〔五〕排霄，猶言排虚、排空。

〔六〕青雲，《楚辭·遠遊》：「涉青雲以汎濫兮，忽臨睨夫舊鄉。」句戲謂己是平步青雲之人。

〔七〕空翠，謝靈運《過白岸亭》詩：「空翠難强名，漁鈎易爲曲。」《冷齋夜話》：「東晉騷人勝士最多，皆無出謝安石之右。煙霏空翠之間，乃攜娉婷登臨。」

〔八〕行役，《詩·魏風·陟岵》：「予子行役，夙夜無已。」謂因公而跋涉。

校記：

①西靈寺，《唐詩品彙》作「栖靈寺」，《四庫全書》本作「西巖寺」。

②空虚，殘宋本作「虚空」。

③觀，《文苑英華》作「規」。又，此句《唐詩品彙》作「雄勢壓山澤」。

④梯，《文苑英華》注：「一作根。」

⑤夜魄，《文苑英華》作「夜宅」，《唐詩品彙》作「月魄」。

⑥劫，《文苑英華》作「級」。

⑦霄，《文苑英華》作「霜」，《唐詩品彙》作「雲」。

⑧滄洲，殘宋本作「滄波」。
⑨日在，《唐詩品彙》作「日落」。
⑩江流，《唐詩品彙》作「江雲」。
⑪現微碧，殘宋本作「微見碧」。

送營田判官鄭侍御赴上都

詩云：「幸論開濟力，已實海陵倉。」《太平寰宇記》卷一三〇「泰州海陵縣」：「海陵倉，即漢吴王濞之倉也。枚乘上書曰：『轉粟西鄉，水行滿河，不如海陵之倉。』謂海渚之陵以爲倉。今海陵縣官置鹽監，一歲煮鹽六十萬石，而楚州鹽城，浙西嘉興、臨平兩監所出次焉。計天下每歲所收鹽利，當租賦二分之一。」長卿詩雖爲用事，作於揚州則可無疑。當作於大曆四年（七六九）或五年春。

上國三千里，西還及歲芳①。故山經亂在，春日送歸長。曉奏趨雙闕，秋成報萬箱〔一〕。幸論開濟力〔二〕，已實海陵倉。

〔一〕萬箱，言多。陸雲《喜霽賦》：「望有年於自古兮，睎隆周之萬箱。」
〔二〕開濟，《謚法》：「開物濟務。」《梁書·張惠紹傳》：「惠紹志略開濟，幹用貞果。」

校　記：

①還，《文苑英華》作「遊」。

題靈祐上人法華院木蘭花其樹嶺南移植此地

靈祐，《宋僧傳》卷一四《唐揚州龍興寺法愼傳》：法愼天寶七載卒，會葬者萬人，中有「維揚惠凝、明幽、靈祐、靈一」。又《嘉靖惟揚志》卷三八「寺觀」：江都縣有法華寺，「卽來鶴寺，在縣東北邵伯鎭羅公祠東，晉永康年間建。」詩當作於大曆四、五年（七六九、七七〇）駐揚州時。

庭種南中樹，年華幾度新。已依初地長〔一〕，獨發舊園春。映日成華蓋〔二〕，摇風散錦茵〔三〕。色空榮落處〔四〕，香醉往來人。菡萏千燈遍〔五〕，芳菲一雨均。高柯儻爲楫，渡海有良因〔六〕。

〔一〕初地，《法苑珠林》：「如竹破初節，餘節速能破，得初地眞智，諸地疾當得。」

〔二〕華蓋，傘蓋，帝王、貴官所用。《漢書·王莽傳》：「莽乃造華蓋九重，高八丈一尺，金瑵羽葆。」

〔三〕「摇風」句，謂落花點綴草地間，宛如錦茵。

〔四〕色空，佛家謂有形之萬物爲色，而萬物爲因緣所生，本非實有，故云「色卽是空」。榮，卽花。

〔五〕菡萏，《詩·鄭風·山有扶蘇傳》：「荷葉，扶渠也。其花菡萏。」《疏》：「未開曰菡萏，已發曰芙蕖。」千燈，庾信《步虚詞》：「五香芬紫府，千燈照赤城。」句謂繁花含苞待放，密布緑葉之間，如千燈之閃爍。

〔六〕良因，王融《浄行詩》：「令名且云重，豈若樹良因！」此處因謂憑籍。渡海，謂弘揚佛法。

寄普門上人

詩當作於普門訪別後，約在大曆四年（七六九）或五年春。

白雲幽卧處①，不向世人傳。聞在千峯裏，心知獨夜禪〔一〕。辛勤羞薄禄，依止愛閒田〔二〕。惆悵王孫草，青青又一年。

〔一〕禪，梵語禪那之省。《楞嚴經》：「殷勤啓請十方如來，妙奢摩他，三摩禪那，最初方便。」《注》：「禪那，華言静慮。」

〔二〕依止，《周禮·夏官》注：「山川蓋軍之所依止。」

校記：

①幽，底本作「寒」，此從《全唐詩》。

和樊使君登潤州城樓①

樊使君，當爲樊晃。《元和姓纂》卷四「南陽湖城縣樊氏」：「晃，兵部員外，潤州刺史。」《宋僧傳》卷一七《唐金陵鍾山元崇傳》：「大曆五年，刺史南陽樊公，雅好禪寂。」按大曆四年六月潤州刺史尚爲韋損（見《宋僧傳》卷一九《唐昇州莊嚴寺惠忠傳》），大曆五年夏秋長卿已離揚潤，則此詩當作於大曆五年（七七〇）春。

山城迢遞敞高樓〔一〕，露冕吹鐃居上頭〔二〕。春草連天隨北望，夕陽浮水共東流②。江田漠漠全吴地，野樹蒼蒼故蔣州〔三〕。王粲曾爲南郡客③，别來何處更銷憂〔四〕④。

〔一〕迢遞，高貌。謝朓《郡内高齋閒坐答呂法曹》：「結構何迢遞，曠望極高深。」

〔二〕露冕，見《送盧員外之饒州》詩注。吹鐃，謂軍樂。鐃吹用笛、簫、笳、觱篥等器。梁簡文帝《旦出興業寺講》詩：「羽旗承去影，鐃吹雜還風。」居上頭，《陌上桑》：「東方千餘騎，夫壻居上頭。」按三者均爲刺史之典。

〔三〕蔣州，謂潤州。《太平寰宇記》卷八九「潤州」：「隋平陳，因廢南徐州，以爲延陵鎮。移居於京口，爲延陵縣，屬蔣州。開皇十五年，罷延陵鎮，以蔣州之延陵、永年、常州之曲阿三縣，置潤州於鎮城，蓋取州東潤浦以立名焉。」

〔四〕王粲，《三國志·魏·王粲傳》：「王粲字仲宣，山陽高平人也。」「年十七，司徒辟，詔除黄門侍郎，以西京擾亂，皆不就，乃之荆州依劉表。」按荆州亦稱南郡。又王粲《登樓賦》云：「登兹樓以四望兮，聊暇日以銷憂。」按至德中劉長卿嘗寓居潤州。

校記：

①樊，《文苑英華》作「顔」，注：「集作樊。」

②共，《文苑英華》注：「集作向。」

③曾，底本作「尚」，此據《文苑英華》。

④「何」，《文苑英華》作「無」。

奉使鄂渚至烏江道中作

鄂渚，《太平寰宇記》卷一一二「鄂州江夏縣」：「鄂渚，《輿地志》云：雲夢之南，是爲鄂渚。」後以指鄂州。烏江，《太平寰宇記》卷一二四「和州烏江縣」：「本秦烏江亭、漢東城縣地。項羽敗于垓下，東走至烏江亭，艤船待羽處也。」「烏江浦，在縣東四里。」此詩當爲大曆五年（七七〇）赴鄂州時作。

按「鐵冠」句，時長卿所兼臺官仍爲殿中侍御史。

滄洲不復戀魚竿，白髮那堪戴鐵冠〔一〕。客路向南何處是，蘆花千里雪漫漫①。

〔一〕鐵冠，御史所服。《六典》：「御史大事則鐵冠朱衣以彈之。」

校　記：

①千，《唐詩品彙》作「十」。

遊休禪師雙峯寺

雙峯寺，禪宗名刹，第四祖道信、第五祖弘忍均曾居此。《太平寰宇記》卷一二七「蘄州黄梅縣」：「慈雲塔，在縣西北四十里，雙峯山第四祖道信寂滅之所。」「法雨塔，在縣東北二十六里，馮茂山第五祖弘忍大師寂滅之所。」長卿移使鄂州，泝江而上，當經蘄州。由蘄州渡江，即至鄂州境内之峴陽館。而據尾聯，長卿時爲御史，當爲大曆五年（七七〇）移使時作。

雙扉碧峯際，遥向夕陽開。飛錫方獨往，孤雲何事來①。寒潭映白月，秋雨上青苔。相送東郊外，羞看驄馬回。

校　記：

①事，盧文弨本校語：「近本作處，不通。」

移使鄂州次峴陽館懷惟〔揚〕舊居①

峴陽館，《太平寰宇記》卷一一三「興國軍永興縣」：縣境有峴山，「在州西三百四十里。《武昌記》云：『峴山有石鼓，鳴，天必雨。峴山南有冷澗，夏寒不可入。』」永興，唐屬鄂州，在今湖北省陽新縣境。詩作於大曆五年（七七〇）移使時。

多慚恩未報，敢問路何長。萬里通秋雁，千峯共夕陽。舊遊成遠道，此去更違鄉〔一〕②。草露深山裏③，朝朝落客裳④。

〔一〕違鄉，離鄉。何遜《宿南洲浦》：「違鄉已信次，江月初三五。」

《詩歸》鍾惺曰：「『共夕陽』，共字之妙，當境看出。」陸時雍《詩鏡》：「『萬里通秋雁，千峰共夕陽』，句入異想。」

校記：

①盧文弨本校語：「惟字疑衍，宋本有。」君按「惟」下當奪「揚」字。長卿由揚州移使鄂州，故懷惟揚舊居也。今添「揚」字，加括號以示區別。

②違，《唐詩品彙》作「迷」。

③草露，底本作「草路」，據《文苑英華》改。深，《文苑英華》作「空」。

④落，《文苑英華》、《唐詩品彙》作「滿」。

秋日夏口涉漢陽獻李相公

夏口，鄂州治所江夏縣亦稱夏口，參見《步登夏口古城作》題注。漢陽，沔州漢陽郡，州治所在。李相公，當爲李揆。《舊唐書·李揆傳》：「初，揆秉政，侍中苗晉卿累薦元載爲重官。揆自恃門望，以載地寒，意甚輕易，不納，而謂晉卿曰：『龍章鳳姿之士不見用，麞頭鼠目之子乃求官！』載銜恨頗深。及載登相位，因揆當徙職，遂奏爲試祕書監，江淮養疾。既無禄俸，家復貧乏，孀孤百口，丐食取給，萍寄諸州，凡十五六年。其牧守稍薄，則又移居，故其遷徙者，蓋十餘州焉。」詩云：「十年猶去國，黄葉又紛紛。」按《舊唐書·肅宗紀》，上元二年二月「癸未，中書侍郎、同中書門下三品李揆貶爲袁州長史。」自上元二年（七六一）下數十年，爲大曆五年（七七〇）。此詩當作於抵鄂州後不久。

日望衡門處〔一〕，心知漢水濆。偶乘青雀舫〔二〕，還在白鷗羣。間氣生靈秀，先朝翼戴
勳〔三〕。藏弓身已退〔四〕，焚藁事難聞〔五〕。舊業成青草，全家寄白雲。松蘿長稚子〔六〕，風
景逐新文。山帶寒城出，江依古岸分。楚歌悲遠客〔七〕，羌笛怨孤軍。鼎罷調梅久〔八〕，門
看種藥勤。十年猶去國，黄葉又紛紛。

〔一〕衡門，《詩·陳風·衡門》：「衡門之下，可以棲遲。」《毛傳》：「衡門，衡木爲門，言淺陋也。」

〔二〕青雀舫，庾信《奉和濬池初成清晨臨泛》詩：「時看青雀舫，遥逐桂舟迴。」

〔三〕翼戴，輔佐擁戴。《晉書・閻鼎傳》：「鼎因西土人思歸，欲立功鄉里，乃與撫軍長史王毗、司馬傅遜，懷翼戴秦王之計。」按李揆肅宗朝爲相，故云。

〔四〕藏弓，《史記・越王勾踐世家》：「范蠡遂去，自齊遺大夫種書曰：『蜚鳥盡，良弓藏，狡兔死，走狗烹。』」

〔五〕焚藁，《晉書・羊祜傳》：「其嘉謀讜議，皆焚其草，故世莫聞。」

〔六〕松蘿，《爾雅・釋文》：「女蘿，在草曰菟絲，在木曰松蘿。」唐人多以指隱所。李嶠《劉侍讀見和山邸十篇重申此贈》：「簷迴松蘿映，牕高石鏡臨。」

〔七〕楚歌，《漢書・高帝紀》：「爲我楚舞，吾爲若楚歌。」《注》：「楚歌者，楚人之歌，猶吴歈越吟也。」

〔八〕調梅，喻宰相之職。李乂《送朔方軍大總管張仁亶》：「上宰調梅寄，元戎細柳威。」

重陽日鄂城樓送屈突司直

按前有《夏口送屈突司直使湖南》詩，大曆三年新春使淮西時作。此詩云：「今日關中事，蕭何共爾憂。」當作於屈突使還歸京時，疑在大曆五年（七七〇）。

登高復送遠，惆悵洞庭秋。風景同前古〔一〕①，雲山滿上遊。蒼蒼來暮雨，淼淼逐寒流〔二〕。今日關中事，蕭何共爾憂〔三〕。

〔一〕「風景」句，《晉書・羊祜傳》：「祜樂山水，每風景必造峴山，置酒言詠，終日不倦。嘗慨然歎息，顧謂從事中郎鄒湛等曰：『自有宇宙，便有此山。由來賢達勝士，登此遠望，如我與卿者多矣，皆湮滅無聞，使人悲傷！』」

〔二〕淼淼，水廣闊貌。

〔三〕關中事，《史記·蕭相國世家》：「漢王數失軍，遁去，何常興關中卒，輒補缺，上以此專屬任何關中事。」按蕭何疑謂劉晏。晏時掌天下財賦，國用以足，民不厭苦。長卿與屈突均爲晏之屬下。

校記：

①景，《文苑英華》注：「集作水。」前，《唐詩品彙》作「千」。

夏口送長寧楊明府歸荆南因寄幕府諸公

《新唐書·地理志》四「江陵府江陵郡」：「上元元年析江陵置長寧縣。二年省枝江入長寧。大曆六年復置枝江，省長寧。」按杜甫有《夏日楊長寧宅送崔侍御常正字入京》詩，《杜詩詳注》卷二一引鶴注：「當是大曆三年作。」戴叔倫有《同辛兖州巢父盧副端岳相思獻酬之作因抒歸懷兼呈辛魏二院長楊長寧》詩（《全唐詩》卷二七四）。韋應物有《答長寧令楊轍》詩（《全唐詩》卷一九〇）。長卿此詩，當作於大曆五年（七七〇）或六年。荆南，《新唐書·方鎮表》四：至德二載，「置荆南節度，亦曰荆澧節度，領荆、澧、朗、郢、復、夔、峽、忠、萬、歸十州，治荆州。」

關西楊太尉，千載德猶聞〔一〕。白日俱終老①，清風獨至君。身承遠祖遺〔二〕②，才出衆人羣。舉世貪荆玉〔三〕，全家戀楚雲。向煙帆杳杳，臨水葉紛紛。草覆昭丘緑〔四〕③，江從夏口分。高名光盛府〔五〕，異姓寵殊勳〔六〕。百越今無事④，南征欲罷軍。

〔一〕楊太尉，《後漢書·楊震傳》：「楊震字伯起，弘農華陰人也。」「震少好學，受歐陽《尚書》於太常桓郁，明經博覽，無不窮究，諸儒爲之語曰：『關西孔子楊伯起。』」延平二年，代劉愷爲太尉。震爲政清廉，以直言忤權貴，得罪，憤而自殺。後「以禮改葬於華陰潼亭，遠近畢至。先葬十餘日，有大鳥高丈餘，集震喪前，俯仰悲鳴，淚下霑地，葬畢乃飛去。」

〔二〕遠祖遺，《後漢書·楊震傳》：「四遷荆州刺史、東萊太守。當之郡，道經昌邑，故所舉荆州茂才王密爲昌邑令，謁見，至夜懷金十斤以遺震。震曰：『故人知君，君不知故人，何也？』密曰：『暮夜無知者。』震曰：『天知，神知，我知，子知，何謂無知！』密愧而出。後轉涿郡太守。性公廉，不受私謁。子孫常蔬食步行。故舊長者或欲令開産業，震不肯，曰：『使後世稱爲清白吏，子孫以此遺之，不亦厚乎？』」

〔三〕荆玉，荆山之玉，和氏之璧所從出，以喻財寶。孫綽《賀循像贊》：「質與荆玉參貞，鑒與南金等照。」

〔四〕昭丘，《荆州圖記》：「富陽東南七十里有楚昭王墓，登樓則見，所謂昭丘。」

〔五〕盛府，《南史·庾杲之傳》：「王儉用爲衛將軍長史，蕭緬與儉書曰：『盛府元僚，實難其選，庾景行汎淥水，依芙蓉，何其麗也。』時人以入儉府爲蓮花池，故緬書美之。」按此謂荆南節度使衛伯玉幕府。

〔六〕「異姓」句，《舊唐書·衛伯玉傳》：「廣德元年冬，吐蕃寇京師，乘輿幸陝。以伯玉有幹略，可當重寄，乃拜江陵尹、兼御史大夫，充荆南節度觀察等使。尋加檢校工部尚書，封城陽郡王。」故云。

校記：

①終，殘宋本作「古」。

②遺，底本注：「一作後。」活字本作「後」。

③昭丘，底本作「招丘」，據殘宋本改。

④百越，底本作「日越」，據殘宋本改。

漢陽獻李相公

李相公，即李揆。此詩春日作，當在大曆六年（七七一）。

退身高臥楚城幽〔一〕，獨掩閒門漢水頭①。春草雨中行徑没，暮山江上捲簾愁。幾人猶憶孫弘閣〔二〕②，百口同乘范蠡舟〔三〕。早晚卻還丞相印③，十年空被白雲留〔四〕。

〔一〕高臥，《世説新語·排調》：「（謝安）屢違朝旨，高臥東山。」

〔二〕孫弘閣，漢相公孫弘開東閣以延賓，已見前注。

〔三〕范蠡舟，《史記·越王勾踐世家》云，范蠡事勾踐，既報會稽之耻，「乃裝其輕寶珠玉，自與其私徒屬，乘舟浮海以行，終不反。」又，百口，《晉書·周顗傳》：「（王）導呼曰：『伯仁，以百口累卿！』」

〔四〕十年，按《舊唐書·肅宗紀》，李揆上元二年二月貶，至大曆六年已歷十一年，蓋爲約言之。

金人瑞《貫華堂選批唐才子詩》：「三承二，言人見其退身高臥，已更無一來。四承一，言相公雖獨掩閒門，然終不忘朝廷也。」

校記：

①閒門，底本注：「一作雙扉。」又，閒，《文苑英華》注：「集作寒。」

②憶，底本注：「一作識。」

③還，《文苑英華》注：「集作歸。」

送張七判官還京覲省大夫之子時初①

題云「還京覲省」，詩云「庭闈新柏署」，則時初之父初授御史大夫，且爲實職，非檢校虚銜。此人疑爲張延賞。《舊唐書·張延賞傳》：「時罷河南、淮西、山南副元帥，以其兵鎮東都，延賞權知東都留守以領之，理行第一，入朝拜御史大夫。」《舊唐書·代宗紀》：大曆六年「五月癸卯，以河南尹張延賞爲御史大夫。」唯《金石萃編》卷一〇二所載《張延賞碑》剥蝕過甚，無其子之名。《新唐書·宰相世系表》二下所載僅張宏靖、張諗二人，無時初名。宏靖初名調，相憲宗。諗官主客員外郎。表載或有缺奪。如時初確爲延賞子，則詩當作於大曆六年。是年八月，延賞即出爲揚州大都督府長史。

春色長安道②，相隨入禁闈③。春蘭方可採，此去葉初齊。函谷鶯聲裏，秦山馬首西。庭闈新柏署〔一〕，門館舊桃蹊〔二〕。

〔一〕柏署，即柏臺，御史臺之别稱。

〔二〕桃蹊，《史記·李將軍傳》：「諺曰：桃李不言，下自成蹊。」《索隱》：「按姚氏云：桃李本不能言，但以華實感物，故人不期而往，其下自成蹊徑也。」

校　記：

①殘宋本無「時初」二字。

②色，《文苑英華》作「日」。

③闟，《全唐詩》作「闐」。

岳陽館中望洞庭湖

此詩當爲大曆六年（七七一）秋南巡湘南諸州時作。

萬古巴丘戍〔一〕，平湖此望長①。問人何淼淼，愁暮更蒼蒼。疊浪浮元氣，中流没太陽。孤舟有歸客，早晚達瀟湘〔二〕。

〔一〕巴丘戍，《太平寰宇記》卷一一三「岳州」：「《輿地志》云：巴丘有大屯戍，魯肅守之。按郡城即肅所築也。《蜀志》曰：西增白帝之兵，北增巴丘之戍，皆此地。」「《江源記》云：昔羿屠巴蛇於洞庭，其骨若陵，故曰巴陵。」

〔二〕「孤舟」二句，柳惲《江南曲》：「洞庭有歸客，瀟湘逢故人。」此用其意。

方回《瀛奎律髓》：「五六盡佳。非中流果没日也，水遠而日短，故所見者日落於中耳。水之外又水，地之外又地，而水與地目不可及者，日月常可得而見，非日月之光有餘爲之乎？」洪亮吉《北江詩話》：「岳陽樓望洞庭湖詩，少陵一篇尚矣。次則劉長卿『疊浪浮元氣，中流没太陽』，余以爲在孟襄陽『氣蒸雲夢澤，波撼岳陽城』二語之上，通首亦較孟詩遒勁。」沈德潛《唐詩别裁》：「五、六猶有氣焰，然視襄陽、少陵二篇，如江黄之敵荆楚矣。」葉矯然《龍性堂詩話》：「杜『星垂平野闊，月湧大江流』，又『野流行地日，江入度山雲』，説得江山氣魄與日月爭光，罕有及者。劉隨州『疊浪浮元氣，中流没太陽」，竇叔向『日啣高浪出，天入四空無』，李義山『池光不受月，野氣欲沉山』，差足頡頏。」

校　記：

①此，底本作「北」，此從《文苑英華》、《瀛奎律髓》。

長沙過賈誼宅

《水經注·湘水》：「湘州城内郡廨西有陶侃廟，云舊是賈誼宅。地中有一井，是誼所鑿，極小而深，上斂下大，其狀似壺。旁有一局脚石牀，纔容一人坐形，流俗相承，云誼宿所坐牀。」《太平寰宇記》卷一一三「潭州長沙縣」則稱爲賈誼廟：「賈誼廟在縣南六十步。漢時爲長沙王傅，廟卽誼宅也。」《元和郡縣圖志》亦云誼宅在縣南。清《一統志》則云在西北。詩作於秋日，當在赴湘南諸州途經長沙時。或謂此詩作於貶謫途中，然長卿兩遭貶謫，均未經長沙。蓋詩作於貶謫江西後，感慨頗深，易生誤解耳。

三年謫宦此棲遲〔一〕，萬古惟留楚客悲①。秋草獨尋人去後②，寒林空見日斜時〔二〕。漢文有道恩猶薄，湘水無情弔豈知〔三〕。寂寂江山摇落處③，憐君何事到天涯。

〔一〕三年謫宦，《史記·賈誼傳》：「賈生爲長沙王傅，三年，有鵩飛入賈生舍，止於坐隅。楚人名鵩曰服。賈生既以適居長沙，長沙卑溼，自以爲壽不得長，傷悼之，乃爲賦以自廣。」

〔二〕日斜，賈誼《鵩鳥賦》：「庚子日斜兮，鵩集予舍。」「野鳥入室兮，主人將去。」

〔三〕「湘水」句，《史記·賈誼傳》：「及渡湘水，爲賦以弔屈原。」

陸時雍《詩鏡》：「五六當是慰勞，非是誚語。」唐汝詢《唐詩解》：「夫以有道之漢文猶寡恩，則今日之主，當何如耶？此文房之微意也。」喬億《大曆詩略》：五六「對法極活」。七句「抱宅字」。「極沉摯以澹緩出之，結乃深悲而反咎之也。讀此詩，須得其言外自傷意。苟非遷客，何以低迴至此？」沈德潛《唐詩別裁》：「誼之遷謫，本因被讒，今云何事而來，含情不盡。」吴喬《圍爐詩話》：「漢文有道恩猶薄」四句，「只言賈誼而己意自見。」方東樹《昭昧詹言》：「首二句叙賈誼宅。三四『過』字。五六入議。收以自己託意，亦全是言外有作詩人在，過宅人在。」施補華《峴傭説詩》：「劉長卿《過賈誼宅》詩，『漢文有道』一聯可謂工矣。上聯『芳草獨尋人去後，寒林空見日斜時』，疑爲空寫，不知『人去』句卽用《鵩賦》主人將去，『日斜』句卽用庚子日斜，可悟運典之妙，水中著鹽，如是如是。」

校　記：

①萬古，《衆妙集》、《唐音》作「萬里」。楚客，《文苑英華》、《衆妙集》作「楚國」。

②獨，《文苑英華》注：「集作漸。」

③此句，《文苑英華》作「寂寞江山正摇落」。

長沙贈衡岳祝融峰般若禪師

衡岳，卽衡山。《太平寰宇記》卷一一四「潭州湘潭縣」：「羅含《湘中記》云：祝融峰，山有青玉壇，方五丈，卽仙人行道之所。」清《一統志》：「祝融峰在衡州府衡山縣西北三十里，位直離宮，以配火德，乃祝融君遊息之所。」此詩秋日作，當作於大曆六年（七七一）南巡途中。

般若公，般若公，負鉢何時下祝融。歸路卻看飛鳥外，禪房空掩白雲中。桂花寥寥閒自落，流水無心西復東。

唐汝詢《唐詩解》：「此美禪師能隨緣也。言公以何時下山而至此？彼山路幽峻，禪房空虛，而桂花殘矣，能不思歸乎？乃師意無所著，方如流水之無心，而任其西東耳。」

自道林寺西入石路至麓山寺過法崇禪師故居

《方輿勝覽》卷二二「潭州」：「道林寺在嶽麓山下，距善化縣八里。」「嶽麓寺，在山上，百餘級乃至，今名惠光寺。下有李邕麓山寺碑。」又《太平寰宇記》卷一一四「潭州長沙縣」：「嶽麓山，在縣西南，隔江六里。盛弘之《荊州記》云：『長沙之西岸有麓山，其中有精舍，左右林嶺環迴。』宗淵《麓山記》云：『山足曰麓，蓋衡山之足也。』」法崇，《宋僧傳》卷三《唐京師大安國寺子鄰傳》謂爲千福寺僧，未知是否此人。此詩亦當作於大曆六年（七七一）巡部時。

山僧候谷口，石路拂莓苔①。深入泉源去，遥從樹杪回。香隨青靄散，鐘過白雲來。野雪空齋掩，山風古殿開②。桂寒知自發，松老問誰栽。惆悵湘江水，何人更渡杯〔一〕。

〔一〕《傳燈録》：「杯渡和尚，不知其姓名，常乘木杯渡河，因名。」

胡應麟《詩藪》：「『野雪』二句，『色相清空，中唐獨步』。《詩歸》鍾惺曰：『「香隨」一聯，「秀極」』。唐汝詢《唐詩解》：「二寺俱在山際，而麓山尤深。道林之僧，候我於谷口，指點石路，以至彼處，遂歷泉源樹杪而往也。於是辨香氣於靄中，聞鐘聲於雲際，則至其居矣。雪覆齋户，風開殿扉，桂寒松老，玩者何人？故居之寂寞可見。因歎法崇已逝，無復有乘杯渡此水者，能不臨流惆悵耶？」

校記：

①拂，《文苑英華》作「掃」。

②風，《文苑英華》作「嵐」。

湘　妃①

《太平寰宇記》卷一一六「永州零陵縣」：「湘妃廟，堯之二女，降于虞舜，舜狩蒼梧不返，二妃奔喪，泣望九疑，傳于湘渚之竹，斑，皆其淚痕也，今有古廟存焉。」長卿《湘中紀行十首》中又有《湘妃廟》一首，二詩蓋爲巡部至零陵時作。

帝子不可見〔一〕，秋風來暮思。嬋娟湘江月②，千載空蛾眉〔二〕。

〔一〕帝子，《九歌・湘夫人》：「帝子降兮北渚，目眇眇兮愁予。」

〔二〕蛾眉，《詩・衛風・碩人》：「齒如瓠犀，螓首蛾眉。巧笑倩兮，美目盼兮。」鮑照《翫月城西門廨中》詩：「末映東北墀，娟娟似蛾眉。」

唐汝詢《唐詩解》：「遺迹既泯，獨江上之月，猶得想見其蛾眉耳。」

校記：

①《唐詩品彙》作「湘妃怨」。

②湘江，《唐詩品彙》作「江上」。

斑竹

《方輿勝覽》卷二四「道州」：「斑竹巖，在營道縣南五十里，多小斑竹。相傳舜葬九疑，二妃尋湘水，以手拭淚把竹，遂成斑色也。劉長卿詩：『蒼梧在何處，斑竹自成林。點點留殘淚，枝枝寄在心。』」按此爲《湘中紀行》之一《斑竹巖》詩。原詩爲五律，此詩則爲五絶，二詩當同爲南巡至道州時作。

蒼梧千載後〔一〕，斑竹對湘沅。欲識湘妃怨，枝枝滿淚痕。

〔一〕蒼梧，指九疑山，又作九嶷山。《太平寰宇記》卷一一六「道州寧遠縣」：「九疑山，在縣南六十里，永、郴、連三州界山，有九峯，參差互相隱映。《湘中記》云：九峯狀貌相似，行者疑之，故曰九疑，舜所葬，爲永陵是也。」

贈元容州

元容州，乃元結。顔真卿《唐故容州都督兼御史中丞本管經略使元君表墓碑銘并序》（《全唐文》卷三四四）：「容府自艱虞以來，所管皆固拒山谷。君單車入洞，親自撫諭，六旬而收復八州。丁陳郡太夫人憂，百姓詣使請留。大曆四年夏四月，拜左金吾衛將軍、兼御史中丞，管使如故，君矢死陳乞者再三，優詔褒許。七年正月朝京師，上深禮重，方加位秩，不幸遇疾，中使臨問者相望。夏四月庚午，薨於永崇坊之旅館，春秋五十，朝野震悼焉。」元結丁憂後，卽居於浯溪。其《浯溪銘并序》（《全唐文》卷三八二）云：「浯溪在湘水之南，北匯於湘。愛其勝異，遂家溪畔。溪世無名稱者也，爲自愛之，故名浯溪。」《太平寰宇記》卷一一六「永州祁陽縣」：「唐中興頌碑，在縣南五里浯溪口，上元二年荆南節度判官元結文，撫州刺史魯國公顔真卿書。其字甚大，大曆六年刻其頌。末云：『湘江東西，中有浯溪，石崖天齊，可磨可鐫，刊此頌焉。』俗謂之摩崖碑。」按長卿詩云：「萬里依孤劍，千峯寄一家。累徵期旦暮，未起戀煙霞。」時結尚居於浯溪。大曆七年正月結卽已赴京，而長卿大曆五年秋始至鄂州，故知其南巡永、道、連、郴等州並訪元結於浯溪，必在大曆六年（七七一）也。

擁旌臨合浦〔一〕，上印臥長沙〔二〕。海徼長無戍①，湘山獨種畬〔三〕②。政傳通歲貢〔四〕，才惜過年華。萬里依孤劍，千峯寄一家。累徵期旦暮，未起戀煙霞。避世歌芝草〔五〕，休官醉菊花〔六〕。舊遊如夢裏，此別是天涯。何事滄波上③，漂漂逐海槎〔七〕。

〔一〕合浦，《後漢書·孟嘗傳》：「嘗遷合浦太守。郡不產穀食而海出珠寶。先時宰守並多貪穢，詭人採求，不知紀極，珠遂漸徙於交阯郡界。嘗到官，革易前敝，未踰歲，去珠復還，百姓皆反其業。」按合浦舊地在容管境內。

旌，觀察使賜雙旌雙節，參見《奉送賀若郎中》詩注。

〔二〕上印，猶言納印。按元結丁憂後即罷居浯溪，其地古屬長沙郡。

〔三〕畬，火耕地。范成大《勞畬耕詩序》：「畬田，峽中刀耕火種之地也。春初斫山，衆木盡蹶。至當種時，伺有雨候，則前一夕火之，藉其灰以糞。」元結《謝上表》：「臣見招輯流亡，率勸貧弱，保守城邑，畬種山林，冀望秋後，少可全活。」

〔四〕歲貢，《國語·周語》：「日祭月祀，時享歲貢。」此處指向朝廷繳納賦税。

〔五〕歌芝草，《高士傳》：「四皓者，皆河内軹人也，或在汲。始皇時，見秦政虐，乃退入藍田山而作歌曰：『莫莫高山，深谷逶迤。曄曄紫芝，可以療飢。唐虞世遠，吾將何歸？駟馬高蓋，其憂甚大。富貴之畏人，不如貧賤之肆志。』乃共入商雒，隱地肺山，以待天下之定。」

〔六〕醉菊花，陶淵明《飲酒》詩：「採菊東籬下，悠然見南山。」

〔七〕海槎，《博物志》：「近有人居海渚者，年年八月有浮槎，去來不失期。人有奇志，乘槎而去。十餘月至一處，有城郭狀，宫中有織婦，見一丈夫牽牛渚次飲之。因問此是何處，答曰：『訪嚴君平則知之。』因還。至蜀，問君平，曰：『某年某月，有客星犯牽牛宿。』計其年月，正是此人到天河時也。」又《荆楚歲時記》載爲張騫使大夏事，情節略同。按二句謂己。

陸時雍《詩鏡》：「渾厚之病，隣於模糊，精琢則體疲神清。初盛亦有肥瘦相兼之病。」

校　記：

①長，殘宋本作「閑」。

②奋，《四庫全書》本作「瓜」。

③滄波上，殘宋本作「滄江闊」。

入桂渚次砂牛石穴①

《太平寰宇記》卷一一七「連州桂陽縣」：「在桂水之陽，以爲名。」「邑界有鍾乳穴三十七所，歲進貢。」砂牛穴或即其一。此詩蓋爲南巡行經連州等地時作。

扁舟傍歸路，日暮瀟湘深。湘水清見底，楚雲淡無心。片帆落桂渚②，獨夜依楓林。楓林月出猿聲苦，桂渚天寒桂花吐③。此中無處不堪愁，江客相看淚如雨。

校　記：

①《文苑英華》作「砂牛穴」。
②落，《文苑英華》作「遵」。
③桂渚，《文苑英華》作「桂魄」。

桂陽西州晚泊古橋村主人①

當作於南巡途中。

洛陽别離久，江上心可得。惆悵增暮情，瀟湘復秋色。故山隔何處，落日羡歸翼。滄海空自流，白鷗不相識〔一〕。悲蛩滿荆渚〔二〕，輟棹徒沾臆〔三〕。行客念寒衣，主人愁夜織。帝鄉片雲去，遥寄千里憶。南路隨天長，征帆杳無極。

〔一〕《列子·黄帝》云：海上有人日從白鷗遊，其父命捕之，再往，鷗鳥翔而不下。參見《歸沛縣道中晚泊留侯城》詩注。
〔二〕蛩，蟋蟀。荆，《書·禹貢》：「荆及衡陽惟荆州。」《注》：「北據荆山，南及衡山之陽。」
〔三〕沾臆，泣下沾胸。何遜《詠照鏡》：「蕩子行未歸，啼粧坐沾臆。」

校記：

①主人，底本作「住人」，據《全唐詩》改。

贈湘南漁父

大曆六年（七七一）巡湘南時作。

問君何所適，旦暮逢煙水①。獨與不繫舟〔一〕，往來楚雲裏。釣魚非一歲，終日只如此。日落清江桂檝遲，纖鱗百尺深可窺。沈鈎垂餌不在得，白首滄浪空自知。

〔一〕不繫舟，《莊子·列御寇》：「巧者勞而智者憂，無能者無所求，飽食而遨遊，汎若不繫之舟。」

校記：

①旦暮，底本作「暮暮」，《唐詩品彙》、《四庫全書》本作「漠漠」，此從殘宋本。

晚泊湘江懷故人

湘南作，當在大曆六年（七七一）南行時。此詩與《晚泊古橋村》詩略同。

天涯片雲去，遥指帝鄉憶。惆悵增暮情，瀟湘復秋色。扁舟宿何處，落日羡歸翼。萬里無故人，江鷗不相識。

湘中憶歸

南行時作。

終日空理棹，經年猶別家。頃來行已遠，彌覺天無涯。白雲意自深，滄海夢難隔。迢遞萬里帆，飄颻一行客。獨憐西江外〔一〕，遠寄風波裏。平湖流楚天，孤雁渡湘水。湘流澹空愁予，猿啼啾啾滿南楚〔二〕。扁舟泊處聞此聲，江客相看淚如雨。

〔一〕西江，《莊子·外物》：「我且南遊吳越之王，激西江之水而迎子，可乎？」後以泛指江水。

〔二〕啾啾，象聲詞。屈原《九歌·山鬼》：「猨啾啾兮狖夜鳴。」

弄白鷗歌

作於歸途。

泛泛江上鷗，毛衣皓如雪。朝飛瀟湘水，夜宿洞庭月。歸客正夷猶〔一〕①，愛此滄江閒白鷗。

〔一〕夷猶，遲疑不前貌。屈原《九歌·湘君》：「君不行兮夷猶，蹇誰留兮中洲。」

校記：

①《全唐詩》注：句首「一本有洞庭二字」。

晚次湖口有懷①

歸至洞庭時作。

靄然空水合②，目極平江暮。南望天無涯，孤帆落何處。頃爲衡湘客，頗見湖山趣③。朝氣和楚雲④，夕陽映江樹⑤。帝鄉勞想望，萬里心來去。白髮生扁舟，滄波滿歸路⑥。秋風今已至，日夜雁南度⑦。木葉辭洞庭，紛紛落無數〔一〕⑧。

〔一〕「木葉」二句，《九歌・湘夫人》：「嫋嫋兮秋風，洞庭波兮木葉下。」

校　記：

①湖口，殘宋本作「洞口」。

②合，殘宋本作「白」。

③湖山，底本注：「一作湖湘。」

④朝，殘宋本作「潮」。和，殘宋本作「如」。

⑤江，殘宋本作「紅」。

⑥波，殘宋本作「浪」。滿歸，底本注：「一作歸滿。」

⑦雁，殘宋本作「鴻」。

⑧落無，底本注：「一作不知。」

上湖田館南樓憶朱宴

詩云：「漂泊日復日，洞庭今更秋。」「歸期誠已促，清景仍相留。」當作於大曆六年（七七一）遠行歸來時。湖田館，未詳。

漂泊日復日，洞庭今更秋。白雲如有意，萬里望孤舟①。何事愛成別？空令登此樓。天光映波動，月影隨江流。鶴唳靜寒渚，猿啼深夜洲。歸期誠已促，清景仍相留〔一〕。頃者慕獨往，爾來悲遠遊〔二〕。風波自此去，桂水空離憂〔三〕②。

〔一〕清景，曹植《公讌詩》：「明月澄清景，列宿正參差。」

〔二〕悲遠遊，屈原《遠遊》：「悲時俗之迫阨兮，願輕舉而遠遊。」

〔三〕桂水，按《太平寰宇記》卷一一七，郴州郴縣有桂陽水。長卿南行嘗至此。又按灕江亦名桂江，與瀟水同源而分流。

校記：

①望，殘宋本作「隨」。

②水，殘宋本作「席」。按如是則當作「挂席」。

送李侍御貶郴州

李侍御，蓋李湯也。長卿有《洞庭驛逢郴州使還寄李湯司馬》詩，則湯嘗貶郴州司馬。獨孤及《一公塔碑》云：「右補闕趙郡李紓，殿中侍御史頓丘李湯，嘗以文字言語，遊公廊廡。」李紓大曆元年爲補闕，大曆四年已遷中書舍人（詳《送李補闕》詩注），則獨孤及文當作於大曆初，此時李湯已在朝爲殿中侍御史。其貶郴州，當途出鄂州。長卿詩春日作，當在大曆六年（七七一）或七年。

洞庭波渺渺，君去弔靈均〔一〕。幾路三湘水〔二〕，全家萬里人。聽猿明月夜，看柳故年春。憶想汀洲畔，傷心向白蘋〔三〕。

〔一〕弔靈均，屈原字靈均。按賈誼謫長沙，嘗爲賦以弔屈原。

〔二〕三湘，瀟湘、蒸湘、沅湘稱三湘；又湘潭、湘陰、湘鄉亦稱三湘。

〔三〕柳惲《江南曲》：「汀洲採白蘋。」

喬億《大曆詩略》：「頷聯淡緩可悲。」

酬李侍御發岳陽見寄①

在上詩之後。

想見孤舟去，無由此路尋。暮帆遙在眼，春色獨何心②。緑水瀟湘闊，青山鄠杜深〔一〕③。惟當北風至〔二〕④，爲爾一開襟。

〔一〕鄠杜，謂鄠縣、杜陵，以指長安。《漢書·東方朔傳》：「朔諫曰：『如天不爲變，則三輔之地，盡可以爲苑，何必盩厔鄠杜乎？』」

〔二〕北風，《古詩》：「胡馬依北風。」

校記：

①發，底本作「登」，此據殘宋本。

②春色，殘宋本作「春草」。
③杜，底本誤「柱」，據殘宋本改。
④惟，底本誤「誰」，據殘宋本改。

鄂渚聽杜別駕彈胡琴

別駕，《新唐書・百官志》四：「武德元年，改太守曰刺史，加使持節，丞曰別駕。」「天寶元年，改刺史曰太守。八載，諸郡廢別駕，下郡置長史一員。上元二年，諸州復置別駕。德宗時復省。」鄂渚，《太平寰宇記》卷一一二「鄂州江夏縣」：「《輿地志》云：『雲夢之南，是爲鄂渚。』」詩作於鄂岳任內，即大曆五年（七七〇）至八年間。

文姬留此曲〔一〕，千載一知音。不解胡人語①，空留楚客心②。聲隨邊草動，意入隴雲深。何事長江上，蕭蕭出塞吟。

〔一〕《後漢書・董祀妻傳》：「陳留董祀妻者，同郡蔡邕之女也。名琰，字文姬。博學有才辯，又妙於音律。適河東衛仲道，夫亡無子，歸寧於家。興平中，天下喪亂，文姬爲胡騎所獲，沒於南匈奴左賢王。在胡中十二年，生二子。」「後感傷亂離，追懷悲憤，作詩二章。」

校　記：

①胡人，殘宋本、《文苑英華》作「胡兒」。
②留，殘宋本、《文苑英華》作「愁」。

鄂渚送池州程使君

《新唐書·地理志》五：「池州，上。武德四年以宣州之秋浦、南陵二縣置。貞觀元年州廢，縣還隸宣州。永泰元年復析宣州之秋浦、青陽，饒州之至德置。」程使君，名未詳。詩作於鄂岳任內，即大曆五年至八年（七七〇——七七三）間。

蕭蕭五馬動，欲別謝臨川〔一〕。落日蕪湖色〔二〕，空山梅冶煙〔三〕。江湖通廨舍①，楚老拜戈船〔四〕。風化東南滿，行舟來去傳。

〔一〕謝臨川，《宋書·謝靈運傳》：「靈運少好學，博覽群書，文章之美，江左莫逮。」「（太祖）以爲臨川内史。」

〔二〕蕪湖，《太平寰宇記》卷一〇五「太平州蕪湖縣」：「本漢縣，《地理志》屬丹陽。在蕪湖側。以其地卑，畜水渟深而生蕪藻，故曰蕪湖，因此名縣。」「蕪湖，長七里，在縣界。春秋楚子伐吴，克鳩兹。杜注云：在蕪湖。今謂之高阜夾也。」

〔三〕梅冶，《太平寰宇記》卷一〇五「池州銅陵縣」：「本漢南陵縣。自齊梁之代，爲梅根冶以烹銅鐵。庾子山《枯樹賦》云：『東南以梅根作冶。』」「梅根山，《吴録·地理志》云：晉立梅塘冶，今作鐵冶，出青鐵，其色特妙於廣州。」

〔四〕楚老，漢代徐州有隱士曰楚老，此謂楚地父老。戈船，《三輔黄圖》：「昆明池中有戈船各數十，樓船百艘，船上建戈矛，四角悉垂幡旄葆麾蓋，照燭涯涘。」

校　記：

①江湖，活字本作「江朝」。按似當作「江潮」。

送李中丞之襄州①

鄂州作。當在大曆五年至八年間（七七〇——七七三）。李中丞，名未詳。襄州，《新唐書·地理志》四：「襄州襄陽郡，望。」治襄陽。

流落征南將，曾驅十萬師。罷歸無舊業②，老去戀明時。獨立三邊靜〔一〕③，輕生一劍知〔二〕④。茫茫漢江上⑤，日暮欲何之〔三〕⑥。

〔一〕三邊，《小學紺珠》：「三邊，幽、并、凉三州也。」

〔二〕一劍，王維《老將行》：「一身轉戰三千里，一劍曾當百萬師。」

〔三〕日暮，兼喻年老。庾信《哀江南賦序》：「日暮途遠，人間何世！」

胡應麟《詩藪》：「劉長卿送李中丞、張司直，文皆中唐，妙境往往有不減盛唐者。」陸時雍《詩鏡》：「三四老氣深衷。」喬億《大曆詩略》：「清壯激昂，而意自渾渾。」

校記：

①《中興間氣集》、《文苑英華》同。《極玄集》作「送李中丞歸漢陽」，《衆妙集》、《唐詩品彙》作「送李中丞歸漢陽別業」。李中丞，《又玄集》作「李丞」。又，底本注：「李一作季。」又，《唐音》無「之襄州」三字。

②舊，《極玄集》作「别」。
③三邊静，底本作「三朝識」，《文苑英華》、《又玄集》同，《唐詩紀事》作「三朝盛」，此從《中興間氣集》、《極玄集》、《衆妙集》、《唐音》、《唐詩品彙》。
④知，《極玄集》作「隨」。
⑤漢江，《唐詩品彙》作「江漢」。
⑥欲，底本作「復」，此從《中興間氣集》、《極玄集》、《又玄集》、《衆妙集》、《唐音》。

送梁侍御巡永州①

當爲鄂州送行之作。《太平寰宇記》卷一一六「永州零陵郡」：「永州，春秋及戰國時皆爲楚之南境。秦并天下，屬長沙郡。漢武帝析置零陵郡，屬荆州。後漢及三國皆因之。」唐屬江南西道，治所在今湖南零陵。

蕭蕭江雨暮②，客散野亭空③。憂國天涯去，思鄉歲暮同。到時猿未斷，迴處水應窮。莫望零陵路，千峯萬木中。

校記：

①巡，《文苑英華》作「赴」。
②蕭蕭，《文苑英華》作「瀟瀟」。又，暮作「暗」。
③野亭，《文苑英華》作「短亭」。

送袁處士

鄂州作。袁處士，疑爲袁滋。《新唐書·袁滋傳》：「少依道州刺史元結，讀書自解其義，結重之。後客荆、郢間，起學廬講授。建中初，黜陟使趙贊薦于朝，起處士，授試校書郎。」

閒田北川下，静者去躬耕。萬里空江菼〔一〕，孤舟過郢城〔二〕。種荷依野水，移柳待山鶯。出處安能問〔三〕，浮雲豈有情。

〔一〕菼，似葦而小。《詩·衛風·碩人》：「鱣鮪發發，葭菼揭揭。」

〔二〕郢城，三國吴置郢州，治江夏。隋開皇九年改爲鄂州。

〔三〕出處，《易·繫辭》：「君子之道，或出或處。」

送裴使君赴荆南充行軍司馬

《新唐書·百官志》四：「行軍司馬，掌弼戎政。居則習蒐狩，有役則申戰守之法，器械、糧精、軍籍、賜予皆專焉。」按節度使府設行軍司馬一人。此詩鄂州作，當作於大曆五年（七七〇）至八年間。

盛府南門寄〔一〕，前程積水中。月明臨夏口，山晚望巴東〔二〕。故節辭江郡，寒笳發渚宫〔三〕。

漢川風景好，遥羨逐羊公〔四〕①。

〔一〕盛府，幕府人材濟濟，稱盛府。參見《夏口送長寧楊明府歸荆南》詩注。南門，《北史·達奚長儒傳》：「轉荆州總管，帝謂曰：『江陵國之南門，今以委卿，朕無慮也。』」

〔二〕巴東，巴峽之東。《太平寰宇記》卷一四六「荆州」：「春秋以來，楚國之都，謂之郢都。西接巴巫，東連雲夢，亦一都會之所。」

〔三〕渚宫，《左傳》文十年：「（子西）沿漢泝江，將入郢。王在渚宫，下見之。」按渚宫爲楚之别宫，故址在江陵縣境。

〔四〕漢川，即漢水。《漢書·溝洫志》：「西方則通渠漢川雲夢之際，東方則通溝江淮之間。」

〔五〕羊公，謂羊祜。祜字叔子，泰山南城人。嘗鎮江陵。《晉書》有傳。

校　記：

①逐，《文苑英華》作「繼」。

送常十九歸嵩少故林

《元和郡縣圖志》卷五「河南府登封縣」：「嵩高山在縣北八里，亦名方外山。」又云：「東曰太室，西曰少室，嵩高總名，即中岳也。」嵩少即少室。常十九，岑仲勉《唐人行第録》疑爲常建。詩云「楚澤嵩丘千里賒」，當作於鄂岳任中。

迢迢此恨杳無涯，楚澤嵩丘千里賒。岐路别時驚一葉〔一〕，雲林歸處憶三花〔二〕。秋天蒼翠寒飛雁，古堞蕭條晚噪鴉。他日山中逢勝事，桃源洞裏幾人家。

〔一〕一葉知秋，語出《淮南子·説山》：「見一落葉，而知歲之將暮。」

〔二〕三花，《齊民要術》：「《嵩山記》云：『嵩高寺中忽有思維樹，即貝多也，一年三花。』」

夏口送徐郎中歸朝

春日鄂州作。長卿大曆五年秋至鄂州，此詩當作於大曆六年（七七一）至八年間。

星象南宫遠〔一〕，風流上客稀〔二〕。九重思曉奏〔三〕，萬里見春歸。棹發空江響，城孤落日暉。離心與楊柳，臨水更依依〔四〕。

〔一〕星象，古人謂郎官上應星象。王融《命官策問》：「惟王建國，惟典命官，上叶星象，下符川嶽。」南宫，即尚書省。

〔二〕風流，《晉書·王獻之傳》：「獻之少有盛名，而高邁不羈，風流爲一時之冠。」

〔三〕九重，宋玉《九辯》：「君之門兮九重。」此處指君主。

〔四〕「楊柳」二句，《詩·小雅·采薇》：「昔我往矣，楊柳依依。今我來思，雨雪霏霏。」

贈別盧司直之閩中

春日鄂州作，當作於大曆六年（七七一）至八年間。

爾來不多見，此去又何之。華髮同今日，流芳似舊時〔一〕。洲長春色遍，漢廣夕陽遲〔二〕。歲歲王孫草〔三〕，空憐無處期。

〔一〕流芳，芳香四溢。曹植《洛神賦》：「踐椒塗之郁烈，步蘅薄而流芳。」此處謂春日花開。

〔二〕漢，謂漢水。

〔三〕見《過漂母墓》詩注。

送道標上人歸南岳

《宋僧傳》卷一五《唐杭州靈隱山道標傳》：「釋道標，富陽人也。俗姓秦氏。」「永泰中受具品於靈光寺顗律師。」「貞元中以寺務克豐，我宜宴息，乃擇高爽，得西嶺之下，葺茅爲堂，不干人事，用養浩氣焉。」道標善詩，傳載「與之深者」，有「隨州刺史劉長卿、祕閣嚴維、小諫朱放」等人。按任華《送標和尚歸南岳便赴上都序》（《全唐文》卷三七六）云：「南岳有大比邱，其名曰道標。」則道標嘗止於衡岳。華序作於桂管，府主爲「中司隴西公」。據韓雲卿《平蠻頌》（《全唐文》卷四四一），李昌巙領桂管時爲「隴西縣男」、「兼御史中丞」，當卽此人。昌巙大曆八年至建中二年在桂管任，時間亦合。又按永泰中長卿、道標均在嘉興，當已相識。此詩當爲長卿移使鄂岳，道標訪別時作，時在大曆六年（七七一）至八年間。

悠然倚孤棹①，卻憶卧中林。江草將歸遠②，湘山獨往深。白雲留不住，渌水去無心③。衡岳千峰亂，禪房何處尋。

校　記：

①悠然，《文苑英華》作「悠悠」。
②將歸，《文苑英華》作「引將」。
③淥，《文苑英華》作「緑」。

重送道標上人

與上詩同時。

衡陽千里去人稀，遥逐孤雲入翠微。春草青青新覆地，深山無路若爲歸。

過鸚鵡洲王處士別業

《太平寰宇記》卷一一二，「鄂州江夏縣」：鸚鵡洲在「大江中流，與漢陽縣分界。《後漢書》云：黄祖爲江夏太守時，黄祖長子射，大會賓客，有獻鸚鵡於此洲，故爲名。」《湖廣通志》卷七「山川一」：「鸚鵡洲，在城西大江中，黄祖殺禰衡處。嘗作《鸚鵡賦》，故遇害之地得名。上有禰處士墓。按陸遊《入蜀記》：『洲上有茂林神祠，遠望如小山。』則宋時洲形頗高。後雖淪没，每秋冬水落，猶有洲形，今不可復識矣。」任職鄂岳時作。

白首此爲漁，青山對結廬〔一〕。問人尋野筍，留客饋家蔬。古柳依沙發①，春苗帶雨鋤。共憐芳杜色〔二〕，終日伴閒居。

〔一〕結廬，陶淵明《飲酒》：「結廬在人境，而無車馬喧。」「採菊東籬下，悠然見南山。」
〔二〕芳杜，即杜若，香草。孔稚圭《北山移文》：「豈可使芳杜厚顔，薜荔無恥。」

校記：

①發，殘宋本作「岸」。《瀛奎律髓》云：「當作岸。」

自夏口至鸚鵡洲夕望岳陽寄源中丞①

源中丞，當爲源休。《舊唐書·源休傳》：「出潭州刺史，入爲主客郎中，遷給事中、御史中丞、左庶子。其妻，即吏部侍郎王翊女也，因小忿而離，妻族上訴，下御史臺驗理，休遲留不答款狀，除名，配流溱州。久之，移岳州。建中初，楊炎執政……擢休自流人爲京兆少尹。」蓋源休移岳時，正值長卿任鄂岳轉運留後，故得相往還。此詩當作於大曆六年（七七一）至八年間。

汀洲無浪復無煙②，楚客相思益渺然③。漢口夕陽斜渡鳥〔一〕，洞庭秋水遠連天。孤城背嶺寒吹角，獨戍臨江夜泊船④。賈誼上書憂漢室，長沙謫去古今憐⑤。

〔一〕漢口，漢水入江處。《清一統志》「漢陽府」：「漢口在漢陽府大別山北。」

趙臣瑗《山滿樓箋注唐詩七言律》：「一二起得最曲最妙，向使浪阻煙迷，索性付之相忘，今波平氣朗若此，而不得與故人相隨，良可惜也。」唐汝詢《唐詩解》：「水波不興而懷人獨切者，飛鳥角聲感之也。」喬億《大曆詩略》：「文房固五言長城，七律亦最高，不矜才，不使氣，右丞、東川以下，無此韻調也。」沈德潛《唐詩別裁》：「直説淺露。右丞則云：『長沙不久留才子，賈誼何須弔屈平！』」王壽昌《小清華園詩談》：「唐人佳句，有可以照耀古今，膾炙人口者」，「劉隨州之『漢口夕陽斜渡鳥，洞庭春水遠連天』是也。」方東樹《昭昧詹言》：「首句先從望説起。次句説不見屈子，弔古無人。三、四切夏口，入『望』。五六即景。收入寄阮托意。」吴喬《圍爐詩話》：「劉長卿云：『孤城背嶺寒吹角。獨樹臨江夜泊船。』一本作獨戍，予意獨戍爲是，有戍卒處堪泊船也。及讀地志，其地有獨樹口，乃知古人詩不可輕議。」

校　記：

①源中丞，底本作「元中丞」，《唐詩品彙》作「阮中丞」，此從殘宋本、《文苑英華》、《全唐詩》、盧文弨本。

②汀洲，一作「江州」。盧文弨本弨案：「刻汀，何改江。」蓋爲何焯以意所改。

③益，《文苑英華》注：「集作亦。」

④獨戍，殘宋本作「獨步」。一作「獨樹」。

⑤謫去，《文苑英華》作「遷謫」。

湘中紀行十首

按組詩非一時一地之作，然均當作於大曆六年（七七一）南巡永、郴諸州，至大曆八年（七七三）自潭州歸來之間。

湘妃廟

按《太平寰宇記》卷一一六，永州零陵縣境有湘妃廟。又按清《一統志》「長沙府」引《通典》：「湘陰縣北，地名黄陵，卽二妃所葬。」其地亦有二妃廟。

荒祠古木暗，寂寂此江濆。未作湘南雨，知爲何處雲。苔痕斷珠履〔一〕，草色帶羅裙。莫唱迎仙曲〔二〕，空山不可聞①。

〔一〕珠履，《史記·春申君傳》：「春申君客三千餘人，其上客皆躡珠履以見趙使，趙使大慙。」
〔二〕迎仙曲，按《楚辭·九歌》有《湘君》、《湘夫人》，相傳《九歌》本楚地祀神曲。

校記：

①空山，《唐詩品彙》作「羈臣」。

斑竹巖

按《方輿勝覽》卷二四，道州營道縣南五十里有斑竹巖。《湖廣通志》卷一一「山川·道州」：「斑竹巖，在州南五十里。《述異記》：『昔舜南巡，葬蒼梧之野。堯之二女娥皇、女英追之不及，相與協哭，淚下沾竹，竹文上爲之斑斑然。』」

蒼梧在何處〔一〕，斑竹自成林。點點留殘淚①，枝枝寄此心②。寒山響易滿，秋水影偏深。欲見樵人路，蒙籠不可尋③。

〔一〕蒼梧，即九疑。見《斑竹》詩注。

校記：

①留，《文苑英華》作「流」。

②此，《文苑英華》作「在」。

③蒙籠，《文苑英華》作「朦朧」。

洞陽山浮丘公舊隱處①

清《一統志》「長沙府」：「洞陽山，在瀏陽縣西北六十里，以山洞向南而名。周圍一百十里，唐孫思邈鍊丹於此。上有石壇，山澗有潭，湫水流入洞中半里許。石竇引光，沙石朗然，內有龍跡。道書第二十四洞天。」浮丘公，《列仙傳》：「王子喬者，周靈王太子晉也。好吹笙作鳳凰鳴。遊伊洛之間，道士浮丘公接以上嵩高山。」

舊日仙成處，荒林客到稀。白雲將犬去〔一〕，芳草任人歸。空谷無行徑，深山少落暉②。桃園幾家住③，誰爲掃荊扉。

〔一〕王充《論衡・道虚》：「（淮南）王遂得道，舉家升天，畜産皆仙，犬吠於天上，鷄鳴於雲中。」

校　記：

①洞陽山，底本作「洞山陽」，此從《文苑英華》。又，底本無注，亦從《文苑英華》增。

②少，殘宋本作「多」。

③桃園，盧文弨本弨案：「疑是桃源，今本作源。」

雲母溪

按《方輿勝覽》卷二九，岳州華容大雲寺有雲母泉，引李華詩序：「玄生山盡生雲母，如列星，井泉溪澗，色皆純白。」

雲母映溪水，溪流知幾春。深藏武陵客〔一〕，時過洞庭人。白髮慚皎鏡，清光媚奫淪〔二〕。寥寥古松下，歲晚掛頭巾〔三〕。

〔一〕武陵，朗州屬縣，相傳其地有桃花源。

〔二〕奫淪，水波深廣貌。

〔三〕頭巾，巾幘，裹頭所用。《後漢書・董祀妻傳》：「（曹）操感其言，乃追原祀罪。時且寒，賜以頭巾履襪。」

赤沙湖

《湖廣通志》卷一二「山川·巴陵縣」：「赤沙湖，在洞庭湖西。《水經注》：『澧水經南安縣，又東與赤沙湖會。湖水北通江而南注澧，謂之決口。』《岳陽風土記》：『郡有洞庭、青草、巴陵三湖，夏秋水泛，與洞庭爲一，涸時惟見赤沙。』王粲詩：『悠悠瞻澧口，下會赤沙湖。』」

茫茫葭菼外，一望一霑衣。秋水連天闊，涔陽何處歸〔一〕。沙鷗積暮雪，川日動寒暉。楚客來相問，孤舟泊釣磯。

〔一〕涔陽，《九歌·湘君》：「望涔陽兮極浦，横大江兮揚靈。」後人以爲澧州澧陽縣之别稱。

秋雲嶺

詩寫秋雲掩抑，峯巒變幻，蓋非專名也。

山色無定姿，如煙復如黛。孤峯夕陽後，翠嶺秋天外①。雲起遥蔽虧，江迴頻向背。不知今遠近，到處猶相對。

校　記：

①翠嶺，殘宋本作「翠積」。

花石潭

按《方輿勝覽》卷三〇，澧州慈利縣有花石。「石上自然有花，如堆心牡丹之狀，枝葉繚繞，雖工於畫者莫能及。或以物擊其花，應手而碎，既拂拭之，其花復見，重疊非一，莫不異之。」《湖廣通志》卷一二「山川・澧州」：「花石，在（安福）縣武口寨。」花石潭未知是否即在此處。

江楓日搖落，轉愛寒潭靜。水色淡如空，山光復相映。人間流更慢，魚戲波難定。楚客往來多，偏知白鷗性。

石菌山①

《湖廣通志》卷一二「山川・郴州」：「石菌山，在（宜章）縣北三十里。上有仙亭，鐵瓦石壁，扁曰鳴豐閣。」

前山帶秋色，獨往秋江晚②。疊障入雲多，孤峯去人遠。夤緣不可到，蒼翠空在眼。渡口問漁船，桃源路深淺。

校　記：

〔一〕夤緣，攀緣。左思《吴都賦》：「夤緣山嶽之岊，冪歷江海之流。」

①底本作「石圍峯」，此從《文苑英華》。
②往，《文苑英華》作「住」。

浮石瀨

按詩意，其地似在瀟、湘合流處，亦即永州營道縣境。

秋月照瀟湘，月明聞盪槳。石橫晚瀨急，水落寒沙廣。衆嶺猿嘯重，空江人語響。清暉朝復暮，如待扁舟賞。

陸時雍《詩鏡》：「詩趣如清流淺瀨。」喬億《大曆詩略》：「清拔。空江句非親歷不知其警動天然。」

横龍渡

《湖廣通志》卷一二「山川・郴州」：「龍渡山，在州西七十里，上有龍渡廟。山麓有泉，分流郴、桂之境。」

空傳古岸下，曾見蛟龍去。秋水晚沈沈，猶疑在深處①。亂聲沙上石②，倒影雲中樹。獨見一扁舟③，樵人往來渡。

校　記：

①猶，《文苑英華》作「獨」。深，殘宋本作「何」。

②聲，《文苑英華》作「深」。

③見，《文苑英華》作「繫」。

范希文《對床夜語》：「劉長卿有《湘中紀行》十詩，《花石潭》有云：『水色淡如空，山光復相映。』《浮石瀨》云：『秋色照瀟湘，月明聞蕩槳。』《横龍渡》云：『亂聲沙上石，倒影雲中樹。』皆勝語也。他如『天光映波動，月影隨江流』，又『入夜翠微裏，千峯明一燈』，又『潮氣和楚雲，夕陽映江樹』，又『卷簾高樓上，萬里看日落』，詞妙氣逸，如生馬駒不爲韁絡所羈，讀之使人飄飄然有憑虛御風之意。謂其思鋭才窄者，不亦誣矣！」

孫權故城下懷古兼送友人歸建業

《元和郡縣圖志》卷二七「鄂州武昌縣」：「孫權故都城在縣東一里餘。本漢將灌嬰所築，晉陶侃、桓温爲刺史，並理其地。」按唐時武昌縣在今湖北省鄂城縣，西距今武漢市約一百餘公里。此詩春日作，是知大曆六年（七七一）至八年間長卿嘗東遊。

雄圖争割據〔一〕，神器終不守〔二〕。上下武昌城〔三〕，長江竟何有。古來壯臺榭，事往悲陵阜〔四〕。寥落幾家人①，猶依數株柳。威靈絶想象〔五〕，蕪没空林藪。野徑春草中，郊扉夕陽後。逢君從此去，背楚方東走。煙際指金陵，潮時過湓口〔六〕。行人已何在，臨水徒揮手。惆悵不能歸，孤帆没雲久。

〔一〕雄圖，《晉書·武帝紀贊》：「決神算於深衷，斷雄圖於議表。」割據，《三國志·吴·孫皓傳注》：「昔大皇帝以神武之略，奮三千之卒，割據江南，席卷交廣。」

〔二〕神器，謂帝位。《漢書·叙傳》引班彪《王命論》：「游説之士，至比天下爲逐鹿，幸捷而得之，不知神器有命，不可以智力求也。」

〔三〕武昌，《三國志·吴·孫權傳》：「黄初二年四月，劉備稱帝於蜀。權自公安都鄂，改名武昌。以武昌、下雉、尋陽、陽新、柴桑、沙羨六縣爲武昌郡。五月，建業言甘露降。八月，城武昌。」《太平寰宇記》卷一一二「鄂州武昌縣」：「(在州)東一百七十里。」「《吴志》：甘露初折江夏置武昌郡，大帝嘗都之。」又按同書謂州西另有吴大帝城：「吴大帝城，在州西一百八十里。黄初四年吴主置。城有五門，各以所向爲名。西角一門謂之流津，北臨大江。」「其城黄龍元年遷都建業，因此停廢。」上下武昌蓋謂此。

〔四〕悲陵阜，《晉書·杜預傳》：「(預)刻石爲二碑，紀其勳績，一沉萬山之下，一立峴山之上，曰：『焉知此後不爲陵谷乎！』」

〔五〕威靈，威嚴之神靈。屈原《九歌·國殤》：「天時墜兮威靈怒，嚴殺盡兮棄原野。」

〔六〕湓口，在江州。《太平寰宇記》卷一一一「江州德化縣」：「湓浦，按《郡國志》云：有人此處洗銅盆，忽水暴漲，乃失盆，遂投水取之，即見一龍，啣盆奪之而去，故曰盆水。又云源出青盆山，因以爲名。」

校　記：

①幾家人，《唐詩品彙》作「幾人家」。

宿雙峰寺寄盧七李十六

大曆五年秋，長卿自淮南移使鄂岳，嘗經蘄州，遊雙峰寺。此詩春日作，則至鄂州後嘗重遊其地也。按自孫權故城北渡大江，即至蘄州，故疑與上詩作於同時。李十六，疑爲李幼卿。幼卿行十六，大曆中爲滁州刺史。

寥寥禪誦處，滿室蟲絲結。獨與山中人，無心生復滅〔一〕。徘徊雙峰下，惆悵雙峰月。杳杳暮猿深，蒼蒼古松列。玩奇不可盡，漸遠更幽絶。林暗僧獨歸，石寒泉且咽。竹房響輕吹，蘿徑陰餘雪。卧澗曉何遲，背巖春未發。此遊誠多趣，獨往共誰閲。得意空自歸，非君豈能説。

〔一〕無心，陶淵明《歸去來辭》：「雲無心以出岫，鳥倦飛而知還。」

洞庭驛逢郴州使還寄李湯司馬

大曆六年（七七一）至八年，長卿曾數至岳州。詩當作於此期間。李湯，頓丘人，至德、乾元中在越，與靈一等人遊，見獨孤及《唐揚州慶雲寺一公塔碑》。寶應、廣德中爲嘉興令，見《宋高僧傳·靈一傳》。大曆中晚期爲楚州刺史，見長卿所撰《張僧繇畫僧記》，又見《太平廣記》卷四六七引

《戎幕閒談》。又按皎然《貽李湯》詩(《全唐詩》卷八一六)云:「寧知梅福在人間,獨爲蒼生作仙吏。」則又嘗爲浙東、西某縣縣尉。湯以殿中侍御史貶郴州,已見《送李侍御貶郴州》詩注。

洞庭秋水闊,南望過衡峯。遠客瀟湘裏,歸人何處逢。孤雲飛不定,落葉去無蹤。莫使滄浪叟,長歌笑爾容〔一〕。

〔一〕「滄浪叟」二句,《孟子·離婁上》:「滄浪之水清兮,可以濯吾纓。滄浪之水濁兮,可以濯吾足。」《文章正宗》載此作《滄浪歌》,《楚辭》載此作《漁父歌》。又《史記·屈原傳》:「屈原至於江濱,被髮行吟澤畔,顏色憔悴,形容枯槁。漁父見而問之曰:『子非三閭大夫歟?何故而至此?』屈原曰:『舉世混濁而我獨清,衆人皆醉而我獨醒,是以見放。』漁父曰:『夫聖人者,不凝滯於物,而能與世推移。舉世混濁,何不隨其流而揚其波?衆人皆醉,何不餔其糟而啜其醨?何故懷瑾握瑜而自令見放爲?』」

九日岳陽待黄遂張涣①

按長卿有深秋作於岳陽之詩多首,且有《巡去岳陽卻歸鄂州使院留别鄭洵侍御》詩,是知大曆六年後嘗再至岳陽,當在大曆七年(七七二)或八年(七七三)。黄遂,長卿另有《題大理黄主簿湖上高齋》詩,殆卽此人。張涣,《新唐書·宰相世系表》二下有張涣,張埱子,張説孫,未知是否。

别君頗已久,離念與時積。楚水空浮煙②,江樓望歸客。徘徊正佇想,髣髴如暫覿〔一〕。心目徒自親,風波尚相隔。青林泊舟處,猿鳥愁孤驛。遥見郭外山,蒼然雨中夕。季鷹久疏曠〔二〕，叔度早疇昔〔三〕。反棹來何遲，黃花候君摘。

〔一〕覿，相見。《論語・鄉黨》：「私覿，愉愉如也。」

〔二〕季鷹，晉張翰字季鷹。《世說新語・識鑒》：「張季鷹辟齊王東曹掾，在洛見秋風起，因思吴中菰菜羹鱸魚膾，曰：『人生貴得適意爾，何能羈宦數千里以邀名爵？』遂命駕便歸。」

〔三〕叔度，《後漢書・黃憲傳》：「黃憲字叔度。」「憲初舉孝廉，又辟公府，友人勸其仕，憲亦不拒之，暫到京師而還，竟無所就。年四十八終。天下號曰徵君。」

校　記：

①殘宋本作「黃逐張諲」。

②空浮煙，殘宋本作「愁煙空」。又，《全唐詩》注：空，「一作共」。浮，「一作秋」。

過湖南羊處士別業①

詩亦九月作，當與上詩同時。

杜門成白首〔一〕，湖上寄生涯。秋草蕪三徑〔二〕②，寒塘獨一家。鳥歸村落盡，水向縣城斜。自有東籬菊，年年解作花③。

〔一〕杜門，堵門，閉門。《國語・晉語》：「狐突杜門不出。」

〔二〕三徑，陶淵明《歸去來辭》：「三徑就荒，松菊猶存。」

校　記：

①羊處士，底本注：「一作來處士。」

②蕪，《文苑英華》作「無」。

③二句《文苑英華》作「愛子醒還醉，東籬菊正花」。

雨中過員稷巴陵山居贈别①

巴陵，岳州屬縣，州治所在。《太平寰宇記》卷一一三「岳州」引《江源記》云：「昔羿屠巴蛇於洞庭，其骨若陵，故曰巴陵。」詩當作於大曆七年（七七二）或八年巡行岳州時。

憐君洞庭上，白髮向人垂。積雨悲幽獨，長江對别離。牛羊歸故道，猿鳥聚寒枝②。明發遥相望〔一〕，雲山不可知。

〔一〕明發，《詩集傳》：「謂將旦而光明開發也。」

《詩歸》鍾惺曰：「文章語入詩反深健。」

喬億《大曆詩略》：「三四語極平易，而意致沉沉，此無意之意也。索解人正難。」

校　記：

①員稷，《唐詩品彙》作「袁稷」。

②猿鳥，《唐音》、《唐詩品彙》作「鳥雀」。

湖上遇鄭田

鄭田，《方輿勝覽》卷二九「岳州」：「自唐以來，隱者凡七八人，曰鄭田、二劉山人、嵇處士，而劉長卿、李頻、王昌齡、鄭谷輩皆有詩見稱。」詩深秋作，當在大曆七年（七七二）或八年。

故人青雲器〔一〕，何意常窘迫。五十猶布衣①，憐君頭已白。誰言此相見，暫得話疇昔。舊業今已無②，還鄉反爲客③。扁舟君獨往④，斗酒君自適⑤。滄海不可涯⑥，孤帆去無跡。杯中忽復醉，湖上生新魄〔二〕⑦。湛湛江色寒〔三〕，濛濛水雲夕。風波易迢遞，千里如咫尺〔四〕。回首人已遥，南看楚天隔。

〔一〕青雲器，見《送薛據宰涉縣》詩注。

〔二〕魄，月初生時之微光。《書·康誥》：「惟三月哉生魄。」

〔三〕湛湛，水深貌。宋玉《招魂》：「湛湛江水兮上有楓，目極千里兮傷春心。」

〔四〕咫尺，八寸曰咫。《左傳》僖九年：「天威不違顔咫尺。」

陸時雍《詩鏡》：「『還鄉反爲客』一語最傷。」

校　記：

①五十，底本作「三十」，此從殘宋本、《文苑英華》。

②無，底本作「蕪」，此從殘宋本、《文苑英華》。

③反，底本作「返」，此從殘宋本、《文苑英華》。
④君，底本作「伊」，此從殘宋本、《文苑英華》。
⑤斗，《文苑英華》作「桂」。
⑥海，底本作「洲」，此從殘宋本、《文苑英華》。
⑦新，底本作「月」，此從殘宋本、《文苑英華》。

杪秋洞庭中懷亡道士謝太虛

當作於大曆七年（七七二）或八年巡岳州時。按此詩《全唐詩》卷七七二復出，署謝太虛作，誤。

漂泊日復日，洞庭今更秋。青楓亦何意①，此夜催人愁。惆悵客中月，徘徊江上樓。心如楚天遠②，目送滄波流③。羽客久已歿〔一〕④，微言無處求。空餘白雲在，容與隨孤舟〔二〕。千里杳難望，一身常獨遊⑤。故園復何許？江海徒遲留⑥。

〔一〕羽客，謂道士。《拾遺記》：「（昭王）晝而假寐，忽夢白雲蓊蔚而起，有人衣服並皆毛羽，因名羽人。夢中與語，問以上神之術。」庾信《邛竹杖賦》：「和輪人之不重，待羽客以相貽。」
〔二〕容與，徐緩貌。屈原《涉江》：「船容與而不進兮，淹回水而疑滯。」

校　記：

①何，底本作「可」，此從殘宋本、《文苑英華》。

②如，底本作「知」，此從《文苑英華》。天，《唐詩品彙》作「雲」。
③目，底本作「日」，從殘宋本改。滄波，殘宋本作「滄浪」。
④羽客，殘宋本、《文苑英華》作「謝客」。
⑤常，底本作「當」，此從《文苑英華》、《唐詩品彙》。
⑥徙遲留，殘宋本作「此淹留」。又，海，《唐詩品彙》作「河」。

巡去岳陽卻歸鄂州使院留別鄭洵侍御侍御謫居此州①

詩當作於大曆七年（七七二）或八年巡行岳州時。鄭洵，獨孤及有《鄭縣劉少府兄宅月夜登臺宴集序》（《全唐文》卷三八七），作於天寶末，與宴者有「參軍滎陽鄭洵」，當即此人。

何事長沙謫，相逢楚水秋②。暮帆歸夏口，寒雨對巴丘。帝子椒漿奠，騷人木葉愁〔一〕。誰憐萬里外③，離別洞庭頭。

〔一〕騷人，蕭統《文選序》：「（屈原）臨淵有懷沙之志，吟澤有憔悴之容，騷人之文，自茲而作。」

校　記：

①後六字《全唐詩》作侍御先曾謫居此州。活字本無此八字。
②相，正德本注：「一作長。」
③誰，活字本同，《全唐詩》作「惟」。

奉酬辛大夫湖南臘月連日降雪見示之作①

辛大夫，《文苑英華》注云：「辛京杲。」常衮有《授辛杲京（按當作京杲）湖南觀察使制》（《全唐文》卷四一三）。《舊唐書·代宗紀》：大曆五年五月「癸未，以羽林大將軍辛京杲爲潭州刺史，湖南觀察使。」《新唐書·辛雲京傳》：從弟京杲，「歷湖南觀察使，後爲工部尚書致仕」。長卿再至潭州，當在大曆七年（七七二）或八年冬，逗留至次年春，始返鄂州。

長沙耆舊拜旌麾〔一〕②，喜見江潭積雪時。柳絮三冬先北地〔二〕，梅花一夜徧南枝。初開窗閣寒光滿，欲掩軍城暮色遲。閭里何人不相慶，萬家同唱郢中詞〔三〕。

〔一〕旌麾，帥旗。江總《三日侍宴宣猷堂》詩：「北窗命簫鼓，南館列旌麾。」

〔二〕柳絮，《世説新語·言語》：「謝太傅寒雪日内集，曰：『白雪紛紛何所似？』兄子胡兒曰：『撒鹽空中差可擬。』兄女曰：『未若柳絮因風起。』」

〔三〕郢中詞，用宋玉《對楚王問》「客有歌於郢中者」，「爲《陽春白雪》」之意，喻辛大夫之詩章。

校　記：

①《文苑英華》注：「辛京杲。」

②麾，《全唐詩》注：「一作旗。」

題魏萬成江亭①

按詩意，亭在長沙，詩作於歲暮，當在大曆七年（七七二）或八年。魏萬成，《元和姓纂》卷八「鉅鹿魏氏」：「萬成，檢校員外。」任華《送魏七秀才序》（《全唐文》卷三七六）：「爾兄殿中侍御史萬成，吾友。」《輿地碑記目》卷二：「黄鶴樓記》，唐永泰中魏萬成書。」

蕭條方歲晏，牢落對空洲〔一〕②。才出時人右，家貧湘水頭。蒼山隱暮雪，白鳥没寒流。不是蓮花府，冥冥安可求③。

〔一〕牢落，左思《魏都賦》：「臨菑牢落，鄢郢丘墟。」

〔二〕蓮花府，時人稱王儉幕爲蓮花府，後因以指幕府。二句意謂，若非於辛大夫幕相逢，則無從求索也。

校　記：

①殘宋本有注：「時爲辛大夫所辟。」又，底本奪「魏」字，據殘宋本補。

②洲，殘宋本作「舟」。

③安，底本作「不」，此從殘宋本。

送蔡侍御赴上都

按詩意，當爲長沙冬日送行之作，故繫於此。

遲遲立駟馬，久客戀瀟湘。明日誰同路，新年獨到鄉①。孤煙向驛遠②，積雪去關長。秦地看春色，南枝不可忘〔一〕。

〔一〕《古詩》：「越鳥巢南枝。」

校記：

①到，《文苑英華》注：「集作別。」

②煙，底本注：「一作燈。」

送開府姪隨故李使君旅櫬卻赴上都①

長沙作。當在大曆七年（七七二）或八年冬。

征西諸將莫如君②，報德誰能不顧勳。身逐塞鴻來萬里，手披荒草訪孤墳③。擒生絶漠臨胡雪〔一〕④，懷舊長沙哭楚雲。歸去蕭條灞陵上，幾人看葬李將軍〔二〕。

〔一〕擒生，《史記·李將軍傳》：「廣身自射彼三人者，殺其二人，生得一人，果匈奴射雕者也。」

〔二〕此謂故李使君。按《唐詩品彙》題作送李將軍迎故使中丞旅櫬赴京，此人蓋嘗爲衡州或潭州刺史，兼觀察，故亦稱將軍。

校記：

①底本作「送李將軍」，《唐詩品彙》作「送李將軍迎故使中丞旅櫬赴京」，此從《文苑英華》。按此人爲開府，固可

稱將軍，然長卿稱之爲姪，當爲劉姓也。作李將軍，蓋涉尾句而誤。

②莫，底本作「一」，此從《文苑英華》。

③訪，底本作「看」，此從《文苑英華》。荒草，《文苑英華》作「江草」。

④臨，底本作「經」，此從《文苑英華》。

歲夜喜魏萬成郭夏雪中相尋①

大曆七年（七七二）或八年冬作於長沙。

新年欲變柳，舊客共霑衣。歲夜猶難盡②，鄉春又獨歸。寒燈映虛牖，暮雪掩閒扉。且莫乘船去〔一〕③，平生相訪稀。

〔一〕《世説新語·任誕》：「王子猷居山陰，夜大雪，眠覺開室，命酌酒，四望皎然。因起彷徨，詠左思《招隱詩》，忽憶戴安道，時戴在剡，即便夜乘小船就之。經宿方至，造門不前而返。人問其故，王曰：『吾本乘興而行，興盡而返，何必見戴！』」

校記：

①夏，《全唐詩》注：「一作厦。」

②歲，《全唐詩》注：「一作旅。」

③船，底本作「舡」，此從《全唐詩》。

酬郭夏人日長沙感懷見贈①此公比經流竄，親在上都。

《荆楚歲時記》：「正月七日謂之人日。」《靖康湘素雜記》引《西清詩話》，謂人日之説出東方朔《占書》：「歲後八日，一日雞，二日犬，三日豕，四日羊，五日牛，六日馬，七日人，八日穀。」此詩當作於大曆八年（七七三）或九年正月。

舊俗歡猶在，憐君恨獨深。新年向國淚，今日倚門心。歲去隨湘水②，春生近桂林〔一〕。流鶯且莫弄，江畔正行吟〔二〕。

校記：

〔一〕桂林，秦置桂林郡，唐爲桂州，治所在今廣西桂林。

〔二〕行吟，《史記·屈原傳》：「屈原至於江濱，被髮行吟澤畔，顔色憔悴，形容枯槁。」

①郭夏，《文苑英華》作「張夏」。又，底本奪「人日」，據《文苑英華》補。

②隨，《文苑英華》作「流」。

長沙早春雪後臨湘水呈同遊諸子

當與上詩同時。《太平寰宇記》卷一一四「潭州長沙縣」：「湘水，在縣治西一里，又北流注洞庭湖。酈道元注《水經》云：『湘水又北經南津城西，西對橘洲。諺曰：昭潭無底橘洲浮。』」

汀洲暖漸渌〔一〕①，煙景淡相和〔二〕。舉目方如此，歸心豈奈何。日華浮野雪〔三〕，春色染湘波。北渚生芳草〔四〕，東風變舊柯。江山古思遠，猿鳥暮情多。君問漁人意，滄浪自有歌〔五〕。

〔一〕渌，清澈。張衡《東京賦》：「於東則洪池清籞，渌水澹澹。」

〔二〕煙景，春日美景。江淹《惜晚春》詩：「煙景抱空意，蘅杜綴幽心。」又李白《春夜宴桃李園序》：「陽春召我以煙景，大塊假我以文章。」

〔三〕日華，日之光華。謝朓《和徐都曹》詩：「日華川上動，風光草際浮。」又《宋史·樂志》：「日華融五色，遐邇仰文明。」

〔四〕北渚，屈原《九歌·湘夫人》：「帝子降兮北渚，目眇眇兮愁予。」

〔五〕滄浪歌，又稱孺子歌、漁父歌，見《洞庭驛逢郴州使還寄李湯司馬》詩注。

《詩歸》鍾惺曰：「結得淡永。」

校記：

①渌，《唐詩品彙》作「綠」。

晦日陪辛大夫宴南亭

辛大夫，湖南觀察使辛京杲。當與上詩作於同年春。**晦日**，陰曆每月之最後一日。

月晦逢休澣〔一〕，年光逐宴移〔二〕。早鶯留客醉，春日爲人遲。蓂草全無葉〔三〕，梅花遍壓枝。政閒風景好，莫比峴山時〔四〕。

〔一〕休澣，《唐會要》卷八二「休假」：「永徽三年二月十一日，上以天下無虞，百司務簡，每至旬假，許不視事，以與百僚休沐。」又「（開元）二十五年正月七日勅：自今已後，百官每旬節休假，不入曹司。」休澣猶言休沐。《初學記》卷二〇：「休假亦曰休沐」，「言休息以洗沐也」。澣，滌衣。《詩·周南·葛覃》：「薄汙我私，薄澣我衣。」

〔二〕年光，楊炯《和騫右丞省中暮望》：「年光摇樹色，春氣繞蘭心。」

〔三〕蓂草，謂蓂莢。按《竹書紀年》上「陶唐氏」云：堯時有草夾階而生，每月朔日生一莢，至月半而生十五莢。十六日後，日落一莢，至月晦而盡。

〔四〕峴山，《晉書·羊祜傳》：「祜樂山水，每風景，必造峴山，置酒言詠，終日不倦。嘗慨然歎息，顧謂從事中郎鄒湛等曰：『自有宇宙，便有此山，由來賢達勝士，登此遠望，如我與卿者多矣，皆湮滅無聞，使人悲傷。』」祜卒，後人爲立碑峴山，人稱墮淚碑。二句意謂飲宴歡聚，與羊祜之悲感泣下不同。

陪辛大夫西亭宴觀妓

大曆八年（七七三）或九年春作於長沙。辛大夫，辛京杲。

歌舞憐遲日〔一〕①，旄麾映早春〔二〕②。鶯窺隴西將〔三〕，花對洛陽人〔四〕。醉罷知何事，恩深忘此身。任他行雨去〔五〕，歸路裛香塵〔六〕③。

〔一〕遲日，春日。杜審言《渡湘江》：「遲日園林悲昔遊，今春花鳥作邊愁。」

〔二〕旄，《詩·鄘風·干旄》：「孑孑干旄，在浚之郊。」《注》：「注旄於干首，大夫之旃也。」麾，《說文》。「麾，旗屬。」

〔三〕隴西將，《史記·李廣傳》：廣，隴西成紀人，匈奴號爲飛將軍。按《元和姓纂》卷三「金城辛氏」，辛京杲爲金城（今甘肅蘭州）人，嘗爲羽林大將軍，故云。

〔四〕洛陽人，李白《洛陽陌》詩：「看花東陌上，驚動洛陽人。」按長卿故居在洛陽。

〔五〕行雨，宋玉《高唐賦》：「朝爲行雲，暮爲行雨。」

〔六〕裛，沾溼。陶淵明《飲酒》：「秋菊有佳色，裛露掇其英。」

校記：

①憐，殘宋本作「連」。

②麾，殘宋本作「旗」。

③香，殘宋本、《文苑英華》作「輕」。

春日宴魏萬成湘水亭①

大曆八年（七七三）或九年春逗留長沙時作。

何年家住此江濱②，幾度門前北渚春。白髮亂生相顧老，黃鶯自語豈知人。

校記：

①春日，《文苑英華》作「夏日」。
②住，《文苑英華》作「在」。又，濱，注云：「一作濆。」

長沙館中與郭夏對雨①

與上詩同時。

長沙積雨晦，深巷絶人幽。潤上春衣冷，聲連暮角愁。雲横全楚地，樹暗古湘洲〔一〕。杳藹江天夕〔二〕②，空堂生百憂。

〔一〕湘洲，湘水中有橘洲，諺曰：「昭潭無底橘洲浮。」
〔二〕杳藹，深遠貌。張衡《南都賦》：「杳藹蓊鬱於谷底。」

校記：

①夏，《全唐詩》注：「一作厦。」
②夕，底本作「外」，此從殘宋本。又，藹，盧文弨本校語：「近本作靄。」

湖南使還留辭辛大夫

前云長卿再至潭州，當在大曆七年（七七二）或八年冬，而於次年春還鄂州。此詩云：「王師勞近甸，兵食仰諸侯。」按《舊唐書·代宗紀》，大曆八年冬十月，「吐蕃寇涇州、邠州。甲子，子儀先鋒將渾瑊與吐蕃戰於宜禄，我師不利。」「戊辰，郭子儀奏破吐蕃十萬，百僚稱賀。」頗疑所指即此役也。

王師勞近甸〔一〕，兵食仰諸侯〔二〕。天子無南顧，元勳在上游〔三〕。大才生間氣，盛業拯橫流〔四〕。風景隨摇筆〔五〕，山川入運籌。羽觴交餞席〔六〕，旄節對歸舟。鶯識春深恨，猿知去日愁。别離花寂寂，南北水悠悠。唯有家兼國①，終身共所憂②。

〔一〕近甸，《左傳》襄二一年：「將逃罪，罪重於郊甸。」《注》：「郭外曰郊，郊外曰甸。」張九齡《大明朝堂望南山》：「林華鋪近甸，煙靄繞晴川。」

〔二〕兵食，軍需。《漢書·鼂錯傳》：「上方與錯調兵食。」

〔三〕上游，《漢書·項籍傳》：「古之王者，地方千里，必居上游。」《注》：「居水之上流也。」按此謂京杲鎮潭州，朝廷無南顧之憂。

〔四〕橫流，《穀梁傳序》：「孔子覩滄海之橫流，迺喟然而歎曰：『文王既没，文不在兹乎？』」《晉書·王尼傳》：「尼止有一子，無居宅，惟畜露車，有牛一頭，每行輒使御之，暮則共宿車上。常歎曰：『滄海橫流，處處不安也。』」

〔五〕摇筆，謂賦詩。杜審言《和韋承慶過義陽公主山池》：「攜琴繞碧沙，摇筆弄青霞。」

〔六〕羽觴，《漢書·外戚傳》：「顧左右兮和顔，酌羽觴兮銷憂。」《注》引孟康曰：「羽觴，爵也，作生爵形，有頭尾羽翼。」

校記：

①兼，殘宋本、《文苑英華》作「將」。

②共，底本作「去」，《四庫全書》本作「實」，此從《文苑英華》。

題大理黄主簿湖上高齋

大理主簿，《新唐書·百官志》三「大理寺」：「主簿二人，從七品上。掌印，省署鈔目，句檢稽失。凡官吏抵罪及雪免，皆立簿。」黄主簿，未知是否黄遂。此詩春日作，疑作於自長沙歸來時。

閉門湖水畔，自與白鷗親。竟日窗中岫，終年林下人。俗輕儒服弊，家厭法官貧。多雨茅簷夜①，空洲草徑春。桃源君莫愛，且作漢朝臣。

校記：

①夜，殘宋本、《文苑英華》作「故」。

江中晚釣寄荆南一二相識①

詩云：「一身已無累，萬事更何欲？」去職之語。《新唐書·藝文志》四：「（長卿）以檢校祠部員外郎爲轉運使判官，知淮西、鄂岳轉運留後。鄂岳觀察使吴仲孺誣奏，貶潘州南巴尉，會有爲辨之者，除睦州司馬，終隨州刺史。」按長卿兩遭貶謫，《新書》誤以爲一。長卿爲仲孺所誣，又見《舊唐書·趙涓傳》、《新唐書·陳少遊傳》。《舊唐書·代宗紀》：大曆八年四月「戊午，以太僕卿吴仲孺爲鄂州刺史、鄂岳沔等州團練觀察使。」大曆八年或九年春，長卿始自潭州歸來，九年夏秋，已歸至和州（詳下），則吴仲孺誣陷事當在大曆八、九年冬春之際。此詩疑作於大曆九年（七七四）。

楚郭微雨收②，荆門遥在目〔一〕③。漾舟水雲裏，日暮春江緑④。霽華静洲渚〔二〕，暝色連松竹⑤。月出波上時，人歸渡頭宿。一身已無累，萬事更何欲。漁父自夷猶⑥，白鷗不羈束。既憐滄浪水〔三〕，復愛滄浪曲⑦。不見眼中人，相思心斷續⑧。

〔一〕荆門，酈道元《水經注·江水》：「江水東歷荆門、虎牙之間。荆門山在南，上合下開，其狀似門。虎牙山在北。此二山，楚之西塞也。」

〔二〕霽華，晴光。

〔三〕滄浪水，《太平寰宇記》卷一三一「漢陽軍漢陽縣」：「漢水，一名沔水，西自汉川縣流入。劉澄之《永初山川記》云：『沔口，古文以爲滄浪水，即屈原遇漁父所云滄浪之水清是也。』」

校記：

①底本注：「一作西江雨後憶荆南諸公。」
②楚郭，《文苑英華》作「隨楚」，注：「集作楚郭，或作楚國。」
③遥，殘宋本、《文苑英華》作「看」。
④春江，殘宋本作「江山」。
⑤《文苑英華》暝作「夜」，松作「杉」。
⑥夷猶，殘宋本、《文苑英華》作「夤緣」。
⑦復，《唐詩品彙》作「更」。

⑧二句《文苑英華》作「垂釣看世人，那知此生足」。

和州送人歸復郢

大曆九年（七七四）長卿歸江南，嘗至和州。詩當作於此時。《太平寰宇記》卷一四四「郢州」：「郢州富水郡，今理長壽縣。歷代所屬與（復州）竟陵郡同。」按復、郢二州相鄰，均在荆州東。

因家漢水曲〔一〕，相送掩柴扉。故郢生秋草〔二〕，寒江澹落暉。緑林行客少〔三〕，赤壁住人稀〔四〕。獨過潯陽去，潮歸人不歸。

〔一〕按漢水流經郢、復二州。

〔二〕故郢，王維《送方城韋明府》：「高鳥長淮水，平蕪故郢城。」按春秋以來，郢爲楚國之都，其地在唐之荆州。此泛指郢、復等地。

〔三〕緑林，《後漢書·劉聖公傳》：「諸亡命共攻離鄉，聚藏於緑林中。」注：「緑林山在今荆州當陽縣東北也。」

〔四〕赤壁，《元和郡縣圖志》卷二七「鄂州江夏縣」：「赤壁山，在縣西一百二十里，北臨大江。其北岸卽烏林，與赤壁相對，卽周瑜用黄蓋策，焚曹公舟船敗走處，故諸葛亮論曹公危於烏林是也。」

和州留别穆郎中

穆郎中，乃穆寧。穆員《祕書監致仕穆元堂誌》（《全唐文》卷七八四）：「大曆七年，淮南旱，和州以師旅後瘡痍深，慎選良牧，用膺明命。視人如子，理事如醫。居一閏，人忘其傷。又一閏，人忘其化。無何受代。代者冒以天寶季年版籍之額，洎即日授數上聞。是時兵興二十年矣，異日版籍，百無一存。代宗震驚，以爲亡失在我，故有泉州之貶。」穆寧以大曆七年（七七二）刺和州，居二閏，則已至大曆九年（七七四）。下文所云兵興二十年，與此正合。以此知長卿離任東下，不遲於大曆九年（七七四）。

播遷悲遠道〔一〕，摇落感衰容。今日猶多難，何年更此逢。世交黄葉散〔二〕，鄉路白雲重。明發看煙樹〔三〕，唯聞江北鐘。

〔一〕播遷，流離遷徙。《列子·湯問》：「岱輿、員嶠二山沉於大海，仙聖播遷者巨億計。」
〔二〕世交，《晉書·何劭傳》：「太保與毅有累世之交，遵等所取差簿，一皆置之。」
〔三〕明發，猶明晨，見《雨中過員稷巴陵山居贈别》詩注。

夏中崔中丞宅見海紅摇落一花獨開①

崔中丞，當爲崔昭。獨孤及《唐故大理少卿兼侍御史河南獨孤府君墓誌銘》（《全唐文》卷三九一）：「御史中丞崔公昭之尹河南也，盛選僚佐」，「大曆五年，崔公受詔牧宣歙池三州」。常衮有《授崔昭宣州團練使制》（《全唐文》卷四一三）。按大曆五年夏秋長卿赴鄂州，宣歙觀察尚爲陳少游，故疑此詩作於自鄂州歸來後，亦即在大曆九年（七七四）、十年間。海紅，楊慎《藝林伐山·海紅花》：

「蓋海紅即山茶也。」

何事一花殘，閒庭百草闌〔一〕。綠滋經雨發，紅艷隔林看。竟日餘香在，過時獨秀難〔二〕。共憐芳意晚〔三〕，秋露未須團〔四〕②。

〔一〕闌，晚。李頎《送竇參軍》：「公子何時至？無令芳草闌。」

〔二〕獨秀，唐太宗《詠桃》詩：「如何仙嶺側，獨秀隱遥芳。」

〔三〕芳意，張九齡《秋蘭》：「幽林芳意在，非是爲人論。」

〔四〕團，聚集。露團，露集而成珠之謂。

校　記：

①《文苑英華》「落」下有「後」字。

②團，《文苑英華》注：「集作漙。」

題獨孤使君湖上林亭①

獨孤使君爲獨孤及。梁肅《朝散大夫使持節常州諸軍事守常州刺史賜紫金魚袋獨孤公行狀》（《全唐文》卷五一二）：「爲郡四載，大曆十二年四月壬寅晦暴疾薨於位。」又獨孤及《謝常州刺史表》（《全唐文》卷三八五）：「伏奉去年十二月二十二日敕，授臣使持節常州諸軍事守常州刺史」，「今以三月十七日到州上訖。」以此知大曆九年三月至十二年四月獨孤及在常州刺史任。長卿詩云：「渤海人無事，荆州客獨安。」已客居此地，當作於大曆九年（七七四）或十年。《江南通志》卷三〇「古蹟三」：「東山亭，在武進縣荆溪館前。唐大曆中郡守獨孤及建，韋夏卿記。」

出樹倚朱闌〔一〕，吹鐃引上官〔二〕。老農持鍤拜〔三〕，時稼卷簾看。水對登龍净〔四〕②，山當建隼寒〔五〕。夕陽湖草動，秋色渚田寬〔六〕。渤海人無事〔七〕，荆州客獨安〔八〕。謝公何足比〔九〕，來往石門難〔一〇〕③。

〔一〕闌，同欄。

〔二〕吹鐃，見《和樊使君登潤州城樓》詩注。

〔三〕鍤，鍬。亦作臿。《漢書·溝洫志》：「舉臿爲雲，決渠爲雨。」注：「臿，鍫也，所以開渠者也。」

〔四〕登龍，《世説新語》謂「登李膺門者，時號爲登龍門。」按此以李膺門庭喻及之林亭。

〔五〕建隼，隼，謂飾以猛禽圖案之旗幟；州牧得建隼。皇甫冉《送崔使君》詩：「草色青青宜建隼，蟬聲處處雜鳴騶。」

〔六〕渚田，水邊曰渚，渚田謂濱水低平之水田。

〔七〕「渤海」句，《漢書·循吏·龔遂傳》：「宣帝即位，久之，勃海左右郡歲饑，盗賊並起，二千石不能禽制。上選能治者，丞相、御史舉遂可用，上以爲勃海太守。」「（遂）移書勑屬縣，悉罷逐捕盗賊吏，諸持鉏鉤田器者，皆爲良民，吏毋得問。持兵者乃爲盗賊。遂單車獨行至府，郡中翕然，盗賊亦皆罷。」「盗賊於是悉平，民安土樂業。」

〔八〕「荆州」句，《三國志·魏·王粲傳》：「王粲字仲宣，山陽高平人也。」「年十七，司徒辟，詔除黄門侍郎，以西京擾亂，皆不就。乃之荆州，依劉表。」

〔九〕謝公，謝靈運。《宋書・謝靈運傳》：「出爲永嘉太守。郡有名山水，靈運素所愛好，出守既不得志，遂肆意遊遨，偏歷諸縣，動踰旬朔。」

〔一〇〕石門。謝靈運有《登石門山最高頂》、《夜宿石門巖上》詩。其地在今浙江青田縣西，又名青田山。

《詩歸》鍾惺曰：「有真有雋。」

校記：

①獨孤使君，《文苑英華》作獨孤常州。又，林亭，《全唐詩》注：「一作新亭。」

②底本「對」字缺，據《文苑英華》補。

③石門，底本誤「古門」，據《文苑英華》改。

贈微上人

獨孤及《送少微上人之天台國清寺序》（《全唐文》卷三八八）：「歲次乙卯，自京持鉢而來……休於晉陵。又東至於姑蘇，將涉震澤，踰會稽，上天台，至國清上方而止。」乙卯歲爲大曆十年（七七五），長卿詩當作於此時。按此詩又作靈一詩，誤。

禪師來往翠微間〔一〕①，萬里千峰到剡山②。何時共到天台裏〔二〕，身與浮雲處處閒。

〔一〕翠微，謂青山。庾信《和宇文内史春日遊山》詩：「遊客值春輝，金鞍上翠微。」

〔二〕天台，天台山，在今浙江天台縣北。參見《洛陽宴程九主簿宅送揚三山人往天台》詩注。

校記：

①禪師，底本作「禪門」，此從《靈一集》。

②到，底本作「在」，此從《靈一集》。

送鄭說之歙州謁薛侍郎①

薛侍郎，當爲薛邕。《舊唐書·代宗紀》：大曆八年「五月乙酉，貶吏部侍郎徐浩明州别駕，薛邕歙州刺史，京兆尹杜濟杭州刺史，皆坐典選也。」汪台符《歙州重建汪王廟記》（《全唐文》卷八六九）：「大曆十年，刺史薛邕遷於烏聊東峯。」按詩意，時長卿居閒，當作於大曆十年（七七五）頃。歙州新安郡，治所在今安徽歙縣。鄭説，《新唐書·宰相世系表》五上：鄭璬子説，長洲尉。

漂泊來千里，謳謡滿百城〔一〕②。漢家尊太守〔二〕，魯國重諸生〔三〕。俗變人難理〔四〕，江傳水至清〔五〕③。船經危石住④，路入亂山行〔六〕。老得滄洲趣，春傷白首情。嘗聞馬南郡，門下有康成〔七〕。

〔一〕謳謡，謂民間歌謡。《隋書·音樂志》上：「武帝裁音律之響，定郊丘之祭，頗雜謳謡，非全雅什。」按官吏有善政，則有謳謡以頌之。

〔二〕尊太守，《漢書·成帝紀》：綏和元年「十二月，罷部刺史，更置州牧，秩二千石。」按部刺史秩六百石。「自置州牧後，其位益尊。」《唐會要》卷六八「刺史」：「貞觀三年，上謂侍臣曰：『朕每夜恒思百姓，閲事或至夜半不寐，唯思都督刺史，堪養百姓，所以前代帝王，稱共治者，惟良二千石耳。雖文武百僚，各有所司，然治人之本，莫如刺史最重也。」

〔三〕魯諸生，《史記·叔孫通傳》：「高帝悉去秦苛儀法，羣臣飲酒爭功，或拔劍擊柱。叔孫通曰：『臣願徵魯諸生，與臣弟子共起朝儀。』」

〔四〕俗變，《北史·儒林傳》：「風移俗變，抑亦近代之美。」按《新唐書·地理志》「歙州新安郡」云：「永泰元年，盜方清陷州。」故云州人難理。

〔五〕水清，《孔子家語》：「水至清則無魚，人至察則無徒。」按此以喻爲政清廉。

〔六〕「船經」二句，《太平寰宇記》卷一〇四「歙州休寧縣」：「深度山，在縣東一百一十里，與睦州分界。從新安江上，崇峻流爽，軒秀尤異。欲到州界，峯巒掩映出焉。」又有苦溪，「在縣東南，從揚之水東南下抵深度，名曰八十里苦，其中亂石磋磋，洪港斗折，淙流騰激，其急如箭，雖三峽惡溪，不方其險也。」

〔七〕馬南郡，《後漢書·馬融傳》：「桓帝時爲南郡太守。」「融才高博洽，爲世通儒，教養諸生，常有千數。涿郡盧植，北海鄭玄，皆其徒也。」按鄭玄字康成。又按薛邕嘗爲禮部侍郎，故云。

唐汝詢《唐詩解》：「文房自言漂泊來此，只聞百城之謳歌，乃知薛之遷，鄭之遊，咸不惡矣。第歙俗多變，頗稱難理；江水至清，古傳其名。君之行舟，必在危石亂山間也。我已晚暮，始協滄洲，白首無成，傷春獨甚，無能爲太守客。今馬氏之門有康成，將不得爲雙美哉！」

校記：

①薛侍郎，《文苑英華》作「薛能郎中」。又，鄭說作「鄭晚」。

②謳謡，《衆妙集》作「謳歌」。

③傳，《文苑英華》作「流」。

④住，《全唐詩》注：「一作往。」

朱放自杭州與故相里使君立碑回因以奉簡吏部楊侍郎製文①

相里使君，即相里造。獨孤及《祭相里造文》（《全唐文》卷三九三）：「舒州刺史獨孤及，敬以清酌之奠，敬祭於河南少尹贈禮部侍郎相里公之靈。」「伊昔密薦可否，廷折凶佞，京師兒童，亦知公名。其後江人杭人，頌德不暇；洛表耆老，徯公而蘇。」由此知相里造由江州刺史移杭州，遷河南少尹。其爲杭州刺史，又見於李華《送張十五往杭州序》（《全唐文》卷三一五）、吴筠《天柱山天柱觀記》（《全唐文》卷九二五）。祭文署舒州刺史，則造之卒當在大曆八年（七七三）前。吏部楊侍郎，當爲楊炎。按嚴耕望《唐僕尚丞郎表》卷三，楊炎於大曆九年（七七四）十二月二十五庚寅由中書舍人遷吏部侍郎，十二年（七七七）四月二日癸未貶道州司馬。此詩當作於大曆十年（七七五）頃，時長卿在常州。

片石羊公後〔一〕，凄涼江水濱。好辭千古事〔二〕，墮淚萬家人。鵬集占書久〔三〕，鸞回刻篆新〔四〕。不堪相顧恨，文字日生塵。

〔一〕片石，謂碑。羊公，晉羊祜，嘗鎮襄陽。《晉書·羊祜傳》：「襄陽百姓於峴山祜平生游憩之所，建碑立廟，歲時饗祭焉。望其碑者，莫不流涕，杜預因名爲墮淚碑。」

〔二〕好辭，指碑文。邯鄲子禮爲《曹娥碑》，蔡邕過而讀之，贊爲絶妙好辭。見《送崔處士先適越》詩注。

〔三〕鵩集，賈誼《鵩鳥賦》：「異物來集兮，私怪其故。發書占之兮，策言其度。曰野鳥入處兮，主人將去。」

〔四〕「鸞回」句，指篆文。韋續《墨藪》：「少昊金天氏作鸞鳳書，以鳥紀官，文章衣服取象古文。」

校記：

①相里。底本作「里相」，據《文苑英華》改。

碧澗别墅喜皇甫侍御相訪①

長卿削籍東歸後，即在常州義興（今江蘇宜興）營碧澗别墅。碧澗，地志無載。按長卿《酬滁州李十六使君見贈》詩注云：「李公與予俱於陽羨山中新營别墅。」則碧澗亦在陽羨山中。都穆《南嶽銅官二山記》：「按南嶽本衡州之衡山，吴孫皓以陽羨山石裂爲瑞，遣使封之，改曰國山，遂禪此以爲南嶽。」則陽羨山又名國山，亦稱南嶽。《太平寰宇記》卷九二「常州宜興縣」：「國山，在縣西南五十里。」又按獨孤及有《得李滁州書以玉潭莊見託因書春思以詩代答》詩（《全唐詩》卷二四七），知李滁州幼卿莊名玉潭。《江南通志》卷一三「山川三」：「玉女潭，在荆溪縣（按即宜興）張公洞西南三里，深廣逾百尺。舊傳玉女修煉於此。唐權德輿稱：陽羨佳山水，以此爲首。」玉潭，蓋玉女潭之省也。以此知碧澗别墅當在陽羨山中，張公洞側。皇甫侍御，即皇甫曾。曾字孝常。獨孤及《唐故左補闕安定皇甫公（冉）集序》（《全唐文》卷三八八）云：「孝常既除喪，懼遺製之墜於地也，以及與茂政前後爲諫官，故銜痛編次，以論撰見託，遂著其始終以冠於篇。」《四庫全書》本《二皇甫集》載及此序，署大曆十年。是知皇甫曾編次乃兄遺文畢，嘗於大曆十年（七七五）至常州求序於及。訪劉長卿於義興，當在同時。

荒村帶返照②，落葉亂紛紛〔一〕。古路無行客，寒山獨見君③。野橋經雨斷，澗水向田分。不爲憐同病〔二〕，何人到白雲〔三〕。

〔一〕「落葉」句，王融《古意》：「況復飛螢夜，木葉亂紛紛。」

〔二〕同病，《吴越春秋·闔閭内傳》：「子不聞河上之歌乎？同病相憐，同憂相救。」按皇甫曾時亦無職。

〔三〕白雲，謝靈運《入彭蠡湖口》詩：「春晚緑野秀，巖高白雲屯。」按此謂深山隱者所居。王維《酬比部楊員外暮宿琴臺朝躋書閣率爾見贈之作》：「羡君棲隱處，遥望白雲端。」

方回《瀛奎律髓》：「劉長卿詩細淡而不顯焕，觀者當緩緩味之，不可造次一觀而已也。」又，《唐詩品彙》引方回語：「此詩句句明潤。」唐汝詢《唐詩解》：「暮景凄其，路無行客，所見獨侍御耳。試觀橋之斷，水之分，地之幽僻可想。苟非同病相憐，疇能至此耶？深見侍御之知心也。雨水浮橋，故斷。」喬億《大曆詩略》：「文房五言皆意境好，不費氣力；此尤以不見用意爲長。」

校記：

①《衆妙集》作「皇甫十六侍御」。
②返照，《瀛奎律髓》、《唐音》作「晚照」。
③寒山，《瀛奎律髓》、《唐音》作「空山」，《衆妙集》作「寒林」。

過劉員外長卿別墅（原附）

皇甫曾

謝客開山後，郊扉與水通。江湖千里別，衰老一尊同。返照寒川滿，平田莫雪空〔一〕。滄洲自有趣，不復哭途窮〔二〕。

〔一〕莫，同暮。
〔二〕阮籍郊行，不由徑路，途窮則慟哭而反，已見前注。

初到碧澗招明契上人

與上詩同時。

漸老知身累，初寒曝背眠。白雲留永日，黃葉減餘年。猿護窗前樹，泉澆谷後田①。沃洲能共隱，不用道林錢〔一〕。

〔一〕道林，即支遁，晉高僧。

校記：

①谷後，《文苑英華》作「谷口」。又，底本「谷」誤「苦」。

酬滁州李十六使君見贈① 李公與予俱於陽羨山中新營別墅，以其同志，因有此作。

李十六使君，即李幼卿，字長夫，行十六，時任滁州刺史。其別墅在義興玉潭莊。李幼卿有《前年春與獨孤常州兄花時爲別倏已三年矣今鶯花又爾覩物增懷因之抒情聊以奉寄》詩（《全唐詩》卷三一二）。前年春，當謂大曆九年獨孤及由舒州移刺常州時，則大曆十一年（七七六）春李幼卿尚在世。其卒在獨孤及前，以獨孤及有《祭李長夫文》知之，則當在大曆十一、二年間。長卿此詩，蓋亦大曆十年（七七五）秋所作。

滿鏡悲華髮，空山寄此身。白雲家自有，黃卷業長貧〔一〕。懶任垂竿老，狂因釀黍春〔二〕。桃花迷聖代〔三〕，桂樹狎幽人〔四〕。幢蓋方臨郡〔五〕，柴荊忝作鄰〔六〕。但愁千騎至〔七〕，石路卻生塵。

〔一〕黃卷，謂儒家經典。《世說新語·賞譽》注引《褚氏家傳》：「聖賢備在黃卷中，舍此何求？」

〔二〕釀黍，謂酒。

〔三〕「桃花」句，《桃花源記》云：此中人「不知有漢，無論魏晉」，此用其意。

〔四〕桂樹，謂隱所，語出淮南小山《招隱士》，已見前注。幽人，謂隱士。郭璞《客傲》：「水無浪士，巖無幽人，刈蘭不暇，爨桂不給。」

〔五〕幢蓋，潘岳《馬汧督誄序》李善注：「幢蓋，將軍刺史之儀也。」

〔六〕柴荊，柴門。謝靈運《初去郡》詩：「恭承古人意，促裝返柴荊。」

〔七〕千騎，《陌上桑》：「東方千餘騎，夫壻居上頭。」後以謂刺史從騎。

校記：

①底本作「酬李使君見贈」，此從《文苑英華》、《全唐詩》。

送陸澧倉曹西上①

陸澧，《元和姓纂》卷十作陸澧，諸人贈詩或作澧，或作澧。按陸澧字深源，嘗爲荆州從事、監察御史，見苻載《陸侍御宅讌集序》。貞元十六年頃，官殿中侍御史，見苻載《蕭存誌》。又按陸澧家居江陰，長卿有《新安送陸澧歸江陰》詩。江陰、義興同爲常州屬縣，此詩當爲長卿閒居義興時作。又，倉曹，按《新唐書·百官志》四下，京兆、河南等府，都督府、都護府均設倉曹參軍事。

長安此去欲何依，先達誰當薦陸機〔一〕。日下鳳翔雙闕迥〔二〕，雪中人去二陵稀〔三〕②。舟從故里難移棹〔四〕，家住寒塘獨掩扉③。臨水自傷流落久，贈君空有淚霑衣。

〔一〕先達，《後漢書·朱暉傳》：「初，暉同縣張堪，素有名稱。嘗於太學見暉，甚重之，接以友道，乃把暉臂曰：『欲以妻子託朱生。』暉以堪先達，舉手未敢對。」陸機，字士衡，吴郡人，有奇才，文章冠世。《晉書》有傳。

〔二〕日下，謂京師。《世説新語・排調》：「陸（雲）舉手曰：『雲間陸士龍。』荀（隱）答曰：『日下荀鳴鶴。』」

〔三〕二陵，崤山二陵，西入長安必經之處。

〔四〕「故里」句，按《元和姓纂》卷十，陸澧祖籍嘉興，家於江陰，已見題注所引長卿詩。

陸時雍《詩鏡》：「中聯牽曳。七律諸什，俱清淺流利。」唐汝詢《唐詩解》：「此客中送別也。言倉曹入京，將依何人以引薦乎？……既又敘其戀土思家之情，而言我之流落他鄉，亦已久矣。今日之別，無他贈君，空此揮淚耳。」方東樹《昭昧詹言》：「起句點西上。次句切陸姓。三四長安。五六正送。收入自己。此等只是句法明秀，情意纏綿。玩此，陸非赴選上官得意。」

校記：

①澧，一作「灃」。

②去，《文苑英華》作「過」。

③住，《文苑英華》作「在」。

酬屈突陝

閒居時作，當作於碧澗別墅。長卿另有詩贈屈突司直，或即陝也。

落葉紛紛滿四鄰，蕭條環堵絶風塵〔一〕。鄉看秋草歸無路①，家對寒江病且貧②。藜杖懶迎連騎客〔二〕③，菊花能醉去官人〔三〕。憐君計畫誰知者〔四〕，但見蓬蒿空没身。

〔一〕環堵，《莊子·讓王》：「原憲居魯，環堵之室，茨以生草，蓬户不完。」成玄英疏：「周環各一堵，謂之環堵，猶方丈之室也。」陶淵明《五柳先生傳》：「環堵蕭然，不蔽風日，短褐穿結，簞瓢屢空。」

〔二〕藜杖，《莊子·讓王》：「原憲華冠縰履，杖藜而應門。」藜杖，以藜莖爲之。

〔三〕陶淵明《飲酒》：「採菊東籬下，悠然見南山。」此用其意。

〔四〕計畫，謀畫。《戰國策·秦策》：「昭王新説蔡澤計畫，遂拜爲秦相。」

《詩歸》鍾惺曰：「調悲而氣不露，所以可貴。」

校記：

①歸無路，底本注：「一作歸何處。」

②江，殘宋本作「山」。

③連騎，底本作「征騎」，此從殘宋本。

逢雪宿芙蓉山主人①

芙蓉山，《宋僧傳》卷一一《唐常州芙蓉山太毓傳》云：太毓嘗「止於毗陵義興芙蓉山」。《詩話總龜》「諷諭門」引《雅言系述》：「盧承丘，長沙人，被褐居吴芙蓉山。」時芙蓉山亦爲吴中一名勝之區也。《江南通志》卷一三「山川三」：「荆南山，在宜興縣西南，荆溪之南。」「山之東麓爲静樂山，其南爲芙蓉山，西爲横山，一名大蘆山，北爲南嶽山。」又，「國山，在荆溪縣西南五十里，東接芙蓉。」則其地距碧澗别墅不遠。詩當作於大曆十年（七七五）閒居義興時。

日暮蒼山遠，天寒白屋貧〔一〕。柴門聞犬吠，風雪夜歸人。

〔一〕白屋，貧民所居。《漢書・吾丘壽王傳》：「三公有司，或由窮巷，起白屋，裂地而封。」《注》：「白屋，以白茅覆屋也。」

唐汝詢《唐詩解》：「首見行之難至。次言家之蕭條。聞犬吠而覩雪中歸人，當有牛衣對泣景象。此詩直賦實事，然令落魄者讀之，真是淒絶千古。」喬億《大曆詩略》：「蕭寥。余愛誦此絶句，謂宜入宋人團扇小景，想劉松年、趙孟頫定有妙製。」施補華《峴傭説詩》：「較王孟稍淺，其清妙自不可廢。」

校記：

①《唐詩品彙》無「主人」二字。

按覆後歸睦州贈苗侍御①

按大曆十年（七七五）秋冬，長卿尚在常州義興，十二年（七七七）春已在睦州，則按覆當在十一年（七七六）秋也。苗侍御爲苗丕。《舊唐書・趙涓傳》：「大曆中，鄂岳觀察使吳仲孺與轉運使判官劉長卿紛競，仲孺奏長卿犯贓二十萬貫，時止差監察御史苗伾就推。」《舊唐書・苗晉卿傳》：「十子：發、丕、堅、粲、垂、向、呂、稷、望、咸。」「粲，德宗時官至郎中，陸贄欲進粲官，帝不許，曰：『晉卿往攝政，有不臣之言，又名其子，皆與帝王同，粲等官與外官。』」則字應作丕。同書《宰相世系表》五上「苗氏」：「丕，河南少尹。」

地遠心難達，天高謗易成〔一〕。羊腸留覆轍〔二〕，虎口脱餘生〔三〕。直氏偷金枉〔四〕，于家決獄明〔五〕②。一言知己重〔六〕，片議殺身輕〔七〕。日下人誰憶〔八〕，天涯客獨行。年光銷蹇步〔九〕，秋氣入衰情〔一〇〕。建德知何在〔一一〕，長江問去程。孤舟百口渡③，萬里一猿聲。落日開鄉路，空山向郡城。豈令冤氣積，千古在長平〔一二〕。

〔一〕天高，《晉書·天文志》：「天高窮於無窮，地深測於不測。」按天高地遠皆以喻朝廷懸隔，下情難達，故誹謗者得售其姦。

〔二〕羊腸，《淮南子·兵略》：「硤路津關，大山名塞，龍蛇蟠却，笠居羊腸，道發笱門，一人守隘而千人弗敢過也，此謂地勢。」覆轍，覆車之輪迹。《後漢書·范升傳》：「馳騖覆車之轍，探湯敗事之後。」

〔三〕虎口，《莊子·盜跖》：「丘所謂無病而自灸也，疾走料虎頭，編虎須，幾不免虎口哉！」

〔四〕「直氏」句，《漢書·直不疑傳》：「直不疑，南陽人也。爲郎，事文帝。其同舍有告歸，誤將持其同舍郎金去。已而同舍郎覺亡，意不疑，不疑謝有之，買金償。後告歸者至而歸金，亡金郎大慚。以此稱爲長者。」

〔五〕「于家」句，《漢書·于定國傳》：「于定國，字曼倩，東海郯人也。其父于公，爲縣獄史、郡決曹，決獄平，羅文法者，于公所決皆不恨。郡中爲之生立祠，號曰于公祠。」「（定國）決疑平法，務在哀鰥寡，罪疑從輕，加審慎之心。朝廷稱之曰：張釋之爲廷尉，天下無冤民；于定國爲廷尉，民自以不冤。」

〔六〕一言，《後漢書·馬援傳》：「孤立羣貴之間，旁無一言之佐。」虞世南《結客少年場行》：「結交一言重，相期千里至。」

〔七〕片議，江淹《左記室思詠史》：「王侯貴片議，公卿重一言。」又《論語・顏淵》：「子曰：『片言可以折獄者，其由也歟？』」朱熹注：「片言，半言。折，斷也。子路忠信明決，故言出兩人信服之，不待其辭之畢也。」殺身，《論語・衛靈公》：「志士仁人，無求生以害仁，有殺身以成仁。」殺身輕，殺身難報之謂。

〔八〕日下，謂京師。參見《送陸澧倉曹西上》詩注。

〔九〕蹇步，跛行。沈約《讓五兵尚書表》：「醜貌悴容，不藉鑒於淄水；駑足蹇步，終取躓於鹽車。」

〔一〇〕秋氣，《春秋繁露》：「春氣愛，秋氣嚴，夏氣樂，冬氣衰。」又《楚辭・九辯》：「悲哉，秋之爲氣也，草木摇落而變衰。」

〔一一〕建德，睦州屬縣，州治所在。其地在今浙江省建德縣東。

〔一二〕長平，《太平寰宇記》卷四四「澤州高平縣」：「本漢泫氏縣，屬上黨郡。」「（後魏）莊帝永安二年，屬長平郡。」又：「長平關，在縣北五十里。秦趙二壁對距數里，趙括白起相攻之所。」「省寃谷，東西南北各十六步，在縣西北二十五里，秦壘西面一百步。即括被殺，餘衆四十萬降白起之處。起懼趙變，盡坑之，露骸千步，積血三尺。地名煞谷。唐開元十年正月，玄宗行幸親祭，改名爲省寃谷。」

胡應麟《詩藪》：「劉長卿『地遠心難達，天高謗易成』、顧況『六氣銅渾轉，三光玉律調』二作，頗整贍，近老杜句格。」

校　記：

①歸，《文苑英華》、《唐詩品彙》作「赴」。
②明，《唐詩品彙》作「平」。
③渡，《文苑英華》、《唐詩品彙》作「淚」。

江州留别薛六柳八二員外

薛六，蓋爲薛弁。《新唐書·宰相世系表》三下「薛氏西祖房」：「弁，江州刺史。」前引獨孤及《送蔣員外奏事畢歸揚州序》云：蔣員外（晁）之來京也，「薛水部弁，李司直翰，雙爲之序。」是大曆初弁已爲水部員外郎。《廬山記》卷二引張弘《道門靈驗記》：「劉玄和，地仙也，嘗爲郡守李承、薛弁章奏，皆有天曹批報，事悉符驗。」薛弁蓋爲李承後任。《舊唐書·李承傳》：承嘗爲崔圓淮南判官，「圓卒，歷撫州、江州二刺史，課績連最。遷檢校考功郎中，兼江州刺史，徵拜吏部郎中。」按崔圓卒於大曆三年。大曆三年春至大曆六年，撫州刺史爲顔真卿，詳留元剛《顔魯公年譜》；《譜》云「六年閏三月，臨川代到」，此即李承刺撫之時也。由撫移江，「課績連最」，爲薛弁所代，當已是大曆八、九年事。按皇甫冉有《廬山歌送至弘法師兼呈薛江州》（《全唐詩》卷二五〇），冉之卒在大曆九年頃（參見《碧澗别墅喜皇甫侍御見訪》詩題注），故知薛弁刺江州不得遲於九年也。長卿此詩作於大曆十一年（七七六）貶睦州途中，時薛弁現在任。又按大曆初長卿駐淮南，時薛弁參淮南節度使幕，二人爲舊識。柳八，蓋爲柳渾。柳宗元《柳渾行狀》（《柳河東集》卷八）：「充江南西路都團練判官」，「改祠部員外郎，轉司勳郎中，餘如故。就拜袁州刺史。」《注》：「大曆三年，以刑部侍郎魏少遊爲江西觀察使，少遊表渾爲其判官。十二年，拜袁州刺史。」

江海相逢少①，東南別處長。獨行風嫋嫋，相去水茫茫。白首辭同舍，青山背故鄉。離心與潮信，每日到潯陽〔一〕。

〔一〕「潮信」二句，潮水漲落有時，故稱潮信。唐時潮水可至潯陽（即江州）。張繼《奉寄皇甫補闕》：「京口情人別久，揚州估客來疏。潮至潯陽回去，相思無處通書。」

陸時雍《詩鏡》：「三四淺淺自傷。」

校記：

①相逢，《文苑英華》作「逢君」。

江州重別薛六柳八二員外

與上詩同時。

生涯豈料承優詔〔一〕，世事空知學醉歌〔二〕。江上月明胡雁過，淮南木落楚山多。寄身且喜滄洲近，顧影無如白髮何〔三〕。今日龍鍾人共棄〔四〕，愧君猶遣慎風波。

〔一〕優詔，優容之詔。

〔二〕醉歌，《論語·微子》：「楚狂接輿歌而過孔子曰：『鳳兮，鳳兮，何德之衰！』『已而，已而，今之從政者殆而！』」王維《輞川閒居贈裴秀才迪》：「復值接輿醉，狂歌五柳前。」

〔三〕顧影，《後漢書・南匈奴傳》：「顧影裴回，竦動左右。」

〔四〕龍鍾，衰老貌。王維《夏日過青龍寺謁操禪師》：「龍鍾一老翁，徐步謁禪宮。」《廣韻》謂龍鍾本竹名，謂年老者如竹，枝葉摇曳，不能自持云。

方東樹《昭昧詹言》：「此似知淮西、鄂岳時，將去留別作也。起句喜得除授。二句言時事難爲。中二聯景與情交融。收入二員外。七句皆自述，末句始入別二人。」君按非「喜得除授」，乃按覆後得復職，雖爲貶謫，仍出望外也。

哭張員外繼①公及夫人相次没于洪州

張繼，《新唐書・藝文志》著録《張繼詩》一卷，注云：「字懿孫，襄州人。大曆末，檢校祠部員外郎，分掌財賦於洪州。」大曆十一年（七七六）秋，長卿按覆後即沿江舟行而下，經江州、洪州，赴睦州貶所。詩即作於此時。

慟哭鍾陵下〔一〕，東流與別離〔二〕。二星來不返〔三〕，雙劍没相隨〔四〕。獨繼先賢傳〔五〕，誰刊有道碑〔六〕。故園荒峴曲〔七〕，旅櫬寄天涯〔八〕。白簡曾連拜〔九〕，滄洲每共思〔一〇〕。撫孤憐齒穉〔一一〕②，歎逝顧身衰〔一二〕。

〔一〕慟哭，《論語・先進》：「顏淵死，子哭之慟。」鍾陵，《太平寰宇記》卷一〇六「洪州南昌縣」：「唐寶應元年六月，改爲鍾陵縣，因山爲名。貞元中又改爲南昌。」

〔二〕流，放逐。《書·舜典》：「流共工于幽州。」別離，屈原《九歌·少司命》：「樂莫樂兮新相知，悲莫悲兮生別離。」按此謂己之遠貶東鄙及與張繼之生死之別。

〔三〕二星，謂使星。《後漢書·李郃傳》：「和帝卽位，分遣使者，皆微服單行，各至州縣，觀採風謡。使者二人當到益部，投郃候舍。時夏夕露坐，郃因仰觀問曰：『二君發京師時，寧知朝廷遣二使耶？』二人默然驚，相視曰：『不聞也。』問何以知之，郃指星示云：『有二使星向益州分野，故知之耳。』」按繼爲轉運使府官屬，「分掌財賦於洪州」，亦爲奉使也。

〔四〕雙劍，《晉書·張華傳》云：華見斗牛之間，常有紫氣，命豫章人雷煥爲豐城令，於獄屋掘地四丈餘，得二劍，一曰龍泉，一曰太阿。華與煥各佩其一。華誅，失劍所在。煥卒，其子佩之。一日，持劍行經延平津，劍忽於腰間躍出，墮水。使人没水取之，不見劍，但見二龍，各長數丈，光彩照水，波浪驚拂，相隨而去。

〔五〕先賢，《禮·祭義》：「食三老五更於大學，所以教諸侯之弟也；祀先賢於西學，所以教諸侯之德也。」按魏晉以還，頗多記載本地人物之著作，或名先賢傳，或名耆舊傳。晉人習鑿齒所撰《襄陽耆舊傳》尤爲著名，唐時甚行於世。又按繼卽襄陽人。

〔六〕有道碑，《後漢書·郭太傳》：「卒於家，時年四十二。四方之士千餘人皆來會葬。同志者乃共刻石立碑，蔡邕爲文。既而謂涿郡盧植曰：『吾爲碑銘多矣，皆有慙德，惟郭有道無愧色耳。』」

〔七〕峴曲，《元和郡縣圖志》卷二一「襄州襄陽縣」：「峴山在縣東南九里。山東臨漢水，古今大路。羊祜鎮襄陽，與鄒潤甫共登此山。後人立碑，謂之墮淚碑。」峴曲，謂峴山深僻之處。

〔八〕櫬，卽棺。《左傳》僖六年：「許男面縛銜璧。大夫衰絰，士輿櫬。」旅櫬，謂未得歸葬之靈柩。

〔九〕白簡，猶云白麻。《翰林志》：「唐中書用黄白二麻爲綸命。其後翰林專掌白麻，中書獨得用黄麻。」按此謂繼與己嘗同制命官。繼之「分掌財賦於洪州」，當亦爲轉運留後，故二人檢校之中朝官銜亦同，均爲祠部員外郎。又，孟浩然《同曹三御史行泛湖歸越》詩：「白簡徒推薦，滄洲已拂衣。」

〔一〇〕滄洲，隱者所居。參見前注。

〔一一〕撫孤，《史記·淮陰侯傳》：「廣武君對曰：『方今爲將軍計，莫如案甲休兵，鎮趙撫其孤。』」

〔一二〕歎逝，《論語·子罕》：「子在川上曰：『逝者如斯夫，不舍晝夜！』」後以逝水之不返喻人之卒世。

泉壤成終古〔一三〕，雲山若在時〔一四〕。秋風鄰笛發〔一五〕，寒日寢門悲〔一六〕。世難愁歸路，家貧緩葬期。舊賓傷未散，夕臨咽常遲〔一七〕③。自此辭張邵〔一八〕，何由見戴逵〔一九〕。獨聞山吏部〔二〇〕，流涕訪孤兒。

〔一三〕泉壤，黃泉之下，地下。潘岳《寡婦賦》：「上瞻兮遺象，下臨兮泉壤。」

〔一四〕「雲山」句，按《晉書·羊祜傳》謂，祜樂山水，嘗登峴山，因人事代謝而風景不異，欷歔流涕。此用其意。

〔一五〕鄰笛，向秀《思舊賦序》：「于是日薄虞泉，寒冰凄然，鄰人有吹笛者，發聲寥亮。追想曩昔遊宴之好，感音而歎。」

〔一六〕寢門，《儀禮·士喪禮》：「君使人弔，徹帷，主人迎於寢門外，見賓不哭。」《注》：「寢門，内門也。」

〔一七〕臨，哭弔。《漢書·高帝紀》上：「於是漢王爲義帝發喪，袒而大哭，哀臨三日。」王維《恭懿太子輓歌五首》之二：「蘭殿新恩切，椒宫夕臨幽。」

〔一八〕張邵，《宋書·張邵傳》：邵字茂宗，重名節，不慕榮利。「劉毅爲亞相，愛才好士，當世莫不輻湊，獨邵不往。」

〔一九〕戴逵，《晉書·戴逵傳》：逵字安道，博學，善鼓琴。武陵王晞使人召之，逵對使者破琴，曰：「戴安道不爲王門伶人。」

〔一〇〕山吏部，《晉書・山濤傳》：濤字巨源，嘗爲吏部尚書。濤與嵇康善。「康後坐事，臨誅，謂子紹曰：『巨源在，汝不孤矣。』」按劉晏時爲吏部尚書。繼與長卿均在晏轉運使府供職，爲晏所倚重。

校　記：

①張繼，底本作「張經」，當爲形近而訛，據《文苑英華》改。

②孤，《文苑英華》作「存」。

③常，《文苑英華》作「恆」。

歲日見新曆因寄都官裴郎中

大曆十二年（七七七）作。歲日猶言歲旦、歲朝，一年之首。此詩作於初貶時。《新唐書・百官志》一，刑部設都官郎中一人。

青陽振蟄初頒曆〔一〕，白首銜冤欲問天〔二〕。絳老更能經幾歲〔三〕，賈生何事又三年〔四〕。
愁占蓍草終難決〔五〕，病對椒花倍自憐〔六〕。若道平分四時氣，南枝爲底發春偏。

〔一〕青陽，《爾雅・釋天》：「春爲青陽。」注：「氣清而温陽。」振蟄，《新唐書・曆志》：「立春：初候：東風解凍；次候：蟄蟲始振；末候：魚上冰。」頒曆，周制，天子季冬以次年曆書頒布諸侯，亦稱頒朔。

〔二〕銜冤，《漢書・王嘉傳》：「聖王定獄，必先原心定罪，探意立情，故死者不抱恨而入地，生者不銜冤而受罪。」

〔三〕絳老，《左傳》襄三十年：「晉悼夫人食輿人之城杞者。絳縣人或年長矣，無子，而往與於食。有與疑年，使之年。曰：『臣小人也，不知紀年。臣生之歲，正月甲子朔，四百有四十五甲子矣，其季於今，三之一也。』吏走問諸朝。師曠曰：『……七十三年矣。』」

〔四〕「賈生句」，見《長沙過賈誼宅》詩注。

〔五〕蓍草，用以占卜。《易・繫辭》上：「是故蓍之德，圓而神。」

〔六〕椒花，《晉書・烈女傳》：「劉臻妻陳氏者，亦聰辯能屬文，嘗正旦獻《椒花頌》。」後因以爲正旦之典。

赴新安別梁侍御①

新安，睦州古稱新安。此詩當爲大曆十二年（七七七）赴睦州時作。梁侍御，長卿另有《送梁侍御巡永州》詩，疑即此人。

新安君莫問，此路水雲深。江海無行跡，孤舟何處尋。青山空向淚，白月豈知心②。縱有餘生在，終傷老病侵③。

《詩歸》鍾惺曰：「怨調。」

校　記：

①侍御，底本作「侍郎」，此從《文苑英華》。

②白月，《文苑英華》作「白日」。

③病，《文苑英華》作「疾」。

卻歸睦州至七里灘下作

大曆十二年（七七七）初春作。

南歸猶謫宦，獨上子陵灘。江樹臨洲晚，沙禽對水寒。山開斜照在，石淺亂流難〔一〕。惆悵梅花早①，年年此地看。

〔一〕「山開」二句，謝靈運《過七里瀨》詩：「石淺水潺湲，日落山照耀。」《詩歸》譚元春曰：「難字、映字、淺字、亂字，有味。」

校記：

①早，《全唐詩》作「發」。

謫官後卧病官舍簡賀蘭侍御①

大曆十二年（七七七）作。

青春衣繡共稱宜〔一〕②，白首垂絲恨不遺③。江上幾回今夜月，鏡中無復少年時。生還北闕誰相引④，老向南邦衆所悲〔二〕。歲歲任他芳草緑，長沙未有定歸期〔三〕。

〔一〕青春，謂年少。衣繡，繡衣爲御史之服。

〔二〕南邦，謂睦州。

〔三〕長沙，謂貶所。

校記：

①侍御，底本作「侍郎」。按首句，當爲「侍御」之誤，逕改。又，底本注：「一作貶睦州祖庸見贈。」

②衣繡共稱宜，底本注：「一作繡服正相宜。」

③首垂，底本注：「一作髮如。」

④相，《唐音》作「將」。又，底本注：「一作能。」

對酒寄嚴維

初至睦州時作，當在大曆十二年（七七七）早春。嚴維，見前《送嚴維尉諸暨》詩注。時維在越州閒居。

陋巷喜陽和〔一〕①，衰顏對酒歌〔二〕。懶從華髮亂，閒任白雲多。郡簡容垂釣，家貧學弄梭。門前七里瀨，早晚子陵過〔三〕。

〔一〕陋巷，《論語・雍也》：「賢哉回也，一簞食，一瓢飲，在陋巷，人不堪其憂，回也不改其樂。」陽和，春日之氣。《史記・秦始皇紀》二十九年「之罘刻石」：「時在中春，陽和方起。」

〔二〕對酒歌，曹操《短歌行》：「人生幾何，對酒當歌。」

〔三〕子陵，東漢高士嚴光字子陵，隱於七里瀨。按此問嚴維何時來訪。

校記：

①喜，《文苑英華》作「嘉」。

酬劉員外見寄〔原附〕

嚴維

蘇耽佐郡時〔一〕，近出白雲司〔二〕。藥補清羸疾，窗吟絶妙詞〔三〕。柳塘春水漫，花塢夕陽遲。欲識懷君意，明朝訪檝師〔四〕。

〔一〕蘇耽，《太平寰宇記》卷一一七「郴州郴縣」：「馬嶺山在縣東北五里。昔有仙人蘇耽入此山學道，白日上昇，今有祠甚嚴。」又按庾穆之《湘州記》云：「馬嶺山者，以蘇耽昇仙之後，其母每來此候之，見耽乘白馬飄然，故謂之馬嶺。」其事又見《水經注·耒水》、《神仙傳》。

〔二〕白雲司，孫逖《授裴敦復刑部尚書制》：「委之刑柄，俾踐白雲之司。」按《史記·五帝紀》，黄帝時以雲命官，秋官爲白雲，故後世稱刑部爲白雲司。按長卿任職鄂岳時所帶之檢校官銜爲祠部員外郎。據嚴維此詩，則又嘗改刑部某司員外。又按章八元有《寄都官劉員外》詩，都官屬刑部，疑此人卽長卿。

〔三〕相傳蔡邕讀曹娥碑，題八字曰「黄絹幼婦外孫齏臼」，意謂「絶妙好辭」也。

〔四〕檝師，舟子。

送耿拾遺歸上都

耿拾遺，卽耿湋。湋大曆中奉使江淮括圖書，嘗至湖州，與刺史顔真卿聯句。按留元剛《顔魯公年譜》，顏真卿大曆十二年（七七七）四月由湖州召入，而上述聯句詩作於夏秋之際，當不遲於大曆十一年。其後至越州，經睦州，赴江西。長卿詩春作，當在大曆十二年（七七七）春。詩云：「隔河征戰幾歸人」，「不堪西望見風塵」，史載大曆十一年秋冬田承嗣寇滑州，李靈曜據汴州叛，所云當即此事。

若爲天畔獨歸秦，對水看山欲暮春。窮海別離無限路〔一〕，隔河征戰幾歸人①。長安萬里傳雙淚〔二〕，建德千峯寄一身〔三〕。想到郵亭愁駐馬〔四〕，不堪西望見風塵。

〔一〕窮海，《後漢書·耿恭傳論》：「余初讀蘇武傳，感其茹毛窮海，不爲大漢羞；後覽耿恭疏勒之事，喟然不覺涕之。」按睦州僻在海隅，故云窮海。

〔二〕長安萬里，極言其遠。《晉書·明帝紀》載明帝數歲時，父問曰：「汝謂日與長安孰遠？」對曰：「日近。舉目見日，不見長安。」後因以長安遠喻帝京之不可至。

〔三〕建德，睦州屬縣，州治所在。千峰，按睦州境内多山。

〔四〕郵亭，官人投止之所。《漢書·薛宣傳》：「宣從臨淮遷至陳留，過其縣，橋梁郵亭不修。」《注》：「郵，行書之舍，亦如今之驛及行道館舍也。」

胡應麟《詩藪》：「『若爲天畔獨歸秦，對水看山欲暮春』，雖意稍疏野，亦自一種風致。」陸時雍《詩鏡》：「中聯流動易而整策難，律法以整策爲正。」唐汝詢《唐詩解》：「此傷亂之詩。意謂秦中雲擾，拾遺乃從天畔歸之乎？紀其時則暮春也。別窮海而趨秦，路更無限，況隔河征戰，歸人幾何而可獨往耶？我方戀闕，因君之行，不無灑淚；然欲苟全性命，則寧寄此身於建德千峯間耳。想君前路當止郵亭，西望風塵，不堪莫甚，君其勉之！是詩年月無考，觀隔河、西望等語，必吐蕃之難也，豈代宗幸陝之時乎？」喬億《大曆詩略》：「結體清健，五六尤警策。」沈德潛《唐詩别裁》：「時應值吐蕃之亂，故有『隔河征戰』、『西望風塵』之語。」君按：吐蕃陷京師，代宗幸陝州，事在廣德元年。時長卿既未至睦州，耿湋亦初尉盩厔。且吐蕃之亂，與隔河相爭無涉。確士蓋未暇細考，故承唐説而誤也。方東樹《昭昧詹言》：「起句先點耿歸上都。次句帶敍時令。三四從自己襯跌出，作羨之之詞，以起送歸意。五六分寫兩邊。結句送後情事，當時實象。」

校記：

①此句《文苑英華》作「隔河征陣獨歸人」。

贈别劉員外長卿〔附〕

耿湋

據《全唐詩》卷二六九過録。

清如寒玉直如絲〔一〕，世故多虞事莫期。建德津亭人别夜，新安江水月明時。爲文易老皆知苦，謫宦無名倍足悲。不學朱雲能折檻〔二〕，空羞獻納在丹墀〔三〕。

〔一〕「清如寒玉」句，鮑照《代悲白頭吟》：「清如玉壺冰，直如朱絲繩。」

〔二〕朱雲折檻，《漢書·朱雲傳》：朱雲廷争，帝大怒，「御史將雲下，雲攀殿檻，檻折。雲呼曰：『臣得下從龍逄、比干遊於地下足矣，未知聖朝何如耳！』」「及後當治檻，上曰：『勿易，因而輯之，以旌直臣。』」師古注：「檻，軒前欄也。」

〔三〕獻納，建言以供採納。班固《西都賦序》：「朝夕論思，日月獻納。」《新唐書·百官志》：補闕、拾遺，「掌供奉諷諫，大事廷議，小則上封事。」丹墀，殿前階，漆爲紅色，故稱丹墀。張衡《西京賦》：「右平左墄，青瑣丹墀。」

送柳使君赴袁州

柳使君，蓋爲柳渾。《舊唐書·柳渾傳》：「（大曆）十二年，拜袁州刺史。」按柳渾先在江西幕，大曆十一年長卿赴睦州途經江州時，有詩留别薛六、柳八二員外，柳八蓋卽柳渾，參見該詩題注。柳渾赴任袁州，途出睦州，故長卿以詩贈行。袁州宜春郡，治所在今江西宜春。

宜陽出守新恩至〔一〕，京口因家始願違①。五柳閉門高士去〔二〕，三苗按節遠人歸〔三〕。月明江路聞猿斷，花暗山城見吏稀。惟有郡齋窗裏岫，朝朝長對謝玄暉〔四〕②。

〔一〕宜陽，《太平寰宇記》卷一〇九「袁州宜春郡」：「晉太康元年平吴，改宜春爲宜陽。」

〔二〕五柳，陶淵明有《五柳先生傳》。高士，猶高人。《戰國策·趙策》：「吾聞魯連先生，齊國之高士也。」後人以稱隱士。按「京口」、「五柳」二句，柳渾江西府罷後，似曾在潤州閒居。

〔三〕三苗，《書·禹貢》：「三危既宅，三苗丕敍。」《史記·五帝紀》：「三苗在江淮、荆州。」《正義》：「吴起云：『三苗之國，左洞庭而右彭蠡。』」按袁州與三苗地接。

〔四〕謝玄暉，《南齊書·謝朓傳》：朓字玄暉，嘗爲宣城太守。朓長五言詩。沈約常云：「二百年來無此詩也。」喬億《大曆詩略》：「『花暗山城見吏稀』，高秀似王維。」方東樹《昭昧詹言》：「首句點題。次句繞出題前，必有實事，似柳欲居京口而不得也，故有第三句。袁州西南與長沙、衡州接，故曰三苗。第五句正送。下三句既到袁州後意。玩三句結句，則柳爲人似一雅士。」

校記：

①京口，《衆妙集》作「京國」。

②長對，底本作「空對」，此據《衆妙集》。

題蕭郎中開元寺新構幽寂亭

按長卿有《仲秋奉餞蕭郎中使君赴潤州序》，蕭郎中爲蕭定，時爲睦州刺史，大曆十二年八月改潤州。《宋僧傳》卷八《唐睦州龍興寺慧朗傳》：「大曆十二年，新定太守蕭定述碑，司馬劉長卿書，刺史李揆篆額。」新定即睦州。李揆爲蕭定後任。此詩當作於大曆十二年（七七七）秋。

康樂愛山水〔一〕，賞心千載同。結茅依翠微，伐木開蒙籠〔二〕。孤峯倚青霄①，一徑去不窮。候客石苔上，禮僧雲樹中。曠然見滄洲，自遠來清風。五馬留谷口，雙旌薄煙虹〔三〕。沈沈衆香積〔四〕，眇眇諸天空〔五〕。獨往應未遂，蒼生思謝公〔六〕。

〔一〕康樂，即謝靈運。《太平寰宇記》卷一〇九「袁州萬載縣」：「古城，在縣東北四里。宋武帝封臨川内史謝靈運爲康樂侯，以侯就第，即此地也。其城周圍山水，謝公無日不宴遊，有書室石硯猶存焉。」《宋書·謝靈運傳》：「尋山陟嶺，必造幽峻，巖障千重，莫不備登。」「嘗自始寧南山，伐木開逕，直至臨海。從者數百人。臨海太守王琇驚駭，謂爲山賊。」

〔二〕蒙籠，竹木茂密貌。

〔三〕五馬、雙旌，指郡守出行時所備車旗。參見前注。

〔四〕衆香積，《維摩詰經·香積品》：「有國名衆香，佛號香積。」「苑囿皆香，其食香氣。」

〔五〕諸天，佛書謂三界共有三十二天，自四天王天至非有想非無想天，總謂之諸天。見《經律異相·三界諸天》。

〔六〕蒼生，謂百姓。《晉書·謝安傳》：「中丞高崧戲之曰：『卿屢違朝旨，高卧東山，諸人每相與言，安石不肯出，將如蒼生何？蒼生今亦將如卿何？』」

陸時雍《詩鏡》：「中有爽句。」

校記：

①倚，《唐詩品彙》作「傍」。

奉陪蕭使君入鮑達洞尋靈山寺

按《浙江通志》卷一九「山川」，睦州有仙居、靈巖、威平、館仙等洞，唯不詳鮑達洞所在。蕭使君，卽蕭定。作於大曆十二年（七七七）。

山居秋更鮮，秋江相映碧。獨臨滄洲路，如待挂帆客。遂使康樂侯，披榛著雙屐〔一〕。入雲開嶺道，永日尋泉脈〔二〕。古寺隱青冥〔三〕，空中寒磬夕。蒼苔絶行徑，飛鳥無去跡。樹杪下歸人，水聲過幽石。任情趣逾遠，移步奇屢易。蘿木静蒙蒙〔四〕，風煙深寂寂。徘徊未能去，畏共桃源隔。

〔一〕《宋書·謝靈運傳》：「常著木履，上山則去前齒，下山則去其後齒。」

〔二〕泉脈，謝朓《賦平民田》詩：「察壤見泉脈，覘星視農正。」

〔三〕青冥，青天。屈原《九章·悲回風》：「據青冥而攄虹兮，遂儵忽而捫天。」

〔四〕蒙蒙，盛貌。東方朔《七諫·自悲》：「何青雲之流瀾兮，微霜降之蒙蒙。」

酬皇甫侍御見寄時相國姑臧公初臨郡

皇甫侍御，卽皇甫曾。相國姑臧公，謂李揆。《舊唐書·李揆傳》：「元載以罪誅，除揆睦州刺史。」《舊唐書·代宗紀》：大曆十二年四月「癸巳，以前祕書監李揆爲睦州刺史。」揆到任已在大曆十二年（七七七）秋。

離别江南北，汀洲葉再黄〔一〕①。路遥雲共水，砧迴月如霜。歲儉依仁政，年衰憶故鄉②。佇看宣室召〔二〕③，漢法倚張綱〔三〕。

〔一〕葉再黄，按大曆十年皇甫曾於碧澗訪別，至此已歷二年，故云「葉再黄」。

〔二〕宣室，《史記·賈誼傳》：「後歲餘，賈生徵見。孝文帝方受釐，坐宣室。上因感鬼神事，而問鬼神之本。賈生因具道所以然之狀。至夜半，文帝前席。既罷，曰：『吾久不見賈生，自以爲過之，今不及也。』」《索隱》引《三輔故事》，云「宣室在未央殿北」。

〔三〕張綱，東漢人，爲御史，當奉使出行，而埋輪於洛陽都亭，曰：「豺狼當路，安問狐狸！」舉本劾奏大將軍梁冀。

方回《瀛奎律髓》：「第五句不涉風物，未嘗不新。」又《詩歸》鍾惺曰：「『依仁政』，一身苦境，卻説出關係。」陸時雍《詩鏡》：「『砧迴月如霜』，情趣深長，若除却砧字，餘俱淺俗矣。」

校記：

①葉，底本作「葦」，據《文苑英華》改。

②憶，《瀛奎律髓》作「離」。

③看，《文苑英華》作「君」。

寄劉員外長卿〔附〕

皇甫曾

據《全唐詩》卷二一〇過録。

南憶新安郡〔一〕，千山帶夕陽。斷猿知夜久，秋草助江長。疏髮應成素〔二〕，青松獨耐霜〔三〕。愛才稱漢主，題柱待回鄉〔四〕。

〔一〕新安，睦州古稱。《太平寰宇記》卷九五「睦州」：「晉太康元年，改新都爲新安郡，新定縣爲遂安縣。隋平陳，廢郡爲新安縣，省遂安縣。仁壽三年，割杭州桐廬，并復立遂安縣，仍改新安爲雉山，以三縣爲睦州，取俗阜人和，内外輯睦爲義。」

〔二〕素，謂素絲，白絲。

〔三〕「青松」句，《論語・子罕》：「歲寒，然後知松柏之後彫也。」

〔四〕題柱，《成都記》：「司馬相如初西去，過昇仙橋，題柱曰：『不乘高車駟馬，不過此橋。』」按唐郎官均於石柱題名。崔嘏《授崔蠡尚書左丞制》：「早分列宿，獨膺題柱之榮；入踐禁闈，共許演綸之美。」

蛇浦橋下重送嚴維

《嚴州圖經》卷一「橋梁」：「佘浦橋，在望雲門外。」佘、蛇同音而訛。長卿嘗有詩邀維，此爲嚴維至睦州訪別時作，當在大曆十二年（七七七）秋。

秋風颯颯鳴條〔一〕，風月相和寂寥。黄葉一離一別，青山暮暮朝朝。寒江漸出高岸，古木猶依斷橋。明日行人已遠，空餘淚滴回潮。

〔一〕颯颯，風聲。屈原《九歌・山鬼》：「風颯颯兮木蕭蕭，思公子兮徒離憂。」鳴條，謂風吹樹枝發聲。董仲舒《雨雹對》：「太平之世，則風不鳴條。」

答劉長卿蛇浦橋月下重送（原附）

嚴維

月色今朝最明①，庭閒夜久天清。寂寞多年左宦〔一〕②，殷懃遠别深情。溪臨修竹煙色，風落高梧雨聲。耿耿相看不寐〔二〕，遥聞曉柝山城〔三〕。

〔一〕左宦，猶言左遷。

〔二〕耿耿，明貌。謝朓《暫使下都夜發新林至京邑》詩：「秋河曙耿耿，寒渚夜蒼蒼。」

〔三〕柝，木製，巡夜所擊。《易·繫辭》下：「重門擊柝，以待暴客。」《釋文》：「两木相擊以行夜。」

校　記：

①朝，《嚴維集》作「宵」。

②寂寞，底本作「愁盡」，又「宦」作「宧」，此從《嚴維集》。

七里灘重送

由睦州至越州，舟行當經七里灘。此爲送至七里灘時作。按此詩又見嚴維集，題作《重送新安劉員外》，誤。嚴維之酬詩現存，題作《答劉長卿七里瀨重送》。

秋江渺渺水空波，越客孤舟欲榜歌〔一〕。手折衰楊悲老大〔二〕，故人零落已無多。

〔一〕榜歌，舟人之歌。梁虞騫《尋沈剡夕至嵊亭》：「榜歌唱將夕，商子處方昏。」欲榜歌，舟將啓行之謂。

〔三〕折楊，樂府詩題有《折楊柳》，古横吹曲名，《樂府詩集》録六朝及唐人所作二十餘首，多爲傷别之辭。老大，《古辭》：「少壯不努力，老大徒傷悲。」

答劉長卿七里瀨重送（原附）

嚴維

新安非欲枉帆過〔一〕，海内如君有幾何。醉裏别時秋水色，老人南望一狂歌。

〔一〕枉帆，謂繞道。謝靈運《過始寧墅》詩：「剖竹守滄海，枉帆過舊山。」

月下呈章秀才①

章秀才，當爲章八元。《新唐書·藝文志》四著録《章八元詩》一卷，注云：「睦州人，大曆進士第。」《唐才子傳》卷四《章八元傳》、《唐詩鼓吹》卷七郝天挺注均載爲大曆六年進士。長卿至睦州時，八元尚未調官（貞元中始官句容主簿），故得相酬唱。詩當作於大曆十二年（七七七）頃。

自古悲摇落〔一〕，誰人奈此何。夜蛬偏傍枕〔二〕，寒鳥數移柯。向老三年謫〔三〕，當秋百感多〔四〕②。家貧惟好月③，空愧子猷過〔五〕。

〔一〕悲摇落，宋玉《九辯》：「悲哉，秋之爲氣也，草木摇落而變衰。」

〔二〕蛬，《詩·唐風·蟋蟀》：「蟋蟀在堂。」毛《傳》：「蟋蟀，蛬也。」

〔三〕賈誼謫長沙，三年。見《史記·賈誼傳》。

〔四〕百感，江淹《别賦》：「是以行子腸斷，百感悽惻。」

〔五〕子猷，《晉書・王徽之傳》：徽之字子猷，「性卓犖不羈」，嘗雪夜訪戴逵於剡溪。

陸時雍《詩鏡》：「『寒鳥數移柯』，語力精緊。」按此從曹操「繞樹三匝，何枝可依」而來，暗喻己之居無定處，屢屢遷徙。賀裳《載酒園詩話》：「此詩甚佳。衆選不及，殊可怪！」

校記：

①章，底本作「張」，而後附章八元詩，顯誤。從《文苑英華》改。

②此句《文苑英華》作「無愁百口多」。

③家貧，《瀛奎律髓》作「貧家」。

酬劉員外月下見寄〔原附〕

章八元

夜涼河漢白〔一〕，卷箔出南軒〔二〕。過月鴻争遠，辭枝葉暗翻。獨謡聞麗曲〔三〕①，緩步接清言〔四〕。宣室思前席〔五〕，行看拜主恩。

〔一〕河漢，銀河。《古詩十九章》：「迢迢牽牛星，皎皎河漢女。」

〔二〕箔，竹簾。

〔三〕謡，《詩・魏風・園有桃》：「心之憂矣，我歌且謡。」《傳》：「曲合樂曰歌，徒歌曰謡。」獨謡猶云獨吟。麗曲，《宋書・謝靈運傳論》：「雖清詞麗曲，時發乎篇，而蕪音累氣，固亦多矣。」此處指長卿原唱。

〔四〕清言，《南史·蕭思話傳》：「子晾性静退，少嗜慾，好學能清言，榮利不關於中。」

〔五〕宣室，文帝坐宣室，召賈誼，已見前詩注。

贈秦系

《新唐書·隱逸傳》：「秦系字公緒，越州會稽人。」長卿另有《贈秦系徵君》詩，《唐詩品彙》題作《文贈秦系》，二詩當爲同時所作。按系有《獻薛僕射》詩，序云：「大曆五年，人或以其文聞於鄴留守薛公。無何，奏系右衛率府倉曹參軍。意所不欲，以疾辭免。」詩稱徵君，當作於此後。長卿於大曆五年赴鄂州，滯留有年，無緣與系相聚。而大曆末系與其妻謝氏離異，旋卽赴泉州，故知大曆十二年（七七七）頃，秦系嘗訪長卿於睦州也。二詩卽作於此時。

向風長嘯戴紗巾〔一〕，野鶴由來不可親〔二〕。明日東歸變名姓〔三〕，五湖煙水覓何人〔四〕。

〔一〕長嘯，高人之韻事。巾，束髮所用。《後漢書·鮑永傳》：「（永）悉罷兵，但幅巾，與諸將及同心客百餘人詣河内。」《注》：「謂不著冠，但幅巾束首也。」戴紗巾，言裝束簡樸適意。

〔二〕野鶴，庾信《奉和永豐殿下言志詩十首》之九：「野鶴能自獵，江鷗解獨漁。」此處喻秦系之孤高。

〔三〕變名姓，《漢書·梅福傳》：「至元始中，王莽顓政，福一朝棄妻子，去九江，至今傳以爲仙。其後人有見福於會稽者，變名姓，爲吴門市卒云。」按會稽漢屬吴郡。其地有梅市，傳爲梅福所居，人多依之，遂爲村落。詳見《太平寰宇記》卷九六「越州會稽縣」。按秦系卽會稽人。

〔四〕五湖，太湖一名五湖。《史記·河渠書》：「於吴則通渠三江五湖。」《正義》：「韋昭曰：其實一湖，今太湖是也。」

又《史記・貨殖傳》：「范蠡既雪會稽之恥……乃乘扁舟，浮於江湖。」

贈秦系徵君①

與上詩同時。

群公誰讓位，五柳獨知貧。惆悵青山路，煙霞老此人。

校記：

①《唐詩品彙》作「又贈秦系」。

耶溪書懷寄劉長卿員外 時在睦州〔附〕

秦系

據《全唐詩》卷二六〇過録。按權德輿《秦徵君校書與劉隨州唱和詩序》（《全唐文》卷四九〇）云：「悉索笈中，得數十編，皆文場之重名強敵，且見校以故敵故隨州劉君長卿贈答之卷，惜其長往，謂余宜叙。」今存秦系贈劉之作，僅此一首。按尾聯，時已有訪劉意，當作於大曆十二年（七七七）。

時人多笑樂幽棲，晚起閒行獨杖藜。雲色舒卷前後嶺，藥苗新舊兩三畦。偶逢野果將呼子，屢折荆釵亦爲妻〔一〕。擬共釣竿長往復，嚴陵灘上勝耶溪。

〔一〕荆釵，《列女傳》：「梁鴻妻孟光，荆釵布裙。」

餞王相公出牧括州

王相公，王縉。《舊唐書・代宗紀》：大曆十二年三月「辛巳，制：中書侍郎、平章事元載賜自盡，門下侍郎、平章事王縉貶括州刺史。」括州，《新唐書・地理志》五：「處州縉雲郡，上。本括州永嘉郡，天寶元年更郡名，大曆十四年更州名。」治所在今浙江麗水。

縉雲詎比長沙遠，出牧猶承明主恩〔一〕。城對寒山開畫戟〔二〕，路飛秋葉轉朱幡〔三〕。江潮淼淼連天望，旌旆悠悠上嶺翻〔四〕。蕭索庭槐空閉閤〔五〕，舊人誰到翟公門〔六〕。

〔一〕「出牧」句，按《舊唐書・劉晏傳》云：「初，晏承旨，門下侍郎、同平章事王縉亦處極法，晏謂涵等曰：『重刑再覆，國之常典，況誅大臣，得不覆奏？又法有首從，二人同刑，亦宜重取進止。』涵等從命。及晏等覆奏，代宗乃減縉罪從輕。縉之生，晏平反之力也。」

〔二〕畫戟，戟施以彩畫，用作儀仗。《唐會要》卷三二「戟」：「天寶六載四月八日，敕改儀制令……若中都督、上州、上都護，門十二戟。」

〔三〕朱幡，幡，車之蔽障，朱幡猶言朱輪。《漢書・劉向傳》：「王氏一姓，乘朱輪華轂者二十三人。」謝朓《三日侍宴曲水代人應詔》詩：「華幡徒駕，長纓未飾。」

〔四〕旆旌，旗幟。《詩・小雅・車攻》：「蕭蕭馬鳴，悠悠旆旌。」

〔五〕閉閤，漢公孫弘爲相，開東閤以延賢人，見《漢書・公孫弘傳》。閉閤謂罷相。

〔六〕翟公門，《史記・汲鄭傳論》：「始翟公爲廷尉，賓客闐門，及廢，門外可設雀羅。」

酬包諫議佶見寄之什①

《舊唐書·代宗紀》：大曆十二年四月，「諫議大夫、知制誥韓洄、王定、包佶、徐璜，户部侍郎趙縱，大理少卿裴翼，太常少卿王紞，起居舍人韓會等十餘人，皆坐元載貶官也。」包佶詩題作《嶺下卧疾寄劉長卿員外》，詩云：「十年江海隔，離恨子知予。」大曆二年長卿離京，至十二年恰符十年之數。諫議，《新唐書·百官志》二：門下省「左諫議大夫四人，正四品下。掌諫諭得失，侍從贊相。」中書省有右諫議大夫四人，所掌同門下省。

佐郡愧頑疏〔一〕②，殊方親里閭〔二〕。家貧寒未度，身老歲將除。過雪山僧至，依陽野客舒。藥陳隨遠宦，梅發對幽居③。落日棲鴞鳥〔三〕，行人遺鯉魚〔四〕④。高文不可和〔五〕，空愧學相如〔六〕。

〔一〕頑疏，頑鈍粗疏。《晉書·王瑢傳》：「臣受恩深重，死且不報，而以頑疏，舉錯失宜。」

〔二〕殊方，異域。杜甫《奉侍嚴大夫》詩：「殊方又喜故人來，重鎮還需濟世才。」

〔三〕鴞鳥，即鵩鳥，嘗集於賈誼長沙所居。見賈誼《鵩鳥賦》。

〔四〕遺鯉魚，《古詩》：「客從遠方來，遺我雙鯉魚。呼兒烹鯉魚，中有尺素書。」

〔五〕高文，江淹《魏文帝遊宴》：「高文一向綺，小儒安足爲？」

〔六〕學相如，謂學作詩賦。按司馬相如字長卿。長卿之名蓋爲慕司馬相如之文才而起。

校　記：

①《文苑英華》作「酬包諫議見贈之作」。
②愧，《文苑英華》、《衆妙集》作「棄」。
③梅發，底本作「梅登」，據活字本改。
④遺，《文苑英華》作「達」。

嶺下卧疾寄劉長卿員外〔原附〕

包佶

唯有貧兼病，能令親愛疏。歲時供放逐，身世付空虚。脛弱秋添絮，頭風曉廢梳〔一〕。波瀾喧衆口〔二〕，藜藿静吾廬〔三〕。喪馬思開卦〔四〕，占鴞懶發書。十年江海隔，離恨子知予。

〔一〕頭風，《三國志·魏·華佗傳》：「太祖苦頭風，每發，心亂目眩，佗針鬲隨手而差。」
〔二〕波瀾，馬融《長笛賦》：「波瀾鱗淪，窊隆詭戾。」衆口，《國語·周語》：「故諺曰：『衆心成城，衆口鑠金。』」《注》：「鑠，銷也。衆口所毁，雖金石猶可銷也。」
〔三〕藜藿，《史記·太史公自序》：「糲粱之食，藜藿之羹。」《正義》：「藜，似藿而表赤。藿，豆葉也。」
〔四〕喪馬，《易·睽》：「喪馬勿逐，自復。」

送嚴維赴河南充嚴中丞幕府

嚴中丞當爲嚴郢。《新唐書・嚴郢傳》：「歲餘，召之京師，元載薦之帝，時載得罪，不見用。御史大夫李栖筠亦薦郢，帝曰：『是元載所厚，可乎？』答曰：『如郢材力，陛下不自取，而留爲姦人用邪？』即日拜河南尹，水陸運使。大曆末，進拜京兆尹。」按《舊唐書・代宗紀》，李栖筠卒於大曆十一年二月。嚴郢之爲河南尹，當在大曆十一年頃。嚴維之赴河南，則應在十二年秋，以此年春尚在越州與長卿唱酬也。

久别耶溪客〔一〕，來乘使者軒〔二〕。用才榮入幕，扶病喜同樽。山屐留何處〔三〕，江帆去獨翻。暮情辭鏡水〔四〕，秋夢識雲門〔五〕。蓮府開花萼〔六〕，桃園寄子孫。何當舉嚴助〔七〕，偏沐漢朝恩。

〔一〕耶溪，即若耶溪，在越州會稽縣。按維即越州人。

〔二〕軒，《尚書大傳・帝告》：「未命爲士者不得乘朱軒。」注：「軒，車通稱也。」

〔三〕山屐，登山屐。謝靈運登山著木履，上山去其前齒，下山去其後齒，見《宋書》本傳。

〔四〕鏡水，《太平寰宇記》卷九六「越州山陰縣」：「《輿地志》云：山陰南湖，縈帶郊郭，白水翠岩，互相映發若圖畫。故王逸少云『山陰路上行，如在鏡中遊』耳。唐元宗朝祕書監賀知章乞爲道士還鄉，勅賜鏡湖一曲。」按嚴維宅即在鏡湖旁，有《酬諸公宿鏡水宅》詩。

〔五〕雲門，越州雲門寺。《會稽掇英總集》六：「晉義熙三年，王子昭嘗居是山，有五色雲晝見庭户，表奏安帝，乃建寺曰雲門。」靈一《招皇甫冉遊雲門》詩：「欲識雲門路，千峯到若耶。」

〔六〕蓮府，南齊王儉開府，稱蓮花府，後因以指幕府。參見《夏口送長寧楊明府》詩注。

〔七〕嚴助，漢會稽吴人。郡舉賢良，武帝以爲中大夫，與東方朔、司馬相如等同爲帝所親幸。詳見《漢書》本傳。此處指嚴維。

贈别劉長卿時赴河南嚴中丞幕府〔原附〕

嚴維

早見登郎署〔一〕，同時跡下僚〔二〕①。幾年江路永，今去國門遥。文變騷人體〔三〕，官移漢帝朝。望山吟度日，接枕話通宵〔四〕。萬里趨公府，孤帆恨信潮②。匡時知已老〔五〕③，聖代耻逃堯〔六〕。

〔一〕郎署，《後漢書·馬融傳》：「安帝親政，召還郎署。」按大曆中長卿已仕至檢校祠部員外郎。

〔二〕下僚，左思《詠史》：「世胄躡高位，英俊沈下僚。」按維參幕府，長卿爲州司馬，均爲長官僚屬。

〔三〕騷人，李白《古風》：「正聲何微茫，哀怨起騷人。」據此句，知時人已視長卿詩爲新體。

〔四〕接枕，潘岳《楊仲武誄》：「惟我與爾，對筵接枕。」

〔五〕匡時，匡救時世。唐太宗《幸武功慶善宫》：「弱齡逢運改，提劍鬱匡時。」

〔六〕逃堯，謂隱居。《史記·伯夷傳》：「堯讓天下於許由，許由不受，耻之，逃隱。」

校記：

①跡，《全唐詩》注：「一作即。」

②恨，《全唐詩》注：「一作限。」

③匡，《全唐詩》注：「一作康。」

送靈澈上人

劉禹錫《澈上人文集紀》（《劉禹錫集》卷一九）：「上人生於會稽，本湯氏子。聰察好學，不肯爲凡夫。因辭父兄出家，號靈澈，字源澄。」按靈澈生於天寶五載，長卿與之交往，蓋睦州時事也。或以爲潤州鶴林寺舊稱竹林，此詩當爲潤州作。然肅代年間詩人均稱之爲鶴林，未聞有稱竹林者。杭州則有竹林寺，見《宋僧傳》卷八《慧朗傳》、卷十《道悟傳》、卷十一《景霄傳》。然此詩所云，非必專名，寺旁多竹，即可謂爲竹林寺也。當爲靈澈遊睦，桂錫山寺，日間相聚，傍晚送歸，故有此作。

蒼蒼竹林寺，杳杳鐘聲晚〔一〕。荷笠帶夕陽，青山獨歸遠。

〔一〕杳杳，深遠貌。此處以狀鐘聲之微茫。

唐汝詢《唐詩解》：「晚則鳴鐘。日斜而別，鐘鳴而未至者，山遠故也。」喬億《大曆詩略》：「向王、裴誦此，應把臂入林。」

送靈澈上人還越中①

按靈澈爲越州雲門寺僧，見《宋僧傳》卷一五本傳。約於大曆末、建中初移居湖州何山，見皎然《贈包中丞書》及《靈澈上人何山寺七賢石》詩。此詩送歸越州，當在大曆十二年（七七七）或十三年。

禪客無心杖錫還〔一〕，沃洲深處草堂閒〔二〕。身隨敝屨經殘雪②，手綻寒衣入舊山③。獨向青溪依樹下〔三〕，空留白日在人間④。那堪別後長相憶⑤，雲木蒼蒼但閉關。

〔一〕禪客，謂僧人。《傳燈録》：「禪客相逢只彈指，此心能有幾人知？」無心，《宗鏡録》：「先德偈云：莫與心爲伴，無心心自安。」

〔二〕沃洲山，在越州剡縣，晉時名僧多居此。

〔三〕青溪，《浙江通志》卷一九「山川一一」引《舊志》：「一名新安江，西出於歙，環繞於縣之前，東注於嚴，東南入於海。」又卷三八「關梁六」：「青溪渡，在縣南，一名縣前渡。」按此當爲送別之所。

方回《瀛奎律髓》：「三四佳。第六句亦不猶人。靈澈工於詩，有詩留別，故和而送之。」《詩歸》鍾惺曰：「『身隨敝屨』四字，思之失笑。」余成教《石園詩話》則云：「『身隨敝屨經殘雪，手綻寒衣入舊山』，佳句也。」

校記：

①《唐詩品彙》無「中」字。

②屨，《文苑英華》作「履」。

③綻，《四庫全書》本作「紉」。

④白日，《文苑英華》作「白月」。

⑤後，《全唐詩》注：「一作夜。」

酬靈澈公相招

按此詩時節與上詩同。當爲靈澈行前邀長卿遊越，故有此作。

石澗泉聲久不聞，獨臨長路雪紛紛。如今漸欲生黃髮〔一〕，願脱頭冠與白雲〔二〕。

〔一〕黄髮，《詩·魯頌·閟宫》：「黄髮台背，壽胥與試。」《箋》：「黄髮、台背，皆壽徵也。」謂人老則髮白，白久則黄，故以爲人老之徵。

〔二〕脱冠，猶云解冠，棄官從隱之謂。《後漢書·逢萌傳》：「時王莽殺其子宇，萌謂友人曰：『三綱絶矣，不去，禍將及人。』即解冠挂東都城門歸。」

東湖送朱逸人歸

朱逸人，當爲朱放。嘗訪長卿於睦州，詩爲送放東歸所作。按朱放有《新安所居答相訪人所居蕭使君爲制》詩（《全唐詩》卷三一五），時刺史爲蕭定，則大曆十二年（七七七）或此前朱放已至睦州，其歸去當在大曆十二、三年間。東湖，《浙江通志》卷六〇《水利·建德縣》：「東湖在東門内，縣治左。」

山色湖光併在東，扁舟歸去有樵風〔一〕。莫道野人無外事〔二〕，開田鑿井白雲中。

〔一〕樵風，順風。《後漢書·鄭弘傳》《注》引《會稽記》：「射的山南有白鶴山，此鶴爲仙人取箭。漢太尉鄭弘嘗采薪，得一遺箭，頃有人覓，弘還之。問何所欲，弘識其神人也，曰：「常患若邪溪載薪爲難，願旦南風，暮北風。」後果然。」後因以樵風謂順風。

〔二〕野人，鄉野之人。《左傳》僖二三年：「乞食於野人，野人與之塊。」外事，《西京雜記》：「司馬相如爲上林、子虛賦，意思蕭散，不復與外事相關。」

《詩歸》鍾惺曰：「正道其無外事耳，加莫道二字，便紆回而妙。」

留別劉員外（原附）

朱放

寥落窮秋九月天，風吹白雪起江邊。豈意與君於此別〔一〕，相看拭淚水潺湲。

〔一〕猶言長卿之貶睦州，實出意外。

酬李員外（從）〔縱〕崔録事載華宿三河戍先見寄①

三河戍，在睦州建德縣南。《嚴州圖經》卷二「津渡」有「三河渡」，「在縣南六十里」。李縱，盧綸有《送李縱別駕加員外郎卻赴常州幕》詩（《全唐詩》卷二七六）。司空曙有《和李員外與舍人詠玫瑰花寄徐侍郎》詩（《全唐詩》卷二九〇），盧綸同作，題爲《奉和李舍人昆季詠玫瑰花寄徐侍郎》（《全唐詩》卷二七九）。李舍人爲李縱之弟李紓，徐侍郎爲徐浩，大曆八年貶明州別駕。李縱任常州別駕，在大曆八年之後。李縱使睦州時，其從兄李嘉祐正在蘇州居閒，當在大曆十二、三年頃。録事，

《新唐書・百官志》：上州有録事二人，從九品下。崔載華，貞元初嘗任洪州法曹參軍，見權德輿詩。

寒江鳴石瀨〔一〕，歸客夜初分〔二〕。人語空山答，猿聲獨戍聞。遲來朝及暮〔三〕，愁去水連雲。歲晚心誰在〔四〕，青山見此君〔五〕②。

〔一〕石瀨，屈原《九歌・湘君》：「石瀨兮淺淺，飛龍兮翩翩。」《注》：「瀨，湍也。」水激石間爲瀨。

〔二〕夜分，夜半。《水經注・江水》：「自非亭午夜分，不見曦月。」

〔三〕遲，讀若峙，待也。《後漢書・章帝紀》：「朕思遲直士，側席異聞。」

〔四〕歲晚心，猶云歲寒心。張説《和魏僕射還鄉》：「衆芳摇落盡，獨有歲寒心。」

〔五〕此君，謂竹。《世説新語・任誕》：「王子猷嘗暫寄人空宅住，便令種竹。或問暫住何煩爾？王嘯詠良久，直指竹曰：『何可一日無此君！』」

校記：

①縱，諸本作「從」，按例，載華既爲録事名，從自當爲員外名，故知決爲「縱」之誤也，逕改。

②青山，《文苑英華》作「青青」。

送李員外使還蘇州兼呈前袁州李使君賦得長字袁州即員外之從兄

前袁州李使君，即李嘉祐。與上詩同時。

別離共成怨①，衰老更難忘。夜月留同舍，秋風在遠鄉。朱弦徐向燭〔一〕，白髮強臨觴。歸獻西陵作〔二〕，誰知此路長。

〔一〕朱弦，《禮記·樂記》：「清廟之瑟，朱絃而疏越，壹唱而三歎，有遺音者矣。」弦，同絃。後以指樂器、音樂。江總《詠採甘露應詔》詩：「風亭翠旆開，雲殿朱絃響。」

〔二〕西陵，浙江渡口，在今浙江蕭山縣境。

奉寄婺州李使君舍人

李使君舍人，當爲李紓。按《舊唐書·代宗紀》，元載敗，坐載黨出官者十餘人，疑紓亦在其內。《唐語林》：「元相載用李紓侍郎知制誥，元敗，欲出官，王相縉曰：『且留作誥。』待發遣諸人盡，始出爲婺州刺史。」按王縉貶括州與元載賜自盡同時，語不足據，然言紓「出爲婺州刺史」，則可與此詩參證。詩春日作，當在大曆十三年（七七八）春。

建隼罷鳴珂〔一〕，初傳來暮歌〔二〕。漁樵識太古〔三〕，草樹得陽和〔四〕。東道諸生從，南依遠客過。天清婺女出〔五〕，土厚絳人多〔六〕。永日空相望，流年復幾何〔七〕。崖開當夕照，葉去逐寒波。眼暗經難受，身閒劍懶磨。似鴞占賈誼〔八〕①，上馬試廉頗〔九〕。窮分安藜藿〔一〇〕，衰容勝薜蘿〔一一〕②。只應隨越鳥，南翥託高柯。

〔一〕建隼，謂出守。參見《題獨孤使君湖上林亭》詩注。鳴珂，馬飾以玉，行則撞擊作響，謂之鳴珂。《舊唐書·

張嘉貞傳》：「嘉祐，嘉貞弟，有幹略。方嘉貞爲相時，任右金吾衛將軍。昆弟每上朝，軒蓋騶導盈閭巷，時號所居坊曰鳴珂里。」按此句謂罷朝職而出牧。

〔二〕來暮歌，《後漢書·廉范傳》：「建初中，遷蜀郡太守。其俗尚文辯，好相持短長，范每厲以淳厚，不受偷薄之說。成都民物豐盛，邑宇偪側。舊制禁民夜作以防火災，而更相隱蔽，燒者日屬。范乃毁削先令，但嚴使儲水而已，百姓爲便。乃歌之曰：『廉叔度，來何暮！不禁火，民安作。平生無襦今五袴。』」

〔三〕太古，《禮·郊特牲》：「太古冠布。」《注》：「唐虞以上曰太古也。」《漢書·董仲舒傳》：「此上天之理而亦太古之道，天子之所宜法以爲制，大夫之所當循以爲行也。」

〔四〕陽和，春日陽光。按句謂澤被草木。

〔五〕婺女，星名，二十八宿之一。《太平寰宇記》卷九七「婺州」：「（開皇）十三年，又於此郡舊處復置婺州，蓋取其地于天文婺女之分以爲州名焉。」

〔六〕絳人，《左傳》襄三十年：絳人有年長而不知其年者，計之已七十三，後因以絳人指壽長者。參見《歲日見新曆因寄都官裴郎中》詩注。

〔七〕流年，謂歲月之流逝。鮑照《登雲陽九里埭》詩：「宿心不復歸，流年抱衰疾。」

〔八〕「似鴞」句，見賈誼《鵩鳥賦》。

〔九〕廉頗，《史記·廉頗傳》：「趙以數困於秦兵，趙王思復得廉頗，廉頗亦思復用於趙。趙王使使者視廉頗尚可用否，廉頗之仇郭開多與使者金，令毁之。趙使者既見廉頗，廉頗爲之一飯斗米，肉十斤，被甲上馬，以示尚可用。趙使還報王曰：『廉將軍雖老，尚善飯，然與臣坐，頃之三遺矢矣。』趙王以爲老，遂不召。」

〔一〇〕藜藿，野菜，貧者所食。

〔二〕薜蘿，薜荔、女蘿，指隱士所服。

〔三〕翥，飛舉。屈原《遠遊》：「雌蜺便娟以增撓兮，鸞鳥軒翥而翔飛。」又《古詩》：「越鳥巢南枝。」

校　記：

①鴞，《全唐詩》注：「一作鵬。」

②勝，《文苑英華》作「稱」。

送方外上人之常州依蕭使君

蕭使君，當爲蕭復。《舊唐書·德宗紀》：大曆十四年閏五月庚寅，「以常州刺史蕭復爲潭州刺史、湖南團練觀察使。」陸贄《奉天論辟蕭復狀》（《全唐文》卷四六九）：「蕭復往年曾任常州刺史，臣其時寄住常州，首尾二年。」是知復爲獨孤及之後任，大曆十二年（七七七）至十四年（七七九）在常州。詩即作於此期間。方外，李白有《登巴陵開元寺西閣贈衡嶽僧方外》詩。

宰臣思得度〔一〕①，鷗鳥戀爲羣。遠客迴飛錫〔二〕，空山卧白雲。夕陽孤艇去〔三〕，秋水兩溪分。歸共臨川史〔四〕，同翻貝葉經〔五〕。

〔一〕宰臣，謂理民之官，猶云守宰。謝莊《搜才表》：「政平訟理，莫先親民；親民之要，實歸守宰。」得度，《傳法正宗記》：「摩拏羅大士至西印度，彼國王名得度，瞿曇種族，傳位太子，投祖出家，是爲得度比丘。」

〔二〕飛錫，謂僧人遊方。孫綽《遊天台山賦》：「王喬控鶴以冲天，應真飛錫以躡虛。」李周翰《注》：「應真，得真道之人。執錫杖而行於虛空，故云飛也。」

〔三〕艇，小舟。《淮南子·俶真》：「越舲蜀艇，不能無水而浮。」《注》：「蜀艇，一版之舟。」

〔四〕臨川史，謝靈運嘗爲臨川內史，見《宋書·謝靈運傳》。按此以喻蕭使君。

〔五〕貝葉經，謂佛經。古佛經以貝多羅樹（按即菩提樹）葉書寫，故云。《廣弘明集》王褒《周經藏願文》：「盡天竺之音，窮貝多之葉。」

校記：

①宰臣，盧文弨本案語：「文弨疑是宰官。」

送方外上人

與上詩約略同時。

孤雲將野鶴，豈向人間住。莫買沃洲山〔一〕，時人已知處。

〔一〕沃洲山，在越州剡縣（今浙江嵊縣），晉宋以來，高僧白道猷、竺法潛、支道林等人嘗居於此。高士名人戴逵、孫綽、王羲之等十餘人亦嘗至此遊止。白居易有《沃洲山禪院記》。

沈德潛《唐詩別裁》：「有三宿桑下已嫌其遲意，蓋諷之也。」君按：時人或取終南捷徑，故諷之，非諷方外也。

酬張夏

睦州作。詩云「幾歲依窮海」，至睦州似已歷年所。張夏，顧況有《五兩歌送張夏》詩（《全唐詩》卷二六七）。

幾歲依窮海〔一〕，頹年惜故陰〔二〕。劍寒空有氣〔三〕，松老欲無心。玩雪勞相訪〔四〕，看山正獨吟〔五〕。孤舟且莫去，前路水雲深。

〔一〕窮海，海濱偏僻之處，指睦州貶所。

〔二〕頹年，猶云衰年。故陰，逝去之光陰。謝靈運《登池上樓》：「初景革緒風，新陽改故陰。」

〔三〕劍氣，《晉書·張華傳》謂，豐城獄屋下埋有寶劍，紫氣直冲斗牛之間。空有氣，無所施其用之謂。

〔四〕玩雪，王子猷嘗雪夜訪戴逵於剡溪。參見《歲夜喜魏萬成郭夏雪中相尋》詩注。

〔五〕看山，《世説新語·簡傲》：「王子猷作桓車騎參軍，桓謂王曰：『卿在府久，比當相料理。』初不答，直高視，以手版拄頰云：『西山朝來致有爽氣！』」

酬張夏雪夜赴州訪別途中苦寒作①

與上詩同時。

扁舟乘興客〔一〕，不憚苦寒行。晚暮相依分〔二〕，江潮欲別情②。水聲冰下咽，砂路雪中平。舊劍鋒鋩盡，應嫌贈脱輕③。

〔一〕乘興，王子猷雪夜訪戴，至門不前而返，曰：「乘興而來，興盡而歸，何必見戴！」見《世説新語・任誕》。

〔二〕分，情誼。曹植《贈白馬王彪》詩：「恩愛苟不虧，在遠分日親。」晚暮，猶云歲暮，遲暮。

校　記：

①夏，《文苑英華》作「厦」。

②此句《文苑英華》作「江湖別有情」。

③贈脱，《文苑英華》作「脱自」。

酬張夏別後道中見寄①

與上詩同時。

離羣方歲晏〔一〕，謫宦在天涯。暮雪同行少，寒潮欲上遲②。海鷗知吏傲〔二〕，砂鶴見人衰③。只畏生秋草〔三〕④，西歸亦未期。

〔一〕離羣，《禮・檀弓》上：「子夏投其杖而拜曰：『吾過矣，吾過矣，吾離羣而索居亦已久矣！』」歲晏，歲暮。謝莊《月賦》：「月既没兮露欲晞，歲方晏兮無與歸。」此處亦喻年邁。

〔二〕「海鷗」句，謂日與海鷗遊處，故其簡傲爲海鷗所知。

〔三〕生秋草，蘇頲《高安公主神道碑》：「登寒山兮見超忽，生秋草兮坐蕪没。」按尾聯意謂：只恐秋草生時，仍無望西歸。

校記：

①夏，《文苑英華》作「廈」。
②欲，《文苑英華》注：「集作獨。」
③砂鶴，《文苑英華》注：「集作沙鳥。」
④生秋草，《文苑英華》作「憶春草」。

送子壻崔真父歸長城

長城，湖州屬縣。長卿長女適崔真父，約在大曆十二年（七七七）至十四年間。

送君巵酒不成歡〔一〕，幼女辭家事伯鸞〔二〕。桃葉宜人誠可詠〔三〕，柳花如雪若爲看〔四〕。心憐稚齒鳴環去〔五〕，身愧衰顔對玉難〔六〕。惆悵暮帆何處落，青山無限水漫漫。

〔一〕巵酒，《史記·項羽本紀》：「沛公奉巵酒爲壽。」巵，酒器，容四升。

〔二〕伯鸞，《後漢書·逸民傳》：梁鴻字伯鸞，家貧好學，不求仕進。其妻孟光，字德耀。爲鴻備食，舉案齊眉。夫婦相敬如賓。

〔三〕桃葉，王獻之《桃葉歌》：「桃葉復桃葉，渡江不用楫。但渡無所苦，我自迎接汝。」《樂府詩集》卷四五引《古今樂録》：「桃葉歌者，晉王子敬（按獻之字子敬）之所作也。桃葉，子敬妾名。緣於篤愛，所以歌之。」

〔四〕柳花，《世説新語·言語》謂謝安冬日内集，問：「白雪紛紛何所似？」兄子云：「似撒鹽空中。」兄女曰：「未若柳絮因風起。」後世傳爲佳話。

〔五〕稚齒，謂幼女。《列子·楊朱》：「穆之後庭，比房數十，皆擇稚齒婑媠者以盈之。」鳴環，謂玉環撞擊作聲。

〔六〕玉謂玉人，喻年輕貌美之男子。《世説新語·容止》：「裴令公有儁容儀，脱冠冕，麤服亂頭皆好，時人以爲玉人。」

送齊郎中典括州

括州，《新唐書·地理志》五：「處州縉雲郡，上。本括州永嘉郡，天寶元年更郡名，大曆十四年更州名。」按乾元元年復郡爲州，仍稱括州，大曆十四年五月，避德宗諱，改爲處州。治所在今浙江麗水。齊郎中，郁賢皓《唐刺史考》謂爲齊玘。

星象移何處〔一〕，旌麾獨向東。勸耕滄海畔，聽訟白雲中。樹色雙溪合〔二〕①，猿聲萬嶺同。石門康樂住〔三〕②，幾里枉帆通。

〔一〕星象，古人謂列官上應星象。王融《命官策問》：「惟王建國，惟典命官，上叶星象，下符川嶽。」

〔二〕雙溪，《方輿勝覽》卷九「處州」：「雙溪在遂昌（今浙江遂昌）。」《浙江通志》卷二一「山川·縉雲縣」：「雙溪在魚袋山下，湖山溪、金溪二水合流，達衢州，入浙江。」

〔三〕石門，《方輿勝覽》卷九「處州」：「石門洞，在青田縣南七十五里，兩峯壁立，高數十丈，相對如門，因名。有瀑布直瀉至天壁，凡三百尺，自天壁飛洒至下潭，凡四百尺，有亭曰噴雪。道書載青田山玄鶴洞天即此。」康樂，謝靈運嘗封康樂侯。《宋書·謝靈運傳》：「出爲永嘉太守。郡有名山水，靈運素所愛好，出守既不得志，遂肆意遊遨，遍歷諸縣，動踰旬朔。」按謝靈運有《登石門最高頂》、《石門岩上宿》、《石門新營所住四面高山迴溪石瀨茂林脩竹》等詩。

校　記：

①色，《文苑英華》作「影」。

②住，《全唐詩》注：「一作在」。

秦系頃以家事獲謗因出舊山每荷觀察崔公見知欲歸未遂感其流寓詩以贈之

觀察崔公，當爲崔昭。《會稽掇英總集》：「崔昭，大曆十一年七月自宣州觀察使授；王密，大曆十四年十一月自湖州刺史授。」秦系流寓睦州等地，當在大曆十三、四年（七七八、七七九）間。

初迷武陵路〔一〕，復出孟嘗門〔二〕。迴首江南岸，青山與舊恩。

〔一〕武陵，陶淵明《桃花源記》謂桃花源在武陵。此以喻秦系隱居之所。

〔二〕孟嘗，《史記·孟嘗君傳》云：孟嘗君名文，姓田氏，齊宣庶弟田嬰之子。賢而好士，有客三千人。此謂崔昭。

夜中對雪贈秦系時秦初與謝氏離婚謝氏在越

按詩意，秦系與謝氏離婚，時在冬春之際。此後秦系即南赴泉州，居九日山中，注《老子》，彌年不出（見《新唐書·隱逸傳》）。按系有《答泉州薛播使君重陽日賜酒》詩（《全唐詩》卷二六〇），薛播建中中刺泉州，則系之離婚，蓋大曆末年之事也。

月明花滿地〔一〕，君自憶山陰。誰遣因風起，紛紛亂此心①。

〔一〕花，謂雪花。

校記：

①底本奪「心」字，據李士修本、正德本增。

見秦系離婚後出山居作

與上詩同時或稍後。

豈知偕老重〔一〕，垂老絶良姻。郗氏誠難負〔二〕，朱家自愧貧〔三〕。綻衣留欲故〔四〕，織錦罷經春〔五〕。何況蘼蕪緑，空山不見人〔六〕。

〔一〕偕老，《詩·邶風·擊鼓》：「執子之手，與子偕老。」

〔二〕「郗氏」句，《晉書·王羲之傳》：「時太尉郗鑒使門生求女壻於導，導令就東廂徧覩子弟。門生歸謂鑒曰：『王氏諸少並佳，然聞信至，咸自矜持，惟一人在東牀坦腹食，獨若不聞。』鑒曰：『正此佳壻邪！』訪之，乃羲之也。遂以女妻之。」

〔三〕「朱家」句，《漢書・朱買臣傳》：「朱買臣字翁子，吴人也。家貧，好讀書，不治産業。常艾薪樵，賣以給食。擔束薪，行且誦書，其妻亦負戴相隨。數止買臣毋歌嘔道中，買臣愈益疾歌。妻羞之，求去。買臣笑曰：『我年五十當富貴，今已四十餘矣，女苦日久，待我富貴報女功。』妻恚怒曰：『如公等，終餓死溝中耳，何能富貴！』買臣不能留，即聽去。」

〔四〕綻，縫補。《玉臺新詠・古辭豔歌行》：「故衣誰爲補？新衣誰當綻？賴得賢主人，覽取爲吾綻。」

〔五〕織錦，《晉書・竇滔妻蘇氏傳》：「竇滔妻蘇氏，始平人也。名蕙，字若蘭。善屬文。滔苻堅時爲秦州刺史，被徙流沙。蘇氏思之，織錦爲迴文旋圖詩以贈滔，宛轉循環以讀之，詞甚悽惋。」

〔六〕蘼蕪，《古詩》：「上山採蘼蕪，下山逢故夫。長跪問故夫：『新人復何如？』『新人雖言好，未若故人姝。顔色類相似，手爪不相如。』」

酬秦系

同前。

鶴書猶未至〔一〕，那出白雲來。舊路經年别，寒潮每日迴。家空歸海燕〔二〕，人老發江梅。最憶門前柳，閑居手自栽〔三〕。

〔一〕鶴書，謂詔書。孔稚珪《北山移文》：「鳴騶入谷，鶴書赴隴。」《古今篆隸文體》：「鶴頭書與偃波書俱詔板所用，在漢則謂之尺一簡，髣髴鵠頭，故有其稱。」

〔二〕海燕，沈佺期《古意》：「盧家少婦鬱金堂，海燕雙栖瑇瑁梁。」按此句暗示系已離婚。

〔三〕按陶淵明自號五柳先生，以門前有柳樹五株。

喬億《大曆詩略》：「首言山居，非奉詔書不出，見秦本高士也。乃爲離婚，既來城市，久不得還，徒望歸潮而興歎也。後半并指舊山言。」

新年作

睦州詩。詩云「已似長沙傅」，當作於貶睦州已歷三年時，蓋大曆十四年（七七九）作也。一作宋之問詩，誤。

鄉心新歲切，天畔獨潸然。老至居人下〔一〕，春歸在客先。嶺猿同旦暮，江柳共風煙。已似長沙傅，從今又幾年〔二〕。

〔一〕老至，屈原《離騷》：「老冉冉其將至兮，吾將上下而求索。」居人下，《舊唐書·孫儒傳》：「儒常曰：『大丈夫不能苦戰萬里，賞罰由己，奈何居人下！』」

〔二〕按《史記·賈誼傳》云：誼爲長沙王傅，三年。此用其言，謂己貶睦州已歷三年。

陸時雍《詩鏡》：「三四雋甚，語何其鍊！」喬億《大曆詩略》亦云：「三四佳，上句尤警策。」

寄會稽公徐侍郎 公時在王傅。

徐侍郎，當爲徐浩。《舊唐書·徐浩傳》：「德宗即位，徵拜彭王傅。建中三年，以疾卒，年八十。贈太子少師。」按德宗於大曆十四年（七七九）五月癸亥即位。詩秋日作，當在此年秋。

摇落淮南葉〔一〕，秋風想越吟〔二〕。鄒枚入梁苑〔三〕，逸少在山陰〔四〕。老鶴無衰貌，寒松有本心。聖朝難税駕〔五〕，惆悵白雲深。

〔一〕淮南葉，《淮南子·説山》：「見一落葉，而知歲之將暮。」

〔二〕越吟，越人莊舄作相於楚，病而越吟。後因以言思鄉。

〔三〕鄒枚，鄒陽、枚乘，梁孝王文學侍從之臣，以辭賦著稱。此喻徐浩之入王府。

〔四〕逸少，王羲之字逸少，山陰人。羲之多才藝，書法尤爲著名。《晉書》有傳。按徐浩亦越州人，且善楷隸。

〔五〕税駕，停車，喻休息。《史記·李斯傳》：「物極則衰，吾未知所税駕也！」

送秦侍御外甥張篆之福州謁鮑大夫秦侍御與大夫有舊

鮑大夫，當爲鮑防。《舊唐書·德宗紀》：大曆十四年（七七九）五月「丁酉，以京畿觀察使鮑防爲福州刺史、福建都團練觀察使。」建中元年（七八〇）四月「戊申，以福建觀察使鮑防爲洪州刺史、江西團練觀察使。」張篆之福州求職，當在鮑防初任福建觀察時，即大曆十四年（七七九）頃。

萬里閩中去渺然，孤舟水上入寒煙①。轅門拜首儒衣弊〔一〕，貌似牢之豈不憐〔二〕。

〔一〕轅門，軍行以車爲陳，轅相向爲門，故曰轅門。按鮑防爲團練觀察使，統軍，故云。拜首，亦作拜手，跪拜禮之一種。跪後兩手相拱至地，俯首至手。王維《送陸員外》詩：「拜首辭上官，緩步出南宫。」

〔二〕牢之，《晉書·何無忌傳》：「何無忌，劉牢之之甥，酷似其舅。」

校　記：

①水，底本注：「一作海。」

新安送穆諭德歸朝賦得行字

睦州舊稱新安。穆諭德，即穆寧。穆員《祕書監致仕穆元堂誌》（《全唐文》卷七八四）：「會今上龍興，拜太子右諭德。」按德宗於大曆十四年（七七九）五月即位，穆寧由泉州貶所經睦州歸京，即在是年冬。諭德，《新唐書·百官志》四上「東宮官」：左、右春坊各設左、右諭德一人，「正四品下。掌諭皇太子以道德，隨事諷贊。」

九重宣室召〔一〕，萬里建溪行〔二〕。事直皇天在〔三〕，歸遲白髮生〔四〕。用材身復起①，覩聖眼猶明。離別寒江上，潺湲若有情。

〔一〕九重，指宮禁。宋玉《九辯》：「豈不鬱陶而思君兮，君之門以九重。」宣室，漢未央宮中有宣室殿，漢文帝嘗見逐臣賈誼於此。

〔二〕建溪，一稱建陽溪。源出武夷山，爲閩江上遊。《方輿勝覽》卷一一「建寧府」：「建溪，源出武夷，至城外。今東溪。」

〔三〕皇天，《書·大禹謨》：「皇天眷命，奄有四海，爲天下君。」按《舊唐書·穆寧傳》：「明年，拜檢校祕書少監，兼和州刺史，理有善政。居無何，官罷。代寧者以天寶版籍校見户，誣以逋亡多，坐貶泉州司户。寧子贊，守闕三年告冤，詔遣御史按覆，而人户倍增，詔書召寧除右諭德。」

〔四〕按穆寧以大曆九年貶泉州司户，至大曆十四年已歷六年，故云歸遲。

《詩歸》鍾惺曰：「『覩聖眼猶明』，悽快。」

校記：

①材，《衆妙集》作「才」。

戲題贈二小男

睦州詩。作於大曆十二年（七七七）或此後數年間。

異鄉流落頻生子，幾許悲歡併在身。欲並老容羞白髮①，每看兒戲憶青春〔一〕。未知門户誰堪主〔二〕②，且免琴書別與人〔三〕③。何幸暮年方有後，舉家相對卻霑巾。

〔一〕青春，潘尼《贈陸機出爲吴王郎中令》：「予涉素秋，子登青春。」《注》：「素秋，喻老；青春，喻少也。」

〔二〕門户，《三國志·蜀·張裔傳》：「恭之子息長大，爲之娶婦，買田宅産業，使立門户。」

〔三〕琴書，王逸《九思·傷時》：「且從容兮自慰，玩琴書兮遊戲。」按琴書士人所珍，故以爲言。

方回《瀛奎律髓》：「第四句已佳，五六句全似樂天。」《詩歸》譚元春曰：「此詩之妙，妙在將篇首悲歡二字説得出。」余成教《石園詩話》謂頸聯：「佳句也。」

校記：

①並，《瀛奎律髓》作「識」。

②誰堪，《瀛奎律髓》作「堪誰」。
③別與，《瀛奎律髓》作「與別」。

尋白石山真禪師舊草堂

《元和郡縣志》卷二五「睦州遂安縣」：「白石山在縣西七十里，其山出白石英，貢，因以爲名。」又《太平寰宇記》卷九五「睦州桐廬縣」：「白石山，山有印渚，渚多巉石。」未詳確指。此詩當爲睦州作。

惆悵雲山暮，閒門獨不開。何時飛杖錫，終日閉蒼苔。隔嶺春猶在，無人燕亦來。誰堪暝投處〔一〕，空復一猿哀。

〔一〕暝投，傍晚投宿之謂。李白《淮陰書懷寄王宗成》：「暝投淮陰宿，欣得漂母迎。」

入白沙渚夤緣二十五里至石窟山下懷天台陸山人①

按《嚴州圖經》卷二「津渡」有白沙渡，「在縣西六十里」。詩云：「窮年卧海嶠，永望愁天涯。」當爲睦州作。陸山人，疑爲陸羽。

遠嶼靄將夕〔一〕②，玩幽行自遲。歸人不計日〔二〕，流水閒相隨。輟棹古崖口〔三〕③，捫蘿春景遲〔四〕④。偶因回舟次，寧與前山期。對此瑤草色〔五〕，懷君瓊樹枝。浮雲去寂寞⑤，白鳥相因依。何事愛高隱，但令勞遠思。窮年卧海嶠，永望愁天涯。吾亦從此去⑥，扁舟何所之。迢迢江上帆，千里東風吹。

〔一〕嶼，水中洲，上有山。左思《吴都賦》：「島嶼緜邈，洲渚馮隆。」

〔二〕計日，《後漢書·郭伋傳》：「伋行部，到西河美稷，有兒童數百，各騎竹馬，道次行拜。及事訖，諸兒復送至郭外，問使君何日當還。伋謂別駕、從事：『計日當告之。』行部既還，先期一日。伋爲違信，遂止於野亭，須期乃入。」按此謂無公務之羈絆，遲速由己。

〔三〕輟棹，停舟。謝朓《新亭渚別范零陵雲》詩：「停驂我悵望，輟棹子夷猶。」

〔四〕捫蘿，孟浩然《宿天台桐柏觀》：「捫蘿亦踐苔，輟櫂恣探討。」

〔五〕瑶草，仙草。江淹《從冠軍建平王登廬山香鑪峰》詩：「瑶草正翕艴，玉樹信葱青。」

校　記：

①窟，《文苑英華》作「室」。

②嶼，《天台前集》作「渚」。

③古，《文苑英華》作「石」。

④遲，殘宋本、《文苑英華》作「熙」。

⑤寞，《文苑英華》作「寥」。

⑥此，殘宋本、《文苑英華》作「君」。

寄龍山道士許法棱

《嚴州圖經》卷二「人物」：「許法棱，字道冲，縣人。代宗永泰中取帛聘，不就。」同書卷一「碑碣」：「《唐烏龍山許尊師孝感瑞芝記》，上元二年鄉貢進士何源述。」「《唐烏龍山有道先生許公碑》，正元十一年江夏李師尚文。」《注》：「舊經亦云：龍興觀碑，今石在天慶觀，其稱許公者，道士也，其徒私以有道之號謚之。」有道先生許公，當即許尊師，亦即許法稜。又按同書卷二「鄉里」有龍山鄉，則烏龍山固可稱龍山。此詩爲睦州作。

悠悠白雲裏，獨住青山客。林下晝焚香，桂花同寂寂〔一〕。

〔一〕淮南小山《招隱士》有「攀援桂枝兮聊淹留」之句，後因以桂樹、桂花爲隱所之徵。

望龍山懷道士許法棱

與上詩同時。

心惆悵，望龍山。雲之際，鳥獨還。懸崖絶壁幾千丈，緑蘿嫋嫋不可攀。龍山高，誰能踐。靈原中〔一〕，蒼翠晚。嵐煙瀑水如向人，終日迢迢空在眼。中有一人披霓裳〔二〕，誦經山頂飡瓊漿〔三〕。空林閒坐獨焚香，真官列侍儼成行〔四〕。朝入青霄禮玉堂〔五〕，夜掃白雲

眠石牀。桃花洞裏居人滿，桂樹山中住日長〔六〕，龍山高高遥相望。

〔一〕靈原，仙山亦稱靈山；原，山中平曠之處。

〔二〕霓裳，屈原《九歌·東君》：「青雲衣兮白霓裳，舉長矢兮射天狼。」

〔三〕瓊漿，玉液。王勃《龍懷寺碑》：「頽苔翠蘚，具不盡之靈衣；石乳瓊漿，入無生之妙饌。」

〔四〕真官，道家所謂仙官，亦以稱道士。皎然《宿道士觀》詩：「清佩聞虚步，真官方宿朝。」

〔五〕玉堂，仙人所居。庾闡《遊仙詩》：「神岳竦丹霄，玉堂臨雪嶺。」

〔六〕桂樹山，謂仙山。《唐音》張注：「淮南王劉安好道，感八公，共登山攀桂而賦。有大小桂山，因以爲號。」

寄許尊師

許尊師，即許法棱。

獨上雲梯入翠微〔一〕，蒙蒙煙雪映巖扉①。世人知在中峰裏，遥禮青山恨不歸。

〔一〕雲梯，指高山之石級。謝靈運《登石門最高頂》詩：「惜無同懷客，共登青雲梯。」

校記：

①蒙蒙，《唐詩品彙》作「濛濛」。

喜鮑禪師自龍山至

龍山，即睦州烏龍山。此亦爲睦州詩。

故居何日下，春草欲芊芊〔一〕。猶對山中月，誰聽石上泉。猿聲知後夜〔二〕，花發見流年〔三〕。杖錫閒来往，無心到處禪。

〔一〕芊芊，茂盛貌。《列子·力命》：「美哉國乎，鬱鬱芊芊。」

〔二〕後夜，佛家有初夜、中夜、後夜之説。參見《秋夜肅公房喜普門上人自陽羨山至》詩注。

〔三〕謂見花開始知一年已度，不留心於世事之謂。

尋洪尊師不遇

長卿居睦州時，與道士頗多交往。此詩蓋亦睦州所作。

古木無人地〔一〕，來尋羽客家〔二〕。道書堆玉案〔三〕，仙帔疊青霞〔四〕。鶴老難知歲，梅寒未作花。山中不相見①，何處化丹砂〔五〕。

〔一〕古木，江總《卞山楚廟》詩：「閒階薙宿薺，古木斷懸蘿。」又王維《過香積寺》詩：「古木無人逕，深山何處鐘？」

〔二〕羽客，道家倡羽化登仙，故稱道士爲羽客。

〔三〕道書，謂道家典籍。《三國志·魏·張魯傳》：「祖父陵，客蜀，學道鵠鳴山中，造作道書，以惑百姓。」玉案，謂几案。庾肩吾《謝東宫賚檳榔啓》：「登玉案而上陳，出珠盤而下逮。」

〔四〕帔，披肩，道士所服。《冥通記》：「周子良夜見一人，丹衣青帔芙蓉冠，曰：『我是桐柏仙人鄧靈期。』」其色青，故云疊青霞。

〔五〕丹砂，硃砂。化丹砂，鍊丹之謂。《晉書·葛洪傳》：「從祖玄，吴時學道得仙，號曰葛仙公，以其鍊丹祕術授弟子鄭隱。」

校記：

①相，《衆妙集》作「可」。

送宣尊師醮畢歸越

詩云：「揮手桐溪路，無情水亦分。」爲睦州送行之作，當作於大曆十二年（七七七）至建中元年（七八〇）間。醮，此謂道士之設壇祈禱。顔子推《顔氏家訓・治家》：「符書章醮，亦無祈焉。」

吹簫江上晚①，惆悵別茅君〔一〕。踏火能飛雪，登刀入白雲〔二〕②。晨香長日在③，夜磬滿山聞。揮手桐溪路，無情水亦分。

〔一〕茅君，相傳漢茅盈與弟衷、固得道於句曲山，號三茅君。又《太平廣記》卷一三引《神仙傳》：「茅君者，幽州人，學道於齊。二十年道成歸家……與父母親族辭別，乃登羽蓋車而去。」

〔二〕踏火、登（吞）刀，似爲醮時幻術。《晉書・夏統傳》：「女巫章丹、陳珠二人，並有國色，甲夜之初，撞鐘擊鼓，間以絲竹，乃拔刀破舌，吞刀吐火，雲霧杳冥，威光電發。」

校記：

①晚，《文苑英華》作「曉」。

②登，《全唐诗》注：「一作吞。」又：刀，「一作山。」

③長，《文苑英華》作「永」。

題元録事開元所居

睦州作。開元，睦州開元寺也。前有《題蕭郎中開元寺新構幽寂亭》詩。

幽居蘿薜情，高卧紀綱行〔一〕。鳥散秋鷹下，人閒春草生。冒嵐歸野寺①，收印出山城。今日新安郡〔二〕，因君水更清。

〔一〕高卧，《漢書·汲黯傳》謂，黯尚黄老，諸事委羣吏，總大端，不事苛細，高卧東海而郡大治。紀綱，《三體唐詩》高注：「送録事詩多稱紀綱者，蓋喬琳歷四州刺史，常謂録事任銘曰：『子紀綱一州，能效刺史乎？』唐録事亦以糾察爲職，故《六帖》曰：『録事名糾司。』」

〔二〕新安郡，謂睦州。

方回《瀛奎律髓》：「長卿之稱新安皆唐睦州，開元必城外之古寺。如《送張栩之睦州》首句云：『遥憶新安舊』，然則新安爲睦州無疑也。第二句好高卧而法自行，行字乃是有力字。」

校　記：

①嵐，《全唐詩》作「風」。

偶然作

詩云「書劍身同廢，煙霞吏共閒」，當爲睦州詩。

野寺長依止〔一〕，田家或往還。老農開古地，夕鳥入寒山。書劍身同廢，煙霞吏共閒。豈能將白髮，扶杖出人間〔二〕。

〔一〕依止，《周禮·夏官》「祭兵于山川」《注》：「山川蓋軍之所依止。」此處謂依戀而止息之。

〔二〕扶杖，《史記·萬石君傳》：「萬石君卒，長子郎中令建哭泣哀思，扶杖乃能行。」

送州人孫沅自本州卻歸句章新營所居①

句章，漢縣名，唐時其地屬餘姚。《太平寰宇記》卷九六「越州餘姚縣」：「《山海經》云：『二勾餘之山無草木，多金玉。』郭璞《注》云：『在會稽餘姚縣南，勾章縣北，山多姚瑋，故取二縣以爲名。』」睦州送行之作。

故里歸成客，新家去未安。詩書滿蝸舍〔一〕，征税及漁竿。火種山田薄〔二〕，星居海島寒〔三〕。憐君不得已，步步別離難。

〔一〕蝸舍，《中華古今注》：「野人爲圓舍，狀如蝸牛，故曰蝸舍。」按此謂居室窄小。

〔二〕火種，許觀《東齋記事》「刀耕火種」：「沅湘間多山，農家惟植粟，且多在岡阜。每欲布種時，則先伐其林木，縱火焚之，俟其成灰，即布種於其間。如是則所收必倍，蓋史所言刀耕火種也。」

〔三〕星居，何晏《景福殿賦》：「屯方列署，三十有二，星居宿陳，綺錯鱗比。」按此句謂島嶼分散，如星宿之在天。

陸時雍《詩鏡》：三四「墾款特至。」《詩歸》鍾惺曰：「不得已三字之妙，在步步二字上想出。」賀裳

《載酒園詩話》：「步步兩字，亦極弄姿也。」

贈崔九載華

崔載華時任睦州録事，見《酬李員外縱崔録事載華宿三河戍先見寄》詩注。詩當作於睦州。

憐君一見一悲歌，歲歲無如老去何。白屋漸看秋草没〔一〕，青雲莫道故人多〔二〕。

〔一〕白屋，以白茅覆屋。謂貧士所居。
〔二〕青雲，古人以自致青雲之上喻身居要職，見《史記・范雎傳》。

同崔載華贈日本聘使

與上詩同時。

憐君異域朝周遠〔一〕，積水連天何處通〔二〕。遥指來從初日外〔三〕，始知更有扶桑東〔四〕。

〔一〕異域，指國外。《後漢書・班超傳》：「立功異域，以取封侯。」
〔二〕積水，《荀子・勸學》：「積水成淵，蛟龍生焉。」
〔三〕初日，初升之日，猶云朝陽。曹植《洛神賦》：「其始進也，皓若初日照屋梁。」
〔四〕扶桑，《淮南子・天文》：「日出于暘谷，浴于咸池，拂于扶桑，是謂晨明。」又《梁書・扶桑傳》：「扶桑在大漢國東二萬餘里，地在中國之東，其土多扶桑木，故以爲名。」

新安送陸澧歸江陰①

前有詩送陸澧赴京。此詩謫睦州時作。

新安路，人來去。早潮復晚潮，明日知何處。潮水無情亦解歸，自憐長在新安住。

陸時雍《詩鏡》：「淺淺得趣。」

校記：

①澧，一作「灃」。

送金昌宗歸錢塘

《新唐書·地理志》：錢塘，杭州屬縣。此詩當爲睦州作。睦州處上游，故詩云「獨泛落潮歸」也。

新家浙江上，獨泛落潮歸。秋水照華髮，涼風生褐衣〔一〕。柴門嘶馬少，藜杖拜人稀。惟有陶潛柳，蕭條對掩扉。

〔一〕褐衣，粗製短衣。《孟子·滕文公》上：「許子衣褐。」《注》：「以毳織之，若今馬衣者也。或曰褐，枲衣也。一曰粗布衣也。」此謂庶人所服。

送張十八歸桐廬

由睦州治所送歸桐廬之作。張十八，《唐人行第録》云：「是否張籍，未詳。」

歸人乘野艇，帶月過江村。正落寒潮水，相隨夜到門。

嚴子瀨東送馬處直歸蘇①

嚴子瀨，即嚴陵瀨，在睦州桐廬縣境。此詩當爲睦州作。

望君舟已遠，落日潮未退。目送滄海帆，人行白雲外。江中遠回首，波上生微靄〔一〕。秋色姑蘇臺，寒流子陵瀨。相送苦易散，動别知難會。從此日相思，空令減衣帶〔二〕。

〔一〕靄，雲氣。鮑照《登大雷岸與妹書》：「左右青靄，表裏紫霄。」

〔二〕《古詩十九首》：「相去日已遠，衣帶日已緩。」

校記：

①底本注：「一本有州字。」

青溪口送人歸岳州

青溪，新安江一名青溪，環繞睦州州治建德縣而過，縣前有渡口。參見《送靈澈上人還越中》

詩注。此爲睦州詩。

洞庭何處雁南飛，江菼蒼蒼客去稀〔一〕。帆帶夕陽千里没，天連秋水一人歸。黄花裛露開沙岸〔二〕，白鳥銜魚上釣磯。歧路相逢無可贈，老年空有淚霑衣。

〔一〕菼，讀若毯。《詩·衛風·碩人》：「鱣鮪發發，葭菼揭揭。」注：「菼，薍也，亦謂之荻。」

〔二〕裛露，凝露。陶淵明《飲酒》詩之七：「秋菊有佳色，裛露掇其英。」

方東樹《昭昧詹言》：「起二句先寫岳州。三四送歸。五六並寫青溪口。收入自己。文房只用眼前習見字習見語，而無一意不深，無一字不靈，思致清綺，絶無滯相死語。擬之五言，殆近謝惠連。譬如良庖，只用雞鴨魚肉，而火候烹煮有法，則至味存焉。俗庖雖用猩唇豹胎，而不爽於口，祇取唾惡也。上言「客去稀」，以起下「一人歸」，理脈之細如此，豈粗才所知！五六亦常語，而細按之，皆非率意淺直而出者。」

歲日作

長卿睦州所作新歲詩共三首，此首未詳作於何年。

建寅迴北斗〔一〕，看曆占春風。律變滄江外〔二〕，年加白髮中。春衣試稚子，壽酒勸衰翁〔三〕。今日陽和發，榮枯豈不同〔四〕。

〔一〕建寅，夏曆以寅月爲歲首，建寅謂正月。迴北斗，張謂《夜同宴用人字》詩：「北斗迴新歲，東園值早春。」

〔二〕律變，按《吕氏春秋》以十二律應十二月，故後人以律變喻季節之更替。

〔三〕壽酒，《詩·豳風·七月》：「爲此春酒，以介眉壽。」

〔四〕榮枯，李華《卧疾舟中相里范二侍御先行贈别序》：「武昌柳暗，溢城花發，一榮一枯，有懽有慼。」

送王司馬秩滿西歸

睦州作。

漢主何時訪逐臣〔一〕①，江邊幾度送歸人。同官歲歲先辭滿〔二〕，唯有青山伴老身。

〔一〕漢文帝坐宣室，訪賈誼以鬼神之事，見《史記·賈誼傳》。

〔二〕辭滿，謂秩滿離去。謝靈運《還舊園作》：「辭滿豈多秩，謝病不待年。」

校　記：

①訪，底本作「放」，此據《全唐詩》注。又，《全唐詩》注：主，「一作代」；時，「一作人」。

酬李穆見寄

李穆原詩題作《寄妻父劉長卿》（《全唐詩》卷二一五）。按穆後娶長卿次女，詩爲赴睦州探訪時作。

孤舟相訪至天涯，萬轉雲山路更賒〔一〕。欲掃柴門迎遠客，青苔黄葉滿貧家。

〔一〕賒，遠。李白《扶風豪士歌》：「我亦東奔向吴國，浮雲四塞道路賒。」劉克莊《後村詩話》：「劉長卿七言云：『欲掃柴門迎遠客，青苔紅葉滿貧家』，魏野、林逋不能及也。」陸時雍《詩鏡》則云：「語氣寒儉。」唐汝詢《唐詩解》：「桐廬至歙，道皆灘瀨，穆既來訪而預有此寄者。以舟之難進也，故答詩有萬轉雲山之語。掃徑迎客，而歎青苔黄葉之滿，則落寞殆甚。意劉必失意而流寓于歙，豈被誣之時歟？」按穆詩有「舟人莫道新安近」之語，汝詢即以爲歙州，未思睦州古亦稱新安也。

寄妻父劉長卿〔附〕①

李穆

按底本原附此詩，題作《發桐廬寄劉員外》，似當從之；然署嚴維作，則誤。

處處雲山無盡時，桐廬南望轉參差〔一〕。舟人莫道新安近，欲上潺湲行自遲。

〔一〕參差，阮籍《詠懷》：「四時更代謝，日月遞參差。」按此謂時近時遠。

校　記：

①此據《全唐詩》。

送崔載華張起之閩中

睦州送行之作。二人赴閩中，或因鮑防任福建觀察之故。閩中，秦郡名。後以閩中泛指福建。

不識閩中路，遥知别後心。猿聲入嶺切〔一〕，鳥道問人深〔二〕。旅食過夷落〔三〕，方言會越音〔四〕。西征開幕府〔五〕，早晚用陳琳〔六〕。

〔一〕入嶺，至閩中須經黎嶺，故云。

〔二〕鳥道，謂山路險絶。庾信《秦州天水郡麥積崖佛龕銘》：「鳥道乍窮，羊腸或斷。」

〔三〕旅食，寄食。《謝宣城集》附江孝嗣《北戍琅玡城》詩：「薄暮苦羈愁，終朝傷旅食。」夷，古時對異族之貶稱。《禮·王制》：「東方曰夷。」夷落，謂夷人村落。

〔四〕方言，王維《早入滎陽界》：「因人見風俗，入境聞方言。」越音，福建亦爲百越之地，故云。

〔五〕開幕府，開建府署，辟置僚屬。庾信《侍從徐國公殿下軍行》詩：「置府仍開幕，麾軍即秉旄。」按魏晉以降，將軍亦可開府。西征，《三國志·魏·武帝紀注》：「徵爲都尉，遷典軍校尉，意遂更欲爲國家討賊立功，欲望封侯，作征西將軍，然後題墓曰：漢故征西將軍曹侯之墓。此其志也。」按陳琳即爲曹操所辟。

〔六〕陳琳，《三國志·魏·王粲等傳》：「太祖並以（陳）琳、（阮）瑀爲司空軍謀祭酒，管記室，軍國書檄，多琳、瑀所作也。」

送張起崔載華之閩中

與上詩同時作。

朝無寒士達〔一〕，家在舊山貧。相送天涯裏，憐君更遠人。

〔一〕寒士，《晉書·高密文獻王泰傳》：「泰性廉靜，雖爲宰輔，服飾肴膳如布衣寒士。」杜甫《茅屋爲秋風所破歌》：「安得廣厦千萬間，大庇天下寒士盡開顔！」

送張司直赴嶺南謁張尚書

按《唐方鎮年表》卷七，大曆十二年五月至建中三年三月，嶺南節度使爲張伯儀。張尚書蓋即伯儀。此詩疑爲睦州送行之作。張司直，長卿有《送行軍張司馬罷使廻》詩，一作《送張扈司直歸越中》，未知是否同人。

番禺萬里路〔一〕，遠客片帆過。盛府依横海〔二〕，荒祠拜伏波〔三〕。人經秋瘴變〔四〕，鳥墜火雲多〔五〕。誠憚炎洲裏，無如一顧何〔六〕。

〔一〕番禺，秦漢舊縣，唐時名南海縣，屬廣州，州治所在。縣境有番禺山。見《太平寰宇記》卷一五七「廣州」。

〔二〕横海，《史記·衛將軍傳》：「將軍韓説以待詔爲横海將軍，擊東越有功，爲按道侯。」張謂《杜侍御送貢物戲贈》：「銅柱珠崖道路難，伏波横海舊登壇。」

〔三〕伏波祠，按《方輿勝覽》卷三〇「常德府」有伏波祠，祀馬援。又按《能改齋漫録·辨誤》「伏波將軍廟」云：「後漢馬援及路博德，俱有功於南方，仍皆爲伏波將軍。嶺外有伏波將軍廟，莫能定其名。政和中，修九域圖志，遂以雙廟爲例，祀兩神。」

〔四〕秋瘴，《後漢書·馬援傳》：「初，援在交趾，常餌薏苡實，用能輕身省慾，以勝瘴氣。」張九齡《夏日奉使南海在道中作》：「秋瘴寧我毒？夏水胡不夷？」

〔五〕「鳥墜」句，《後漢書・馬援傳》：「下潦上霧，毒氣重蒸，仰視飛鳥，跕跕墮水中。」

〔六〕一顧，《南史・蕭子顯傳》：「一顧之恩，非望而至。」

奉和趙給事使君留贈李婺州舍人兼謝舍人別駕之作①

趙給事使君，當爲趙涓。《舊唐書・趙涓傳》：「河南副元帥王縉奏充判官，授檢校兵部郎中，兼侍御史，遷給事中、太常少卿，出爲衢州刺史。」《新唐書・趙涓傳》：「德宗初，爲衢州刺史。」按德宗於大曆十四年（七七九）五月即位，詩作於春日，當在建中元年（七八〇）春。李婺州舍人，即李紓。

便道訪情親〔一〕，東方千騎塵〔二〕。禁深分直夜〔三〕，地遠獨行春〔四〕。絳闕辭明主〔五〕，滄洲識近臣〔六〕。雲山隨候吏〔七〕，雞犬逐歸人〔八〕。庭顧婆娑老〔九〕，邦傳蔽芾新〔一〇〕。玄暉翻佐理〔一一〕，聞到郡齋頻。

〔一〕情親，謂有深交之友人。孟浩然《九日得新字》：「茱萸正可佩，折取寄情親。」

〔二〕千騎，《古羅敷行》：「東方千餘騎，夫壻居上頭。」

〔三〕禁，宮中稱禁中，以門户有禁故。《史記・絳侯周勃世家》：「頃之，景帝居禁中，召條侯賜食。」直夜，值宿。王灣《秋夜寓直》詩：「金省方秋作，瑶軒直夜凭。」

〔四〕行春，刺史春日行部以督農耕。謝承《後漢書》：「鄭弘爲臨淮太守行春，有兩白鹿隨車夾轂而行。」

〔五〕絳闕，即宮闕。《晉書・孫楚傳》：「使竊號之雄，稽顙絳闕，球琳重錦，充于府庫。」

〔六〕近臣，謂李紓。紓嘗爲中書舍人，故云。

〔七〕候吏，先行探路之吏。《後漢書·王霸傳》：「光武南馳至下曲陽，傳聞王郎兵在後，至滹沱河，候吏還曰：『河水流澌，無船不可濟。』官屬大懼。」

〔八〕「雞犬」句，按《桃花源記》云：「阡陌交通，雞犬之聲相聞。」句謂涓之到任，避地之人當絡繹而歸，雞犬自亦隨歸也。

〔九〕「庭顧」句，《晉書·殷仲文傳》：「仲文因月朔與衆至大司馬府，府中有老槐樹，顧之良久而歎曰：『此樹無復生意！』」按此暗喻已老。

〔一〇〕蔽芾，幼小貌。《詩·召南·甘棠》：「蔽芾甘棠，勿翦勿伐。」按召公於棠樹下決獄，有惠政，人作《甘棠》之詩以美之。

〔一一〕玄暉，謝朓字玄暉。《南齊書·謝朓傳》：「子隆在荆州，好辭賦，數集僚友，朓以文才，尤被賞愛，流連晤對，不捨日夕。」

校記：

①之作，《全唐詩》作「之什」。

聞奉迎皇太后使沈判官至因而有作

太后，德宗皇帝母也。安史之亂，失於東都。帝即位，分命使臣周行天下求訪，終不得。

《舊唐書·后妃傳》下：「代宗睿真皇后沈氏，吳興人，世爲冠族。」禄山之亂，「后被拘於東都掖庭。及代宗破賊，收東都，見之，留於宮中，方經略北征，未暇迎歸長安。俄而史思明再陷河洛。及朝義敗，復收東都，失后所在，莫測存亡。」《唐會要》卷三：「德宗即位，建中元年八月，追尊爲皇太后，遂以睦王述爲奉迎皇太后使，工部尚書喬琳爲副，昇平公主宜備起居，候知行在，即嚴扈法駕奉迎。至二年二月，羣臣以皇太后問至，稱賀，既而謬焉。四方詐稱太后者數四。」沈判官，蓋太后族人。此詩當作於建中元年（七八〇）秋冬，時長卿尚在睦州。

長樂宮人掃落花〔一〕，君王正候五雲車〔二〕。萬方臣妾同瞻望〔三〕，疑在曾城阿母家〔四〕。

〔一〕長樂宮，漢宮名。《漢書·功臣表》：「陽城延爲少府，作長樂宮。」《三輔黃圖》云：「後太后常居之。」

〔二〕五雲車，道家謂仙人所乘之車。庾信《道士步虛詞》：「東明九芝蓋，北燭五雲車。」

〔三〕萬方，《書·湯誥》：「王歸自克夏至於亳，朝此萬方。」

〔四〕曾城，同層城，西王母所居。《太平廣記》卷五六引《集仙録》謂，西王母居「崑崙之圃，閬風之苑，有城千里，玉樓十二，瓊華之闕，光碧之堂，九層玄室，紫翠丹房。」孫綽《天台山賦》：「苟台嶺之可攀，亦何羨於層城！」阿母，謂西王母。《太平廣記》卷三引《漢武內傳》：「阿母昔（以玉女）出配北燭仙人，近又召還，使領命禄。」

送建州陸使君

陸使君，疑爲陸長源。《建州人歌》（《全唐詩》卷八七四）：「令我州郡泰，令我户口裕，令我活計大，陸員外。令我家不分，令我馬成羣，令我稻滿囷，陸使君。」《注》：「陸長源，建中初爲建州刺史，有惠政，百姓歌美之云。」《舊唐書·陸長源傳》：「久之，歷建、信二州刺史。」建州建安郡，治所在今福建建甌。

漢庭初拜建安侯，天子臨軒寄所憂〔一〕。從此向南無限路，雙旌已去水悠悠。

〔一〕臨軒，軒，殿堂之前沿。王維《少年行》：「天子臨軒賜侯印，將軍佩出明光宫。」

登遷仁樓酬子壻李穆①

新任隨州刺史時作。建中元年（七八〇），長卿尚在睦州，此詩作於春日，當在建中二年（七八一）。

臨風敞麗譙〔一〕，落日聽吹鐃〔二〕。歸路空迴首，新章已在腰〔三〕。非才受官謗〔四〕，無政作人謡〔五〕。儉歲安三户〔六〕，餘年寄六條〔七〕。春蕪生楚國〔八〕②，古樹過隋朝〔九〕。賴有東牀客〔一〇〕，池塘免寂寥〔一一〕。

〔一〕麗譙，《莊子·徐無鬼》：「君亦必无盛鶴列于麗譙之間，无徒驥於錙壇之宫。」郭象《注》：「麗譙，高樓也。」

〔二〕吹鐃，見《和樊使君登潤州城樓》詩注。

〔三〕新章，章謂印章。二句謂已任新職而無緣歸鄉。

〔四〕官謗，居官無政而招致責難。《左傳》莊二二年：「羈旅之臣，敢辱高位以速官謗。」

〔五〕人謡，陸機《周處碑銘》：「俗歌揆日，人謡何暮！」參見《奉寄婺州李使君舍人》「來暮歌」注。

〔六〕三户，按隨州古爲楚地，故以三户謂百姓。參見《使次安陸寄友人》詩注。

〔七〕六條，漢時有詔以六條考察郡守治績。《漢書·百官公卿表》《注》引《漢官典職儀》：「一條，强宗豪右田宅踰制，以强凌弱，以衆暴寡。二條，二千石不奉詔書遵承典制，背公向私，旁詔守利，侵漁百姓，聚歛爲姦。三條，二千石不恤疑獄，風厲殺人，怒則加罰，喜則淫賞，煩擾刻暴，剥戮黎元，爲百姓所疾，山崩石裂，祅祥訛言。四條，二千石選署不平，苟阿所愛，蔽賢寵頑。五條，二千石子弟恃怙榮勢，請記所監。六條，二千石違公下比，阿附豪强，通行貨賂，割損政令也。」

〔八〕蕪，草叢生。顔延年《秋胡詩》：「寢興日已寒，白露生庭蕪。」《文選》李善《注》：「《爾雅》曰：『蕪，草也。』」

〔九〕隋朝，《隋書目録考證》：「按隋即隨字，與古隋字音徒果切者不同。胡三省《通鑑注》曰：『隋即春秋隨國，爲楚所滅，以爲縣。秦漢屬南陽郡。晉屬義陽郡，後分置隨郡。梁曰隨州。後入西魏。楊忠從周太祖，以功封隨國公。子堅襲爵，受周禪，遂以隨爲國號。又以周齊不遑寧處，去辵作隋，以辵訓走故也。』」

〔一〇〕東床客，謂子壻。參見《見秦系離婚後出山居作》注。

〔一一〕池塘，《南史·謝惠連傳》：「惠連十歲能屬文，族兄靈運嘉賞之云：『每有篇章，對惠連輒得佳句。』嘗於永嘉西塘，思詩竟日不就，忽夢見惠連，便得『池塘生春草』之句，大以爲工。」

校記：

①子壻，底本無「子」字，又，酬，誤作「訓」，從《文苑英華》增改。又，遷，《文苑英華》作「僊」。

②生，底本作「先」，此從《文苑英華》。

三月三日寒食從劉八丈使君登遷仁樓眺望〔原附〕

李穆

從公無小大〔一〕，在伴樂人賢。楚國逢荒歲，隨人若有年〔二〕。空波交水埒〔三〕，重岫夾畬田〔四〕。桑柘温風輭，雲霞返照鮮。因高寺刹迥，臨遠郡樓偏。花柳清明節〔五〕，親賓上巳筵〔六〕。故鄉徒有路，春雁獨歸邊。幸望山陰客，爲文内史前〔七〕。

〔一〕「從公」句，《詩·魯頌·泮水》：「無小無大，從公于邁。」《詩集傳》：「此飲於泮宫而頌禱之辭也。」

〔二〕有年，《穀梁傳》桓三年：「五穀皆熟，爲有年也。」

〔三〕埒，《釋名·釋山》：「山上水流曰埒。」《列子·湯問》：「一源分爲四埒，注於山下。」

〔四〕畬田，火耕地。范成大《勞畬耕詩序》：「畬田，峽中刀耕火種之地也。春初斫山，衆木盡蹶。至當種時，伺有雨候，則前一夕火之，藉其灰以糞。」

〔五〕清明，《淮南子·天文》：「春分後十五日，斗指乙爲清明。」

〔六〕上巳，三月上旬之巳日。唐世以三月三日爲上巳。《後漢書·禮儀志》：「是月上巳，官民皆絜於東流水。」

〔七〕内史，漢代諸王國置内史，理政務，故後人亦稱郡守爲内史。又，謝靈運以詩名，嘗爲臨川内史。

别李氏女子

李氏女子，長卿次女，適李穆。李穆當爲迎娶而來。與上詩作於同時。

念爾嫁猶近，稚年那別親。臨歧方教誨〔一〕，所貴和六姻〔二〕。俛首戴荆釵〔三〕，欲拜凄且嚬〔四〕。本來儒家子，莫恥梁鴻貧〔五〕。漢川若可涉，水清石磷磷。天涯遠鄉婦，月下孤舟人。

〔一〕臨歧，猶言臨別。高適《別韋參軍》詩：「丈夫不作兒女別，臨岐涕淚沾衣裳。」教誨，《詩·小雅·小宛》：「教誨爾子，式穀似之。」

〔二〕六姻，猶言六親。《左傳》昭二五年以父子、兄弟、姑姊、甥舅、婚媾、姻亞爲六親。

〔三〕荆釵，皇甫謐《列女傳》：「梁鴻妻孟光，荆釵布裙。」

〔四〕嚬，同顰，皺眉，憂愁貌。

〔五〕梁鴻，《後漢書·逸民·梁鴻傳》：「梁鴻字伯鸞，扶風平陵人也。」「家貧而尚節介，博覽無不通，而不爲章句。學畢，乃牧豕於上林苑中。」「同縣孟氏有女，狀肥醜而黑，力舉石臼，擇對不嫁，至年三十。父母問其故，女曰：『欲得賢如梁伯鸞者。』鴻聞而聘之。」「乃共入霸陵山中，以耕織爲業，詠詩書，彈琴以自娱。」

送李穆歸淮南

蓋李穆迎娶歸去，故有此作。當在建中二年（七八一）。

揚州春草新年緑，未去先愁去不歸。淮水問君來早晚，老人偏畏過芳菲。

《詩歸》鍾惺曰：「是婦翁語。」

留　辭〔原附〕

李穆

此爲李穆酬作。《全唐詩》作長卿詩，誤。

南楚迢迢通漢口，西江淼淼去揚州。春風已遣歸心促，縱復芳菲不可留。

〔一〕南楚，淮南稱南楚。漢口，漢水入江處，亦稱沔口。

〔二〕西江，謂大江。《莊子·外物》：「我且南遊吴越之王，激西江之水以迎子，可乎？」

鄖上送韋司士歸上都舊業 司士卽鄭公之孫，頃客於鄖上①

《太平寰宇記》卷一三二「安州」：「安州安陸縣，今理安郡。《禹貢》謂『至於陪尾』，卽此地也。春秋時爲鄖子國。後楚滅鄖，封鬬辛爲鄖公，卽其地。」司士，《新唐書·百官志》四下：上州、中州均設司士參軍事一人。按隨州西鄰安州，此當爲隨州詩。

前朝舊業想遺塵〔一〕，今日他鄉獨爾身。鄖地國除爲過客，杜陵家在有何人。蒼苔白露生三徑，古木寒蟬滿四鄰。西去茫茫問歸路，關河漸近淚盈巾②。

〔一〕《新唐書·宰相世系表》四上「韋氏鄖公房」：「文惠公旭次子叔裕，字孝寬，隋尚書令，鄖襄公。」

校記：

①鄭公，鄭當爲「鄖」之誤。鄖公之孫，謂鄖公之裔孫也。

② 底本注：二句一作「此去茫茫盡秋草，離心萬里逐征輪」。

聞虞沔州有替將歸上都登漢東城寄贈

沔州，《新唐書・地理五》：「沔州漢陽郡，武德四年以沔陽郡之漢陽、汊川二縣置。寶應二年以安州之孝昌隸之。建中二年州廢，四年復置。」治所在今湖北漢陽。《舊唐書・德宗紀》：建中二年「夏四月己酉朔，省沔州。」長卿詩云：「秋風先入古城池」，則虞沔州赴京已在早秋。題云「有替」，蓋得之傳聞也。虞沔州，《元和姓纂》卷二「十虞」：「茂世孫遜，郎中，歷沔州刺史。」岑仲勉《四校記》以爲即此人。又按戴叔倫有《與虞沔州謁藏真上人》詩（《全唐詩》卷二七四）。漢東城，隨州又稱漢東郡。按《方輿勝覽》卷三三，隋州有漢東樓。

淮南摇落客心悲，涢水悠悠怨別離〔一〕。早雁初辭舊關塞，秋風先入古城池〔二〕。腰章建隼皇恩賜，露冕臨人白髮垂〔三〕。惆悵恨君先我去①，漢陽耆老憶旌麾②。

〔一〕涢水，《太平寰宇記》卷一三二「安州漢川縣」：「涢水，在縣東十七里，源自隨州棗陽縣大紅山，經雲夢入縣界。」按漢川時屬沔州。涢水由隨入沔，故以爲喻。

〔二〕古城池，隨州古爲隨國地。《太平寰宇記》卷一四四「隨州」：「在周又爲隨國。《世本》云：『隨，姬姓也。』」

〔三〕露冕，漢郭賀爲荆州刺史，有殊政，明帝使服三公服，敕行部去襜露冕，使百姓見之。後因用爲刺史之典。

校記：

①恨，《文苑英華》注：「集作夫。」

②麾，《文苑英華》注：「集作旗。」

行營酬呂侍御時尚書問罪襄陽軍次漢東境上侍御以州鄰寇賊復有水火迫以徵稅詩以見諭

尚書，謂李希烈。《舊唐書·李希烈傳》：「會山南東道節度梁崇義拒捍朝命，迫脅使臣，二年六月，詔諸軍節度率兵討之，加希烈南平郡王，兼漢北都知諸兵馬招撫處置使。」按建中元年，希烈嘗加「檢校禮部尚書」，詩稱尚書，蓋未知已加南平郡王也。又《通鑑》：建中二年六月，「李希烈以久雨未進兵」。詩云「復有水火」，與此合，詩當作於建中二年（七八一）六、七月間。呂侍御，名未詳，按詩意，當爲希烈幕僚。

不敢淮南卧〔一〕，來趨漢將營。受辭瞻左鉞〔二〕，扶疾拜前旌〔三〕①。井稅鶉衣樂〔四〕，壺漿鶴髮迎〔五〕。水歸餘斷岸，烽至掩孤城〔六〕。晚日歸千騎，秋風合五兵〔七〕。孔璋才素健，早晚檄書成。

〔一〕淮南卧，《初學記》：「淮南道者，禹貢揚州之域，又得荆州之東界，自淮而南，略江而西，盡其地也。」又《漢書·汲黯傳》：「遷東海太守。黯學黄老言，治官民好清静，擇丞史任之，責大指而已，不細苛。黯多病，卧閤内，不出歲餘，東海大治。」

〔二〕左鉞，《書·牧誓》：「王左杖黄鉞，右秉白旄以麾。」

〔三〕扶疾，卽扶病。《晉書·唐彬傳》：「頃者征討，扶疾奉命。」前旌，孟浩然《送韓使君》：「衣冠列祖道，耆舊擁前旌。」

〔四〕井税，田税。《魏書·李孝伯傳》：「井税之興，其來日久。」鶉衣，破衣。《荀子·大略》：「子夏貧，衣若縣鶉。」

〔五〕壺漿，《孟子·梁惠王下》：「簞食壺漿，以迎王師。」鶴髮，猶云白髮。庾信《竹杖賦》：「鶴髮鷄皮，蓬頭歷齒。」

〔六〕烽，《史記·魏公子傳》：「公子與魏王博，而北境傳舉烽，言『趙寇至，且入界。』」《集解》引文穎：「作高木櫓，櫓上作桔槔，桔槔頭兜零，以薪置其中，謂之烽。常低之，有寇卽火然舉之以相告。」

〔七〕五兵，《周禮·夏官·司兵》：「掌五兵五盾。」《注》：「鄭司農云：『五兵者，戈、殳、戟、酋矛、夷矛也。』」又，三國魏置五兵尚書。五兵謂中兵、外兵、騎兵、别兵、都兵。

〔八〕孔璋，陳琳字孔璋，嘗爲袁紹作檄，數曹操罪狀。紹敗歸操，爲記室。事迹附見《三國志·魏·王粲傳》。

校記：

①拜，底本空格，此從活字本。《全唐詩》作「往」。

獻淮寧軍節度使李相公①

李相公，卽李希烈。《通鑑》：「建中二年八月「壬戌，加李希烈同平章事。」按二年六月，已加希烈南平郡王。《舊唐書・李希烈傳》：「德宗即位後月餘，加御史大夫，充淮西節度支度營田觀察使，又改淮西節度淮寧軍以寵之。建中元年，又加檢校禮部尚書。會山南東道節度梁崇義拒捍朝命，迫脅使臣，二年六月，詔諸軍節度率兵討之，加希烈南平郡王，兼漢北都知諸兵馬招撫處置使。希烈破崇義衆，遂討平之。録希烈功，加檢校右僕射同平章事。」詩春日作，當在建中三年（七八二）。

建牙吹角不聞喧〔一〕②，三十登壇衆所尊〔二〕③。家散萬金酬士死〔三〕④，身留一劍答君恩〔四〕⑤。漁陽老將多迴席〔五〕，魯國諸生半在門〔六〕。白馬翩翩春草細〔七〕⑥，邵陵西去獵平原〔八〕⑦。

〔一〕「建牙」，潘岳《關中詩》：「高牙乃建。」李善《注》：「牙，牙旗也。兵書曰：『牙旗，將軍之旗。」吴曾《能改齋漫録》卷三「牙門」：「大司馬掌武備，象猛獸，以爪牙爲衛。故軍前大旗爲牙旗，出師則有建牙之事。」吹角，《太平御覽・樂部》二二引《通禮義纂》：「蚩尤師魍魎與黄帝戰于涿鹿，帝命吹角爲龍鳴以禦之。」

〔二〕登壇，《史記・淮陰侯傳》：「（蕭）何曰：『王素慢無禮，今拜大將，如呼小兒耳。此乃信所以去也。王必欲拜之，擇良日，齋戒，設壇場，具禮乃可耳。」後因以拜大將爲登壇。

〔三〕「萬金」句，《史記・平原君傳》：「李同曰：『今君誠能家之所有盡散以饗士，士方其危苦之時易德耳。』於是平原君從之，得敢死之士三千人。」

〔四〕「一劍」句，《史記・孟嘗君傳》：「馮驩聞孟嘗君好客，躡蹻而見之。孟嘗君置傳舍十日。孟嘗君問傳舍長曰：『客何所爲？』答曰：『馮先生甚貧，猶有一劍耳。』」

〔五〕漁陽，《太平寰宇記》卷七〇「薊州」：「開元十八年，析幽州之漁陽、三河、玉田三縣置薊州，取古薊門關以名州。天寶元年，改爲漁陽郡。乾元元年，復爲薊州。」按漁陽郡屬范陽節度，安禄山據以反。安史亂平，朝廷以安史降將爲河北諸鎮節度，漁陽老將者謂此，意謂李希烈甚爲河北節鎮所重也。

〔六〕魯國諸生，《史記·叔孫通傳》：「叔孫通使徵魯諸生三十餘人。」

〔七〕「白馬」句，曹植《白馬篇》：「白馬飾金羈，連翩西北馳。」

〔八〕邵陵，《元和郡縣圖志》卷九「蔡州郾城縣」：「邵陵故城在縣東四十五里。春秋齊桓公帥諸侯之師盟於召陵，即此處也。漢置邵陵縣，屬汝南郡。隋廢，入郾城。」

胡應麟《詩藪》：「『家散萬金酬士死，身留一劍答君恩』，李端、韓翃之先鞭。『漁陽老將多迴席，魯國諸生半在門』，王建、張籍之鼻祖。獨結語絶得王維、李頎風調，起語亦自大體。」又云：「此篇「即盛唐難之」。陸時雍《詩鏡》：「如此等覺餘韻妙絶。詩之佳處，在一歎三詠之間。」《詩歸》鍾惺曰：「『家散萬金』二語有本領，不是一味豪壯。」毛先舒《詩辯坻》則云：「王元美稱其壯語，然氣盡句中，未爲佳調。」唐汝詢《唐詩解》：「此言李公將令嚴肅，故能樹牙旗，吹畫角，而軍中不聞其喧，蓋自登壇之初，而人已傾慕之矣。況公能輕財重士，家無餘資，故今年雖少，而老將爲之避席，居幕府而儒生半在其門，言其擢用賢才，文武畢集也。是以疆埸宴然，寇盜屏息，唯田獵以壯軍威耳。」方東樹《昭昧詹言》：「起先寫一句，奇警突兀妙極。或疑次句不稱。先君云：『若第二句再濃，所通篇何以運掉？』樹謂非但已也，此第二句，乃是敍點交代題面本事主句，文理一定，斷不可少，所謂安身立命處也。中二聯分賦，敍其忠悃聲望，高華偉麗。結句入妙。言外多少餘味不盡！所謂言在此而意寄於彼，興在象外。海峯《正宗》獨以此一篇入選，所以崇格也。《正宗》之選，專取高華偉麗，以接迎明七子。姚先生云：『大曆十一年，加淮西節度使李忠臣同平章事。十四年，忠臣被逐於李希烈，乃改淮西軍爲淮寧。此編詩時追改。及忠臣從朱泚爲逆，文房不及知之。文房刺隨州，乃淮西屬。』按以此較右丞《出塞》，則氣遠不及之，覺此仍不免『經營地上』語，可由此悟也。」

校記：

①《文苑英華》題同，注云：「一作淮西將李中丞，集作獻南平王。」
②不聞，《文苑英華》作「載門」。
③三十，《衆妙集》、《唐音》作「亂世」。
④士死，底本注：「一作死事。」
⑤留，《衆妙集》、《瀛奎律髓》、《唐音》作「持」。
⑥細，《唐詩品彙》作「緑」。
⑦邵陵，底本作「郊原」，《文苑英華》、《衆妙集》、《唐音》、《瀛奎律髓》、《唐詩品彙》均作「邵陵」，今從之。又，底本注：「一作少陵。」少蓋邵之音訛。

觀校獵上淮西相公①

淮西相公，即李希烈。《舊唐書・李希烈傳》：「淄青節度李正己又謀不軌，三年秋，加希烈檢校司空，兼淄青兗鄆登萊齊等州節度支度營田、新羅渤海兩蕃使，令討襲正己。希烈遂率所部三萬人移居許州。」詩云「龍驤校獵邵陵東」，出獵即在許州也。以此知建中三年（七八二）秋，長卿嘗隨希烈之師至許州。

龍驤校獵邵陵東〔一〕，野火初燒楚澤空〔二〕。師事黃公千戰後〔三〕②，身騎白馬萬人中〔四〕。笳隨晚吹吟邊月③，箭没寒雲落塞鴻④。三十擁旄誰不羨〔五〕，周郎少小立奇功〔六〕⑤。

〔一〕龍驤，《後漢書・吳漢等傳贊》：「吳公鷙彊，實爲龍驤。」《注》：「驤，舉也。若龍之舉，言其威盛。鄒陽曰：『神龍驤首奮翼，則浮雲出流。』」邵陵，《新唐書・地理志》二「許州潁川郡」：「郾城，望。武德四年以郾城、邵陵、北舞、西平置道州。貞觀元年州廢，省邵陵、西平入郾城，隸蔡州。」其後又隸許州，以其地在二州之間。

〔二〕楚澤，司馬相如《子虛賦》：「臣聞楚有七澤，嘗見其一，未覩其餘也。臣之所見，蓋特其小小者耳，名曰雲夢。雲夢中，方九百里，其中有山焉。」

〔三〕黃公，《史記・留侯世家》云：黃石公嘗授張良一編書，曰：「讀此則爲王者師矣。」「旦日視其書，乃太公兵法也。」

〔四〕白馬，《三國志・魏・公孫瓚傳》云：瓚爲騎都尉，常騎白馬出入，烏桓畏之。

〔五〕擁旄，班固《涿邪山祝文》：「杖節擁旄。」謂主軍旅，專征伐。

〔六〕周郎，《三國志・吳・周瑜傳》：「授建威中郎將，即與兵二千人，騎五十匹。瑜時年二十四，吳中皆呼爲周郎。」周瑜嘗破曹操大軍於赤壁。此處以謂希烈之擊破梁崇義。

校記：

①底本注：「一無下五字。」
②戰，《唐詩品彙》作「載」。
③晚吹，《文苑英華》作「曉吹」。吟，《文苑英華》作「經」，《唐詩品彙》作「迎」。
④没寒雲，《文苑英華》作「入青雲」。
⑤立，《文苑英華》作「有」。

雙峰下哭故人李宥

雙峰在蘄州，詳前《遊休禪師雙峰寺》詩注。李宥，《唐文拾遺》卷二二有李宥所撰《解慧寺三門樓贊并序》，當即此人。《贊》作於大曆十二年六月六日，時李宥爲「藁城縣主簿」。其卒自在大曆十二年後，故疑詩爲長卿棄隨州東歸途經蘄州時作，此後則不復再至蘄州矣。按李希烈建中三年秋率部移居許州，即「聲言遣使往青州招諭李納，其實潛與交通，又移牒汴州令備供擬，將與納同爲亂。」又按《舊唐書·李惠登傳》：「李希烈反，授惠登兵二千，鎮隨州。」又《新唐書·德宗紀》：建中四年「八月丁未，李希烈寇襄城。乙卯，希烈將趙季昌以隨州降。」長卿棄州東歸，當在希烈反狀漸明時，疑即在建中三年（七八二）秋至四年春之間。詩云：「惆悵東皋卻歸去，人間無處更相逢。」亦棄官歸隱之語也。

憐君孤壠寄雙峰①，埋骨窮泉復幾重〔一〕。白露空霑九原草〔二〕，青山猶閉數株松②。圖書經亂知何在，妻子因貧失所從③。惆悵東皋卻歸去〔三〕，人間無處更相逢。

〔一〕窮泉，猶言黄泉，謂地下深處。《左傳》隱元年：「不及黄泉，無相見也。」

〔二〕九原，《禮·檀弓》：「是全要領以從先大夫於九京也。」《注》：「晉卿大夫之墓地在九原，京蓋字之誤，當爲原。」後世因稱墓地爲九原。

〔三〕東皋，阮籍《奏記》：「方將耕於東皋之陽，輸黍稷之稅，以避當塗者之路。」後因以指隱所。《舊唐書·隱逸傳》：「王績遊北山東皋，著書，自號東皋子。」

校　記：

①壠，《文苑英華》作「塚」。

②猶，《文苑英華》作「獨」。

③因貧，《文苑英華》作「移家」。

避地江東留别淮南使院諸公

作於東歸時，即建中三、四年（七八二、七八三）頃。據此詩知長卿歸來嘗先至揚州，旋即赴江東。

長安路絶鳥飛通〔一〕，萬里孤雲西復東。舊業已應成茂草，餘生只是任飄蓬〔二〕。何辭向物開秦鏡〔三〕①，卻使他人得楚弓〔四〕。此去行持一竿竹，等閒將狎釣魚翁②。

〔一〕長安路絶，謂無復仕進之路。時長卿失州，故出此絶望之語。

〔二〕飄蓬，《商子》：「今夫飛蓬因飄風而行千里，乘風之勢也。」

〔三〕秦鏡，相傳秦宫有鏡，明鑒忠邪。參見《温湯客舍》詩注。

〔四〕楚弓，《孔子家語》：「楚人亡烏號之弓，左右請求之。王曰：『楚人亡弓，楚人得之，何求也？』」按時隨州爲李希烈部將趙季昌所據，故云楚弓他得。

校　記：

①秦鏡，殘宋本作「塵鏡」。

②魚，底本作「漁」，此從殘宋本。

送楊於陵歸宋州别業①

《舊唐書·楊於陵傳》：「弱冠舉進士，釋褐潤州句容主簿。時韓滉節制金陵。滉性剛嚴，少所接與……竟以女妻之。秩滿，爲鄂岳、江西二府從事，累官至侍御史。」按《舊唐書·德宗紀》，韓滉於建中二年（七八一）至貞元三年（七八七）爲鎮海軍節度使，而詩云「旅食嗟余當歲晚」，時長卿避地江南，則此詩當作於建中四年（七八三）或興元元年（七八四）。蓋於陵句容主簿秩滿北歸，故作詩贈行也。又按《傳》云：於陵父太清，嘗爲宋州單父尉，故有别業於彼處。

半山溪雨帶斜暉，向水殘花映客衣。旅食嗟余當歲晚〔一〕，能文似汝少年稀。新河柳色千株暗②，故國雲帆萬里歸。離亂要知君到處〔二〕，寄書須及雁南飛。

〔一〕旅食，謂寄食異鄉。謝朓《北戍琅琊城》詩：「薄暮苦羈愁，終朝傷旅食。」

〔二〕按《通鑑》，建中四年，河北節鎮朱滔等與李希烈相與爲亂，波及汴、宋，離亂蓋謂此。

校記：

①底本作「歸宋汴州别業」，「汴」字當衍。

②柳，盧文弨本校語：「一本樹。」

送子壻崔真甫李穆往揚州四首

長卿長女適長城崔真父（甫），次女適淮南李穆。次女嫁時，長卿在隨州。詩稱李穆爲子壻，故知作於避地江東時，當在興元元年（七八四）或貞元元年（七八五），以貞元元年秋長卿已入淮南幕也。

渡口發梅花，山中動泉脈。蕪城春草生〔一〕，君作揚州客。

〔一〕蕪城，指揚州。南朝宋竟陵王劉誕據廣陵反，兵敗，城邑荒蕪，鮑照爲作《蕪城賦》，因名。

半邏鶯滿樹〔一〕，新年人獨還。落花逐流水，共到茱萸灣〔二〕。

〔一〕半邏，疑爲江南地名，長卿寄家之處。按清《一統志》卷九〇「鎮江府」有横邏，「在溧陽縣東七里」，則其地固有以邏爲地名者。

〔二〕茱萸灣，《江南通志》卷一四「山川四」：「茱萸灣在江都縣東北二十里，漢吴王濞開茱萸溝通海陵倉是也。」吴綺《揚州鼓吹詞序》：「茱萸灣在城東十五里，今名灣頭。」

雁還空渚在，人去落潮翻。臨水獨揮手，殘陽歸掩門。

狎鳥攜稚子，釣魚終老身。殷勤囑歸客，莫話桃源人。

更被奏留淮南送從弟罷使江東

長卿之入淮南幕，以時間推之，當在杜亞爲淮南節度使時。按杜亞建中元年八月任睦州刺史，時長卿尚未離睦，當已相識。《舊唐書·德宗紀》：興元元年十二月「庚辰，以刑部侍郎杜亞爲揚州長史、淮南節度使。」杜亞至任，當已至次年，故知長卿入幕，不早於貞元元年（七八五）也。

又作淮南客，還悲木葉聲。寒潮落瓜步〔一〕，秋色上蕪城。王事何時盡，滄洲羨爾行。青山將緑水，惆悵不勝情。

〔一〕瓜步，《名勝志》：「瓜步山在六合縣東南二十里，東臨大江。齊時築城山側，名瓜步城。」

送齊郎中赴海州

齊郎中，當爲齊抗。《舊唐書·齊抗傳》：「德宗還京，大盜之後，天下旱蝗，國用盡竭。鹽鐵轉運使元琇以抗有才用，奏授倉部郎中，條理江淮鹽務。貞元初，爲水陸運副使，督江淮漕運以給京師。」詩爲揚州送行之作，當在貞元元年（七八五）或二年。

華省占星動〔一〕，孤城望日遥。直廬收舊草〔二〕，行縣及新苗。滄海天連水，青山暮與朝。閭閻幾家散〔三〕，應待下車招。

〔一〕華省，謂尚書省。孫逖《授韋濟户部侍郎制》：「自升華省，迨佐神州，皆有令名，咸歸雅望。」按此句謂齊抗以郎官奉使，仰觀天文，視使星之移動即可知之也。參見《哭張繼員外》詩注。

〔二〕直廬，值宿之所。《藝文類聚》卷八八傳咸《桑樹賦序》：「世祖昔爲中壘將軍，於直廬種桑一株，迄今三十餘年，其茂盛不衰。」舊草，謂舊日奏草。

〔三〕閭閻，謂民間百姓。《史記·蘇秦傳》：「太史公曰：『夫蘇秦起閭閻，連六國從親，此其智有過人者。』」

喜朱拾遺承恩拜命赴上都

朱拾遺，即朱放。姚合《極玄集》下「朱放」：「貞元初，詔拜拾遺，不就。」按梁肅有《送朱拾遺赴朝廷序》：「上將以道莅天下，先命大臣舉有道以備司諫，故朱君長通（放字長通）有拾遺之拜。」「獻歲之吉，涉江而西。」《唐才子傳》卷五《朱放傳》：「貞元二年，詔舉韜晦奇才。詔下聘禮，拜左拾遺。」

詩當作於初聞拜命時。

詔書徵拜脱荷裳〔一〕，身去東山閉草堂〔二〕。閭闔九天通奏籍〔三〕①，華亭一鶴在朝行〔四〕。滄洲離别風煙遠，青瑣幽深漏刻長〔五〕。今日卻迴垂釣處，海鷗相見已高翔〔六〕。

〔一〕荷裳，謂隱士所服。屈原《離騷》：「製芰荷以爲衣兮，集芙蓉以爲裳。」

〔二〕東山，按《晉書・謝安傳》，謝安嘗閒居東山。後因以指隱所。

〔三〕閶闔，屈原《離騷》：「吾令帝閽開關兮，倚閶闔而望予。」《注》：「閶闔，天門也。」後以指宮門。九天，喻皇宮。王維《和賈舍人早朝大明宮之作》：「天九閶闔開宮殿，萬國衣冠拜冕旒。」

〔四〕華亭一鶴，《世説新語・尤悔》：「陸平原河橋敗，爲盧志所讒，被誅。臨刑歎曰：『欲聞華亭鶴唳，可復得乎？』」按陸機入洛前，常與弟雲遊於華亭墅中。華亭，吴陸遜封邑，其地在今上海市松江縣。按《晉書・陸機傳》云：「機天才秀逸，辭藻宏麗。」故以喻放。

〔五〕青瑣，《漢書・元后傳》：「曲陽侯根驕奢僭上，赤墀青瑣。」《注》：「青瑣者，刻爲連環文，而青塗之也。」後借指宮門。

〔六〕《列子・黄帝》：謂海上有人日從海鷗遊，其父命捕之，海鷗卽翔而不下。參見《歸沛縣道中晚泊留侯城》詩注。

校記：

①奏，底本作「楚」，此從《全唐詩》。

寄別朱拾遺

貞元二年（七八六）朱放赴京時作。

天書遠召滄浪客〔一〕，幾度臨岐病未能〔二〕。江海茫茫春欲遍，行人一騎發金陵。

〔一〕天書，謂詔書。庾信《桐葉封虞讃》：「帝刻桐葉，天書掌文。」

〔二〕臨岐，謂送別。

送台州李使君兼寄題國清寺

台州李使君，疑爲李嘉祐。《新唐書·藝文志》四：「（嘉祐）別名從一，袁州、台州二刺史。」《赤城志·郡守》：「上元二年，李嘉祐。」按嘉祐乾元、上元間任鄱陽令，上元二年量移江陰令，永泰元年赴京，其間歷歷可考，實無赴任台州之可能。且《藝文志》所叙，其刺台應在袁州後，嘉祐大曆七年始刺袁州，故知《赤城志》所載有誤。按宋人避仁宗諱，書貞元爲正元，疑「上元」爲「正元」之脱誤，故暫繫於此。國清寺，在天台山，智者禪師所居。參見《送楊三山人往天台》詩題注。

露冕新承明主恩〔一〕，山城別是武陵源〔二〕。花間五馬時行縣，雲外千峰長在門①。晴江洲渚帶春草，古寺杉松深暮猿。知到應真飛錫處〔三〕，因君一想已忘言。

〔一〕露冕，謂任爲刺史。參見《和樊使君登潤州城樓》詩注。

〔二〕武陵源，即桃花源。

〔三〕應真，孫綽《天台山賦》：「應真飛錫以躡虚。」《注》：「隱真，謂羅漢也。」

校　記：

①雲，底本作「山」，活字本作「郭」，此從殘宋本。長，底本作「常」，從殘宋本。

送靈澈上人歸嵩陽蘭若

按皎然《與包中丞書》(《全唐文》卷九一七),靈澈於興元元年(七八四)赴京師,或嘗止嵩陽。如詩題不誤,當作於靈澈再次北上時,應在貞元初年。蘭若,梵語「阿蘭若」之省,意爲寂静之所。官立曰寺,私家所立稱蘭若。

南地隨緣久〔一〕,東林幾歲空〔二〕。暮山門獨掩,春草路難通①。作梵連松韻,焚香入桂叢。唯將舊瓶鉢〔三〕,却寄白雲中。

〔一〕隨緣,《金光明最勝王經》五:「隨緣所在覺羣迷。」按佛家謂外界事物皆自體感觸,稱之爲緣;應其緣而動作,稱隨緣。

〔二〕東林,晉慧遠居廬山東林寺。此謂嵩陽蘭若。

〔三〕瓶鉢,僧人飲食之具。《傳燈録》:「有僧問如何是和尚家風?曰:『一瓶兼一鉢,到處是生涯。』」

校　記:

①春,《文苑英華》作「青」。

茱萸灣北答崔載華問

茱萸灣,見《送子壻崔真甫李穆往揚州》詩注。崔載華,大曆末爲睦州録事,貞元初爲洪州法曹參軍。此詩當爲入淮南幕後答問之作，作於貞元初。

荒涼野店絶，迢遞人煙遠。蒼蒼古木中，多是隋家苑〔一〕。

〔一〕隋苑，明《一統志》：「隋苑在揚州府治西北，一名上林。」清《一統志》：「在甘泉縣西北七里。《舊志》：『大儀鄉有上林苑，亦名西苑。』稱隋苑爲西苑，或沿長安之名。相傳苑三里。」

題靈祐和尚故居①

長卿大曆初任職揚州，嘗訪靈祐，有《題靈祐上人法華院木蘭花》詩。此詩當爲貞元初再至揚州，而靈祐已逝時作。

歎逝翻悲有此身，禪房寂寞見流塵。多時行徑空秋草②，幾日浮生哭故人〔一〕。風竹自吟遥入磬③，雨花隨淚共霑巾〔二〕。殘經窗下依然在，憶得山中問許詢〔三〕④。

〔一〕浮生，《莊子・刻意》：「其生若浮，其死若休。」

〔二〕雨花，《楞嚴經》：「即時天雨百寶蓮花，青黄赤白，間錯紛糅。」按清《一統志》卷七四，江寧縣城南三里有雨花臺。舊傳梁武帝時有雲光法師講經於此，感天雨花，故名。

〔三〕許詢，《世説新語・言語》注引《續晉陽秋》：「許詢字玄度，高陽人，魏中領軍允玄孫。總角秀惠，衆稱神童。長而風情簡素。」按許詢以善談玄理著稱，嘗隱於越州山陰。

陸時雍《詩鏡》：「詩家深淺，大半與難易相掩。『幾日浮生哭故人』，驟視之若淺而非也，乃易耳。若杜少陵《秋興》等詩，人皆謂深矣。」《詩歸》鍾惺曰：「首句洞見本原，不是尋常哀樂語。」譚元春曰：「『哭故人』句，七字中有三層意，不覺。」沈德潛《唐詩别裁》：「『哭故人』可傷矣，『幾日浮生』尤爲可傷。」金人瑞《貫華堂選批唐才子詩》：「哭和尚，看他不悲和尚無身，反悲自己有身，妙絶，妙絶！」

校記：

①《文苑英華》「故居」下有「院」字。
②多時，《文苑英華》、《唐詩品彙》作「六時」。
③遥，《文苑英華》作「還」。
④山中，《文苑英華》作「山陰」。

苕溪酬梁耿别後見寄①

按此詩《文苑英華》題作「答秦徵君徐少府春日見集苕溪酬梁耿别後見寄六言」。秦徵君即秦系。徐少府，名未詳。按韋應物有《酬秦徵君徐少府春日見寄（一作奉酬秦徵君系春日撫州西亭野望兼寄徐少府）》詩（《全唐詩》卷一九〇），戴叔倫有《張評事涉秦居士系見訪郡齋同賦中字》詩（《全唐詩》卷二七四）。叔倫貞元元年至四年爲撫州刺史，秦系遊撫州當在貞元初，其與徐少府遊並集苕溪，蓋亦在此時。苕溪，《太平寰宇記》卷九四「湖州烏程縣」：「苕溪在縣南五十步，大溪是也。西從浮玉山，東至興國寺。以其兩岸多生蘆葦，故曰苕溪。」梁耿，《書史會要》卷五：「梁耿，行篆甚善，真草相敵。呂總評其書，謂如錯落魚紋，縱横鳥跡。」長卿另有《集梁耿開元寺所居院》詩。

清川永路何極②，落日孤舟解攜〔一〕③。鳥向平蕪遠近④，人隨流水東西。白雲千里萬里，明月前溪後溪〔二〕。惆悵長沙謫去⑤，江潭芳草萋萋⑥。

〔一〕解攜，猶言分手。

〔二〕按湖州烏程縣有前溪，自銅峴山流入縣境。

陸時雍《詩鏡》：「六言體出巧令，故相傳易得佳句。」

校　記：

①《文苑英華》作「答秦徵君徐少府春日見集苕溪酬梁耿別後見寄六言」。又，苕溪，《才調集》作「若耶溪」。

②此句《才調集》、《文苑英華》作「晴川落日初低」。又，晴川，底本注：「一作清溪。」

③落日，《才調集》、《文苑英華》作「惆悵」。

④向，《才調集》作「去」。平蕪，《文苑英華》注：「一作浮萍。」

⑤惆悵，《才調集》、《文苑英華》作「獨恨」。

⑥芳草，《才調集》作「春草」。

送梁郎中赴吉州

另有《瓜洲驛重送梁郎中赴吉州》詩，則此二詩爲揚州送行之作。詩云「新令布中和」，當謂德宗新置中和節。《舊唐書·德宗紀》：「（貞元）五年春正月壬辰朔。乙卯，詔：『四序嘉辰，歷代增置，漢崇上巳，晉紀重陽。或説禳除，或因舊俗。與衆同樂，咸合當時。朕以春方發生，候及仲月，勾萌達畢，天地和同，俾其昭蘇，宜助暢茂。自今宜以二月一日爲中和節，以代正月晦日，備三令節數，内外官司休假一日。』」詩當作於貞元五年（七八九）春。吉州，《新唐書·地理志》：「吉州廬陵郡，上。」治所在今江西吉安。

遥想廬陵郡，還聽叔度歌〔一〕。舊官移上象〔二〕，新令布中和。看竹經霜少〔三〕，聞猿帶雨多。但愁徵拜日，無奈借留何〔四〕。

〔一〕叔度歌，又稱來暮歌。東漢廉范字叔度，治郡有術，百姓爲之歌曰：「廉叔度，來何暮！」見《後漢書·廉范傳》。

〔二〕上象，即星象。《舊唐書·裴光庭傳》：「初，知星者言上象變，不利大臣，請禳之。光庭曰：『使禍可禳而去，則福可祝而來也。』論者以爲知命。」

〔三〕「看竹」句，晉王子猷雅愛竹，謂不可一日無此君。嘗逕入人家看竹，傍若無人。見《世説新語·任誕》。經霜、帶雨，謂其地濕熱。

〔四〕借留，百姓挽留之謂。

瓜洲驛重送梁郎中赴吉州

與上詩同時作。

渺渺雲山去幾重，依依獨聽廣陵鐘。明朝借問南來客，五馬雙旌何處逢。

淮上送梁二恩命追赴上都

梁二，當爲梁肅。《新唐書·文藝·梁肅傳》：「建中初，中文辭清麗科，擢太子校書郎。蕭復薦其材，授右拾遺，修史，以母羸老不赴。杜佑辟淮南掌書記，召爲監察御史，轉右補闕、翰林學士、皇太子諸王侍讀。」按梁肅有《通愛敬陂水門記》（《全唐文》卷五一九）：「歲在戊辰，揚州牧杜公命新作西門，所以通水庸，致人利也。冬十有二月，土木之工告畢。」戊辰歲爲貞元四年（七八八），時淮南節度使乃杜亞，非杜佑，《新傳》誤。崔元翰《右補闕翰林學士梁君墓銘》（《全唐文》卷五二三）：「貞元五年，以監察御史徵還臺。」詩春日作，當在貞元五年（七八九）春。

賈生年最少，儒行漢庭聞〔一〕。拜手卷黄紙〔二〕，迴身謝白雲。故關無去客，春草獨隨君。淼淼長淮水①，東西自此分。

〔一〕「賈生」二句，《史記·賈誼傳》：「廷尉乃言賈生年少，頗通諸子百家之書，文帝召以爲博士。是時賈生年二十餘，最爲少。每詔令議下，諸老先生不能言，賈生盡爲之對，人人各如其意所欲出，諸生於是乃以爲能，不及也。孝文帝説之，超遷，一歲中至大中大夫。」按崔元翰《梁肅墓銘》，肅卒於貞元九年（七九三），年四十一，則生於天寶十二年（七五三），貞元五年爲三十六歲。

〔二〕拜手，跪拜禮之一。跪後兩手相拱至地，俯首至手。《書·益稷》：「皋陶拜手稽首。」黄紙，謂製書所用黄麻紙。

校記：

①淼淼，活字本作「渺渺」。

過蕭尚書故居見李花感而成詠

蕭尚書，當爲蕭復。自天寶至貞元初，蕭姓尚書僅蕭華、蕭復二人。蕭華上元中已爲相，長卿習稱之爲相公。按《舊唐書·德宗紀》，蕭復以建中四年九月庚子由兵部侍郎遷户部尚書，十月丁巳遷吏部尚書、同平章事。又按同書《蕭復傳》，貞元四年，復卒於饒州。此詩作於蕭復卒後，且值李花敗時，當在貞元五年（七八九）之後。大曆末，蕭復嘗爲常州刺史，故居者，蓋謂蕭復常州之居所也。是知貞元五年後，長卿又嘗歸至江南。按《舊唐書·德宗記》：貞元五年十月「癸巳，以户部侍郎竇覦爲揚州大都督府長史、御史大夫、充淮南節度副大使、知節度事。」長卿出幕南歸，當在府主杜亞受代時，故疑李花詩之作，已在貞元六年（七九〇）春。

手植已芳菲，心傷故徑微。往年啼鳥至，今日主人非。滿地誰當掃，隨風豈復歸。空憐舊陰在，門客共霑衣。

未編年詩

江樓送太康郭主簿赴嶺南

太康，《新唐書·地理志》二：陳州淮陽郡屬縣有「太康，緊」。《太平寰宇記》卷二「開封府太康縣」：「夏后氏太康所築城，漢爲陽夏縣，隸淮陽國。隋開皇七年改陽夏縣爲太康，取古太康之名，隸淮陽郡。」主簿，《新唐書·百官四下》：上縣「主簿一人，正九品下」。

對酒憐君安可論，當官愛士如平原〔一〕。料錢用盡卻爲謗〔二〕，食客空多誰報恩。萬里孤舟向南越，蒼梧雲中暮帆滅。樹色應無江北秋，天涯尚見淮陽月。驛路南隨桂水流，猿聲不絕到蠻州①。青山落日那堪望，誰見思君江上樓。

〔一〕《史記·平原君傳》：「平原君趙勝者，趙之諸公子也。諸子中，勝最賢，喜賓客，賓客蓋至者數千人。」

〔二〕料錢，唐制，職官於俸祿之外，另給食料。《新唐書·食貨五》：「一品月俸八千，食料一千八百，雜用一千二百。……九品月俸一千五十，食料二百五十，雜用二百。」食料准予折錢，即稱料錢。「楊綰、常衮爲相，增京官正員官及諸道觀察使、都團練使、副使以下料錢。」

校記：

①蠻州，《全唐詩》作「炎州」。

送友人東歸①

京師送行之作。

對酒灞亭暮〔一〕，相看愁自深。河邊草已緑〔二〕，此别難爲心。關路迢迢匹馬歸，垂楊寂寂數鶯飛。憐君獻策十餘載，今去猶爲一布衣②。

〔一〕灞亭，《雍録·霸水雜名》云：霸水流經白鹿原，入渭水。有橋，「唐人語曰：『詩思在霸橋風雪中。』蓋出都而野，此其始也。」有亭，李白《灞陵行送别》：「送君灞陵亭，灞水流浩浩。」

〔二〕「河邊」句，《古詩十九首》：「青青河邊草，綿綿思遠道。」

校　記：

①底本作兩首，此從《唐詩品彙》、《全唐詩》。

②今去，《全唐詩》作「今日」。

齊一和尚影堂

影堂，放置已故僧人真影之室。

一公住世忘世紛，暫來復去誰能分〔一〕。身寄虛空如過客〔二〕①，心將生滅是浮雲〔三〕②。蕭散浮雲往不還③，凄涼遺教殁仍傳④。舊地愁看雙樹在〔四〕，空堂只是一燈懸〔五〕⑤。一燈長照恒河沙〔六〕，雙樹猶落諸天花〔七〕。天花寂寂香深殿，苔蘚蒼蒼閟虛院⑥。昔余精念訪禪扉，常接微言親道機〔八〕⑦。今來寂寞無所得，唯共門人淚滿衣⑧。

〔一〕暫來復去，按佛家貴於來去無礙，故云暫來復去。來去，猶言生死也。

〔二〕「身寄」句，《淮南子·精神》：「生寄也，死歸也。」虛空，《法華經》：「其佛常處虛空，爲衆説法。」過客，李白《春夜宴從弟桃花園序》：「夫天地者，萬物之逆旅也；光陰者，百代之過客也。」

〔三〕生滅，《傳燈録》：「無住禪師云：見境心不起，名不生，不生即不滅。既無生滅，即不被前塵所縛，當得解脱。」逖《登稱心寺》詩：「生滅紛無象，窺臨已得魚。」

〔四〕雙樹，釋迦涅槃於娑羅雙樹間，後因用爲僧人卒世之典。慧皎《高僧傳》：「淨名杜名於方丈，釋迦緘默於雙樹。」

〔五〕一燈，《維摩詰經》：「佛如一燈然，百千燈冥者皆明，明終不滅。」

〔六〕恒河沙，言其多。《金剛經》：「是諸恒河所有沙數，佛世界如是，寧爲多不？」

〔七〕諸天，佛書言三界共有三十二天，總謂之諸天。天花，《高僧傳》：「梁僧法雲講次，天花散墜。」

〔八〕微言，精微之言。劉歆《移書讓太常博士》：「及夫子没而微言絶，七十子卒而大義乖。」

校記：

①虛空，《文苑英華》作「虛名」。又，過客，底本作「遇客」，據殘宋本、《文苑英華》改。

②是，《唐詩品彙》作「似」。

③蕭散，殘宋本作「浮雲」。

④淒，《文苑英華》作「悽」。又，傳，作「存」。

⑤只是，殘宋本、《文苑英華》作「只見」。
⑥虛，《文苑英華》作「閑」，注：「一作深。」
⑦親，底本作「清」，此從殘宋本。
⑧殘宋本無末二句。

喜晴

此詩本集不載，《全唐詩》據《文苑英華》録入，今從之。

曉日西風轉，秋天萬里明。湖天一種色，林鳥百般聲。霽景浮雲滿，遊絲映水輕。今朝江上客，凡慰幾人情。

卧病喜田九見寄①

卧病能幾日，春事已依然。不解謝公意，翻令静者便。庭陰殘舊雪，柳色帶新年。寂寞深村裏，唯君相訪偏。

校　記：

①寄，《全唐詩》注：「一作過。」

過包尊師山院

賣藥曾相識，吹簫此復聞。杏花誰是主，桂樹獨留君。漱玉臨丹井，圍棋訪白雲。道經今爲寫，不慮惜鵞羣〔一〕。

〔一〕「道經」二句，《晉書·王羲之傳》：「山陰有一道士，養好鵝，羲之往觀焉，意甚悦，固求市之。道士云：『爲寫《道德經》，當舉羣相贈耳。』羲之欣然寫畢，籠鵝而歸，甚以爲樂。」

過李將軍南鄭林園觀妓

南鄭，梁州漢中郡屬縣，州治所在。其地在今陝西漢中。

郊原風日好，百舌弄何頻〔一〕。小婦秦家女〔二〕，將軍天上人〔三〕。鴉歸長郭暮，草映大堤春〔四〕。客散垂楊下，通橋車馬塵。

〔一〕百舌，鳥名。以其鳴聲變化如百鳥之音，故名。立春後鳴囀，夏至後卽無聲。杜甫《百舌》詩：「百舌來何處？重重祇報春。」

〔二〕秦家女，《陌上桑》：「秦氏有好女，自名爲羅敷。」梁簡文帝《東飛伯勞歌》之二：「西飛迷雀東羈雉，倡樓秦女乍相值。」

〔三〕天上人，《三國志·曹仁傳》謂仁突入敵陣，拔出其部將牛金於重圍之中。長史陳矯等「初見仁出，皆懼，及見仁還，乃歎曰：『將軍真天人也。』三軍服其勇，太祖益壯之，轉封安平亭侯。」

〔四〕大堤，《古今樂録》：「清商曲西曲《襄陽樂》云：『朝發襄陽城，暮至大堤宿。大堤諸女兒，花艷驚郎目。』」

集梁耿開元寺所居院

梁耿，見《苕溪酬梁耿别後見寄》詩注。開元寺，諸州多有，未詳此處所指。

到君幽卧處，爲我掃莓苔。花雨晴天落①，松風終日來。路經深竹過，門向遠山開。豈得長高枕，中朝正用才。

校記：

①晴天，《唐詩品彙》作「無時」。

九日登李明府北樓

九日登高望，蒼蒼遠樹低。人煙湖草裏，山翠縣樓西。霜降鴻聲切，秋深客思迷。無勞白衣酒，陶令自相攜〔一〕。

〔一〕白衣酒，《續晉陽秋》：「陶潛九日無酒，出籬邊，悵望久之，見白衣人至，乃王弘送酒使也。即便就酌，醉而後歸。」

陪王明府泛舟

花縣彈琴暇〔一〕，樵風載酒時〔二〕。山含秋色近，鳥度夕陽遲。出没鳧成浪，蒙籠竹亞枝〔三〕。雲峯逐人意，來去解相隨。

〔一〕花縣，《白氏六帖》：「潘岳爲河陽令，植桃李花，人號曰河陽一縣花。」彈琴，宓子賤爲單父令，彈鳴琴而治。

〔二〕樵風，順風。參見《東湖送朱逸人歸》詩注。

〔三〕亞，通壓。竹亞枝，謂竹枝低垂。

送張判官罷使東歸

按《通鑑》上元二年九月「壬寅，制去尊號，但稱皇帝，去年號，但稱元年；以建子月爲歲首，月皆以所建爲數；因赦天下。」次年四月卽復夏正。詩云「周王歲欲除」，或謂用周正。然此事亦未可必，故置於此。

白首辭知己，滄洲憶舊居。落潮迴野艇，積雪卧官廬〔一〕。范叔寒猶在〔二〕，周王歲欲除。春山數畝田，歸去帶經鉏〔三〕。

〔一〕「積雪」句，漢袁安少時，大雪卧廬中，謂人曰：「大雪人皆飢，不宜干人。」洛陽令以爲賢，舉爲孝廉。具見前注。

〔二〕「范叔」句，《史記·范雎傳》：「須賈曰：『今叔何事？』范雎曰：『臣爲人庸賃。』須賈意哀之，留與坐飲食，曰：『范叔一寒如此哉！』乃取其一綈袍以贈之。」

〔三〕帶經鉏，《漢書·兒寬傳》：「寬治尚書，貧無資用，帶經而鉏，息則誦讀。」鉏，同鋤。

送喬判官赴福州

尾聯所云，在袁晁事後甚明。唯作地不詳。

揚帆向何處，插羽逐征東〔一〕。夷落人煙迥〔二〕，王程鳥路通。江流回澗底，山色聚閩中〔三〕。君去凋殘後，應憐百越空。

〔一〕插羽，李商隱《爲張周封上楊相公啓》：「插羽佩韃，從相公於關右；東書載筆，隨校尉於河源。」按此謂從軍入幕。

〔二〕夷落，落謂村落；夷，異族曰夷。《禮·王制》：「東方曰夷。」

〔三〕閩中，秦置閩中郡，治侯官。後以泛指福建地。

送李使君貶連州

連州，《元和郡縣圖志》卷二九「連州」：「秦爲長沙郡之南境，漢置桂陽郡，至陳爲桂陽縣。隋文帝開皇十年，置連州，因黄連嶺爲名。大業初，改爲熙平郡。武德四年，復爲連州。」李使君，名不詳。

獨過長沙去，誰堪此路愁①。秋風散千騎〔一〕，寒雨泊孤舟。賈誼辭明主，蕭何識故侯〔二〕。漢廷當自召，湘水但空流。

〔一〕散千騎，謂罷刺史。

〔二〕故侯，淮陰侯韓信。此喻李使君。

校記：

①誰堪，活字本、《四庫全書》本作「誰憑」。

送李祕書卻赴南中 此公舉家先流嶺外，兄弟數人，俱沒南中。

《新唐書·百官志》二「祕書省」：「祕書郎三人，從六品上。掌四部圖籍。」

卻到番禺日〔一〕，應傷昔所依。炎洲百口住〔二〕，故國幾人歸。路識梅花在〔三〕，家存棣蕚稀〔四〕①。獨逢迴雁去②，猶作舊行飛〔五〕。

〔一〕番禺，漢縣名，以境内有山名番禺。唐爲南海縣，廣州州治所在。

〔二〕百口，謂闔家人口。參見《按覆後赴睦州贈苗侍御》詩注。

〔三〕「梅花」句，《六帖》：「庾嶺上梅花，南枝已落，北枝方開，寒暖之候異也。」大庾嶺又名梅嶺。

〔四〕棣蕚，謂兄弟。《詩·小雅·常棣》：「常棣之華，鄂不韡韡。凡今之人，莫如兄弟。」

〔五〕雁行，《禮・王制》：「父之齒隨行，兄之齒雁行，朋友不相踰。」

校　記：

①存，《文苑英華》作「看」。

②迴雁去，《文苑英華》注：「一作衡陽雁。」

送薛承矩秩滿北遊

薛承矩，承規弟。長卿另有《使還七里瀨上逢薛承規赴江西貶官》詩。

匹馬向何處，北遊殊未還。寒雲帶飛雪，日暮雁門關〔一〕。一路傍汾水〔二〕，數州看晉山。知君喜初服〔三〕，祗愛此身閒。

〔一〕雁門關，《太平寰宇記》卷四九「代州雁門縣」：「沟注山，一名西陘山，在縣三十里。」「晉寧元年《句注碑》曰：『蓋此之險，有盧龍、飛狐、句注爲之首，天下之阻，所以分別内外也。』山有西陘關，在縣西北五十里」。亦名雁門關。

〔二〕汾水，出嵐州管涔山，縱貫河東，流經并、汾、晉、絳等州，至蒲州寶鼎縣入河。

〔三〕初服，未入仕時之服。屈原《離騷》：「退將復脩吾初服。」潘岳《西征賦》：「反初服於私門。」

送舍弟之鄱陽居

鄱陽寄家處，自別掩柴扉。故里人何在，滄波孤客稀。湖山春草遍，雲木夕陽微。南去逢迴雁，應憐相背飛。

送張栩扶侍之睦州此公舊任建德令。

一作周賀詩，題作《送張諲之睦州》（《全唐詩》卷五〇三）。按張諲開元、天寶中即已著名，安史亂後未見其行迹。周賀與諲時代不相及，此詩當爲長卿作。《文苑英華》亦以爲長卿詩。建德，睦州屬縣，州治所在。

遥憶新安舊〔一〕，扁舟復卻還。淺深看水石，來往逐雲山。入縣餘花在〔二〕，過門故柳閒〔三〕。東征隨子去，皆隱薜蘿間。

〔一〕新安，睦州舊稱。

〔二〕餘花，潘岳爲河陽令，植桃李花，稱花縣。參見《陪王明府泛舟》詩注。

〔三〕故柳，陶淵明爲彭澤令，辭官歸隱，門植五柳。見《五柳先生傳》。

送李校書赴東浙幕府①

《新唐書·方鎮表五》：「乾元元年，置浙江東道節度使，領越、睦、衢、婺、台、明、處、温八州，治越州。」李校書，疑爲李紓。《舊唐書·李紓傳》：「天寶末，拜祕書省校書郎。」

方從大夫後〔一〕，南去會稽行。淼淼滄江外，青青春草生。芸香辭亂事〔二〕②，梅吹聽軍聲。應訪王家宅〔三〕，空憐江水平。

〔一〕大夫，御史大夫之省。唐時節度使多兼御史大夫銜。

〔二〕芸香，一稱芸草，可用以避蠹驅蟲，古代藏書之所常用之，故祕書省又稱芸閣。

〔三〕謂王羲之宅。羲之宅在越州山陰。

校　記：

①《全唐詩》有注：「校書工於翰墨。」

②亂，底本注：「一作校。」活字本作「職」。

送李七之笮水謁張相公①

按殘宋本作「之汴州」，未詳何者爲正。笮水，成都府華陽縣有笮江水，見《元和郡縣圖志》卷三一。

惆悵青春晚，慇懃濁酒壚。後時長劍澀〔一〕，斜日片帆孤。東閣邀才子，南昌老腐儒〔二〕②。梁園舊相識〔三〕，誰憶臥江湖。

〔一〕長劍，《史記·孟嘗君傳》：「（馮驩）蒯緱彈其劍而歌曰：『長鋏歸來乎，食無魚！』」澀，言劍銹蝕。按此喻己年老，無所施用於時。

〔二〕腐儒，《史記·黥布傳》：「上折隨何之功，謂何爲腐儒，爲天下安用腐儒！」

〔三〕梁園，卽梁苑，漢梁孝王所築，在今河南開封東南。

校　記：

①之笮水，殘宋本作「之汴州」。又，笮水，活字本作「乍水」。

②南昌，殘宋本作「南宫」。

送侯侍御赴黔中充判官①

《新唐書・方鎮表》：大曆十二年（七七七），「置黔州經略招討觀察使，領黔、施、夷、辰、思、費、溆、播、南、溱、珍、錦十二州，治黔州。」

不識黔中路，今看遣使臣。猿啼萬里客，鳥似五湖人。地遠官無法，山深俗豈淳。須令荒徼外，亦解懼埋輪〔一〕。

〔一〕埋輪，漢張綱奉使徇行風俗，而埋其車輪於洛陽都亭，曰：「豺狼當路，安問狐狸！」上疏劾奏大將軍梁冀。見《後漢書》本傳。

陸時雍《詩鏡》：「『鳥似五湖人』，傷感之甚。」

校　記：

①底本奪「侍」字，據盧文弨本、《四庫全書》本增。

送獨孤判官赴嶺①

獨孤判官，名未詳。按首聯，似爲大曆八年嶺南亂時事，然無他證。

伏波初樹羽〔一〕，待爾靜川鱗〔二〕。嶺海看飛鳥②，天涯問遠人〔三〕。蒼梧雲裏夕，青草嶂中春③。遥想文身國〔四〕，迎舟拜使臣④。

〔一〕伏波，馬援嘗爲伏波將軍，克定西南。具見《後漢書·馬援傳》。樹羽，《詩·周頌·有瞽》：「設業設虡，崇牙樹羽。」按此蓋謂嶺南節度使初有除命。

〔二〕川鱗，水中鱗介。

〔三〕遠人，《論語·季氏》：「故遠人不服，則修文德以來之。」

〔四〕文身國，《史記·吴太伯世家》：「太伯、虞仲知古公欲立季歷以傳昌，乃二人亡如荆蠻，文身斷髮，以讓季歷。」宋之問《入瀧州江》詩：「泣向文身國，悲看鑿齒氓。」

校　記：

①殘宋本作「赴嶺南」。

②嶺海，殘宋本作「海徼」。

③此句殘宋本作「青嶂海中春」。

④臣，殘宋本作「君」。

送友人南遊

不愁尋水遠，自愛逐連山。雖在春風裏，猶從芳草間。去程何用計，勝事且相關。旅逸同羣鳥，悠悠往復還。

送裴二十一

皇甫冉有《題裴二十一新園》詩（《全唐詩》卷二四九），注云：「一作題裴固新園，又作裴周。」詩云：「東郭訪先生，西郊尋隱居。久爲江南客，自有雲陽樹。」此人新園卽在丹陽。長卿所送，疑卽此人。

多病暫無事，開筵暫送君。正愁帆帶雨，莫望水連雲。客思閒偏極，川程遠更分。不須論早晚①，惆悵又離羣。

校記：

①論，底本缺，從《全唐詩》補。

逢郴州使因寄鄭協律

《新唐書·地理志》五：「郴州桂陽郡，上。」治所在今湖南郴州。長卿初貶南巴時，有《聽笛歌》留别鄭協律。

相思楚天外，夢寐楚猿吟。更落淮南葉〔一〕，難爲江上心。衡陽問人遠〔二〕，湘水向君深〔三〕。欲逐孤帆去，茫茫何處尋。

〔一〕淮南葉，《淮南子·説山》：「以小明大，見一落葉，而知歲之將暮。」

〔二〕衡陽，按《新唐書·地理志》五，衡州衡陽郡，治衡陽，其地南接郴州。

〔三〕按《太平寰宇記》卷一一七「郴州郴縣」：郴水「經郡東一里，北流入耒水。」耒水北流，注入湘水。

贈西鄰盧少府

籬落能相近，漁樵偶復同。苔封三徑絶，溪向數家通。犬吠寒煙裏，鴉鳴夕照中①。時因杖藜次②，相訪竹林東。

校　記：

①鳴，《文苑英華》作「飛」。注：「一作聲。」

②此句《文苑英華》作「倘因籃輿出」。

九日題蔡國公主樓

《唐會要》卷六「公主」：「睿宗十一女」，「蔡國，降王守一，後降裴巽。」未詳其樓所在。

主第人何在？重陽客暫尋。水餘龍鏡色〔一〕，雲罷鳳簫音〔二〕。暗牖藏昏曉①，蒼苔換古今。晴山卷幔出，秋草閉門深。籬菊仍新吐，庭槐尚舊陰。年年畫梁燕，來去豈無心②。

〔一〕龍鏡，鏡背鑄文作盤龍狀，謂之龍鏡。駱賓王《上郭贊府啓》：「鑒懸龍鏡，朗逸照于咸陽；韻入梟鐘，驚洪音于長樂。」孟浩然《清鏡歎》：「妾有盤龍鏡，清光長晝發。」

〔二〕鳳簫，《太平廣記》卷四引《神仙傳拾遺》：「蕭史不知得道年代，貌如二十許人，善吹簫作鸞鳳之響，而瓊姿煒爍，風神超邁，真天人也。混迹於世，時莫能知之。秦穆公有女弄玉，善吹簫。公以弄玉妻之，遂教弄玉作鳳鳴。居十數年，吹簫似鳳聲，鳳凰來止其屋。公爲作鳳臺，夫婦止其上，不飲不食，不下數年。一旦，弄玉乘鳳，蕭史乘龍，昇天而去。」

喬億《大曆詩略》：「亦復凄麗。三四尤精巧自然。」

校　記：

①曉，殘宋本、《文苑英華》作「旦」。

②豈，《文苑英華》作「獨」。

送鄭十二還廬山別業①

潯陽數畝宅〔一〕，歸卧掩柴關。谷口何人待〔二〕②，門前秋草閒。忘機賣藥罷〔三〕③，無語杖藜還④。舊筍成寒竹，空齋向暮山。水流經舍下⑤，雲去到人間⑥。桂花樹應發，因行寄一攀〔四〕。

〔一〕數畝宅，《孟子·梁惠王》：「五畝之宅，樹之以桑，五十者可以衣帛矣。」

〔二〕谷口，漢鄭樸，字子真，耕於巖石之下，人稱谷口真。見《尋龍井楊老》詩注。

〔三〕賣藥，漢韓康賣藥逃名，見《夜宴洛陽程九主簿宅》詩注。

〔四〕攀桂，《楚辭·招隱士》：「桂樹叢生兮山之幽」，「攀援桂枝兮聊淹留。」

唐汝詢《唐詩解》：「此美鄭之高隱也。潯陽有宅，君將歸臥而掩門矣。當未歸之時，谷口無人，秋草長滿。今罷賣藥而杖藜以還，則竹冷齋空，山將暮也。既棲於此，便與世隔，惟通雲水之往來耳。我亦思援桂樹而無由，因君之行，聊欲寄情一攀云。」

校　記：

①《極玄集》、《唐詩品彙》作「送鄭十二歸廬山」，《文苑英華》作「送鄭山人」。

②待，《極玄集》、《唐詩品彙》作「在」。

③忘，《全唐詩》注：「一作無。」

④無語，《極玄集》、《唐詩品彙》作「不語」，《文苑英華》作「揮手」。

⑤經，《極玄集》、《唐詩品彙》作「過」。

⑥去，《全唐詩》注：「一作起。」

無錫東郭送友人遊越

《古今圖書集成·職方典》作閭丘曉詩。然此詩自是長卿聲口，唯作年未詳。

客路風霜曉，郊原春興餘。平蕪不可望，遊子去何如。煙水乘湖闊，雲山適越初①。舊都懷作賦〔一〕，古穴覓藏書〔二〕。碑缺曹娥宅〔三〕，林荒逸少居〔四〕。江湖無限意，非獨爲樵漁②。

〔一〕舊都，按越州舊爲越國之都。《史記·越王勾踐世家》：「越王勾踐，其先禹之苗裔，而夏后帝少康之庶子也。封於會稽，以奉守禹之祀。」懷作賦，按後漢以來，詞人習以都邑爲賦，以展文才。

〔二〕古穴，《史記·太史公自序》：「上會稽，探禹穴。」《集解》引張晏曰：「禹巡狩至會稽而崩，因葬焉。上有孔穴，民間云禹入此穴。」又曰：「上探禹穴，蓋以先聖所葬處有古册文，故探窺之，亦搜採遠矣。」

〔三〕曹娥碑在越州上虞縣。參見《送崔處士先適越》詩注。

〔四〕逸少，王羲之字逸少，故居在越州山陰。

校　記：

①適，底本作「逼」，此從《全唐詩》。

②爲，《唐詩品彙》作「羨」。

送姚八之句容舊任便歸江南

句容，《太平寰宇記》卷九〇「昇州句容縣」：「本漢縣。《地志》屬丹陽郡。以界内茅山本名句曲山，其形如勾字，因立縣名。」「武德四年於縣置茅州，七年七月廢茅州，以句容屬蔣州，九年改屬潤州。」按詩意，當爲京洛送行之作。

故人還水國，春色動離憂。碧草千萬里，滄江朝暮流。桃花迷舊路〔一〕，萍葉蕩歸舟。遠戍看京口，空城問石頭〔二〕。折芳佳麗地〔三〕，望月西南樓。猿鳥共孤嶼，煙波連數州。誰家過楚老〔四〕，何處戀江鷗。尺素能相報，湖山若箇幽①。

〔一〕「桃花」句，陶淵明《桃花源記》謂漁人歸後，復往，「尋向所志，遂迷，不復得路。」此暗用其意。

〔二〕石頭，《元和郡縣圖志》卷二五「潤州上元縣」：「石頭城在城西四里，江楚之金陵城也。吴改爲石頭城。建安十六年，吴大帝修築，以貯財寶軍器，有戍。《吴都賦》云『戎車盈於石城』是也。諸葛亮云：『鍾山龍盤，石城虎踞。』言其形之險固也。」後廢。

〔三〕佳麗，美人。謝朓《入朝曲》：「江南佳麗地，金陵帝王州。」

〔四〕楚老，《漢書·龔勝傳》云：勝不事王莽，不食死，「門人衰絰治喪者百數。有老父來弔，哭甚哀，既而曰：『嗟乎，薰以香自燒，膏以明自銷，龔生竟夭天年，非吾徒也。』遂趨而出，莫知其誰。」《水經注》：「彭城西北舊有龔勝宅，即楚老哭勝處也。」《徐州先賢傳》：「楚老，彭城之隱人也。」

校記：

①幽，底本作「憂」，此從活字本。

過裴舍人故居

裴舍人，名未詳。錢起有《贈闕下裴舍人》詩（《全唐詩》卷二三九），作於天寶十年登第前。

慘慘天寒獨掩扃①，紛紛黄葉滿空庭②。孤墳何處依山木③，百口無家學水萍④。籬花猶及重陽發，鄰笛那堪落日聽。書幌無人長不捲，秋來芳草自爲螢〔一〕。

〔一〕自爲螢，《禮記·月令》：「季夏之月，鷹乃學習，腐草爲螢。」《疏》：「腐草此時得暑溼之氣，故爲螢。」

校　記：

①天寒，殘宋本作「寒天」。掩，《文苑英華》作「閉」。

②滿，《全唐詩》注：「一作落。」

③依，《文苑英華》作「倚」。

④學，《文苑英華》作「汎」。

送惠法師遊天台因懷智大師故居①

智大師，隋僧智顗，創天台宗。參見《夜宴洛陽程九主簿宅送楊三山人往天台尋智者禪師隱居》詩注。

翠屏瀑水知何在〔一〕②，鳥道猿啼過幾重。落日獨搖金策去〔二〕，深山誰向石橋逢〔三〕。定攀巖下叢生桂③，欲買雲中若箇峰。憶想東林禪誦處〔四〕，寂寥惟聽舊時鐘。

〔一〕翠屏瀑水，《太平寰宇記》卷九八「台州天台縣」：「《臨海記》云：天台山超然秀出，有八重，視之如一帆，高一萬八千丈，周迴二百里。又有飛泉懸流千仞，似布。」

〔二〕金策，《文選》孫綽《遊天台山賦》：「振金策之鈴鈴。」《注》：「金策，錫杖也。」

〔三〕石橋，《太平寰宇記》引《啓蒙記注》云：「天台山去天不遠，路經油溪水，深險清泠，前有石橋，路徑盈尺，長數十丈，下臨絶澗，唯忘其身，然後能濟。」

〔四〕東林寺，此謂智者大師故居。

喬億《大曆詩略》：「起聯清拔，勢如湧出。第四句已注射知大師，而五六不卽寫故居，中曲徘徊，有步驟，有章法，極佳。」

校　記：

①智，殘宋本、《文苑英華》作「知」。
②瀑水，《文苑英華》作「瀑布」。
③下，殘宋本作「上」。

見故人李均所借古鏡恨其未獲歸府斯人已亡愴然有作

《新唐書·宰相世系表二上》李氏「姑臧大房」：祕書監李成裕子：揆，字端卿，相肅宗；衡；均，監。按長卿與李揆善，「故人李均」蓋卽李揆之弟。

故人留鏡無歸處，今日懷君試暫窺〔一〕。歲久豈堪塵自入〔二〕，夜長應待月相隨〔三〕。空憐瓊樹曾臨匣〔四〕，猶見菱花獨映池〔五〕。所恨平生還不早，如今始挂隴頭枝〔六〕。

〔一〕窺鏡，《戰國策·齊策》：「明日徐公來，（鄒忌）熟視之，自以爲不如；窺鏡而視，又弗如遠甚。」

〔二〕塵鏡，梁邵陵王《代閨怨》：「塵鏡朝朝掩，寒衾夜夜空。」

〔三〕「夜長」句，《拾遺記》：「周靈王時，異方貢玉人石鏡，此石色白如月，照面如雪，謂之月鏡。」詩人常以鏡、月相喻。按前句謂鏡待人，此句謂人待鏡。

〔四〕瓊樹，喻故人身姿。

〔五〕菱花，《飛燕外傳》：「飛燕始加大號，婕妤奏上三十六物以賀，有七尺菱花鏡一奩。」按古銅鏡背部刻菱花圖形，或作菱形，故稱菱花鏡。

〔六〕隴頭枝，徐陵《别毛永嘉》：「徒勞脱寶劍，空掛隴頭枝。」按季札掛劍徐君墓前，已見前注。

江中對月

空洲夕煙斂，望月秋江裏①。歷歷沙上人，月中孤渡水。

校　記：

①望，《唐音》作「對」。

正朝覽鏡作

正朝，猶云正旦。

憔悴逢新歲，茅扉見舊春。朝來明鏡裏，不忍白頭人①。

校　記：

①不忍，活字本、盧文弨本作「不認」。

尋張逸人山居

危石纔通鳥道〔一〕，空山更有人家。桃源定在深處，澗水浮來落花。

〔一〕鳥道，《南中八志》：「鳥道四百里，以其險絶，獸猶無蹊，特上有飛鳥之道耳。」

唐汝詢《唐詩解》：「石路非人可行，乃空山復有居之者，因思深處應别有桃源，不然澗水落花何從來耶？」

尋盛禪師蘭若

秋草黄花覆古阡，隔林何處起人煙。山僧獨在山中老，唯有寒松見少年。

送陶十赴杭州攝掾①

莫歎江城一掾卑，滄洲未是阻心期〔一〕。浙中山色千萬狀，門外潮聲朝暮時〔二〕。

〔一〕心期，謂心所期許。《南史·向柳傳》：「柳曰：『我與士遜（顔峻）心期久矣，豈可一旦以勢利處之？』」

〔二〕「潮聲」句，《方輿勝覽》卷一「臨安府」：「海潮，江源自歙州界，經州又東北流，入于海。江濤每日晝夜再上，常以月十日、二十五日最小，三十日、十七日極大。小則水漸漲，不過數尺。大則濤湧高數丈。每年八月十八日，數百里士女共觀。舟人漁子，泝濤觸浪，謂之迎潮。」

校記：

①陶十，殘宋本作「姚十」。

遊四窗

四窗，即四明山。陸龜蒙《四明山詩序》（《全唐詩》卷六二二）：「有峯最高，四穴在峯上，每天地澄霽，望之如牖户，相傳謂之石窗，即四明之目也。」《太平寰宇記》卷九八「明州鄮縣」：「四明山，在州西八十里。有四角，各生一種木，皆不雜也。山頂有池，其池有三重石臺。」按此詩不載本集，《全唐詩》録於卷末。此詩又見《四明山志》、《四明洞天丹山圖詠集》。

四明山絶奇，自古説登陸〔一〕。蒼崖倚天立，覆石如覆屋。玲瓏開户牖，落落明四目。箕星分南野〔二〕，有斗挂簷北〔三〕。日月居東西，朝昏互出没。我來游其間，寄傲巾半幅〔四〕。白雲本無心，悠然伴幽獨。對此脱塵鞅〔五〕，頓忘榮與辱。長笑天地寬，仙風吹佩玉。

〔一〕登陸，孫綽《遊天台山賦》：「涉海則有方丈蓬萊，登陸則有四明天台。」

〔二〕箕，二十八宿之一，東方蒼龍七宿之末宿。《漢書・地理志》：「燕地，尾箕分壄也。」

〔三〕斗，《漢書・地理志》：「吴地，斗分野也。今之會稽、九江、丹陽、豫章、廬江、廣陵、六安、臨淮郡，盡吴分也。」

〔四〕幅巾，《後漢書・鮑永傳》：「悉罷兵，但幅巾與諸將及同心客百餘人詣河内。」《注》：「幅巾謂不著冠，但幅巾束首也。」

〔五〕塵鞅，謂塵世之羈束。鞅，革带，束於馬頸以負軛。

南楚懷古

一作陶翰詩，題同（《全唐詩》卷一四六）。《文苑英華》、《唐詩品彙》均載爲長卿詩。南楚，《史記·貨殖傳》云：「衡山、九江、江南、豫章、長沙，此南楚也。」又，《漢書·高帝紀》孟康《注》：「舊名江陵爲南楚。」按詩意，所指當爲江陵一帶。

南國久蕪没①，我來空鬱陶〔一〕②。君看章華宮〔二〕，處處生蓬蒿③。但見陵與谷〔三〕，豈知賢與豪。精魂托古木〔四〕，寶劍捐江皋〔五〕④。倚棹下晴景，回舟隨晚濤。碧雲暮寥落〔六〕，湖上秋天高⑤。往事那堪問，此心徒自勞。獨餘湘水上，千載聞離騷。

〔一〕鬱陶，《書·五子之歌》：「鬱陶乎予心，顏厚有忸怩。」《傳》：「鬱陶，哀思也。」《疏》：「鬱陶，精神憤結積聚之意。」

〔二〕章華宮，按楚有章華臺。《左傳》昭七年：「楚子成章華之臺，願與諸侯落之。」《太平寰宇記》卷一四六「荆州監利縣」：「章華臺在縣郭内。」

〔三〕陵與谷，即高岸爲谷，深谷爲陵意。

〔四〕「精魂」句，按楚辭有《招魂》，王逸《楚辭章句》云：「《招魂》者，宋玉之所作也。宋玉憐哀屈原忠而斥棄，故作《招魂》，欲以復其精神，延其年壽。」

〔五〕江皋，江邊。屈原《九歌·湘君》：「朝騁鶩兮江皋，夕弭節兮北渚。」

〔六〕碧雲，江淹《休上人怨别》詩：「日暮碧雲合，美人殊未來。」

陸時雍《詩鏡》：「筆意蕭疏。」

校　記：

①没，《文苑英華》作「漫」。
②來，《文苑英華》注：「一作生。」
③蓬蒿，《文苑英華》作「黄蒿」。
④劍，《陶翰集》作「玉」。
⑤秋，《文苑英華》注：「集作青。」

題虎丘寺①

一作劉禹錫詩，題作《虎丘寺路宴》（《全唐詩》卷三五五）。《方輿勝覽》卷二「平江府」：「虎丘山在城西北九里，又名海湧山，遥望平田中一小丘。」又，「虎丘寺，在城西北九里，晉司徒王珣及弟珉捨宅爲寺。」《太平寰宇記》卷九一「蘇州吴縣」引《吴越春秋》：「『闔閭葬於國西北，積壤爲丘，捷土臨湖以葬，三日，金精上揚，爲白虎據墳，故曰虎丘山。』今寺卽闔閭墓也。」

青林虎丘寺，林際翠微路〔一〕。仰見山僧來②，遥從飛鳥處。茲峯淪寶玉③，千載唯丘墓〔二〕④。埋劍人空傳，鑿山龍已去〔三〕。捫蘿披翳薈〔四〕，路轉夕陽遽⑤。虎嘯崖谷寒，猿鳴杉松暮⑥。裴回北樓上，江海窮一顧。日映千里帆，鴉歸萬家樹。暫因愜所適，果得捐外慮⑦。庭暗棲閒雲⑧，簷香滴甘露。久迷空寂理〔五〕，多爲繁華故⑨。永欲投死生⑩，餘生豈能誤。

〔一〕「青林」二句，《方輿勝覽》引白居易詩：「香剎看非遠，祇園入始深。龍蟠松矯矯，玉立竹森森。怪石千僧坐，靈池一劍沉。海當亭兩面，山在寺中心。」

〔二〕丘墓，《方輿勝覽》引《越絶書》：「吴王闔閭葬虎丘山下，發五都之士十萬人，共治葬，穿土爲川，積壤爲丘。池廣六十步，水深一丈五尺，銅棺三重，澒池六尺，黄金珠玉爲鳧雁，扁諸之劍、魚腸之干在焉。」

〔三〕「埋劍」二句，《方輿勝覽》引《世説》：「始皇嘗登此阜，將發塜取寶鍔，俄有白虎，始皇拔劍刺虎，虎隱入山。」又，《太平寰宇記》：「山澗是孫權發掘，求闔閭寶器。澗側有平石，可容千人，謂千人坐。」二句意謂，相傳此處埋劍，而始皇發之於前，孫權掘之於後，均無所獲。蓋劍爲寶器，已化龍逸去矣。李德裕《追和太師顔公同清遠道士遊虎丘寺》詩：「鏐騰昔虎踞，劍没嘗龍煥。」意同。

〔四〕翳薈，茂盛貌。《抱朴子·博喻》：「繁林翳薈，則羽族雲萃。」

〔五〕空寂理，謂佛家至理。宋之問《浣紗篇贈陸上人》：「達本知空寂，棄彼猶泥沙。」

《詩歸》鍾惺曰：首四句截作絶句，「便是右丞妙作」。

校　記：

①見題注。又，底本「虎」作「武」，此從殘宋本。

②仰，底本注：「一作却。」

③峯，《唐詩品彙》作「山」。淪，底本作「論」，此從殘宋本。

④墓，底本作「暮」，從殘宋本改。
⑤陽，《劉禹錫集》作「陰」。遽，殘宋本作「霧」。
⑥猿，殘宋本作「鳥」。杉，底本注：「一作桂。」
⑦捐，底本作「損」，此從殘宋本、《唐詩品彙》。
⑧閒雲，殘宋本作「還雲」。
⑨繁華，《劉禹錫集》作「聲華」。
⑩投，《唐詩品彙》作「托」。又，投死生，殘宋本作「投此山」。

揚州雨中張十宅觀妓①

按《文苑英華》作張謂詩。《才調集》作長卿詩。

夜色帶春煙②，燈花拂更然。殘妝添石黛，豔舞落金鈿〔一〕。掩笑頻敧扇，迎歌乍動弦。
不知巫峽雨〔二〕，何事海西邊〔三〕。

〔一〕金鈿，女子頭飾。徐陵《玉臺新詠序》：「反插金鈿，横抽寶樹。」
〔二〕巫峽雨，巫山神女朝爲行雲，暮爲行雨，已見前注。此以喻女妓。
〔三〕海西，漢置海西縣，在揚州北，晉廢。此指揚州，以揚州處陸之東、海之西也。孟浩然《宿桐廬江寄廣陵舊遊》：「還將兩行淚，遥寄海西頭。」

校記：

①張十，《才調集》、《張謂集》作張十七。

②帶，《才調集》作「滯」。又，底本注：「一作對。」

感懷

一作張謂詩，題作《辰陽即事》（《全唐詩》卷一九七）。《元和郡縣圖志》卷三〇「辰州辰溪縣」：「本漢辰陵縣，屬武陵郡，後改曰辰陽，以在辰水之陽爲名。《離騷》云「朝發枉渚，夕宿辰陽」是也。隋平陳，改爲辰溪縣。」按張謂嘗爲潭州刺史，集中有湖南詩多首。

秋風落葉正堪悲①，黃菊殘花欲待誰。水近偏逢寒氣早，山深常見日光遲。愁中卜命看周易〔一〕，夢裏招魂讀楚詞〔二〕。自笑不如湘浦雁〔三〕②，飛來即是北歸時③。

〔一〕周易，即《易經》，古人亦用以占卜。

〔二〕招魂，楚辭有《招魂》，王逸以爲宋玉作，以招屈原魂。

〔三〕湘浦，湘江之浦。其傍有衡山，有迴雁峰，相傳雁飛至此即北歸。

校記：

①秋風，張謂集作「青楓」。

②笑，張謂集作「恨」。

③飛，張謂集作「春」。又，北，底本誤作「此」，據活字本改。

送陸澧還吴中①

《全唐詩》卷二〇七又作李嘉祐詩，唯汲古閣刊《臺閣集》及影元抄本《臺閣集》均不載。按陸澧爲吴人，家於江陰。嘉祐寶應、廣德中嘗爲江陰令，當亦與之相識。按首句，此詩作於揚州。長卿、嘉祐均嘗屢至揚州。

瓜步寒潮送客〔一〕，楊柳暮雨沾衣②。故山南望何處③，秋草連天獨歸④。

〔一〕瓜步，在揚子江北岸，詳見前注。

唐汝詢《唐詩解》：「舟行冷落極矣。及望故山，復在秋草連天之處。指此而歸，凄涼可知。」

校記：

①澧，底本注：「一作灃。」

②楊柳，《李嘉祐集》作「楊花」。

③山，《李嘉祐集》作「鄉」。

④秋草，《李嘉祐集》作「春水」。

送人遊越

一作郎士元詩，題作《送李遂之越》（《全唐詩》卷二四八）。又作張籍詩，題作《送李評事遊越》（《全唐詩》卷三八四）。越，謂越州，今浙江紹興一帶。

未習風波事，初爲吴越遊①。露霑湖色曉②，月照海門秋〔一〕③。梅市門何在〔二〕④，蘭亭水尚流〔三〕。西陵待潮處〔四〕，落日滿航舟⑤。

〔一〕海門，浙江之口有龕山、赭山，兩山對峙，人稱海門。見《和袁郎中破賊後經剡中山水》詩注。

〔二〕梅市，《太平寰宇記》卷九六「越州會稽縣」：「梅市，漢梅福字子真，九江人。遇王莽亂，獨棄妻子之會稽，人多依之，遂爲村落井廛也。」

〔三〕蘭亭，《太平寰宇記》卷九六「越州山陰縣」：「蘭亭在縣西南二十七里。」按即王羲之《蘭亭序》所謂曲水之勝景。

〔四〕西陵，浙江渡口，在蕭山縣境。

校記：

①吳越，《郎士元集》作「東越」。

②湖色曉，《郎士元集》、《張籍集》作「湖草晚」。

③海門，《郎士元集》、《張籍集》作「海山」。

④在，《郎士元集》作「處」。

⑤航舟，《郎士元集》作「扁舟」。又，此句《張籍集》作「知汝不勝愁」。

酬李郎中夜登蘇州城樓見寄①

一作皇甫冉詩（《全唐詩》卷二四九）。

辛勤萬里道，蕭索九秋殘。日照閩中夜②，天凝海上寒。客程無地遠③，主意在人安。遥寄登樓作〔一〕，空知行路難。

〔一〕登樓作，王粲有《登樓賦》，有云：「情眷眷而懷歸兮，孰憂思之可任！」

校　記：

①蘇州，《皇甫冉集》作「福州」，按冉集是。

②日，《皇甫冉集》作「月」。

③客程，《皇甫冉集》作「王程」。

送從弟貶袁州①

一作皇甫冉詩，題作《送從弟豫貶遠州》（《全唐詩》卷二四九）。

何事成遷客，思歸不見鄉。遊吳經萬里，弔屈向三湘②。水與荆巫接〔一〕，山通鄢郢長〔二〕。名羞黄綬繫③，身是白眉良〔三〕④。獨結南枝恨〔四〕，應思北雁行。憂來沽楚酒，玄鬢莫凝霜⑤。

〔一〕荆巫，荆門、巫峽。《水經注》卷三四「江水」：「江水又東歷荆門、虎牙之間，荆門在南，上合下開。」「江水又東逕巫峽，杜宇所鑿，以通江水也。」

〔二〕鄢，古地名，春秋時鄭邑。《左傳》隱元年：「鄭伯克段于鄢。」其地在今河南省鄢陵縣。郢，古地名，楚都，故址在今湖北江陵西北。

〔三〕白眉，《三國志・蜀・馬良傳》：「馬氏五常，白眉最良。」

〔四〕南枝，古詩：「胡馬向北風，越鳥巢南枝。」

校　記：

①見題注。

②向，《皇甫冉集》作「過」。

③羞，《皇甫冉集》作「嗟」。

④良，底本作「郎」，此從《皇甫冉集》。又，身，《皇甫冉集》作「才」。

⑤玄鬢，底本作「老鬢」，此從《皇甫冉集》。

送崔使君赴壽州

一作皇甫冉詩，題同（《全唐詩》卷二五〇）。崔使君，當爲崔昭。《通鑑》上元元年十二月，「（王晅）横行江淮間，壽州刺史崔昭發兵拒之，由是晅不得西，止屯廬州。」又《太平廣記》卷一〇五引《廣異記》：「唐三刀師者，俗姓張，名伯英。乾元中，爲壽州健兒。性至孝。以其父在潁州，乃盜馬往以迎省。至淮陰，爲守遏者所得。刺史崔昭令出城腰斬。」

列郡專城分國憂，彤幨皂蓋古諸侯。仲華遇主年猶少〔一〕，公瑾論功位已酬〔二〕①。草色青青迎建隼，蟬聲處處雜鳴騶〔三〕。千里相思如可見，淮南木葉正驚秋②。

〔一〕仲華，《後漢書·鄧禹傳》：「鄧禹字仲華，南陽新野人也。年十三，能誦詩，受業長安。時光武亦遊學京師，禹雖年幼而見光武，知非常人，遂相親附。」

〔二〕公瑾，《三國志·吴·周瑜傳》：「周瑜字公瑾，廬江舒人也。」「瑜從父尚爲丹陽太守，瑜往省之。會（孫）策將東渡，到歷陽，馳書報瑜。瑜將兵迎策，策大喜曰：『吾得卿，諧也。』遂從攻横江、當利，皆拔之。」「授建威中郎將，卽與兵二千人，騎五十匹。瑜時年二十四，吴中皆呼爲周郎。」

〔三〕鳴騶，隨從騎卒吆喝開道，稱鳴騶。《魏書·爾朱仲遠傳》：「仲遠加大將軍，又兼尚書令，請準朝式，在軍鳴騶。帝覽啓笑而許之。」孔稚圭《北山移文》：「鳴騶入谷，鶴書赴隴。」

校記：

①論功，《皇甫冉集》作「論兵」。

②正，《皇甫冉集》作「早」。

清明日青龍寺上方得多字

按此詩不見於本集，據《全唐詩》卷八八二「補遺一」列入。此詩又見於皇甫冉集，題作《清明日青龍寺上方賦得多字》（《全唐詩》卷二四九）。青龍寺，《唐兩京城坊考》卷三西京「朱雀門街東第四街」：「次南新昌坊。南門之東，青龍寺。本隋靈感寺，開皇二年立。文帝移都，徙掘城中陵墓，葬之郊野，因置此寺，故以靈感爲名。至武德四年廢。龍朔二年，城陽公主復奏立爲觀音寺。初，公主疾甚，有蘇州僧法朗誦觀音經乞願得愈，因名焉。景雲二年，改爲青龍寺。北枕高原，南望爽塏，爲登眺之美。」

上方偏可適，季月況堪過。遠近水聲至①，東西山色多。夕陽留逕草，新葉變庭柯。已度清明節，春愁如客何②。

校記：

①水聲，本作「人都」，此從《皇甫冉集》。

②愁，《皇甫冉集》作「秋」。

贈普門上人①

一作皇甫冉詩（《全唐詩》卷二四九）。《文苑英華》作皇甫曾詩。

支公身欲老〔一〕②，長在沃洲多。慧力堪傳教〔二〕③，禪心久伏魔〔三〕④。山雲隨坐夏〔四〕，江草伴頭陀〔五〕。借問迴心後，賢愚去幾何〔六〕。

〔一〕支公，晉高僧支遁，字道林，嘗居沃洲山。此以喻普門。

〔二〕慧力，佛家謂信、精進、勤念、定、慧爲五根，又稱五力。《智度論》一九：「是五根增長時，能轉入深法，是名爲力。」

〔三〕伏魔，《灌頂經》：「百億諸魔，皆來降伏。」

〔四〕坐夏，僧人於農曆四月十六日至七月十五日間入禪靜坐，稱安居，又稱坐夏。

〔五〕頭陀，僧人。《文選》王屮（簡栖）《頭陀寺碑文》題注：「天竺言頭陀，此言抖擻，抖擻煩惱，故曰頭陀。」按頭陀實爲梵語音譯，一作杜多。

〔六〕《晉書·韓伯傳》：「道足者忘貴賤而一賢愚。」

校　記：

①《皇甫冉集》注：「一作題普門上人房。」

②欲，《皇甫冉集》注：「一作已。」

③慧，底本作「惠」，此從《皇甫冉集》。

④心，《皇甫冉集》作「功」。

送韓司直①

按《極玄集》作皇甫冉詩，題同。《文苑英華》作皇甫曾詩，題同。又作郎士元詩，題作《送韓司直路出延陵》（《全唐詩》卷二四八）。

遊吴還入越②，來往任風波。復送王孫去，其如春草何。岸明殘雪在③，潮滿夕陽多。季子留遺廟〔一〕④，停舟試一過。

〔一〕季子，《史記·吴太伯世家》：「季子封於延陵，號曰延陵季子。」《太平寰宇記》卷八九「潤州延陵縣」：「延陵季子廟在縣東北九里。」

校　記：

①見題注。

②入，《極玄集》作「適」。

③岸，《極玄集》作「山」。

④留遺廟，《全唐詩》作「楊柳廟」。

送少微上人遊天台

一作皇甫曾詩，題作《送少微上人東南遊》（《全唐詩》卷二一〇）。《文苑英華》作長卿詩。按少微赴天台在大曆十年（參見《送微上人》詩題注），時劉長卿在常州、義興，皇甫曾亦嘗至江南，求序於獨孤及，訪長卿於碧澗別墅（見前）。

石橋人不到〔一〕①，獨往更迢迢。乞食山家少，尋鐘野路遥②。松門風自掃，瀑布雪難消〔二〕。秋夜聞清梵，餘音逐海潮。

〔一〕石橋，天台山有石橋，寬不盈尺，下臨絶澗。參見《送惠法師遊天台》詩注。

〔二〕瀑布，天台山有「飛泉懸流千仞，似布。」參見《送惠法師遊天台》詩注。

校　記：

①橋，《皇甫曾》集作「梁」。

②野路，《文苑英華》作「野寺」。

送康判官往新安①

按此詩疑爲皇甫冉作。冉集題作《送康判官赴新安賦得江路西南永》（《全唐詩》卷二五〇）。

詩云：「不向新安去，那知江路長。」頷聯以下，分寫此意，全詩均承「江路永」而發。

不向新安去，那知江路長。猿聲近廬霍〔一〕②，水色勝瀟湘。驛路收殘雨③，漁家帶夕陽。
何須愁旅泊，使者有輝光。

校記：

〔一〕廬霍，謂廬山、霍山。霍山，又名天柱山，亦稱南嶽。參見《會稽王處士草堂壁畫衡霍諸山》詩注。

①見題注。

②近，《皇甫冉集》作「比」。

③路，《皇甫冉集》作「樹」。

雲門寺訪靈一上人①

按此詩疑爲朱放作。朱放集題作《靈（雲）門寺贈靈一上人》（《全唐詩》卷三一五）。長卿至德、乾元中未嘗至越州。上元二年歸至蘇州，時靈一已移居餘杭。朱放至德初避地越州，即與靈一遊（見前引獨孤及《一公塔碑》），此詩蓋移居山陰前後造訪靈一時作。

所思勞日夕②，惆悵去西東③。禪客知何在，春山到處同④。獨行殘雪裏，相見白雲中⑤。
請近東林寺⑥，窮年事遠公〔一〕。

〔一〕遠公，即晉慧遠，住廬山東林寺。

校記：

①雲門寺，《朱放集》誤作「靈門寺」；又，訪作「贈」。
②日夕，《朱放集》作「旦夕」。
③西，《朱放集》作「湘」，注：「一作湖。」
④到，《朱放集》作「幾」。
⑤白雲，《朱放集》作「暮雲」。
⑥近，《朱放集》作「住」。

寄靈一上人初還雲門

按此詩疑爲張南史作。南史集題作《寄静虚上人雲門》（《全唐詩》卷二九六）。又作皇甫曾詩，題作《寄浄虚上人初至雲門》（《全唐詩》卷二一〇），疑亦誤。前引獨孤及《一公塔銘》云：「初舍於會稽南山之南懸溜寺焉，與禪宗之達者釋隱空、虔印、静虚相與討十二部經第一義諦之旨，既辨惑，徙居餘杭宜豐寺。」又按《一公塔銘》所載靈一從遊諸人中，有「范陽張南史」，而皇甫曾不與焉。南史之與静虚相識，當在此時。南史詩題正作静虚，皇甫曾集則誤爲浄虚，劉集之編者或不識静虚爲何人，故易爲靈一。又按《文苑英華》亦載此詩爲南史作。

寒霜白雲裏①，法侣自相攜②。竹逕通城下③，松風隔水西④。方同沃洲去，不作武陵迷⑤。髣髴知心處⑥，高峰是會稽。

校記：

①霜，《會稽掇英總集》作「山」，《張南史集》作「日」，《皇甫曾集》作「蹤」。
②相，《會稽掇英總集》作「招」，《張南史集》、《皇甫曾集》作「提」。
③逕，《張南史集》、《皇甫曾集》作「徑」。
④松風，《張南史集》、《皇甫曾集》作「松門」。
⑤不作，《張南史集》作「不自」，《皇甫曾集》作「不似」。
⑥知心，《會稽掇英總集》作「心知」，《張南史集》作「心疑」。

賦得①

按此詩當爲皇甫冉作。冉集題作《春思》（《全唐詩》卷二五〇），題文相合。劉集作「賦得」，語意未完，當爲後人所加。令狐楚《御覽詩》亦以爲皇甫冉作。

鶯啼燕語報新年，馬邑龍堆路幾千〔一〕②。家住層城臨漢苑③，心隨明月到胡天④。機中錦字論長恨〔二〕，樓上花枝笑獨眠。爲問元戎竇車騎，何時返旆勒燕然〔三〕。

〔一〕馬邑，《太平寰宇記》卷五一「朔州」：「朔州馬邑郡，今理鄯陽縣。《禹貢》冀州之域。春秋爲北狄之地，秦爲雁門郡，在漢卽雁門之馬邑縣。《史記》：漢高帝以韓王信居太原郡，爲韓國以備胡。信以晉陽去塞遠，請理馬邑，上許之。」龍堆，《漢書·匈奴傳》載揚雄諫書：「豈爲康居、烏孫能踰白龍堆而寇西邊哉！」《注》：「孟康曰：『龍堆形如土龍身，無頭有尾，高大者二三丈，埤者丈餘，皆東北向，相似也，在西域中。』」馬邑龍堆，以指邊地征戰之所。

〔二〕錦字，《晉書·竇滔妻傳》謂滔徙流沙，其妻蘇氏織爲迴文詩以贈滔，詞甚悽惋。

〔三〕勒燕然，《後漢書·竇憲傳》：憲爲車騎將軍，率師擊匈奴，斬名王以下萬三千級，前後降者二十餘萬人。「遂登燕然山，去塞三千餘里，刻石勒功，紀漢威德。」

校記：

①《皇甫冉集》作「春思」。

②馬邑龍堆，《唐詩品彙》作「馬走龍飛」。

③層城，《皇甫冉集》作「秦城」。

④心，底本作「花」，此從《皇甫冉集》。

宿嚴維宅送包佶①

按此詩當爲皇甫冉作。冉集題作《宿嚴維宅送包七》（《全唐詩》卷二四九）。獨孤及《唐故揚州慶雲寺律師一公塔銘》（《全唐文》卷三九〇）云：靈一「與天台道士潘清、廣陵曹評、趙郡李華、潁川韓極、中山劉穎、襄陽朱放、趙郡李紓、頓丘李湯、南陽張繼、安定皇甫冉、范陽張南史、清河房從心相與爲塵外之友，講德味道，朗詠終日。」又據前皇甫冉與靈一贈答詩，可證皇甫冉於天寶十五載避亂南下，即先至越州，而於是年冬始歸潤州，故得與靈一遊處。宿嚴維宅送包佶，亦在此時。

皇甫冉天寶中卽已與包佶遊，有《送包佶賦得天津橋》詩（《全唐詩》卷二四九）。天寶十五載春夏，劉長卿已在潤州，秋日赴蘇州，旋卽歸至潤州，次年春卽已赴長洲尉任，其間未嘗至越州。詩云：「江湖同避地，分首自依依。」與長卿之行跡牴牾，而與皇甫冉合，故知當爲冉作也。

江湖同避地，分首自依依②。盡室今爲客，驚秋空念歸。歲儲無别墅，寒服羨鄰機。草色村橋晚，蟬聲江樹稀。夜深宜共醉③，時難忍相違④。何事隨陽雁〔一〕，汀洲忽背飛。

〔一〕隨陽雁，《書·禹貢》：「彭蠡既豬，陽鳥攸居。」《疏》：「鴻雁之屬，九月而南，正月而北。……此鳥南北與日進退，隨陽之鳥，故稱陽鳥。」

賀裳《載酒園詩話》：「情旨溫然，又不徒寫景述事矣。」

校記：

①《皇甫冉集》作「包七」。
②分首，《皇甫冉集》作「分手」。
③深，《皇甫冉集》作「涼」。
④忍，《皇甫冉集》作「惜」。

西陵寄一上人

按此詩疑爲皇甫冉至德元載由越州北歸，行經西陵渡口時作，唯冉集失載。一上人，卽靈一。

東山訪道成開士〔一〕，南渡隨陽作本師〔二〕①。了義惠心能善誘〔三〕，吴風越俗罷淫祠〔四〕。室中時見天人命〔五〕，物外長懸海嶽期〔六〕。多謝清言異玄度〔七〕，懸河高論有誰持〔八〕。

〔一〕東山，《晉書·謝安傳》：「雖受朝寄，然東山之志，始末不渝，每形于言色。」按此指雲門寺所在之南山。開士，菩薩又名開士，以能自開覺，且能開他人之心。

〔二〕隨陽，當爲隨陽雁之省。本師，《史記·樂毅傳論》：「樂成公學黄帝、老子，其本師號曰河上丈人。」按至德中士人避地南下，登會稽者若鱗介之集淵藪，而皆與靈一遊，從之學，故疑此句謂爲南渡諸公之師也。

〔三〕了義，明瞭，諳熟萬物之本源，天地之義諦。李邕《大雲寺禪院碑》：「生無生，淨名不去；照無照，了義能覺。」善誘，《論語·子罕》：「夫子循循然善誘人。」

〔四〕淫祠，謂不當祠者。《舊唐書·狄仁傑傳》：「吴、楚之俗多淫祀，仁傑奏毁一千七百所，唯留夏禹、吴太伯、季札、伍員四祠。」

〔五〕天人，《漢書·董仲舒傳》：「臣謹按，《春秋》之中，視前世已行之事，以觀天人相與之際，甚可畏也。」

〔六〕物外，塵世之外。梁簡文帝《神山寺碑》：「幾圓上聖，智周物外。」海嶽期，謂超脱塵世，仙佛之期。

〔七〕玄度，晉許詢，字玄度，擅談玄理。《世説新語·賞譽》：「許掾嘗詣簡文，爾夜風恬月朗，乃共作曲室中語。襟情之詠，偏是許之所長，辭寄清婉，有逾平日。簡文雖契素此遇，尤相咨嗟。不覺造膝，共叉手語，達于將旦。既而曰：『玄度才情，故未易多有許！』」按《浙江通志》，會稽有許詢宅。又按《太平寰宇記》，蕭山縣有「許元度巖」，傳爲許詢隱所。

〔八〕懸河，《世説新語·賞譽》：「郭子玄語議如懸河寫水，注而不竭。」

校　記：

①隨，底本作「隋」。隋陽無義，此據《四庫全書》本。

寄靈一上人①

按此爲皇甫冉詩。一作郎士元詩，亦誤。冉詩題作《赴無錫寄別靈一浄虛二上人雲門所居》（《全唐詩》卷二四九）。靈一酬詩題作《酬皇甫冉將赴無錫於雲門寺贈別》（《全唐詩》卷八〇九）。冉詩云寄別，乃由潤州赴官時作也。二人詩均當作於至德二年（七五七）春，時皇甫冉赴任無錫縣尉。

高僧本姓竺〔一〕，開士舊名林②〔二〕。一去春山裏，千峯不可尋。新年芳草遍，終日白雲深。欲徇微官去，懸知訝此心。

〔一〕竺，古天竺，佛教源出之地。天竺僧人初入中國，多以竺爲氏。晉高僧有竺道生。

〔二〕開士，《釋氏要覽》：「開，達也，明也，解也；士則士夫也。經中多呼菩薩爲開士。」前秦苻堅賜沙門有德解者號開士，後因以稱僧人。林，支道林。按此二句暗喻靈一乃竺道生、支道林轉世。

校　記：

①見題注。

②開士，底本作門士，從《皇甫冉集》改。

登潤州萬歲樓①

底本注云：「按此詩皇甫冉作。」冉集題作《同温司（丹）徒登萬歲樓》（《全唐詩》卷二五〇）。温丹徒，謂温姓之丹徒縣令，司字訛。丹徒，潤州州治所在。萬歲樓，《太平寰宇記》卷八九「潤州丹徒縣」：「《京口記》云：『晉王恭爲刺史，改創西南樓名萬歲樓，西北名芙蓉樓，樓之最高者，至今存焉。』又按《輿地志》云：俗傳此樓飛向江外，以鐵鎮厭之方已。」按皇甫冉即潤州人。冉題詳而劉題簡，當以冉作爲是。《文苑英華》、《唐音》亦均載爲冉作。

高樓獨上思依依②，極浦遥山合翠微③。江客不堪頻北望④，塞鴻何事又南飛⑤。垂山古渡寒煙積⑥，瓜步空洲遠樹稀。聞道王師猶轉戰，更能談笑解重圍〔一〕⑦。

〔一〕「談笑」句，東晉時苻堅率師南侵，號稱百萬，次于淮肥，京師震恐。謝安爲征討大都督，夷然無懼色，圍棊如常，而竟破敵。見《晉書·謝安傳》。李白《永王東巡歌十一首》其二：「但用東山謝安石，爲君談笑静胡沙。」

校記：

①見題注。

②上，《皇甫冉集》作「立」。

③合，《皇甫冉集》注：「一作涵。」

④望，《皇甫冉集》作「顧」。

⑤又，《皇甫冉集》作「復」，注：「一作獨。」
⑥垂山，《皇甫冉集》作「丹陽」。
⑦更，《皇甫冉集》作「誰」。

送孔巢父赴河南軍

底本注云：「按此詩皇甫冉作。」其説是。《舊唐書·孔巢父傳》：「孔巢父，冀州人，字弱翁。……早勤文史，少時與韓準、裴政、李白、張叔明、陶沔隱於徂來山，時號『竹溪六逸』。永王璘起兵江淮，聞其賢，以從事辟之。巢父知其必敗，側身潛遁，由是知名。廣德中，李季卿爲江淮宣撫使，薦巢父，授左衛兵曹參軍。」按此詩云：「聞道全師征北虜，更言諸將會南河。」當指集九節度之師一事。《舊唐書·肅宗紀》：乾元元年九月「庚寅，大舉討安慶緒於相州。命朔方節度郭子儀、河東節度李光弼、關内潞州節度王思禮、淮西襄陽節度魯炅、興平節度李奐、滑濮節度許叔冀、平盧兵馬使董秦、北庭行營節度使李嗣業、鄭蔡節度使季廣琛等九節度之師，步騎二十萬，以開府魚朝恩爲觀軍容使。」則此詩當作於乾元元年（七五八）秋。九節度師潰，巢父蓋又歸至江淮、故廣德、永泰中爲李季卿所薦（按《新唐書·陸羽傳》載李季卿巡撫江淮在永泰元年）。詩云「江城相送」，當作於潤州。皇甫冉即潤州人。

江南相送隔煙波①，況復新秋一雁過。聞道全軍征北虜②，更言諸將會南河③。邊心冉冉

鄉人絶④，寒色青青戰馬多⑤。共許陳琳共奏記〔一〕，知君名宦未蹉跎。

〔一〕陳琳，字孔璋，嘗爲魏武帝曹操記室。

校記：

①江南，《皇甫冉集》作「江城」。

②全軍，《皇甫冉集》作「全師」。

③諸將，底本誤「詩將」，據别本及《皇甫冉集》改。

④冉冉，《皇甫冉集》作「杳杳」。

⑤寒色，《皇甫冉集》作「塞草」。

送顧長①

按此詩當爲皇甫冉作。冉集題作《送顧萇往新安》（《全唐詩》卷二四九）。顧況有《哭從兄萇》詩（《全唐詩》卷二六四），字正作萇。詩云：「草木正摇落，哭兄鄱水湄。共居雲陽里，軗軻多别離。」萇居雲陽，皇甫冉與之爲鄰里，故出遊時以詩贈行。《文苑英華》亦載爲皇甫冉詩。

由來山水客，復道向新安。半是乘槎便〔一〕②，全非行路難〔二〕。晨裝林月在，野飯浦沙寒③。嚴子千年後，何人釣舊灘④。

〔一〕乘槎，張華《博物志》云：海渚有人，八月乘浮槎而去，直至天河，得見牛郎、織女云。

〔二〕行路難，《樂府古題要解》：「《行路難》，備言世路艱難及離别傷悲之意。」

校　記：

①見題注。

②槎，《皇甫冉集》作「潮」。

③《皇甫冉集》注：「飯，一作飲。浦，一作渚。」

④何，《皇甫冉集》注：「一作誰。」

三月李明府後亭泛舟①

按此詩當爲皇甫冉作。冉集題作《三月三日義興李明府後亭泛舟》（《全唐詩》卷二四九）。皇甫冉《歸陽羨兼送劉八長卿》詩（《全唐詩》卷二五〇）云：「武陵招我隱，歲晚閉柴扉。」詩作於上元二年劉長卿自江西歸蘇州按覆時，是知此時皇甫冉尚隱義興（按即陽羨）。上元二年春，劉展之亂波及蘇、常，皇甫冉當爲避亂而棄官至此也。冉集又有《祭張公洞》詩（《全唐詩》卷二四九），張公洞在義興。詩云：「風雨神祇應，笙鏞詔命傳。」乃奉詔祭祀。常袞有《蕭昕等分祭名山大川制》（《全唐文》卷四一〇）：「朕纂戎八載，外寇未平，多廢舊章，尚勞戎備。巡狩之事，有曠於虞書，封禪之儀，尚慙於漢史。……所以分遣八使，禱於群望，各供於事，以服官常。宜令某官等分祭名山大川，仍敕有司備具禮物，敬陳明薦，無失正辭。」肅宗「纂戎八載」，爲寶應元年。時肅宗寢疾，故有此禱福之舉。以此知寶應元年（七六二）春，皇甫冉尚在義興，泛舟詩當作於此年上巳。李明府，蓋爲李銘。李白有《贈從孫義興宰銘》詩（《李太白全集》卷一〇），詩云：「絃歌欣再理，和樂醉人心。」太白原注：「亞相李公重之以能政，中丞李公免罷以移官。」王琦注：「蓋銘以劉展稱兵，避難奔走失官，因二公而復職者也。」

江南煙景復如何②，聞道新亭更可過〔一〕③。處處蘋蘭春浦緑④，萋萋籍草遠山多。壺觴須就陶彭澤，時俗猶傳晉永和〔二〕⑤。更使輕橈徐轉去⑥，微風落日水增波。

〔一〕新亭，謂李明府新構之後亭。

〔二〕永和，晉穆帝年號。永和九年三月三日，王羲之與謝安等四十一人，會於會稽山陰之蘭亭，飲酒賦詩，修祓褉之禮，羲之撰《蘭亭序》以記其盛。見《晉書·王羲之傳》。

校記：

①見題注。

②煙，底本作「風」，此從《皇甫冉集》。

③亭，底本作「庭」；可，底本作「欲」；此從《皇甫冉集》。

④蘋，底本作「紉」；緑，底本作「淥」；此從《皇甫冉集》。

⑤時，《皇甫冉集》注：「一作風。」

⑥使，底本作「待」；輕，底本作「持」；此從《皇甫冉集》。

舟中送李十八①

按此爲皇甫冉詩，題作《同李萬晚望南岳寺懷普門上人》（《全唐詩》卷二五〇）。皇甫冉另有《望南山雪懷普上人》詩（同上）。普明，陽羨僧，已見前注。南岳山卽陽羨山，吴孫皓改名國山，禪爲南嶽。都穆《南嶽銅官二山記》：「南嶽寺在山之麓，因山以名。門有卓錫泉，旱歲不竭。又有稠錫樹，極高大，枝葉與他木絶異。相傳唐天寶中有稠錫禪師自桐廬來，築庵演法，寺與樹皆其遺迹。」二詩詩當爲皇甫冉上元中隱於陽羨時作。又按皇甫冉有《舟中送李八》詩（《全唐詩》卷二四九）。二詩蓋嘗抄寄長卿，編集者不察，故誤繫此題於彼文耳。

釋子身心無垢紛②，獨將衣鉢去人群。相思晚望松林寺③，唯有鐘聲出白雲。

校　記：

①見題注。又，《全唐詩》注：「一作送僧。」按此當爲後人見題文不侔而改。
②垢紛，底本作「有紛」，此從《皇甫冉集》。
③松林，底本作「西林」，此從《皇甫冉集》。

秋夜有懷高三十五適兼呈空上人①

按此詩當爲張南史作。南史題作《秋夜聞雁寄南十五兼呈空和尚》（《全唐詩》卷二九〇）。一作皇甫冉詩，題作《秋夜有懷高三十五兼呈空和尚》（二四九），亦誤。「晚節聞君道趣深，結茅栽樹近東林」云云，與高適晚年行事全然不合。高適至德後卽馳驅風雲，爲朝廷所倚重。廣德二年始由劍南西川節度入遷爲刑部侍郎，次年卽永泰元年卒。南、高二字行草相近，當因此致誤。高十五未詳其人，故後人又妄加「三」字。空上人，崔峒有《題空山人（按當爲上人之誤）石室》詩（《全唐詩》卷二四九）；崔峒嘗避地揚州，詩當爲揚州所作。又按冷朝陽有《中秋與空上人同宿華嚴寺》詩（《全唐詩》卷三〇五）；冷朝陽爲昇州上元人，此華嚴寺似卽在昇、潤、揚一帶。由此可推知，南史詩兼呈之空上人，當爲揚州僧，而南十五則與之居處相近，否則無從兼呈也。又按張南史寶應至大曆中寓居揚州揚子，詩當作於此期間。

晚節逢君道趣深②，結茅栽樹近東林〔一〕。大師幾度曾摩頂〔二〕③，高士何年遂發心〔三〕④。北渚三更聞過雁，西城萬木動寒砧⑤。不見支公與玄度〔四〕，相思擁膝坐長吟。

〔一〕東林，謂佛寺，指空和尚所居。

〔二〕摩頂，《蓮華經》六《囑累品》：「爾時釋迦牟尼佛從法座起，現大神力，以右手摩無量菩薩摩訶薩頂，而作是言：『我於無量百千萬億阿僧祇劫，修習是難得阿耨多羅三藐三菩提法，今以付囑汝等。』」後以謂佛家之授戒。

〔三〕發心，《漢書·淮陽憲王傳》：「發心惻隱，顯至誠。」

〔四〕支公，晉高僧支道林。玄度，許詢字玄度，善談理。

校記：

①見題注。

②道趣，底本作「趣道」。又，趣，《皇甫冉集》作「趨」。此從《張南史集》。

③大師，底本作「吾師」，《皇甫冉集》作「禪師」，此從《張南史集》。

④遂，《皇甫冉集》作「更」。
⑤木，底本作「里」，此從《張南史集》。

重過宣峯寺山房寄靈一上人①

按此爲靈一詩，題作《酬皇甫冉西陵見寄》（《全唐詩》卷八〇九）。皇甫冉原唱題作《西陵寄一上人》（《全唐詩》卷二四九），詩云：「西陵遇風處，自古是通津。終日空江上，雲山若待人。汀洲寒事早，魚鳥與情新。迴望山陰路，心中有所親。」二詩爲唱酬之作甚明。按皇甫冉天寶十五載（七五六）舉進士。是年秋，始隨諸人避亂至越州，與靈一、朱放等人遊（見獨孤及《揚州慶雲寺一公塔銘》）。詩當作於此年冬北歸潤州時。次年即至德二年（七五七）春，冉已就任無錫縣尉。

西陵潮信滿，島嶼入中流②。越客依風水，相思南渡頭。寒光生極浦，暮雪映滄洲③。何事揚帆去，空驚海上鷗④。

校　記：

①見題注。
②入，《靈一集》作「没」。
③暮雪，《靈一集》作「落日」。
④海，《靈一集》作「江」。

北遊酬孟雲卿見寄

按此爲張彪詩。元結《篋中集》收沈千運等七人詩二十四首，張彪此首即在其内。序云：「吴興沈千運，獨挺於流俗之中，强攘於已溺之後，窮老不惑，五十餘年。凡所爲文，皆與時異。故朋友後生，稍見師效，能侣類者，有五六人。嗚呼，自沈公及二三子，皆以正直而無禄位，皆以忠信而久貧賤，皆以仁讓而至喪亡。異於是者，顯榮當世。誰爲辨士？吾欲問之！」孟雲卿，《篋中集》詩人之一。

忽忽忘前事〔一〕，事願能相乖。衣馬日羸弊，誰辨行與才。善道居貧賤，潔服蒙塵埃。行行無定止，懔坎難歸來。慈母憂疾疹，室家念棲萊〔二〕。幸君夙姻親，深見中外懷。俟子惜時節，悵望臨高臺。

〔一〕前事，《戰國策·趙策一》：「前事之不忘，後事之師。」

〔二〕棲萊，劉向《列女傳·楚老萊妻》：「萊子逃世，耕於蒙山之陽，葭牆蓬室，木床蓍席，衣緼食菽，墾山播種。」後萊子欲應楚王之聘，以守國之政，「妻曰：『妾聞之，可食以酒肉者，可隨以鞭捶；可授以官禄者，可隨以鈇鉞。今先生食人酒肉，受人官禄，爲人所制也，能免於患乎？妾不能爲人所制。』投其畚萊而去。」

晚春歸山居題窗前竹①

此詩本集不載，《全唐詩》有之。按此詩當爲錢起作。起集題作《暮春歸故山草堂》（《全唐詩》卷二三九）。長卿赴官，皆攜家自隨，無重歸故山之舉。而錢起則供職朝廷，有別業在藍田山中，歲時休沐，即歸山居。且錢起愛竹，其《縣中池竹言懷》詩（《全唐詩》卷二三八）云：「自愛賞心處，叢篁流水濱。」《谷口書齋寄楊補闕》詩（《全唐詩》卷二三七）云：「竹憐新雨後，山愛夕陽時。」愛竹至切，宜有佳句也。谷口書齋，當即藍田別業之書齋。而起集此詩首句即云：「谷口春殘黃鳥稀」，亦合。

谷口春殘黃鳥稀②，辛夷花盡杏花飛。始憐幽竹山窗下，不改清陰待我歸。

校記：

①見題注。

②谷口春殘，本作「溪上殘春」，此從《錢起集》。

岳陽樓①

此詩本集不載，《全唐詩》載於卷末。按此詩當爲許渾作。許渾集題作《將度故（固）城湖阻風夜泊永陽戍》（《全唐詩》卷五三三）。固城湖，在昇州溧水縣境。《讀史方輿紀要》卷二一。「江寧府」云，其地有水四派，匯流成湖，稱固城湖。按許渾爲潤州丹陽人，嘗爲當塗、太平縣令，赴任歸鄉，均需行經此處。詩云「樓上美人凝夜歌」，此乃舞榭歌樓，非岳陽樓也。又云「獨樹高高風勢急」，此謂樹高，非謂岳陽樓高也。編者竟易題爲岳陽樓，殊不可解。

行盡清溪日已蹉②，雲容山影兩嵯峨。樓前歸客怨清夢③，樓上美人凝夜歌。獨樹高高風勢急，平湖渺渺月明多。終期一艇載樵去，來往使帆凌白波④。

校記：

①見題注。

②清，《許渾集》注：「又作青。」

③怨，《許渾集》注：「一作愁。」清夢，本作「秋夢」，此從《許渾集》。

④使帆凌白波，本作「片帆愁白波」，此從《許渾集》。

春望寄王涔陽①

此詩本集不載，《全唐詩》載於卷末。按此詩又見於《李群玉集》，題作《長沙春望寄涔陽故人》（《全唐詩》卷五六九）。涔陽，《九歌·湘夫人》云：「望涔陽兮極浦，横大江兮揚靈。」後人以爲澧州澧陽縣之别稱。李群玉卽澧陽人。陳振孫《直齋書録解題》卷一九：「《李群玉集》三卷，澧陽李群玉文山撰。」群玉另有《送客往涔陽》、《秋登涔陽樓》等詩（《全唐詩》卷五七〇）。長卿詩題作寄王涔陽，則此人應爲縣令或郡守，然唐無涔陽縣，亦無涔陽郡，顯系後人妄改。又按此詩純乎晚唐，詩風亦與長卿不類，當爲李群玉詩。

清明別後雨晴時②，極浦空顰一望眉。湖畔春山煙點點③，雲中遠樹墨離離④。依微水戍聞鉦鼓⑤，掩映沙村見酒旗⑥。風煖草長愁自醉⑦，行吟無處寄相思。

校　記：

①見題注。

②別，《李群玉集》注：「一作前。」

③點點，《李群玉集》注：「一作黯黯。」

④墨，《李群玉集》注：「一作黑。」

⑤鉦，《李群玉集》作「疏」。

⑥沙村，《李群玉集》作「河橋」。

⑦自，《李群玉集》注：「一作似。」

句

江湖十年別，衰老一樽同。（《紀纂淵海》一七四、《事文類聚》別二五）

誰識往來意，孤雲長自閑。（《紀纂淵海》一八五）

波濤喧衆口，藜藿靜吾廬。（《紀纂淵海》六七）

自從香骨化，飛作馬蹄塵。（《紀纂淵海》一九五）

生長紈綺内，辛勤筆舌間。（《紀纂淵海》九九）

春入燒痕青。（《續詩話》、《能改齋漫録》）

接枕話通宵。（《紀纂淵海》一一〇）

濩落惟心在。（《紀纂淵海》一一九）

衣冠列祖道。（《事文類聚》别二四）

詠若耶溪

仙客嘗因一箭贈，樵風長到五雲间。（《輿地紀勝》一〇）

行至宣州

敬亭暮色晴臨道，句水寒流澮不波。（《輿地紀勝》一九）

高情雅淡世間稀。（《紀纂淵海》五二）

文

冰賦

當爲早作。

水無心而清，冰虚己而明。始則同體，終然異名。水之動，我變以静①；水之柔，我變以貞。任方圓而能處其順，在高下而不失其平。北陸初凝，結而爲冰。東風始起，融而爲水。與時消息②，隨物行止。水也不知其所然③，冰也莫知其所以。何推運而有恒？乃忘情而合理。觀其外示貞堅，内含虚澈；無受染以保其素，無納汙以全其潔④。比玉而白，不爲蠅玷⑤；比月而明，不爲蟾缺。瓊樹色奪，瑶池光發。變寒日之清瑩，帶陰天之肅殺⑥。爰自止水，遍於山川⑦，萬穴俱閉，長波寂然。皎皎彌静⑧，峩峩遠連。如雪覆地，若雲披天⑨。雲之凝兮，佇長風而可掃；雪之積兮，向太陽而莫全。豈同夫氣之所感，物莫能遷？勁飇夕寒，我力增壯；晴景朝暖⑩，我心猶堅。其堅伊何？履霜斯至；其薄伊何？臨泉是畏⑪。君子用之以馴致其道，覩之而不驕於貴⑫。二之日始鑿，命虞官；三之日始納，享司寒。

天子陳禮容⑬，賦豳風，大啓冰室，獻於王宫。氣肅雲陛，寒生衮龍。闢九門於月下，列千官於鏡中。頒衆位取飲以受命，御至尊得象於朝宗⑭。若君莫之求，臣莫之見，則深山窮谷，詎可得而加薦⑮？苟藏之不周，用而不徧⑯，則災霜害雹，如有待而爲變。人或愛我清，人或愛我净⑰，既潔其迹，亦堅其性⑱。水之冰生於寒，人之冰生於正。無棄其道⑲，吾將何病⑳！

校　記：

①以，《四庫全書》（下稱庫本）作「而」。
②消息，庫本作「合散」。
③不，庫本作「莫」。
④二「以」字庫本均作「能」。
⑤玷，庫本作「點」。
⑥二句庫本作「寒日爲之青瑩，陰天爲之肅殺」。
⑦山，庫本作「大」。
⑧静，庫本作「净」。
⑨若，庫本作「如」。
⑩晴，庫本作「愛」。
⑪泉，按爲「淵」之諱字。

⑫庫本下有「者也」二字。
⑬庫本「天子」上有「四之日」三字。
⑭於，庫本作「其」。
⑮加，庫本作「嘉」。
⑯之不，庫本作「不以」，二句同。
⑰二句庫本作「人或好清，人或好凈」。
⑱堅，庫本作「虛」。
⑲無，庫本作「不」。
⑳吾，庫本作「人」。

祭閻使君文

閻使君，閻敬受也。《嚴州圖經》：「閻欽愛，至德二載十一月十日自蘇州別駕拜。」欽愛爲敬受之訛，岑仲勉《元和姓纂四校記》卷五辨之甚詳。文作於乾元二年（七五九）初貶途經睦州時。

維年日月，某乙謹以清酌之奠，祭於故睦州刺史閻公之靈。猗歟我公，誕靈中和。盛德茂才，如山如河。玉立清迥，冰姿峩峩。獨鶴不群，孤松無柯。班氏九流，孔門四科，總而懷之，巨海長波。遭時艱難，避地江沲①。浙水之源，剖竹來過。百城風偃，萬室星羅。感恩具存，賞罰無頗。帷褰訟止，襁負肩摩。俗謡蔽芾，庭顧婆娑。沈侯高詠，謝客疲痾。

人之云亡，天意若何！故鄉道阻，旅殯山阿。哀哀孝子，霜露滋多。常懼流年，邱隴陂陀。乃告元龜，是宅是他，嗚呼我公，所悲則那！今去也哭，昔來也歌。引發東郊，攀恩皤皤。銘旌夕没，漭滄寒莎。緬懷生平，持奉仁和。感恩臨奠，悲如之何！尚饗！

校　記：

①江瓶，庫本作「江洒」。

祭故吏行官文

上元二年（七六一），宣歙節度使鄭炅之爲劉展所敗，棄城奔亡，寓於饒州餘干。此文當爲長卿代炅之作。

維年月日，某乙謹以清酌之奠，祭於故吏行官某乙之靈①。生也有涯，天之常理。悲夫逝者，不得其死。瞻彼行潦兮，一勺之水。嗟爾浮生兮，千齡已矣。憶昨金陵喪亂，宣城危逼。王師有征，將破殘賊。我事戎旃，爾爲羽翼。實執鞭弭，豈辭筋力！熊羆失利，豺狼反顧。衣冠四散，余之南渡。白刃向人，黄塵欲暮。平生門闌，皆已行路。唯爾臨危，秉心益固。一身相依，千里徒步。嗚呼！故鄉何在？旅櫬何歸？蔓草春緑，孤魂夜飛。心存簪履，淚滿裳衣。空餘旨酒，以慰泉扉。

校　記：

①祭，庫本作致祭。

首夏干越亭奉餞韋卿使君公赴婺州序

韋卿使君公爲韋夏卿。序作於寶應元年（七六二）。參見《餘干夜宴奉餞前蘇州韋使君新除婺州作》詩注。

今年春王正月，皇帝居紫宸正殿，擇東南諸侯，以我公爲少光禄，自姑蘇行春於東陽，愛人也。頃公之在吴，值欃槍構戾，南犯斗牛①。波動滄海，塵飛金陵。公夷險一心，忠勇增氣。四面皆敵，姑蘇獨静。卧甲霜天，洗兵寒水。竟使浙西士庶②，不見烟塵，公之力也。朝廷聞而多之，以爲姑蘇之人已理，東陽之人未化，是拜也宜哉。卿月既明，仁風載清。出入數藩，從容九棘。在虞秦而皆智，豈滕薛而異名！頌聲洋洋，實此行矣。干越便道③，金華前山，梅花過時，槐色猶在④，白雲芳草，盡入詩興。公實秉文律，特爲詞雄⑤，逶迤退公，知八詠之有繼作矣。

校　記：

①斗牛，庫本作「牛斗」。

②浙西，庫本作「浙南」。

③干越，《全唐文》誤作「于越」，《文苑英華》、庫本作「干越」。
④猶，《文苑英華》作「獨」。
⑤特，《文苑英華》、《全唐文》作「將」，庫本作「特」。

祭蕭相公文

蕭相公，蓋蕭華也。所敍仕歷行藏，均與華合，而卒於江州刺史任一節，則可補史傳之闕。文署殿中侍御史劉長卿，當在任職轉運使府之後，蓋作於大曆二年（七六七）奉使淮西時也。

維某年月日，殿中侍御史劉長卿，謹以清酌庶羞之奠，敬祭於故江州刺史相國蕭公之靈。天降全德，俾居元輔。獨立堂堂，高視前古。和氣同積，英姿外舉。草木陽春，山川時雨。累葉當國，同心事主。業繼韋平，世生申甫。龍潛少海，公佐儲闈。朝有奸臣，動履危機。十年調護，不處嫌疑。非以智免，則將禍隨。國移大盜，公陷虜圍。忍受拘逼，誓酬恩私。苟無所成，雖死何爲？果翻賊黨，來赴王師。懿夫川實朝宗，雲亦成龍。天地再開，君臣相逢。獨持一心，翊戴兩宮。明略戡難，丹誠徇公。輔國佞幸，敢亂朝經。潛中讒言，請奪禁兵。謀泄隙開，反爲所傾。倉卒之際，播遷無名。東出招邱，南浮洞庭。寄身滄江，泛若流萍。水國生疾，炎洲促齡。瓊樹先落，金丹未成。長卿自奉周旋，於今五年。才微顧重，迹近位懸。卽之温如，望之儼然。奬飭何厚，招尋亦徧。春山彩擷①，秋水洄沿。候月舒嘯，臨風扣舷。懷舊如昨，承歡眼前。素業遂空，清風獨遠。哀哀孝子，行哭而反。託體山阿，古來誰免？湘流垂釣，楚挽空吟。明主思絶，蒼生愛深。江南春草，自古傷心。想象生平②，猶聞德音。嗚呼哀哉！去旌摇摇，送馬蕭蕭。長江遠山，暮暮朝朝。山有歸雲，江有回潮。公之逝矣，一言寂寥。掛劍於此，魂兮可招！尚饗！

校記：

①彩，庫本作「採」。

②生平，庫本作「平生」。

祭崔相公文

崔相公，乃崔渙。史載渙於大曆三年十二月卒於道州刺史任。時長卿爲轉運判官駐揚州，文蓋遥祭也。

維年月日，某乙謹以清酌之奠，敬祭於故道州刺史相國崔公之靈。唯嶽降靈，唯公佐時。大國樑棟，中朝羽儀。清迥玉立，峩峩冰姿。秋水見底，寒松無枝。天步艱難，海内崩離。六合恟然，一言安之。帝憂南方，公實載馳。江漢之人，惟公是依。持衡署吏，按節臨師。三軍感恩，多士如歸。何名高而難恃？翻寄重而先疑。旋剖竹於滄海，罷調梅於赤墀。公頃歸朝，時逢出震。體道而處，忘機於進。澹然一心，獨立千仞。望重元老，恩深顧問。言必至公，行惟周慎。守孤直以見疾，觸姦邪而結釁。公之爲善，匪近於名。公之在貴，匪貪其榮。人皆畏黜，公猶不驚。飛鳥無迹，白雲何情！拜首魏闕，退身楚城。北渚在途，南風掩扃。顧婆娑之樹老，歌滄浪之水清。雖優閒而適性，終卑溼而傷生。嗟乎，若以神之輔德，將未喪其正直。若以天之愛人，當復佐於陶鈞。棄蒼生而不起，留清風以益振。長卿昔忝初秩，公之一顧。謬厠當時之選，敢忘國士之遇！旅櫬還鄉，危旌啓路。弔湘水而自波，望長沙而空暮。嗚呼！萬古兮歸舟，千里兮東流。過洞庭而摇落，出夏口而夷猶。月蒼蒼兮江淼淼，人不見兮猿獨愁。徒髣髴兮如在，竟寂寥而若休。尚饗！

又祭閻使君文

當作於大曆十二年（七七七）初任睦州司馬時。

維某年月日，某乙謹以清酌之奠，祭於故睦州刺史閻公之靈。天縱厚德，曜於當代。天與盛才，宏夫濟世①。經綸萬類，磅礴六藝。禮樂詩書，自中形外。玉山迥出，瓊樹無對。秦鏡洞開，吴鈎新淬。青春立節，白首彌勵。五府交争，辟書相繼。九州分按，無遠不屆。所居則理，其去懷惠。燋火苦形，興利除害。運屬横流，道猶未濟。一麾出守，萬里長逝。故林之下，永閉龍泉。埋没於此，經今幾年？藹藹豐里，油油原田。田則有稼，公之闢焉。里則有桑，公之植焉。我衣我食，公實賜焉。人亡物在，事往名傳。滄海則變，清風不愆。長卿昔尉長洲，公爲半刺。一命之末，三年伏事。愛我以文，奬我以吏。禮變常儀，恩生非次。懷舊如在，感今斯異。身辱良知，情依令嗣。中原多梗，旅櫬猶寄。挂劍傷心，看碑墜淚②。東風應律，草緑川媚。陽和發生，物性咸遂。冥冥逝者，獨翳兹地。空對一枝，音容髣髴。尚饗！

校　記：

①宏，庫本作「俾」。

②看，庫本作「有」。

仲秋奉餞蕭郎中使君赴潤州序

蕭使君爲蕭定。序作於大曆十二年（七七七），是年蕭定由睦州改刺潤州。參見《題蕭郎中開元寺新構幽寂亭》詩注。

皇帝臨軒旰食，憂濟在人。擇良二千石與之共理，民有疾苦，得以安之；吏有侵漁，得以去之；爲風化之本，繫黎元之命，不其難哉！故内外闕官自卿大夫以下，多責成元輔，唯剖竹分符①，决在禁中。又以政貴有成，化難數易，至於理行超異，公論當徵，但增秩賜金，或移典大郡而已。由是我蕭公建隼兹地②，化成五年③，漢庭群公，方待以右職④，而竟有南徐之命，蓋天子憂遠人而緩徵拜也。公才可以濟物，德可以化人，五行之用備，四時之氣足，不立法而去弊，不示禁而止奸，寒者有衣，飢者有食，百城萬井，若百草之得陽春⑤，不知其所以然而然也⑥。詔書既至，公乃向闕北拜，腰章遂行。南徐之人，望公如歸。此邦之人，去公如失。千騎照路，出於東郊，男女滿野，壺漿輻湊⑦，泣涕以送，邀遮以留，或攀我車，或維我舟，臨風鳴笳，慷慨高秋，君子是謂有古人之遺愛矣。凡工文者，能無詩乎？

校　記：

①分符，庫本作「分寄」。
②庫本無「我」字。
③化成，《文苑英華》、庫本作「化行」。
④右，《文苑英華》注：「集作美。」
⑤百草，庫本作「衆草」。

⑥庫本「不知」上有「亦」字。
⑦輻湊，《文苑英華》作「更奏」。

唐睦州司倉參軍盧公夫人鄭氏墓誌銘

大曆十三年（七七八）作，時任睦州司馬。

有唐大曆十三年九月二十一日，睦州司倉參軍范陽盧公夫人鄭氏，終於所寓之官舍，享年四十八。以其月二十九日，盧公受命於元龜，權厝於建德縣佩犢鄉之東原①，禮也。夫人滎陽人也。曾王父松，皇朝魏州莘縣令。王父行恩，晉州臨汾縣令。父叔，衛州新鄉縣丞。鄭氏之先，家牒詳矣。元魏以衣冠人物，首出諸族之右者五姓，我居其一。世濟厥美，史不絕書。夫人即新鄉府君第五女。天姿淑德，早有令聞。中外推之，難於擇對。年十九，以束帛壓車之禮，遂歸於公。在滎陽家號女師，入涿州縣人稱婦道。恭儉以事上，柔順以逮下，服澣濯，躬勤勞，山東士風，於是乎在。嗚呼，偕老斯闕，從秩猶卑，不及中年，梧桐半死。安仁悼亡之歎，人皆代而痛之。一子一孫，訴於彼蒼，泣血而已。銘曰：

新鄉積善，遂生淑媛。詞邁克修，乃光好仇。母儀婦德，萬古千秋。新安江水，已矣東流。

校記：

①建德，《全唐文》誤作「津德」，庫本作「建德」。

張僧繇畫僧記

作於睦州司馬任内。

天竺僧畫象者，梁直閤將軍張僧繇之真迹也。張公繪事之始，厥有二僧。後屬侯景師至金陵，江南喪亂，此畫流離散落，多歷年所，遂遭剖割①，分而爲二。其一在唐故右常侍陸堅處②，卽此僧也。陸公常嬰篤疾，殆將屬纊，忽於夢寐，覩此胡僧，謂公曰：「我有同侶一人，自從離析，已百餘年③。今在洛陽故城東李君家，深所寶玩，舉世莫知。若能爲我求之，再得會合，當以法力扶助，令爾無憂。陸公既寤，遂以求訪④，果如夢中之旨，獲見斯人，而僧亦俱在。乃以俸錢十萬，購而合焉。卽日陸公疾瘳，勿藥有喜。信知造思之妙，通於神祇。識者以爲干將鏌鋣，散而復合，亦其類也。嗟乎，陸公已没，子孫不守，有故姬鬻之於市，爲校書郎宋儋所得⑤。開元中⑥，儋服藥過度，因而喪明，其李氏之僧，復失所在，惟入夢者巋然獨存。儋卒，傳故人劉傑。傑隱居少室，不求聞達。天寶末，遭禄山之難，避地淮陰，與道士魏審交深相結納。無何，傑以老卒，傳於審交⑦。審交傳楚州刺史李湯，湯傳睦州司馬劉長卿，今爲劉氏之寶藏矣。

校記：

①剖割，庫本誤「刺割」。又，割，《文苑英華》注：「集作裂。」

②右常侍，庫本無「右」字。

③年，庫本作「載」，《文苑英華》注：「集作歲。」

④遂，《文苑英華》作「遽」，庫本作「爰」。

⑤所得，《文苑英華》注：「集作得之。」

⑥庫本無「開元中」三字。

⑦於，《文苑英華》作「乎」。

祭董兵馬使文

建中二年（七八一）秋，朝廷命李希烈率師討襄陽梁崇義，董兵馬使當死於是役。

維年月日，某乙謹以清酌之奠，祭於故鎮守兵馬使董公之靈。温温董公，純厚謙恭。忠孝因心，禮樂在躬。薄伐襄漢，言從征東。遠將偏師，獨當群凶。朱旗薄霄，白羽生風。彼衆我寡，兵盡矢窮。手張空拳，力殫氣雄。孟明失律，李廣無功。有志不遂，飲恨而終。落梅笛怨，細柳營空。猶嘶戰馬，永掛良弓。銘旌悠悠，此去何從？寶劍埋没，黄泉幾重！尚饗！

附録

序跋

李君紀刊本《劉隨州文集》韓明序

予同寅提學邃庵楊先生應寧嘗爲予言，詩莫盛於唐，學詩者必法諸唐，而唐詩自李、杜、韓、柳以降，如王、孟、韋、劉諸名家，其全集不數數見，知言者有遺憾焉。予聞而識之。遂從邃庵假所藏善本，各録一過，將有所圖而力未能也。比明年，則韋、孟諸集邃庵已梓行之，而王右丞詩亦刻諸西蜀矣，獨劉隨州集尚爲闕典。乃謀諸臨洮太守李君紀，僦工市材，刻之郡齋。嗚呼，昔人評品隨州詩爲中唐第一，其風格上逼曹、劉、徐、庾，而下弗論也。學詩者並孟、韋諸家而熟復之，久而有得，以窺風雅，此其筌蹄耳。是集之傳，顧非人間一快事邪！

弘治戊午春二月朔中順大夫陝西按察司副使餘姚韓明識

李士修刊本《劉隨州文集》宗彝序

詩自三百篇後，莫盛於唐。唐之詩，莫盛於李、杜、韓、柳。其間肩摩踵接詩鳴世者，莫盛於王、孟、韋、劉。劉公長卿雖則中唐人物，而風味不凡。人因其知隨，號隨州。當時行能聲績，代遠碑殘，隨無古誌，史筆失之疎吝，百無一考。惟此詩獨存，僅爲知言好詩家所有，他不多見。西蜀内江李公士脩，由秋官作判岳陽，來知隨。好古穎敏，勞心苦節，日以詩書禮義，風化隨人。一夕乘暇過南山草堂，謂予曰：「人之精華，吐露爲文；文之神妙，吟詠成詩。大可經天地，核世教，幽可通鬼神，遠可藻飾休光，無非詩也。晚得劉隨州詩，關風教，雖嘗刻之臨洮守李君，而所傳不廣，好詩者每每惜之。庸是捐貲付梓，俾人知劉詩，盛可頡頏李杜，而不失三百篇古意。」乃載言載咏，良久别去。閱明日，州佐胡公冕，幕賓盧公顒，請序于予。予竊惟李公知詩與文相爲用，實補治化，時取於詩；於長卿，非以其嘲風月，弄花鳥煙雲，諷詠而已也。隨之人由長卿詩求李公心，展卷三復三詠，熟之口而得之心，懲創逸志，感發善心，無智愚賢不肖，悉歸大賢君子之域，公之志始得矣。不然，公何以又求隨鄉賢名宦，祠祀之文廟之東？別以歐陽永叔、范公堯夫賢，各表之天下古今者爲首祀，無非爲隨勸也。公録詩鋟梓，意豈淺淺哉！因是知劉隨州之詩，加以李公深意，神會心契，變爲李隨州詩也。識者每謂此篇句則前隨州以詠景物，意則後隨州以感人心，兹言蓋得之。言意之表，而能知輪人斲輪所不言也。識者之言，可爲讀詩者法，因及之，使知隨州詩雖舊而意實惟新也。

弘治庚申夏四月二日賜進士出身監察御史隨陽宗彝書

李士修刊本《劉隨州文集》沈寶文甫跋

右唐劉長卿集十一卷行於世者。自其作之始也，集以隨州名。隨州刺史而能詩也，史稱長卿。自以其詩爲五言長城，今觀斯集信然，要之爲大作家，其自許爲不誣矣夫！自唐以來，刺隨者亦多矣，詩如長卿者幾人耶？若其有之，固當以長卿爲巨擘。否則斯集之行，未爲不有光於隨。自今而後，刺隨而以詩聞者，焉知其不以長卿爲可宗耶？今刺隨内江李侯士修，以詩聞者，嘗思有以風化隨人，而使隨之俗警於詩，於是乎求長卿集而重刻之，圖光隨而厚長卿者如此，李侯之志亦可嘉尚矣哉。長卿集自余致之，既刻而無跋其後者。余揆李侯之意，其不有俟於我耶？必其我也跋長卿者夫？長卿之詩，非皆作於隨，而其風化隨人而警於其俗，則自夫兹刻始矣。李侯緝前隨宦知名者祠之，凡若干人，長卿與獲血食焉，又以見李侯之厚也。

弘治庚申仲冬近湖外史沈寶文甫書

湯鈘刊本《劉隨州詩集》湯鈘序

詩者性情之所著也。人心憂樂萬感，咸以詩洩。故盛世不特顯者爲詩和平，雖隱者亦無不和平，均以鳴其世之盛也。衰世不特隱者爲詩悲憤，雖顯者亦無不悲憤，均以鳴其世之衰也。然則詩詎驕淫騁欲，得已而不已者乎！隨州之詩，其衰世之哀鳴者也。長卿積行繕文，兼優於詩。從官當朝，嘗爲隨州刺史。凡其寫懷遺興，寄友送別，登眺山水，蕩泊客旅，罔不詩，詩罔不自悒悒懷抱者爲之。蓋長卿時國事尋荒，奸諛當路，忠良半已剥喪。所幸肅宗討賊，唐勢頗張，終其身又卒以賊敗。肅宗且然，其餘可知矣。

故長卿所詠，如《聞王師收二京》、《聞迎皇太后使至》，激烈踴躍，情詞慷慨，有忠君憂世風味。其他所咏，雖無涉國事，而其意未嘗不懸於國家也。惜其所謂逐臣謫宦，逃堯逭謗者，喋喋在口。或者謂其不及郭汾陽累經閒散，絶無纖芥不平，詞氣似戾。可以怨之義，豈亦長卿嗟世不如意，不覺其過於傷，猶屈平之離騷者歟？是詩也，雖不必酷究長卿，而唐家時事，固可因之而重歎也。

時正德十二年正月吉日從事郎判隨州事陽羨湯鏓謹序

湯鏓刊本《劉隨州詩集》陳清後序

劉隨州詩，唐州刺史劉公長卿所作也。公舉進士，任監察御史，終刺隨州。公平時所遇雖不同，然一吟一詠，無不本之性情，協之音律。家數精妙，顧自有不必論者。去隨之後，繼其治者亦嘗鐫公之詩以遺世，又不幸何時爲識者取去，遂使隨之民得藏其本者不一二家，至今恨之。今年丙子，宜興湯君來判是州。至之日蒞政臨民，一以公所爲爲法。暇則取公之詩而誦之，若有所授受而心得者，因命刻之以傳。雖其間采摭不能盡備，是亦歷久聚散之常耳。何況世之詩賦詞章，苟無關於世教者，雖連篇累牘，亦若無補。若湯君刻公此詩，何異精金美玉，可以資世。雖錙銖之微，尤足爲終身好愛，又何必以區區之遺爲意哉！昔國子司業能以詩訓後進，韓子尤以爲與二疏無異意，今湯君能以公之詩訓人，又有意於公之治，他日盛美，未必不有如公之可紀者。公之績更歷於唐，前序述之備矣，故不復贅。兹特序湯君之用心與夫事之始末如此云。

時正德丁丑二月朔日隨州儒學訓導玉山陳清書

盧文弨抄本《劉隨州文集》文弨題辭

《劉隨州文集》十一卷，其前十卷皆詩也，後一卷文，而總題曰文集。何義門氏以宋本校正如此。其卷之起訖，字之異同，皆備著焉。然後一卷有目而無文。余嘗案其目求之，僅於《文苑英華》得四篇録之，他尚無考也。隨州詩雖不以浣花翁之博大精深，牢籠衆美，然其含情悱惻，吐辭委宛，緒纏綿而不斷，味涵泳而愈旨，子美之後，定當推爲巨擘。衆體皆工，不獨五字爲長城也。近時吴郡席啓寓刻唐人詩百家，以隨州爲首。雖其詩亦差備，而偶有同異，究不及是本之精。夫一字之不安，通章之病也。學者可不惟善本之求，而但沿流俗之所傳乎？有志風雅者，其必樂考於斯矣。

乾隆四十有二年三月十九日東里盧文弨書於金陵之寓齋

劉長卿簡表

年代	時事	長卿事迹	詩作
開元十四年（七二六）	上年十一月，玄宗東封泰山	約生於此年* 時李白二十六歲，杜甫十五歲	
天寶三載（七四四）		約十九歲 此年前後有梁宋、豐沛之遊	對雨贈濟陰馬少府 歸沛縣晚泊留侯城 出豐縣界寄韓明府 題冤句宋少府廳留别 睢陽贈李司倉
天寶四載至十三載（七四五——七五四）		約二十歲至二十九歲 應進士舉，頻頻來往於洛陽、長安間	温湯客舍 送孫瑩京監擢第歸蜀 平蕃曲三首 小鳥篇上裴尹 送薛據宰涉縣 落第贈楊侍御

年代	時事	長卿事迹	詩作
			客舍喜鄭三見寄
天寶十四載（七五五）	十一月丙寅，安禄山反。十二月丁酉，陷東京	約三十歲 南遊至金陵，適逢禄山之亂，暫寓潤州丹陽郡	金陵西泊舟臨江樓 棲霞寺東峯尋南齊明徵君故居 宿北山禪寺
天寶十五載（七五六，是年七月改元至德）	六月，禄山破潼關。玄宗幸蜀。七月，肅宗即位於靈武。十一月辛亥，詔宰相崔涣巡撫江南，補授官吏	約三十一歲 滯留京口。秋，曾赴吴郡	京口懷洛陽舊居兼寄廣陵二三知己 旅次丹陽郡遇康侍御宣慰召募兼别岑單父 吴中聞潼關失守 登松江驛樓北望故園 冬夜宿揚州開元寺烈公房送李侍御之江東
至德二載（七五七）	二月，永王璘敗死。九月癸卯，廣平王收西京。十月壬戌，廣平王收東京。癸亥，上自鳳翔還京	約三十二歲 應江東進士舉，禮部侍郎李希言下進士及第。由崔涣銓選入仕，釋褐蘇州長洲縣尉	瓜洲驛奉餞張侍御公 别嚴士元 奉餞郎中四兄罷餘杭太守 陪元侍御遊支硎山寺 送李侍御貶鄱陽 過横山顧山人草堂

年代	時事	長卿事迹	詩作
至德三載（七五八，是年二月改元乾元）		約三十三歲 攝海鹽令。尋以事繫獄。遇赦放歸，還潤州	送賈侍御克復後入京 奉餞元侍御加豫章採訪兼賜章服 海鹽官舍早春 送路少府使東京便應制舉 聞王師收二京 獄中聞收東京有赦 罷攝官後將還舊居留辭李侍郎 送許拾遺還京
乾元二年（七五九）	四月，史思明僭號於魏州。九月，思明復陷洛陽	約三十四歲 議貶潘州南巴縣尉，命至洪州待命。春，由蘇州首途，經湖州、衢州、饒州，至洪州	奉餞鄭中丞罷浙西節度還京 謫官後卻歸故村將過虎丘悵然有作 赴南巴書情寄故人 留題李明府霅溪水堂 負謫後登干越亭作 將赴嶺外留題蕭寺遠公院
乾元三年（七六〇，是年閏四月己卯，改元上元）	十一月，劉展陷揚、潤、昇等州	約三十五歲 在江西，來往於鄱陽、餘干等地	送李校書適越 餘干旅舍 登餘干古縣城

年代	時事	長卿事迹	詩作
上元二年（七六一）	春正月乙卯，田神功生擒劉展，揚、潤平	約三十六歲 在江西。秋，奉敕歸蘇州重推。重推維持原議，仍命至洪州待進止	奉陪鄭中丞宴餘干後溪 送侯中丞流康州 勑恩重推使牒追赴蘇州次前溪館作 自江西歸至舊任官舍 重推後卻赴嶺外待進止寄元侍郎
寶應元年（七六二）	四月甲寅，玄宗崩。丁卯，肅宗崩。代宗卽位 八月，袁晁連陷浙東州縣 十月，收東京。李懷仙斬史朝義首降	約三十七歲 再至江西，逗留於鄱陽、餘干等地。其間嘗遊江州	題王少府堯山隱處簡陸鄱陽 餘干夜宴奉餞前蘇州韋使君 初聞貶謫續喜量移登干越亭贈鄭校書
寶應二年（七六三，是年七月壬子，改元廣德）	四月，袁晁就擒，浙東州縣平 十月，吐蕃寇京師，代宗幸陝州	約三十八歲 量移浙西某地，歸至蘇州一帶。按所任頗疑爲嘉興縣尉	送盧侍御赴河北 晚次苦竹館懷干越舊遊 送朱放越州賊退後歸山陰 和袁郎中破賊後軍行過剡中山水 秋夜雨中諸公過靈光寺所居 南湖送徐二十七西上

年代	時事	長卿事迹	詩作
廣德二年（七六四）		約三十九歲 在浙西	毘陵送鄒紹先赴河南 自紫陽館至華陽洞宿侯尊師草堂
永泰元年（七六五）		約四十歲 在浙西	送蔣侍御入秦 時平後送范倫歸汝州 時平春日思歸
永泰二年（七六六，是年十一月甲子，改元大曆）	正月丙戌，以户部侍郎劉晏充東都京畿、河南、淮南、江南東西道、湖南、荆南、山南東道轉運、常平、鑄錢、鹽鐵等使	約四十一歲 秩滿北歸。入劉晏轉運使府幕	送李補闕之上都 北歸入至德州界偶逢洛陽鄰家李光宰 送青苗鄭判官
大曆二年（七六七）		約四十二歲 在長安。秋，奉使淮西，行經申、光、蘄、黄、安、沔等州	送徐大夫赴廣州 新息道中作 奉使申州傷經陷没 穆陵關北逢人歸漁陽 安州道中經漄水有懷 步登夏口古城作
大曆三年（七六		約四十三歲	使還至菱陂驛渡瀰水作

年代	時事	長卿事迹	詩作
八）		使還。以轉運使判官、檢校殿中侍御史駐淮南。秋，已在揚州	赴楚州次白田阻淺問張南史 過前安宜張明府郊居 和郭參謀詠淮南節度使廳前竹
大曆四年（七六九）		約四十四歲 再巡浙西、浙東諸州	送劉萱之道州謁崔大夫 上巳日越中與鮑侍御泛舟耶溪 發越州赴潤州使院 奉使新安經嚴陵釣臺 使迴次柳楊過元八所居
大曆五年（七七〇）		約四十五歲 在揚、潤。夏、移使鄂州，擢鄂岳轉運留後，檢校祠部員外郎	和樊使君登潤州城樓 奉使鄂渚至烏江道中作 移使鄂州次峴陽館懷惟揚舊居 秋日夏口涉漢陽獻李相公
大曆六年（七七一）		約四十六歲 巡行湘南，歷經岳、潭、衡、永、道、連、郴諸州	岳陽館中望洞庭 長沙過賈誼宅 贈元容州 入桂渚次砂牛石穴
大曆七年至八年		約四十七至四十八歲	湖上遇鄭田

年代	時事	長卿事迹	詩作
(七七二——七七三)		在鄂岳任。嘗再至長沙	巡去岳陽留別鄭洵侍御 奉酬辛大夫喜湖南臘月連日降雪見示之作 題魏萬成江亭
大曆九年(七七四)		約四十九歲 遭鄂岳觀察使吴仲孺誣奏，去職東歸。途經和州、宣州，歸至常州。於義興營碧澗別墅	江中晚釣 和州送人歸復郢 和州留別穆郎中 夏中崔中丞宅見海紅摇落一花獨開 題獨孤使君湖上林亭
大曆十年(七七五)		約五十歲 義興居閒	贈微上人 送鄭説之歙州謁薛侍郎 初到碧澗招明契上人 碧澗別墅喜皇甫侍御相訪 送陸灃倉曹 酬屈突陝 逢雪宿芙蓉山主人
大曆十一年(七七		約五十一歲	按覆後歸睦州贈苗侍御

年代	時事	長卿事迹	詩作
七六）		朝廷命監察御史苗丕就地按覆，長卿之冤得雪，復籍，然仍貶爲睦州司馬。是年秋，由鄂州沿江而下，經江州、洪州，赴睦州任所	江州留别薛六柳八二員外 江州重别薛六柳八二員外 哭張員外繼 赴新安别梁侍御
大曆十二年（七七七）		約五十二歲 至睦州任所	卻歸睦州至七里灘下作 對酒寄嚴維 送耿拾遺赴上都 題蕭郎中開元寺新構幽寂亭 酬皇甫侍御見寄 餞王相公出牧括州 酬包諫議
大曆十三年至十四年（七七八—七七九）	大曆十四年五月辛酉，代宗崩。德宗即位。六月己亥朔，大赦天下	約五十三至五十四歲 在睦州司馬任	酬秦系 新年作 寄會稽公徐侍郎 新安送穆論德歸朝
建中元年（七八		約五十五歲	奉和趙給事使君留贈李婺州舍人

年代	時事	長卿事迹	詩作
〇）		仍在睦州。約於是年秋冬之際，遷隨州刺史	聞奉迎皇太后使沈判官至 送建州陸使君
建中二年（七八一）	八月，淮寧軍節度使攻襄陽，誅梁崇義	約五十六歲 已在隨州	登遷仁樓酬子壻李穆 別李氏女子 郥上送韋司士 聞虞沔州有替寄贈 行營酬吕侍御
建中三年（七八二）	四月，朱滔、王武俊與田悅合從而叛。七月，懷寧李希烈檢校司空。十一月丁丑，李希烈自稱建興王，與朱滔等四盜膠固爲逆	約五十七歲 在隨州刺史任，屬李希烈所轄。春，嘗從希烈之師至蔡州。以希烈反狀已明，逃歸江左	獻淮寧軍節度使李相公 覲校獵上淮西相公 雙峯下哭故人李宥 避地江東留別淮南使院諸公
建中四年（七八三）至興元元年（七八四）	四年冬十月，朱泚叛，陷京師。德宗幸奉天。興元元年五月戊辰，李晟收京師。秋七月壬午，車駕至自興元	約五十八至五十九歲 避地江東	送楊於陵歸宋州別業 送子壻崔真甫李穆往揚州四首
貞元元年（七八		約六十歲	更被奏留淮南送從弟罷使江東

年代	時事	長卿事迹	詩作
五）		入淮南節度使幕，府主爲杜亞	送齊郎中赴海州
貞元二年至四年（七八六——七八八）		約六十一至六十三歲 在揚州淮南節度使幕	喜朱拾遺承恩拜命赴任上都 寄別朱拾遺 茱萸灣北答崔載華問
貞元五年（七八九）		約六十四歲 仍在揚州幕府	送梁郎中赴吉州 淮上送梁二恩命追赴上都
貞元六年（七九〇）		約六十五歲 貞元五年十二月辛未，以淮南節度使杜亞爲東都留守。府罷，長卿歸至江南。卒＊＊	過蕭尚書故居見李花感而成詠

注：

＊長卿生年失載。或有據姚合《極玄集》載其爲開元二十一年進士，推其生於開元初者，誤。按長卿稱劉晏爲兄（見《奉餞郎中四兄罷餘杭太守》詩注），其生年自當後於晏，即當在開元三年後。其《罷攝官後將還舊居留辭李侍郎》作於至德三年春，詩云：「潘郎悲白髮，謝客愛清輝。」用潘岳《秋興賦序》年三十二始見二毛之典，其年當在三十二歲左右。又

《同姜濬題裴式微餘干東齋》詩作於乾元二年，詩云「世事終成夢，生涯欲半過。」後句所云，將近三十五歲之謂也。以生於開元十四年計，至德三年爲三十三歲，乾元二年爲三十四歲，天寶初即可赴試，至天寶末可「十年不第」，諸事均相合也。又，長卿睦州所作《戲題贈二小男》詩云：「何幸暮年方有後」，喜得子嗣，已五十餘歲。若生年更早於此，於理亦不合也。

＊＊長卿卒年亦無載。權德輿《秦徵君校書與劉隨州唱和詩序》作於貞元七年春，已稱長卿爲「故隨州刺史」，則其卒當在貞元六年。

《劉隨州集》版本考

《隨州集》無唐宋人序跋傳世，編纂之詳，已不可知。《新唐書·藝文志》四著録《劉長卿集》十卷。《通志·藝文》八、《昭德先生郡齋讀書志》四上均同。《讀書志》注云：「今集詩九卷，雜文一卷。」《直齋書録解題》則題作《劉隨州集》，亦爲十卷。注云：「詩九卷，末一卷雜著數篇而已。建昌本十卷，别一卷爲雜著。」以此知長卿集兩宋行世者當爲十卷本，宋末始有十一卷本問世。馬端臨《文獻通考·經籍》五八全襲晁氏語，又知十一卷本宋末元初似尚流傳未廣，故淹博如馬氏，亦未得寓目。

今按北京圖書館藏有《劉文房文集》，卷首題「十卷」，殘存卷五至卷十，卷九之前爲詩，卷十爲文。此與《新唐書》及晁、陳二志之著録合。黄丕烈《士禮居藏書題跋記續編》云：「《劉文房文集》：余向藏《劉隨州集》，係沈寶研齋臨何義門校宋本，然非此宋本也。嘗取勘何校本，知彼爲南宋刻，而此爲北宋刻也。」按黄説是。集中《齊一和尚影堂》詩「恒」字缺筆，作「恒」，避真宗諱；《送河南元判官赴河南句當青苗稅充百官俸錢》「句」字直書，不避高宗諱（按南宋本此處空格，注云「御名」），故知的爲北宋刻也。周必大、彭叔夏等以本集覆勘《文苑英華》，異文以小字夾注文中，注云「集作某」，經比勘，長卿詩之異文，均與此本同，又知南宋時此本尚行於世。按《新書》、晁志著録别集，均書撰人姓名，而非照録書題，所書「劉長卿集十卷」，蓋即《劉文房文集》十卷也。

《劉文房文集》殘本後歸常熟瞿氏鐵琴銅劍樓。瞿鏞記云：「唐劉長卿撰。原書十一卷，今存第五至第十，每半葉十二行，行二十一字，貞、敬字有减筆，册首有正書『翰林國史院官書』長印，蓋明（按當爲元）時鈐記也。舊爲士禮居藏書。」瞿氏所敘特徵，如十二行，行二十一字，减筆，鈐記，所存卷次，一一與北圖藏本同，且卷十尾端有「鐵琴銅劍樓」印記，瞿氏所藏，無疑即北圖之本，所云「原書十一卷」，蓋誤記也。又按傅增湘嘗見此本，《藏園羣書題記》卷六「補遺」云：「《隨州集》蜀刻曰《文房集》，常熟瞿氏藏有殘本五卷，余曾假校。」「五卷」亦誤，存卷五至卷十，是爲六卷。藏書志雖主實録，誤記誤書固亦難免也。

黄丕烈嘗取何義門校宋本與北宋殘本相覆勘，而「知此爲勝」（見《百宋一廛賦》注）。其説亦是。如《送姨子弟往南郊》詩，殘宋本題作《送姨弟之南郡》。詩云：「今我單車復西上，郎去灞陵轉惆悵。何處共傷離别心？明月亭亭兩鄉望。」「郎去」，殘宋本作「朗陵」。蓋弟赴南郡，當經汝南朗陵。詩意猶云：計已西至灞陵時，弟當已至朗陵，此時相距千里，唯有對月相思耳。何校本作「郎去灞陵」，豈成語哉？四庫館臣心知其非，據别本改作「遥望灞陵」，亦與原意相悖。今睹殘宋本，始覺詩意流轉，略無疑滯也。又如《罪所上御史惟則》，殘宋本作《非所留幽繫寄上韋使君》；《將赴南巴至餘干别李十二》，「李十二」殘宋本作李十；《喜李翰自越至》，殘宋本作《喜李翰至便適越》；《送李七之笮水謁張相公》，「笮水」殘宋本作「汴州」；凡此種種，均有裨考證，洵爲佳本也。

又按殘宋本編次與晚出諸本迥異，既非編年，亦非分體，時人或目爲叢脞無序，晚出之分體本得取而代之，或以此之故。

據《直齋書録解題》，陳振孫嘗見一建昌本，「詩十卷，别一卷爲雜著」。此當爲一晚出之重編本。唯此本僅見於陳氏著録，其詳已不得而知。黄丕烈以爲何義門據校者即建昌本，疑非。盧文弨抄本《劉隨州集》卷五録何焯題識：「康熙丙戌二月，得見文淵閣不全隨州集，校此五卷，南宋書棚本也。」書棚本分卷與建昌本同，前十卷詩，後一卷文，二者或同出一源。

何焯所見之書棚本存卷一至卷五。卷二有殘缺（見席啓寓刊本《劉隨州集》卷二傅增湘校注）。卷三自《送人遊越》以下十首屬修版（見盧文弨抄本引何焯校語）。所幸卷首目録尚存。盧抄卷十録義門題識云：「丁亥二月，以二弟所買馮定遠舊藏抄本校後五卷，其次第與宋槧目録皆合，蓋佳書也。文房詩庶幾稍可讀矣。焯記。」又云：「嚴天池家抄本後五卷次第亦同，復取參校，改五字。又記。」

筆者未見書棚殘本及何焯手校本，然乾隆四十二年盧文弨抄本系據何校本過録，文弨題辭云：「《劉隨州文集》十一卷，其前十卷皆詩也，後一卷文，而總題曰文集。何義門氏以宋本校正如此。其卷之起訖，字之異同，皆備著焉。」此本今藏北京圖書館，可據以窺見書棚本概貌。據盧抄，知何校本、書棚本收長卿詩五百零五首，附他人詩十五首，雜文十一篇。詩爲分體編次，然可議之處頗多。五古、五排雜揉不分，此其一也。詩誤分，如《觀李湊所畫美人障子》爲五、七雜言，竟列爲五古，此其二也。詩重出，如卷二有《將赴江南湖上别皇甫曾》，卷四重出；卷八有《哭陳歙州》，又改題《哭陳使君》重出；《幽琴》之中四句，《晚桃》之前四句，《觀李湊所畫美人障子》之後四句，又均列爲絶句重出，此其三也。詩誤收，如《北遊酬孟雲卿》爲張彪詩，《重過宣峰寺山房寄靈一上人》爲靈一詩，《秋夜有懷高三十五》爲張南史詩，誤收之皇甫冉詩則尤衆，此其四也。詩失收，如卷三附皇甫冉《宿洞靈觀》詩，而無和作。何焯校語云：「計應有與皇甫冉往復之作，而舊本亦亡矣。」周密《癸辛雜識》後集云：「吹雲二字，每見劉長卿用之，作傷寒感冷意。」集中竟一處無存。司馬光《續詩話》、劉攽《中山詩話》，均載惠崇襲用長卿詩句「春入燒痕青」，爲同輩所譏一事，此詩亦不載集中。以此知此集收羅未廣，此其五也。集中誤字亦多，義門再三覆校，始云「庶幾可讀」，則其編纂、刊刻，均較粗疏也。雖然，此集實爲後世諸本之祖，故猶足珍視。

終元之世，《隨州集》未聞重刊。明世則有弘治十一年戊午（一四九八）臨洮太守李君紀刊本，題作《劉隨州文集》，十一卷，外集一卷。十行十八字，黑口，四周雙闌。後有弘治戊午陝西按察副使餘姚韓明序。按序，此本爲韓明據楊邃庵（一清）藏本過録，屬李君紀出貲刻於郡齋者。北京圖書館有藏。集中《長沙桓王墓下別李紓張南史》「桓」字缺筆，避欽宗諱。「句當苗税」「句」字空格，注云「御名」，避高宗諱。所據當爲南宋本。經與盧抄校宋本比勘，卷四《歸弋陽山居留別盧邵二侍御》「祇應君少慣」，書棚本缺「君少」二字，君紀本亦缺；同卷《題獨孤使君湖上林亭》「水對登龍浄」，二本均缺「對」字；《送裴十二》「不須論早晚」，二本均缺「論」字。然則君紀本所據，蓋南宋書棚本也。明寫本《劉隨州文集》寒雲題識逕稱之爲「宏治繙棚本」，非爲無據。按北圖所藏李君紀刊本有缺葉。計卷一缺三處，共四葉，詩十六首；卷二缺一處，二葉，詩八首；卷七缺二處，二葉，詩四首（按《罷攝官後將還舊居》缺後十八韻，

《贈別于羣》缺前二十九句）；卷九缺一處，一葉，詩三首；共計缺七處，九頁，詩三十三首。據席刻《隨州集》傅增湘校語，書棚本已有殘缺，疑李君紀刊本所據楊一清藏本即已如此。

越二年，亦即弘治十三年庚申（一五〇〇），又有隨州守内江李士修刊本，題《劉隨州文集》，十一卷。十行十八字，黑口，四周雙闌。前有弘治庚申監察御史隨陽宗彝序。後附韓明序。又有弘治庚申近湖外史沈寶文甫跋。北京圖書館有藏。此本收詩、分卷、編次、版式，均與李君紀刊本同，且附韓明序，唯削去外集一卷，當爲已知詩皆重出之故，頗似據君紀本翻刻者。然細校之，仍有疑焉。上文已云李君紀本卷一缺三處，詩十六首，此本則僅缺二處，另一處《寄普門上人》以下五首不缺；君紀本卷七缺二處，此本僅缺一處，《題虎丘寺》等二詩不缺。又按前云君紀本《歸弋陽山居》等三詩缺「君少」、「對」、「論」等字，此本則赫然俱在。是知此本除君紀本外，尚别有所據。沈跋云：「長卿集自余致之，既刻而無跋其後者，余揆李侯之意，其不有俟於我耶？」則所據乃沈氏藏本，雖同出棚本，而别爲一册，故有同異如此。

明槧尚有正德十二年（一五一七）判隨州事陽羨湯鏃刊本，題《劉隨州詩集》，十卷，外集一卷。十行十八字，黑口，四周雙闌。題曰詩集，故文一卷已删。前有湯鏃序，後有隨州儒學訓導玉山陳清序。陳序云：「（公）去隨之後，繼其治者亦嘗鐫公之詩以遺世，又不幸何時爲識者取去，遂使隨之民得藏其本者不一二家，至今恨之。今年丙子，宜興湯君來判是州，至之日蒞政臨民，一以公所爲爲法，暇則取公之詩而誦之，若有所授受而心得者，因命刻之以傳。」則所據當爲李士修刊本。正德本缺葉、缺字均同李士修本，而與李君紀本異，尤爲的證。陳序又云：「雖其間采摭不能盡備，是亦歷久聚散之常耳。」此亦可證李士修本卽有缺葉。然此本附外集一卷，爲士修本所無，則亦嘗參酌李君紀本也。按上海涵芬樓嘗據正德本影印，收入《四部叢刊》，缺葉則據他本鈔配，故此本流傳甚廣。

明世除刊本外，尚有抄本傳世。北圖今藏白皮紙明抄《劉隨州文集》十一卷外集一卷。王重民《中國善本書提要》「集部·別集類」云：「驗以《四部叢刊》影印明正德刻本，卷一《送宣尊師醮畢歸越》第四句「登刀入白雲」，入字誤接《酬張夏》首句，在正德本中間適隔二葉，而影印本已鈔補之，則此鈔本與正德本所闕正相同，疑當同出一源也。然其異文，往往此勝於彼。此本卷十一爲文集，蓋正德本删之，此尤其可貴處。」按此本有文集、外集，前此唯李君紀本有之，頗疑所據乃君紀本。其闕葉處，王重民先生僅驗其一，其餘或未暇一一細校也。至其異文「往往此勝於彼」，蓋鈔時嘗據文義更改也。

與諸本相較，明銅活字本《劉隨州集》之編次特異。此本先古詩，後律詩；先五言，後七言；先律詩，後絶句；與明時編次詩集之慣例合，頗似另出一源者。然細按之，此本收詩，除絶句《觀李湊所畫美人障子》一首已删外，其餘均同明刊，重出之《哭陳使君》、《別皇甫曾》均未删除。各體詩之次第亦與明刊同。尤可注意者，爲可作標識之異文亦均同明刊。如卷一《宿懷仁南湖寄東海荀處士》，明刊亦作「苟」，後世通行本則作荀；卷四《使還次柳楊過元八所居》，明刊本亦作「柳楊」，後世通行本則妄改作楊柳；卷五《移使鄂州次峴陽館懷惟舊居》，明刊亦有「惟」字，按「惟」後當奪「揚」字，謂駐揚州時之舊居，通行本以「惟」字不通，故予删除。由此可知，銅活字本實爲明刊之重編本。此本北京圖書館、上海圖書館、杭州大學圖書館均有收藏，上海古籍出版社嘗據杭大藏本影印出版。

《隨州集》清代刊本當以康熙四十六年揚州書局《全唐詩》本爲最著。五卷。收詩較明刊本有增減。《凡例》云：「詩集有善本可校者，詳加校定；如善本難覓，仍照《全唐》、《統籤》舊本，以俟考正。」長卿詩之異文夾注隨處可見，顯係據本集詳加校定者。其編次與明刊略同，所不同者有如下數端：一、明刊本《外集》詩重出，已删；《將赴江南湖上别皇甫曾》、《哭陳使君》、《觀李湊所畫美人障子》絶句三詩重出，已删，異文入注；所附他人詩亦均已删除。二、卷一《送裴使君赴荆南充行軍司馬》與《重送裴郎中赴吉州》次序互倒，蓋誤抄所致。三、於明刊卷一之末增《代邊將有懷》一首，卷二之末增《喜晴》一首，卷八之末增《晚春歸山居題窗前竹》一首。按此三詩《文苑英華》作長卿詩，當爲據《英華》補入者；然《題窗前竹》一首又見《錢起集》，實爲錢起詩。全集之末又增收《遊四窗》、《和中丞出使恩命過終南别業》、《岳陽樓》、《春望寄王涔陽》、《留辭》等五詩。《和中丞出使》一首見《英華》，皇甫冉有同題之作；《岳陽樓》爲許渾詩；《春望寄王涔陽》爲李羣玉詩；《留辭》爲李穆詩；《遊四窗》一首未詳，疑亦非長卿作。所增諸詩，均列於明刊各卷之末，他詩次第，略無更改。以此知此本雖略有沙汰增益，實則仍出於書棚、明刊一源也。唯此本收録異文甚多，可資參證。

除上述諸本外，正德以後，明、清二世尚有多種刊本存世。如明萬曆十六年（一五八八）漢東瑞珠堂刻《劉隨州文集》十一卷，明萬曆二十一年（一五九三）祝以豳刻《劉隨州詩集》十卷，明李之楨刻《劉隨州詩集》十一卷，明蔣孝刻《中唐十二家詩集》本，清席啓寓刻《唐詩百名家全集》本，清《四庫全書》

本，清《畿輔叢書》本，等等。近世則尚有流行較廣之《四部備要》、《叢書集成》排印本。或作十卷，或作十一卷，或作十二卷。作十卷者爲詩集，作十一卷者爲詩文集或詩集加外集，作十二卷者爲詩文集加外集，皆不出李君紀刊本十一卷加外集一卷之範圍，蓋皆源出於南宋書棚本也。故不贅述。

一九九一年（辛未）夏

曩子之尉於是邦也，傲其跡而峻其政，能使綱不紊，吏不欺。夫跡傲則合不苟，政峻則物忤，故績未書也，而謗及之，臧倉之徒得騁其媒孽，子於是竟謫爲南巴尉。而吾子直爲己任，愠不見色，於其胸臆，未嘗蔕芥。會同譴有叩閽者，天子命憲府雜鞫，且廷辨其濫，故有後命，俾除館豫章，俟條奏也。是月也，艤船吴門，將涉江而西。夫行止者時，得喪者機，飛不摶不高，矢不激不遠，何用知南巴之不爲大來之機括乎？由圖南而致九萬，吾惟子之望。但春水方生，孤舟鳥逝，青山芳草，奈遠别何？同乎道者，盍偕賦詩，以貺吾子！

評論、雜記

獨孤及《送長洲劉少府貶南巴使牒留洪州序》

貞元中，天下無事，大君好文，公緒舊遊，多在顯列，伯喈文舉之徒，争爲薦首，而壽陽大夫公之章先聞，故有書府典校之拜，時動静不滯於一方矣。七年春，始與予遇於南徐。白頭初命，色無愠怍。知名歲久，故其相得甚歡。因謂予曰：「今業六藝以著稱者，必當唱酬往復，亦所以極其思慮，較其勝敗，而文以時之，聞人序而申之。」悉索笈中，得數十編，皆文場之重名强敵，且見校以故敵故隨州劉君長卿贈答之卷，惜其長往，謂余宜敍。噫！夫彼漢東守，嘗自以爲五言長城，而公緒用偏伍奇師，攻堅擊衆，雖老益壯，未嘗頓鋒。詞或約而旨深，類乍近而致遠，若珩珮之清越相激，類組繡之元黃相發，奇采逸響，爭爲前驅。至於室家離合之義，朋友切磋之道，咏言其傷，折之以正。凡若干首，各見於詞云。

權德輿《秦徵君校書與劉隨州唱和詩序》

長卿有吏幹，剛而犯上，兩遭遷謫，皆自取之。詩體雖不新奇，甚能鍊飾。大抵十首已上，語意稍同，於落句尤甚，思鋭才窄也。如「草色加湖緑，松聲小雪寒」，又「沙鷗驚小吏，湖色上高枝」，又「細雨溼衣看不見，閒花落地聽無聲」，裁長補短，蓋絲之類歟？其「得罪風霜苦，全生天地仁」，可謂傷而不怨，亦足以發揮風雅矣。

（李季蘭）嘗與諸賢集烏程縣開元寺，知河間劉長卿有陰重之疾，乃誚之曰：「山氣日夕佳？」長卿對曰：「衆鳥欣有託。」舉座大笑，論者兩美之。

高仲武《中興間氣集》

世謂五言道喪齊、梁，以建安不用事，齊梁用事也。此可言體變，不可言道喪。大曆中詞人劉長卿、李嘉祐、兩皇甫等，竊占青山白雲，春風芳草，以爲己有，吾知詩道初喪，正在於此。末年諸公改轍，蓋知前非也。

舊題皎然《詩式》

近風教偷薄，進士尤甚，迺至有一謙三十年之說，爭爲虛張，以相高自謾。詩未有劉長卿一句，已呼阮籍爲老兵矣。筆語未有駱賓王一字，已罵宋玉爲罪人矣。

皇甫湜《答李生第二書》

劉長卿，字文房，宣城人。開元二十一年進士，歷監察御史，終隨州刺史。

姚合《極玄集》

劉長卿郎中，因人謂前有沈、宋、王、杜，後有錢、郎、劉、李，乃曰：「李嘉祐、郎士元焉得與予齊稱耶！」每題詩不言其姓，但言長卿而已，以海内合知之耳。然士林或見譏也。

范攄《雲溪友議》

（長卿）字文房。至德監察御史，以檢校祠部員外郎爲轉運使判官，知淮西、鄂岳轉運留後。鄂岳觀察使吳仲孺誣奏，貶潘州南巴尉。會有爲辨之者，除睦州司馬，終隨州刺史。

《新唐書·藝文志》

惠崇詩有「劍静龍歸匣，旗閒虎繞竿。」其尤自負者，有「河分崗勢斷，春入燒痕青。」時人或有譏其犯古者，嘲之：「河分崗勢司空曙，春入燒痕劉長卿。不是師兄多犯古，古人詩句犯師兄。」

司馬光《續詩話》

（長卿）以詩馳聲上元、寶應間。皇甫湜云：詩未有劉長卿一句，已呼阮籍爲老兵矣；語未有駱賓王一字，已駡宋玉爲罪人矣。其名重如此。

計有功《唐詩紀事》

李杜之後，五言當學劉長卿、郎士元，下此則十才子。

人知許渾七言，不知許五言亦自成一家；知劉長卿五言，不知劉七言亦高。……長卿七言《登餘干古縣城》云：「孤城上與白雲齊，萬古荒凉楚水西。官舍已空秋草緑，女牆猶在夜烏啼。平江渺渺來人遠，落日亭亭向客低。沙鳥不知陵谷變，朝飛暮去弋陽溪。」其他散句如「漢口夕陽斜渡鳥，洞庭秋水遠連天」，「江上月明胡雁過，淮南木落楚山多」，「細雨溼衣看不見，閒花落地聽無聲」，措思削詞皆可法，餘則珠聯玉映，尤未易徧述也。

范晞文《對床夜語》

韋蘇州律詩似古，劉隨州古詩似律，大抵下李、杜、韓退之一等，便不能兼。隨州詩，韻度不能如韋蘇州之高簡，意味不能如王摩詰、孟浩然之勝絶，然其筆力豪贍，氣格老成，則皆過之。與杜子美并時，其得意處，子美之匹亞也。「長城」之目，蓋不徒然。

張戒《歲寒堂詩話》

劉長卿詩曰：「千峰共夕陽」，佳句也。近時僧癩可用之云「亂山争落日」，雖工而窘，不迨本句。

陸游《老學庵筆記》

白樂天以詩謁顧況，况喜其咸陽原上草詩云：「野火燒不盡，春風吹又生。」余以爲不若劉長卿「春入燒痕青」之句，語簡而意盡。

吴曾《能改齋漫録》

劉隨州《送秦系》云：「惆悵青山路，煙霞老此人。」《新年》云：「老至居人下，春歸在客先。」《尋洪尊師》云：「鶴老難知歲，梅寒未作花。」《送人》云：「詩書滿蝸舍，征税及漁竿。」《送穆諭德》云：「事直皇天在，歸遲白髮生。」《送李中丞》云：「流落征南將，曾驅十萬師。罷歸無舊業，老去戀明時。獨立三邊静，輕生一劍知。茫茫漢江上，日暮復何之？」《餘干旅舍》云：「渡口月初上，鄰家漁未歸。鄉心正欲絶，何處擣寒衣？」《北歸次秋浦》云：「舊路青山在，餘生白首歸。漸知行近北，不見鷓鴣飛。」《松江歸宿》云：「明月天涯夜，青山江上秋。一官成白首，萬里寄滄洲。」《獄中見壁畫佛》云：「不謂銜寃處，而能窺大悲。獨棲叢棘下，還見雨花時。地狹青蓮小，城高白日遲。幸親方便力，猶畏毒龍欺。」六言云：「危石才通鳥道，空山更有人家。桃源定在深處，澗水浮來落花。」《送嚴維》云：「明日行人已遠，空餘淚滴回潮。」《別嚴士元》七言詩：「細雨溼衣看不見，閑花落地聽無聲。」《過鄭山人居》：「寂寂孤鶯啼杏園，寥寥一犬吠桃源。落花芳草無尋處，萬壑千峰獨閉門。」《見新曆》云：「愁占蓍草終難決，病對椒花倍自憐。」《獻李節度》云：「家散萬金酬士死，身留一劍答君恩。」《過賈誼宅》云：「漢文有道恩猶薄，湘水無情弔豈知？」《送人遊天台》云：「落日獨搖金策去，深山誰向石橋逢。」《罪所》云：「斗間誰與看寃氣？盆下無由見太陽。」《過裴舍人故居》云：「籬花猶及重陽發，鄰笛那堪落日聽。」《贈干越尼》云：「自用黄金買地居，能嫌碧玉隨人嫁。」《送郭主簿赴嶺南》云：「料錢用盡却爲謗，食客空多誰報恩？」（此二句似爲周晉山發）《齊一和尚影堂》云：「身寄虛空如寓客，心將生滅是浮雲。」又云：「舊地曾看雙樹在，空堂只是一燈懸。」《別李萬》云：「故人早負干將器，誰言未展平生意。想君疇昔高步時，肯料如今折腰事！」《上裴尹》云：「西城黯黯斜暉落，衆鳥紛紛皆有託。獨立雖輕燕雀羣，孤飛還懼鷹鸇搏。自憐天上青雲路，弔影徘徊獨愁暮。銜花縱有報恩時，擇木誰容托身處？歲月蹉跎飛不進，羽毛顦顇何人問？遶樹空隨烏鵲驚，巢林只有鷦鷯分。主人庭中蔭喬木，愛此清陰欲棲宿。少年挾彈遥相猜，遂使驚飛往復迴。不辭奮翼向君去，唯怕金丸隨後來。」唐人號隨州爲五言長城。其五、六、七言絶妙者，已選入《絶句》。錢起輩非不欲極力躋攀隨州，尺寸終不近傍，豈才分有所局耶？即其七言長篇如《上裴尹小鳥》之篇，反覆宛轉，詞近而意遠，似爲五言所蓋。

劉克莊《後村詩話》

長卿詩細淡而不顯煥，當緩緩味之，不可造次一觀而已。

方回《瀛奎律髓》

大曆貞元中，則有韋蘇州之雅澹，劉隨州之閒曠，錢、郎之清贍，皇甫之冲秀，秦公緒之山林，李從一之臺閣，此中唐之再盛也。

乾元以後，錢、劉接跡，韋、柳光前，各鳴其所長。今觀襄陽之清雅，右丞之精緻，儲光羲之真率，王江寧之聲俊，高達夫之氣骨，岑嘉州之奇逸，李頎之冲秀，常建之超凡，劉隨州之閒曠，錢考功之清贍，韋之静而深，柳之温而密，此皆宇宙山川英靈閒氣萃于時以鍾乎人矣。

嗚呼，天寶喪亂，光嶽氣分，風概不完，文體始變。其間劉長卿、錢起、韋應物、柳宗元後先繼出，各鳴一善，比肩前人，已列之於名家，無復異議。

（七古）中唐來作者亦少，可以繼述前諸家者，獨劉長卿、錢起較多，聲調亦近似。韓翃又次之。

天寶以還，錢起、劉長卿并鳴於時，與前諸家實相羽翼，品格亦近似。至其賦詠之多，自得之妙，或有過焉。

劉長卿集悽婉清切，盡羈人怨士之思，蓋其情性固然，非但以遷謫故。譬之琴有商調，自成一格。若柳子厚永州以前，亦自有和平富麗之作，豈盡爲遷謫之音耶？

高棅《唐詩品彙》

錢、劉并稱，故耳，錢似不及劉。錢意揚，劉意沉；錢調輕，劉調重。如「輕寒不入宮中樹，佳氣常浮仗外峯」，是錢最得意句，然上句秀而過巧，下句寬而不稱。劉結語「匹馬翩翩春草細，邵陵西去獵平原」，何等風調！「家散萬金酬士死，身留一劍答君恩」，自是壯語。而于鱗不録，又所未解。

李東陽《麓堂詩話》

秦系「流水閒過院，春風與閉門」，小見幽楚，此外絶無足采。唐人謂勝劉長卿，時論不足憑如此。

王世貞《藝苑卮言》

錢、劉諸子排律，雖時見天趣，然或句格偏枯，或音調孱弱，初唐鴻麗氣象，無復存者。錢製作富而章法多乖，劉篇章鉅而句律時舛。盛之降之中也，二子實首倡之。

七言律最難，迄唐世工不數人，人不數篇。初則必簡、雲卿、廷碩、巨山、延清、道濟，盛則新鄉、太原、南陽、渤海、駕部、司勳，中則錢、劉、韓、李、皇甫、司空。此外蔑矣。

詩至錢、劉，遂露中唐面目。錢才遠不及劉，然其詩尚有盛唐遺響，劉卽自成中唐與盛唐分道矣。劉如「建牙吹角」一篇，卽盛唐難之，然自是中唐詩。

七言律以才藻論，則初唐必首雲卿，盛唐當推摩詰，中唐莫過文房，晚唐無出中山。不但七言律也，諸體皆然，由其才特高耳。

中唐絶，如劉長卿、韓翃、李益、劉禹錫，尚多可諷詠。

胡應麟《詩藪》

劉長卿最得騷人之興，專主情景。

胡震亨《唐音癸籤》引《吟譜》

劉結體不如錢厚，寫韻自婉。錢選言似遜劉密，樹骨故超。郎藻變非富，具有錢之道上。李筆勢欲酣，終乏劉之沉深。當時四子齊名，吾謂斥李令粤佗自帝，存郎附蕞蜀三郡，可乎？

詳大曆諸家風尚，大抵厭薄開天舊藻，矯入省净一塗。自劉、郎、皇甫，以及司空、崔、耿，一時數賢，竅籟卽殊，于喁非遠。命旨貴沈宛有含，寫致取淡冷自送。玄水一歃，羣醲覆杯。

中晚之異於初盛，以其俊耳。劉文房猶從樸入。然盛唐俊處皆樸，中晚人樸處皆俊。文房氣有極厚者，語有極真者，真到極快透處，便不免妨其厚。

《唐音癸籤》引遯叟

錢詩精出處，雖盛唐妙手不能過之，亦有秀出於文房者。泛覽全集，冗易難讀處實多，以此知詩之貴選也。劉全集却皆可觀。

文房七言律以清老幽健取勝，而首尾率易，對待不稱處亦多。其篇篇難棄處，即其難選處也。

鍾惺《唐詩歸》

劉長卿體物情深，工於鑄意，其勝處有迥出盛唐者。「黄葉減餘年」，的是庾信、王褒語氣。「老至居人下，春歸在客先」，「春歸」句何減薛道衡《人日思歸》語？「寒鳥數移柯」，與隋煬「鳥擊初移樹」同，而風格欲遜。「鳥似五湖人」，語冷而尖，巧還傷雅。中唐身手於此見矣。

陸時雍《詩鏡總論》

七律宜讀王右丞、李東川，尤宜熟玩劉文房諸作。宋人則陸務觀。若歐、蘇、黄三大家，祇當讀其古詩、歌行、絶句，至於七律必不可學。學前諸家七律，久而有所得，然後取杜詩讀之，譬如百川學海而至於海也。此是究竟歸宿處。

《然鐙記聞》録王士禛語

唐人七言律，以李東川、王右丞爲正宗，杜工部爲大家，劉文房爲接武。高廷禮之論，確不可易。

《師友詩傳録》録王士禛語

明末七言律詩有兩派：一爲陳大樽，一爲程松圓。大樽遠宗李東川、王右丞，近學大復；松圓學劉文房、韓君平，又時時染指陸務觀，此其大略也。

王士禛《漁洋詩話》

詩中之潔，獨推摩詰。即如孟襄陽之淡，柳柳州之峻，韋蘇州之警，劉文房之雋，皆得潔中一種，而非其全。蓋摩詰之潔，本之天然，雖作麗語，愈見其潔。孟、柳、韋、劉諸君，超脱洗削，尚在人境。

賀貽孫《詩筏》

隨州絶句，真不減盛唐，次則莫妙於排律。排律惟初盛爲工，元和以還，牽湊冗復，深可厭也，惟隨州真能接武前賢。

昔人編詩，以開元、大曆初爲盛唐，劉長卿開元、至德間人，列之中唐，殊不解其故。細閱其集，始知之。劉有古調，有新聲。盛唐人無不高凝整渾，隨州短律，始收斂氣力，歸于自然，首尾一氣，宛若面語。其後遂流爲張籍一派，益事流走，景不越于目前，情不踰于人我，無復高足闊步，包括宇宙，綜攬人物之意。雖孟襄陽詩，亦有因語真而意近，以機圓而體輕者，然不佻不纖。隨州始有作態之意，實溽暑中之一葉落也。

賀裳《載酒園詩話》

劉長卿五律勝於錢起，《穆陵關》、《吴公臺》、《漂母墓》皆言外有遠神。《餘干旅舍》前六句敍盡寂寥之景，結以情收之，亦「吹笛關山」之體。

劉長卿《送陸灃》、《贈别嚴士元》、《送耿拾遺》、《别薛柳二員外》諸詩，絶無套語。

吴喬《圍爐詩話》

近或有以錢、劉爲標榜者，舉世從風，以劉長卿爲正派。究其實不過以錢、劉淺利輕圓，易於摹倣，遂呵宋斥元。

葉燮《原詩》

大曆後漸近收斂，選言取勝，元氣未完，辭意新而風格自降矣。劉隨州工於鑄語，不傷大雅，然「老至居人下，春歸在客先」，「萬里通秋雁，千峰共夕陽」，名儁有餘，自非盛唐人語。

沈德潛《説詩晬語》

中唐詩漸秀漸平，近體句意日新，而古體頓減渾厚之氣矣。權德輿推文房爲「五言長城」，亦謂其近體也。

七律至隨州，工絶亦秀絶矣，然前此渾厚兀奡之氣不存。降而君平、茂政，抑又甚焉。風會使然，豈作者莫能自主耶？

沈德潛《唐詩别裁》

隨州「五言長城」，七律亦最佳。然氣象骨力，降開、寶諸公一等。

喬億《劍溪説詩》

文房詩爲大曆前茅，清夷閒曠，饒有怨思。

喬億《大曆詩略》

劉長卿，開、寶進士，《全唐詩》編在李、杜以前，蓋計其年代，實與王、孟同時。然詩體格既殊，用意亦迥別。前人以長卿冠「十才子」，蓋以詩境而論，實異於開、寶諸公耳。即如同一謫官也，摩詰則云：「執政方持法，明君無此心。」不特善歸於君，亦可云婉而多風矣。若文房之《將赴嶺外留題蕭寺遠公院》則直云：「此去播遷明主意，白雲何事欲相留？」殊傷於婞直也。孟浩然之「不才明主棄」，亦同此病，宜其見斥於盛世哉。劉、孟之不及王，亦以此。

開、寶諸賢，七律以王右丞、李東川爲正宗。右丞之精深華妙，東川之清麗典則，皆非他人所及。然門徑始開，尚未極其變也。至大曆十才子，對偶始參以活句，盡變化錯綜之妙。如盧綸「家在夢中何日到？春來江上幾人還」，劉長卿「漢文有道恩猶薄，江水無情弔豈知」，劉禹錫「懷舊空吟聞笛賦，到鄉翻似爛柯人」，白居易「曾犯龍鱗容不死，欲騎鶴背覓長生」，開後人多少法門！即以七律論，究當以此種爲法，不必高談崔顥之《黃鶴樓》、李白之《鳳凰臺》，及杜甫之《秋興》、《詠懷古迹》諸什也。若許渾、趙嘏而後，則又惟講琢句，不復有此風格矣。

洪亮吉《北江詩話》

韋蘇州律詩似古，劉隨州古詩似律。大抵次李、杜、韓一等者，便不能全。況隨州韻度不如蘇州，意味不如右丞，然其豪贍老成，則皆過之，得意處竟可與少陵索笑，「長城」之名，蓋不徒然。

薛雪《一瓢詩話》

七言律：就唐而論，其始也，尚多習用古詩，不樂束縛於規行矩步中，即用律亦多五言，而七言猶少；七言亦多絶句，而律詩猶少。故《李太白集》七律僅三首，《孟浩然集》七律僅二首，尚不專以此見長也。自高、岑、王、杜《早朝》諸作，敲金戛玉，研練精切，杜寄高、岑詩，所謂「遥知對屬忙」，可見是時求工律詩也。格式既定，更如一朝令申，莫不就其範圍。然猶多寫景，而未及指事言情，引用典故。少陵以窮愁寂寞之身，藉詩遣日，於是七律益盡其變，不惟寫景，兼復言情，不惟言情，兼復使典，七律之蹊徑，至是益大開。其後劉長卿、李義山、温飛卿諸人，愈工雕琢，盡其才於五十六字中，而七律遂爲高下通行之具，如日用飲食之不可離矣。

趙翼《甌北詩話》

大曆名手，錢不如劉。

李重華《貞一齋説詩》

劉文房長卿詩如陳倉野雞，色碧聲雄。

劉文房五言長律，博厚深醇，不減少陵。求杜得劉，不爲失求。

詩到中唐盡：昌黎艱奥盡，東野劖削盡，蘇州、柳州深永盡，李賀奇險盡，元、白曲暢盡，張、王輕俊盡，文房幽健盡。

牟願相《小澥草堂雜論詩》

大曆而後，風格漸降。……其揚王、孟之餘波者，劉長卿猶不失雅正，而錢起次之。錢起與耿湋、盧綸、韓翃、李端、司空曙、吉中孚、苗發、崔峒、夏侯審並稱十才子。然十子之中，不無利鈍，而足與錢、劉相羽翼者，惟郎士元、李嘉祐、皇甫冉兄弟。

魯九皋《詩學源流考》

自錢、劉以下，至韓君平輩，中唐諸子七古，皆右丞調也，全與杜無涉。

翁方綱《石洲詩話》

大曆十子，所傳互異，而皆不及隨州。或以長卿爲開、寶進士，輩行略先。顧錢仲文與摩詰聯吟，皇甫茂政與獨孤至之贈答，而皆居其冠，何也？今就詩而論，且用五七言律定之，當以劉長卿、錢起、郎士元、皇甫冉、李嘉祐、司空曙、韓翃、盧綸、李端、李益前後十人爲定，而皇甫曾、耿湋、崔峒輩爲附庸，苗發、吉中孚、夏侯審，略之可也。

説者多以讀少陵後，繼以隨州，便覺厭厭無色。不知文房開、寶進士，《全唐詩》編在李、杜之前，特其詩與大曆諸公並瓣香摩詰，原與子美異派，善讀者當自出一番手眼心胸。

管世銘《讀雪山房唐詩序例》

劉隨州長卿以詩馳聲上元、寶應間，權德輿謂爲「五言長城」。皇甫湜歎「時人詩無劉長卿一句，已呼阮籍爲老兵；語未有駱賓王一字，已駡宋玉爲罪人矣。」高仲武云：「長卿有吏干而犯上，兩度遷謫，皆自取之。詩體雖不新奇，甚能鍊飾。十首以上，語意稍同，于落句尤甚，蓋思鋭才窄也。」愚謂仲武選肅、代兩朝詩爲《中興間氣集》，而其自作不傳，但亦無長卿一句而善于攻人短者也。

余成教《石園詩話》

隨州古近體清妙，可與王、孟埒。若「楚國蒼山古，幽州白日寒」，「卷簾高樓上，萬里看日落」，直摩少陵之壘，又不止清妙而已。

潘德輿《養一齋詩話》

文房詩多興在象外，專以此求之，則成句皆有餘味不盡之妙矣。較宋人入議論，涉理趣，以文以語録爲詩者，有靈蠢仙凡之别。用宋人體，若更無奇警出塵之妙，則入庸鄙下劣魔道也。詩最下者爲編事，爲涉理趣，文房足救之。

方東樹《昭昧詹言》

劉文房詩，以研鍊字句見長，而清贍閑雅，蹈乎大方。其篇章亦儘有法度，所以能斷截晚唐家數。

劉熙載《藝概》